KB197960

달빛조각사

달빛 조각사 18

ⓒ 남희성, 2007

발행일 2024년 10월 1일 | **발행인** 김명국 | **발행처** 주식회사 인타임 | **출판 등록** 107-88-06434 (2013년 11월 11일) | 주소 서울시 구로구 디지털로31길 38-21 이앤씨벤처드림타워 3차 507호 | 전화 070-7732-2790 | **팩스** 02-855-4572 | **이메일** in-time@nate.com | ISBN 979-11-03-89938-7 (04810) 979-11-03-32686-9 (세트) | 이 책은 주식회사 인타임이 저작권자와의 계약에 따라 발행한 것이므로 내용의 전부 또는 일부를 사용하려면 반드시 양측의 동의를 받으셔야 합니다. 잘못된 책은 구매처에서 바꿔 드립니다.

달빛조각사 18

남희성 게임 판타지 소설

The Legendary Moonlight Sculptor

INTIME

contents

습격의 날

위드는 과거 툴렌 왕국의 영토였던 포르모스 성에 혼자 도착했다.

현지 분위기 파악과 정탐을 위해 조각 생명체들과 서윤은 함께 오지 않았다.

"여전히 사람들은 많군."

성문에서부터 교역을 위해 돌아다니는 유저들과 주민들이 아주 많이 있었다.

최근 1년 사이에 초보자들은 북부에서 많이 시작을 하게 되었다. 그럼에도 중앙 대륙의 인구에는 현저히 미치지 못할 정도였다.

〈로열 로드〉의 초창기부터 사람들은 꾸준히 중앙 대륙에서 시작을 해 왔다.

그들이야말로 무시할 수 없는 세금 납부자들!

"아르펜 왕국에도 이런 성이 있으면 좋을 텐데. 현실은 그나

마 가지고 있는 영토까지 빼앗기고 있으니, 원.”

위드는 사람들이 오가는 성문 근처를 둘러보다가 안으로 들어가려고 했다. 그런데 하벤 제국군의 병사들이 창을 들고 가로막았다.

‘설마.’

위드는 속으로 아차 싶었다.

‘아르펜 왕국의 존엄한 국왕인 나를 알아보는 것인가.’

성문 앞에서 잡담을 나누며 서 있던 헤르메스 길드 유저들도 그가 있는 곳으로 고개를 돌리는 것이었다.

‘들켰다.’

방송을 통해 수십 차례나 알려졌을 뿐만 아니라, 엄청난 모험을 하면서 명성까지 드높여져 있다.

바드레이를 제외하고 가장 인지도가 높은 사람이 위드.

‘조각 변신술도 쓰지 않고 혼자 왔다고 병사들과 헤르메스 길드 유저들이 몰라보길 바라는 건 너무 큰 욕심이었구나.’

위드가 자책하면서 도망칠 길을 찾기 위해 주변을 둘러보고 있을 때였다.

병사가 말했다.

“성 입장료.”

“예?”

“일주일에 2골드다.”

“……”

아무리 방송을 통해 알려졌다고 해도 여신의 기사 갑옷이나 레드 스타를 들고 있지 않은 한 사람들이 잘 알아보지 못했다.

특히 가르마만 반대쪽으로 타더라도 완벽한 위장이 되는 평범한 얼굴!

대단한 인물들은 온몸에서 카리스마나 위엄, 후광이 비친다고 하지만 위드는 그런 게 전혀 없었다.

금방이라도 편의점 창고에 물건을 쌓아 놓거나 택배를 배달할 것만 같은 자연스러운 분위기가 뿜어져 나왔다.

위드는 잠시 침묵하다가 말했다.

"저기, 할인은……."

"안 돼."

성문을 지키는 병사들은 NPC였다.

위드는 그에게 다가가서 귓가에 속삭였다.

"제가 사실 좀 유명한 모험가인데. 직위도 좀 높은 편이고 말입니다."

"입장료를 내놓지 않으면 들어갈 수 없다."

"딱 하루만 있을 건데요."

"예외는 없다."

위드는 어쩔 수 없이 2골드를 고스란히 상납해야 했다.

'헤르메스 길드, 모조리 죽여 주마!'

포르모스 성은 자유도시들이 몰려 있는 옛 브리튼 연합 지역으로 넘어갈 수 있는 교통의 요충지일 뿐만 아니라 하이네프 산악지대와도 가까웠다.

소위 1급 던전들로 쌓여 있는 천혜의 사냥터가 몰려 있는 축복받은 지역.

던전들이 가깝기도 할뿐더러 몬스터들이 다수 나오며, 이 지역의 특성상 전리품으로는 금괴와 마정석을 얻을 수도 있어서 고레벨 유저들이 많이 몰렸다.

"반란군이 성 밖 마을을 점령했다는데 무사했으면 좋겠군."

"전쟁이야, 전쟁. 이 끝없는 전쟁으로부터 우리를 구해 줄 용사는 어디 있을까?"

위드는 성을 돌아다니면서 주민들과 대화를 나누었다.

주민들과 이야기만 하더라도 대략적인 민심을 추측할 수가 있다.

주민들의 성향에 따라서 반란군 퀘스트들이 발생하기도 할 테니 매우 중요한 부분이었다.

위드는 잡화점에 가서 주인에게 말을 걸었다.

"좋은 물건이 많군요. 장사는 잘되십니까?"

"뭐, 최악이지. 전쟁이 끝나서 호황이 찾아올까 했더니 물건들도 잘 팔리지 않고, 지금은 죽지 못해서 사는 거라오."

"하벤 제국을 싫어하는 사람이 많나 보죠?"

"다 그렇지. 툴렌 왕국 시절에는 지금 같지는 않았는데… 쉿! 내가 이런 말을 했다는 건 누구에게도 알려 줘서는 안 되오. 제국을 비난하기만 해도 단두대로 끌고 간다는 소문이 있으니. 요즘 같은 시기에는 몸조심하는 게 제일이야."

길거리의 노인에게도 말을 걸었다.

"어르신, 하벤 제국에 대해서 물을 게 있는데요."

"아무것도 묻지 마시오. 난 귀도 안 들리고 눈도 보이지 않소. 그냥 이런 세상에서는 아무것도 보지 않고 듣지 않고 사는 게 제일 편해. 내가 조금만 젊었더라도 나무창이라도 들고 저 놈들과 싸워 보겠지만 지금은 죽을 날만 기다리는 힘없는 노인이지."

길거리의 아이들과도 대화를 나눴다.

"얘들아, 커서 뭐가 되고 싶니?"

"검술을 열심히 갈고닦아서… 반란군요!"

확실히 밑바닥 인심은 최악!

'반란군이 일어나면서 헤르메스 길드가 고생하고 있다더니… 확실히 그렇군.'

위드는 게시판과 방송국에서 떠들어 댔던 이야기가 사실임을 확인했다.

하벤 제국의 통치 방식이 워낙 주민들을 핍박하는 것이다 보니 충성도와 치안이 바닥까지 내려가며 한꺼번에 반란이 일어났다.

제국의 상황이 불안정해져서 일어날 수 있는 반란은 몽땅 터지고 있는 것이다.

사실 툴렌 왕국은 통치 방법이나 권력 구조가 더욱 복잡하다. 흑사자 길드를 물리치는 와중에 얼굴마담으로 베덴 길드를 앞세우다 보니 일종의 자치령처럼 다스려지고 있었다.

베덴 길드는 툴렌 왕국을 지배하고 있으면서도 헤르메스 길드의 관리를 받아야 했다.

한밑천 챙기고 싶어도 헤르메스 길드에 이익의 상당 부분을 떼어 줘야 했으니 그만큼 더 혹독하게 유저들과 주민들에게 세금을 물렸다.

그로 인한 반발이 극심하게 일어나는 지역이 구舊툴렌 왕국령 지역이었다.

칼라모르 왕국령 역시 하벤 제국이 처음 지배한 장소이기 때문에 극심한 수탈로 주민들의 삶이 피폐해져서 반란군이 심각할 지경이라는 이야기가 있었다.

'헤르메스 길드가 중앙 대륙을 정복하고 욕심을 부려서 곧바로 북부로만 쳐들어오지 않았으면 상황이 훨씬 좋았을 텐데. 왜 그렇게 서둘렀는지 모르겠군. 아마 내가 조각술 최후의 비기를 얻는 퀘스트를 진행하는 걸 보며 배가 아팠던 것일까? 하기야 사람의 욕심이란 게 다 똑같긴 하지. 나라도 마찬가지였을 거야.'

대륙 각 지역에서 근간이 흔들리고는 있었지만 그럼에도 하벤 제국이 군사력으로는 어마어마했다.

"울고르 고원에서 헤르메스 길드의 지원을 받은 베덴 길드에 의해 반란군이 대패했대."

"또 졌어? 흑사자 길드에서는 대응책이 뭐야?"

"별거 있겠어? 정면에서는 안 되니까 잘 숨어 다니면서 반격을 하는 것이겠지."

선술집에서 유저들이 하는 최신의 이야기도 귀담아들었다.

"음, 대충 알아보니 포르모스 성에는 3만 정도의 병력이 주둔하고 있군. 이 성을 점령할 것도 아니니까 나와는 상관이 없겠지만 말이야."

반란군이 워낙 설쳐 대고 있기에 주요 도시와 성마다 주둔군을 늘렸다고 하더니 정말이었다.

"헤르메스 길드 유저 숫자는 성을 돌아다니는 사람들만 몇백 명쯤 될까?"

위드는 잠깐 성을 돌아보고는 말았다.

베덴 길드와 헤르메스 길드 유저들이 점령군의 신분으로 으스대며 걸어 다니고 있었다.

성문 근처나 가게, 별장, 인근 던전에도 전투 실력이 뛰어난 유저들이 있을 테지만 그들의 숫자까지 계산할 필요는 없었다.

상세하게 머릿수를 세지 않아도 사고가 벌어지고 나면 금세 대대적으로 몰려들게 될 테니까.

헤르메스 길드의 유저들은 전투에 능숙하다. 그리고 레벨이 높은 유저들이 널려 있었다.

강한 무력을 상징하지만 한편으로는 더할 나위 없는 최고의 먹잇감이기도 하다.

"그곳에도 상당히 많겠지?"

포르모스 성 인근에서 가장 유명한 장소는 골드마인 던전.

제법 강한 몬스터들이 우글우글한 장소이기도 하지만, 이곳이 더 널리 알려지게 된 이유는 중앙 대륙에서 다섯 손가락 안에 꼽히는 금광이기도 했기 때문이다.

지하 생활을 하는 몬스터들을 퇴치하면 높은 확률로 금붙이, 금괴를 얻을 수 있을 뿐만 아니라 금맥을 발견해서 직접 파낼 수도 있다.

행운을 원하는 초보나 고레벨 유저나 할 것 없이 곡괭이를 반드시 챙겨 가는 던전이었다.

"어디든 먹잇감이 널려 있군. 그럼 수확이나 하러 가 볼까?"

위드는 황금을 챙기기 위해 가벼운 걸음으로 움직였다. 하지만 지금부터 생겨나게 될 여파는 절대로 작을 수가 없었다.

골드마인 던전

대륙 최대의 황금 광산. 이곳에서 사냥이나 채광을 하고 싶다면 입장료를 납부해야 함.

＊입장료: 광부 하루 10골드. 전투 계열 직업 하루 250골드.
＊특별 약정: 12인 이상 단체 혹은 일주일 이상의 장기 입장 시, 10% 요금 할인. 던전 내에서 1,000골드가 넘는 전리품과 황금 획득 시, 판매 금액의 25% 추가 요금 부과. 외출 후 재입장 시, 입장료의 50% 부과.

하벤 제국

"날강도가 따로 없군."

위드는 던전 입구에 쓰인 표지판을 보며 잠시 머릿속에서 계산했다.

포르모스 성과 가깝기도 하고, 대륙 전체에서 유명한 던전.

광부들이야 제쳐 놓고 전투 계열로만 따지더라도 1인당 250 골드다.

하루에 입장객이 1,000명 정도라면 무려 25만 골드.

한 달이면 750만 골드나 간단히 벌어들일 뿐만 아니라, 전리품과 채굴한 황금에도 소유권을 주장한다.

"이렇게 부러울 수가!"

위드의 온몸에 소름이 돋았다.

'던전 하나에 1,000골드도 가능하다.'

천문학적인 부는 이럴 때 쓰는 단어이리라.

'고작 하나. 대륙에서 이름 높은 곳이기는 하지만, 포르모스 성 주변의 던전들도 괜찮은 곳들이 수십 개는 되는데.'

던전 입장료란 시설 투자나 운영비, 보수 비용도 전혀 들지 않는 노다지 사업.

이렇게 거둬들인 돈으로 고레벨 유저들을 길드원으로 거느리고 군사력을 증강하는 게 아니겠는가.

"역시 이놈의 사회는 썩을 대로 썩었어!"

위드는 매우 기분이 나빴다.

자신이 이렇게 해 먹지 못했으니 그 더러운 기분이야 이루 말할 수 없었다.

민심이 위드와 아르펜 왕국을 지지하고 있다.

북부를 낙원으로 여기고 헤르메스 길드에 맞서 함께 기꺼이 싸워 주는 이유가 다 있었던 것이다.

위드의 배가 상한 치킨을 먹었을 때처럼 살살 아픈 신호가 왔다.

설상가상으로 골드마인 던전 앞에 줄이 길게 늘어서 있었다.

"몽크가 직업 구해요. 2차 전직에서 빛의 계열을 선택해서 간단한 치료 마법도 사용 가능. 단, 서로 고생하기 원치 않으니 전문적인 사제가 있는 파티에만 가입합니다."

"성기사 레벨 390대의 3명이 함께 활동할 수 있는 중규모 이상 파티 원합니다. 연차를 전부 질러서, 일주일 이상 사냥에 푹 빠지고 싶습니다."

"날다람쥐보다 빠른 호칭을 가진 샤먼. 긴말 안 합니다. 파티 가입해 드릴 테니 지분율 먼저 제시요!"

던전이 워낙 사람들로 인기를 끌다 보니 도시와 성에서 먼저 파티를 구해서 오는 게 아니라 즉석에서 구한다.

혹은 미리 약속을 잡고 던전 입구에 모여서 들어갔다.

전리품과 보급품을 매매하기 위해 구석에서는 상인들도 좌판을 열고 있었으니 작은 시장이나 다름없었다.

최적의 파티를 구성해서 가면 골드마인 던전 같은 곳에서는 무섭게 레벨과 전리품들을 획득할 수가 있었다.

그렇기 때문에 이 지역에서 나름 이름이 알려진 유저들이 여기저기서 초대를 받으며 파티에 속했다.

"사제님, 오세요!"

"이쪽이에요, 이쪽. 지난번에 란들과 사냥하셨잖아요! 이번에도 전리품 얻으면 더 챙겨 드릴게요!"

사제의 직업을 가진 유저가 오면 너도나도 할 것 없이 파티에 가입 권유를 해 댔다.

목숨을 잃으면 손실이 너무 커서, 파티의 생존력과 안정성을 높이기 위해 2명 이상의 고급 사제를 원하는 것이다.

가끔 베덴 길드와 헤르메스 길드의 유저들이 사람들 사이를 지나쳐서 던전 내부로 들어갔다.

최신 고급 갑옷을 착용하고 말을 탄 채로 던전으로 들어가는 위풍당당한 모습들.

중앙 대륙의 정복자다운 위용이었다.

위드가 잠시 서 있으니 서윤과 바하모르그가 도착했다.

"오래 기다렸어요?"

"아니. 금방 왔어."

서윤이 가면 쓰고 있는 모습까지도 예뻐 보이는 현상!

그녀를 조각하면서 외모에 대해서는 빠짐없이 알고 있었으니 목소리만 들어도 충분히 아름답다는 느낌이 들었다.

연애 초기인 만큼 가끔 그녀의 머리 냄새까지도 향기롭다는 생각이 들 정도였다.

바하모르그도 어깨를 당당하게 폈다.

바바리안 워리어.

훤칠한 키, 밀도 있게 짜인 근육. 그 강렬한 존재감이란 보통이 아니었다.

던전 입구에서 사람들이 시선을 보냈지만, 정작 착용한 장비들을 처음 봐서 레벨이 얼마나 되는지를 몰랐다.

바하모르그의 레벨은 자그마치 562.

조각 생명체 중에서 황금새의 레벨이 지금은 더 높았지만, 전투형으로는 최강자였다.

"이곳인가?"

"그래."

"전부 쓸어버리면 된다고 했지."

"맞아. 여러 말 할 것 없이 들어가자."

위드는 서윤과 바하모르그와 함께 던전 안으로 들어갔다.

골드마인 던전에 들어왔습니다.

한때 이곳은 툴렌 왕실의 재정 수입 중 3할을 차지할 정도로 많은 양의 황금이 채굴되는 광산이었습니다. 그러나 인간의 욕심에 의해 불행한 사건이 벌어진 이후 광부와 그의 가족들은 이 곳에 갇혀 굶어 죽게 되었습니다. 누런 욕망이 대지의 악귀들을 불러와, 이 던전은 왕실 차원에서 폐쇄되었습니다. 그렇기에 던전에는 아직 캐내지 못한 황금이 아주 많습니다. 폐쇄된 던전의 지하로 내려간다면 그대가 볼 수 있는 것은 황금과 악귀들일 것입니다.

"3명이군. 이용 요금은 입구에서 봐서 알고 있겠지?"

던전의 내부, 헤르메스 길드 유저 2명과 기사 20명이 입장료를 받고 있었다.

'역시 돈 받는 일은 베덴 길드에 맡겨 놓지 않았군. 헤르메스 길드는 참 꼼꼼하기도 하단 말이야.'

그런데 이름이 붉은색이었다. 데롤드, 추케.

어디선가 최근에 유저를 죽인 적이 있다는 뜻이다.

베덴 길드와 헤르메스 길드 유저들 중에는 살인자가 아닌 이들이 드물었다.

여러 왕국들이 자리를 잡고 있던 과거에는 경비병과 기사가 두려워서 살인자의 상태로 도시로 들어오지 못했다. 하지만 하벤 제국의 세상이 된 이후로는 훈장처럼 살인자 상태를 드러내고 다녔다.

스릉!

위드는 검을 뽑아 들었다.

데몬 소드!

레벨 제한 440으로 공격력이 훌륭하며, 균형감이 좋았다. 몬스터들을 위축시키는 특성 때문에 사냥 시 상당히 편했다.

위드가 서윤, 바하모르그와 함께 다가가는데도 헤르메스 길드 유저들은 웃었다.

"초짜들인가? 하루에도 몇 명씩 저렇게 긴장하며 오는지 모르겠군."

"골드마인 던전이 그만큼 유명하기 때문이지. 그런데 고작 3명으로 왔어? 이곳의 난이도에 대해 제대로 소문을 듣지 못했나? 뭐, 죽더라도 우리가 상관할 바는 아니지만 말이야."

위드의 평범한 레벨 300대가 착용하는 중급자용 복장을 보고는 자신들보다도 훨씬 약하다고 생각하고 있었다. 심지어 무기를 들었는데 경계도 하지 않았다.

위드는 데몬 소드를 그대로 휘둘렀다.

"쿠엑!"

헤르메스 길드의 데롤드를 베었다.

데몬 소드의 막강한 충격에 의해 땅을 구르면서 볼품없이 뒤로 밀려 나간 데롤드.

"갑자기 이게 무슨 짓이냐. 이놈이 세상 무서운 줄 모르고 공격해?"

"입장료를 받아먹으려면 목숨을 걸어야지!"

위드는 앞으로 걸어가면서 빛살처럼 빠르게 검을 휘둘렀다.

정확히 방어의 틈을 노리고, 수비와 공격 스킬을 사용할 기회도 주지 않았다.

퍼버버벅!

살인유희자 데롤드가 사망하였습니다.
약자들을 죽이는 것을 즐기는 데롤드가 목숨을 잃었습니다.

명성이 296 증가하였습니다.

인근 마을의 주민들로부터 소정의 현상금을 얻을 수 있습니다.
포르모스 성 인근 마을 주민들과의 친밀도가 높아집니다.

추케가 소리를 질렀다.

"반역이다!"

툴렌 왕국을 정복하고 있는 헤르메스 길드의 입장에서는 반역이라고 생각할 수도 있는 문제. 그러나 바하모르그의 큰 도끼가 떨어지자 추케는 단숨에 목숨을 잃었다.

기본 조건 레벨 400이 넘는 헤르메스 길드의 유저들.

그러나 위드는 전투를 작정하면서 이미 조각 파괴술로 모든 스탯을 힘으로 몰아넣었다.

방심한 상대라면 몇 번의 공격으로 가볍게 해치울 수 있고, 바하모르그라면 어떤 특별한 기술을 쓰지 않더라도 당연하다.

"아니, 저들이!"

"단장님과 부단장님의 복수를 하자."

"제국의 반역도들을 무찌르자!"

20인으로 구성된 기사단.

던전에 배치된 포르모스 성의 기사단이 뒤늦게 검을 뽑아 들고 덤벼들었다.

바하모르그가 크게 포효했다.

"어리석은 자들아, 모조리 꺾일지어다!"

> 전장의 울부짖음!
> 철혈의 워리어 바하모르그가 외쳤습니다. 전투가 벌어지는 동안 아군의 생명력을 2.5배 높여 줍니다. 아군의 보호 스킬들이 3단계 강화되어 적용됩니다. 공포를 발산하는 몬스터들을 무시합니다. 적의 투지를 절반 이하로 감소시킵니다. 생명력의 피해를 최대 39%까지 증가시킵니다.

무시무시한 워리어 스킬.

"분쇄의 돌풍!"

바하모르그는 철퇴와 도끼를 휘두르며 기사단 사이로 뛰어들었다.

"질 수 없지. 내 몫을 빼앗아 가던 건 헤스티거로 충분해."

"저도 맡을게요!"

위드와 서윤이 기사 1명씩을 제압하는 동안 바하모르그는 기사단을 단숨에 모조리 쓰러뜨렸다.

아르펜 제국의 선봉장이었던 바하모르그에게 포르모스 성의 기사단은 광역 공격 몇 번에 와해될 정도로 간단한 상대일 뿐이었다.

"으아."

"어어어어, 무슨 일이야! 말도 안 돼."

뒤늦게 던전의 입구로 들어온 사냥 파티는 벌어진 광경을 보며 입을 다물지 못했다.

이 정도 사건이라면 단순히 사과로 끝날 일이 아니었다.

감히 툴렌 왕국을 정복하고 있는 베덴 길드와 헤르메스 길드에 정면으로 도전하다니!

그들이 보는 사이에 위드는 전투를 마무리하고 전리품들을 챙겼다.

"기사의 목 보호대. 레벨 430 제한이 있는 물건으로 항상 인기가 있는 품목이니 쉽게 팔리겠군. 그리고… 후후후."

위드의 입가에 만족스러운 미소가 맺혔다.

시작에 불과했는데 무려 58,000골드를 전리품으로 얻었다. 막대한 금액을 입장료로 받는 징수원들을 해치웠기 때문이다.

"영업 개시로는 훌륭하군. 역시 이곳은 현찰이 주유소 수준이었어! 바하모르그."

"왜 부르는가."

"어서 수금하러 가자."

위드는 바하모르그, 서윤과 같이 던전의 깊은 곳을 향해 뛰어 들어갔다.

장사는 게으름을 피워서는 안 되는 법!

던전으로 막 들어와서 충격적인 광경을 목격한 파티는 그대로 얼어붙어 있었다.

"저렇게 강한 게 말이 돼?"

달빛 조각사

"너무 빨라서 제대로 볼 수도 없었어."

그 뒤로 또 새로 들어온 파티가 있었다.

"뭐예요? 기사들이 왜 없죠?"

"여기 입장료 안 받나요?"

골드마인 던전의 대형 사고!

시작은 입구 주변에서부터였다.

베덴 길드 유저들은 던전에서 좋은 자리들을 선점하고 사냥하고 있었다.

그런 그들이 단 3명에게 습격을 당해서 목숨을 잃었다.

"크윽, 이런 가공할 힘이…….."

"워리어를 조심해라. 터무니없이 강하다!"

그저 세 사람이 나타났을 뿐이다.

그들은 발소리도 숨기지 않고 저벅저벅 걸어온다.

베덴 길드 유저들은 당연히 그들을 거들떠보지도 않았다.

헤르메스 길드 유저들의 사냥을 방해해서는 안 된다는 점은 중앙 대륙에서는 반드시 지켜야 할 불문율.

베덴 길드 유저들 역시 툴렌 왕국에서는 그 정도의 대우는 받는다. 그렇기 때문에 사람들이 무기를 들고 가까이 접근할 때까지도 관심이 없었다.

베덴 길드에 속해 있다는 점은 대단한 자부심일뿐더러, 스스로의 실력에 대해 확신을 가졌다. 다른 유저들이 덤벼드는 일

따위는 보복이 두려워서라도 거의 벌어질 수 없다고 생각했다.

그러나 위드는 일단 일을 저지르기로 했으면 확실하게 끝장을 봤다. 불과 10여 분 사이에 베덴 길드와 헤르메스 길드의 사냥 파티 네 곳이 전멸했다.

"으아아아!"

"진짜야? 겁도 없어?"

던전에서 마주친 유저들은 헤르메스 길드 유저를 사냥하는 걸 보며 경악을 금치 못하였다.

"어엇, 우리도 공격하려나?"

위드는 유저들을 위아래로 훑어보았다.

최첨단 컴퓨터처럼 유저들의 레벨과 착용한 장비들의 가격이 순식간에 계산되었다.

"흠, 일반인이군. 탐나기는 하지만… 골목 시장은 건드려서는 안 되니까."

위드와 바하모르그, 서윤은 일을 마무리 짓자마자 속전속결을 위해 계속 이동했다.

이 던전의 내부, 복잡한 지형에 대해서는 지도를 외워 놓고 있었다.

두 길드의 사냥 파티가 있을 장소들은 가장 좋은 자리들이었으니 찾아가기만 하면 됐다.

"바하모르그, 다음에도 마법사부터."

"알겠다."

갑작스러운 습격의 반복.

대부분의 파티들은 마법사가 목숨을 먼저 잃고 나서 당황하는 사이에 격파되었다.

바하모르그는 협소한 던전에서는 막기 불가능할 정도의 강자! 위드와 서윤 역시 헤르메스 길드 유저들을 빠르게 쓰러뜨렸다.

하나의 파티를 처리하는 동안에 다른 헤르메스 길드의 파티가 나타나면 곤란하기 짝이 없다.

대부분의 파티들은 사냥의 효율성을 위하여 사제나 마법사, 기사의 구성으로 공격과 방어를 균형 있게 갖추고 있었다.

위드는 고전적으로 공격과 방어를 최대한 발휘하면서 정공법으로 싸우지 않았다.

각 개인들이 스스로 자기 몫을 다하면서 공격과 방어, 어느 한쪽의 틀을 허물어 버리면 단숨에 파티는 궤멸했다.

때때로 피해를 감수하는 과감함이 싸움의 틀을 흔들어 버리는 것이다.

"의외로 싸울 줄을 잘 모르는군. 온실 속에서 자란 화초 같은 것들인가."

전쟁으로 중앙 대륙을 정복한 헤르메스 길드라고 해도 사냥 중의 기습에 대한 대처가 완벽하지는 못했다.

그렇게 15분 정도가 지났을 무렵에는 골드마인 던전에 소문이 파다하게 났다.

베덴 길드와 헤르메스 길드가 사냥당하고 있다!

던전에서 사냥에 열중하고 있던 헤르메스 길드의 유저들도 이 소식을 곧 접하게 되었다.

"어떤 놈들이지? 흑사자 길드에서 무모한 도발을 벌이는 것 같은데."

"어처구니가 없군. 이곳은 근처에 반란군도 없어. 완전히 우리 길드의 영역인데, 이런 짓을 하고도 무사할 거라 생각하는 놈들이 누구야?"

"놈들을 먼저 없애자."

사냥을 하고 있던 헤르메스 길드의 파티들이 수색으로 전환했다.

위드를 역으로 잡기 위해서였다.

"3명이면… 저놈들인가?"

"바바리안이 포함되어 있다. 틀림없다."

"쳇, 벌써 들켰군!"

위드의 파티와, 헤르메스 길드 파티 간의 전투가 벌어졌다.

시작은 3명과 7명의 불리한 조건이었다.

그러나 바하모르그가 앞으로 돌격하며 철퇴와 도끼로 2명의 기사를 대번에 무력화시키는 순간 숫자상의 우위 같은 건 사라졌다.

위드가 활을 들어서 마법사와 사제를 향해 화살을 쏘고, 서윤이 막강하고도 신들린 듯한 공격을 날린다.

광전사인 그녀는 유저들과의 전투가 이어지면서 전투 능력이 증가해 있었다.

위드의 무지막지한 힘은 근거리에서 연약한 마법사 따위는 궁술이라도 쉽게 목숨을 앗아 갔다.

최고의 워리어 바하모르그가 중심에서 돌파하는 3명의 파티! 각자가 1~2명 정도는 우습게 죽일 실력자들이니 전술 운용이나 전투 능력에서 차원이 다른 강함을 과시했다.

위드는 리더로서 바하모르그와 서윤을 지휘했다.

"놈들이 우리의 존재를 알아차렸군. 그렇다면 세빌과 게르니카를 불러오자."

세빌과 게르니카는 바하모르그와 함께 진작에 소환되어 있었다.

위드가 바하모르그, 서윤과 던전 안으로 들어오고 난 이후에 그들은 따라 들어왔다.

약간의 거리를 두고 계속 뒤를 따르고 있었다.

예상 밖의 만일의 사태가 벌어지면 함께 싸우려고 했지만 지금까지는 일방적인 도살!

그렇지만 헤르메스 길드에서 자신들에 대해 알아차린 이상 그 둘이 동료로 가세했다.

곧 그 자리를 지나서 다른 베덴 길드 파티를 발견했다.

마법사만 3명, 도둑 1명, 전사와 워리어, 사제, 궁수, 기사로 구성된 파티였다.

골드마인 던전에는 몬스터들이 많이 나오는 편이라서 파티의 규모도 컸다.

베덴 길드 쪽에서 먼저 말을 걸어왔다.

"어이, 거기."

"예?"

"혹시 3명으로 된 애들 못 봤나? 우리 길드에 싸움을 걸고 다닌다고 하던데.”

“그게 정말입니까?”

위드가 무슨 말이냐는 듯이 눈을 크게 떴다.

시장에서 흥정을 하기 위해서는 비싼 가격에 놀란 표정 정도
는 예사로 지어 줘야 했다.

흥정에서는 알고도 모른 척 넘어가는 방식, 사회생활과 인간
관계의 기본이라고 할 수 있었다.

그렇지만 베덴 길드 유저들은 정말 모른다는 뜻으로 받아들
였다.

“입구 쪽에서 와서 물어본 건데 모르는 모양인데. 던전이 넓
어서 못 보고 지나온 모양인가.”

“우리까지 나설 필요가 있었을까? 그런 놈들 따위는 누군가
가 진작 죽였겠지.”

“그래도 괜찮잖아. 만약에 안 죽었다면 실력을 과시할 수
도 있는 기회고. 운이 좋다면 놈들을 해치우고 쓸 만한 물품을
주울 수도 있겠지.”

“너희, 이 앞으로 가서 모퉁이 사냥터는 차지하지 마. 거긴
우리 구역이니까.”

위드는 대장장이 스킬 덕분에 이번에는 황토색의 발굴가 전
용 갑옷을 착용하고 있었다.

세빌과 게르니카가 합류해서 인원이나 남녀 구성, 직업 부분
에서 전혀 달라졌다.

“금방 다녀오자고. 확인만 해 보고 다시 사냥이나 하자.”

“그러지, 뭐. 내내 사냥만 하기 지겹던 참이었으니 돌아다녀

보기나 하지."

위드와 서윤의 파티와 베덴 길드 파티가 교차하며 지나쳤다. 골드마인 던전이 넓다고 해도 몇 미터 떨어지지 않은 가까운 거리였다.

위드는 손을 들어 코를 풀었다.

푸엥!

경박하기 짝이 없는 공격 신호.

세빌과 게르니카가 신속하게 덤벼들고, 바하모르그는 적들 중에서 기사와 워리어를 한꺼번에 맡았다.

위드와 서윤은 전사와 마법사들을 처리했다.

"습격……!"

"적은 이놈들이다!"

완벽한 기습인 만큼 싱거울 정도로 가볍게 끝났다.

베덴 길드 유저들은 채 전투준비를 갖추기도 전에 얻어터지다가 사망하고 말았다.

> 레벨이 올랐습니다.

> 지혜를 모두 나쁜 짓에 활용하는 마법사 할린을 처형했습니다.
> 명예가 1 증가하였습니다.

> 검술 스킬의 숙련도가 크게 증가했습니다.

"크흐흐흐."

위드는 괴소를 터트렸다.

"역시 사람을 상대로 하니 성장이 빠르군."

헤르메스 길드나 베덴 길드 유저들은 대부분이 살인자이거나 악명이 높아서 그들을 없앤다고 해도 페널티가 부여되지 않는다.

많은 경험치와 훌륭한 전리품을 얻을 가능성도 더욱 컸다.

위드는 레벨 400대 이상이 쓸 수 있는 마법 스태프와 바람의 마법서까지도 얻었다.

판매한다면 수십만 골드 정도는 그냥 넘어 버리는 고급 아이템이었다.

모니터를 보면서 침만 삼키던 보물이 뜻하지 않게 들어왔다.

"정말 만족스러운 사냥터로군."

베덴 길드와 헤르메스 길드에서도 자신들의 정체에 대해 상세한 정보를 파악하고 있지 못하다는 점이 명확했다.

목숨을 잃었던 이들이 수단과 방법을 가리지 않고 연락을 취하게 될 건 틀림없었다. 그 자리에서 잠깐 구경했던 사람들도 어쩌면 일러바치게 될 것이다.

그러나 과연 지금 이 시점에서는 어디까지 상세하게 말할 수 있을 것인가.

시시콜콜한 자세한 묘사보다는 간단한 사람 숫자와 각자의 직업 정도나 서둘러 고자질하게 될 것이다.

그 정도로도 충분하다고 생각하기 쉬울 테니 말이다.

"잠깐은 제대로 한탕 해 먹을 수 있겠어."

적을 제대로 알지 못한다는 점만으로도 상당한 유리함이 있었다.

그렇다고 해서 계속 통할 수는 없는 방법!

위드는 이후로도 베덴 길드의 파티를 4개 더 전멸시켰다.

베덴 길드와 헤르메스 길드도 당하고 있지만은 않을 테니 구경꾼이 있거나 말거나 상관하지 않고 속전속결로 처리했다.

비상사태

골드마인 던전에 있던 헤르메스 길드 유저들에게 비상이 걸렸다.

> 하픈: 누군가 우리를 노리고 있다. 벌써 다수의 희생자가 발생했다. 베덴 길드의 친구에게 들은 바로는 그쪽은 이미 전멸했다는 소식이다.
> 조드러커: 각 파티별로 전투를 대비해. 함부로 돌아다녀서는 안 된다. 적들은 상당한 실력자들로, 최소 3명에서 5명까지로 파악이 된다.
> 마로마스터: 무조건 주의하라. 놈들의 신상에 대해서는 정확히 알려진 바가 없다. 만약 싸움이 벌어지면 수비를 위주로 하고 위치를 알려서 지원군을 기다려라. 내가 직접 던전 순찰을 돌아서 놈들을 없애겠다.

던전 내부에 있던 레벨 460대의 유저들이 헤르메스 길드의 내부 통신망을 통해 경고했다.

갑작스럽게 벌어진 골드마인 던전의 사태는 길드 통신망을 통해서 멀리 있는 유저들도 관심을 갖고 지켜보게 되었다.

다른 길드라면 이런 사소한 도전이 자주 벌어질지도 모르지만, 헤르메스 길드에서는 굉장히 드문 일이었다.

'오늘은 재미있는 날이군. 하룻강아지처럼 덤벼든 녀석은 확실히 죽어 가겠지. 길드의 보복은 그걸로 끝나지 않고 척살령이 떨어지게 될 것이야.'

관전자의 입장에서는 무덤덤하게 결과를 기다릴 뿐이었다.

> 하픈: 또 하나의 파티가 당했다. 절대 방심하지 마! 우린 헤르메스 길드다.
> 더 이상의 피해가 생겨서는 안 돼!
> 조드러커: 놈들은 개개인이 아주 강하다. 죽은 자들의 보고에 의하면 바바리안 워리어야말로 일찍이 만나 본 적이 없을 정도로 강하다고 하니 주의해. 싸움이 벌어지면 이기려고 하지 말고 동료를 기다려.

이후로도 골드마인 던전에서 헤르메스 길드 유저들이 계속 죽어 나갔다.

1시간 정도가 지났을 무렵에는 70여 명의 사망자가 발생했다. 골드마인 던전은 워낙 크고 유명한 곳이라서 사냥하던 유저들이 대략 100여 명에 달했다. 이미 7할에 가까운 피해가 생겨난 것이다.

레벨이 470에 달했으며 길드 내에서도 강자로 대접받는 마로마스터도 사망하고 말았다.

그는 전투가 벌어지자 길드 통신망을 통해서 계속 보고했다.

> 마로마스터: 놈들을 발견했다. 여자 1명과 바바리안 워리어. 1명은 악기를 들고 있는 바드이지만… 수상한 게, 건드려 보겠다. 비상사태이니만큼 한두 놈 정도는 그냥 죽여 봐야지.

> 마로마스터: 전투가 벌어졌다. 이놈들이 맞아. 구경하고 싶은 이들이 있다면 동쪽 지하 3층 던전으로 와라.

> 마로마스터: 이놈들, 믿을 수 없을 만큼 강하다. 개개인이 우리 쪽을 능가하는 것 같다. 벌써 2명이 사망. 나머지도 위태롭다.

> 마로마스터: 우리도 저, 전멸이다.

마로마스터의 파티는 골드마인 던전에서 가장 강했다. 그의 죽음과 파티원들의 전멸은 헤르메스 길드에 큰 경각심을 안겨 주었다.

이대로 시간이 지나면 골드마인 던전의 모든 유저들이 사망할 판국이라 대외적으로 창피하기도 했으며 심상치 않은 위급 사태였다.

인근 던전들과 포르모스 성에 있는 헤르메스 길드의 유저들이 긴급 출동했다. 중앙 대륙이라서 순식간에 300명이 넘는 고레벨 유저들이 동원되었다.

"이럇!"

"전부 비켜라!"

일반 유저들이 눈을 휘둥그레 뜰 정도로 말을 타고 다급하게 달려가는 유저들.

하지만 그들이 도착했을 무렵에는 2개의 파티가 더 전멸했으며, 정작 범인들은 감쪽같이 빠져나가 버린 후였다.

"이런 곳을 지금까지 내버려두었다니 어리석었구나. 마늘밭에 현금을 묻어 놓고 잊어버리는 것과 무엇이 다르단 말인가."

위드는 골드마인 던전을 쓸어버리고 나서 흐뭇하게 웃었다.

"역시 중앙 대륙이야말로 좋은 사냥터였어."

헤르메스 길드의 유저들 개개인의 실력은 그럭저럭 이름값만큼 강했다. 하지만 막상 싸운다면 이야기는 달라진다.

위드와 서윤, 세빌, 게르니키, 바하모르그 전원이 순간적으로 틈을 비집고 들어간다.

워리어와 기사가 막더라도 일제 공격으로 무너뜨리거나 없는 빈틈을 만들어서라도 쇄도했다.

상대의 진형을 뒤죽박죽으로 헝클어 버리면서 당황하게 만들면 실력을 온전히 발휘하지 못하는 것이다.

바하모르그도 헤르메스 길드에는 상당한 불리함이었다.

눈부신 양손 공격으로 불과 10여 초도 되지 않아 맞붙은 적을 1명씩 없애 버리고 마법 공격 같은 것도 몸으로 막아 주는 철혈의 워리어!

헤스티거만큼은 아니었지만 가히 전쟁터에나 대적할 방법을 찾을 수 있을 법한 강자라고 할 수 있었다.

"정말 유익한 곳이군."

위드는 골드마인 던전에서 모은 전리품들을 쌓아 놓고 감상했다.

불과 한나절 만에 최소 200만 골드 이상의 수익을 올렸다.

"중앙 대륙은 아이템과 황금이 흐르는 곳이었어."

누런 황금들과, 레벨 420대 이상의 장비들과 소모품들이 쌓여 있었다. 그리고 잠시 후 상인이 도착했다.

위드와 상인은 암호를 교환했다.

"크헤헤헤헤."

"음헤헤헤헤."

"마판 상회?"

"위드 님을 뵙게 되어 영광입니다. 마판 님에게 일을 좀 배우고 있습니다."

마판 상회의 중앙 대륙 지부장!

아직 마판 상회의 활동 범위는 중앙 대륙까지 뻗어 있지는 못했다.

한때 중앙 대륙과의 교역도 진행했지만 대륙 봉쇄령이 떨어지고 나서 막히고 말았다.

그럼에도 돈을 위해서는 수단과 방법을 가리지 않는 상인 마판은 은밀하게 지부를 설립해 놓았다.

"이 물건들은……."

"마판 님에게 들어서 알고 있습니다. 판매 수익의 6할을 드리겠습니다."

"흠, 길게 따질 것 없이 그 정도라면 좋은 거래로군요."

위드도 흥정을 벌이지 않고 거래를 받아들였다.

어디까지나 중앙 대륙에서였고 장물 거래였기 때문에 마판 상회의 역할이 반드시 필요했다.

게다가 어서 이 무거운 물건을 처분해야 중앙 대륙의 곳곳에 갯벌 속 꼬막처럼 널려 있는 헤르메스 길드 유저들을 없애러 다닐 게 아닌가.

상인이 싱긋 웃었다.

"거래 대금은 편의상 북부에서 지급하는 것으로 하겠습니다. 이쪽에서는 물건을 처분하는 데 시간이 조금 걸리기도 하고, 중앙 대륙에서의 사업을 더 확장하라는 지침이 있었거든요."

"좋습니다. 마판 상회의 약속이니 믿지요."

"계속 거래가 가능할까요?"

"다음 거래는 오늘 저녁 정도로 하지요."

"후후후후."

"크크크큭."

위드와 상인은 만난 지 얼마 안 된 사이였음에도 불구하고 마음이 잘 맞았다.

은밀하게 저지르는 나쁜 짓이야말로 추억으로 남을 만한 짜릿함!

위드가 먼저 제안했다.

"그럼 앞으로의 원활한 거래를 위해서 친구 등록을 부탁드리겠습니다."

"영광입니다."

친구 등록을 마치고 난 상인의 이름은 '검은돈'이었다.

마판 상회는 중앙 대륙에도 욕심을 내고 있었다.

거상들이 즐비하였으며, 헤르메스 길드에서 즉각적인 보복을 가할 수 있기에 밀무역과 장물들을 위주로 해서 성장하고 있었다.

평범하게 성장하던 마판은 위드를 만나고 나서 양심은 줄어들고 욕심은 끝없이 늘어나게 되었다.

위드는 전리품 거래를 마치자마자 서윤과 바하모르그 등을 데리고 다음 장소로 이동했다.

3명에서 5명으로 숫자를 늘리는 방식은 이미 한번 써먹었던 것이기 때문에 게르니카와 세빌도 함께했다.

> 아타로그 마굴에 들어왔습니다.
> 이 마굴이야말로 툴렌 왕실이 감추고 싶어 했던 비밀이 숨겨져 있는 장소입니다. 어떤 비밀이 숨겨져 있는지는 몰라도 이 근방에서는 심심치 않게 실종 사건이 자주 벌어졌습니다. 현재는 툴렌 왕국이 멸망하고 말았지만 악령들이 남아 임무를 계속하고 있습니다.

아타로그 마굴은 툴렌 왕국의 흑마법 연구소였다.

흑마법사들은 마굴을 탐험할 때 좋은 게, 몬스터로부터 공격을 받지 않는다.

마굴 내의 시설들을 이용하여 마법 연구를 진행할 수도 있으며, 몇몇 특수한 기초 마법을 익힐 수 있었다.

예전에는 마굴 안에서 툴렌 왕국의 기사들, 경비병, 마법사들을 물리치면 고위 귀족을 만날 수 있었다고 한다.

귀족은 흑마법으로 저항을 하다가 위험에 빠지면 목숨을 살려 달라면서 상당한 양의 재물을 내놓는데, 거래를 받아들이는 건 자신의 결정에 달렸다.

재물을 얻고, 약간의 악명과 명예 스탯 하락을 감수할 수도 있었다.

혹은 재물을 거절한다면 다시 전투가 벌어진다.

"내 그럴 줄 알았다. 정의를 내세우는 인간들이 가장 혐오스럽지."

귀족이 더 위험한 흑마법을 사용하여 침입자와 싸운다.

승리한다면 상당히 높은 명예와 명성, 전투 스탯을 얻을 수 있어서 인기가 많은 마굴이었다.

설혹 최후의 보스까지 가지 않더라도 기사, 마법사 들을 해치우기만 하면 전리품이 짭짤하다.

주변 마을 주민들과의 친밀도도 적잖게 올릴 수 있었다.

그러나 역으로 기사에게 당한다면 튤렌 왕실과의 적대도가 높아지기 때문에 페널티가 상당히 큰 장소.

튤렌 왕국의 멸망 이후에는 전부 악령들로 변해서 마굴의 난이도가 전반적으로 높아졌다.

워낙 인기가 있던 사냥터라서 과거에는 흑사자 길드가 차지하다시피 했고, 지금은 베덴 길드가 양보하여 헤르메스 길드에서 독점하고 있었다.

입장료만 해도 무려 1,000골드를 납부해야 했다.

"그야말로 황금 알을 낳는 암탉이로구나."

위드는 들어가자마자 헤르메스 길드에서 입장료를 받아 내는 유저들을 공격했다.

"적이다!"

"그놈들이 여기에도 왔다!"

골드마인 던전에서 그리 멀지 않은 곳에 있는 마굴인 만큼 위드에 대한 소문이 파다하게 퍼져 있었다.

습격자가 위드라는 사실을 알지 못하는 것은 당연히, 평범한 외모 탓이 지대했다.

기본적으로 골드마인 던전과 아타로그 마굴은 지하인 만큼 어둡다. 전투가 벌어지면 자세한 얼굴의 윤곽을 보기도 어렵거니와, 위드는 평소에 착용하던 여신의 기사 갑옷을 아직 꺼내 입지 않았다.

평범한 중급자용 갑옷을 입고 있는 것도 정체를 감추는 장치가 되었다.

골드마인 던전에서 헤르메스 길드를 사냥하기 시작한 지 2시간도 지나지 않은 무렵에 불과하기도 했다.

조각 변신술을 쓰면 완벽한 위장이 되겠지만 전투가 벌어지면 별 의미는 없다.

위드와 싸웠던 전투 영상을 헤르메스 길드에서 분석하기 시작한다면 정체를 알아차리는 것은 시간문제이기 때문이다.

입장료를 받던 헤르메스 길드의 4명은 금방 죽음의 위기에 몰렸다.

"어디서 온 놈들인지 몰라도 길드에서 가만있지 않을 것이다. 오늘 일을 평생 후회하게 만들어 줄 거다."

"후후후, 어서 돈을 내놔라!"

위드는 적들을 망설임 없이 베었다.

〈마법의 대륙〉에서 전쟁의 신으로 불리던 과감함이 되살아나고 있었다.

"황금, 황금이다."

물론 거기에는 헤르메스 길드를 해치우고 얻는 전리품이 상당한 비중을 차지했지만.

달빛 조각사

위드는 입구를 제압한 이후로 동료들과 함께 단숨에 마굴의 깊숙한 곳으로 달려 들어갔다.

이곳은 광물을 캐다가 새로운 길이 형성되기도 하는 골드마인 던전처럼 복잡하지 않다.

몇 개의 갈림길이 있을 뿐이었고, 창고와 연구실, 기사단 숙소, 마법사 숙소 등이 있었다.

사냥을 하기 위해 돌아다니는 헤르메스 길드의 파티들을 거침없이 격파했다.

⁂

"하룻강아지가 어리석게도 우리 길드의 무서움을 전혀 모르는 격입니다."

"죽은 자들의 보고나 단기간의 피해를 감안하면 쉽게 볼 수 없을 정도로 강합니다. 도대체 어디서 갑자기 이런 실력자들이 나타났을까요?"

"툴렌 지역에 있던 유저 중에 범인이 있겠지요."

"안 그래도 반란군과 흑사자 길드의 부활로 뒤숭숭한 판국인데. 독립이니 뭐니 말이 나오기 전체 철저히 짓밟아 버리도록 합시다."

골드마인 넌선에는 헤르메스 길드의 유저 300여 명이 모여 있었다.

포르모스 성에서 딱히 할 일이 없던 유저들이 타격대의 형식으로 비상 출동을 했다.

막상 골드마인 던전에 도착해 보니 홍수들은 온데간데없이 사라졌다.

분풀이할 곳이 없어서 그들끼리 이야기를 나누는 중이었다.

> 텐진: 아타로그 마굴에 침입자들의 급습!

헤르메스 길드의 통신망을 통해 누군가가 외쳤다.

> 텐진: 전투가 벌어졌습니다! 접수대는 이미 전멸… 골드마인 던전의 습격자들과 동일인으로 파악됩니다.

"아니, 이놈들이 겁도 없이?"

"잘됐습니다. 누군지 신원을 파악해서 척살령을 내리려면 시간도 걸리는데 우리가 가서 소탕합시다."

"이왕 모인 김에 확실히 한 건을 처리하면 좋겠지요."

골드마인 던전에 있던 헤르메스 길드 유저들은 즉시 아타로그 마굴로 이동을 시작했다.

험난한 지형 탓에 아타로그 마굴까지는 산을 3개나 넘어가야 했다.

기사들은 각자의 말을 타고 전력으로 질주했으며, 마법사들은 몇 명씩 모여서 텔레포트를 사용했다.

위드는 짧은 시간 동안 아타로그 마굴에서도 4개의 파티를 격파했다.

적들을 소탕하자마자 이동과 동시에 정비, 즉각적이고 빠른 사냥이었다.

아타로그 마굴의 일반 유저들도 어느새 소문을 들었는지 위드의 파티가 지나가면 두 손을 들어서 박수를 쳤다.

"꼭 헤르메스 놈들을 무찔러 주시길!"

"조심해서 잘 싸우시기 바랍니다."

사제들이 들어 있는 파티에서는 지나가는 위드와 동료들에게 아무 말 없이 축복과 회복 마법을 걸어 주었다.

"으흠, 역시 사람은 악하게 살면 보답을 받는군."

위드 입장에서야 이런 대접이 나쁠 것 없었다.

그리고 몇몇 유저들은 정보도 알려 주었다.

"골드마인 던전 쪽에 있는 친구가 그러는데, 놈들이 이쪽으로 오고 있답니다."

적지 한복판임에도 불구하고 일반 유저들은 위드 편이라고 할 수 있었다. 하지만 그 한계가 명확한 것이, 헤르메스 길드의 보복이 두려워서 몰래 소극적인 도움을 건네는 수준이었다.

'당연히 놈들이 우릴 잡으러 올 거라고는 생각하고 있었다.'

유저들이 걱정해 주었다.

"지금 빠져나가지 않으시면 잡힐 텐데요. 어서 도망치세요!"

"걱정해 주셔서 고맙습니다만, 저는 수금하는 동안에는 절대 물러서지 않습니다."

수금무퇴(?)의 정신!

위드는 외부에서 쳐들어올 병력에 대한 걱정은 뒤로한 채로 아타로그 마굴의 깊숙한 곳으로 진격했다.

구경꾼들 몇 명은 호기심 때문에 사냥도 포기하고 위드의 뒤를 따라왔다.

　〈로열 로드〉의 패권을 장악한 헤르메스 길드에서 이렇게 많은 사상자가 발생하게 되면 그건 매우 큰 화제가 된다.

　인터넷에 동영상이 퍼지거나 방송국이 취재할 만한 사건이었기에 뒤를 따랐다.

　구경꾼들을 저지할 수도 있었지만, 위드는 내버려두었다.

　헤르메스 길드의 유저들이 목숨을 잃는 광경이야 적극적으로 홍보를 해도 모자랄 판이었다.

　"놈들이 벌써 여기까지 도착했다!"

　"방어선을 통과 못 하게 해. 여길 놈들의 무덤으로 만들자!"

　아타로그 마굴 안쪽에는 헤르메스 길드의 3개 파티가 연합해서 전투단을 형성하고 기다리고 있었다.

　길드 내부의 통신망을 통해 습격자가 있다는 것을 알고 그들끼리 대비를 위해 뭉쳤다.

　이번에야말로 조금 크고 위험한 전투!

　위드와 바하모르그, 서윤이 앞장서고 있었는데 바로 이글거리는 불덩어리가 날아왔다.

　맹렬한 화염 덩어리.

　검으로 베거나, 원거리 공격 스킬로 불덩어리를 파괴하면 즉시 폭발하여 주변에 피해를 입힌다.

　레벨 430대의 마법사가 시전이 가능하며, 주문을 외우는 데 아주 긴 시간이 필요했다.

　전쟁터가 아니고서는 거의 쓰기 힘들 정도의 광역 주문이었는데, 위드의 전투 행적을 길드 통신망을 통해 듣다가 마법을 완성해 놓고 기다린 것이다.

"바하모르그, 가라."

"얼마든지!"

바하모르그가 앞으로 뛰어나갔다.

헤르메스 길드 유저들의 입가에 차가운 미소가 맺혔다.

"어리석은 애송이."

"마법이 뭔지도 모르는 촌놈이구나."

마법의 특성도 모르고 감히 막으려고 드는 바하모르그를 보자니 한심하고 우습게 느껴졌다.

바하모르그는 곧바로 숯덩이가 되고 옆의 동료들도 만만치 않은 피해를 입게 될 것이다.

헤르메스 길드의 기사들과 전사들은 앞으로 달려 나갈 준비를 했다. 마법이 계획대로 작렬한다면 도망칠 기회 따위는 주지도 않을 생각이었다.

바하모르그가 크게 소리쳤다.

"크레아아아아아!"

암벽 육체!

이글거리는 불덩어리가 바하모르그에게 작렬했다.

"이때다. 끝장을 내자."

헤르메스 길드 유저들은 정면을 향해 날렸다.

마법사들과 샤먼들로부터 질주 속도를 높이는 보조 스킬들을 부여받았다.

강렬한 화염 줄기와 파편들을 뛰어넘어서 멋지게 습격자들을 공격하겠다는 게 그들의 의도였다.

화염 폭발이 일어난 지역으로 헤르메스 길드의 유저들이 가까워졌다.

그런데 마법 폭발로 일어난 눈부신 빛이 사그라지면서, 그대로 건재한 바하모르그의 형체가 모습을 드러냈다.

"거짓말이지? 이게 뭔 몰상식한 장면이야."

"터무니없다!"

"마법사, 무슨 멍청한 실수를……. 마지막에 마법 유지를 못 한 거야?"

전사들과 기사들이 동료들을 탓하고 있을 때였다.

정작 넋을 놓은 건 마법 공격을 가한 마법사였다.

"마법은 처음부터 끝까지 정상이었어. 어떻게 이럴 수가 있는 거지?"

맹렬한 화염 덩어리는 전쟁터에서도 한꺼번에 수십 명의 목숨을 앗아 갔던 마법이다.

기본적으로 광역 마법이기는 하지만 개인도 적중당하면 버텨 낼 수가 없을 정도로 강했다.

마나의 삼분의 이 이상을 소모한 필살의 공격이라고 할 수 있었는데 그걸 맞고도 살아남다니 기가 막혔다.

바하모르그가 공격을 시작했다.

"몰아치는 가르기!"

도끼와 철퇴를 연속으로 휘두르며 헤르메스 길드 유저들을 강타했다. 방패로 막더라도 10미터 이상을 뒤로 날려 버리는 엄청난 위력.

게르니카와 세빌이 좌우를 받쳐 주면서 헤르메스 길드 유저들과 팽팽하게 싸웠다.

헤르메스 길드 유저들은 볼품없이 나가떨어졌지만 다시 일어나서 싸웠다. 그들에게는 장기전으로 갈수록 든든한 사제들이 있었던 것이다.

"어쨌든 우리 편을 지원해 줘."

"계획대로 버티기만 하면 된다."

사제들은 전사들을 향해 치료 마법을 분주하게 걸어 주었다.

그런데 전사들이 바하모르그와 싸우면서 싹둑싹둑 줄어드는 생명력이 믿기지 않았다.

"마나를 아껴. 장기전에 대비해!"

"정확하게 피해를 입은 사람에게만 일대일로 치료를 하도록 하고, 광역 회복 스킬은 아직 자제해. 전사들이 죽지만 않으면 된다!"

사제, 샤먼의 든든한 지원.

던전에서 3개의 파티가 연합한 만큼 바하모르그라고 해도 뚫지 못하는 난공불락처럼 여겨질 정도였다.

사실 억지로 돌파하려고 한다면 워리어의 철통 돌진과 같은 스킬을 사용하고 상당한 피해를 감수하면 가능하기도 하다.

방어 진형을 무너뜨리는 대신에 사방에서 포위를 당할 테지만, 바하모르그의 투지는 그 정도를 두려워하진 않았다.

그럼에도 얌전히 상대하는 까닭은 미리 계획된 전술.

위드는 어느새 헤르메스 길드 사제들 뒤로 다가가 있었다.

그가 몰래 움직인 건 공격 마법으로 인해 커다란 폭발이 일어나고 연기 속에서 바하모르그의 건재한 형체가 드러나기 시작할 무렵이었다.

어쌔신의 공간 침투, 도둑의 은신 스킬은 없었지만 인간인 이상 시야가 가로막히면 허점은 쉽게 생긴다.

사람들의 시선이 바하모르그에게 완전하게 쏠려 있을 때를 틈타서 벽을 타고 연기를 뚫고 뒤쪽까지 침투했다.

"쌍검술!"

위드는 데몬 소드와, 골드마인 던전에서 새로 주운 쓸 만한 검을 들고 사제들을 마구 베었다.

"기습, 기습이다!"

쌍검술을 제대로 익힌 건 아니지만 조각 파괴술로 힘을 늘린 이상 무방비 상태의 사제들을 공격하기에는 남아도는 공격력.

위드는 후방 공격을 통해 사제들과 샤먼들을 쓸어버렸고, 그 이후로 전사들까지도 앞뒤로 합공해서 쓸어버렸다.

"후후후, 간단한 승리군."

헤르메스 길드의 연합한 3개 파티까지 단시간에 끝장낼 수 있는 전투력.

"으아아아!"

"뭐야, 뭐가 저렇게 강해!"

구경꾼들의 눈을 의심하게 만드는 순간이었다.

> 성스러운 기품의 사제복을 획득하였습니다.

> 백금 허리띠를 획득하였습니다.

> 마검 메추리를 획득하였습니다.

위드는 아이템들을 착실히 수거했다.

몬스터들을 사냥할 때에는 만 마리쯤 해치워야 정말 좋은 물건이 하나씩 떨어졌다.

헤르메스 길드 유저들이 착용하고 있는 물건은 어느 것 하나 유명하지 않은 것도 없고 싸구려도 없었으니 어떤 게 떨어지더라도 이익이 엄청났다.

위드는 입가에 침을 발랐다.

'대박이로군. 이 던전의 사냥도 마치고 나면 레벨이 하나 더 오르게 된다.'

하루에 1개씩의 레벨 업!

위드의 레벨을 감안하면 불가능할 정도로 빠른 성장이었다.

헤르메스 길드의 유저들 거의 대부분이 살인마에 가까울 정도로 막대한 악명을 쌓고 있었기 때문에 이겨서 얻는 경험치가 많다.

그리고 단순히 빠른 성장이라고만 부를 수는 없는 이유가, 상대하는 이들의 레벨이 퀘스트 때문에 뒤처진 위드보다 높았다. 위험도 또한 보통의 사냥과는 비교할 수가 없다 보니 성장속도가 대단히 빠른 게 오히려 정상이었다.

아타로그 마굴의 초토화!

3개의 연합 파티들까지 물리쳐 버린 이후에 아타로그 마굴에서 헤르메스 길드 유저들이 선택할 수 있는 길은 오직 하나였다.

 "당장 튀자!"

 "놈들이 어느 쪽으로 오는 거야? 어디서 이런 놈들이……."

 "안심해도 좋아. 몬스터들이 있는 이상 우리에게까지 오진 못하겠지."

 자긍심 높은 헤르메스 길드 유저들이 도주를 선택했다.

 마굴 안에서 사냥하던 일반 유저들에게는 황당하고도 생소한 광경이었다.

 그들은 사냥하던 자리를 벗어나서 던전 안쪽 깊숙이 들어갔다. 아타로그 마굴의 몬스터들의 수준은 상당히 뛰어났으니 거기에 희망을 걸었다.

 하지만 아타로그 마굴에는 악령들이 돌아다녔다.

 위드는 전투력을 높이기 위해 몬투스를 해치우고 획득한 악마 투구를 착용했다.

악마 투구를 착용하였습니다.
당신의 잔혹한 마음이 모든 이들의 공포를 일으킬 것입니다. 그 대가로 매일 신앙심이 3씩 감소합니다. 악마는 결코 쉽게 쓰러지지 않습니다. 끝없는 방어가 발동되어 자신을 향한 공격들을 거리에 따라 급격하게 약화시킵니다. 모든 상태 이상에도 절대 무너지지 않는 방어력은 적들의 공격을 때때로 무용지물로 만듭니다. 부상을 입을수록 육체가 강해집니다. 흑마법과 지옥계의 마법은 당신보다 강한 자가 아닌 한, 거의 영향을 미치지 못합니다. 투구를 쓰고 있는 동안 호칭 '악마의 열세 번째 부하'가 적용됩니다.
방어력이 161 증가합니다. 지혜가 98 늘었습니다. 지식이 115 오릅니다.

중급 흑마법까지의 마나 소모가 최소가 됩니다. 악마적인 두뇌로 마법 발동 시간이 단축됩니다. 모든 전투 스킬의 위력이 12% 오릅니다. 전투 명성이 8,000 높아집니다.
이 투구는 절대 잃어버리지 않습니다.

"후우, 엄청난 능력이군."

악마 투구와 같은 물건은 위험도가 높은 사냥에서 기꺼이 써 주어야 했다.

전형적인 대인 살상용 장비!

위드를 본 악령들이 온몸을 떨며 전율했다.

—캬흐흐흐. 악마의 하수인이시여.

—악의 종자를 알현합니다.

악령들은 공포를 일으키기보단 반가워했다.

악으로부터 힘의 원천을 얻는 악령들은 같은 성향을 가진 이들에게 동질감을 느끼며 잘 덤벼들지 않는다.

흑마법사, 타락한 네크로맨서가 얻는 특혜의 일부.

하지만 강한 악령들은 오히려 상대가 현저하게 약할 경우에 악의 힘을 빼앗기 위해서 먼저 덤벼들기도 했다.

위드의 투지는 악령들을 피해 가게 만들기에 충분하다 못해서 넘치는 수준이었다.

—꺼림칙한 인간이다. 어서 길을 비키자! 이히히히.

—악마의 하수인이 지나가야 돼. 저 인간이야말로 이 모든 그릇된 것들을 엉망진창으로 만들어 줄 것이야.

악령들과의 전투를 피해 가면서 쾌속 전진.

일부 악령들, 레벨이 낮은 악령들은 뒤를 따라왔다.

─그를 따르자. 그에게서 악이 무엇인지를 배워야 한다.

─보아라. 우리가 기다려 왔던 순간이 드디어 도래했다. 저 악마의 종자는 비열함과 비겁, 추악의 새로운 길을 열어 줄 것이다.

위풍당당!

아타로그의 악령들을 이끌고 진격한 위드는 헤르메스 길드의 사냥 파티들을 완전히 박살 내 버리고 말았다.

바하모르그와 서윤만 해도 일대일로는 감히 맞설 수가 없었으며, 위드도 조각 파괴술을 쓴 이상 감당하기 어려웠다.

악령들까지 전례가 없을 정도로 대규모로 끌고 다녔으니 헤르메스 길드의 사냥 파티들이 묻히는 것은 한순간이었다.

─키헤헤헤헤헷. 지옥의 문이 열릴 것이다.

─아아아, 이 향긋한 시체 냄새.

전투가 벌어지게 되면 가히 엉망진창이었으며, 질겁하여 도망치는 헤르메스 길드 유저들은 삽시간에 학살되었다.

"과연 이 맛이군. 라면 수프를 넣더라도 맛있으면 됐지."

위드는 가슴을 쭉 폈다.

순수하게 검과 힘으로 굴복시키진 않았지만 어찌 되었건 목적만 달성하면 된다는 주의였다.

전쟁의 신 위드

아타로그 마굴을 향해서 전속력으로 달리던 헤르메스 길드의 이른바 토벌대 유저들은 들려오는 소식들에 경악했다.

> ―3개 연합 파티 전멸. 아무도 살아남지 못함.

> ―습격자. 던전의 악령들을 끌고 다니고 있음. 그들에게 부하처럼 명령을 내리거나 하진 않지만 함께 싸움.

> ―희생자 70명 돌파. 곧 길드의 유저들이 전멸할 것으로 예상됨.

보통의 습격자라면 헤르메스 길드의 평범한 파티 하나로도 격파할 수 있다.

소수 대 소수의 싸움.

베르사 대륙에서 강자들만 모인 이익집단인 헤르메스 길드에 대적할 수 있는 사람은 드물었기 때문이다.

그런데 고작 5명밖에 안 되는 인원으로 100명이 넘는 길드의 유저들을 거침없이 쓸어버리고 있었으니 가슴 한구석이 무거웠다.

　도무지 상상하기 힘든 무력시위였다.

　"이게 무슨……. 도대체 레벨이 몇이기에 악령들로부터 공격을 안 받아? 일반적인 기준으로는 레벨이 550을 넘어야 가능한 것 아니야?"

　"레벨이 중요한 게 아니잖습니까. 특별한 물건을 갖고 있거나 잠깐 전투력이 증가하는 퀘스트 중일 수도 있고. 우리가 가면 단숨에 이길 수 있습니다."

　"인원수는 절대 무시할 수가 없지요. 저쪽은 5명이고 우린 한꺼번에 300명입니다. 놈들이 도망가지 않도록 빨리 도착하는 것만 생각합시다."

　토벌대 유저들은 어쨌든 자신들이 이길 것이라 생각했다. 하지만 던전이나 마굴은 보통 통로가 좁고 장소가 협소하다.

　지하 광장 같은 곳이라면 모르겠지만 그게 아니라면, 지금까지의 활약으로 미루어 보아 섣불리 선두에 섰다가는 피해를 입을 수 있다.

　'전방에 나서지는 않고, 물러서서 기회를 노려 봐?'

　하지만 이쪽 집단의 위력이 너무나도 대단하다 보니 단기간에 전투가 끝나 버리면 허탈하게 되리라는 걱정도 들어 갈등이 되었다.

　습격자들을 해치우고 얻을 길드 내의 명성이나 전리품들은 대단히 유혹적이었다.

이때 토벌대의 누군가가 말을 달리면서 말했다.

"〈로열 로드〉에서 이만큼 강한 유저란 흔하지 않습니다. 저는 습격자들에 대한 이야기를 듣자마자 떠오른 사람이 있었는데요."

"누구?"

사람들은 이 주변에서 익숙한 흑사자 길드의 칼리스나 로암 길드의 로암 정도를 생각했다.

〈로열 로드〉를 대표할 수 있는 강자들의 이름이다.

"위드죠."

"위드? 아, 아르펜 왕국의 그 위드! 위드라면 그럴 수도 있… 잠깐만, 위드?"

베르사 대륙에서 무신 바드레이의 유일한 호적수로 꼽히는 전쟁의 신 위드.

헤르메스 길드의 높은 긍지와 오만함에도 불구하고 위드에게만큼은 계속 패배와 좌절을 겪었다.

"나 참, 그런 농담 같은 이야기라니."

"에이, 말이 되는 소리를 해야지."

"그래도……."

"북부에 있어야 할 위드가 여기에 왜 나타나. 쓸데없는 소리 하지 말고 어서 가기나 하자고!"

토벌대의 전사들은 계속 말을 딜였다. 하지만 위드라는 이름이 머릿속을 떠나지 않았다.

'이런 능력을 발휘할 수 있는 유저가 또 있던가?'

베르사 대륙이 넓다고 해도 떠오르지 않는다.

던전에서의 싸움 형태도 그렇다.

　'그놈의 주특기가 강한 부하들을 지휘하는 게 아닌가. 지난 전쟁에서도 바바리안 워리어가 엄청나게 활약을 했었다.'

　토벌대에서 가장 강한 유저인 필리안이 말을 달리면서 큰 소리로 말했다.

　"아무래도 느낌이 안 좋다. 가면서 확인 좀 해 보자."

　"어떻게?"

　"골드마인 던전에서 죽은 애가 내 친구야. 그 녀석에게 물어보면 위드인지 아닌지 금방 확인할 수 있어."

　필리안은 아는 인맥을 동원해 그 후배에게 연락하도록 했다.

　용건은 습격자가 위드인지 확인하라는 것!

　그리고 대답은 불과 1~2분 만에 왔다.

　필리안이 놀라서 외쳤다.

　"마로마스터로부터 전해 들은 소식으로는… 이미 그놈이 위드는 아닌지 의심하고 있었다는데……."

　"……!"

　"위드의 전투 스킬 같은 건 여기 있는 사람들도 모두 알고 있을 것이다."

　토벌대의 유저들이 고개를 끄덕였다.

　"사용하는 스킬로는 도저히 알 수 없었다고 한다. 장비로도 추측이 불가능했고."

　"그런데 뭘 보고 위드라고 의심하지요?"

　토벌대가 말을 타고 가는 속도가 자연스럽게 조금 늦춰졌다.

　"골드마인 던전 희생자들이 말을 맞춰 보다 보니 이상한 이야기가 나왔다. 상대방의 전투법이 목숨을 아끼지 않는 것처럼 과감하면서 능숙했을 뿐만 아니라, 공격에 실려 있는 힘도 감히 대적할 수 없을 정도로 세다는 것. 어느 정도 강한 게 아니라 부딪치기만 해도 무기나 방어구의 내구도가 감소할 정도로 차원이 달랐다고 한다."

"모두 알고 있듯이 힘 강화. 위드의 특기 중의 하나로군요. 과감한 전투 방식도 흔하지는 않고."

헤르메스 길드는 위드의 여러 스킬들을 파악하고 있었다.

길드 내에서 많은 지원을 받는 정보대의 임무 중에는 전투 스킬에 대한 연구도 있다.

특히 강력한 유저들이 사용하는 특별한 스킬들을 분석하고, 그것을 얻는 방법이나 약점들을 전문적으로 분석한다.

위드가 예술 스탯을 힘이나 민첩성으로 바꾸는 것은 조각사의 직업 공통 스킬로 널리 알려진 조각 파괴술.

조각사에게는 일반적인 것이지만 다른 직업들은 갖지 못한 특별한 능력이었다.

"그리고 바바리안 워리어가… 그의 장비도 약간씩 달랐기 때문에 쉽게 구분하지 못했지만 대지의 궁전에서 활약한 위드의 부하가 맞는 것 같다고 한다."

"그렇다면 정말 위드가 중앙 대륙에 왔단 말인가. 어떻게 그럴 수가."

"완전히 확신할 수는 없지만 위드라고 8할은 의심하고 있는 상황이다. 다른 희생자들과 함께 길드 동영상 게시판에서 정밀하게 전투 영상을 분석하고 있는데 위드 외에는 달리 추측되는 인물이 없다."

"……"

"어서 가자. 위드가 정말 맞다면 우리가 공을 세울 기회다."

토벌대의 이동속도가 갑자기 빨라졌다.

포르모스 성.

툴렌 왕국에서 활동하고 있던 그들은 갑자기 대륙의 중심에 선 기분이었다.

위드를 처치하게 된다면 대륙 전체에 자신의 이름을 올리게 되며, 길드 내에서 포상도 두둑하게 받게 된다.

아르펜 왕국이 상당한 골칫덩이로 떠오르고 있었는데 위드를 여기서 없애 버린다면 그보다 더한 공적이 어디 있을까.

대륙 통일에 대단한 역할을 했다고 할 수 있었다.

아타로그 마굴에 도착한 토벌대!

푸히히히힝!

말들이 거품을 물고 쓰러질 정도로 바쁘게 달려서 불과 1시간 정도에 도달했다.

"벌써 날파리들이 많이도 모여들었군."

"전부 쫓아내면 될 것입니다."

마굴 입구 주변에는 일반 유저들이 가득 차 있었다.

원래 유명한 던전 중의 하나이기도 했거니와 헤르메스 길드가 습격을 당하고 있다는 소문이 퍼져서 인근에서 전부 몰려온 것이다.

토벌대의 유저들은 유저들을 헤치고 입구로 달려갔다.

구경꾼들이 떠드는 소리가 들렸다.

"정말 위드가 와 있는 거야?"

"그렇다는 이야기가 있는데… 벌써 안에 있는 헤르메스 길드는 거의 전멸했대."

"위드라는 증거는?"

"안에서 본 내 지인의 말로는, 악령을 이끌고 싸우는 방식이 마치 〈마법의 대륙〉에서 전쟁의 신 위드가 하는 행동과 같다고 했어."

"지휘는 하지 못한다고 하던데?"

"화살도 쏘고, 검도 휘두르고. 직업을 종잡을 수 없다는 것도 위드라는 증거지."

"확신할 수는 없지만 사실일 가능성이 크다는 거네."

"마굴에 들어가서 보고 싶다."

헤르메스 길드 유저들은 입구를 막아섰다.

"모두 물러서라!"

"이 마굴은 당분간 폐쇄한다!"

마굴 안에서 격렬한 전투를 벌여야 하는 만큼 구경꾼들을 물리치는 것이 당연했다. 구경꾼들이 갑자기 위드를 돕거나 방해하는 일도 방지해야 했다.

습격자가 위드라는 가능성이 알려지자 길드의 통신망을 통해 가까운 포르모스 성 그리고 멀리의 도시와 마을에서도 헤르메스 길드의 강자들이 추가로 출발했다는 소식들이 들렸다.

아타로그 마굴을 포위하여 위드와 습격자들을 독 안에 든 쥐로 만들 작정이었다.

"200명씩 진입한다. 완벽한 준비를 해서 위드를 없앤다."

이윽고 마굴의 입구에 400여 명이 모였을 때 진압 계획이 시작되었다.

위드가 지금까지 지골라스에서도 그렇고 번번이 골탕을 먹였기에 방심 따위는 전혀 없었다.

마굴 내에서 사냥하고 있던 일반 유저들도 모조리 쫓아내면서 위드에 대한 수색 작업이 철저히 진행되었다.

―툴렌 왕국이 무너지고 말았다고?

"예, 그렇습지요."

―그렇다면 나의 이 연구는…….

"서거하신 여왕 폐하를 위해서는 쓰지 못하실 것입니다."

―오호, 이런 아쉬울 데가 있나. 그렇다면 이 흑마법은 전혀 쓸모없는 게 되었구나.

위드는 아타로그 마굴의 가장 깊숙한 곳에서 귀족의 악령과 대화를 나누고 있었다.

마굴 안에 있던 헤르메스 길드의 유저들을 전부 격퇴한 이후에 최종 지점까지 도착한 것이다.

위드는 다 알면서도 모르는 척 말했다.

"어떤 흑마법을 개발하셨습니까요?"

악령 귀족은 오히려 되물었다.

─인간들이 추구하는 가장 큰 욕망의 성취, 그 밑바닥의 끝에 있는 게 무엇이겠는가?

심상치 않은 수수께끼.

한때는 대단한 비밀이 있는 것처럼 궁금증을 자아냈지만 현재는 이미 해결된 것에 불과하다.

바레나라는 네크로맨서 유저가 왔더니 악령 귀족은 비밀을 술술 털어놓았다.

"아름다움이겠지요."

─영원히 유지되는 젊음과 미모. 그것이야말로 우리가 연구하고 있는 것이지. 이젠 여왕 폐하께서 쓰지 못할 테니 자네에게 주겠네.

악령 귀족은 아름다움의 비약을 3개나 건네주었다.

흑마법으로 제조된 아름다움의 비약을 획득하였습니다.

아름다움의 비약이 가진 이름은 흑마법이 으레 그렇듯이 함정에 가까웠다.

육체에 힘과 생명력, 민첩성, 맷집을 20개 이상 올려 주지만 대신에 매력과 신앙 스탯이 그만큼 하락한다.

행운도 만만치 않게 감소했다.

이 아름다움의 비약을 머게 되면 베르시 대륙의 시간으로 1년간 몸에 영향을 미친다.

밤이 되면 몸의 피부가 악마들이 데리고 다니는 마수처럼 검고 딱딱하게 바뀐다.

일몰 이후의 강함은 대단하지만 조금도 아름답지 않은 괴물의 모습이 되어 버리고 말았다.

'그래도 다들 없어서 못 먹지. 동물에 먹이면 효과도 좋다고 하던데.'

위드는 직접 마실 생각은 없고 좋은 구매자에게 팔아 치울 작정이었다.

"정말 대단한 연구입니다."

—클클클. 하지만 이 비약을 만들기 위해서는 재료들이 많이 필요한데…….

"제가 구해 와야지요."

—오, 그런가. 재료를 구할 장소는…….

"썩은 거품의 늪으로 가겠습니다."

—긴 여행이지. 다행히 그곳과 연결된…….

"게이트를 발동시킬 수 있는 원한을 품은 썩은 해골은 이미 구해 왔습니다. 바로 가시지요."

바레나는 북부에 정착한 네크로맨서였으며, 다크 게이머의 일원이기도 했다.

그녀가 다크 게이머 연합에 올려놓은 정보 게시 글을 통해서 악령 귀족을 만나서 다른 사냥터로 곧바로 이동할 수 있다는 점을 알고 있었다.

—위드 님, 지금 베덴 길드와 헤르메스 길드에 비상이 걸리면서 토벌대가 아타로그 마굴을 향해 대대적으로 모여들고 있습니다. 위드 님이 이곳에 오신 걸 알아차렸다고 합니다.

위드는 마판 상회의 상인 검은돈을 통해 정체가 발각되었다는 소식을 들었다.

"흐음, 당연히 알아차렸군. 그럴 것 같다고 생각했지만……."

아타로그 마굴에서 좁은 지형 등을 이용해 놈들과 전투를 펼칠 수도 있겠지만 승리를 확신하기 어렵다.

적늘이 메뚜기 떼처럼 끝을 모르고 계속 몰려올 테니 하루 종일 싸워도 모자랄 것이며, 사제 집단의 지원을 받아서 마구잡이로 해치울 수 없으니 위험은 크고 실속은 적다.

모름지기 습격이란 정신없이 치고 빠지면서 효과를 극대화해야 했다.

위드는 〈마법의 대륙〉에서 명문 길드들을 괴롭히던 때를 떠올렸다.

정말 생각지도 못한, 혹은 생각하기도 싫은 행동들을 저지르면서 그들을 못살게 굴었다.

아주 작은 간섭만 하더라도 용서 없이 수백 배의 보복을 가했다. 대화로 타협을 하자고 제의를 해 오면 다 듣고 나서 생각해 보는 척하다가 교섭을 하러 온 사절을 죽였다.

인간 망종을 넘어선 대악당!

돌이켜 보면 굳이 그렇게 할 필요가 없었음에도 어딘가 제정신이 아니었다.

그저 내킨 내로 살았넌 질풍노노의 시기었다.

"내가 나쁜 사람 같아?"

위드의 말에 서윤은 당연하다는 듯이 고개를 흔들었다.

"아니에요."

"다 내가 잘되려고 하는 게 아니야. 이 사회가 썩어서 그런 거지."

"맞아요."

서윤은 사막의 대제왕 시절에 함께했던 것처럼 정보를 가져다주었다.

중요한 부분에 대해서는 위드가 이미 알고 직접 살펴봤지만, 던전 내부의 상태나 몬스터의 특성, 지원군이 몰려올 만한 다른 지역들과의 거리 등은 그녀가 분석했다.

"그럼 다음 장소로 가자."

"장화와 지팡이 그리고 도시락을 준비했어요."

"완벽하군."

썩은 거품의 늪에서도 경험치와 전리품을 상당히 많이 얻을 수 있다고 한다.

흑마법으로 제조된 생명체들이 아주 많아서, 몬스터들을 퇴치하면 신앙심이나 자연과의 친화력을 올리기에 좋았다.

전투 업적을 세우면 직업에 따라 힘이나 지혜를 2개 얻을 수가 있었던 것이다.

위드는 서윤과 부하들을 데리고 게이트를 통과했다.

잔뜩 독기가 올라 있던 헤르메스 길드의 유저들은 또다시 허탕을 치고 말았다.

골드마인 던전과 아타로그 마굴에서의 습격은 몇 시간 되지도 않아서 대륙을 뜨겁게 달구었다.

베덴 길드와 헤르메스 길드의 유저들이 몰살당했다는 소식과 함께 구경꾼들의 동영상, 게시판의 글들을 통해서 대단한 화제가 됐다.

—위드가 헤르메스 길드에 칼을 뽑았다.
—200명, 300명 이상의 유저들이 목숨을 잃었더라.
—아타로그 마굴에서는 감쪽같이 사라졌다.

방송국들은 이 소식을 뉴스를 통해 속보로 전하면서 동영상들을 소개했다.

영상에 대한 전문가들의 세부 분석을 통해서 그날 저녁에는 습격자의 정체가 위드가 틀림없다는 사실도 알려지게 되었다.

—위드다!
—대지의 궁전 파괴에 대한 복수를 위드가 시작했다.
—전쟁의 신이 움직였다!

방송국을 통해서 소식이 알려지자 파급력이란 엄청났다.

사람들이 주목하는 위드와 바드레이의 움직임.

그것도 위드가 전격적으로 중앙 대륙의 헤르메스 길드를 공격하고 있는 모양새인 것이다.

아타로그 마굴에서는 수색 작업이 샅샅이 진행되었음에노 위드와 그 일행은 발견되지 않았다.

베르사 대륙의 모든 유저들이 이번 일에 떠드는 것처럼 느껴질 정도로 큰 화제가 되었다.

그리고 하루가 지났다.

〈로열 로드〉와 방송, 인터넷이 뒤집어지거나 말거나 위드는 그때까지 썩은 거품의 늪에서의 사냥을 무난히 마쳤다.

다른 방해자들도 없다 보니 침대에 누워 뒹굴면서 텔레비전 보기 수준!

"다음으로 갈 장소는 완전한 성채로 잡아야겠군. 골드마인 던전이 재물을 얻을 수 있는 곳이라면, 완전한 성채는 사냥의 명당이지."

포르모스 성에서는 약간 멀지만 옛 툴렌 왕국 지역을 벗어나지 않은 위치에 완전한 성채가 있었다.

툴렌 왕국은 역사적으로 절대 함락되지 않을 성채를 건설하려고 했지만 경사가 심한 산악 지형과 예산의 문제를 극복 못하고 공사가 중단되었다고 한다.

이름은 '완전한 성채'지만 실제로는 절반 정도 지어지다가 만 폐허.

그 후 방치된 완전한 성채는 도적단을 비롯하여 몬스터, 산적 떼 등이 무작위로 근거지로 삼아 왔다.

그들은 기본적인 레벨이 무려 390을 넘어가고 지방군 단위의 큰 규모를 이루어 넓은 성채에서 살아갔다.

마법사나 궁수, 암살자, 도망친 용병 등도 도적단이나 산적 떼에 몇 명씩은 섞여 있었다.

한때 완전한 성채 주변은 베르사 대륙에서 범접하지 못할 극도의 위험지역이었다.

인근 도시들에 대한 약탈도 빈번하게 이루어졌다고 한다.

그 후에 시간이 흘러 유저들의 전반적인 수준이 향상되면서 완전한 성채는 훌륭한 사냥터로 변모하게 되었다.

그들의 토벌을 마치고 나면 대단한 퀘스트 보상과 도적들이 모아 놓은 전투 물자, 특별한 보물까지도 얻을 수가 있었다.

완전한 성채 지역은 중앙 대륙에서도 손꼽히는 최고의 사냥터였다.

위드의 입가에 회심의 미소가 맺혔다.

헤르메스 길드의 침략을 북부에서 받게 되면 반드시 피해를 입게 된다.

그렇지만 자신이 중앙 대륙으로 나온 이상, 무궁무진한 방법으로 휘둘러 줄 수 있었다.

〈마법의 대륙〉에서도 매번 전투마다 눈치와 꼼수를 동원하며 적을 농락하는 것을 즐기지 않았다면 싸우지 못했으리라.

"완전한 성채는 뭐, 거의 축제나 다름없는 곳이라니 기대가 되는군."

위드가 악당 짓을 하는데도 대견하게 바라보는 서윤.

"너무 무리는 하지 말고 쉬면서 하세요."

"즐길 수 있을 때 마음껏 즐겨 줘야지. 아직 시작도 하지 않았으니까 말이야."

썩은 거품의 늪을 나오니 포르모스 성 인근의 산속이었다.

꾸에에엑!

숲에는 와일이와 와삼이가 미리 대기하고 있었다.

"오늘은 와일이를 타야겠군. 괜찮겠어?"

"불편하더라도 참아 볼게요."

와일이와 와삼이는 위장을 위해서 알록달록한 하늘색 물감을 칠하고 있었다.

유린의 그림 이동술을 쓰다 보면 사람은 움직여도 막대한 양의 전리품까지는 무리였다.

짐을 실어야 하기 때문에 등판이 평평한 와삼이는 최고였다.

이사용으로까지 사용되는 와삼이!

꾸와아아아악!

짐을 실을 때마다 와삼이는 무겁다면서 비명을 질렀다.

다리를 비틀거리거나 머리를 땅에 축 늘어뜨리기까지 했다.

위드는 바하모르그에게 지시했다.

"조심해서 실어. 흘리지 않도록 줄로 잘 묶도록 하고."

"알겠다."

배낭들과 함께 줄로 완벽하게 묶이고 있는 와삼이.

"와삼아."

위드가 부드럽게 말하니 와삼이가 날카로운 눈을 번뜩였다.

"오래 살고 싶지?"

"……."

"세상 오래 산다고 해서 좋은 게 아니다. 춥고 배고프면서 몸까지 아프면 그게 행복이 아냐. 이거 다 처분하고 나면 따뜻한 양털 옷 하나 짜서 입혀 줄게."

까우우우욱.

와삼이는 감격의 눈물을 흘렸다.

와이번은 추위를 타는 생명체에 속할뿐더러, 빙룡과도 자주 엮이다 보니 특히 춥다.

따뜻한 양털 옷을 입는다면 와이번으로서는 상당히 출세한 것이다.

서윤이 와삼이의 머리를 다정하게 쓰다듬었다.

'불쌍해.'

그녀는 간파하고 말았다.

지금 상태에서 양털 옷까지 입혀 놓는다면 승차감은 더욱 좋아질 게 아닌가.

앞으로 더 바쁘게 와삼이를 써먹겠다는 의미였다.

"위드의 습격이라."

라페이는 차분하게 보고를 받았다.

하벤 제국이 반란군으로 정신이 없는 와중이었지만 위드에 대한 정보만큼 중요한 건 없다.

"그와의 사이에서는 새삼 놀랄 것도 없는 일이지만 적극적으로 덤벼들어 보겠다는 뜻인가? 아니면 당한 만큼 보복을 하겠다면서 슬쩍 찔러보는 것인가?"

라페이는 고민에 잠겼다.

중앙 대륙은 넓다.

하벤 제국에서는 반란군으로 인해 매일 수십 개에 달하는 커다란 전투가 벌어졌다.

제국의 중앙군이 움직이면 반란군은 단숨에 소탕되고 지역은 일시적으로 안정된다.

중앙군을 지원하고 지역의 치안을 유지하도록 하는 일만 하더라도 수뇌부의 업무는 과다할 정도였다.

　아직까지는 그럼에도 하벤 제국군은 도처에서 일어나는 반란들을 쉽게 잠재우지는 못했다.

　정복 지역의 민심이 악화된 만큼 크고 작은 도시와 성에서 반란군이 계속 형성되고 있기 때문이었다.

　클라우드 길드, 사자성, 로암 길드, 블랙소드 용병단, 흑사자 길드. 과거의 명문 길드들이 재기를 노리면서 제국의 요충지들을 정복한 것도 중대한 이유였다.

　그들의 세력을 견제하기 위해 절반이 넘는 군대가 동원되고 있다.

　명문 길드들이 힘을 잃지 않았었다면 하벤 제국에서도 간과할 수 없는 대위기였다.

　"즉시 토벌대를 보냅시다. 위드를 죽이면 대륙 정복이 사실상 끝납니다."

　"제가 가겠습니다."

　"저를 보내 주십시오. 기사단을 이끌고 가서 없애 버리겠습니다."

　제국의 임시 황궁.

　아렌 성을 개조하여 쓰고 있는 회의실에서 기사들이 서로 나섰다.

　위드가 불과 몇 명을 데리고 중앙 대륙으로 넘어왔다면 그를 잡을 수 있는 절호의 기회이지 않은가.

　헤르메스 길드에서도 중견에 달하는 유저들이 서로 보내 달라고 했다.

라페이는 잠시 생각하다가 물었다.

"위드를 없애야 한다는 관점에 대해서는 저 역시 동감입니다. 그러나 바보가 아닌 이상 포르모스 성 근처에 계속 머무르지는 않을 것인데 무슨 수로 그를 잡겠습니까?"

"지금부터 추적해야지요."

"정보대를 통해 조각술을 이용해 외모나 종족을 바꿀 수 있다는 점이 확인됐습니다."

"찾아내기만 하면 대군으로 포위망을 형성해서 잡을 수 있을 겁니다."

"그는 와이번을 타고 하늘을 날아다닙니다."

"그때는 그리폰 군단을 동원하면 됩니다."

하벤 제국의 그리폰 군단!

용기사 뮬을 대장으로 하는 그리폰 군단은 하벤 제국군에서도 가장 강력한 힘 중의 하나였다.

칼라모르 왕국을 정복할 당시에 상대 기사단을 묶는 데 혁혁한 공을 세운 이후 계속된 지원으로 더욱 전력이 강해졌다.

지금은 연합군과의 승리 이후에 그라디안 왕국과 네스트 왕국의 접경 지역에 배치되어 반란군을 진압하고 있었다.

총 5,000에 달하는 그리폰 군단이 움직인다면 그 지역을 족쇄처럼 가둬 둘 수 있다.

그리폰 군단을 떠올리니 라페이도 약간은 구미가 당겼지만 이내 포기했다.

헤르메스 길드의 수뇌부는 명문 길드들, 과거의 숙적들을 최우선 척결 목표로 삼아 처리하려 하고 있었다.

과거의 잔재들이라고 해도 어서 대대적으로 소탕하지 않으면 불씨가 되어 크게 번질 수 있다.

대대적인 소탕 작전을 펼친 이후에 제국의 내정을 안정시켜야 하는 지금, 위드가 나타났다고 해서 대규모 추격전 같은 이벤트를 벌일 수는 없다.

'제국의 국력을 회복하고 안정화시킨 후에 북부를 파괴하면 끝난다. 확실한 방법이 기다리고 있는데 이런 이벤트 같은 일을 벌이는 건 내가 원하는 방식이 아니야.'

라페이는 생각을 정리한 후에 말했다.

"고작 1명을 상대로 군대를 대규모로 파견하거나 하며 들썩일 것은 없습니다. 추격전을 벌이거나 해서 놓친다면 그것도 수치스럽기 짝이 없는 일. 하벤 제국의 방침은 현재의 우선순위를 그대로 유지합니다."

하벤 제국에서는 계속 치안과 내정에 전념하기로 했다.

위드가 어디서 나타날지 모르는 상황에서 상당한 군대가 마치 두더지 잡기에 나설 수도 없는 노릇이다.

하지만 지역마다 여유 병력을 상당히 동원하여 다음에 나타날 확률이 높은 지역에 덫을 놓기로 했다.

위험 지역의 결속력도 높여서, 위드가 나타나면 즉각 대응할 수 있도록 했다.

위드의 목에도 현상금을 걸기로 했다.

라페이는 가만히 지켜보기만 하면 이 싸움은 헤르메스 길드에 유리하다고 생각했다.

'열 번을 피해 입더라도 한 번만 놈을 잡으면 된다. 무모한 도전의 최후는 그런 것이겠지.'

앞으로 헤르메스 길드가 도저히 넘볼 수 없는 힘의 격차를 보여 주면 반란군도 수그러들게 될 것이다.

마지막 희망까지도 짓밟고 나면 통치에 무조건 따를 수밖에 없는 처지가 되고 말 테니까.

하벤 제국의 대영주들 중에서도 야망이 큰 인물들을 적당히 다독거리고, 때때로 힘을 보여 주면서 다른 마음을 먹지 못하게 해야 한다.

설혹 위드가 하벤 제국에 피해를 입히더라도 그게 얼마나 되겠느냐는 생각이 아직까지는 팽배했다.

괴멸적 타격

위드는 완전한 성채가 내려다보이는 하이랜드 고원에 서 있었다.

휘이이잉!

찬 바람이 시커먼 망토를 휘날리게 했다.

"금인아."

골골골.

"누렁아."

음머어어어.

"아껴야 잘살기는 한단다. 그렇지만 부자가 되려면 남이 아낀 것을 잘 빼앗아야 된다."

위드가 착용하고 있는 망토는 헤르메스 길드 유저들을 죽이고 약탈한 것이었다.

망토의 경우에는 대부분 직업 제한이 없다 보니 최상품이라고 해도 찾는 사람들로 인하여 돈이 있어도 물건을 구하지 못할 정도다.

블랙 드레이크의 망토는 그중에서도 정점을 찍은 것으로, 베르사 대륙의 누구나 갖고 싶어 하지만 구경하기도 어려운 물건이다.

물리 방어력과 마법 방어력은 기본으로 갖추었으며, 레벨에 따라 이동속도도 최대 7%까지 늘려 준다. 바람이 불어오면 몸을 일시적으로 띄울 수 있으며, 심지어는 기류를 타고 날 수도 있다. 비행 마법과는 다르게 바람의 흐름을 거스를 수는 없었지만 최대 속도에서는 어마어마하게 빠르다.

또한 아주 높은 곳에서 떨어지더라도 추락의 영향을 조금도 받지 않았다.

위드가 이를 드러내며 웃었다.

"크흐흐흐."

하얀 이를 드러내는 비열하고 야비한 미소!

"이번에는 또 어떤 수확물을 얻을 수 있을지, 그럼 가 보도록 할까?"

서윤은 저녁 식사를 준비한다면서 일찍 접속을 종료했다.

그녀가 있으면 전투에 도움이 많이 되고 좋지만, 없더라도 전력은 유지되었다. 아껴 두었던 더 치사하고 악독한 방법을 쓸 수 있기 때문이다.

"골드마인 던전에서 큰일이 났다면서?"

"위드가 나와서 그쪽은 샅샅이 수색하고 있다더라."

"군대까지 출동해서 검문검색을 강화하고 있다는데 소식이 없는 걸 보니 안 잡힐 모양이야."

"이쪽으로 왔으면 진작 박살 내 주었을 텐데."

"크크크, 멍청이들과 우린 다르니까 말이지."

모닥불을 피워 놓고 헤르메스 길드 유저 7명이 쉬고 있었다.

완전한 성채 부근에서는 정기적으로 도적 떼나 몬스터들이 순찰을 돈다.

그들이 지나가는 장소에서 몰래 기다리다가 해치우는 방식이었다.

완전한 성채로 도적 떼나 몬스터들이 계속 몰려오기 때문에 외곽에서 순찰병들만 사냥하더라도 쏠쏠했다.

조금 더 성채에 가깝게 들어가면 전투가 거의 쉬지 않고 일어난다고 한다.

레벨을 올리는 데 가장 좋은 곳 중 하나였다.

위드는 숲속에 엎드려서 헤르메스 길드 유저들을 살폈다.

"얘들아, 속전속결이다. 다들 알겠지?"

"알겠다, 주인."

금인이, 누렁이, 바하모르그, 게르니카, 세빌, 빈덱스, 하이엘프 엘틴, 백호까지 데리고 왔다.

정체가 이미 드러난 이상 제대로 해 먹기 위해서였다.

"곧바로 간다."

위드와 금인이, 하이엘프 엘틴이 벌떡 일어나서 모닥불을 향해 화살을 겨눴다.

달빛 조각사

"위드가 신출귀몰하니까 어느새 이 근처에 있을지도 몰라."

"아닐걸. 여긴 도시와 너무 가까워서 절대 오지 못할 거야."

푸슈슉!

"커억!"

"습격이닷!"

잡담을 나누던 헤르메스 길드의 파티로 화살 세례가 퍼부어졌다.

위드와 엘틴의 화살에 적중되면 정령의 효과로 화염에 휩싸이고, 바람에 나가떨어진다.

흙이 파도처럼 밀려와서 그들을 쓰러뜨리거나 머리만 남겨 놓고 땅속으로 파묻었다.

"내친김에 정령술을 써 볼까? 흙꾼, 화돌이, 씽씽이 소환!"

"케헤헤헷! 위대한 정령의 주인, 광채가 우러나오는 조각사 위드 님을 위하여!"

"불멸의 조각 미남, 사상 최대의 천재! 더없이 영광스러운 그 이름도 찬란한 위드 님에게 저항하는 자들이여, 대지의 분노를 감당하라!"

"……."

화돌이, 흙꾼, 씽씽이가 나타나서 적들을 괴롭혔다.

정령들은 말을 할 수 있어도 정령사와의 친화력이 대단하지 않으면 굳이 입을 열시 않는다.

위드가 직접 창조한 정령들인 만큼 세뇌 교육이 잘되어 있어서 활약을 하면서도 온갖 수다를 떨었다.

"타오르는 충성의 불꽃. 위드 님을 향한 제 마음이 이렇게 뜨겁습니다!"

"태풍이 몰아쳐도 끄떡없는 대지가 단단한 이유가 있습니다. 희대의 미남이며 매력이 넘치는 위드 님이 존재하시기 때문입니다."

"……."

바람의 정령 씽씽이는 부끄러운 듯 아무 말도 하지 않았다. 그저 가끔씩 공중에 불길과 흙을 이용해서 하트 표시를 그려놓는 정도였다.

일반적으로 자연계의 존재이며 자유로운 정령들이 아니라, 절대 충성을 바치는 부하들.

"위, 위드가 이곳에!"

"꽤액!"

바하모르그, 게르니카, 세빌, 빈덱스, 백호가 뛰어가서 적진을 휘저으니 그들은 금방 몰살되었다.

전투에서 기습의 효과란 절대적이었다.

위드는 전리품을 수거했다. 아이템 정보는 확인할 겨를이 없었지만 손맛이 묵직했다.

감정을 하기도 전에 본능적으로 감지되는 이 묵직한 손맛!

"놈들이 알아차렸겠지!"

바보들이 아닌 이상 십중팔구는 길드 통신망을 통해서 위드에게 습격당했다고 알렸을 것이다.

"이동한다."

위드는 부하들을 데리고 다음 장소로 이동했다.

완전한 성채에서 사냥하는 유저들은 헤르메스 길드의 유저들뿐이었다.

다른 유저들은 아예 사냥하지 못하게 한 독점 구역이었다.

"처음 보는 놈들이다."

"습격자가 아니라면 소속을 분명하게 밝혀라!"

헤르메스 길드의 6인조 파티와 마주쳤다.

위드의 대답은 금인이, 엘틴과 함께 퍼붓는 화살 세례였다.

"콜 데스 나이트 반 호크, 콜 뱀파이어 로드 토리도!"

적진에서 반 호크와 토리도의 소환!

누렁이와 백호를 탄 게르니카, 빈덱스의 돌진으로 순식간에 적을 괴멸시켰다.

전투가 벌어졌다고 하기에도 어려울 정도의 전광석화!

"계속 간다."

위드는 보이는 족족 전부 쓰러뜨렸다.

아타로그 마굴에서처럼 괜히 사냥 파티들이 합류할 시간을 줄 필요는 없었다.

"째재잭, 오른쪽으로 150미터에 적!"

하늘에서는 은새가 정찰을 하며 헤르메스 길드 유저들의 위치를 알렸다.

"동쪽으로 이동 중. 400미터 밖에 다른 적들 발견. 네 무리가 반경 1킬로미터 근처에 있음."

"백호!

크르르릉!"

"달려가서 놈들을 막아라. 어둠의 은신술을 펼치는 토리도가 이를 돕는다. 그리고 나머지는 우회해서 습격한다."

"옛!"

조각 생명체들이 씩씩하게 대답했다.

"누렁아."

음머어어어.

"저 너머에 있는 적들은 네가 막아라. 잠깐이라면 버틸 수 있을 거야."

"……."

누렁이가 땅바닥에 주저앉아서 앞발로 제 머리를 가렸다.

"됐다. 짐이나 잘 싣고 다녀."

세빌, 게르니카, 빈덱스 등은 와이번, 빙룡과는 다르게 투지가 넘쳐흘렀다.

위드의 전투 지휘가 효과를 발휘할수록 부하들의 사기는 오른다.

"으헷, 보물을 노리고 온 녀석들이군."

"가진 돈을 다 내놔라. 옷을 벗어 놓고 가면 목숨은 살려 주지. 정직한 도둑님의 말이니 믿어야 할 것이다!"

완전한 성채에 있는 도적 떼와도 만났다.

성채의 외곽 마을 지역을 돌고 있는 순찰 부대였다.

인근 지역을 약탈하러 가기 위한 부대는 최소 30명에서 100여 명 정도로 이루어지는데 그들은 마을이나 다른 던전이나 가리지 않고 침략한다.

완전한 성채 가까운 곳에도 던전은 많이 있었지만 그런 이유로 위험부담이 컸다.

반면에 운이 좋다면 몬스터와 도적 떼가 싸우는 틈을 노려서 어부지리를 얻는 것도 드물게 가능했다.

유저들의 수준이 낮았던 예전에는 인근의 보스급 몬스터의 사냥도 그런 식으로 시도해서 성공했다고 한다.

위드가 지금 만난 도적 떼는 12명.

"쳇, 방해자들이군. 바하모르그, 다 죽이지 않아도 되니 해치워라."

"알았다!"

바하모르그가 정면에서 덤벼들었다.

단검과 밧줄, 독화살을 들고 싸우는 도적들에게 바바리안 워리어는 천적.

중독시키더라도 높은 저항력을 가진 바바리안들은 거뜬히 이겨 낸다.

"협공!"

위드는 부하들과 함께 도적 떼를 공격했다.

"헛, 강하다."

"어서 도망치자."

"대장님께 알려!"

4명을 죽이자 나머지는 불리하다고 생각했는지 달아나기 시작했다.

완전한 성채에는 도둑들이 엄청나게 주둔하고 있기 때문에 발견하는 족족 해치우는 것이 사냥의 관건이었다.

호루라기나 고함을 통해 동료를 모을 수도 있으니 침묵 계열 마법은 필수.

도망자들을 막고 지원군만 오지 않는다면 도둑 떼가 바글바

글할 정도로 계속 모이고 돌아다니니 사냥하기에는 그야말로 최적의 위치다.

당연하게도 성채의 안쪽이나 내부로 갈수록 더 강한 파티들이 사냥을 했다.

지형상으로 도적 떼가 목책을 추가한다거나 함정을 설치하는 등 약간씩의 변화는 있었지만 돌로 지어진 성채는 거의 그대로다.

모든 길들을 파악하고 있으면 도적 떼를 쉽게 습격할 수 있을 뿐만 아니라 도주할 때에도 활용이 가능했다.

성채 내부에는 술 취한 도둑, 잠든 도둑도 많았는데, 그들을 해치우거나 몰래 보물 창고를 털면 짭짤한 수입을 거둘 수 있었다.

도둑, 모험가, 암살자 등의 직업들은 은신술 스킬 숙련도를 올리기도 좋을뿐더러 그림자 등을 이용해 은밀하게 침입할 수 있었으니 최고의 사냥터였다.

반면에 성채 내부는 온통 적들이라서 경계병들에게 발각되면 도적들이 일제히 추격에 나서게 된다.

파티 전체가 섬멸될 수도 있는 위기이기 때문에 사냥을 하려면 실력은 기본이고 간도 커야 했다.

어떠한 경우에도 전투 중 도둑을 놓치는 것은 금물!

그런데 위드는 사방으로 흩어져 달아나려고 하는 도둑들을 막지 않았다.

"엘틴, 내버려둬라."

"주인님, 저들은 위험합니다."

"나도 알아. 하지만 알짜배기를 빼먹으려면 그 정도는 감수해야지."

도적 떼 사냥을 계속하려다 보면 시간이 지체되기 마련이다.

헤르메스 길드에서 뭉칠 시간을 주게 되니 몇 명만 쓰러뜨리고 도망치도록 내버려뒀다.

"남쪽으로 궁수 4명이 매복 중."

은새의 특기, 정찰!

보통 새들은 밤이면 시야가 좁아지지만 은새는 아니었다. 올빼미, 부엉이처럼 밤눈이 밝았다.

헤르메스 길드에서 벌써 대응에 나서고 있었다.

"백호, 우회해서 습격. 세빌이 타고 따라가라."

"옛!"

"전방 500미터 지역에서 합류한다."

위드는 직접 목표물이 되어서 시선을 끌고 그사이에 백호와 세빌이 궁수들을 제압했다.

완전한 성채 외곽 지역을 한 바퀴 돌며 40여 명의 유저들을 불과 15분 사이에 해치워 버렸다.

이때쯤이면 성채 내부에서는 난리가 났으리라.

헤르메스 길드에서 위드가 습격해 왔다는 사실이 알려지고 정신이 번쩍 들었을 무렵이다.

"당연히 날 맞이할 엄청난 준비를 하고 있을 테지?"

미완성인 성채이지만 수성을 위한 전투 시설 중 몇 개는 보수하면 쓸 수도 있어서 그걸 장악하고 준비할 수도 있다.

내부로 침입할 수 있는 개구멍마다 인원이 배치되어 삼엄한 공격 태세 정도는 갖춰 놓았을 것 같았다.

어둠이 자리 잡은 성채에는 횃불들이 걸려서 성문과 성벽 일부에 미약하게나마 빛을 밝히고 있었다.

넓고 큰 어둠이 둘러싸고 있는 성채는 무겁고 음침한 느낌이었다.

"금인아."

골골골.

"저걸 뭐라고 불러야 되는지 아니?"

"요새다."

"흠, 틀린 말도 아니지만……. 바하모르그."

"정면 돌격인가? 아침 해가 뜨기 전에 함락시키겠다."

위드는 깊은 한숨을 내쉬었다.

아무리 힘이 있다고 해도 함부로 써서는 안 된다.

바하모르그의 무력은 잠깐이라도 일대일로 버틸 수 있는 유저가 드물 정도였지만 그렇다고 해서 무적은 아닌 터.

함정에 빠지거나 집중 공격을 당하게 되면 목숨을 잃을 수도 있었다.

바하모르그가 죽고 나면 얼마나 아까운 일이겠는가.

아울러 헤르메스 길드의 유저들은 불을 본 시골의 날파리처럼 이 성채를 향해 모여들고 있으리라.

도시와는 상당한 거리가 있는 탓에 텔레포트 게이트를 타고 오더라도 바로는 무리이겠지만 정공법으로 느긋하게 공략하다 보면 그들이 대규모로 도착한다.

수백, 수천 명의 공격을 당한다면 위드와 조각 생명체들의 목숨도 한순간이었다.

"바하모르그, 저건 못 먹는 감이다. 함부로 찔러보다가는 위험할 수도 있어. 불과 10명도 안 되는 인원으로 공성전이란 무리인 거지."

"그러면 퇴각할 것인가?"

위드는 말없이 성채를 노려보았다.

고요한 정적이 흐르는 완전한 성채.

"이쯤이면 소기의 성과는 거두었다고 할 수 있겠지."

누렁이가 대번에 찬성했다.

"음머어어어, 뜨거운 여물을 먹고 쉬러 가자."

헤르메스 길드 유저 수십 명이 한나절도 안 되는 사이에 목숨을 잃었다.

기습의 효과를 누렸던 만큼 충분히 만족하고 돌아갈 수도 있었다. 하지만 〈마법의 대륙〉에서 전쟁의 신으로까지 불리었던 위드의 방식은 아니었다.

"내가 못 먹는 감은……."

"……?"

"정신 건강을 위해서도 그냥 포기하는 건 아냐. 엉망진창으로 만들어 놔야지."

위드는 숨을 가볍게 골랐다. 그리고 힘껏 터트렸다.

"완전한 성채에 모여 있는 도둑놈들은 들어라!"

심야를 쩌렁쩌렁하게 울리는 사자후!

아파트에서 이런 식으로 고함을 질렀다가는 대번에 층간 소음으로 윗집, 아랫집에서 몽둥이를 들고 쫓아올 정도의 엄청난 소리였다.

실제로 성채 곳곳에서 잠들어 있던 도둑들이 깨어나면서 횃불을 환하게 밝혔다.

"도둑놈들아! 내 부하들이 너희가 지금껏 모은 보물들을 훔쳐 가기 위해 그 성채 안에서 숨어 있다. 너희는 이제 죽은 목숨이다!"

쿠구궁!

잠복하고 있던 헤르메스 길드 유저들에게는 청천벽력과도 같은 소리였다.

"갑자기 웬 날벼락이야."

"저 미친놈이!"

완전한 성채는 최고의 사냥터였지만 주둔하고 있는 도적 떼나 몬스터들이 거세게 활동하면 걷잡을 수 없게 된다.

그렇기 때문에 이곳에서 사냥하려면 실력이 확실하고 다른 사람에게 폐를 끼치지 않을 정도로 검증된 인물이어야 한다.

설혹 감당 못할 적이 밀려오더라도 다른 유저들까지 휘말리지 않도록 소리 없이 그 자리에서 죽는 것이 최소한의 예의.

고함을 지른 위드의 행동은 완전한 성채에서는 상식 밖의 무책임하고 파렴치한 짓이었다.

물론 그런 만큼 효과는 높았지만.

"침입자가 있다."

"보초를 서던 놈들이 사라졌다. 어서 놈들을 찾아봐."

도둑 두령들이 나서서 부하들을 100명씩 끌고 다녔다.

헤르메스 길드는 도둑들이 들어오지 않는 복도 끝의 구석이나 창고, 지하실 등에 숨어 있었다.

완전한 성채에서도 은신하기에 좋고, 지나다니는 적들을 사냥하기에 좋은 명당들.

도둑들이 수색에 나서면서 발각되어 도처에서 전투가 벌어졌다.

고요하던 완전한 성채에서 칼들이 부딪치고 마법이 작렬하였다.

한밤중이었지만 대낮의 도시처럼 시끄러워졌다.

"위드, 이 나쁜 새끼야아!"

"치사한 방법 쓰지 말고 당당하게 들어와라. 덤벼. 모가지를 날려 줄 테니까!"

"멍청한 도둑놈들아. 밖에 위드가 있다. 위드부터 잡으란 말이다!"

헤르메스 길드 유저들도 고함을 질러 댔다.

위드는 사자후를 터트린 이후 부하들과 함께 멀찌감치 뒤로 물러서 있었다.

정말 수색을 위해서 도둑 떼가 나오기는 했지만 별다른 것을 발견하지 못하고 성채로 돌아갔다.

성채 내부에서 전투가 벌어지고 있었으니 당연한 일이다.

쿠르르릉!

그리고 육중한 소리를 내며 성문이 닫혔다.

위드는 손가락으로 귀를 팠다.

"수명이 조금 길어지겠군."

거리가 멀어졌는데도 헤르메스 길드 유저들의 욕설이 들렸다. 이렇게 욕먹는 생활은 너무나도 익숙해서 고향의 포근함까지 느껴졌다.

"요즘 내가 인생을 제대로 살고 있는 모양이로군. 좀 있으면 조용해지겠지."

음머어어어어.

"커헉!"

"하악, 하악, 하악."

헤르메스 길드 유저들은 가쁜 숨을 토해 냈다.

"살아남았다."

"우린 해냈어."

성채 내에서 사냥을 하던 유저들이 70명 정도였다.

도시보다는 사냥터에서 주로 시간을 보낸 강자들이다.

그들조차도 갑작스러운 사태로 인해 도둑 떼가 길길이 날뛰자 죽음이 속출하여 겨우 23명만 남았다.

끝이 없는 도둑들의 인해전술, 막다른 길에서 엄폐물을 끼고 싸워도 승산은 보이지 않았다.

하지만 헤르메스 길드의 도둑들과 암살자들이 위험을 무릅쓰고, 완전한 성채의 도둑 대장 사냥에 성공하였다.

대장을 잃은 도둑들은 뿔뿔이 흩어지게 되었으며 마지막까지 목숨을 유지할 수 있었다.

"정말 힘든 하루였다."

"수고 많으셨습니다. 모두 힘을 합쳤기에 이루어 낸 업적입니다."

헤르메스 길드 유저들은 뿌듯한 보람과 성취감을 느꼈다.

업적으로 도둑 퇴치의 기록을 세우며 상당한 명성을 얻은 데다 스탯이 하나씩 늘었다.

전투 계열의 직업이라고 해도 업적은 자주 일어나는 일은 아니다.

희생이 크긴 했지만 완전한 성채의 도둑들을 물리쳤다는 기록은 자랑거리가 될 수 있을 것이다.

'위드가 나를 함정에 빠뜨렸지만 그럼에도 이겨 내고 살아남았다.'

생존자들의 머릿속에 스쳐 지나가는 생각이었다.

위드가 만들어 낸 사건들은 십중팔구 방송으로 중계된다. 이번 일 또한 방송을 타게 되리란 건 의심할 여지가 없었다.

'방송국에 먼저 제보해도 좋겠지?'

위드의 모략과 술수에도 불구하고 살았으니 승리감에 도취되었다.

"위드라고 해도 특별한 무언가는 없군요."

"제대로 힘을 모을수록 강해집니다. 다른 지역의 멍청이들이야 기습을 당해서 무너졌지만 우리 지역에서만큼은 그럴 일이 없을 겁니다."

"성채로 들어오기만 했으면 끝장을 내 주었을 텐데."

"자기도 그걸 아니까 철수한 게 아니겠습니까, 하하하."

위드가 완전한 성채를 뒤집어 놓고 떠났다는 사실이 알려지자 헤르메스 길드의 지원군은 오지 않게 되었다.

당장이라도 하던 일을 중단하고 완전한 성채로 몰려오겠다며 조직되던 지원군들은 갑자기 바쁜 일들을 핑계 대며 해산해 버렸다.

위드를 죽이기 위해서라면 몇 시간 걸릴 길이라도 기꺼이 움직이지만, 사냥하고 있던 유저들이 위기에 빠진 걸 구해 주기 위해 올 만큼의 의리는 없었다.

설혹 오더라도 이미 전투가 끝날 무렵일 테니 지원군이 안 온 것도 원망할 수만은 없으리라.

헤르메스 길드의 인원은 방대하고, 같은 소속이라는 점만으로 굳이 희생하고 싶은 마음이 들지 않는 것은 누구나 마찬가지였으니까.

헤르메스 길드 유저들은 체력과 마나가 소진되어 그 자리에 앉아서 휴식을 취했다.

"모두 어떻습니까, 오늘 방송은 우리가 결정 지어 준 것 같은데요."

"용기와 실력을 보여 주었죠."

"성채에서 사냥하려면 우리 정도는 되어야……."

쐐애액!

대기를 찢는 소리와 함께 화살이 날아와서 떠들고 있는 유저의 가슴에 박혔다.

화르르르륵!

화염이 일어나며 유저를 뒤덮었다.

"꽤액!"

생명력도 얼마 남지 않은 유저는 발버둥을 쳤지만 어딘가에서 화살이 계속 날아와서 곧 사망.

다른 유저들에게도 수십 발의 화살이 빗발치듯이 쏟아졌다.

"도적 떼가 또 덤비는 모양입니다."

"엄폐물로 숨어요!"

유저들은 기둥과 벽 뒤에 몸을 숨겼다.

어떻게든 살아남고 싶었다.

고레벨이 될수록 목숨을 잃었을 때 받는 대가가 너무 크다.

'기다리고 있으면 누군가 물리치겠지.'

'더러운 놈들. 아무도 안 나서다니.'

'도둑 대장도 나와 내 친구가 죽였으니 이건 알아서 해결하겠지.'

지치기도 했고, 위험해서라도 엄폐물 밖으로 나가는 유저가 없었다.

어쨌든 버티고만 있어도 생명력과 마나는 회복된다. 시간을 끌수록 유리하기도 했다.

하지만 화살이 직선이 아니라 휘어져서 엄폐물 뒤의 유저들에게 적중되었다.

"휘어지는 화살이다!"

벽을 뚫고 들어온 관통 화살도 유저들에게 적중되었다.

'도둑들의 궁술 실력이 이렇게 높지는 않은데?'

적중된 유저들마다 불에 타거나 물이 솟구쳐서 질식되고, 바람에 강타당했다.

정령술까지 보조해 주는 화살.

고개를 살짝 내밀어 본 헤르메스 길드 유저의 가슴이 덜컥 내려앉았다.

위드, 금인이, 엘틴이 복도 끝에서 화살을 쏘면서 걸어오고 있었다.

"위드가 돌아왔다!"

떠난 줄 알았던 위드의 귀환. 하필 이런 때라는 말이 나올 정도로 최악의 순간이었다.

"룰루루."

위드가 콧노래를 부르며 걸어왔다.

"빌어먹을!"

상황이 잘못된 것을 안 유저 중 1명이 과감하게 엄폐물 밖으로 나왔다. 빗발치는 화살들을 피해서 정면으로 달리더니 위드에게로 덤비지 않고 다른 복도로 뛰어갔다.

동료들이 아직 남아 있을 때 그들을 제물 삼아서 탈출하려는 것이다.

헤르메스 길드의 탁월한 의리!

"저놈이 먼저……."

유저들은 한발 늦은 자신을 탓했다.

그리고 먼저 도망친 유저를 생각하며 자신도 뛰쳐나갈 시기를 가늠했다.

이미 1명이 도망쳤으니 위드도 경계하고 있을 것이다.

빨라도 안 좋고, 그렇다고 늦으면 최악이다.

"으아아아악!"

그때 먼저 도망쳤던 유저의 비명이 복도를 울렸다.

어흥!

백호가 크게 포효했다.

헤르메스 길드 유저들이 있는 이곳은 이미 포위된 후였던 것이다.

위드가 느긋하게 말했다.

"천천히 해. 어차피 다 죽은 목숨이니까."

상대방의 기분 따위는 아랑곳하지 않는 재수 없는 말투.

〈마법의 대륙〉에서도 무차별 학살이나 비열하고 치명적인 술수들로 명문 길드들을 지독하게 괴롭혔던 위드다.

하지만 무엇보다도 치가 떨렸던 건 이렇게 한마디씩 내뱉는 말 때문이었다.

"우유 배달하러 가야 하는데 늦어 버렸잖아. 그냥 빨리 갈 걸 그랬나?"

"인건비도 안 나와, 인건비도."

"예전이 좋았는데. 요즘 애들은 영 허약해서 싸워도 흥이 안나! 재미도 없고……."

신나게 전부 다 죽이면서 한다는 말이 상대방을 좌절에 빠뜨리기 일쑤였다.

그렇더라도 베르사 대륙에서 패권을 장악하고 있는 헤르메스 길드 유저가 이런 꼴을 당할 줄은 몰랐다.

'놈은 애초에 판을 흔들어 놓고 우릴 죽이려고 했던 거다.'

목숨을 빼앗기게 되어서야 자신들이 처음부터 먹잇감에 불과했다는 사실을 깨달았다.

　못 먹는 감을 찔렀더니 땅에 떨어졌다.

　위드는 감을 주우러 온 것이다.

　"여기군."

　완전한 성채의 중심부.

　헤르메스 길드를 물리친 후, 위드는 부하들을 데리고 도둑 대장이 머무르던 장소에 들어왔다.

　이곳까지 오는 동안 도둑 떼의 잔당이 남아 있어서 전투가 벌어지긴 했지만 가볍게 끝났다.

　"덤벼라, 도둑놈들아!"

　바하모르그가 가슴을 쭉 펴고 외치면 투지에 눌린 도둑들은 실력을 온전히 발휘하지 못했다.

　도둑 대장이 죽고 다들 흩어져 도망치면서 사기가 이미 엉망이 되었던 것도 이유이리라.

　위드는 금고를 발견했다.

　몇 개의 부서진 자물쇠 등이 있는 것으로 봐서 도둑 대장이 죽고 난 이후에 도둑들이 열려고 애를 썼던 모양이다.

　대장이 죽은 이후로 시간이 많이 흐르고 나면 도둑들이 재물들을 몽땅 갖고 사라져 버린다. 그러므로 곧장 와야 했다.

위드는 품에서 녹슨 열쇠를 꺼냈다.

도둑 대장을 해치운 헤르메스 길드 유저를 없애고 전리품으로 획득한 열쇠였다.

"내가 전생에 정치인으로 태어나서 나라를 팔아먹은 줄 알았는데. 으음, 그래도 가끔 복이 아예 없는 게 아닌 걸 보면 뇌물은 조금 받았어도 마음씨는 착한 공무원이었던 모양이야."

위드가 금고에 열쇠를 넣고 돌렸다.

끼릭.

금고가 열리고 나타난 보물들.

금은보화라는 말 그대로 금괴와 은화, 보석들이 금고에 가득 담겨 있었다.

"으헤헤헤헤헤."

위드의 입가가 찢어졌다.

골골골골!

금인이도 옆에서 같이 기뻐했다.

띠링!

완전한 성채를 접수하였습니다.
도둑 크롬웰의 보물을 입수하였습니다. 전투의 승리로 인해 모든 스탯이 1씩 증가합니다. 호칭 '도둑 토벌대장'을 획득하였습니다.

골드마인 던전, 아타로그 마굴, 완전한 성채는 시작에 불과했다.

위드는 방패의 무덤, 고원의 마법사 던전, 발키리의 비밀 기지 등을 습격하여 헤르메스 길드 유저들을 몰살시켰다.

불과 사흘이라는 기간에 죽은 유저들만 무려 470명!

옛 브리튼 연합 왕국과 라살 왕국의 넓은 지역을 오가면서 활동하였다.

그 여파로 인해 던전과 마굴, 사냥터에 있던 헤르메스 길드 유저들은 위축될 수밖에 없었다.

위드는 짭짤한 재미를 봤지만 그렇다고 해서 습격에만 열을 올린 것도 아니다.

헤르메스 길드가 본격적으로 치안 확보에 매달렸기 때문에 유명한 던전들이 많이 비어 있었다.

일반 유저들이 사냥을 하는 던전에 조각 변신술로 위장한 채 피 같은 입장료를 내고 끼어들었다.

물론 목적은 평범한 사냥의 소득이 아니라 업적을 달성하는 데 있었다.

블랙 서번트 던전의 모든 구역을 격파했습니다.
몬스터들을 제압하여 용맹을 과시하였습니다.

킹덤 요새의 지하 미로를 샅샅이 파헤쳤습니다.
지리학의 새로운 지평을 열어서 지력이 2 증가합니다.

일레이자 산맥의 던전에서 보스 몬스터 구드렌을 포획했습니다.
연구를 위해 마법 길드로 데려간다면 대단한 보상을 얻을 수 있을 것입니다.

조각 파괴술을 써서 사냥 속도를 올리고 단숨에 업적 달성!

서윤도 가능한 한 참여해서 혜택을 누렸고, 던전 안에서는 세빌과 게르니카 등의 조각 생명체들을 소환해서 업적을 완수했다.

위드 혼자 들어갈 때에는 조각 생명체들이 최소 15마리에서 25마리까지 함께 업적을 달성했다.

세바스의 땅속 미로가 특히 압권이었다.

와삼이가 좁디좁은 통로에서 날개를 접고 뒤뚱거리며 따라왔다.

"꾸끼잇! 덥고, 어둡고, 답답하다."

악어 나일이는 두껍고 길쭉한 체형으로 인해 동굴 모서리에 몸통과 꼬리가 끼여서 고생했다.

끄어어어어업!

"입 다물고, 꼬리로 땅 치지 말고 빨리 걷기나 해. 아무튼 이 무능한 놈들은 내버려두면 살만 찌는 것 같아."

위드와 조각 생명체들이 지나가는 것을 일반 유저들은 경이로운 시선으로 보았다.

그 광경이 사뭇 놀랍고 대단하기도 하였던 것이다.

"위드 님, 저기, 사인 좀……."

"사인은 안 합니다. 대신 조각품이 있는데, 사실래요?"

"얼마인데요?"

"이것도 인연인데 개당 30골드면 좀 손해 보고 팔아도 될 것 같기도 하고."

"살게요. 10개 주세욥!"

"귀엽고 예쁘시니까 팔아 드리는 겁니다."

"네네, 영광으로 생각할게요."

인기를 이용한 조각품 강매!

와이번과 빙룡, 누렁이의 조각품은 어딜 가나 인기였다.

"오전에 1,000골드 넘게 벌었으니 너희도 모델료를 주지. 각자 5실버씩이다. 매일 이렇게 버니까 얼마나 좋아."

"금방 부자가 될 것 같다, 음머어어어."

"다 주인 잘 만난 덕에 호강하는 거지."

시세를 잘 아는 유저들은 가끔 눈살을 찌푸리기도 했다.

"상점에서도 구입할 수 있을 정도로 흔한 나무 조각품인데요. 아무리 위드 님이 직접 파시고 선물용으로도 좋다지만 소재가 조금 바가지 느낌이……."

위드는 기분이 나빴다.

예술가의 혼이 담긴 작품에 상업적인 잣대를 들이대고 가격을 책정하다니, 마음이 아팠다.

어떤 재료를 썼는지가 중요한 게 아니라, 작품 자체를 봐야 할 게 아닌가.

그럴 때면 위드가 낮은 목소리로 말했다.

"그럼 얼마까지 낮춰 드릴까요. 먼저 제시해 주세요."

"죄송해서 어떻게 먼저 말을 하겠어요."

"그냥 편하게 이야기해 주세요."

"30골드는 비싸니까… 20골드?"

"저는 예술가로서 작품이 비싸게 팔리기보단 많은 사람들이 봐 주기를 바랍니다. 그러니까 팔겠습니다."

재룟값이 전혀 들지 않았으니 팔기만 하면 남는 장사였다.

사냥하면서 휴식 시간마다 주변에서 주운 나무토막이나 돌을 이용해 조각하는 것이니 시간도 많이 들지 않았다.

공장에서 기계로 깎는 것만큼이나 빠른 속도로 제조가 가능했던 것이다.

헤르메스 길드 유지를 잡아서 얻는 전리품과 금화에 비해서는 적은 돈이지만, 조각사로서 작품을 만들어서 파는 본분은 지켜야 했다.

시간 조각술을 펼칠 수 있는 찰나의 에너지를 얻는 방법은 모험을 비롯하여 여러 가지가 있지만 최선은 역시 조각품이다.

유저들에게 조각품을 나눠 주면 가끔 찰나의 에너지가 증가했다.

눈곱보다도 적게 오르는 조각술 스킬 숙련도. 조각술 마스터까지는 한 발자국 정도 남겨 놓고 있었으니 이것도 중요했다.

하벤 제국 습격

위드가 종횡무진 중앙 대륙을 오가면서 활약을 하니 일거수일투족이 유저들에게 알려지게 되었다.

"들으셨소? 북쪽 대륙의 왕은 용감무쌍하다는구려. 기사인지 도둑인지 모를 하벤 제국의 살인마들이 그에 의해 죽어 나가고 있어."

"제국의 살인마들을 퇴치해 주고 있는 영웅이 나타났대!"

"마침내 구드렌이 잡혔지! 내 살아생전에 그놈이 붙잡히게 될 줄은⋯⋯. 그 일을 해낸 사람은 위드라고 합니다."

주민들이 매일 떠들고 있었다.

헤르메스 길드의 기사, 마법사들이 매일 목숨을 잃었고, 퀘스트들이 사상 초유의 속도로 해결되고 있었기 때문이다.

위드는 전투 영상을 방송국에도 팔아먹었다.

"그동안의 관계도 있고, 오늘 영상은 다른 방송국들에는 아직 넘기지 않았습니다."

―오오, 독점입니까?

"3시간 동안은요. 입금은…….

―바로 해 드리겠습니다.

"크후후후후."

방송국들은 위드의 전투 영상을 최대한 빨리 편집해서 방송했다.

웬일인지 시청자들의 반응이 뜨거웠던 것이다.

> ―카아, 멋지네요 저 주옥같은 전투 실력.
> ―감칠맛이 그냥…….
> ―게임 방송 보다가 날을 꼬박 새웠어요. 월차라도 쓰고 끝까지 봐야 할 듯.

하벤 제국이 대대적으로 침략해서 벌어졌던 북부 전쟁에 비하면 별 내용도 없었다.

규모 면에서도 비교가 불가능했다.

그런데 시청률은 오히려 그때보다 훨씬 더 높게 나와서, 위드의 웬만한 중요 모험들을 넘어설 정도였다.

조각술 최후의 비기 퀘스트, 대지의 궁전 전투 이후로 침체되어 있던 방송국들에 활기가 돌았다.

아르펜 왕국의 새로운 왕궁은 북부의 건축가들에 의해 벌써 왕궁의 형태를 드러내고 있었다.

건축가들이 부지런하다고 해도 믿을 수 없을 정도로 빠른 공사 속도였다.

과거의 대지의 궁전은 장엄한 산봉우리들에 띄워진 왕관 모습으로 멀리서도 그 아름다움을 볼 수 있었다. 그러나 붕괴된 이후 똑같이는 지을 수 없었기에 방법을 달리했다.

높게 짓지 못한다면, 넓고 크게 짓겠다.

"조각사들이여, 아르펜 왕국을 위해 축배를 듭시다."

"우아!"

"이 모라타산 포도주로 실컷 취하고 나서 모두가 합심하여 건설합시다. 그리고 다시는 우리의 건축물이 무너지지 않도록 합시다."

건축가들의 결의는 대단했다.

야심차게 완공했던 대지의 궁전이 결국 붕괴되긴 했지만 그 사건을 계기로 하벤 제국군이 커다란 피해를 입고 궤멸하게 되었다.

그 사건은 건축가들에게는 긍지와 자존심으로 남았다.

대지의 궁전은 대단한 건축물이었지만 지형상에 비롯된 여러 가지 한계도 계속 가지고 있다는 점을 깨달았다.

북부 대륙 전체를 대표하기에는 너무 작았으며, 시공이 어려웠고, 방문객들 역시 불편했다. 면적과 건축물의 규모 면에서도 더 이상 키울 수가 없었다.

이제는 진정한 번영을 위한 왕궁 건설이 개시되었다.

잔해들은 전쟁터가 되었던 넓은 대지 한쪽으로 치우고, 평원 전체를 바둑판처럼 표시했다.

구역별로 나누어서 순서대로가 아니라 전부 한꺼번에 공사를 시작한 것이다.

"다들 기운내서 해 봅시다!"

왕궁은 자신의 맡은 구역은 처음부터 끝까지 해당 건축가들이 책임을 지는 방식으로 해서 건설 속도를 믿기 힘들 정도로 끌어올렸다.

실력이 미숙한 건축가들은 보조로 채용되어 옆에서 일을 배우면서 도왔다.

과거 왕궁의 잔해, 산사태로 무너진 어마어마한 흙과 돌이 건축 재료로 매일 눈에 띄게 줄어들었다.

방대한 면적에 건물들이 동시에 세워지고 있었으며, 건축가들의 자존심 경쟁에도 불이 붙었다.

자신의 이름이 걸린 건축물이 주변보다 못하다면 그보다 더한 창피란 없었다.

장차 왕궁은 아르펜 왕국을 대표하는 건축물이 될 테고, 건축가들에게도 마찬가지였다.

밤낮을 가리지 않고 진행된 건설의 대현장!

왕궁의 핵심 건물들은 하벤 제국의 황궁을 건설했던 미블로스가 맡았다.

대륙 최고의 건축가이기도 한 그는 이번 공사에 자신의 모든 역량을 집중시켰다.

"국왕이 빛을 다루는 조각사. 그리고 자연을 이용할 줄도 안다고 하니 왕궁의 아이디어로 충분할 것이다."

건축 부분에서도 빛의 역할은 중요하다.

건축물은 한낮의 외관과 밤에 보이는 외관까지도 고려해야 했다.

왕궁은 아르펜 왕국을 상징하는 건물이라서 대낮에는 크고 위엄이 있으면서도 섬세하고 화려하기까지 해야 한다.

한밤에도 온화하고 따뜻한 느낌이 있어야 했다.

건축 외부 설계와 재질로 극복해야 하는 부분이었지만, 미블로스에게는 그리 어려운 공사도 아니다.

"근데 정작 중요한 지붕을 어떻게 만든다?"

왕궁 건물에서 핵심은 지붕을 꾸미는 양식이다.

몇 개의 꼭대기를 어떤 형식으로 짓느냐에 따라서 느낌이 천차만별이었다.

둥글거나 각이 있거나 뾰족하거나에 따라 한 시대를 풍미하는 대표적인 건축양식들이 있다.

대부분의 왕궁들이 얼추 비슷한 느낌의 기본 형태가 있었지만 아르펜 왕궁만의 특징을 살려 주고 싶었다.

아무리 애써서 튼튼하게 짓더라도 디자인이 잘못된 건물, 사람들이 편리하게 이용하지 못한다면 실패작에 불과하다.

너무 크고 복잡하고 빼곡하게 지어진 건물도 왕궁으로는 잘못되었다.

건축가 역시 일종의 예술가라고 할 수 있지만 이용자들의 편의까지도 항상 고려해야 했다.

미블로스는 대륙 최고의 건축가.

조각사로서 정점의 자리에 있는 위드에게 별 볼일 없는 왕궁을 지어 준다면 스스로가 창피하여 다시는 삽을 들지 못할 것이다.

"그래, 대지의 궁전은 산 위에 있었지. 짧지만 추억이고 역사라고 할 수 있으니 일부라도 기억하고 보존할 수 있도록 해야겠구나!"

대지의 궁전을 지탱하넌 7개의 봉우리.

왕궁 지붕에는 7개의 새하얀 탑을 세웠다.

조각사들의 지원을 받아서 흰 벽돌 하나하나마다 북부에 사는 동물과 식물, 지형을 섬세하게 새겨 놓았다.

지상에서 보이진 않겠지만 상징적인 의미였다.

중앙의 가장 높은 탑에는 적의 침략을 방심하지 말자는 의미로 축복받은 은으로 만든 종을 걸어 놓았다.

왕궁의 본건물은 여러 개의 층으로 나누지 않고 천장까지 확트이게 해서 개방감을 중요하게 두었다.

1,000명 이상을 수용할 수 있을 정도로 넓은 중앙 홀에서는 국왕이 대소사를 처리할 수 있도록 했다.

위드가 중앙 홀에서 국가의 내정을 돌보거나 기사를 임명한다면 대단한 명장면이 나오게 될 테지만, 평소에는 관광객들이 올 테니 그쪽으로도 다분히 신경을 썼다.

건물의 천장과 벽의 창들이 햇빛을 비추어서 밝은 미래를 표현했다.

조각사들이 뒷마무리 작업을 했으며, 그 이후에는 화가들이 천장과 벽에 색칠을 진행했다.

천박하게 하벤 제국의 황궁처럼 보석과 황금은 일절 쓰지 않고, 고급 석재에 수많은 유저들의 노력으로 완공된 왕궁 건물.

꽃과 나무, 호수를 꾸며 놓아서 단조롭지 않고 포근한 느낌을 주었다.

조인족을 배려해서 넓은 잔디밭에 큰 나무들도 옮겨 심었더니 휴식과 놀이터의 명소처럼 되었다.

아직 공사 현장이 주변에 즐비한데도 풀밭에 누워서 자는 참새들을 흔히 볼 수 있을 정도였다.

북부의 대표적인 건축가 파보는 왕궁 건물들의 구역을 정해 주고 도로와 성벽을 맡았다.

지금까지 위대한 건축물을 진두지휘했던 그이니 욕심을 내도 뭐라 할 사람이 없었을 텐데도 통 크게 양보했다.

중앙 대륙에서 건너온 실력 있는 건축가들이 맡은 구역에 최선을 다하게 하기 위함이었다.

대지의 궁전이 그렇게 대부분의 형태를 성공적으로 갖추고 있을 무렵, 새벽의 도시 역시 엄청난 변혁을 맞이했다.

솜씨가 뛰어난 건축가들이 도시계획을 세웠지만 그 이후로 왕궁 건설에 매달리게 되었다.

초보 건축가들이 맡아서 했기에 부족한 점이 많으리라 예상되었다.

평원을 대도시로 바꾸기란 아득할 정도로 막막하기만 한 일인 것이다.

광장 하나만 시공하더라도, 사람들이 편하게 이용하면서도 아름답기란 대단히 힘들다.

다른 건물들과의 조화도 고려해야 했으며, 상업 지구와 주택

지구, 용병 길드와 직업 길드 등이 있는 거리로의 동선까지도 감안해야 했다.

강에서 작은 물길이라도 끌어와서 도시를 꾸미려고 하면 건축가들은 머리가 깨질 것만 같았다.

"어떻게든 만들 수야 있겠지만… 과연 우리가 최선일까요?"

"제가 만든 광장과 거리를 오가는 유저들이 여긴 왜 이렇게 만든 것인지 모르겠다면서 불평을 쏟아 내는 광경이 두렵습니다. 끔찍해요."

모라타의 경우에는 위드가 통 크게 광장들을 막 지어 놓고 유저들이 이용하게 되었다.

유저들이 막 늘어나고 있었으니 넓고 크게 짓는 것으로 일단 대충 때웠다.

그 이후에 초보자들이 자리를 잡았으며, 상인들과 예술가들이 광장과 거리를 따뜻하게 꾸몄다.

새벽의 도시는 철저한 계획도시였으며 정치와 상업의 중심지로 성장하여야 했다. 그저 대충 만들어 놓고 시간이 흐르면 알아서 해결되기만 기대할 수는 없었다.

"우리로는 무리예요. 다른 직업에도 도움을 구해 봅시다."

왕궁이 기초 형태를 잡을 때만 기다리며 몰려온 화가들과 조각사들이 관심을 가졌다.

"도시라면 예뻐야겠죠? 선물들의 디자인과 색감은 제가 아이디어를 내 보죠."

"광장 건축이라… 분야가 건설이지만 일종의 조형예술이라고도 할 수 있는데요. 조각사가 못할 리 없을 겁니다. 만분의 일로 축소한 모형을 만들어 보죠. 착수금이나 선금을 주신다고요? 필요 없어요. 언제부터 조각술로 돈을 벌었나요, 하하하."

화가들이 도시의 구조를 가다듬고, 조각사들은 구체적인 형태를 꾸몄다.

특히 건축가들이 시공 부분에 일손이 더 필요하다고 했을 때 조각사들은 흔쾌히 수락했다.

"벽돌쌓기는 심심풀이 취미이고 모래 운반도 많이 해 봤어요. 어디서 했냐고요? 〈로열 로드〉에서 조각사한테 남아도는 게 몸과 시간밖에 더 있나요. 돈을 벌려니까 뭐든 했지요. 제 친구도 취직하고 싶어 하는데 고용해 주실래요?"

"무, 물론입니다."

조각사들은 기가 막히게 일을 잘했다.

손으로 다루는 것에서부터 무겁거나 힘든 일까지도, 맡겨 놓으면 척척이었다.

예술가로서 책임감이 있으니 대충 하지 않아서 깔끔하게 마무리가 되었다.

―야, 살아 있냐.
―으응. 버티고는 있지.
―조각품은 잘 팔려?
―어제는 2개, 오늘은 하나. 운이 좋았지. 내일까지 빵 사 먹을 수 있어. 이틀 굶으면 이번 주도 지나간다.
―바빠?
―분수대에서 물 떨어지는 거 보고 있다.
―일거리가 있는데, 아르펜 왕국으로 올래?
―일거리?

중앙 대륙 예술가들의 도시, 로디움의 조각사들이 술렁이기
시작했다.

"뭐? 일거리가 있다고?"

"강제로 부려 먹지 않고 돈을 줘? 건설 예산이 몇천만 골드?"

"잠깐, 다시 말해 봐. 먼저 갔던 놈들이 집까지 사서 떵떵거
리고 지내고 있단 말이야?"

로디움의 조각사들.

한때 위드가 조각술의 대유행을 일으키고 나서 조각사 직업
을 선택하는 비율이 대폭 늘었다.

이른바 위드의 2세들.

하지만 변변치 않은 조각사들이 살아가기에 대륙은 너무나
도 가혹했다.

조각술의 대유행이 지나가고 나자 웬만한 조각품들은 오히
려 팔리지 않는 기현상이 벌어졌다.

유저들마다 호기심에 몇 개씩 샀지만 더는 필요가 없었던 것
이다.

왕족이나 귀족에게 팔기에는 실력이 모자라고, 전쟁이 벌어
지면서 중앙 대륙에서 예술에 대한 관심도 멀어졌다.

정확하게는 헤르메스 길드에서 본격적으로 조각사들을 박해

했다.

이유는 단순히 위드가 떠오른다는 것 때문이었다.

도시와 마을의 시장에서 조각품을 팔면 많은 돈을 세금으로 바쳐야 했다.

조각사들은 조각술이 천대받는 상황에 억울함을 느끼며 좌절했다.

전투 계열 직업으로 전직을 해서 떠나거나 미련을 가지고 하루하루 버텨 갔다.

오죽하면 로디움 주변에는 멀쩡한 나무 한 그루가 남아 있지 않을 정도였으니 이들의 노력이 부족하다고 탓할 수만도 없는 상황이었다.

"북부가 조각사에게 천국이라던데."

"소문을 듣긴 했는데 정말이었어? 조각사들이 살 만한 곳이 이 세상에 있단 말이야?"

"내 친구도 북부로 가서 살잖아. 조인족들만 전문적으로 조각해 주고 보상으로 알을 받는데, 그거만 팔아도 하루 수십 골드래."

로디움에서 조각사들이 이동하기 시작했다.

순수 조각사들은 전투 능력이 형편없어서 도시 밖으로 나가기도 부담스럽다.

그나마 입에 풀칠하기 위해 사냥을 해 온 조각사들의 호위를 받으며 북부를 향해 걸어갔다.

"아르펜 왕국까지는 아주 멀다는데 우리가 무사히 도착할 수 있을까?"

"몬스터가 나타나서 죽나 길을 가다가 굶어 죽나, 어떤 게 먼저일까. 그냥 있는 건 죽느니만 못하니 가자."

하벤 제국이 대륙 봉쇄령을 내리고 북부로의 이동을 막고 있었다.

일정한 경계선을 그어 놓고 순찰대에 의해 그곳을 넘어간 유저가 발견되면 즉시 처형된다.

조각사들은 하벤 제국의 영토를 피하기 위해서 멀리 돌아가야 했다.

이들의 움직임은 헤르메스 길드로도 전해져서 처형 명령이 떨어졌다.

조각사들 따위는 대세에 상관없지만, 북부로 넘어가는 이들이 생겨서는 안 된다.

기사단이 추격해 왔다.

조각사들은 죽기 살기로 도망쳤지만 잡혀서 죽었다. 하지만 다시 살아나면 북부로 방향을 잡고 계속 걸었다.

가슴을 뜨겁게 만든 희망!

조각사로서 다른 길로 빠지지 않고 끝까지 버텨 온 이유는 언젠가는 인정받으면서 살고 싶다는 희망 때문이었다.

억눌릴수록 커져 가는 꿈들.

마침내 그 소식을 듣고 조인족들이 출동하여 조각사들을 새벽의 도시로 데려왔다.

로디움에서 출발한 조각사들은 여정을 풀기도 전에 공사에 투입되었다.

새벽의 도시는 건축가들에 의해 시작되었고, 화가들이 자세한 윤곽을 가다듬었으며, 조각사들이 전반적인 공정을 맡았다.

도시의 기초가 닦인 이후로는 판잣집이 저렴하게 분양되었고 초보자들도 시작할 수 있게 되었다.

대지의 궁전 전투를 마치고 떠나지 않고 공사에 참여한 유저들도 많이 있었지만, 그들로는 왕궁과 도시를 동시에 건설하기에는 무리가 있었던 것이다.

"일이다, 일!"

"돈을 법시다. 으쌰샤!"

일정 기간 도시를 벗어날 수 없는 초보자들에게 널려 있는 일감들이란 대환영!

자유롭게 돌아다닐 수 있는 유저들이 멀리 산에서부터 건축 자재를 가져오면, 성문 이후부터는 초보자들이 이를 운반했다.

땅파기, 돌 깔기, 벽돌쌓기는 물론이고 천장 보수 공사까지도 쓱싹 해냈다.

"야, 우리 대박 신기하지 않냐. 집에서는 형광등도 교환 안 하려고 하는데."

"말도 마라. 우리 집 베란다에 있는 수도꼭지는 2년째 고장 나서 안 나온다."

"다들 말 그만하고 일이나 해. 이 건물 다 지어야 장검값 번단 말이야."

전 세계에서 대학에 진학한 고등학생들과 제대한 군인, 20대와 30대 백수들이 몰려들고 있었다.

그들이 한창 접속할 시기마다 신규 유저가 몇십만에서 몇백만 단위로 늘어난다.

베르사 대륙 전체를 놓고 봤을 때 통계상으로 모라타에서 시작하는 유저가 가장 많았지만, 새벽의 도시도 5위권 안에 들어갔다.

유저들은 희망찬 미래를 설계하며 노가다에 투입되었다.

대지의 궁전과 새벽의 도시는 아직 부족한 점이 많지만 규모와 속도만큼은 애초 계획 이상으로 진행되고 있었다.

"우리 앞으로도 쭉 일할 수 있겠다."

"건물들 마감하면서 조각술 실력도 늘고 있어. 기둥이나 벽에 조각하는 것도 재미있고 말이지."

"저쪽에 쌓인 모래와 돌들 봤지? 저거 다 우리가 받을 일당이야."

"건축가님, 위대한 건축물은 언제 지어요? 우리 오늘 당장이라도 시작합시다."

"크하하하하!"

검삼치는 광소를 터트렸다.

수많은 유령들이 하늘과 땅에서 창과 검을 들고 날아왔다.

유령들이 착용하고 있는 복장은 희미하지만 과거 전쟁 시대의 갑옷과 의복이었다.

팔로스 제국의 보물에 깃든 원한 깊은 유령들.

대지의 궁전 전투가 끝나고 나서 검치 들은 손맛의 아쉬움을 느꼈다.

"고작 하루 만에 전투가 끝나?"

"이럴 거면 아껴 먹으려고 기다렸던 보람도 없군. 몸도 아직 덜 풀렸는데."

마음은 간짜장 곱빼기에 탕수육과 깐풍기, 팔보채까지 해치워야 하는데 현실은 단무지뿐인 것 같았다.

전투에 대한 정신적인 갈증을 간절하게 해소하고 싶었다.

페일과 메이런, 이리엔 등이 보물을 발굴하는데 유령들이 너무 많이 나온다고 도움을 청하니 기꺼이 달려왔던 것이다.

검삼치는 유령들을 향해 외쳤다.

"투쟁의 파괴자인 나에게 덤벼 보라!"

"안 돼요!"

이리엔이 비명을 질렀다.

검삼치를 향하여 유령들이 마구잡이로 덤벼들었다.

팔로스 제국의 보물에서 발굴된 유령들의 전투력은 호락호락하지 않았다.

유령들을 차근차근히 제거하고 정화하고 있었는데 갑자기 검삼치가 흥이 난다면서 혼자 달려 나간 것이다.

"축복을 받은 검이 아니면 제대로 타격을……."

"폭풍52연격!"

검삼치는 날아오는 유령들을 마구 베었다.

기사단과 싸우듯이 창대를 쳐 내고 검을 막아 내면서, 온 체중을 실어서 적을 베어 버린다.

땅에서 일직선으로 돌격하는 기사가 아니라 복잡한 움직임을 보일 수 있는 유령이었기에 훨씬 변화무쌍했다.

하지만 그 유령들을 검으로 찌르고 베었다.

―끼힐힐힐! 인간이여, 어리석은 힘으로 때려도 난 소멸되지 않는다, 이 멍청아.

"그렇게 생각하냐? 때리는 분야에서는 내가 전문가야. 죽을 때까지 처맞아라!"

검삼치는 유령들을 마구잡이로 난타했다.

> 투신 바탈리의 축복이 적용되었습니다.
> 투신 바탈리가 그대의 전투를 보며 기뻐하고 있습니다.

투신의 축복.

모름지기 바탈리는 싸움밖에 모르는 신에 속한다.

착하게 살거나 나쁘게 살거나 상관하지 않고, 심지어는 살인자라고 해도 투쟁의 파괴자로 임명하고 축복을 부여해 준다.

베르사 대륙을 통틀어서 총 5명이 투신의 축복을 받을 수 있는데 확실히 이름이 알려진 이들 중에서 3명이 헤르메스 길드 소속이었다.

바탈리 교단에 거액의 헌금을 바쳤으며, 일부러 길드의 도움을 받아서 힘겨운 전투를 조작하여 치르고 나서 투쟁의 파괴자로 임명되었디고 한다.

바탈리 교단의 성서에 투쟁의 파괴자라는 부분이 있어서 시도한 것인데, 몇 번의 죽음 뒤에 얻어 낸 값진 성과였다.

검삼치는 대지의 궁전 전투에서 몸으로 때우고 살아남아서 임명되었다.

아마 검치 들 중에서 생존자가 많았다면 더 임명될 수도 있었을 테지만, 너무 열심히 싸우는 바람에 전투의 막바지까지 살아남은 사람이 드물었다.

"크하하하하하하!"

검삼치가 만신창이의 몸이 되어서 웃음을 터트렸다.

완벽하게 미친 인간처럼 보이는 광경이었다.

검육치 이하 수련생들은 몸을 부들부들 떨었다.

"부럽다."

"멋있어. 역시 삼치 사형이다."

"너희 똑똑히 봐라. 저것이 바로 사나이다."

평범한 사람이 아닌 검에 미친 인간들.

"우워어어어!"

검치 들이 일제히 돌격했다.

―이, 인간들이 몰려온다.

―우린 무적의 마폰 제국의 기사단. 기사단이여, 들어라. 인간들의 도전을 피하지 말고 정면으로 받아 줘라.

―오오오오, 돌격이다!

유령들과 검치 들의 대전쟁.

철퇴와 도끼를 들고 서로 돌진하고, 검들이 부딪쳤다.

메이런이 손으로 이마를 덮었다.

"맙소사. 이건 아니었어."

수르카는 이를 드러내면서 씩 웃었다.

"이런 게 전투라니까요!"

검치 들과 유령들이 전투를 벌이는 한복판으로 수르카가 뛰어들었다.

이리엔은 사제복의 소매를 걷었다.

"힘겹겠지만 마나가 떨어지기 전까지 1명도 죽이지 않겠어!"

전투 구경만 하는 사제는 멍하니 있느라 심심할 때가 많았다. 그러나 어려운 전투가 벌어지게 되면 누구보다도 눈이 초롱초롱 빛났다.

마나가 떨어지지도 않은 시기에 전투 중인 동료가 죽는 경우는 사제에게 패배와 다름없었다.

상황상 갑자기 공격이 집중되어서 치료 능력이 뒤따라가지 못하거나 하는 경우야 있지만, 그렇더라도 생명을 좌우하는 사제는 마음이 불편했다.

방어와 치료를 전담하는 사제의 권한은 막강해서, 때때로 파티를 이끌기도 했다.

몬스터가 강할수록 승리는 공격력 못지않게 얼마나 버틸 수 있는가에 좌우되었으니 치료가 가능한 상태를 봐서 도망을 결정할 수 있었다.

이리엔은 일반적인 사제들과는 다르게 대부분의 상황에서 도저히 안 되겠다면서 도망치자는 말을 하지 않았다.

"음, 살 수 있겠는데요. 한번 해 봐요!"

마나를 낭비하면 정작 필요한 순간에는 회복 마법을 쓰지 못한다. 생명력이 간당간당하더라도 동료들이 죽도록 내버려두지 않는다.

　동료들이 파티의 전멸을 우려하면서 소극적인 상태에서 싸울 때와 제대로 실컷 실력 발휘를 할 때는 전투력이 다르다.

　방어가 안정적이어야 공격에 자신감이 붙었다.

　"에이, 뭘요. 제가 한 게 뭐가 있다구요. 저는 그냥 구경이나 하면서 있었어요. 다 여러분 덕분인걸요."

　이리엔은 치료 능력을 칭찬받을 때마다 다른 사람들이 잘 싸워 주었기 때문이라고 공을 돌렸지만, 그녀가 있기에 모두 마음 놓고 싸울 수 있었다.

　개인들의 전투 능력도 판단이나 순발력에 따라서 차이가 났다. 하지만 파티나 원정대, 공격대의 규모에서는 사제의 능력이 전력을 결정적으로 좌우했다.

　사제는 파티의 중심이 되어서 방어와 치료를 맡아 주는 역할이기에 어디서나 존경을 받는 직업이었다.

　더군다나 이리엔은 치료에 푹 빠진 타고난 사제였다.

　도시에서도 지나가는 유저들에게 치료와 축복을 걸어 주면서 스킬을 높였다.

　사제들은 레벨보다도 신앙심과 치료 스킬의 숙련도가 높아야 했는데, 어떤 유저와 비교해도 꿀리지 않았다.

　"크핫핫핫!"

　"다 때려 부숴라!"

　검치 들이 활약하는 가운데 페일도 말없이 활을 들었다.

사람을 겪어 보는 것도 하루 이틀이다. 이 정도 같이 지내봤다면 당연히 이렇게 될 줄을 예상했어야 정상이다.

"멀티플 샷!"

페일의 화살이 수십 발씩 유령들을 관통했다.

이렇게 유령들이 밀집해 있는 장소에서 궁수의 공격력이야 그야말로 발군.

검치와 사범들, 수련생들의 활약으로 열흘 만에 유령들이 깨끗하게 소탕되었다.

도저히 그 기간에 해치울 수 있는 양이 아니었는데 지독하게도 유령들과 사냥만 했던 것이다.

메이런이 대표로 그들에게 인사했다.

"고맙습니다. 여러분이 아니었으면 우리 힘으로는 해내지 못했을 거예요."

그녀가 감사의 마음을 담아서 살포시 웃었다.

방송인으로서 시청자들의 지적을 통해 갈고닦은 세련된 웃음이었다.

검치와 검둘치는 무겁게 입을 다물고 있었다.

여자 친구들이 있는 그들이 무슨 말을 하겠는가.

'모름지기 처자식이 있는 남자라면 외간 여자와 이야기도 함부로 나누어서는 안 되는 것!'

커피나 한잔하자고 하면 가슴이 덜컥 내려앉을 구식 남자들.

서열상으로 그 아래에 있는 검삼치가 쭈뼛거리면서 그녀에게 다가왔다.

"흠흠, 저기요."

"편하게 말씀하세요. 제가 훨씬 어리잖아요."

메이런이 봄꽃처럼 화사하게 웃었다.

화령과 벨로트가 있어서 그동안 그녀가 외모에서 눌렸을 뿐이다.

"그래도 어떻게 말을 놓겠습니까."

"너무 어색해서 그래요. 저는 집에도 오빠들이 많아서 편하게 대해 주시는 게 좋아요."

"그럼 다 된 것이냐?"

대번에 검삼치의 말투가 바뀌었다.

낮게 깔린 목소리에 반말, 조선 시대 양반들이 썼을 법한 근엄한 말투.

"네. 일단은 정리가 되었는데요. 이 호수 밑에 아직 깔려 있는 보물들이 많아서 파내야 돼요. 마판 상회에 인부를 보내 달라고 연락을 했으니 저희끼리 해 보고 정 안 되면 다시 도움을 청할게요. 그래도 되겠죠?"

"물론이다. 암, 언제든 필요하거든 부르거라!"

나이가 더 많고 외모상으로는 삼촌뻘의 검삼치이기는 하지만 양반 말투는 어색하기 짝이 없었다.

그럼에도 수련생들은 여전히 존경스러운 눈빛을 보냈다.

'여자와 이야기도 잘하시는군.'

'역시 남자는 힘이야, 힘! 당당하다니 부럽다.'

그러다가 무슨 생각이 들었는지 검삼치가 고개를 갸웃했다.

"땅에 파묻혀 있는 보물이라면 삽으로 파낸다는 뜻이더냐?"

"네에, 그래요."

"인부는 몇이나 불렀느냐."

"30명이에요."

"그렇다면 기다릴 필요가 무어 있겠느냐. 여기 노는 사람이 이렇게나 많은데."

검삼치가 자신의 밑으로 쭉 둘러보았다.

"다들, 할 일 없지?"

"물론입니다."

"삽질 좀 해 볼까?"

"어서 땅을 파고 싶습니다!"

수련생들이 남부 사막지대로 절반 가까이 원정을 갔지만 나머지는 모두 이 자리에 모여 있었다.

검삼치가 당당하게 메이런을 보았다.

"우리가 파내면 금방일 것 같은데. 우리에게 맡겨 주지 않겠느냐."

"그래도 미안해서 어떻게 그렇게까지 도와 달라고 할 수 있겠어요."

"아니다. 돕고 싶어서 하는 것이니 괜찮다."

검삼치 이하 모든 수련생들이 삽질을 시작했다.

땅을 파다가 보물이 나오면 이리엔이 정화의 의식을 치러서 유령을 소멸시킨다.

하지만 유령이 때때로 여러 마리가 뒤늦게 튀어나오는 경우가 있었고, 금화가 가득 든 보물 상자에서는 수십 마리씩도 튀어나왔다.

지난번에도 그래서 유령들에 의해 보물과 지역을 장악당하고 말았다.

─후히히힝!

─크하하하! 드디어 세상에 다시…….

"뒈져!"

검사백구십오치는 그냥 삽자루로 두들겨 팼다.

무기술은 무엇이든 사용할 수 있기 때문에 정말 유용했다.

진흙 속에 파묻힌 보물 중에서 심상치 않은 광채를 번뜩이는 흑검이 발굴되었다.

마폰 왕국 공작의 유령.

─미련한 인간들, 날 깨운 대가를… 크허헉.

백작의 유령은 주변을 살펴보고 나서 경악했다.

검치와 검둘치를 비롯하여 250여 명에 달하는 건장한 체구의 남자들이 무기를 들고 있었던 것이다.

대검, 창, 철퇴, 양손도끼 등 살벌한 무기로 무장한 채 눈을 번뜩였다.

"간만에 손맛이 있을 것 같은 놈이다."

"보스급 같은데 말입니다, 스승님."

"심심하던 차에 잘되었구나. 욕심부리지 말고 공평하게 각자 한칼씩만 먹여라."

"옛. 스승님의 말씀을 들었지. 한칼씩이다!"

검치를 시작으로 해서 사범과 수련생들이 마구 달려들어서 백작의 유령을 해치워 버렸다.

〈로열 로드〉에서는 힘과 민첩, 체력 등에 따라서 믿기 힘들 정도의 광경들을 연출할 수 있었다.

수련생들끼리 등을 박차고 높이 뛰어올라서 도끼를 내려찍는가 하면, 동료를 집어서 던지기까지 했다.

정신 차리지 못할 무자비한 공격!

검치와 수련생들의 실력은 싸움을 즐기다 보니 어마어마하게 늘었다.

쉽게 잡기 힘든 보스급 몬스터를 사냥하기 위해 꾸리는 공격대에서도 대환영을 받을 수 있을 정도의 실력자들이 즐비하였으니 유령들은 나오자마자 소멸될 운명.

유령을 해치우던 수련생들이 씩 웃었다.

"나는 앞으로 훨씬 더 강해질 거야. 그래서 검둘치 사범님과 스승님처럼 예쁜 여자 친구를 만들고 말 것이다. 사나이가 되어서 이 정도 역경 따위 이겨 내지 못할까."

"유령들아, 덤벼라. 너희가 계속 나타나 줘야 내가 여자 친구를 만든다. 암, 엄마가 결혼하라고 난리인데, 내년에는 손녀를 안겨 줘야 된다."

"아자, 아자! 사형제들이여, 모두 힘을 냅시다. 놈들은 많지만 모두 사냥하면 여자를 만날 수 있을 것입니다."

쫓기기라도 하는 듯이 땅을 파고 전투를 펼치는 수련생들.

그 모습을 지켜보며 메이런은 손으로 이마를 감쌌다.

"여자를 만나는 것과 강해지는 게 무슨 상관이 있죠?"

제피도 동감이라는 듯이 대꾸했다.

"여자를 만나려면 자고로 클럽이나 나이트를 가야 되는데 말입니다."

이리엔이 조심스럽게 말했다.

"큰 소리로 말하지 마세요. 저번에 로뮤나가 나이트 가 본 적 있냐고 물었는데……."

"뭐라고 대답했는데요?"

"나이트 입구에서 들어갈까 말까를 망설이고 있는데 건장한 직원들이 먼저 다가왔대요."

"그래서요?"

"아무 말도 안 했는데 돈을 주면서 먹고살게 도와 달라고 했대요."

"……."

"으흠."

더 이상 할 말이 없었다.

모든 것을 강함으로 이겨 내 온 검치와 사범들, 수련생들. 그러니 검으로 어떻게든 해 보겠다는 그 의지를 어떻게 막을 것인가.

실제로 큰 전쟁이 벌어졌을 때마다 우연인지 수련생들 사이에서 여자 친구가 생기는 일이 벌어지기도 했다.

'아하, 강해야 되는구나! 역시 남자는 힘이지.'

'우린 〈로열 로드〉에서는 너무 약했지? 그러니까 여자 친구가 없었던 거야.'

그 결과 수련생들은 이처럼 무시무시한 착각을 하게 된 것이었다.

팔로스 제국의 보물들은 마판 상회를 통해 처리하기로 했다.

세월의 흐름에 따라 녹슬고 부서진 물품들이 대부분이라 골동품의 가치가 높았다.

검과 갑옷, 그 외의 병장기는 다시 대장장이의 손을 거치고 나면 원래의 가치를 어느 정도는 회복할 수 있으리라.

양탄자와 가죽옷은 모두 버려야 될 테지만 어쩔 수 없는 일이었다.

마판의 입이 보물들을 보고 찢어질 듯이 벌어진 것으로 가치를 짐작할 수 있었다.

"이렇게 많은 보물을 발굴하시다니 대단합니다. 그러면 제가 왕창 삥… 아니, 적당한 마진을 남기고 처분한 후에 알려 드리도록 하겠습니다."

호수 아래에 묻혀 있던 팔로스 제국의 보물들은 거의 전부 캐내었다.

나중에는 땅의 정령사가 와서 밑에 묻혀 있는 물품 따윈 없다고 확인해 줬으니 정확할 것이다.

그 무렵 위드가 중앙 대륙에서 대활약을 하고 있다는 소식이 들렸다.

헤르메스 길드의 소굴에서 용감무쌍하게 활약하니 온통 대중의 주목을 받았다.

방송국에서 매일 위드의 영상들을 중계할 정도였다.

헤르메스 길드의 횡포에 반감을 가진 시청자들의 환호의 열기도 대단하였으며, 반란군과 저항군도 더욱 들불처럼 일어난다고 했다.

그 사실을 알게 된 검치 들은 격하게 분노했다.

"그놈이… 우린 여기서 땅이나 파고 유령이나 잡고 있었는데 저 혼자서 멋진 역할을 하다니!"

"삼치 사범님, 막내가 그렇게나 야비한 녀석인 줄은 몰랐습니다."

"믿을 놈 하나 없습니다."

위드의 멋진 승전보.

검치 들에게는 예쁜 여자 친구도 있으면서 과한 욕심을 부리는 것으로밖에는 보이지 않았다.

검이백십칠치가 모라타의 벽에 그려져 있는 낙서들을 발견했다.

위드 님, 사랑해요.

꺄아, 위드 님한테 시집가고파!

절 데려가세요, 전쟁의 신 위드 님.

검삼치가 화를 버럭 냈다.

"이럴 수는 없다!"

"맞습니다. 가만히 있어서는 안 됩니다."

"막내가 다 해치우기 전에 당장 움직여야 한다."

검치와 검둘치는 시큰둥했다.

"무슨 그런 일을 가지고……."

"착각도 다 한때지요. 막상 여자 친구가 생기고 나면 인연과 상대방에 대한 마음이 중요하다는 걸 알게 될 겁니다."

"남자는 아무리 나이를 먹어도 어린애가 아니겠느냐."

달빛 조각사

"스승님, 제가 알아 놓은 맛있는 식당이나 가시죠."

"음, 그렇게 할까?"

하지만 검삼치를 비롯하여 아직 여자들에게 인기가 없는 사나이들은 몸이 달았다.

"바로 하벤 제국을 침략하자!"

"전투야말로 우리가 가장 잘하는 것입니다. 그 활약의 기회를 뺏기는 건 터무니없는 일이죠."

검삼치를 비롯한 수련생들은 다시 하벤 제국의 북부 점령지를 공격하기로 했다.

물론 페일과 이리엔 일행은 휴식을 취할 겨를도 없이 자연적으로 따라가게 되었다.

팔로스 제국 보물을 발굴하는 데 정말 큰 도움을 준 검삼치가 같이 가겠냐고 묻는데 감히 거절할 수가 없었던 것이다.

페일이 조심스럽게 물었다.

"작전이 어떻게 됩니까?"

하벤 제국의 북부 점령군.

넓은 지역을 통치해야 하기 때문에 군대는 분산되어 있을 것이다.

지역에 대한 정보를 확실하게 가지고 있었으니 치고 빠질 구석이 없진 않았다.

검삼치가 미리 다 생각해 놓았다는 듯이 대답했다.

"공격이다."

"네?"

"공격해서 이긴다."

뒤통수를 후려치는 듯한 충격에, 페일은 눈을 질끈 감았다가 떴다. 그리고 검삼치의 성격을 알기 때문에 혹시나 하면서도 질문을 했다.

"그게… 전부겠죠?"

"응. 왜, 뭐가 부족해?"

"그 외에 여러 가지… 보급이라든가 적군의 움직임을 파악한 침투 경로와 퇴각로 확보, 유인책과 같은 전략 전술을 미리 준비해야 하지 않을까요."

"쯧쯧."

검삼치가 어리석다는 듯이 페일을 보았다.

"전투란 말이다."

"……?"

"그런 거 없다. 먼저 강하게 때리고 잘 치고 빠지면 된다. 여기서 무엇보다 중요한 건 이기려는 의지지. 맞아도 쓰러지지 않으면 이기는 거다."

단순 무식한 결론!

그렇지만 검삼치의 전투적인 재능은 하벤 제국의 북부 영토를 공략하면서 드러났다.

검삼치와 수련생들은 정공법을 고집하지 않았다.

새로 건축된 성의 정문을 고지식하게 두들기지 않고 기병을 운용했다.

무예인은 모든 무기를 다룰 수 있다. 개인으로서 무기를 다 쓸 수 있다는 점도 엄청난 강점이었다.

경기병으로서 들판을 가로지르면서 하벤 제국군의 병사들이 있는 주둔지를 격파했다.

토벌군이 진압하기 위해 나오면 조인족들과 협력했다.

하벤 제국이 자랑하는 꿰뚫는 창 기사단이라고 하여도 하늘을 날아다니는 조인족들을 잡을 수는 없었다.

새들을 타고 화살을 쏘는 검치 들.

유저들은 버드 나이트라고 부르면서 우러러봤다.

그리고 며칠 후, 하벤 제국의 북부 점령 지역에는 수만 마리의 버드 나이트들이 뜨기 시작했다.

검치 들의 활약을 본 북부 유저들이 참지 못하고 하벤 제국 공격에 대대적으로 나선 것이다.

흑기사의 운명

"외롭진 않군. 나를 위해서 싸워 주는 사람이 이렇게 많다니 말이야."

위드는 하벤 제국에서의 사냥에 더욱 열을 올렸다.

드래곤 라투아스의 레어에 가야 할 날이 20일도 남지 않았으니 더욱 바빴다.

"세상 어떻게 변할지 모르니까 먼저 확실하게 강해져야 돼."

헤르메스 길드 유저들을 처리하면 경험치가 늘고 전투 공적을 세우기에 좋다.

하지만 그에만 매달리기에는 위험부담이 컸다.

위드가 어디든 등장하기만 하면 벌떼처럼 모여들었으니 정작 던전 사냥에는 집중할 수가 없었다.

던전을 격파할 때마다 얻는 스탯 등을 쌓아 가면서 활약을 펼쳤다.

방송국에 전투 영상을 팔아먹은 것은 물론이었다.

"생각을 바꾸면 돈이 돼. 헤르메스 길드가 강하고 나쁜 놈들이니까 내가 더 돈을 버는 것 같군."

위드가 헤르메스 길드를 습격해도 시청자들은 열광했고, 헤르메스 길드가 차지하고 있는 위험한 던전들을 격파해도 열렬히 환호했다.

위드의 전투 영상은 평범한 것들이라고 해도 헤르메스 길드 유저들이 언제 튀어나올지 모르기 때문에 박진감이 있었다.

서윤과 조각 생명체들과의 협력 플레이 역시 손발이 완벽하게 맞아떨어졌다.

숨이 가쁠 정도로 빠른 이동과 격파!

전쟁의 신 위드의 재림이라면서 방송 관계자들이 침을 튀겼고, 시청자들의 찬사가 이어졌다.

어디까지나 헤르메스 길드가 철저하게 악역을 맡아 주고 있기 때문에 가능한 평판이다.

만약 그들이 없었다면 아르펜 왕국의 발전 속도는 지금보다 확실히 느려졌을 것이다.

초보자들이 굳이 발전도가 뒤떨어지는 북부 대륙에서 시작할 이유가 없었으며, 왕국을 위해서 위대한 건축물이나 왕성을 짓는 데 협력하지 않아도 되었다.

상인들이 위험을 무릅쓰고 북부 대륙을 바쁘게 돌아다니는 이유도 헤르메스 길드의 위협이 심각했기 때문이다.

"틈새시장은 어디에나 있다니까. 나중에는 어찌 될지 몰라도 지금은 실속을 챙기기에 훌륭하군."

위드는 레벨이 441이 되었을 때 조각 생명체를 하나 더 만들기로 했다.

사막의 대제왕 시절이었을 때 만든, 프레야 교단의 사제 알베론의 짝퉁 알베른과 알베린.

위드와 서윤, 조각 생명체들이 활약하기 위해서는 언제든 전속 사제가 있는 편이 좋았던 것이다.

"프레야 교단은 알베론의 도움을 받을 수가 있으니까, 이번에 만들 조각 생명체는 다른 교단으로 해야 해."

프레야 교단은 땅을 정화하거나 곡식에 축복을 내릴 수 있다. 사람에게 축복을 주면 아름다움을 높일 수도 있었다.

전투적으로만 보면 바탈리나 아트록의 교단이 쓸모가 많다.

하지만 루의 교단은 사람들 사이에 널리 퍼져 있었다. 태양을 상징하기 때문에 루의 교단을 지지하는 주민들도 많았다.

"재료로 뭘 써야 할까."

위드가 그렇게 고민할 때 금인이가 다가왔다.

"골골골, 이걸 써라, 주인."

"은 덩어리?"

"열심히 모았다, 골골골!"

위드가 있거나 없거나 금인이가 사냥을 하면서 부지런히 모은 은 덩어리들!

금인이는 누렁이나 와이번, 빙룡 할 것 없이 모두와 친했지만 저만의 찍을 갖고 싶었던 것이다.

'부부라… 나쁠 것 없겠지. 부부를 함께 부려 먹는 거야. 애라도 낳으면 대대로 부하로 써먹을 수 있고… 잠깐만, 이 녀석들이 낳으면 금이나 은이야. 한마디로 황금을 낳는 부부!'

위드는 머리통을 후려치는 듯한 커다란 충격에 휩싸였다.

'이 생각을 진작 하지 못했다니. 얼마나 아둔하고 착해 빠지게 세상을 살아왔단 말인가.'

뼈저린 후회!

"걱정 마라. 내가 정말 착하면서 참하고 현명한 아가씨를 만들어 주지."

"미녀가 좋다, 골골골."

"……."

남자들이란 국가와 종족을 떠나서 공통된 여성 취향을 가지고 있단 말인가!

위드는 화로에 은 덩어리들을 전부 녹였다.

은의 경우에는 녹여서 불순물을 완벽하게 제거하는 정제 작업이 필요하다. 순도 99.999%의 은이야말로 거래 가치가 높은 상품인 것이다.

'나중에 팔아먹을 일이 있을지도 모르니. 앞으로의 일은 누구도 모르는 거 아니겠어.'

조각 생명체들의 인기는 실로 대단했다.

부하로 함께 가는 것도 좋지만, 훗날 재벌이라도 떡하니 나타나서 몇십억을 주겠다고 하면 인간적인 갈등이 생기리라.

'돈이 많아 보이는데… 한 1억 정도만 더 불러도 될까? 아니면 고맙습니다, 하면서 바로 팔아 버릴까!'

잠재적인 조각 생명체 매매범!

형틀을 만들어서 완전히 녹은 순도 높은 은을 부었다.

금인이의 경우도 있었고 대장장이 스킬을 통해 조각 생명체를 만든 경험이 많아서 문제는 없었다.

위드는 금인이의 바람대로 미녀의 형틀을 만들었다.

'외모는 세련된 서구적인 느낌이 좋겠지. 얼굴은 동유럽의 미녀형으로. 음, 동양과 서양의 미를 한꺼번에 갖추고 있어야 해. 그리고 체형은 글래머다.'

남자들이 원하는 궁극의 이상형.

10대 남자들은 주로 여자의 얼굴을 보고 좋아하고, 20대가 되면 몸매도 본다. 그 이후의 남자들은 아무리 나이를 먹더라도 얼굴과 몸매를 계속 보았다.

'너무 화려하지 않고 착실한 인상도 있어야 해. 그래야 잘 부려 먹지.'

착하고 예쁜 동유럽 미녀의 느낌!

위드는 서윤을 통해서 미녀를 조각하는 데 탁월한 기술을 갖추고 있었다.

"눈동자는 사파이어가 좋겠군."

"골골골, 찬성이다."

눈에는 푸른 보석을 박았다.

마침 헤르메스 길드 유저들을 습격하고 얻은 큼지막한 보석이 있었다.

"엄청난 돈이 들었군. 본전을 뽑을 수 있어야 될 텐데."

> 만든 조각품의 이름을 정해 주십시오.

"루의 교단 여사제."

〈루의 교단 여사제〉가 맞습니까?

"맞아."

곧이곧대로 정직하기 짝이 없는 이름.

비로 생명을 부여할 것이기에 무엇이든 상관이 없는 이름이기도 했다.

걸작! 〈루의 교단 여사제〉를 완성하였습니다.

순수하고 고귀한 은으로 만든 조각상. 완전히 정제된 은의 가치는 성스러움을 담았다! 찬사가 나올 정도의 미의 결정체.

베르사 대륙의 시인들은 이야기할 것이다.

—오로지 아름다움이야말로 신이 인간에게 허락한 완전무결한 것이리라.

조각상에 태양신 루의 특별한 축복이 부여되었다. 불과 화로를 관장하는 헤스티아의 은총이 부여되었다.

예술적 가치: 3,194

옵션: 〈루의 교단 여사제〉를 본 이들은 생명력과 마나 회복 속도가 하루 동안 30% 증가한다. 사제들의 축복과 치료 스킬이 밤이 오기 전까지 2단계씩 높아진다. 루의 교단과 헤스티아 교단의 사제는 이 조각상을 통해 신앙 스 탯을 영구적으로 5 획득할 수 있다. 신앙 스탯 50 상승. 전 스탯 12 상승. 상인들의 회계 스킬이 1단계 오른다. 모험가들의 미술품 감정 스킬이 1 단계 오른다. 생명력의 최대치, 방어 스킬, 마법 저항력 증가. 다른 조각 품과 중복으로 적용되지 않는다.

지금까지 완성한 걸작의 숫자: 143

조각술 스킬의 숙련도가 향상되었습니다.

"크음, 아깝군."

예술적 가치나 올려 주는 스탯들은 훌륭했다. 충분히 명작의 반열에 오를 수도 있을 텐데 고작 걸작이었다.

물론 조각사에게 걸작도 흔치 않은 대단한 작품인 것은 맞는다. 그렇지만 위드처럼 조각술로 마스터를 앞두고 있다 보면 욕심이 달라지기 마련.

"역시 콧날을 더 높였어야 했는데, 눈에도 앞트임을 해 주었으면……."

위드가 지금이라도 조금 손볼까 고민하고 있을 때였다.

띠링!

"으음, 이건 나쁘지 않군."

초보자들 중에는 사제나 성기사가 아닌 한, 신앙 스탯은 쌓기도 어렵고 쓸모도 없는 줄 아는 유저들이 많았다.

위드도 처음에는 신앙 스탯이 전혀 쓸모가 없는 쓰레기인 줄 알았다.

그런데 파고의 왕관을 찾기 위하여 진혈의 뱀파이어들과 싸울 때 성기사들과 사제들이 존중해 주어서 그들을 지휘하기가 아주 쉬워졌다.

신앙 스탯이 600을 넘고서부터는 방어력과 회복력도 눈에 띄게 좋아졌다.

사제로부터 축복과 치료 마법을 받았을 때 효과가 높아졌으며, 흑마법을 막거나 리치로 변신했을 때 쌓이는 죽은 자의 힘도 견뎌 낼 수 있었다.

딱히 구체적인 전투 능력은 아니더라도 두루두루 긍정적인 영향을 주었다.

"후후후, 금인아, 어떠냐."

"……."

"금인아?"

위드가 옆을 돌아보니 금인이가 침을 질질 흘리고 있었다.

아마도 마음에 드는 모양.

"금인아, 좋지?"

"예쁘…다."

"후후후, 그렇다면 실력을 좀 더 발휘해 볼까. 조각품에 생명 부여!"

조각품에 생명을 부여하였습니다.

조각품의 능력은 현재 설정된 예술 스탯 3,377에 따라 522로 변환됩니다.

신앙심을 바탕으로 특수한 기적을 발휘할 수 있기에 페널티로 인하여 25%의 레벨이 감소합니다. 레벨은 417로 조정됩니다.

생명체에 네 가지의 속성이 부여됩니다. 조각품의 모양과 수준에 따라 부여되는 속성의 수준과 능력치가 다릅니다. 금속의 속성(100%), 신앙의 속성(100%), 비전의 속성(100%), 부활의 속성(100%).

*금속의 표면은 많은 마법을 무시할 수 있습니다. 순수한 은의 재질은 물리적인 방어력은 뛰어나지 않지만 마법 저항력에 있어서는 탁월합니다.

*고귀한 신앙심은 어떤 유혹에도 흔들리지 않으며 신성 마법을 발휘할 때에 특별한 기적을 선사하기도 합니다.

*비전의 속성은 숨겨지거나 잘 보이지 않는 것들을 볼 수 있게 해 줍니다.

*부활의 속성으로 스스로의 몸에 절대적인 신성 마법이 부여되어 1회에 한하여 목숨을 잃더라도 살아나게 됩니다.

마나가 262 사용되었습니다.

스킬의 효율이 증가해서 생명을 부여할 때 소모되는 레벨과 스탯의 양이 20% 감소합니다. 예술 스탯이 6 영구적으로 줄어듭니다. 줄어든 스탯은 조각품이나 다른 예술과 관련된 활동을 통해 보충할 수 있습니다.

레벨이 2 하락합니다. 레벨 하락에 따라서 보유하고 있는 스탯이 10 줄어듭니다. 줄어든 스탯은 레벨을 올리게 되면 다시 부여할 수 있습니다.

생명이 부여된 조각품을 소중히 다루어 주십시오. 목숨을 잃으면 다시 생명을 부여해야 합니다. 완전히 파괴되었을 경우에는 되살릴 수 없습니다.

　순은으로 만들어진 조각품이 태양처럼 환하게 빛이 났다.

　시간이 지남에 따라 점점 빛이 사그라지면서 드러난 것은 자연스럽고 은은한 광채를 가진 미녀의 모습.

　위드가 조각한 그대로의 외모를 가지고 있었다.

　조각 생명체가 꾀꼬리처럼 고운 목소리로 말했다.

　"주인님, 저의 이름을 정해 주세요."

　위드는 대부분의 조각품을 남성형을 기본으로 했다.

하이엘프 엘틴이나 여자 검사 빈덱스, 여전사 게르니카는 지골라스에서 다른 조각사들의 작품에 생명을 부여해서 만든 것이다.

이번에는 직접 빚어냈으니 아무래도 곱게 기른 예쁜 딸을 보는 느낌이었다.

"넌 은으로 만들었으니까, 은덩이……."

위드는 이름을 정해 주려다가 멈칫했다.

약간이나마 딸 같은 기분이 들기도 했으니 대충 지어 줄 수는 없었다.

곰곰이 생각하다가 여자 같은 느낌도 들면서 나름 예쁜 이름을 떠올렸다.

"은, 은, 은…숙이로 하자."

"알겠습니다. 저는 앞으로 은숙이라고 불러 주세요."

위드는 배낭에서 루의 교단 사제복과 모자를 꺼내 줬다.

꼭 맞추기라도 한 듯이 은숙이와 완벽하게 어울렸다.

금인이가 쑥스러운 듯이 뒷머리를 긁으며 다가왔다.

"내 이름은 금인이다. 골골골."

"그런데요?"

"앞으로 나와 잘 지내보자. 넌 내 아내니까 어디든 같이 다니자, 골골골."

은숙이가 고개를 갸웃했다.

"아내요?"

"평생 같이 사는 거다. 골골골."

"저는 신을 모시는 사제랍니다. 결혼은 생각도 할 수 없는 일이지요."

그 말에 금인이는 정신적으로 큰 충격을 받았지만, 위드 역시 마찬가지였다.

"이럴 수가! 나의 황금 양계장 계획이……."

드래곤 라투아스의 레어 방문일까지 남은 날짜 19일.

헤르메스 길드도 계속 당하고만 있지는 않았다.

"위드가 이번에는 이쪽 지역에 출몰할 수 있다."

"포르모스 성 부근에는 유명한 던전들이 많으니 계속 나타날 가능성이 클 것이다."

"이동 거리. 이동 거리가 중요해! 와이번을 타고 다음에 나타날 만한 지역들을 확인해 보자."

헤르메스 길드의 유저들은 중앙 대륙의 안정화 작업에 대거 투입되었다.

영주이거나 기사, 제국의 녹을 먹고 있는 이들이라면 치안 확보에 대한 퀘스트가 발생하였다.

반란군 처벌, 토벌군 창설, 치안을 몇 이상으로 높이라는 퀘스트들이 생겨나서 그쪽에 관심이 많았다.

하지만 헤르메스 길드에서 큰 영향력이 없거나 직위를 차지하지 않은 유저들은 위드를 사냥할 목적으로 자발적으로도 움직였다.

그들만 하더라도 1,000명이 족히 넘었으며, 위드의 목에는 묵직한 현상금도 걸렸다.

　　누구든 위드를 없애면 7,000만 골드를 지급한다.
　　또한 대도시의 영주 자리를 줄 것이다.

“위드라면 개인적인 감정은 없지만…….”
“위드의 목을 들고 헤르메스 길드에 가입하면 좋은 대우를 받겠군.”
　　베르사 대륙에서 실력이 뛰어난 자들이라면 누구든 목숨을 노릴 수 있는 상황이 되었다.
　　지금까지는 헤르메스 길드를 싫어하는 유저들의 은근한 지원을 받을 수가 있었지만, 이제는 던전에서 만나더라도 방심할 수 없었다.
　　위드는 잡을 수 있는 물고기가 늘었다고 생각했다.
“언제까지 사람들이 날 좋아해 줄 거라 생각하진 않았어. 사실 모두가 날 싫어하는 것이 훨씬 어울리지. 이유 따윈 필요 없어. 이놈의 인생은 쭉 그래 왔으니까.”
　　만나는 이들은 대부분 적으로 생각하는 쪽이 마음이 편하다.
　　전쟁의 신으로서 쌓는 불패의 전적은 이 정도는 되어야 가치가 있을 테니까.
　　위드가 〈마법의 대륙〉에서 도저히 건드릴 수 없는 존재가 되었던 것은 뽑기로 우연히 얻어걸린 게 당연히 아니었다.
“덤비면 모두 죽인다. 그것은 덤비게끔 유도할 수도 있다는 의미지.”

위기가 커질수록 활동 반경은 오히려 넓어졌다.

위드는 조각 변신술을 써서 유명한 퀘스트를 받은 후에 던전으로 들어갔다.

그리고 불과 10분 후.

이올리니 던전의 숨겨진 보석을 회수하였습니다.

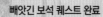

빼앗긴 보석 퀘스트 완료

행운이 4 증가하였습니다.

누군가에 의해 이미 공략이 끝난 던전이었지만 몬스터들을 아예 무시하고 들어가서 최단시간 완수의 기록을 세웠다.

위드는 던전 입구로 돌아와 소년에게 보석을 보여 주었다.

"보석을 찾으셨군요. 앞으로 저는 또 잃어버릴지도 모르니 그냥 가져 주세요. 제게는 그런 보석이 아주 많이 있으니까요."

"벌써 퀘스트 완료?"

입구에 있던 유저들이 이상하다는 눈길을 보냈다.

"누구야? 나는 얼굴에 칼자국이 있는 유저는 아는 사람이 없는데."

"이 근방에서 활동하던 사람은 아닌 것 같지?"

유저들이 궁금해하는데 위드가 갑자기 정색하며 로브를 뒤집어썼다.

"흠, 바쁜 일이 있어서 그럼……."

그리고 주변을 살피며 빠르게 걸어갔다.

유저들은 위드의 복장을 샅샅이 훑었다.

〈로열 로드〉를 하면서 늘어나는 게 있다면 눈썰미다.

특히 사냥에 대한 지식이 쌓일수록 다른 사람이 착용하고 있는 장비들은 자연스럽게 잘 알아보게 된다.

"평범한 복장인데… 레벨과는 어울리지 않아. 오히려 더 의심스러워."

"설마 저 부츠는……."

창공의 부츠!

태양과 구름이 그려져 있는 부츠.

헤르메스 길드의 적색곤약이라는 유저가 소유하고 있는 물건으로 유명했다.

장거리를 여행할수록 이동속도를 늘려 주고 마법 저항력을 높여 주었다.

게다가 명예와 기품 스탯을 70개 이상 높여 주는 유니크 아이템.

방송에도 서너 번 나왔던 것인데, 최근에 그 유저가 위드에게 목숨을 잃으며 강탈당했다는 소문이 돌았다.

유저들끼리 눈길이 마주쳤다.

'위드다.'

'위드가 아니더라도… 저 부츠는 갖고 싶다!'

던전 입구에는 20명 정도의 사람들이 모여 있었다.

이름이 붉은색으로 표시된 살인자들도 간간이 눈에 띄었다.

중앙 대륙에서 살인자라는 낙인은 큰 흠이 아니다. 능력이나 인맥만 충분하다면 어디서든 당당해질 수 있다.

같이 파티 사냥을 자주 했던 유저들이 눈빛을 교환하더니 함께 고개를 끄덕였다.

"죽입시다."

"뒷감당도 필요 없을 것 같은데, 다른 사람들이 알아보기 전에 처리하지요."

"놈이… 진짜 위드라면요?"

"그렇게 강해 보이진 않는데… 우리가 먼저 기습하면 되겠지만 승부를 알 수 없게 될 테니 일은 확실한 게 좋지요. 만일도 대비해 봅시다. 제 지인들에게 알리고, 헤르메스 길드에도 보고하겠습니다."

위드로 의심받기만 해도 그의 목에 걸려 있는 현상금을 감안하면 일단 척살할 가치가 있다.

"방향을 보니 시슬레 성 쪽으로 가는 것 같은데."

"바로 갑시다. 조심스럽게 따라가다가 확실하면 덮치죠."

그들은 위드가 지나간 길을 급하게 따라갔다.

순식간에 동료들과 현상금 사냥꾼들이 합류하며 100명 이상의 규모를 이루었다.

"헤르메스 길드는요?"

"오고 있답니다."

추격자들은 기세등등해졌다.

동료들이 많이 모이고 나니 상대가 위드이더라도 무슨 상관이겠냐 싶었다.

만약 위드라면 오히려 더 횡재였다.

"쫓아갑시다!"

그때 추격자들을 향해 날아오는 화살 세례!

정확하게 살인자들만 노려서 화살이 날아왔다.

일반 유저들은 상대가 먼저 공격해 오면 정당방위를 인정받을 수 있다.

악명을 낮출 수만 있다면 일반 유저 몇 명 정도는 제거하더라도 당장은 살인자 상태에 빠지지 않을 수 있었다.

"커억, 진짜 위드다!"

위드는 추격자들을 여유롭게 사냥했다.

장거리에서는 화살만큼 확실한 공격 수단도 드물었다.

상대방 중에 마법사가 몇 명이나 있는지는 모르지만 말을 타고 달려오는 도중에 화살을 쏠 순 없을 것이다.

"위드를 잡아라!"

추격자들이 피해를 무릅쓰고 달려오니 그들을 약 올리기라도 하듯이 위드는 대기하고 있던 누렁이에 탔다.

"다중 화살, 속사!"

달리는 방향과 속도는 전적으로 누렁이에게 맡겼다.

누렁이를 거꾸로 타고 빠르게 도주하면서 화살을 쐈다.

콰과광! 쾅쾅!

조각 파괴술로 힘에 몰아넣은 예술 스탯이 토해 내는 경이로운 파괴력.

화살에 적중당한 유저들이 수십 미터씩 날아가고, 땅은 마치 공성 병기라도 떨어진 듯이 움푹 파였다.

기사, 전사, 워리어 같은 직업들은 던전 내에서는 월등한 전투력을 과시했다. 하지만 이렇게 넓은 평원에서 상대방의 이동 속도를 잡지 못한다면 스스로 찾아온 제물에 불과하다.

차려진 제사상.

배달된 치킨과도 같은 신세.

직업의 상성을 적극 이용하여 수적인 우위를 무용지물로 만들어 버리는 위드!

살인자가 되었습니다.
악명이 543 증가합니다.

대량 학살로 살인마가 되었습니다.
악명이 2,394 늘었습니다.

끔찍한 살인마! 당신은 이 근방에서 보기 드문 살인마입니다.
악명이 4,998까지 한꺼번에 높아집니다.

헤르메스 길드 유저들만 상대할 때는 살인자 상태에 빠지지 않았지만 현상금 사냥꾼들까지 처리하자니 어쩔 수 없었다.

위드는 추격자들을 화살로 제압했다.

절반 정도는 달아났지만, 그들을 해치우기보다 먼저 해야 할 일이 있었다.

"과연 쏠쏠하군."

전리품 수거!

막대한 전리품은 그대로 누렁이의 등짐에 실렸다.

"룰루루. 아직 일당 하려면 멀었으니 가자, 누렁아."

위드는 콧노래를 부르면서 다른 곳으로 이동했다.

물론 그의 행적은 생존자들에 의해서 그대로 전해지게 되리라. 베르사 대륙의 수많은 유저들이 거미줄 같은 인맥을 통해서 이 자리에서 벌어진 사건에 대해 듣고 있을 것이다.

위드는 〈마법의 대륙〉 시절을 떠올리면서 빙긋 웃었다. 그때는 거의 모든 유저들이 자신을 죽이려고 했다.

만인을 상대로 한 사투!

체력을 회복할 곳이 없어서 도시보다는 던전에서 휴식을 취해야 했으며, 그러다가 몬스터들과도 거래를 했다.

몇 가지 장비들을 착용한 채로 몬스터 마을에 가서 집을 얻고 물품을 사고팔거나 했다.

적들이 사방에서 조여 오는 느낌은 정말 오랜만이었다.

등줄기가 오싹해질수록 생겨나는 긴장감과 집중력.

〈마법의 대륙〉 시절에 비한다면 아직까지는 무게감이 덜하다. 막 엄마 손을 잡고 유치원에 입학 신청을 하러 간 어린아이 수준이었다.

"이제부터 조금 더 재미있어지겠군."

바드레이는 헤르메스 길드의 정보대로부터 올라오는 정세 보고를 들었다.

네스트의 발자귀 부족 독립 선언.

그라디안의 내전 지역 확대. 주민들 반란군 지지 선언.

수베인의 총독부 약탈과 방화.

아이데른의 반란군 규모 40만 돌파.

하벤 제국의 중앙 영토에는 도시마다 저항군과 반란군이 들 끓었다.

헤르메스 길드가 치안 안정화 작업을 벌이고 있었고, 반란군 과의 전투는 대부분 압도적으로 승리했다.

그렇기에 반란의 불길도 점점 억지로 가라앉혀 가고 있었다.

띠링!

바드레이에게 새로운 메시지 창이 떴다.

황제의 불안감

흑기사인 당신은 나약한 귀족들과 무지한 왕들을 물리치고 대제국을 건국하여 지엄한 황제 자리에 올랐다. 그대는 탐욕을 성공으로 이루어 다시없을 권력과 보물, 군대의 주인이 되었다. 욕망은 달성되었지만 그대는 누구도 믿지 못한다. 부하들은 그대처럼 언제든 배신할 수 있는 존재. 잠깐 쓰다가 버려야 할 대상에 불과하다.

─저놈 역시 나의 자리를 노리고 있을 것이다.

기사 나에트. 칼라모르 왕국 출신으로 일찍이 그대에게 충성의 맹약을 한 자를 주의하라. 그는 분명히 다른 마음을 품고 있을 것이다.

─놈을 처단한다면 아마도… 지금의 이 불안감은 해소될 수 있겠지?

난이도: 황제 한정 퀘스트.

제한: 흑기사 출신의 황제. 열흘 이내 기사 나에트의 사망.

보상: 인내, 지력, 카리스마 스탯 영구적으로 4씩 증가.

주의: 퀘스트를 거부하면 전투 능력이 열흘 동안 2% 감소한다. 기사 나에트를 어떤 방법으로든 처형하면 전투 능력이 열흘 동안 1% 늘어난다.

"황제 한정 퀘스트?"

바드레이는 주위를 둘러보았다.

그가 사냥터로 삼고 있는 던전 깊은 곳.

몬스터들이 주기적으로 나타나지만 익숙한 사냥터였다.

스스로의 전투 기술을 발달시키기 위해 이 자리에는 친위대조차도 따라오지 않았다.

'이 퀘스트를… 받아야 할까?'

바드레이는 영구적인 스탯 증가가 마음에 들었다.

기사 나에트.

어디선가 들어 보기는 했다.

'황실 기사였던가. 크게 비중이 있는 자는 아니었는데.'

하벤 제국에는 NPC 기사들이 많이 있었다.

바드레이 직속의 기사들만 해도 수천 명에 달하고 일반 영주들까지 확대하면 숫자를 가늠하기 어려울 정도다.

헤르메스 길드에서 임명한 영주들은 주기적으로 일정한 수의 기사들과 병사들을 황궁에 바쳐야 한다.

그들 중에서 1명을 없앤다고 해도 조금의 흔적도 남지 않을 것이다.

'전쟁터에서 매일 기사들이 죽어 나가고 강해진다. 황실 기사라고 해 봐야 별거 없지. 영구적으로 스탯을 늘리려면 사냥터에서도 업적을 제법 달성해야 하는데.'

바드레이는 스탯에 목이 말랐다.

헤르메스 길드를 대표하고, 베르사 대륙의 최강자 자리를 유지하기 위해 사냥터를 전전한다.

스탯을 조금이라도 높이면 앞으로도 레벨을 올리기가 한결 쉬워질 것이다.

바드레이가 작게 속삭였다.

"나에트는 죽은 목숨이다."

황궁 기사 나에트의 목숨을 거두는 일은 정말 쉬웠다.

보스급 몬스터 사냥을 한다며 황궁 기사 100명을 불러들이고 명령을 내렸다.

"나에트, 놈을 막고 시간을 끌어라."

"옛!"

무리한 명령.

바드레이와 다른 기사들이 도와주기는 했지만 몬스터의 정면에 있던 나에트는 허무할 정도로 간단히 죽었다.

사냥 중에 기사 몇 명이 죽는 것은 흔한 일이고, 또한 바드레이가 목숨을 잃지 않는 것이 중요하기에 희생도 용납된다.

하벤 제국의 황제이며 헤르메스 길드를 대표하기 때문에, 그의 스킬 숙련도나 레벨이 감소하는 건 큰일이기 때문이다.

길드에서도 비일비재하게 벌어지는 일이기에 어떤 의심도 품지 않았다.

'괜찮군.'

바드레이는 미소를 지었다.

그리고 딱 하루 후였다.

새로운 퀘스트가 생성되었다.

띠링!

'역시. 이런 식의 연계 퀘스트로 이어지는군.'

바드레이는 갈등했다.

전 스탯 증가는 욕심이 나는 것도 사실이지만 이러다 보면
어디까지 가게 될지 몰랐다.

'흑기사의 특성인 모양인데… 여기서 그만둬야 하나? 황제
한정 퀘스트라면 아무도 모를 텐데.'

퀘스트는 받아들였다.

특정인의 목숨을 빼앗아야 하는 게 아닌 이상, 사냥을 정상
적으로 하다가도 10명 정도는 죽을 수 있기 때문이었다.

그리고 사흘 만에 퀘스트 완수!

그다음으로는 '반란군의 음모 획책'이라는 퀘스트가 발생했
다. 귀족 2명을 포함한 100여 명 기사들의 목숨을 빼앗으라는
퀘스트.

모든 스탯들을 무려 5씩이나 높여 주고, 레벨 1개를 보상으

로 준다고 한다.

'엄청나군. 내 수준에서 레벨 1개를 올리기란 쉽지 않은데.'

바드레이는 부하들의 죽음에 대해 무관심한 편이다.

헤르메스 길드의 총수, 대제국을 다스리는 입장에서 부하들이란 끝없이 생성되는 자원과도 같았다.

그들을 잘 이용해서 이익을 취하는 것 역시 성장법의 일부일 뿐이다!

'대가가 크니 이번 퀘스트까지는 받아들이자. 문제는 이런 식의 연계 퀘스트에 대한 정보는 누구와도 상의하기가 어렵다는 점인데…….'

퀘스트가 어딘가 갈수록 불안한 점이 있다.

라페이에게 상의하고 정보대를 활용한다면 퀘스트의 가치에 대해 보다 명확하게 알 수 있겠지만, 그러자면 잠재적인 불이익도 감수해야 한다.

흑기사의 직업의 단점, 하벤 제국의 반란, 치안 악화가 황제인 바드레이의 탓이라는 주장이 나올 수도 있다.

장기적으로 볼 때 제국의 치안 확립과 발전에 좋은 다른 직업을 황제로 임명하자는 말이 생길 것이다.

'헤르메스 길드를 분열시킬 필요는 없지. 별것도 아닌 일에 잠재적인 경쟁자들에게 명분을 주어서는 안 된다.'

바드레이는 스스로 생각했고 결정을 내렸다.

'퀘스트는 받아들이기로 한다.'

하벤 제국에 미미한 피해가 있더라도 자신의 레벨이 높아진다면 감수할 가치가 있었다.

가만히 두더라도 반란군으로 인하여 크고 작은 피해를 입고 있으니, 사람들에게만 알려지지 않는다면 스스로의 강함을 위해서 지불할 수 있는 희생이었다.

그리고 또 다른 퀘스트가 발생했다.

반란 세력의 확인

애쉬톤 성의 치안은 높게 유지되고 있다. 주민들도 황제를 칭송한다.

―하지만 무능한 경비대가 모르는 사이에 성에는 반란 세력이 잠입해 있겠지? 그들이 배신하기 전에 먼저 쳐야 한다. 아마 현재보다 치안을 7% 이상 낮춘다면… 그들은 드러나게 되겠지.

난이도: 황제 한정 퀘스트.

제한: 흑기사 출신의 황제.

보상: 모든 스탯이 5씩 증가. 15일간 경험치 획득과 스킬 숙련도가 35% 추가로 증가.

'조금 달라졌군. 그러나 보상이 마음에 드는 건 여전하다.'

바드레이는 퀘스트를 받아들인 후에 애쉬톤 성의 치안을 낮출 방법을 생각해 봤다.

기사들의 목숨을 거두는 일이 아니다 보니 방법에 대해서도 고려해야 한다.

'그곳의 영주에게 직접 말할까? 내 명령이면 들을 것이다. 하지만 직접적으로 말하면 보고를 할 수도 있는데.'

라페이나 헤르메스 길드의 다른 유저들이 모르는 사이에 처리해야 하리라.

'포기해야 할까.'

바드레이는 사냥을 하면서도 애쉬톤 성의 생각이 자꾸 났다.

하벤 제국을 좀먹는 일이라는 판단은 스스로도 했지만, 그렇더라도 빠르게 강해질 수 있다면……!

베르사 대륙에서 독보적인 강함만 가지고 있다면 해결되지 않을 일이란 없다.

남들이 알지도 못하는 애쉬톤 성 따위야 무슨 상관이겠는가.

'사람들은 결국 강자에게 열광한다.'

바드레이는 황궁 기사들을 데리고 애쉬톤 성 근처의 유명 던전으로 사냥을 갔다.

던전 사냥을 핑계로 하여 애쉬톤 성의 군사력을 대거 지원받았다.

애쉬톤 성의 영주는 통치보다는 헤르메스 길드 내의 인맥을 우선하였기에 치안은 신경도 쓰지 않았다.

바드레이의 사냥에 동참시켜 주는 것만으로도 대단히 감격했다.

바드레이가 짐짓 말했다.

"영주님, 반란군이 일어날 텐데요."

"허허, 그까짓 놈들 토벌해 버리면 되지요. 바드레이 님께서 걱정하실 일이 전혀 아닙니다."

"그래도 미안한 마음이 들어서……."

"일일이 주민 충성도 따위를 신경 쓰다가는 영주로서 아무것도 못 합니다."

영주는 조금도 걱정하지 않았다.

설혹 반란군 때문에 영주성을 빼앗기더라도 바드레이만 있다면 몇십 배의 이익을 얻을 수 있을 테니.

그다음으로 등장한 퀘스트는 애쉬톤 성의 반란 세력 토벌.

바드레이는 던전 사냥을 마치고 말했다.

"기사를 몇 명 보내서 영토 내의 반란군 퇴치를 도와드리겠
습니다."

"아닙니다, 어떻게 그런 심려를 끼치겠습니까."

"이것도 인연이라고 할 수 있지요."

"그렇게까지 말씀하신다면 고맙게 받아들이겠습니다."

반란군이 변변한 수준도 아니기에 황궁 기사들은 그날 밤으
로 말끔하게 처리했다.

아직 누가 신경 쓸 만큼 대단한 일도 아니었다.

황궁 기사들은 NPC로 이루어져 있지만, 제국과 황제를 향
힌 충성심이 남달랐다.

어떤 명령이라도 기꺼이 수행하는 기사들에게 그 정도의 일
은 간단하고 단순한 것이었다.

애쉬톤 성의 영주도 NPC 몇 명이 반란군으로 몰려서 목숨
을 잃은 것을 알았지만 항의할 생각은 전혀 하지 않았다.

'황궁 기사들이 반란군을 처리하다 보면 그럴 수 있지. 바드레이 님한테 NPC 몇 따위 사사로운 일로 따질 수야······.'

영주의 입장에서는 이야깃거리가 될 만한 큰 손해가 생기면 더 이득이었다.

바드레이는 그 수백 배로도 갚아 줄 수 있는 사람이기 때문이다.

반란 세력의 퇴치 퀘스트 완료
—황제인 나의 통치에 반하는 자들을 살려 두어서는 안 된다. 그림자 속에 숨어 있는 그들을 뿌리째 뽑아내야 하리라.
보상: 명예가 16 증가한다. 투지가 7만큼 높아진다. 완벽한 수행으로 인하여 육체와 마음에 평온이 찾아온다. 일주일간 전투 능력이 7% 높아진다.

바드레이는 흑기사 퀘스트들을 완수하며 끊임없이 강해지고 있었다.

깨어난 전쟁의 신

위드는 헤르메스 길드의 유저들이 사냥하고 있는 던전에 들어섰다.

"세상이 올바르지 못하니까 언젠가는 정의가 바로 설 것이라고 믿어 봤자 끝없이 뒤통수만 맞을 뿐이야."

사회가 그렇다면 손해를 보면서까지 꼿꼿하고 소신 있게 살아갈 마음은 없었다.

"바하모르그, 모두 다 쓸어버려라!"

"우어!"

"금인이는 하이엘프 엘틴과 같이 화살을 쏴라. 기사 세빌, 전사 빈덱스, 게르니카는 바하모르그를 따라서 중앙 돌파! 말할 것도 없이 속전속결이다."

하벤 제국의 방대한 땅, 헤르메스 길드 유저들이 많은 장소를 찾아왔다.

영양가 많고 신선한 먹잇감들이 퍼덕이는 유명한 던전들이 널리고 널려 있었다.

"위, 위드다!"

"조각 검술!"

철혈의 워리어 바하모르그와 조각 생명체들을 앞세운 돌파!

대놓고 정체를 드러낸 위드의 손에서 데몬 소드가 현란하게 움직이면서 헤르메스 길드 유저들을 베었다.

"누렁이는 전리품을 줍도록 해라. 네 임무가 제일 중요해!"

음머어어어!

위드와 조각 생명체가 등장하면 인근의 헤르메스 길드 유저들에게는 비상이 걸렸다. 현상금 사냥꾼들도 불나방처럼 몰려들었다.

그렇지만 이미 확실한 퇴로를 확보하고 주변 지역에 대한 정찰도 마쳐 놓았기 때문에 그들이 오기 전에 일은 끝났다.

평소의 전광석화와 같은 사냥 속도를 전투에서도 유감없이 활용했다.

포르모스 성 인근뿐만 아니라 중앙 대륙 전역에서 출몰하는 위드.

그가 나타날 때마다 그 지역에서는 난장판이 벌어졌다.

지역 전체가 벌집을 들쑤셔 놓은 듯하며 헤르메스 길드 유저들, 현상금을 노린 강자들이 달려왔던 것이다.

그들이 도착하기 전에 목표물들을 해치우고 떠나야 했다.

위험도야 이루 말할 수 없었지만 소득이 정말 짭짤했다.

"난이도 높은 던전이나 사냥터만 찾아다닐 게 아니라 헤르메스 길드 유저들을 해치우기 좋은 장소들 위주로 알아봐야겠군.

그리고 양보다 질이니까… 가끔씩은 강한 녀석들을 잡아먹어야겠어.”

라벤타 성의 기사단장 빌스도 만났다.

그는 레벨이 485에 달하는 헤르메스 길드의 기사 유저였다.

중앙 대륙에서 벌어졌던 숱한 전쟁에서 놀라운 전공을 세운 유명한 유저.

부유한 영토를 다스리는 영주로서 그의 기사단은 최상의 장비들로 무장하고 있었다.

“언젠가 나타날 줄 알고 기다렸다. 어서 오너라, 아르펜 왕국의 국왕 위드여.”

“던전 입장료를 이렇게나 받아먹다니. 이 양심도 없고 자기 욕심밖에 모르는 놈들!”

“입이 험하구나. 비록 우리가 적대하고는 있지만 상대에 대한 예의도 없느냐!”

“무슨 소리야. 부러워서 칭찬하고 있는 건데!”

빌스의 기사단은 함정에 빠진 채로 허우적거리다가 바하모르그와 서윤, 기사 세빌, 여전사 게르니카, 하이엘프 엘틴, 은새와 백호에 의해 격파되었다.

“말이 길어졌군. 기사는 검으로 말하는 법. 기사 빌스, 위드 그대에게 대결을 청한다.”

> 명예로운 승부에 응하겠습니까?
> 라벤타 성의 기사단장 빌스와의 대결에서 승리하면 상대의 명성 일부와 명예 스탯을 전리품으로 얻을 수 있습니다. 승부를 거절한다면 명예와 카리스마가 감소합니다.

"이 대결을 왜 받아 줘야 하지? 인건비도 안 나오는데."

"기사단이 전멸한 상황이니만큼 나에게 불리한 것을 알고 있다. 불꽃 소멸의 장갑을 걸겠다."

"덤벼 봐. 뭐, 그래 봐야 죽겠지만."

위드와 빌스는 넓은 공터에서 대결을 벌였다.

"으아합, 집중 반격!"

빌스가 방패를 앞세우고 덤벼들었다.

기사의 튼튼한 방어력을 내세우며 밀어붙여서 대결에서 우위를 점하려는 기본적인 싸움 방식.

전쟁에서는 기사들이 탁월한 방어력 때문에라도 일반 병사들은 상대도 되지 않게 해치워 버린다. 빌스는 상대를 궁지에 몰고 나면 연속 공격으로 승리를 거둘 생각이었다.

위드는 감탄했다.

'이런 단순한 공격을 하다니… 분명히 세상을 정직하게 살아온 것이 틀림없어! 아마 어릴 때에는 집하고 학교밖에 모르는 모범생이었겠지.'

지금은 무시당하고 있지만 사실 빌스는 엄청난 대결들을 승리로 이끈 전적이 화려한 기사였다.

스탯과 전투 스킬, 레벨.

세 부분에 있어서 균형 있는 성장을 한 실질적인 강자.

기초 수련관은 물론이고 초급, 중급 수련관마저도 격파했다고 알려졌다.

헤르메스 길드에서도 상위권에 속하는 유저들은 확실히 제대로 된 성장법을 추구했다. 강함을 추구하기에 사냥터에서 보내는 끈기 역시 남달랐다.

'의도를 뻔히 보여 주는 정직한 공격은 바보가 아닌 이상 당해 주지 않아. 함정에 빠뜨리기에도 좋고 말이야.'

아무리 육체가 좋더라도 무적인 것은 아니다.

권투나 유도 같은 격투기를 보면 두 사람의 육체적인 능력은 비슷하더라도 기술과 정신력에 따라서 승부가 달라진다.

"분검술!"

위드의 분신이 20개나 나타났다.

검술의 비기답게 검을 들고 현란하게 움직이는 분신들.

"진실의 부름!"

빌스도 스킬로 대응했다.

그가 검과 방패를 부딪치니 큰 종소리가 나면서 위드의 분신들 중에서 12개나 소멸했다.

검술의 비기인 분검술이 파괴된 것은 아니지만 스킬의 효과가 절반 이하로 감소했다.

"날 만날 때를 대비했군."

"그렇다. 너의 수법은 통하지 않는다. 으아아아!"

분신들에 의한 공격을 피하고, 빌스는 검과 방패를 휘두르며 돌격해 왔다.

조각 파괴술로 모든 예술 스탯을 힘으로 몰아넣은 위드는 오랫동안 버티는 게 불가능했다.

상대방의 생명력은 낮다는 게 이미 헤르메스 길드의 관찰로 드러냈다. 자신의 방어력을 믿고 조금의 여유도 주지 않고 마구 몰아치면서 승리를 거둘 작정이었다.

'애들 싸움도 아니고······.'

위드는 검치나 사범들을 통해서 산전수전을 다 겪어 봤다.

이렇게 저돌적으로 싸우는 이들은 전투가 원하는 대로 되었을 때 최고의 전력을 발휘하기 마련이다. 그러나 위드처럼 백전노장에 뛰어난 전투 감각과 과감한 결단력, 꼼수의 달인에게는 통하지 않을 방법이었다.

전투에서는 정교함이 중요하다.

작은 부실함도 그보다 뛰어난 관찰력과 약점을 공략할 수 있는 상대라면 크게 이용해 먹을 수 있다.

위드는 일찍부터 〈로열 로드〉의 체제를 공부하면서 직접 판단하고 움직이는 점에 주목했다.

검술을 실제로 익힌 것도, 정신적인 부분의 성장과 감각을 가다듬기 위해서였다.

스탯과 스킬, 레벨만이 아닌, 눈에 보이지 않는 부분까지의 강함마저도 추구한다.

일반 유저들도 하기 힘든 노력의 결실이 있었기에 실력을 발휘했다.

위드는 검으로 다섯 번의 연속 공격을 했다.

시작은 너무나도 평범한 찌르기와 베기의 연환 공격.

빌스는 몸을 향해 찌르는 공격을 방패로 막아 내려다가 검으로 막으면 상대방의 자세를 무너뜨리는 기회가 생길지도 몰라서 좋겠다는 판단을 내렸다.

'작은 피해라도 입힐 수 있다면 전투의 주도권을 가져온다.'

빌스는 그 유혹에 넘어갔다.

찌르기 다음으로 이어지는 베기를 쳐 내기 위하여 몸의 중심을 바꾸며 앞으로 자연스럽게 한 발자국을 움직였다.

보통은 베기를 막아 내면 상대의 허점이 열리기 때문이었다.

좌에서 우로 베는 공격을 성공적으로 막아 냈더니 이것은 적당한 힘만 실려 있었다.

그때부터 위드의 검이 세 번 정도 더 날아왔다.

위드의 공격은 정교하게 조절된 힘과 각, 속도를 가지고 있었다.

빌스가 경험이 적었거나 많았다면 순간적인 호기나 감정에 이끌려서 연속 공격을 무시하고 맞받아치고 말았을 것이다.

그러나 잠깐 계산을 했다.

자신의 반격보다도 위드의 계산된 공격이 더 강할 것이라는 판단과 점점 드러나는 빈틈을 기대하며 공격들을 막아 냈다.

'어라.'

빌스의 손이 가벼워졌다.

그의 손아귀에서 검이 회전하며 빠져나와서 멀리 날아가 버리고 말았다.

"검 뺏기 스킬?"

기사에게 검이 없으면 본래의 전투력을 삼분의 일도 발휘하지 못한다.

빌스는 짧은 순간 체념하고 죽음을 받아들였다.

검술의 비기이리라.

이런 궁극의 스킬에 목숨을 잃는 거라면 충분히 납득할 수 있었다.

위드는 이미 생존을 포기한 빌스를 조금의 망설임도 없이 공격했다.

> 명예로운 승부에서 승리하였습니다.
> 라벤타 성의 기사단장 빌스와의 대결에서 이겼습니다! 명예와 기품을 2씩 획득합니다. 명성이 4,680 증가합니다.

"가끔씩 제대로 싸울 줄 모르는 애들도 있단 말이야."

검술 자체의 기본기.

미세한 힘 조절과 스킬을 이용하다 보면 현실에서조차 불가능한 검술 방식을 활용하는 게 가능했다.

가히 초고수 영역에나 쓸 수 있는 정교한 컨트롤!

방송국들이 중계하면서도 가끔씩 놀라는 위드의 신기에 달한 전투 능력이었지만, 그 근본은 쪼잔함에 있었다.

위드는 〈로열 로드〉를 막 시작하고 나서 맷집 스탯을 높이려고 딱 죽기 직전까지 맞기를 거듭했으며, 때로는 붕댓값을 아끼기 위해 적을 사력을 다해서 물리쳤다.

온갖 노가다를 하면서도 끊임없이 개선 방법을 찾는다.

그 집중력과 싸울 때의 자세 때문에라도, 위드는 어떤 적을 만나더라도 전투 기술에서 밀리는 일은 없다.

> 충혼의 오크론 기사 장갑을 획득하였습니다.

"이번에도 수확이 확실하군. 아쉽게도 무기를 떨어뜨리지는 않았지만."

위드는 서윤을 통해 베르사 대륙의 정보를 입수했다.

아예 작정하고 빌스와 기사단이 사냥을 떠난 던전으로 쳐들어왔던 것이다.

경험치와 전리품을 획득하기 위한 침략!

헤르메스 길드는 위드에게 현상금을 자그마치 7,000만 골드나 걸었다. 더불어 영주의 자리도 주기로 했으니 일반 유저들조차 그 보상을 노리고 덤벼들었다.

평범한 그들까지 상대하다 보니 어찌할 수 없이 살인자 상태가 되었고 악명도 쌓였다.

살인자 상태를 해소하기 위해서도 헤르메스 길드의 유저들을 집중하여 처리할 필요가 있었다.

서윤이 게시판과 다크 게이머 연합의 정보 글 등을 보고 시간대를 정리했다.

"오전 1시에는 체크람 던전을 찾아가고, 오전 2시 30분까지는 바람의 계곡 쪽으로 가는 게 좋을 것 같아요."

"그쪽은 왜?"

"하벤 제국의 세금 운송대가 지나간다는 정보가 있어요. 역공작도 의심해 봤지만, 신뢰도가 대단히 높아요."

"무조건 가자!"

신출귀몰하게 움직이며 헤르메스 길드 유저들을 뽑아 먹는 위드!

그렇지만 헤르메스 길드와 현상금 사냥꾼들의 내응 속도도 빨라졌다.

그들은 항상 강자의 입장으로 살아왔다. 무방비 상태로 계속 당하고만 있을 수는 없는 일이다.

'이 던전은 상당히 유명하니까 충분히 위드가 나타날 수 있 겠군.'

'찾아오기만 해 봐라. 독을 뿌린 후에 약화시키고 나서 함정 으로 연결한 후에 나와 친분이 있는 지원군을 끌고 오면 된다.'

위드와 싸울 때의 방법들을 한두 가지씩은 다들 염두에 두었 다. 또한 절친한 몇 명과 수시로 정보 교환을 하면서 위드의 등 장에 대비하기도 했다.

중앙 대륙의 영토 면적만 하더라도 개인이 모든 곳을 다 가 볼 수는 없을 정도로 어마어마하다.

위드가 자신이 있는 장소에 꼭 나타나리란 법은 없지만, 반 드시 대비책을 하나씩은 세우고 다녔다.

주요 영주들도 자신의 영토에 위드가 출현할 때를 대비하여 항상 출동할 수 있도록 정예 군대를 대기시켰다.

막대한 현상금이 걸려서 일반 유저들에게도 위드가 탐나는 먹잇감이 되었지만, 영주들의 입장에서는 제국 최고의 공적을 세울 수 있는 기회였던 것이다.

중앙 대륙의 모든 하이에나들이 위드를 노리고 있는 상황!

위드를 돕고 싶어 하는 유저들 그리고 마음으로나마 응원하 는 유저들도 있었지만 그들의 힘은 미약했다.

위드를 돕는 자들에게는 결코 해제되지 않는 무기한의 척살령을 내리겠다.

아울러 도시 내에 주택이나 상점이 있다면 폐쇄하고 소 유한 재산에 대한 파괴 조치를 실행할 것이다.

헤르메스 길드가 공표한 보복이 두려워서라도 일반 유저들은 감히 나서지 못했다.

반란군 활동과는 또 다르게 위드를 돕는 행위 자체가 헤르메스 길드의 제일 표적이 되게 만드는 것이었다.

중앙 대륙에서 설 자리가 갈수록 줄어들고 있었지만, 위드는 당연하게 생각했다.

"이 정도는 되어야 할 만하지. 개인의 소소한 힘으로 단체를 건드리려면 이런 반응이 나오는 것은 당연해."

〈마법의 대륙〉에서 큰 세력을 가진 명문 길드들을 상대하면서 뼈저리게 깨달았다.

약자들을 갈취하고 빼앗아서 성장한 무리는 다른 이들의 공격에 대해서도 예민하게 반응한다.

"던전이나 마굴 습격으로 이득은 상당히 보았으니 다음 단계로 넘어가야겠군!"

지금까지 효과를 제법 봤다고 해서 같은 방법을 계속 쓰다가는 제대로 한번 걸리게 된다.

헤르메스 길드에 대한 습격도 강약을 조절해 가면서 다음 단계로 넘어가야 했다.

물론 지금은 더 강하게 때릴 때였다.

"빌어먹을. 젠장. 망할 놈!"

포르모스 성의 영주 데커드는 지금 일어나는 모든 일이 마음에 들지 않았다.

"하필이면 그놈이 왜 내 땅에 나타난 것이야."

골드마인 던전, 아타로그 마굴.

헤르메스 길드를 깜짝 놀라게 한 두 곳이 그의 소유였다.

방송국들까지 경쟁적으로 취재를 나서면서 지역이 유명해지긴 했지만 영주의 마음은 괴로웠다.

'그걸로 사람들이 날 무능력하게 봐서는 안 되는데.'

포르모스 성은 하벤 제국 전체를 통틀어도 노른자위 땅이라고 할 수 있었다.

던전에서 입장료로 거두는 수입만 해도 매달 수천만 골드.

주민들이 납부하는 세금, 상인들의 교역세, 포르모스 성에서 소유한 광산과 농장에서 얻는 수입 역시 엄청나다.

이렇게 터무니없을 정도로 많은 이익을 거둘 수 있는 이유는 인근에 훌륭한 던전들이 많이 있기 때문이었다.

하이네프 산악 지역도 개발되었고, 그 자금을 바탕으로 도시 개발에 전념하여 성내에 있는 생산 시설들의 숫자도 많았다.

데커드는 툴렌 왕국 시절에는 흑사자 길드의 핵심 인원 중의 1명이었지만 대세가 기운 것을 깨닫자마자 등을 돌렸다.

헤르메스 길드로 세력을 갈아탄 그는 툴렌 왕국이 하벤 제국의 소속이 된 이후로도 영토를 지킬 수 있었다.

데커드는 포르모스 성을 확고한 기반으로 한 대영주.

여전히 후회 없는 성공적인 삶을 살고 있었는데 위드의 등장은 고춧가루나 다름없었다.

"헤르메스 길드의 수뇌부에서 이걸 기회로 날 문책하진 않겠지? 사냥이 끝난 사냥개는 필요하지 않은 법……. 안 돼! 포르모스 성은 내 것이다. 그 누구도 빼앗을 수 없어."

데커드는 혼자 고민에 잠겨 있었다.

"확 반란군에 지원금이라도 보내 봐? 하벤 제국이 더 흔들리게 되면 아쉬워서라도 나에게까지 신경을 쓰지 못할 테니. 나중에 하벤 제국이 무너지고 나서도 언제든 내가 유리한 방향으로 선택을 할 수 있고 말이야."

그러나 하벤 제국의 군사력이 건재한 이상, 아직은 이른 판단 같았다.

"그렇다면 반란군을 퇴치해 버려야겠다."

헤르메스 길드에 힘을 과시하기 위해 포르모스 성의 병력을 대거 이끌고 나가서 인근 반란군을 몽땅 소탕해 버리기로 결정했다.

포르모스 성에 쏠린 세간의 관심은 아직 사라지지 않았다.

반란군들을 쓸어버리면서 힘을 과시한다면 그의 지위는 더욱 확고해질 것이라 생각했다.

용병 2만.

포르모스 성의 정예 병력 2만.

데커드는 인근 요새와 하이네프 산악 지역의 성채에 있는 병력 6만까지 이끌고 출정했다.

일개 영주로서 동원할 수 있는 군사력으로는 제법 많는데,

그만한 수입이 있기 때문에 유지가 가능했다.

포르모스 성에는 불과 1만의 병력이 남아 있을 뿐이었지만 석궁병을 기반으로 한 최고의 정예였다. 더불어 헤르메스 길드와 베덴 길드의 유저들이 상당수 머무르고 있었다.

감히 반란군이 덤벼 오더라도 성벽을 기반으로 농성을 하면 회군할 때까지는 버티고도 남을 정도라서 마음 놓고 출정을 나섰다.

"반란군은?"

"외곽 마을들을 장악하고 있던 반란군이 물러나고 있다는 소식이 들어왔습니다."

"가자. 도망치는 놈들을 단숨에 쓸어버리자!"

데커드의 군대는 반란군이 차지한 포르모스 성 바깥의 마을들을 전투를 치러서 점령했다.

마을들을 정복하고 일부의 군대를 남겨 놓으면 주인이 없는 지역은 포르모스 성의 통치를 받게 된다.

소금우물 마을의 반란군을 몰살시켰습니다.
반란군에 속해 있는 어린아이들과 노인들까지 예외를 두지 않은 잔인한 행위입니다. 영주와 그의 군대의 악명이 26 높아집니다. 영주로서 카리스마가 1 증가합니다. 인근 지역의 치안이 26만큼 회복됩니다.

하루 만에 열일곱 군데의 반란군을 평정한 데커드!

"지휘관의 재미란 이런 거지!"

데커드는 오랜만에 대군을 이끌고 치르는 전쟁이 재밌었다.

흑사자 길드가 툴렌 왕국에서 자리를 잡을 당시에, 그리고 그들에게 등을 돌릴 때에도 커다란 규모의 전투를 치른 경험이 있다.

영주인 그가 움직이자 헤르메스 길드 유저들이 용병으로 몇백 명이나 따라나섰으니 무서울 게 없었다.

간단한 반란군 퇴치에 이렇게까지 따라올 필요는 없었지만 위드가 나타났다는 소식에 포르모스 성에는 평소보다 유저가 훨씬 많았던 것이다.

데커드는 자신의 부관을 보았다.

NPC 중에서 임명한 부관이었지만 영토 내의 일에 대한 보고를 받아서 기억하고 부하들을 다루는 능력이 탁월했다.

영주들이 도시 내의 모든 행정을 관리하기 힘들었으니 유능한 부관을 다수 보유하는 것도 능력이었다.

"포르모스 성의 상태는?"

"잠잠합니다. 주요 관문들에서도 병력 이동은 전혀 보고되지 않았습니다."

"반란군 따위는 진작 소탕해 버릴 걸 그랬군. 하루 정도만 더 진압하고 돌아가자."

반란군 중 큰 무리는 몇만 단위의 세를 자랑하지만, 기대와 달리 데커드가 상대한 반란군 세력은 모두 소규모였다. 그래도 영토의 치안을 상당히 회복시켜서 기분은 좋았다.

"하이네프 산악 지역의 광산 마을에서 반란군이 출현했다는 보고입니다."

"규모는?"

"3개 마을, 3,000여 명 정도입니다."

"병력을 4만 명만 보내서 토벌하도록 해. 산악 지역으로 도망치면 산적이 되어 두고두고 귀찮을 수 있으니 확실하게 섬멸하도록."

"알겠습니다."

4만 명의 산악병이 하이네프 산악 지역으로 이동했다.

그리고 그날 오후 무렵이었다.

슬슬 회군을 염두에 두고 있을 때 긴급한 보고가 들어왔다.

"하이네프 산악 지역으로 보낸 병력이 평원에서 전투에 들어갔습니다."

"뭐라고?"

"반란군이 6만 명이 나타나서 일단 포위했습니다. 바로 공격을 진행 중이고요."

데커드는 잠시 생각했다.

'산악병은 개개인이 정예 병력, 내가 많은 돈을 들여서 양성한 특수병이지. 평지에서의 전투는 약하더라도 반란군 따위에 지진 않는다.'

상대가 정규군이 아닌 이상 더 많은 병력과 싸우더라도 질 리가 없었다.

"그렇더라도 아군의 피해는 조금이라도 더 줄여야지. 반란군도 완전히 토벌할 겸, 전군 전투 지역으로 이동한다."

"훌륭하신 결단입니다."

데커드는 군대를 이끌고 산악병을 구하기 위해 진군했다.

고작해야 1시간 거리.

그런데 그들이 막상 도착했을 때 본 것은 반란군에 의해서 전멸 상태에 이른 산악병이었다.

달빛 조각사

위드는 툴렌 왕국에서 활동하는 반란군을 만났다.

"내가 너희를 지휘해 보고 싶은데… 뭐, 아마 안 되겠지?"

"북쪽 대륙의 지배자이시며 현명하고 인자한 국왕 폐하께서 우리를 다스려 주시겠다니 큰 영광입니다."

"그런데 병력이 부족해 보이네."

"제국군의 감시를 피해 몇 곳에 흩어져 있습니다. 그러나 폐하께서 이끌어 주시면 뜻을 함께하는 형제들이 더 많아질 것입니다."

"좋다, 내가 너희를 다스려 주지."

띠링!

반란군의 수장이 되었습니다.

위드는 반란군을 재편했다.

전직 군인이나 용병, 사냥꾼 출신으로 제대로 전투를 치를 수 있는 부대, 체력은 있는 부대 그리고 일반인들.

반란군은 방패와 철검을 가진 이도 드물 정도로 오합지졸이었다.

병력의 숫자는 5,500명.

'훈련으로는 끝이 없겠군.'

위드는 부하들의 생존율을 굉장히 중요하게 여겼다.

건전지도 오래가는 게 좋은 것처럼, 부하들도 당연히 오래 굴릴수록 쓸모가 많아지는 것이다.

'죽을 놈은 죽고 살 놈은 살겠지.'

위드는 곧 포르모스 성 근처의 중소 마을들을 반란군의 수중에 넣었다. 마을 내부에서 호응해 주는 주민들과 함께 하벤 제국의 수비군을 물리쳤다.

직접 전투에 나서지 않더라도 그가 있는 것만으로 지휘 능력 덕분에 반란군의 전투 능력이 훨씬 크게 높아졌다.

어느새 반란군은 6만 명으로 늘어나 있었다.

"하벤 제국에 맞서는 일에 함께하도록 해 주십시오."

"명성은 익히 들어 왔습니다. 부디 저희도 이끌어 주시기를."

다른 반란군 세력들이 합류를 청해 온 것이다.

이 반란군을 거느리고 어떻게 할까 고민할 무렵, 위드는 포르모스 성의 병력이 출진했다는 소식을 듣게 되었다.

"정예 병력 10만 명이라. 그냥 싸워서는 승산이 조금도 없겠군. 병력을 나누게 만들면 해답이 있을지도."

마을마다 토벌을 막기 위한 최소한의 수비 병력만을 남겨 놓았다.

전투가 벌어지기야 하겠지만 정말 소소할 정도로 작은 싸움일 뿐이다. 포르모스 성의 영주 데커드는 마을을 정복하더라도 만족은커녕 아쉬움만 느끼게 되리라.

그리고 산악 지역에서의 반란군 봉기!

일부러 규모가 작은 수준으로, 전군이 이동할 필요는 없이 일부 병력만 보내도록 유도했다.

반란이 일어난 마을은 하이네프 산악 지역에서도 깊고 험준한 장소이고 공적을 세우기에도 마땅치 않았다. 그렇게 헤르메스 길드 유저들도 굳이 따라오지 않도록 유도하고 나서, 반란군을 전부 동원하여 산악병들을 포위했다.

"놈들을 제거하라!"

위드의 사자후!

반란군의 전력은 약소하였지만, 조각 생명체들을 대대적으로 동원하여 산악병들을 제거했다.

그럼에도 반란군은 전열도 유지하지 못하고 자꾸만 퇴각했다. 그야말로 오합지졸의 결정판이었다.

그때 위드는 아껴 두었던 비장의 장비들을 꺼냈다.

불사의 군단을 이끌었던 사상 최악의 네크로맨서 바르칸의 풀 세트!

곧바로 조각 변신술을 써서 리치로 몸을 바꾼 후에 바르칸의 해골에서부터 마법서, 부츠, 망토, 로브, 반지, 목걸이까지 전부 착용했다.

> 네크로맨서의 마력이 267% 높아집니다.

> 리치의 특성에 따라 다른 스탯들이 감소하는 대신에 지혜와 지식의 비중이 높아집니다.
> 생명력은 마법력에 따라 강해집니다. 생명력 흡수, 마나 흡수를 사용할 수 있습니다.

"쿠흐흐흐흐."

위드의 입가에 괴소가 흘렀다.

"약한 반란군보다는 차라리 언데드가 낫지. 너희가 살아서 움직이던 땅으로 돌아오라. 이곳은 어두운 곳, 검고 부패한 땅.

영영 사라지지 않을 암흑의 율법을 모든 이들에게 새길 수 있도록 하라. 언데드 라이즈!"

언데드들을 일으키는 마법!

죽은 자들이 되살아났다.

반란군의 시체와 하벤 제국군 산악병의 시체들이 듀라한과 데스 나이트로 변해서 일어났다.

위드의 마력은 높았지만 죽은 이들이 대부분 허약한 반란군이다 보니 재료의 질이 나빠서 어쩔 수 없었다.

그럼에도 한꺼번에 1,000 정도의 언데드들이 소환되었다.

"콜 데스 나이트 반 호크!"

"나를 불렀는가."

"애들 데리고 싸워라."

"나는 암흑 군단의 총사령관이었으며, 깊은 심연과 절망 속에서 태어난 어비스 나이트였다."

"근데?"

"이것들은 아직 머리에 흙도 다 안 떨어진 아이들이다. 갈비뼈도 제대로 썩지 않았다."

반 호크의 항명!

보통 이런 경우에 위드는 바로 매를 들곤 했지만, 이번에는 좋게 말로 설득하기로 했다.

"맞을래?"

"……."

"네가 오늘 하루 날 잡고 제대로 맞고 싶지? 아니, 아니야! 한 1년 쭉 맞아야 정신을 차리게 될 것 같아."

"암흑 군단이라고 부르기에는 많이 미흡하지만 최선을 다하겠다!"

반 호크가 해골을 공손히 아래로 숙였다.

바르칸의 풀 세트를 착용하고 있는 위드의 카리스마에는 반 호크도 저항할 수 없는 것이다.

"빛에 의해 흩어지지 않는 칙칙한 어둠이여, 이곳에 내려와 죽음을 일깨우는 자들에게 깃들라. 데스 오라!"

위드는 해골 지팡이로 땅을 찍었다.

바르칸의 3대 마법 중 하나로, 언데드를 강화할 수 있는 데스 오라!

지진이라도 일어난 것처럼 대지가 흔들리고 땅에 균열이 쭉쭉 벌어졌다.

땅속에서부터 유황 연기와 함께 순수한 어둠이 솟구쳐서 언데드들의 몸을 휘감았다.

평범한 듀라한들도 눈빛이 광폭하게 바뀌었으며, 뼈마디는 훨씬 굵고 단단해졌다.

데스 나이트들은 말할 것도 없었다. 착용하고 있던 검과 갑옷까지도 바뀌었다.

> 데스 오라가 발동되었습니다.
> 언데드들이 잃어버렸던 지성을 약간 회복합니다. 모든 공격을 조금 더 견뎌 냅니다. 생명과 피에 대한 갈구가 더욱 심해져서 파괴력을 높일 것입니다.
> 마나가 34,983 소모되었습니다.

마나 소모는 충분히 감당할 수 있는 수준.

"가라. 모두 휩쓸어 버려!"

"쿠겔겔겔."

"심장을 잘근잘근 씹어 주겠다."

반 호크의 지휘 아래 언데드 군단이 산악병과 격렬한 전투를 치렀다.

위드에게 항상 무시당하는 데스 나이트 반 호크.

그의 가치는 스스로의 무력보다도 언데드들에 대한 통제력과 지휘 능력에 있었다.

반 호크가 이끄는 데스 나이트로 이루어진 암흑 기사단은 순식간에 결속을 마치고 적진을 관통한다.

산악병들은 평지에서 일반 보병들보다 뛰어나며, 숲과 산에 최적화된 병력이다. 그러나 중장갑보병이 아닌 이상 생명력을 갈취하는 암흑 기사단의 돌파와 유린을 막기란 불가능했다.

> 언데드들의 활약으로 생명력과 마나를 8,391만큼 흡수합니다.
> 생명력의 최대치가 2,650만큼 증가합니다.

데스 오라의 효과!

리치에게는 끝없는 생명력과 마나의 원천이 된다.

기본 언데드들 소수를 일으킨 것으로 시작했을 뿐이지만 이제부터가 본격적인 전투라고 할 수 있었다.

> 언데드 49기가 감당할 수 없는 많은 타격을 입고 파괴되었습니다.
> 그들은 다시 살아나면 더 강렬한 적개심으로 무장하게 될 것입니다.

위드는 기꺼이 언데드 소환 마법을 다시 펼쳤다.

시체들이 널려 있었기에, 이번에는 마나를 전부 사용하여

300명의 둠 나이트들이 소환하였다.

스켈레톤들을 늘릴 수도 있었지만 전투를 좌우하기 위해서는 고급 병력이 필요했다.

둠 나이트들이 위드의 앞에 일제히 무릎을 꿇었다.

"죽음으로도 벗어날 수 없는 생명의 주인이며 영광을 선도하는 언데드 지휘관, 꺼지지 않는 심장을 가진 불멸의 전사에게 경배합니다."

위드가 높은 지성을 가진 언데드들에게 받는 존중은 극진하기 짝이 없는 것이었다. 바르칸의 풀 세트뿐만이 아니라 언데드와 관련된 모험을 많이 진행하기도 한 덕분이다.

"너희가 해야 할 일은 알겠지?"

"살아 있는 적들의 몰살, 영원한 지옥으로의 인도입니다."

"가라. 전부 쓸어버려라!"

산악병들로서는 감당할 수 없는 전력의 등장.

데스 오라의 어둠을 휘감고 있는 둠 나이트들은 공격을 당해도 금방 생명력을 회복해 버린다. 위드가 다 흡수하지 못한 생명력과 마나는 자신들 주변의 언데드들이 나눠 가지게 된다.

압도적인 공격력으로 언데드들을 몰살시키지 않는다면 대적이 불가능한 전력이 되는 것이다.

네크로맨서의 특징 중 하나로, 자신이 소유한 언데드 군단보다 약한 이들을 칠 때에는 거의 피해가 없는 승리를 거둘 수도 있었다.

물론 위드처럼 아예 군대를 상대로 하는 전투는 네크로맨서들도 감히 나서지 못한다. 골렘과 몇 마리의 고급 언데드를 끌고 던전을 다니거나 평원을 돌아다니는 정도다.

그렇지만 역시 언데드들을 일으키려면 최소 수천 마리는 되어야 제맛!

"이 땅은 내 암흑의 율법이 지배한다. 영원한 불사의 힘이 장악하리라. 다크 룰!"

충분한 마나가 모이자 위드는 바르칸의 두 번째 마법을 시전했다.

시체들이 끊임없이 일어나는 언데드 소환 마법이 이 땅에 작렬했다.

쓰러진 언데드들이 다시 일어나고, 산악병 중에서 죽은 자들도 곧바로 언데드가 되어서 동료들을 공격한다.

신성 마법이 펼쳐지지 않는 이상, 그리고 위드의 목숨이 위태로워지지 않는 한 언데드 군단은 무적이었다.

"툴렌 왕국 재건군은 할 일을 다 했다. 너희는 이제 놈들이 빠져나가지 못하도록 주위를 포위해라."

"예, 알겠습니다."

"부디 저희 목숨만은 살려 주세요."

반란군들은 몸을 벌벌 떨며 전장에서 벗어났다.

그들은 언데드와 산악병과의 전투를 보며 겁을 잔뜩 집어먹었다.

"용사 위드는 선량한 사람인 줄 알았는데… 우리가 악마를 불러들이다니!"

"다 틀렸어. 우린 잡아먹히고 말 거야."

띠링!

네크로맨서의 부작용.

인간들은 언데드를 보면 두려워하기 때문에 악명이 빨리 쌓여서 관리가 힘들다. 자신이 직접 언데드나 리치 상태가 되어서 활동하면 영영 인간으로 돌아오지 못하는 죽은 자의 힘이 강해지는 부작용도 있었다.

"그렇지만 가끔 먹는 불량 식품은 영양제라는 말도 있지."

위드는 산악병이 몰락해 가는 광경을 가만히 지켜보았다.

초반에는 반란군을 상대로 위세를 떨쳤던 그들이지만, 반 호크가 이끄는 언데드 병력과 둠 나이트들이 가세하고 다크 룰 마법에 의해 동료들이 전부 언데드가 되어 가는 상황까지 오니 더 이상 버티지 못하고 빠르게 괴멸해 갔다.

다크 룰의 영향으로 오래된 시체들까지 전부 일어나서 덤벼들고, 아직 살아남은 자들 역시 자칫 작은 부상만 입어도 지독한 독기가 스며들었다.

콰과과과광!

부상을 입고도 악착같이 견디던 사람들조차 끝내는 시체 폭발과 비슷하게 당했다.

위드가 일으킨 전율적인 살상의 현장.

2,000이 넘어가는 스켈레톤 아처들은 아무 곳에나 마구 화살을 쏘았다.

산악병의 두꺼운 대검에 허리가 부러져서 파괴되어도 불과 20여 초 만에 다시 일어난다.

등을 보인 산악병에게 화살을 직접 쏠 정도였으니, 상대할 방법 자체가 없었다.

> 죽음에 대해 눈을 떠서 지력이 영구적으로 2 증가합니다.

어느덧 언데드들의 숫자가 2만을 넘었다.

띠링!

> 지배할 수 있는 언데드가 신앙심의 한계를 넘어서기 직전입니다.
> 현재의 신앙심으로 더 많은 언데드를 보유하게 되면 신의 격한 분노를 초래할 것입니다. 만약 언데드들의 지배를 포기한다면 본능에 따라 오로지 무차별 살육만을 위해 살아가게 될 것입니다.

네크로맨서 바르칸의 장비들에는 언데드들을 강화하고 더 많이 소환할 수 있는 옵션들이 걸려 있었다. 하지만 위드는 쭉 리치로 성장해 온 것이 아니기에 신앙심이 너무 높았다.

"꼭 사장이 나서서 다 해치워야 할 필요는 없지."

위드의 밑에는 암흑 군단의 총사령관인 반 호크가 있다.

"똑바로 서라! 칼라모르의 병사들은 해골이 되어도 너희처럼 멍청하지 않다!"

반 호크는 언데드들을 지배하고 다스릴 수 있었다.

어비스 나이트 때에는 10만에 달하는 대군을 혼자서 거느릴 정도로 암흑 군단의 위력이 강력하기 짝이 없었다.

지금은 다시 데스 나이트로 전락해 3만의 병사를 보유할 수 있었다.

"머릿수는 이미 충분해. 전투를 확실하게 준비하자면 조금 더 빠르고 강력한 군대를 만들어야겠군."

썩은 뼈 스켈레톤들은 아무리 많아도 전쟁이 벌어지면 너무 약한 존재들일 뿐이다. 이때부터는 양보다 질이었다.

산악병들이 계속 줄어들면서 생명력을 취한 언데드들은 진화를 거듭했다.

데스 오라를 몸에 두르고 있는 언데드들은 성장도 빨랐다.

"짹짹짹, 새로운 적들이 멀리서 접근하고 있다."

정찰병으로 하늘에 높이 떠 있던 은새가 날아와서 보고했다.

유일무이한 은새의 외모는 햇빛을 받으면 멀리서도 눈에 띄었기에 물감을 이용해 평범한 참새처럼 칠해 놓았다.

"그렇다면 또 다른 준비를 해야겠군."

위드는 함정을 만들어 놓기로 했다.

"죽지 않는 자들이여, 거짓된 환영으로 존재를 숨길지어다. 조작된 그림자!"

언데드들의 모습이 산악병과 반란군으로 바뀌었다.

자신 주변에 있는 인간들과 동일한 외모로 바뀌게 해 주는, 바르칸의 마법서에 있던 마법.

스켈레톤들이 옷을 입고 무기를 휘두르는 정상적인 형태가 되었다. 그러나 자세히 보면 팔다리의 움직임이 자연스럽지 않고 뚝뚝 끊어지는 것을 확인할 수 있을 것이다.

"함정에 빠지면 좋겠지만… 뭐, 그렇지 않더라도 손해 볼 건 없지. 그럼 다음의 네크로맨서 마법으로는……."

위드는 바르칸의 마법서를 쭉 훑어보았다.

다양하게 존재하는 못된 네크로맨서 마법들!

옛날에는 지식과 지혜 등이 부족해서 쓰지 못했던 마법들이 많이 있었다.

"이게 좋겠군. 제대로 치사하고 야비해."

마법서에 위드마저 반한 야비한 마법이 있었다.

"죽은 자들이여, 유부를 떠돌며 한을 풀려고 하는 원혼들이여, 마지막 불꽃을 단숨에 태워 복수를 행하라. 생명 폭탄!"

약 200여 마리에 달하는 언데드들의 머리나 심장이 붉게 빛났다.

몸에 남아 있는 생기와 마나를 재구성하여 스스로의 육체를 폭탄으로 만드는 마법!

시체 폭발과는 다르게 다른 언데드처럼 움직이다가 네크로맨서가 원할 때에 터트릴 수 있었다.

물론 생명 폭발이 심기게 되면 움직임이 훨씬 느려지고 전투력도 떨어졌다.

위드는 데스 오라에 의해 마나가 재충전될 때마다 언데드들에게 생명 폭탄을 듬뿍 심었다.

구울, 좀비. 하급 언데드들을 포함하여 듀라한과 데스 나이트들에게도 생명 폭탄 마법을 심었다.

네크로맨서는 본래 동료들과는 호흡이 잘 맞지 않는 직업이다. 작은 전투에서는 특별히 강하지 않더라도 큰 전투에서는 위력을 실컷 발휘한다.

"은새야, 적들은 얼마나 다가왔지?"

"10분 거리."

"그렇다면 무대를 좀 꾸며 봐야겠군."

산악병은 그사이에 3,000 정도만이 부상을 입은 채로 버티고 있었으며, 반란군도 34,000여 명만이 남았다.

각종 언데드들이 약 12,000.

위드는 반 호크에게 산악병의 형태를 하고 있는 언데드와 반란군의 모습을 한 언데드들을 싸우게 만들도록 지시했다.

언데드들끼리 치고받고 싸우는 것이다.

그러나 금방 허술한 점이 생겨났다.

듀라한들끼리 싸우다가 팔다리가 떨어져 나가도 계속 전투를 이어 나간다. 심지어는 땅에 쓰러졌던 언데드들이 다시 일어나더니 전투를 계속했다.

"그냥 천천히 해! 그리고 쓰러진 애들은 일어나지 말고 그냥 누워 있어!"

반 호크는 위드가 언데드 군단에 내린 이상한 명령에 의문을 표시했다.

"왜 당당하게 대형을 갖추지 않고 이렇게 해야 되는가. 납득할 수 없다. 설명해 다오."

"자꾸 귀찮게 하는군. 100만부터 1,000만까지 중에서 좋아하는 숫자를 이야기해 봐."

"그건 왜인가?"

"그 숫자만큼 때리려고."

위드라고 무작정 부하들을 패기만 하는 건 아니었다.

누렁이의 경우에는 구워 먹거나 삶아 먹으면 맛있겠다며 입맛을 다셔 주고, 빙룡과 와이번들은 말로 구박한다. 금인이는 금 시세가 오를 때마다 '저걸 지금 비싼 값에 팔아야 하는데.' 하는 눈치를 주었다.

데스 나이트 반 호크는 처음부터 보스급 몬스터로 만났고 굴복시키기 위해 전투를 자주 치렀다. 그리하여 말을 안 들을 때면 패는 게 익숙해지게 되었다.

데커드는 54,000의 병력을 데리고 도착했다.

정복한 마을을 다스리기 위해 약간의 병력을 남겨 놓고 온 것이다.

데커드가 말을 탄 채로 칼을 높이 들었다.

"아군이 위험에 빠졌다. 전군, 반란군 무리를 도살하라!"

"알겠습니다. 돌격!"

기사단장들이 명령에 따라서 기사단을 이끌고 일제히 돌격했다.

2,000기의 기사단에 그 뒤를 받쳐 주는 장창병과 중장갑보병, 산악병의 행렬이 이어졌다.

"반란군 무리가 도망치면 끝까지 쫓아간다."

데커드가 직접 전군을 이끌고 기사단의 뒤를 따랐다.

"하벤 제국의 개들이 왔다. 꾸엑!"

"으아악, 항복할 테니 살려 주세요!"

반란군들을 거침없이 베어 넘기며 하벤 제국군이 돌격했다.

"너무 약하군."

"일반 농민들로 결성된 무리인가. 고작 이 정도 병력을 가지고 덤비다니 너무 가소롭네."

헤르메스 길드 유저들은 반란군 토벌이 불과 30분도 안 되어서 완벽하게 성공하리라 생각하며 전력을 다했다.

"아군을 구출하라!"

기사단이 산악병을 구원하기 위해 적진의 정중앙을 뚫고 선진했다.

기사단의 질주에 따라서 제대로 저항도 하지 못하고 쓰러지는 반란군들.

자세히 본다면 반란군의 움직임이 어딘가 어색하고, 또 공격을 당하는 것을 겁내지 않는다는 사실을 알 수 있었을 것이다.

피부색과 눈동자도 유난히 시커멓다는 것을 알 수 있었겠지만, 전투를 치르며 돌격하는 기사단이 자세히 살피기는 무리.

헤르메스 길드 유저들조차도 전장을 질주하며 반란군들을 돌파하느라 정신이 없었다.

그들은 광역 공격 기술을 활용하며 한 번에 수십 명씩을 해치웠다.

더군다나 전투 시간도 해가 막 지려고 할 무렵이었다.

"걱정 마라. 너희를 구해 주려고 왔으니."

기사단원들이 고립되어 있던 산악병들의 무리를 구출했다.

"근데 이게 무슨 냄새지?"

"지독한 악취군. 마치 시체가 썩는 듯한……."

그때 산악병들이 두 팔을 휘저었다.

"크에에에에."

"흐끼이이이이이이이, 따뜻한 피가 흐르는 인간의 냄새."

기사단을 향해 조금씩 다가오는 산악병들.

"응?"

산악병들이 기사단원을 끌어안았다.

그리고…….

콰과과과광!

전투를 치르고 있던 반란군과 산악병이 일제히 폭발했다.

데커드의 군대는 단숨에 육분의 일가량이 날아가는 피해를 입었고, 기사단 중에는 생존자가 거의 없었다.

산악병과 반란군 행세를 하던 언데드들이 연이어 데커드의 군대를 덮쳤다.

"함정이다!"

병사들은 살기 위해서 최선을 다해서 버텼다. 하지만 주변에 온통 언데드들뿐.

"크에… 피 냄새가 난다."

데커드의 기사들 중 죽은 자들이 다크 룰 마법에 의해 언데 드가 되어서 일어났다. 그들은 조금 전까지만 하더라도 동료였던 자들의 등 뒤를 습격했다.

멀리서 지켜보고 있던 위드는 언데드들을 그냥 내버려두기로 했다.

"어차피 알아서들 싸우겠지. 대충 싸워도 된다니까."

언데드들에게 살아 있는 생명은 곧 적.

아군을 공격할 리는 없었으니 놔두더라도 가까이 있는 데커 드의 군대를 공격하게 될 터.

일일이 명령을 내리거나 적진을 파괴할 전술을 동원할 필요도 없다.

이 땅은 이미 죽음의 대지가 되었다.

"그럼 수확이나 해 볼까. 시체 폭발!"

위드는 데커드의 군대가 모여 있는 곳이면 시체를 폭발시켜서 큰 피해를 주었다.

"끈적거리는 피, 종말의 안개, 파고드는 핏빛 화살!"

실컷 흑마법을 쓰면서 데커드의 군대를 괴롭혔다.

쭉쭉 쌓여 가는 경험치!

흑마법이나 언데드 계열의 마법 스킬 숙련도도 쌓을 수 있었지만 원래 자신의 것이 아니라서 유감이었다.

"내 적성에는 흑마법사나 네크로맨서가 꼭 맞는 것 같기도 한데 말이야."

위드의 직업이 만약 조각사가 아니었다면 인간 군대를 상대로 행패를 부리다가 타락했을 게 틀림없었다.

영락없이 마왕을 소환하는 일이 벌어졌으리라!

"네크로맨서는 어디 있나!"

"저, 저자다!"

언데드 사이에서 분투를 펼치던 헤르메스 길드의 유저들은 뒤늦게 위드를 발견했다.

"네크로맨서만 죽이면 끝난다. 저쪽으로 공격을 집중하자!"

"용병들과 중장갑보병들이여, 모두 돌격하라! 승리가 눈앞에 있다."

언데드들과는 싸우나 마나였기 때문에 데커드의 군대는 위드를 향하여 일제히 몰려왔다.

막는 언데드들이 쓰러지고 다시 일어나기를 반복했다.

다크 룰, 데스 오라의 살벌한 위력!

전투가 펼쳐지는 대지가 어둡고 침침하게 물들어 갔다.

언데드들은 싸울수록 점차 강해진다.

네크로맨서의 실력이 훌륭하면 군대의 규모가 클수록 취약
해지는 상황이 벌어지고 마는 것이다.

헤르메스 길드 유저들은 위드를 향하여 마법 공격을 시도하
려고 했다.

마법의 융단폭격이라면 네크로맨서를 직접 타격할 수 있으
리라고 보았기에.

그러나…….

띠링!

> 마법이 방해받았습니다.
> 이 지역의 모든 마나의 흐름은 네크로맨서에 의해 지배되고 있습니다. 마나
> 역류 현상에 의해 생명력이 21%, 마나가 36% 손실되었습니다. 손실된 마
> 나는 네크로맨서에게 흡수됩니다.

바르칸의 3대 마법 중의 하나인 절대 마법 방어!

마법사들은 자리에서 쓰러졌다.

"커억… 어떻게 이런 일이 벌어지냐."

"믿을 수 없어. 저놈은 도대체 누구야!"

"절대 마법 방어! 이런 건 최소 피의 네크로맨서나 되어야 가
능하다고… 다른 조건도 너무 높아서 그로비듄 님조차도 이르
지 못한 단계인데…….."

"저 로브… 어디서 본 것 같지 않아?"

위드가 착용하고 있는 장비들이 비로소 마법사들의 눈에 들어왔다.

"불사…의 군단?"

"바, 바르칸의 풀 세트!"

"전쟁의 신 위드다!"

바르칸 데모프와의 인연, 그의 모든 장비를 가지고 있으며 필요하다면 네크로맨서 스킬을 자유자재로 쓸 수 있는 사람이라면 위드밖에 없다.

일찍이 헤르메스 길드도 위드가 네크로맨서로 활약하는 것을 가장 경계했다.

바드레이와 위드 간에 싸움이 붙어도 웬만하면 자신들이 지진 않는다. 조각 변신술을 써서 어떤 직업이나 종족으로 변하더라도 바드레이의 무력으로 극복할 수 있는 것이다.

하지만 네크로맨서 상태에서만큼은 끝없이 덤벼드는 언데드로 인하여 바드레이 단독은 물론이고 친위대가 같이 있더라도 밀릴 가능성이 있다.

복합적인 여러 조건이 뒤따라야만 만들어지는 불리한 상황이겠지만, 대단히 위험할 수 있다.

헤르메스 길드에서도 그런 사태가 벌어지지 않도록 특별히 주의하고 있을 정도였다.

그 네크로맨서 위드가 만반의 준비를 갖추고 자신들을 표적으로 삼았다니!

끝없이 일어나는 언데드들은 포르모스 성의 병력을 갉아먹으며 더욱 강력해졌다.

반 호크와 암흑 기사단은 엄청난 위세로 전장을 가로지르며 헤르메스 길드의 유저들을 빠짐없이 척살했다.

"크에……."

"피. 피를 원한다."

위드가 이끄는 언데드의 군대는 데커드의 군대를 전멸시키고 포르모스 성으로 진격했다.

"언데드의 습격이다!"

5만 암흑 군단의 진군.

언데드들은 휴식을 취할 필요가 없어서 매우 빨리 도착했다.

시커멓고 흉흉한 데스 오라를 감싸고 있는 언데드 대군이 풍기는 느낌은 예사롭지 않았다.

위드가 데커드의 군대를 격파하고 포르모스 성으로 온다는 소문이 그사이에 쫙 퍼지게 되었다. 일반 유저들은 성 밖에 잔뜩 나와서 구경을 준비하고 있었다.

"우리 내기나 할까. 누구한테 걸래?"

"위드에 3골드."

"난 700골드."

"야, 난 2억 골드 건다."

포르모스 성의 수비 병력 1만.

단기간에 함락하지 못하면 하벤 제국의 군대와 헤르메스 길드의 유저들이 벌떼처럼 몰려오게 될 것이다.

위드는 네크로맨서 마법을 썼다.

"모든 마나의 흐름이여, 지금 생명들의 종말을 제물로 바치나니 소멸과 거스름의 원리에 따라서 움직여라!"

절대 마법 방어!

언데드에게 해로운 마법은 일절 실행되지 않는다.

마법력의 한계에 따라 위드를 중심으로 반경 400미터까지 영향을 주었으며, 언데드들에 의해 살아 있는 생명의 제물을 계속 필요로 했다.

위드는 최종 명령을 내렸다.

"가라, 언데드들아. 남김없이 쓸어버려라!"

성벽을 기어오르는 스켈레톤들은 화살을 맞아도 떨어지지 않았으며 겁을 내지도 않았다.

구울들은 몸을 뭉쳐서 성문을 공격했으며, 둠 나이트들은 하늘을 나는 해골마를 소환하여 단숨에 성벽 너머까지 뛰어올랐다.

위드는 데스 오라를 통해 회복되는 마나를 바탕으로 마법을 난사했다.

"어둠의 잔재, 서리의 토양, 단체 눈멀기, 지옥흡혈충 소환!"

포르모스 성의 수비병들을 향한 악독한 마법들의 시전.

성안에는 헤르메스 길드와 베덴 길드의 유저들이 상당수 있었지만 완전한 체제를 깃춘 언데드의 위력에 의해 하나눌 목숨을 잃었다.

이윽고 그 시체는 둠 나이트급의 강력한 언데드가 되어서 일어난다.

지원군이 충분히 몰려오기도 전에 포르모스 성의 수비병은 완전히 격파되었다.

5만 대 1만의 전투였지만, 위드의 지휘력과 데스 오라에 의해 무섭게 빨라지고 강해진 언데드들의 파상 공세에 성의 수비 병력은 괴멸되었다.

"으아……."

"언데드들은 진짜 끝장이다. 네크로맨서로 진작 전직할걸."

지켜보는 유저들은 경악을 금치 못했다.

언데드들은 화살이나 검을 겁내지 않았으며, 적들에게 5~6명씩 돌진하여 싸운다. 그것은 자신의 목숨을 지키려고 하는 일반적인 전투와는 아주 다를 수밖에는 없었다.

위드는 지휘 능력을 유감없이 발휘하여 언데드들을 지배하였고 성벽에 있는 병력을 고립시켜서 해치웠다.

포르모스 성을 지키기 위한 성벽이 아무 도움도 되지 못하는 상태로 만들었다.

하벤 제국의 포르모스 성이 함락되었습니다.
모든 수비 병력이 궤멸되었습니다. 침략자의 군대는 이 성의 주민들에게는 불행하게도 리치입니다. 그는 지독한 공포를 심어 줄지도 모릅니다. 물론 공포를 느끼는 것도 살아남은 이후의 일이 되겠지만……

리치 네크로맨서로 언데드를 지휘하여 성을 정복했습니다.
신앙심이 24 감소하였습니다. 명예가 17 줄어들었습니다. 용기가 13만큼 사라졌습니다. 신의 축복이 오늘부터 41일간 부여되지 못합니다. 악명이 15,391만큼 증가했습니다. 죽은 자의 힘을 311 얻었습니다. 죽음을 거부할 수 있는 힘 스킬이 초급 5레벨이 되었습니다.

"엄청난 피해로군."

정상적인 정복이라면 명예나 통솔력, 상당한 전투 경험치를 획득할 수 있었다. 기사나 검사는 흔히 전투 스킬, 혹은 지휘 스킬을 터득하기도 한다.

"아쉽지만 이것도 경험이니까. 그래도 네크로맨서로 자주 활약하진 못하겠어. 뭐, 이 짓도 많이 할 건 아니었지만."

포르모스 성을 정복하더라도 위드가 중앙 대륙의 외딴섬이나 다름없는 이곳을 유지하거나 지킬 수는 없다.

구경하던 유저들 모두가 포르모스 성의 최후를 떠올렸다.

"끝났어. 오늘부로 포르모스 성은 사라지게 되겠네."

강력한 언데드 군단을 바탕으로 주민들에 대한 철저한 살육과 방화로 초토화가 일어나리라 생각했다.

언데드 군단에 명령을 내려서 건물을 파괴하고 성벽을 복구 불가능한 수준으로 무너뜨려 놓을 수 있다. 이것이야말로 하벤 제국에 최대의 피해를 입힐 수 있는 방식이기 때문이다.

주민들이 목숨을 잃으면 그만큼 경제력에 손실을 입고, 농부와 장인 등의 생산량마저도 사라진다.

이 지역 전체의 지배를 불안정하게 만들어서 제국의 통치에 큰 차질을 주게 된다.

베르사 대륙에서 가장 발전된 곳 중의 하나인 포르모스 성을 지도에서 영원히 지워 버릴 수 있는 기회.

하지만 위드는 그렇게 생각하지 않았다.

"감정적인 복수보다는 돈이 최고지, 뭐."

항상 실리를 생각하는 습관.

"똑바로 줄을 맞춰서 걸어라. 지금부터는 최대한의 속도로 움직인다."

위드는 언데드의 대군을 이끌고 포르모스 성의 무기고와 물자 창고를 털었다.

산더미처럼 쌓인 병장기들 그리고 곡식과 말을 비롯한 보관품들.

포르모스 성에서 모은 재력이 엄청나다 보니 필요 이상으로 막대한 양의 철과 은, 마법이 봉인된 아이템들이 쌓여 있었다.

상인 출신의 영주 데커드가 훗날 가격이 오르면 팔아먹기 위해 매입해서 쌓아 놓은 것으로 보였다.

"반 호크."

"알겠다. 다 불태워 버리겠다."

"너 미쳤냐. 어서 데스 나이트들에게 가서 마차나 수레를 만들라고 해. 최대한 실어 가야지. 그래 봐야 십분의 일도 못 가져가겠지만."

"……."

기껏 성까지 정복하고 난 이후의 행보는 살육과 방화가 아니었다.

포르모스 성의 창고를 약탈하고 나서, 언데드 군단은 고스란히 물러났다.

"아무리 화가 난다고 해도 합리적으로 생각해야지. 주민들이 무슨 잘못이 있겠어."

베르사 대륙의 주민들을 죽여 봐야 쌓이는 건 무시무시한 악명뿐이다.

위드가 네크로맨서로 잠깐 활동하고 얻은 악명이 3만을 넘어갈 정도였으니 불필요한 악명을 추가로 얻는 건 결코 원치 않았다.

사막의 대제왕 시절에야 그때의 짧은 활약으로 끝나는 것이었으니 도시를 불태우는 것도 서슴지 않았다. 그러나 지금 와서 도시를 태워 봐야 얻는 건 무의미한 화풀이나 불장난에 불과했다.

"이 지역 유저들과도 원만한 관계를 유지해야 하고 말이야. 여전히 내 목에 걸린 현상금을 노리고 있겠지만 그래도 상부상조의 정신을 발휘해 줘야지."

아무리 치사하고 더러운 집이라고 해도 성실하게 우유와 신문을 넣어 주면서 쌓은 인내심.

위드에게는 베르사 대륙이 직장이라고 할 수 있었으니. 직장 상사를 잘못 만났다고 해도 참으면서 살아야 했다. 그리고 틈틈이 뒷손질을 하거나 혹은 절묘하게 뒤통수를 쳐 주면 되는 것이다.

위드가 약탈하고 떠난 성의 창고에 유저들이 모여들었다.

"으아… 이렇게 많이 쌓여 있었냐? 헤르메스 길드, 베덴 길드. 참 지독한 놈들이다."

"근데 지키고 있는 사람이 아무도 없네?"

경비병들과 기사들은 몰살.

창고의 문은 활짝 열려 있었다.

유저들은 슬금슬금 다가가서 창고에 남은 물건들을 하나둘 집어 들었다.

"얼마짜리야?"

"엄청 비싼 거다. 빛을 내는 구슬이잖아."

"훔쳐 가도 괜찮을까? 놈들이 보복할 텐데."

"누가 했는지 어떻게 알겠어. 이 성의 유저들을 다 죽이지도 못할 거 아냐?"

그다음 순간, 유저들은 포르모스 성의 물건들을 닥치는 대로 쓸어 담기 시작했다. 내성에 걸려 있는 골동품과 예술품을 비롯하여 양탄자까지도 전부 약탈했다.

하벤 제국에 소속되고 나서 세금과 사냥터 입장료 등이 엄청나게 올랐다. 안 그래도 악감정이 산더미처럼 쌓인 판인데 기회가 생기니 한몫 챙기는 데 주저함이 있을 리 없었다.

서윤의 아버지

포르모스 성에서 벌어진 대형 사태!

위드가 저지른 사건이 베르사 대륙을 강타하고, 헤르메스 길드의 위신은 또다시 추락하였다.

하벤 제국에서는 인근 도시에 주둔하던 군대를 보내서 바로 다음 날 포르모스 성을 되찾았지만 그것으로 자존심이 회복될 순 없었다.

성난 유저들이 창고를 깨끗하게 약탈해 버렸으며, 도시의 시설물까지 파괴해 버렸다.

이 광경이 밤새도록 방송국들을 통해 중계되어 하벤 제국의 커다란 망신거리가 되었다.

하벤 제국에 대한 불안감이 더 커지게 된 것은 물론이었다.

"응징을 해야 합니다. 더는 마음대로 뛰어놀지 못하도록 합시다."

"언제까지 참아 줘야 합니까! 놈이 중앙 대륙에서 활개를 치는데도 아무 보복 수단이 없단 말입니까? 언제부터 우리 헤르메스 길드가 이렇게 나약했단 말입니까?"

헤르메스 길드는 수뇌부와 주요 영주들이 모두 모이는 대회의를 열었다.

위드에 대한 처리 방안을 놓고 심사숙고하여 경계를 한 단계 높이기로 결정했다.

위드의 목숨에 대한 현상금을 1억 골드까지 높이고, 대도시 영주의 자리와 함께 최고 등급의 장비들도 지급하겠다고 발표했다.

고위 마법사와 암살자로 구성된 추적조의 파견도 단행했다.

"작전명은 큰곰사냥으로 하죠."

라페이는 신출귀몰한 위드를 붙잡을 가능성은 거의 없다고 보았다.

위드의 스킬들이나 이동속도, 판단력을 고려했을 때에 추적조가 성과를 달성하기란 대단히 어렵다. 대신에 출현 가능성이 큰 장소들에 빠져나가기 힘든 죽음의 함정을 파 놓았다.

추적조 파견을 강력하게 추진한 수뇌부 집단에서도 생각이 있었다.

'놈이 날고뛰는 재주가 있다 해도, 하늘에서 떨어질 수도 있는 법이지.'

위드 사냥이라면 헤르메스 길드에서 원하는 자들이 많을 것이다. 최고 수준의 실력자들에게만 자원을 받아서 오직 하나의 임무를 부여한다.

위드의 흔적을 대륙 끝까지 쫓는 것이다.

어디든 따라다니다 보면 활동도 그만큼 위축될 것이고, 언젠가 기회를 제대로 잡기만 하면 죽은 목숨이다.

중앙 대륙에서 위드의 입지는 더욱 좁아질 것 같았다.

라페이는 대륙의 지도를 놓고 고심에 잠겼다.

"그보다도 근본적인 부분을 손봐야 할 필요가 있습니다. 바로 하벤 제국의 약화입니다. 우리 제국은 갈수록 약해지고 있습니다."

"제국의 약화요? 군사력은 역대 최고이며 반란군과의 싸움도 거의 모조리 이기고 있습니다. 우리의 군대는 매일 더 강해지고 있으며, 대륙의 완전한 정복도 시간문제입니다."

수뇌부에서 곧바로 반론이 튀어나왔다.

헤르메스 길드의 수뇌부 중에는 영주들과 전쟁 영웅들이 많았다.

"반란군을 걱정하십니까? 그놈들은 시끄럽기만 하지 아무것도 하지 못할 겁니다."

"저도 동감입니다. 절대 다시 뭉치지 못하지요. 우리가 조금만 더 힘으로 밟으면 약한 자들은 다신 일어나지 못합니다. 지금 조금 귀찮아졌다고 해서 제국의 약화를 거론할 필요는 없을 듯합니다."

그들이 생각하기에도 하벤 제국이 여러모로 뒤숭숭하기는 했다. 하지만 중앙 대륙을 통일했으니 벌어지는 일시적인 소란으로 여겼다.

도처에서 반란군이 튀어나와도 군사적으로 압도하고 있는데 무슨 걱정이란 말인가.

과거의 명문 길드들 역시 두더지 잡기처럼 튀어나오는 대로 밟아 주면 된다.

헤르메스 길드에는 정복 전쟁을 경험한 백전노장들이 즐비했다. 그들은 자신들이 전투에서 패배할 것이라고는 전혀 생각하지 않았다.

중앙 대륙을 정복할 때도 그랬으니, 하물며 이미 하벤 제국이 완벽하게 영토를 다스리고 있는 지금은 더욱 그렇다.

북부 정복이 실패했고 어려웠던 이유는 순전히 장거리 원정이기 때문이다. 중앙 대륙을 지켜야 하기 때문에 대규모의 병력을 보내지 못했으며, 북부 유저들의 저항이 너무 거세서 실패했다.

그렇지만 베르사 대륙 전체에서 자신들만큼 강력한 군벌은 존재하지 않는다는 자부심이 있었다.

백작, 후작, 공작의 귀족에 임명된 강자들.

바드레이를 제외한다면 사실상 우열을 가리기 힘들 정도로 강한 유저들이다.

헤르메스 길드야말로 베르사 대륙의 최강자들이 전부 모여 있는 곳이라고 해도 과언이 아니었다.

라페이는 수뇌부와 대영주들 1명씩 눈을 마주쳤다.

"제 말을 주의 깊게 듣지 않으셨군요. 하벤 제국의 군대는 틀림없이 강합니다. 대륙에서 최강이며 우리를 따라올 수 있는 세력은 없죠. 하지만 제국이 약화되면서 드러나는 진정한 문제는 경제에 있습니다."

라페이가 정말 심각하게 생각하는 부분은 하벤 제국의 내정이었다.

"통계자료를 보면 우리 하벤 제국이 왕국에 머물렀던 초기, 국가의 한 달 세금 수입은 약 13억 골드에 달했습니다."

"그렇게나 많았습니까?"

"네. 〈로열 로드〉의 초창기였던 만큼 그야말로 천문학적인 돈이었습니다. 우리도 고작 10골드짜리 의뢰를 성공시키기 위해 도시를 뛰어다니던 때였죠. 그 전에는 담비 가죽을 구하기 위해 며칠씩 산과 숲을 헤매기도 했습니다."

유저들은 잠시 눈을 감고 그때를 회상했다.

누구나 처음은 있었다.

헤르메스 길드가 기반을 닦기 이전에 지금의 수뇌부나 대영주가 된 이들은 누구보다도 바쁘게 뛰어다녔다.

남들보다 더 많이 갖고, 더 위에 있고 싶어서 악착같이 강해졌다.

그 후 유저들이 물밀듯이 유입되면서 도시의 마을이 발전하고 퀘스트와 교역이 활발해졌다.

그 과정들이 어제 일처럼 선명하게 떠올랐다.

실제 현실보다도 〈로열 로드〉에서는 더 극적인 인생을 경험할 수 있기에 감회가 깊었다.

"통계를 따로 낸 건 아니고 여러 자료들을 모아 본바, 정확하진 않지만 유저들이 유입되고 경제가 가장 활발했던 전성기에 하벤 왕국의 한 달 세금 수입은 약 24억 골드에 달했을 것으로 추측됩니다."

"놀랍군요. 대단한 액수입니다."

당시에는 하벤 왕국뿐만 아니라 다른 크고 작은 왕국들도 사정이 비슷해서 많은 세금을 국가에서 거둬들였다.

　지금처럼 세율이 높지도 않았지만 유저들의 유입으로 인한 경제성장 효과는 대단했다.

　이후 유저들 중에서도 귀족과 영주가 나타났고, 명문 길드들은 확고하게 자리를 잡기 시작했다.

　큰 야망을 가진 명문 길드들은 물론 하벤 왕국이나 칼라모르, 툴렌 왕국 같은 발전되고 많은 인구를 가진 곳들을 선호했다. 그리고 자신의 영토를 더 많이 확보하기 위해 군대를 모집하고 격렬하게 싸웠다.

　NPC 국왕과 영주, 귀족이 다스리는 왕국은 허수아비나 다름이 없었으며, 세력과 유저 영주들 간의 군사력 확대는 끝을 모르고 계속되었다.

　농장과 목장이 파괴되고 광산은 폐쇄되었다.

　전투 중에 주민들이 희생되고 생산 시설도 파괴되었다.

　교역이 위축된 것은 말할 것도 없었다.

　젊은 주민들은 병사로 징집되어서 전쟁터로 끌려 나가야 했으며, 다양한 분야의 기술자들도 전투 무기 생산에만 매달리게 되었다.

　다른 왕국도 마찬가지이겠지만 하벤 왕국의 세금 수입은 그때부터 줄어들었으리라.

　라페이와 바드레이를 포함하여 중앙 대륙의 사람들은 당시에는 대부분 그 현상을 가볍게 여겼다.

　전쟁으로 인해 주변의 성과 도시를 정복하는 것이 최우선이던 시대에 자신의 것도 아닌 왕국의 경제 따위를 생각할 이유는 없었으니까.

물러서면 밟히고, 빼앗으면 강해진다는 단순한 논리.

중앙 대륙에서는 치열한 생존경쟁이 펼쳐졌고, 장대한 계획을 수립하고 실행에 옮긴 헤르메스 길드는 승자가 되었다.

여기까지는 어떤 변수도 없었다.

"하벤 왕국이 칼라모르 왕국을 접수하고, 이어서 다른 세력들을 쳐서 중앙 대륙을 장악했습니다. 그리고 대외비로 분류되고 있지만 중앙 대륙을 통일했던 직후, 우리의 세금 수입은 약 88억 골드에 달했습니다. 도시의 입장료나 던전 이용료를 모두 포함한 것입니다."

"……."

수뇌부와 대영주들은 매달 거두어들이는 세금의 단위에 놀라서 아무 말도 하지 못했다.

'이런 자금이 있기에 외부로부터 투자를 받을 수도 있었던 것인가?'

'가상현실의 가치는 날로 커지고 있다. 헤르메스 길드는 이미 기업이라고 불러도 좋을 정도로구나.'

각자 지배하는 도시를 통해 대략적이나마 짐작들은 하고 있었지만 직접 그 액수를 듣고 보니 대영주들도 혀를 내두르게 되었다.

라페이는 감춰 두었던 정보를 한 가지 더 공개했다.

"반면에 우리 정보대에서 추정하기로, 아르펜 왕국의 세금 수입은 2,000만 골드에서 3,000만 골드 남짓입니다."

"쿠흐흐, 규모 면에서 비교가 되질 않는군요."

"이거야, 원… 정복할 가치도 없는 거 아닙니까?"

대영주들이 웃었다.

그 정도의 세금 수입이라면 사실 그들이 다스리는 영토에도 미치지 못한다.

방송이나 대중의 인기가 대단한 아르펜 왕국이라지만 속 빈 강정처럼 별 볼일 없다고 느껴졌다.

그러나 라페이는 웃지 않았다.

"아르펜 왕국과 우리는 세금을 거두어들이는 방식에 큰 차이가 있습니다. 세율에서도 우리는 그들의 몇 배에 달하고요. 만약 아르펜 왕국에서 우리와 동일한 방식으로 세금을 거두어들인다면 적어도 3억 골드는 넘게 되리라 생각합니다."

"그 정도 차이라고 해도 뭐……."

3억 골드라면 대영주들도 우습게 볼 수 없는 금액이다. 그럼에도 불구하고 하벤 제국에 비해서는 너무 적은 금액이다.

그러나 라페이의 얼굴과 목소리는 여전히 심각해서, 그가 할 이야기가 중대하다는 점을 짐작하게 했다.

"실질적인 부분을 따져 본다면 격차는 더욱 줄어듭니다. 하벤 제국이 중앙 대륙을 통일한 이후부터 우리의 세금 수입은 빠르게 줄어들었습니다."

영주 중 한 사람이 말했다.

"그거야 아직 체계가 덜 잡혔기 때문이 아닙니까? 농장이나 광산 등 인수가 덜 된 곳들이 있습니다만."

"그런 부분도 있을 것입니다. 그러나 그만큼의 세금 수입 감소는 무시해도 될 정도입니다."

"대체 현재 세금으로 거두어들이는 돈이 어느 정도이기에……."

"51억 7,000만 골드입니다."

"크으음."

좌중에서 깊은 고뇌에 잠긴 한숨 소리가 들려왔다.

88억 골드나 51억 골드나 마찬가지로 현실감이 느껴지지 않을 만큼 어마어마한 액수다. 하지만 처음에 비해 37억 골드나 줄어들었다니 그것이 훨씬 더 크게 느껴졌다.

아르펜 왕국의 이야기를 할 때만 해도 비웃던 대영주들의 얼굴도 굳었다.

자신들의 영토에서도 크든 작든 대부분 세금 수입이 감소하였다. 그러나 그저 일시적인 일로 여기고, 경제 재건이 이루어지면 복구되리라고 가볍게 생각했다.

그렇지만 수입 감소 부분을 다 합치니 이렇게 많은 금액이 날아갔을 줄은 몰랐다.

라페이가 말을 이었다.

"그동안 우리에게도 약간의 잘못과 좋지 않은 사건들이 있었습니다. 반란군이 들끓어서 세금이 원활하게 징수되지 않는다는 점도 감안해야겠지요. 그러나 정작 두려운 것은 경제 재건을 위한 투자 액수를 대폭 늘렸음에도 불구하고 세금 수입이 계속 빠르게 감소하고 있다는 점입니다."

"그럴 리가요."

"얼마나 줄어들고 있는 것입니까?"

영주들 중에서 다급하게 묻는 자들도 나타났다.

라페이는 사태의 심각성을 알리기 위해서 솔직하게 이야기 했다.

"한 달을 기준으로 한다면 총 3억, 4억 골드 이상이 될 것입니다."

"터무니없는……."

이미 대략적인 정보를 알고 있는 수뇌부는 침묵을 지켰다.

영주들 역시 머릿속에서 계산해 보고는 타당하다고 여겼다.

'내가 거둬들이는 세금 수입도 대충 그 정도 줄어들었지.'

말을 꺼냈다면 더 할 말이 있었을 것이다.

좌중의 관심은 온전히 라페이에게 쏠렸다.

"세금 감소의 이유는 일일이 열거하기도 힘들 정도로 많습니다. 우리의 경쟁자였던 이들이 몰락하면서 생긴 공백, 도시의 피해, 주민들의 죽음, 생산량 감소, 반란군, 치안 악화 등… 유저들이 중앙 대륙에서 예전처럼 열심히 모험과 사냥을 즐기지 않는다는 것도 큰 이유이겠지요."

〈로열 로드〉에서는 강해지기 위한 욕구가 대단히 크게 작용했다.

그러나 헤르메스 길드가 중앙 대륙을 장악하고 강력한 군사력을 바탕으로 통치하니 유저들의 그러한 열기가 식었다. 휴양지에 가서 놀거나, 세금이 없는 한적한 곳으로 떠나 버리는 사람이 늘었다.

생산직들과 기술자들도 예전처럼 열심히 일하지 않는다.

던전 입장료나 도시에서의 세금이 감소하는 것은 자연스러운 일이었다.

영주들의 머릿속에 한편 이런 생각도 들었다.

'이건 현실 경제와도 비슷하잖아.'

'어렵다. 경제는 심리라더니… 이럴 줄 알았으면 경제학 수업을 조금 들어 볼걸.'

여러 가지 조건들을 감안하면 경기 침체가 찾아오는 것도 너무나도 당연한 상황이었다.

오히려 지금처럼 악조건에서 경제가 원활하게 돌아간다는 게 이상할 정도다.

다만 그렇더라도 아직도 하벤 제국의 세금 수입이 충분하다고 생각하는 영주들이 많았다. 실제로 자신들은 엄청난 부를 축적하고 있었으니까.

라페이는 그런 착각까지도 깰 발언을 했다.

"아시겠지만 하벤 제국을 유지하기 위해서는 많은 돈이 필요합니다. 필수적인 기반 시설의 유지, 군사력에 지출되는 비용. 정확하게 추산하기 힘들지만 이 비용만 해도 20억 골드는 웃도는 것으로 보고 있습니다. 반란군을 제압하는 한편으로 우리는 제국을 재건하기 위한 투자도 해야 합니다. 즉, 우리에게는 그다지 여유가 없단 말입니다."

하벤 제국이 황금 알을 낳는 거위인 줄 알았건만, 속으로는 여러 가지 조건들과 상황들이 최악으로 흘러왔던 것이다.

똑똑한 자들은 구체적인 자료가 없으니 그 이유를 알면서도 설마 이렇게까지 나빠지진 않았으리라고 막연하게 생각해 버렸다.

세금 문제는 당장의 수입이나 통치와 관련이 깊은, 너무나도 중대한 사안이기에 회의실은 조용해졌다.

"하벤 제국에는 당장 우리의 뜻과 맞지 않는 이들을 억누르기 위해 다수의 군사력이 필요합니다. 그러나 군대의 힘은 양날의 칼과 같습니다. 엄청난 유지 비용을 필요로 하며, 경제성장에도 지장을 많이 주지요. 우리가 앞으로 할 일은 군사력 부분은 현재 수준을 유지하는 정도로만 하며 최선을 다한 경제 복구입니다."

라페이는 명확하게 자신의 뜻을 밝혔다.

지금까지 헤르메스 길드의 방침을 적극적으로 따르지 않았던 영주들에 대한 경고이기도 했다.

하벤 제국에는 숱하게 많은 영주들이 있었다.

헤르메스 길드 소속의 유저들, 이른바 개국공신들!

그들은 길드의 확장과 함께 강력한 군대를 보유하게 되었으며 각기 지배할 땅을 배정받았다.

정복 전쟁에서는 모든 자원을 오로지 군대에 우선해서 투입했다. 중앙 대륙에서는 특별한 일도 아니었으니 비정상적으로 막강한 군사력이 갖춰지게 된 이유다.

개국공신에 대한 후한 포상은 지배 체제의 확립을 위해서도 반드시 필요했다. 새로 정복한 땅을 멀리 떨어진 중앙에서 일일이 간섭할 수는 없는 노릇이었으니까.

군사력을 가진 영주를 임명해 놓고 그에게서 일정한 세금을 거두는 것으로 뒤처리를 다 했다.

완전한 대륙 통일을 위한 정복 전쟁에 집중하기 위해서라도 가장 편한 선택이었다.

헤르메스 길드만이 아니라 그 당시에는 다른 길드들 역시 모두 그런 방식으로 영주를 임명했다.

영주란 그 지역에서만큼은 대단한 권력자였으며 많은 유저들이 선망하는 자리였으니까. 길드원들의 동기부여에도 효과적이다.

하지만 당연하게 여겼던 그 선택이 발목을 잡았다.

전쟁에 익숙한 영주들은 그 지역의 경제를 성장시킨 게 아니라 군사력을 강화하는 도구로 삼아서 철저히 착취했다.

젊은 주민들은 병사들로 모집했으며, 기술자들에게도 병장기를 만들도록 지시했다.

사치품이나 고급품은 생산량이 삼분의 일 이하로 줄었고, 제국 전체로 본다면 손실이 난 경제 규모도 천문학적이었다.

'우리가 가장 먼저 해야 했던 건 중앙집권적 통치를 확립하는 것이었다. 그리고 더 빨리 중앙 대륙을 부흥시키기 위한 조치들을 단행했어야 마땅했다.'

드넓은 제국, 하벤 제국의 수도에서 경제 재건을 위한 갖가지 조치들을 취하더라도 영주들을 통해야 하니 제대로 집행되지 않는다.

영주들은 중앙 대륙을 정복하는 데 기여한 대가를 얻길 원했다. 그 결과 과중한 세금으로 주민들을 쥐어짰고, 경제를 재건하라고 황궁에서 푼 재물도 아까워서 움켜쥐고 풀지 않았다.

영주들에게 세금을 내리라고 명령했지만, 그것을 따르는 이들도 절반 정도밖에는 되지 않았다.

물론 전적으로 영주들의 책임으로 돌리는 것도 무책임한 일이리라.

　중앙 대륙에서의 통치 문화는 눈앞에 황금이 있으면 힘이 있는 자가 가지는 것이 전통이었으니까.

　라페이는 여기서 굳이 아르펜 왕국의 이야기는 하지 않았다.

　정보대에서 파악하기로 북부의 유저들은 매일 숫자를 파악하기 힘들 정도로 늘어나고 있으며 생산과 모험도 활발하게 증가하고 있다.

　하벤 제국과는 사뭇 그 분위기가 다르다.

　마을과 도시가 눈부시게 발전하고 있었으니 향후 1~2년 뒤를 보자면 경제적으로 역전이 되지 말란 법도 없는 게 아니겠는가.

　세금 수입만 놓고 본다면 입장이 바뀔 가능성은 없을 테지만, 반대로 그 낮은 세금 때문에라도 발전의 속도는 비교가 안 된다.

　중앙 대륙은 계속 퇴보해 왔다면, 북부 대륙은 떠오르는 태양과 같았다.

　"대제국은 외부의 침략으로 무너지지 않습니다. 반란군의 활동은 진압되고 있지만 하벤 제국의 국력도 덩달아서 조금씩 줄어들고 있습니다. 앞으로 우리가 신경 써야 할 부분은 전쟁이 아니라 경제와 내정이 될 수밖에 없습니다."

　아렌 성을 중심으로 하여 거미줄처럼 교통망을 연결하고 산업과 도시 개발에 집중적인 투자를 감행하기로 했다.

　방대한 군사력의 유지와 반란군으로 인한 각지의 소요 사태,

유저들의 반발까지도 감안해야 했다.

모든 것이 헤르메스 길드 수뇌부의 생각보다 어렵고 더디게 진행될 게 틀림없지만 현재로써는 근본적인 개혁이 필요했다.

하벤 제국의 수도가 있는 아렌 성의 상인 주민들은 불만으로 투덜거렸다.

"우린 정말 무거운 세금을 감당해 왔지. 그건 하벤 왕국이 제국으로 성장하는 데 중요한 밑거름이 되었을 거야. 그런데 갈수록 사치품은 제때 들어오지 않고 가격은 오르기만 하는군. 손님들도 줄어들고 있으니 이러다가는 몽땅 망하고 말 거야."

"반란군 따위도 제때 해결하지 못한다면 뭐 하러 대륙을 정복한 거야. 무능한 귀족 놈들."

"식민지로부터 싼값에 물자가 들어오지 않는다는 게 말이 돼? 놈들을 쥐어짜서라도, 죽여서라도 싸게 가져와야 할 것 아닌가."

"이 시장에서 돈을 버는 사람은 나밖에 없어, 후후후. 사치품이야말로 한밑천 챙기기에 훌륭하지. 어디서 약탈한 물건인지만 상관하지 않는다면 말이야. 사실 이 바닥에 그런 걸 신경 쓰는 사람이 어디에 있는가?"

수도의 시장 상인들은 제대로 이루어지지 않는 교역이 불만족스러웠다.

교역이 원만하게 이루어지지 않으면서 상인 주민들 사이에 대대적인 불만이 쌓여 갔다.

하벤 제국의 수도에서 벗어난 칼라모르, 툴렌 지역의 시장은 장사를 하기 힘들 정도였다.

"요즘 세상에 식료품이 부족하다니 믿기는가? 물자 부족 현상이 최근에는 흔하게 벌어지고 있어. 반란군의 탓도 있겠지만 그들을 욕하고 싶진 않군. 다 황제가 자초한 일이니까."

"옷이나 무기가 있더라도 팔리지 않지. 사람들이 돈이 있더라도 안 쓰고 있으니까."

"대륙 북쪽의 농작물들은 품질이 훌륭했는데 더 이상 수입을 하지 않다니 안타까운 일이지. 포도주와 말린 과일들. 고객들 중에는 웃돈을 얹어서라도 사길 원하는 사람들이 많아."

"대장장이가 만든 검을 원하나? 그런 건 더 이상 구하기 어렵네. 대장장이들이 전부 일을 그만두었으니까."

제국에 대한 반발로 기술자와 농부, 대장장이 등의 주민들이 일을 하지 않아서 생산량이 감소하고 교역이 줄어들고 있었다.

하벤 제국에서 북부 원정에 실패하고 황궁이 붕괴되었을 때보다 내실은 더욱 나빠지고 있었다.

전반적으로 극심한 경제 침체를 발생시키고 있었다.

점령 지역에서 동시다발적으로 터지는 경제 위축 현상은 갈수록 증폭되었다.

유저들도 비싼 세금 때문에 소비를 줄였으며, 의욕도 많이 꺾여 있었다.

"사냥 가자고? 그냥 놀러나 가자."

"주문 들어왔다고? 다 귀찮아. 잠이나 잘래."

노세노세그냥노세 운동!

아무것도 안 하고 그냥 놀기가 유저들 사이에서 급속도로 유행을 탔다.

"돈도 안 들고 좋아."

도시의 광장이나 길가, 건물의 지붕 위에서 햇빛을 받으면서 그냥 노는 것이었다.

일부 발 빠른 유저들은 하벤 제국의 사태가 심상치 않아졌을 때부터 농지와 주택들을 팔아 치웠다.

상인 유저들은 활동을 줄였다.

반란군들 때문에 다른 지역을 돌아다니려면 비싼 가격에 용병을 고용해야 하는데, 그러자니 얻을 수 있는 수익이 적었다.

중앙 대륙이 심상치 않다는 점을 모든 유저들이 조금씩이나마 느끼고 있을 때였다. 주민들이 반드시 필요로 하는 식료품과 약초, 광물 등의 공급이 조금씩 나아졌다.

예전보다 가격은 비싸지만 물품들이 공급된다는 것만으로도 천만다행인 지역이 하벤 제국에는 많았다.

도자기, 포도주, 직물, 고급 그릇, 예술품들은 귀족과 중산층이 꼭 원하는 물품이었다.

"앞으로 자주 거래해 줬으면 합니다. 꼭 또 와 주십시오."

"물론이죠. 필요하신 물품이 있으면 저희 다판 상회에서 꼭 오겠습니다. 옷돈만 얹어 주신다면요."

> 긴급 물자 운송 퀘스트를 완벽하게 수행했습니다.
> 나르못 시장의 공헌도가 12.32%가 되었습니다.

혜성처럼 등장한 다판 상회!

많은 물자들을 가져와서 하벤 제국의 시장에 대량으로 공급했다.

"이 세상에 믿을 놈은 하나도 없어."

이현은 그렇게 생각하며 인터넷 사이트들을 돌아다녔다.

〈로열 로드〉의 홈페이지에서부터, 위드의 목에 걸려 있는 현상금에 대한 논의가 활발하게 이루어졌다.

—〈로열 로드〉에서 팔자를 펼 수 있는 어마어마한 금액인데요. 헤르메스 길드가 정말 내줄까요?
—위드부터 잡고 얘기합시다.
—한밑천 톡톡하게 챙길 수 있겠네요.
—일확천금이라니… 반가운 척하다가 뒤통수를 그냥 사정없이!

"아무튼 이놈이고 저놈이고……."

이현은 혀를 끌끌 찼다.

아무리 헤르메스 길드에 당한다고 해도 그들이 엄청난 대가를 약속한다면 기꺼이 협조하는 게 또 대다수의 평범한 사람들이다.

그들을 원망할 수만은 없었다.

이현 자신이라고 해도 충분한 대가를 준다면 헤르메스 길드의 편이 되어 줄 수도 있었을 테니까.

"그래도 사람이 의리는 있어야지."

이번에는 다크 게이머 연합에 들어가 봤다.

> **제목: 다크 게이머 은퇴를 위한 최고의 기회!**
>
> 위드 사냥에 참가하실 분 모집합니다. 현재 인원 240명입니다. 딱 300명까지만 받겠습니다.

> **제목: 언제까지 잡템이나 모으고 퀘스트나 해서 돈을 벌 것인가. 한 방을 노리자!**
>
> 요즘 장비들 시세도 떨어졌는데 우리 목돈 한번 마련해 봅시다·

"크으, 이놈들까지……."

현상금이 너무 막대하다 보니 모여서 이현의 캐릭터를 잡으려고 한다.

그렇다고 해도 막상 쉽게 덤벼들지는 못했다.

던전이나 사냥터에서도 만날 일 자체가 드물다.

꼼꼼하고 방심을 하지 않는 성격이다 보니 가끔 전투를 따라오는 구경꾼들에게 빈틈도 잘 보이지 않았다.

모라타와 같은 북부의 우호적인 유저들이 넘쳐 나는 대도시에서도 안심할 수 없다.

몇 명 정도로 이루어진 현상금 사냥꾼 무리는, 애써 위드를 만나더라도 카리스마에 눌려서 싸움을 못 거는 현실.

물론 덤비더리도 대부분은 반 호크와 토리도를 소환하고 함께 싸운다면 어렵지 않게 격퇴가 가능했다.

다크 게이머 중에서도 최상의 수준에 있는 유저들은 웬만하면 만나기 힘든 강자들이지만 그들의 움직임은 가볍지 않고 묵직하다. 자신들의 목숨을 걸어야 하고, 실패했을 때에는 레벨과 스킬 숙련도를 비롯해 잃는 게 많기 때문에 신중해졌다.

다크 게이머들의 여론도 현상금에는 동요하지 않았다.

헤르메스 길드의 독재 체제가 갖춰지게 되면 〈로열 로드〉에서 다크 게이머들도 역할이 급격하게 축소된다.

다크 게이머들은 아르펜 왕국에 정착하면서 평소에도 경제력과 모험, 기술 등에 많은 기여를 했다. 전쟁에서도 하벤 제국군의 상당수를 처리해 주었으니 그들이야말로 은근한 후원자나 다름이 없었다.

"그래도 눈에 띄게 막 돌아다니기는 어려워지겠어. 조각 변신술이 있으니 상관은 없지만 앞으로 더욱더 신중하게 움직여야 해."

이현은 다크 게이머 연합의 정보 게시판을 세세히 분석했다.

퀘스트와 베르사 대륙의 지리, 하벤 제국 영주들의 세력까지 분석했다. 일반적인 사냥터보다도 훨씬 신중하게 결정을 내려야 했다.

"싸울 장소와 시기를 선택할 수 있다는 점은 뛰어난 장점이야. 치고 빠질 시기를 가늠하면서 조각술의 위력도 극대화할 수 있을 테고……."

중앙 대륙은 넓다.

가까운 지역은 와이번을 타고, 먼 곳은 그림 이동술을 통해 어디든 갈 수가 있었다.

포르모스 성의 영주는 처음부터 의도했던 목표는 아니었지만 기회가 너무 좋았다.

그가 출정한 직후에 바로 계획이 수립되었고, 반란군과 네크로맨서 스킬을 이용하여 신속하게 잡아먹은 것이다.

한탕 제대로 해 먹은 상황!

"그다음으로 포르모스 성 못지않은 제물을 찾아야 해. 뭐, 경계가 늦춰질 때까지 던전 사냥을 하면서 성장을 하거나 살인자들만 암살해도 되셌지만… 상황이 어떤 식으로 바뀌게 될지 몰라. 물 들어왔을 때 노를 저어야 한다는 말은 만고의 진리지."

하벤 제국의 반란군이 진압되면 지금과 같은 황금기는 다시 오지 않을 것이다.

"큰 놈을 잡아야지. 누가 봐도 쉽게 생각할 수 없는 진짜 큰 놈을."

이현은 고민 끝에 다음 목표를 용기사 뮬의 그리폰 군단으로 결정했다.

하벤 제국군 중에서도 가장 소수 정예의 강력한 부대로 손꼽히는 그리폰 군단.

병력은 5,000에 불과하지만 소속되어 있는 강자들이 즐비했고 전략적인 가치 역시 어마어마했다.

조인족들이 아직은 날파리라면, 그리폰 군단이야말로 하늘에서 쇄도하는 강철의 기사단!

모든 전투에서 불패를 자랑하는 것은 물론이고 적들을 압도적으로 섬멸해 버린 역사를 세웠다.

중앙 대륙에서도 변방에 위치한 그라디안과 네스트 왕국의 불안정한 치안을 유지하고 있는 핵심 군단이었다.

"일단 확실히 없애 놓는다면 복구하기는 힘든 병력이야. 그렇다면 상대해 볼 만하다."

다양한 꼼수들이 머릿속을 스치고 지나갔다.

물론 일을 저지르기 전에 KMC미디어에는 몰래 연락을 넣었다. 확실한 내용은 알려 줄 수 없지만 방송 시간을 따로 빼놓아야 한다는 요청이었다.

이현은 오랜만에 시장에 가서 장을 봤다.

"왕새우 주세요."

"몇 개나? 오늘 새벽에는 작은 건 별로 안 들어왔는데."

"큰 것으로. 가격은 조금만 신경 쓸 테니까 프라이팬을 박차고 나올 만큼 제일 싱싱한 녀석으로 주세요."

"호오, 별일이 다 있군."

수산물 상점에서는 평소 바지락과 국물용 냉동 꽃게 위주로 샀지만 오늘은 생선과 새우, 낙지 등 무려 5만 원어치나 구입했다.

"해물탕 재료는 이쯤이면 됐고."

식육점에서는 한우 갈빗살과 살치살을 4만 원어치나 골랐다. 돼지 삼겹살과 목살도 2만 원어치를 구매했다.

식육점 주인이 걱정스러운 눈으로 이현을 봤다.

"정말 돈 주고 사는 건가?"

"네."

"집에 무슨 일이 있는 건 아니지?"

"무슨 일은요."

"뉴스로 자네 소식을 듣는 건 아닌지 모르겠네. 마지막 만찬을 즐기고 죽었다거나……."

"……."

돈이 있더라도 맨날 꼬질꼬질한 모습으로 다녔으니 여전히 오해받을 만도 했다.

이현은 동네 편의점에 가면 유통기한이 막 지난 삼각김밥과 햄버거를 무료로 먹을 수 있는 VIP였다.

시장에서 물건을 사고 돈을 내는 이현의 손가락이 중증 마약 중독자처럼 떨렸다.

"크으, 식사 한 끼에 이런 지출이라니……."

신선한 식재료들을 잔뜩 산 것은 서윤을 위한 저녁 식사 때문이었다.

그녀와의 관계가 깊어지기까지는 오랜 시간이 걸렸다.

서윤이 말을 하지 않으니 오해도 하고, 또 자격지심 때문에 일부러 자신의 마음을 숨기기도 했다.

이현의 현실은 가난한 게이머에 불과했으니 끌리는 마음에 솔직해지지도 못했다.

매달 월세에 부족한 생활비, 빚쟁이들에 쫓겨 다니던 기억은 자존심 따위는 잡아먹고 결단력까지도 흐트러지게 하기 충분했으니까.

남자의 자격지심!

그녀라면 충분히 더 자신보다 멋지고 훌륭한 남자를 만날 수 있다고 생각할 테니까.

이현은 그러나 과거와는 많이 달라졌다고 생각했다.

이젠 자신도 돈 때문에 서럽거나 남들보다 부족하다고 생각하지 않는다.

"나도 이젠 나이키 양말을 신을 수 있고, 찢어진 청바지도 살 수 있어."

예전에는 청바지 한 벌을 가지고 봄, 여름, 가을, 겨울을 돌려 입었다.

온갖 찌든 때에 절고 해어진 청바지는 아예 무릎이 밖으로 나올 때까지 입었다.

과거처럼 200원 비싼 소금을 사서 열흘간 악몽을 꿀 일은 더 이상 없다고 생각했다.

무엇보다 쉽게 변하지 않을 그녀의 마음을 알았기 때문!

"앞으로는 재밌게 살아야지."

이현은 저녁에 맛있는 식사를 하고 나서 그녀를 위한 이벤트로 직접 쓴 시를 읽어 줄 생각이었다.

베르사 대륙을 여행하고 조각품을 만들면서 지은 시.

시인이나 작가는 아니지만 감정에 솔직하면 그것이 훌륭한 시라고 생각했다.

내가 좋아하는 그대에게

춥고 어두운 거리를 혼자 걸었습니다
기댈 곳 없이 하루를 살아가던 나
우체국 아저씨처럼 먼저 다가와 준 너

내 삶은 방송 조명을 틀어 놓은 것처럼 밝아졌습니다

그대의 따뜻한 마음은 한겨울의 전기장판, 네 번 타는
가스보일러

내 눈은 그대를 보고 싶습니다
75인치 최신형 LED 텔레비전보다도 더 자세히
내 귀는 그대의 속삭임을 듣고 싶습니다
돌비 서라운드 홈시어터 시스템보다도 선명하게
휴대폰 음성 통화 무제한을 신청한 것처럼 매일매일

그대를 향한 이 마음은 공기청정기보다도 맑고
삼중 필터식 정수기보다도 순수하며
사이클론 진공청소기보다도 깨끗합니다

홈쇼핑 광고처럼 꾸미지 않고
블로그 맛집 과장 광고처럼 허황되지 않고
10인용 전기밥솥처럼 든든하고
가스레인지 위의 프라이팬처럼 뜨거운 이 마음으로

옛 시들처럼 감성적이고 은유적인 표현을 쓰기보다는 직설
적인 표현늘이었다.
아마도 대형 마트 관계자라면 특별히 좋아할 만한 시이리라.
이현으로서는 아쉬운 부분도 있었다.
"조금만 수정할까. 대한민국은 역시 넓은 집인데……."

좋은 생활용품들을 가진 가정에서 행복하게 살고 아이까지 낳아서 기르면 그보다 더 행복할 수가 있겠는가.

이현이 두 손 가득 짐을 들고 가는데 가벼운 차림의 노신사가 개를 끌고 산책을 나온 모습이 보였다.

정득수 회장.

서윤의 아버지였다.

둘의 눈이 마주치고 말았다.

"아, 안녕하세요."

"어허허험!"

'곤란하다. 그녀와 지난번처럼 그냥 좋은 친구로 지내 달라고 하거나 혹은 헤어지라고 말씀하시면… 어떻게 대답하지?'

'하필이면 이놈을 여기서 만나게 되다니. 날씨가 좋다고 해서 무턱대고 살피지도 않고 산책을 나오는 게 아니었어. 대화를 나눌 준비도 없었는데… 뭐, 뭐라고 하지?'

이현과 정득수는 공원의 벤치에 앉았다.

할 말은 서로 많았지만 상황이 불편하고 애매해서 말을 꺼내기가 어려웠다.

이현은 상대가 서윤의 아버지라는 이유 때문에 마음이 무거웠다.

구체적으로 말을 하지 않더라도 뻔히 자신을 여전히 안 좋게 보고 있을 텐데 어떻게 친근하고 평범하게 먼저 말을 건넬 수가 있겠는가.

일반인도 아니고 상상하기 어려운 어마어마한 부와 권력, 명예, 지위 등을 가졌던 어려운 사람이다.

하지만 정득수에게는 과거 그룹 회장 지위로 있을 당시의 당당함이 사라진 후였다.

'앞으로는 아버님으로 모셔야 될 텐데. 앞으로 또 큰돈을 주시면서 헤어지라고 하시면 정말 곤란한데.'

'지난번에 돈을 주고 부탁했던 일을 가지고 날 비난하면 어떻게 하지? 호성 그룹이 산산조각 난 사실도 알고 있겠지?'

걱정하는 부분들이 서로 달랐다.

다만 이현은 호성 그룹의 사정에 대해서는 전혀 몰랐다. 호성 그룹의 경영난에 대해 텔레비전에 떠들썩하게 나오건 말건, 〈로열 로드〉에 빠져 바빴던 것이다.

호성 그룹의 계열사들이 완전히 부도가 나서 실직자들이 대량으로 나온 것도 아니고, 일시적인 자금난이라서 은행의 자금 지원으로 빠르게 수습되었다는 이유도 있었다.

'그녀랑 만나는 것도 모르고 계시는 건 아니겠지? 지난번에 대지의 궁전 전투에서 봤던 그 상인분이 맞느냐고 물어보고도 싶은데.'

'이놈이 〈로열 로드〉에서 그 정도의 입지를 다졌다니. 방송도 그렇게 자주 출연할 줄은 몰랐어. 지난번에는 내가 너무 무시했던 게 아닐까. 아… 그때 대지의 궁전에서 잠깐이었는데 날 보고 기억하고 있는 것은 아닐 테지? 그렇게 눈썰미가 좋진 않을 거야. 틀림없이 그래야만 해.'

이현과 정득수는 무려 30분이 넘게 눈치만 보며 그 자리에 앉아 있었다.

짹짹짹!

참새와 비둘기가 공원을 지나다니고, 학교가 끝났는지 어린 아이들이 책가방을 메고 뛰어갔다.

어떤 말도 꺼내기 힘든 어려움!

서윤과, 남자의 체면이 걸려 있는 문제이기 때문에 양쪽 모두 곤란했다.

정득수의 입장에서는 더욱 껄끄러운 측면이 많았다.

이현에게 헤어져 달라고 말을 했던 건 딸을 걱정하는 마음이 커서 저질렀던 일이다.

냉정하게 말해서 아버지의 입장에서 하나밖에 없는 예쁘고 귀한 딸이 좋은 남자들을 다 놔두고 평범한 이현을 만나는 건 아깝다고 생각했으니까.

여전히 그 생각은 마찬가지였지만, 바로 근처에서 살면서 이현에 대한 평판을 제법 들었다.

집을 계약하던 당시에 부동산 중개소에서부터 이미 이현에 대해 들어서 알고 있었다.

"어떤 놈입니까?"

"잔머리가 여간이 아니죠. 보통 그 나이에는 돈이 있더라도 술 먹고 놀기 마련인데… 재테크에 관심이 정말 많아요. 벌써 이 근처에 땅도 제법 사 놨습니다."

"예에?"

"저쪽 공원 아래의 땅이 500평은 될걸요. 당장은 아니더라도 한 20년 후에 재개발이라도 들어가면 엄청나겠죠. 아파트는 돈이 안 된다고 안 샀지만… 급매로 나온 상가도 두 채나 매입했습니다. 그쪽으로 지하철역이 들어온다는 이야기가 있거든요. 저보다도 빨리 움직였더라고요."

땅 투기의 달인!

우유 배달, 신문 배달을 하면서도, 돈을 벌면 사야 할 땅들을 미리 점찍어 놓았다. 그리고 발 빠르게 움직였던 것이다.

정득수는 동네 슈퍼나 기사 식당에서도 이현에 대해 물어보았다.

"그 청년이라면… 왜 물어보시는 건지는 모르겠지만, 후… 우리 애가 고등학교 때 사고를 좀 쳤는데, 안 좋은 일로 엮인 적이 있지요."

"무슨 일이었습니까?"

"아들놈이 오토바이를 타고 그 청년 여동생을 자꾸 쫓아다녔답니다."

"그랬는데요?"

"그 청년한테 걸려서 작살났지요. 팔다리가 몽땅 부러져서 병원 신세까지 지고 나더니, 그렇게 말을 안 듣던 애가 정신 차리고 가게 일도 잘 도와주게 되었습지요."

"…가만히 계셨습니까?"

"그때야 뭐, 내놓은 자식이었으니까… 그리고 그 청년이 동네에 모르는 사람이 없을 정도로 발이 넓어서 함부로 대할 수가 없었어요. 지금은 이 동네에서 계속 살려면 꿈에도 그런 생각 못 합니다."

막걸리를 마시고 있던 동네 노인들조차도 이현에 대해서는 좋은 말만 했다.

"훌륭한 청년이지, 암!"
"부지런하고 좋은 청년이야. 남자라면 그래야 하지 않겠나."

노인들마저도 이현의 영향력을 벗어나지 못한 것이다.
동네에서 오래 살다 보면 주변의 이목이나 구설수를 신경 쓰지 않을 수가 없다.
그런데 이현의 할머니가 소싯적에 워낙 말을 잘했고 억척스러웠다.
게다가 최근에 말이 많은 노인 중에 몇 명은 이현으로부터 명절 때마다 떡값이라고 받아 챙기는 돈이 있었다.
철저한 매수를 기반으로 하여, 젊은 나이임에도 불구하고 동네 유지나 마찬가지였다.
이현이 방송에도 자주 나오고 은근히 알부자라는 소문까지 퍼지면서 인심을 휘어잡았다.
'무서운 놈이야. 정치인의 기질이 있어. 그래도 딸의 남자 친구에게 이끌려 다녀서는 안 되지.'
정득수는 서윤과의 교제는 허락하기로 결정을 내렸다. 서글픈 일이지만, 아빠라고 반대를 하기에는 서윤과의 관계가 그렇게 친하지 않다.

서윤의 표정도 아주 밝아졌으니 반대할 명분도 없었다.

'그냥 친구로만 지냈으면 좋으련만. 요즘 세상에 연애 한두 번 하는 정도야 흠도 아니니까. 나중에 진짜 멋진 남자를 만나서 결혼을 해도 늦지 않지.'

정득수는 연장자인 만큼 본인이 먼저 말을 꺼냈다.

"내 딸과는 잘 지내고 있는가?"

"예. 말씀을 따르지 않아서 죄송합니다."

"아닐세. 돈으로 막으려고 한 내 잘못도 있지. 두 사람의 감정을 억지로 떼어 놓으려고 한 건 내 실수였어."

"괜찮습니다. 아버님의 입장도 충분히 이해하고 있습니다."

또다시 한동안 침묵.

정득수의 눈길이 이현이 들고 온 장바구니들로 향했다.

"시장에 다녀온 것 같은데."

"예. 저녁거리를 좀 준비했습니다."

"해산물을 꽤 많이 샀군."

"서윤이가 해물탕을 좋아해서요. 저녁으로 만들어 보려고 합니다."

"저녁을 같이 먹는가?"

"네."

"뭐라고! 외식도 아니고 한집에서? 단둘이?"

"그, 그런데요. 꼭 둘만 먹는 건 아니고 여동생도 가끔 같이 먹기는 합니다."

다시 한동안 침묵.

못마땅하더라도 다 큰 딸자식이니 연애는 자세히 참견하기도 어려운 부분이다.

얼마나 쫀쫀하고 촌스럽게 보이겠는가.

그렇지만 섭섭하고 서운한 기분은 들었다.

이현이 그 감정을 알아차렸는지 조심스럽게 말했다.

"정 신경 쓰이시면 저녁 약속을 취소할까요?"

"아닐세. 요즘 세상에 밥 한 끼 먹는 거 가지고 그럴 것까지야 조금도 없지. 내가 그렇게 남녀 관계에 대해서 시대에 뒤떨어지는 사람으로 보이는가?"

"당연히 아닙니다."

"신경 쓰지 말게."

"그러면 저기… 음식은 충분할 텐데 저녁 같이 드시겠어요?"

정득수는 정말 함께 저녁을 먹고 싶었다.

눈에 넣어도 아프지 않을 딸과 그 남자 친구와 함께 먹는 저녁 식사. 딸을 가진 부모라면 누구나 원하는 자리일 것이다.

이현이나 서윤의 집 마당은 넓기도 했으니 고기를 구워 먹으면서 저녁 내내 이야기꽃을 활짝 피울 수도 있었다.

넓고 화려해도 삭막한 자신의 집으로 돌아가면 할 일이 없었다. 그룹 회장으로 바쁘게 살아가던 때와는 달리 지금은 부르거나 찾아오는 친구도 없다.

집에서 혼자 〈로열 로드〉에 접속하는 쓸쓸한 생활이 이어지고 있었다.

"음, 난 밥을 이미 먹었네."

"그러셨습니까. 아쉽지만 어쩔 수 없군요."

"커허험!"

정득수는 크게 헛기침을 했다.

'이 눈치도 없고 멍청한 자식아! 기본 예의도 모르냐. 사람이 사양을 하더라도 두 번은 제의해야 할 것 아니야.'

그래도 딸과도 정답고 살가운 사이는 아니라서 갑작스러운 자리가 부담스럽기는 했다.

정득수가 그룹 회장을 괜히 한 것은 아니라서 그의 머리도 비상하게 돌아갔다.

'이놈과 친해져야겠군. 사윗감으로는 터무니없지만 딸과의 관계 개선을 위해서 이용해 먹을 수 있겠어. 차차 시간을 두고… 후후후.'

그때 이현이 말했다.

"근데 〈로열 로드〉에서 뵌 것 같은데… 상인 복장을 하고 계시지 않았습니까?"

"설마……. 난 자네를 만난 기억이 나지 않는데. 허허허. 무슨 소릴 하는 건지 모르겠군."

"너무 똑같으셔서요. 턱살과 배가 조금 더 나오긴 하셨지만."

"농담도 잘하는군. 내가 그런 가벼운 농담이 통할 사람으로 보이는가?"

"물론 아니라고 생각했습니다."

정득수의 등에서 식은땀이 났다.

회사에서 쫓겨날 때에도 이처럼 긴장하지는 않았다. 그렇지만 지금 걸려 있는 체면이란 값을 환산할 수 없을 정도였다.

〈로열 로드〉에서 상인 바트와 전쟁의 신 위드는 비교가 불가능할 정도의 차이가 있다.

남자의 체면이란 정말 사소한 부분에서도 엄청난 무게를 가지는 미묘하고 복잡한 것이었다.

"젊은 친구가 벌써 눈이 어두운 모양이군. 절대 나 아니네."

"아, 그렇겠죠. 역시 상인의 연미복은 유행에 뒤떨어지는 복장이라서요. 회계 스킬의 적용은 높은 편이지만 행운이 떨어져서 초보자들에게는 실제 거래 성공 가능성이……."

"가능성이 어떻게 되는데? 아, 그래서 자꾸 흥정에 실패하고 있었나. 이렇게 억울한 일이!"

"……."

"……."

이현과 정득수는 거의 동시에 공원으로 시선을 돌렸다.

'역시 맞았구나.'

'아니, 이놈이!'

위드는 〈로열 로드〉에 접속했다.

목표물은 용기사 뮬과 그리폰 군단!

"다른 먹잇감도 많지만 이때쯤이면 제대로 된 진수성찬을 건드려 볼 때도 되었지."

명문 길드들을 건드려 본 경험으로 인해 그들의 속성을 알고 있었다.

'몇 번 타격을 입었으니까 지금쯤이면 온갖 곳에 날 잡을 함 정을 만들어 놓았겠지?'

위드가 습격할 가능성이 가장 큰 지역에는 헤르메스 길드의 유저들이 대거 잠복해 있을 것이다. 이른바 쥐덫을 놓고 기다 리다가 위드가 찾아오면 대대적인 공격을 가하려는 것이다.

라페이의 꼼수 정도는 당연히 이쪽에서도 간파했다.

유명한 던전들의 구석에 외부에 알리지 않은 채 고레벨 유저 들 몇십 명이 숨어 있다가 공격한다면 목숨이 위태로웠다.

중앙 대륙을 활보하는 대가로 치러야 하는 극단적인 위험을 언제나 감수해야 한다.

위드는 이럴 때일수록 발상의 전환을 했다.

'분명히 여러 곳에서 기다리고 있겠지. 나만 잡을 수 있다면 얻을 수 있는 이익이 매우 크니까. 그렇지만 오히려 절대 나타 나지 않을 장소들을 습격한다면, 거기는 비어 있을 수밖에 없 겠지?'

위드가 공격하지 않을 거라 생각될 정도로 거의 알려지지 않 은 장소나 가치가 적은 지역을 목표로 삼으면 된다. 한동안 북 부 지역에서 사냥이나 퀘스트에 전념할 수도 있었다.

그렇지만 드래곤을 만나야 하는 퀘스트 기한이 이젠 이레도 남지 않았다.

산난한 물품 운송으로 끝나는 퀘스트일 수도 있지만, 그렇지 않을 경우도 생각해 둬야 한다.

'용기사 뮬이라면 제물로 충분하지. 그마저 피해를 입히게 된다면 헤르메스 길드도 대대적으로 위축될 거야.'

어디서 무엇을 하더라도 위드를 의식하지 않을 수가 없다. 사냥을 하면서도, 반란군을 무찌르거나 퀘스트를 하면서도 완전히 자유롭지는 못하게 된다.

작은 이익이 모여서 큰 결실을 낳는다.

헤르메스 길드의 절대적인 강함에 대한 인식을 꺾어 놓는다는 점에서도 이익이었지만 전체적인 실익을 고려해야 했다.

포르모스 성의 영주 데커드에 이어 용기사 뮬이라면, 더할 나위 없는 최고의 제물.

헤르메스 길드가 미처 대비할 생각도 하지 못할 목표를 잡는 게 이점이었다.

"하벤 제국에서도 최정예 군단. 그리고 용기사 뮬은 개인적인 능력도 엄청나다고 알려져 있지. 그리폰 부대인 만큼 어지간한 함정으로는 잡기도 어려워. 그렇지만 빈틈이 없다고 여길 테니 대비도 취약할 거야. 승부를 걸어 보면 재미가 있겠군."

위드는 유린을 통해서 그라디안 왕국으로 이동했다.

산과 숲이 끝을 모르는 바다처럼 펼쳐져 있는 대자연의 그라디안 왕국.

엘프들과 온갖 희귀한 특성을 가진 이종족들도 많았다.

환경적인 특성 때문에 성과 도시를 기반으로 자리 잡은 세력보다는 일찍이 블랙소드 용병단이 장악했던 왕국이기도 했다.

"정면 승부는 계속 피해라. 게릴라전을 유지하면서… 제국에 끊임없이 피해를 가하자."

블랙소드 용병단의 단장 미헬은 휘하 부대에 명령을 내렸다.

하벤 제국의 영토가 된 그라디안 왕국과 네스트 왕국의 땅을 되찾을 생각은 깨끗하게 포기했다. 대신 약탈을 통해서 물자를 차지하고, 군대에 피해를 주었다.

하벤 제국의 군대를 약화시키다 보면 언젠가는 기회가 찾아올 수도 있다는 생각.

블랙소드 용병단은 자유 용병들로 구성된 만큼 하벤 제국의 박해에도 불구하고 세력이 절반 이상 보존되었다.

그런데 블랙소드 용병단의 비밀 지부에 있는 미헬에게 편지 한 통이 도착했다.

"전쟁의 신 위드?"

흑사자 길드 칼리스를 통해서 받은 편지였다.

위드는 포르모스 성에서 대활약하면서 흑사자 길드 유저도 만나게 되었고, 그들을 통해서 미헬에게 편지를 썼던 것이다.

밀봉된 봉투가 훼손되지 않도록 조심스럽게 뜯어보니 엄청난 악필로 쓰인 내용이 있었다.

보름달이 뜨는 날.
전군을 이끌고 노드 그라페 침공해.
윰은 내가 찜.

워낙 짧아, 슥 보니 끝이었다. 하지만 이해가 잘되지 않았다.
"이것은… 암호인가?"

편지를 뒤집어서 보기도 하고, 문장들을 띄엄띄엄 읽기도 했다. 심지어는 물에 담가 보거나 태워 볼까도 고민했지만 그렇게까지 하진 않았다.

"블랙소드 용병단의 전 병력이 애들 칼싸움을 하자는 것도 아니고……."

위드 하나만 믿고 덤벼들자니 너무 황당한 일이 아닌가.

미헬은 편지를 가져온 흑사자 길드의 유저 헤겔에게 물었다.

"위드가 이 편지를 보낸 게 틀림없겠지요?"

"예, 맞다니까요. 아, 거 의심도 많으시네."

"헤르메스 길드의 역공작일 수도 있어서 말입니다."

헤겔은 가소롭다는 듯이 웃었다.

"훗, 위드 형은 내가 개인적으로 잘 아는 사람입니다. 거의 친형이나 마찬가지일 정도의 사이니까 염려 놓으시죠."

"으음, 그렇다면야 믿을 수 있겠지요."

헤겔은 흑사자 길드에서 나름 단단한 입지를 가지고 있었다.

이런 일은 아는 사람이 적을수록 좋다.

흑사자 길드의 칼리스 역시 위드의 편지라고 직접 보증했으니 확실할 것이다.

헤겔이 고개를 갸웃하다가 물었다.

"근데 정말 위드 형의 편지대로 노드 그라페를 침공하실 겁니까? 그거 성공하기 힘들 텐데요."

절벽 위에 세워진 성채 노드 그라페!

그라디안 왕궁의 수도 버겐 성의 북쪽에 자리를 잡고 있으면서 현재는 이 지역을 다스리는 총독부의 역할을 한다.

하벤 제국군의 병력이 대거 배치되어 있는 것은 물론이고 그 자체로 대단한 요새였다.

블랙소드 용병단이 그라디안 왕국을 정복할 당시에도 노드 그라페 때문에 애를 먹었으며, 하벤 제국에 빼앗길 때에도 나흘이나 버틸 수 있었다.

지금은 그라디안의 치안이 불안정해져서 상당한 병력이 빠져나갔다고 하지만 그래도 습격한다는 것은 무모해 보였다.

미헬도 속으로는 터무니없다고 생각했다.

'어떤 사전 설명도 없고, 전후 처리에 대한 논의조차도 없이 전쟁을 벌여?'

이런 큰 제안을 할 거라면 얼마나 합리적인 계획인지도 밝혀서 설득해 줘야 할 게 아닌가!

목숨을 걸어야 하는 블랙소드 용병단의 입장에서는 거절해야 마땅한 제안이라고 할 수 있었다.

'이건 아니야.'

미헬은 그러나 마음이 계속 노드 그라페를 공격하는 쪽으로 끌렸다.

헤르메스 길드가 쌓아 올린 업적들은 자신이나, 과거의 다른 명문 길드들만으로는 무너뜨릴 수 없다.

지금까지 그것이 가능했던 유일한 사람이 위드다.

위드가 나설 때마다 헤르메스 길드는 참패를 면치 못하였으니 그의 의견이나 생각이라는 사실만으로도 존중할 가치는 충분했다.

'그러고 보니 말보다는 행동이 아닌가. 이런 사람이야말로

믿을 수 있지. 위드가 헤르메스 길드와 결탁한다는 건 최근의 상황을 봐서 절대로 불가한 일이고.'

생각은 계속 이어졌다.

'헤르메스 길드는 너무 강하다. 그들을 지금 내가 물리칠 수는 없어. 근거지를 갖지도 못할 테지. 게릴라전으로 피해를 주더라도 이 방식이 언제까지 갈 수 있을까. 기회. 그래, 내가 한 번쯤은 오게 될지 모른다고 생각했던 기회가 아닐까.'

미헬은 반신반의하고 있는 헤겔에게 고개를 끄덕였다.

"물론 우린 침공할 것이네."

"정말로요? 어떻게 그런 결단을 내리셨는지 이유를 좀 들을 수 있을까요?"

미헬은 물끄러미 위드의 짤막한 편지를 다시 보았다.

무언가를 알 수 있을 것 같은 느낌이 났다.

위드는 자신이 올바른 판단을 하리라 믿고 있다. 그렇기에 여러 말로 설득하려 들거나 사족을 달지 않더라도 충분하다고 본 것 아닐까.

융을 책임진다는 말에도 확실한 자신감이 드러났다.

"자네도 큰 집단을 이끌게 되면 느낄 날이 오겠지. 보통 사람과는 다르게 생각하고 살게 된다는 것을 말이야."

미헬의 강렬한 눈빛이 헤겔을 향했다.

내내 블랙소드 용병단에 대해 무시하고 있던 헤겔이다. 위드와의 약간의 친분, 흑사자 길드에서도 요직에 오른 자신의 입지 때문에 미헬조차도 대단해 보이지 않았다.

하지만 이 순간만큼은 정중하게 고개를 숙였다.

"무슨 뜻인지 조금이나마 알겠습니다."

"알아줘서 고맙군. 자네 역시 계속 성장한다면 언젠가 어깨를 나란히 할 날이 있을 걸세."

위드는 블랙소드 용병단에 편지를 보내 놓고도 그 사실에 대해서는 중요하게 생각하지 않았다.

"설마 걔들이 오겠어? 바보도 아니고 말이야."

블랙소드 용병단에 편지가 무사히 전달될 수 있을지도 의문이었고, 또 그들을 설득할 자신도 없었다.

무엇무엇을 해 줄 테니 대신 이러이러하게 행동해 달라, 우리는 반드시 승리를 거둘 수 있으니…….

그 어떤 말로도, 그리폰 군단을 상대로 싸우면서 구체적인 행동 계획을 세우거나 승리에 대해 장담하기란 불가능했다.

그리폰 군단 입장에서야 불리해지면 날개를 펼치고 날아가서 지원군을 왕창 데리고 돌아오면 되는 것이다.

최대한 상황에 맞춰 가면서 하벤 제국에 피해를 주고, 용기사 뮬은 가능한 한 자신이 해치워야 한다.

위드는 인터넷을 통해 뮬이 착용하고 있는 장비들에 대한 견적 조사를 끝냈다.

"드래곤의 수염이 달린 투구에 사파이어 999개를 박아 놓은 갑옷이라고? 봉인된 선더 스피어는 원거리 공격이 가능하며 아직 제 성능도 다 드러내지 않았다고?"

머리끝부터 발끝까지 보물 아닌 것이 없었다.

검과 방패, 장거리 공격을 위해 쓰는 하이엘프의 활 등 그 무엇이든 경매에 나온다면 최고 가격에 팔릴 만했다.

그리폰을 타고 전투를 치르는 용기사이기 때문에 레인저들처럼 다양한 장비들을 최고의 것들로 소유하고 있었다.

"대외적으로만 해도 이쯤이란 거고, 꿍쳐 놓은 장비는 더 있겠지?"

용기사 뮬도 항상 살인자의 신세. 목숨을 잃으면 좋은 장비들을 한두 가지는 떨어뜨릴 확률이 높다.

"무조건 쳐야지. 인건비는 충분히 나오겠어."

그가 부자라면 위드를 움직이게 만들 명분은 충분했다.

"그러면 보름날에 공격해야지."

반란군들을 만나서 보름달이 뜨는 날 소란을 피워 달라고 부탁했다. 블랙소드 용병단에는, 제의는 했지만 설마 움직여 주리라고 기대하지 않았다.

위드의 계획도 비교적 단순한 편이었다.

'습격하고 상황을 봐서 해치우자! 그리고 보물만 무조건 챙기면 돼.'

블랙소드 용병단에서 기대하고 있을, 상대를 압도하는 탁월한 군사전략보다는 날강도의 속셈에 가까웠다.

마침내 보름달이 떠오른 날.

"반란군을 모두 처형하라!"

그라디안 지역에서 발생한 대대적인 반란!

주민들의 집단 봉기에 맞서 하벤 제국군이 전투에 돌입했다.

도시와 마을마다 일제히 일어난 반란군.

뮬의 그리폰 군단도 노드 그라페에서 날아올라 각 도시들을 지원하기 위하여 흩어졌다.

어두운 숲속에서 땅을 파고 몸을 숨기고 있던 블랙소드 용병 단원들은 쾌재를 불렀다.

"음, 엄청나군. 이런 준비를 했으리라고는…….'

일선의 용병단장들이 감탄했다.

미헬이 측근들을 향해 말했다.

"위드의 머릿속에는 이 전투의 구상이 시작에서부터 끝까지 다 그려져 있을 것이다. 우리가 할 일은 성문을 넘으면 끝이 나 버릴지도…….'

"그러면 곤란하지 않습니까?"

"맞습니다. 노드 그라페를 되찾는 역할은 어디까지나 우리가 맡아야 됩니다. 그래야만 그라디안 왕국에 대한 권리를 주장할 수 있습니다."

"나 역시 그렇게 생각한다. 위드는 어쩌면 이 왕국을 교두보 로 삼아서 부하를 모아 중앙 대륙에서 하벤 제국에 대항하게 될지도 모르지."

"오오, 그런 엄청난 계획이…….'

"위드도 놀랍지만, 그걸 미리 간파하신 미헬 님이 더 대단하 십니다."

"음, 어쨌든 상황이 어떻게 변할지 모르니 무슨 수를 써서라도 노드 그라페는 우리가 차지한다."

그라디안 왕국은 험한 지형과 중앙 대륙에서도 가장 서쪽이라는 입지 때문에 대군을 방어하기에 유리하다.

미헬과 용병단장들은 그 점을 감안하여 자신들이 적극적으로 이 전투의 주역을 맡기로 했다.

'위드가 중앙 대륙의 수많은 성들을 놔두고 괜히 이곳으로 뛰어든 건 아니겠지.'

'전쟁의 신. 정말 비범한 전략이다. 하지만 우리 역시 너의 생각 정도는 읽고 있다. 호락호락하게 들러리 역할을 해 줄 것 같으냐?'

'왕좌는 기필코 우리가 먹는다.'

블랙소드 용병단은 침묵을 유지한 채로 수풀 속에서 조금씩 기어 나왔다.

노드 그라페에서 떠난 병력이 충분히 멀어질 때까지!

약 1시간이 지나고 나서 용병들은 숲과 땅속에서 몸을 일으켰다.

노드 그라페의 성벽은 높이만 해도 40미터에 달했다.

몰래 공성 무기도 준비해 오지 못한 이상 함락시키기가 어려울 것 같았지만, 그들은 성의 구석구석을 파악하고 있었다.

"하수구 침투조 확인."

"벌써 주방에 자리를 잡았답니다."

"남쪽 계곡은?"

"비상 통로를 이용해서 80명이 진입했습니다."

"좋다. 계속 그쪽으로 병력을 투입하고, 신호를 보내면 한꺼번에 들이친다!"

"옛!"

붉은 신호탄이 노드 그라페의 상공에서 넓게 작렬했다.

"우와아아앗! 하벤 제국 놈들을 모조리 쓸어버려라."

"블랙소드 용병단이 돌아왔다. 모두 목을 내밀어랏!"

"워리어 1급 전사 뭉게가 선두를 맡는다. 나를 따르라!"

한밤의 공성전!

블랙소드 용병단이 공격을 개시하면서 노드 그라페의 탑과 성문, 성벽에는 마법 등불이 환하게 켜졌다.

마치 기다리고 있었던 듯이 하벤 제국의 궁병들이 곧바로 대응 사격에 나서면서 전투가 벌어졌다.

용기사 뮬의 특별한 그리폰

"으아아악!"

"놈들이 멍청하게도 죽을 자리를 찾아왔구낫! 용병단 놈들을 깨끗하게 청소해 주자."

쨍그랑!

쿠르르르릉!

위드는 노드 그라페의 성 내부에 잠입해 있었다.

외부에서 격렬한 전투가 벌어지면서 유리창이 마법의 여파나 화살에 맞아서 깨지고, 성채가 조금씩 흔들렸다.

'소리나 전투 규모로 봐서는… 블랙소드 용병단의 거의 전 전력이 온 모양인데. 이건 뭐, 말을 잘 들어줘도 너무 잘 듣는 거 아니야?'

위화감이 느껴질 정도로 원활한 진행이었다.

그렇다고 해서 헤르메스 길드에서 특별히 이상한 점 같은 걸 느끼기는 어려울 것이다.

'블랙소드 용병단이 위장 역할을 제대로 해 주겠군.'

반란이 일어나서 전력이 빠져나갔던 사정 역시 블랙소드 용병단의 음모라고 생각하리라.

위드가 이미 그라디안 지역을 관장하는 총독부까지 잠입해 있을 거란 생각은 아무도 할 수 없을 테니까.

위드가 머리를 꼿꼿이 들고 생각에 잠겨 있자, 근처에 있던 그리폰 암컷들이 엉덩이를 뒤뚱거리면서 접근해 왔다.

구우우우우.

꾸우. 꾸우우우우!

친근하게 머리를 비비거나, 얼굴 앞에 엉덩이를 높게 들이밀었다.

명백하게 텔레비전에서 어린아이들이 시청해서는 안 될 금지된 무엇인가를 바라는 태도!

위드는 크게 소리를 질렀다.

캬악!

그러자 눈치를 보며 잽싸게 피해서는 그리폰 암컷들!

꼐애애애앵.

그러나 암컷들은 포기하지 않고 계속 슬픈 구애의 눈빛을 보냈다.

아이번보다 체구는 조금 작지만 그리폰 역시 포악하고 흉폭한 성질을 가진 하늘의 맹수들이었다.

위드는 현재 인간의 모습으로 정문을 통해 노드 그라페 성채로 들어온 것이 아니었다.

바로 수컷 그리폰!

조각 변신술로 눈가와 옆구리에 흉터도 있는 포악한 야성 수컷 그리폰의 형태를 하고 노드 그라페 성채의 그리폰 둥지에 와 있었던 것이다.

크으응!

영향력을 빼앗긴 수컷 그리폰들은 이를 갈면서도 구석으로 물러났다.

처음에 위드가 등장했을 때는 수컷 그리폰들이 서열 정리를 하려고 했다.

캬핫!

덩치를 키우기 위해 날개를 펼쳐서 위협하며 바싹 엎드리라고 경고를 했다.

그러나 위드가 고작해야 그리폰들에게 고개를 숙일 리가 만무하다.

사정없는 날갯짓 불꽃 싸대기와 부리로 정수리 쪼아 대기에 감히 대항할 수 있는 놈은 없었다. 그 후에 쓰러진 수컷 그리폰들을 상대로 날아 차기, 옆차기, 돌려차기, 내려찍기의 4단 연속 공격을 마구 작렬시키는 광경에 기가 죽어 버린 것이다.

반면에 암컷들은 강하고 진한 수컷의 냄새를 맡고 계속 호시탐탐 노리고 있었다.

'젠장. 너무 완벽하게 조각해 버렸나? 카리취처럼 멋진 외모를 갖춘 게 틀림없어.'

위드는 와이번을 조각한 이후로 비행 생명체의 구체적인 특성을 조금 알게 되었다. 그리폰에 대해서도 생김새를 잘 아는 편이었다.

슬레이언 부족으로부터 조각 생명체 아르닌을 구출할 당시 샤벨타이거와 그리핀도 같이 있었던 것이다.

그리핀이나 그리폰은 지역마다 부르는 이름은 조금씩 달라도 거의 비슷한 종족이었다.

위드는 그 점을 참고하여 거만하고 야성적인 눈빛과 황금빛 갈기를 가진 그리폰의 모습으로 변신했다.

암컷들이 슬금슬금 다가올 때였다.

크아아아앙!

위드의 크게 벌린 주둥이에서 중저음의 거친 포효 소리가 터져 나왔다.

암컷들은 서둘러서 도망쳤지만 그 목소리에도 반한 기색이 역력했다.

'젠장, 이놈의 인기. 이러다가는 암컷 그리폰들에게 몹쓸 짓을 당하고 말겠어.'

위드는 빨리 기회가 오기만을 기다렸다.

용기사 뮬의 그리폰 기사단은 총 5,000.

반란군들을 격퇴하기 위하여 3,500 정도의 그리폰 기사들이 출동했다.

1,500의 병력이 만일의 사태에 대비해서 남았으며, 뮬도 아직 출정하지 않았다.

블랙소드 용병단이 공격을 개시하자마자 기다렸다는 늣이 대응에 나선 걸로 봐서는 대비를 철저히 하고 있었던 것이 틀림없다.

"적들이 몰려왔다. 전군 출격 준비!"

그리폰 둥지가 있는 장소로 1,000명의 기사들이 올라왔다.

기사들은 익숙하게 자신의 그리폰을 타고 장비를 점검했다.

긴 창과 활, 검을 든 그리폰 라이더들!

번뜩이는 멋진 무장을 착용하고 있었을 뿐만 아니라, 그리폰의 몸체에도 공격 마법을 막아 내는 특별한 갑옷을 입혔다.

"250기씩 나눠서 강습한다."

"옛!"

"모쪼록 마련된 풍성한 사냥 기회를 충분히 누리도록 하자. 적들 중에는 무시하지 못할 자들도 있으니, 지상 가까운 곳까지 내려가서 욕심을 부리다가 사로잡히는 멍청한 짓은 하지 말도록."

"물론입니다."

그리폰 부대가 날개를 활짝 펼치며 탑의 입구로 빠져나갔다.

블랙소드 용병단의 마지막 전력이 꽤 상당하다고 해도, 그리폰 부대에는 사냥감으로밖에 보이지 않는 듯했다.

위드도 와이번을 타고 있으면 지상에 돌아다니는 모든 생명체들을 쉽게 잡을 수 있을 것처럼 느껴졌다.

실제로 하늘을 빠르게 날아다닐 수 있고, 활을 가지고 있으면 사냥이 쉬워지기는 했다. 물론 특별한 능력을 가진 아주 거대한 보스급 몬스터들 같은 경우에는 화살 수십 발 정도에는 꿈쩍도 하지 않았지만.

'뮬은 아직도 안 나오는 모양이군.'

위드는 조금씩 초조함을 느꼈다.

반란군이든 블랙소드 용병단이든 상대를 하러 용기사 뮬이

나와야 기회가 생긴다. 성채 내부의 깊은 곳에서 그냥 지켜보고만 있다면 습격할 기회를 놓치게 된다.

또 다른 기회를 만들 수 없는 것은 아니지만 두 번째, 세 번째에는 가능성이 더욱 떨어질 것이다.

위드가 혼자서 노드 그라페 내부로 잠입하여 모든 기사들을 해치울 수는 없는 것이다.

'상황이… 블랙소드 용병단이 버텨 줘야 하는데.'

부서지는 소리와 폭발음을 통해서 외부의 전투가 어떻게 진행되고 있는지는 대충 짐작할 수 있었다.

블랙소드 용병단은 위드와의 협력, 차후의 왕국 통치 계획까지 염두에 두고 잔존 병력을 전부 끌고 나왔다. 가진 힘을 총동원하여서 총독부의 군대와 격렬하게 싸우고 있는 것이다.

위드의 편지 한 통이 초래한 뜻밖의 전개.

마침내 그리폰의 둥지로 용기사 뮬과 다른 그리폰 라이더 400명이 올라왔다.

"성 내부의 침입은 모두 격퇴되었다. 그러나 아직 안심할 수 없다. 제국의 골칫덩이들이 제 발로 등장해 주었으니 이번 전투는 전멸을 목적으로 최선을 다한다. 놈들 중에서 중요 인물들은 도망치면 끝까지 추격해서라도 반드시 사살하라."

"옛!"

"하벤 제국에 덤비는 게 얼마나 무모한 짓인지 가르쳐 주자. 탑승!"

기사들이 각자의 그리폰을 찾아서 탑승했다.

'아마 100명은 최후로 남은 예비 병력이겠군.'

위드는 독수리의 머리를 치켜든 채로 위풍당당하게 섰다.

용기사 뮬이 출격하면 지상의 블랙소드 용병단과 전투가 벌어지게 될 것이다. 그때 습격을 해서 뮬과 공중전을 치열하게 펼쳐야 했다.

이미 조각 파괴술을 써서 모든 예술 스탯을 민첩으로 높여 놓았다. 화려한 공중전을 대비한 출격 준비 완료였다.

"호오, 이 그리폰은 생김새가 아주 기가 막히는구나."

뮬은 자신의 그리폰을 찾다가 위드가 먼저 눈에 띄었는지 발길을 돌려서 다가왔다.

그의 전속 그리폰은 이곳의 대장이었으나, 불행히도 위드에게 사정없이 두들겨 맞아서 구석에서 쪼그려 앉아 있었다.

"수컷 그리폰 중에서도 이렇게 크고 멋지게 생긴 녀석은 처음 본다. 언제 이런 녀석까지 포획했던 것이지? 그리폰 체포조의 활약이 대단했던 것 같군."

뮬은 마음에 들었다는 듯이 위드의 입을 열어서 이빨을 확인해 보고, 어깨와 날개의 근육을 확인하기 위해 손가락을 깃털 사이로 깊숙하게 찔러 넣었다.

정체를 발각당할 경우를 대비해서 조각 변신술을 꼼꼼하게 펼쳤기 때문에 어지간한 부위들로는 이상한 점을 발견하지 못한다.

'훗, 아무리 봐도 날 알아채지 못할걸.'

그러나 뮬의 은근한 손길이 엉덩이 부근으로 향할 때는 눈앞에 아찔한 긴장감이 느껴졌다.

다행히 튼실한 뒷다리를 만지는 것으로 탐색은 끝났다.

"이 그리폰은 대단한 육체를 가지고 있군. 체포조 중에서 누가 이런 공을 세웠을까?"

위드 혼자서 그냥 둥지로 날아 들어온 것이지만, 그리폰의 행세를 하고 있는 상황에서 뭐라고 변명을 할 수 있겠는가.

하지만 지금은 전투가 벌어지고 있는 긴급한 상황이었으며 뮬은 이곳을 지배하는 권력자였다. 그의 곁에는 이 상황을 설명해 줄 아부꾼들이 붙어 있었다.

"둥지 내에서 부화했다가 멀리 떠나서 성장한 후에 돌아왔을 수도 있습니다."

"최근에는 자유 그리폰들도 외부에서 들어옵니다. 뮬 대장님의 명성이 그리폰들에게 알려졌기 때문이겠지요."

물론 그 설명은 맞거나 말거나 관계없다. 목적은 어디까지나 뮬의 기분을 좋게 만드는 것이었으니까.

"음, 그리폰에 대한 대우를 계속 좋게 해 준 보람이 있군. 오늘은 이 그리폰에 타겠다."

"정말이십니까? 전속 그리폰보다는 전투력이 아무래도 떨어질 텐데요."

"블랙소드 용병단에서 성채를 함락시키기란 불가능하지. 놈들은 반란군들의 준동을 기회로 보고 쳐들어왔겠지만 멍청한 짓이었다. 이번 전투는 그리 어렵지 않을 것으로 보이니, 이 그리폰을 길들이는 기회로 삼아야겠다."

"준비하겠습니다."

위드의 몸에 그리폰 전용 갑옷이 입혀졌다.

하벤 제국에서 제작한 특제 그리폰 갑옷.

투구와 몸통 갑옷, 날개 보호대, 강화 발톱에 이르기까지 일체가 착용되었다.

아이템마다 레벨 제한이 250을 넘는 수준.

일반 유저들에게는 낮은 편이지만, 그리폰 종족에 맞추다 보니 어쩔 수 없다.

하벤 제국의 수도 공방과 마탑에서 특별 제작한 물품이었다.

> 황금 사파이어 그리폰 장비 세트를 착용하였습니다.
> 세트 장비의 효과에 따라 시야가 맑아지고 가시거리가 2.1배 증가합니다.
> 지식이 136만큼 높아집니다. 물리 방어, 마법 방어가 216%가 됩니다. 비행 속도가 34% 증가합니다. 비행에 따른 체력 소모가 줄어듭니다.

마법 세트 갑옷!

'오오오오.'

갑옷을 입혀 주는 동안 위드는 순한 양처럼 얌전히 있었다. 심지어는 뭔가 허전하게 느껴지는 부리를 앞으로 쭉 내밀기까지 했다.

"아, 이걸 빼먹었군."

> 뇌전의 맹금 부리 장식을 무장했습니다.
> 부리 공격력이 3.2배 증가합니다. 자신보다 약한 적을 물었을 때 16%가 넘는 확률로 무력화시킵니다.

이거야말로 은행 강도에게 기관총을 쥐여 주는 꼴!

뮬이 탑승하기 위해 목에 목줄을 걸고 등에는 안장까지 얹었음에도 불구하고 위드는 만족스럽게 가만히 있었다.

"생김새에 비해서는 말 잘 듣는 그리폰이구나."

> 용기사가 당신의 등에 앉았습니다.
> 그의 지휘력이 당신의 공중 이동속도를 47% 빠르게 합니다. 신체 능력을
> 21%까지 상승시킵니다.

용기사 뮬이 고삐를 잡아당겼다.

"오늘 멋지게 활약해 보자!"

위드는 가볍게 날개를 펼치면서 날아올랐다.

밤하늘에서 내려다보는 노드 그라페!

블랙소드 용병단과 하벤 제국군이 맞붙으면서 곳곳에서 마법이 작렬하고 있었다.

수 킬로미터에 달하는 넓은 공간에서 마법과 화살이 오가며 전사들은 칼을 맞대고 싸운다.

'상당히 멋진 광경이군. 이곳에는 실력자들이 많으니까.'

먼저 출격한 그리폰 군단은 하늘을 장악한 채로 지상을 내려가서 활약하고 있었다.

위드는 그리폰으로 변신한 만큼 종족의 특성에 따라 밤눈이 좋아져 낮처럼 환하게 세상이 보였다.

블랙소드 용병단은 과거에 그라디안 왕국과 네스트 왕국을 지배하던 강력한 세력이다. 전성기에는 대륙 대부분의 용병들이 속해 있는 프로암 연합 용병 길드의 대표 용병단 자리에까지 올랐다.

현재는 길드 내의 이탈자가 상당하였지만 여전히 많은 용병들이 블랙소드 용병단을 위해 검을 휘둘렀다.

이미 확실하게 조직화된 다른 길드들에 비해서 오로지 용병들의 이익을 위해서 활동했던 미헬이 구심점 역할을 톡톡히 해 주었기 때문이다.

미헬은 국가 단위의 행정 능력이나 지휘력은 약하더라도 의리가 있어서 용병들 사이에서 인기는 매우 높다고 한다.

"사냥감이 많군. 저곳으로 가자!"

뮬이 고삐를 밑으로 잡아챘다.

땅으로 내려가자는 뜻!

위드는 눈동자를 굴려서 주변을 둘러보고는 뮬과 함께 출격한 그리폰 부대가 많이 있는 것을 확인했다.

'지금은 때가 아니로군. 뭐, 조금은 놀아 주지.'

위드가 숨을 가볍게 마시더니 지상을 향해 강하를 개시했다.

'내 등에 타고 있는 이상 진짜 재미가 뭔지 알려 주지. 어지간해서는 재밌지 않을 거야.'

커다란 날개를 좌우로 활짝 펼쳐서 떨치니 믿을 수 없는 가속력이 발생했다.

> 비행 스킬, 꿰뚫는 창공의 새가 시전되었습니다.

> 마스터 스킬, 바람의 질주가 발동되었습니다.

> 마스터 스킬, 거리 단축이 발동되었습니다.

조각 파괴술로 모든 예술 스탯을 민첩으로 몰아넣으면서 생성된 스킬들.

쐐애애애애액!

아찔하게 한 줄기 빛살처럼 하늘에서 땅을 향해 내리꽂혔다. 두꺼운 공기의 저항도 거대한 힘과 속도로 강제로 뚫어 냈다.

"위험합니다, 대장님!"

"대장님을 구출해야……."

근처의 그리폰 라이더들은 물론이고 뮬조차도 경악을 금치 못했다.

뮬은 고삐를 힘껏 잡아당겼다.

"다시 날아올라라! 어서! 어서!"

땅과의 거리가 가까워지고 있었다.

500미터…….

320미터…….

140미터…….

60미터…….

영락없이 삶을 포기한 그리폰과 뮬의 동반 자살!

'아직… 아직이야.'

위드의 눈동자는 지극히 차분하고 냉정했다. 땅까지의 거리 22미터 정도를 남겨 놓고 상체를 세우며 날개를 활짝 펼쳤다.

크웨에에엑!

내리꽂히던 엄청난 속도에 온 힘을 다해서 저항했다.

사방으로 폭풍이 몰려온 듯한 바람, 날개를 포함한 전신의 근육이 다 팽팽하게 일어났다.

땅이 가까워졌지만 억센 힘과 가공한 민첩으로 가까스로 스치면서 방향 전환에 성공했다.

크오오오오!

닿지도 않은 바위들이 땅에서 뽑혀서 굴러다녔다.

'어때, 좀 재밌냐?'

뮬은 간신히 고삐를 붙잡아 안장에서 떨어지지 않고 버틸 수가 있었다.

"큭. 무슨 이런 야생 그리폰이……."

그가 숙련된 용기사가 아니었다면 지상으로 추락했을 수도 있었다. 위드는 뮬을 매단 채로 거센 바람과 돌풍을 일으키며 전진했다.

말로 변신했을 때 네발로 뛰던 땅에서도 빨랐지만 날개를 펼쳐서 비행하다 보면 속도에 대한 갈구는 더욱 심해진다.

가장 빠르고 거칠게 움직이는 그리폰이고 싶었다.

'인생 뭐 있어? 스트레스는 풀라고 쌓이는 거야.'

그때 한 블랙소드 용병단 소속의 전사가 잔뜩 커진 눈동자로 멍하니 자신을 바라보는 모습이 눈에 띄었다.

용병 입장에서야 갑자기 하늘에서 무언가가 뚝 떨어지듯이 자신을 향해 전력으로 덤벼 오는 것이니 멍할 수밖에 없으리라. 그것도 덤프트럭이 전속력 질주를 해 오는 듯한 기세로!

1초를 절반으로 나눈 것도 되지 않을 만큼 짧은 순간, 견적이 뽑혔다.

'레벨은 460 정도? 꽤 훌륭한 장비들을 착용하고 있군. 나랑은 상관없는 사이라서 조금 미안하기는 하지만⋯ 이 바닥이 다 그런 것 아니겠어?'

위드는 전사의 위를 날아가면서 발로 사정없이 걷어찼다.

"꾸엑!"

치명적인 일격이 터졌습니다.
무방비로 있던 상대의 생명력을 31% 감소시켰습니다.

공격을 막을 수 없는 빠르기!

방어라는 것도 사실 어느 정도 상식적이어야 가능하다. 상대가 검을 휘두르거나 화살을 쏘아 내면, 맞받아치거나 방패로 막거나 할 수 있었다.

그러나 갑자기 하늘에서 뚝 떨어지더니 날아오면서 사정없이 발길질을 가하는 그리폰이 있을 줄이야!

'안 죽었군. 물을 잡으면 그걸로도 밥값은 하겠지만, 조각 파괴술을 썼으니 반찬 정도는 푸짐하게 먹어 줘야 하지 않겠어?'

위드는 돌풍을 일으키며 지나가면서 닥치는 대로 발길질을 하고 부리로 쪼아 댔다.

블랙소드 용병단이라면 살인자들을 골라서 모조리 박살 냈을뿐더러, 흙먼지 사이로 빼꼼히 머리를 드러낸 하벤 제국의 기사들도 목표가 되었다.

이토록 포악한 그리폰은 어디에도 없었다.

병사들 따위는 날개를 활짝 펼치며 후려치고 지나갔다.

"대, 대단하다."

뮬은 정신을 차림과 동시에 감탄을 금치 못했다.

위드의 격렬한 비행 능력은 안장에 타고서도 몸을 가누기 힘들 정도였다.

그냥 편안한 날갯짓은 느린 장거리 비행은 몰라도 전투에는 적합하지 않다.

그리폰은 육체 구조에 따라 몸의 무게중심을 바꾸어 가면서 날개를 이용해 바람을 탈 줄 알았다.

놀라운 균형 감각과 기동 능력을 발휘하였다.

게다가 지상의 인간들을 마구잡이로 공격하는 타고난 공격성이라니!

'조금만 가르친다면… 훌륭한 전투 그리폰이 될 수 있다.'

비행 몬스터들은 포악한 성질을 가질수록 전투 능력이 뛰어났다.

용기사라면 당연히 이런 그리폰 1마리쯤 길들여 보고 싶어 한다.

"화염 폭발!"

"프로스트 볼트!"

"이런!"

블랙소드 용병단의 마법사가 마법을 날리면 뮬이 조종하기도 전에 위드가 반응했다.

밤하늘을 가로지르는 선명한 수십 줄기의 불과 얼음의 마법.

위드는 마법이 다가오는 것을 빤히 응시하다가 어느 순간 날개를 기울여서 사선으로 날았다. 그리고는 빙글빙글 회전하면서 전부 스쳐 지나가도록 만들었다.

간결하고 정확한 회피 동작.

그리고 절대 그냥 넘어가는 법 없이, 무섭게 순간 가속하여 상대 마법사를 부리로 사정없이 쪼아 버렸다.

"끄에엑! 살려 줘!"

꾸꾸꽈콰콰콱!

블랙소드 용병단의 유저들도 살인자의 상태에 들어선 이들이 많았기에 그들만을 노려서 처리했다.

이름이 붉은 살인자라면 아무 페널티 없이 살해할 수가 있는 것이다.

쿠우오오오오오!

위드가 괴성을 터트렸다.

보는 눈이 너무도 많았으며 땅이 아닌 하늘을 날고 있었다.

차마 죽은 자들을 처리하고 전리품까지는 수거할 수가 없어서 터지는 울화통!

자신이 타고 있는 그리폰을 보는 뮬의 표정은 복잡했다.

'이놈만 있다면 어떤 몬스터도 두려울 게 없겠어. 지금보다 더 많은 전설을 쓸 수 있을 것이다. 사냥 속도 역시 더욱 빨라질 테지. 나중에는 심지어 바드레이나 전쟁의 신 위드도 잡을 수 있을지도. 이런 복덩이가 굴러들어 오다니, 제대로 길들이면 하늘이 있는 장소에서는 내가 천하무적이다.'

기분 좋은 흥분과 설렘으로 가슴이 두근거렸다.

용기사에게 빠르고 거친 그리폰이란 훌륭한 무기이며 동료 이상의 가치가 있는 것이었다.

"어디 너와 내가 실력을 발휘해 보자!"

뮬이 자신의 긴 창을 꺼내서 무장했다.

봉인된 선더 스피어.

마나를 소모하여 약 20여 미터에 달하는 벼락을 떨어뜨릴 수 있는 원거리 공격 무기.

무려 570의 레벨 제한이 걸려 있는 장비이다.

500에 거의 도달했다는 뮬의 레벨로는 아직 쓸 수 없었지만, 용기사의 직업으로 무기의 능력을 제한하여 사용이 가능했다.

"낮게 날아라!"

뮬은 저공비행하는 위드의 고삐를 단단히 쥐고 명령했다.

'조금은 더 놀아 주지, 뭐. 나도 손해 볼 건 없으니까.'

뮬의 창으로부터 사방으로 벼락이 떨어졌다.

콰르르르르!

꽈아아아아아아아아!

벼락이 작렬하여 사람과 땅을 타고 흘러서 수십 명에게 연쇄 피해를 입혔다.

위드는 뮬이 공격하기 좋도록 적들이 대거 모여 있는 장소로 고속으로 이동해 주었다. 엄폐물과 지형의 고저 차 등을 이용해서 마법과 화살 공격을 영악하게 회피하는 것은 기본이었다.

"모두 저공 돌격이다."

"옛, 대장!"

뮬의 곁에 장창으로 무장한 그리폰 부대 170기가 모였다.

하벤 제국의 전략무기이며 불패의 신화를 이룩한 그리폰 전투 비행단!

그들이 지상을 낮게 날며 창으로 휩쓸고 지나간 자리에는 블랙소드 용병단이라고 해도 초토화되었다.

말을 탄 기사단의 진격은 어떻게든 막을 수 있지만 하늘을 자유자재로 활용하는 그리폰 기사단은 무엇으로도 막기가 어렵다.

엄청난 파괴력을 가진 마법을 사용해도 날파리 떼가 흩어지듯이 산개했다가 공격을 재개한다.

유저들로서는 지상에서의 전투에 집중하던 중 하늘에서 갑자기 공격을 당하게 된 셈이었다. 노드 그라페를 향해 맹렬하게 진격하던 블랙소드 용병단의 병력에 대량의 끔찍한 피해가 발생되고 있었다.

위드와 뮬은 환상적인 호흡을 자랑하며 마법 용병들과 레인저들을 처치하고 하벤 제국군에 길을 터 주었다.

"세상에 이럴 수가……."

블랙소드 용병단의 유저들은 망연자실했다.

하늘로부터의 맹렬한 공격, 그리폰 군단의 활약이 너무나도 심했던 것이다.

그러나 미헬로서는 적당히 하고 물러설 수가 없는 처지였다.

"공격해라. 이대로 노드 그라페를 함락시키고 왕성으로 진격할 것이다!"

물러서면 전멸을 의미했다.

전력을 투입한 만큼 블랙소드 용병단은 이번 전투에서 무조건 승리를 거두어야 했다.

인력과 자금을 총동원한 전투.

유저들로 구성된 용병들에 이어서 NPC 용병들까지도 대거 고용해서 쳐들어왔으니 팽팽하게 맞섰다.

그리폰 군단이 습격하면 방패를 머리 위로 들고 성채를 향해서 달렸다.

그리폰 군단의 전력이 제아무리 막강하다 해도 오직 하늘에서의 공격만 가능하다.

용감한 용병들은 성채를 향해서 일제 돌격했다.

"어리석은 놈들!"

블랙소드 용병단이 큰 전투를 준비하면서 그 움직임과 수상한 낌새가 조금은 헤르메스 길드에 노출이 되었다.

노드 그라페의 내부에도 방책을 세워 놓는 등 전쟁 준비를 철저히 했다.

"죽여라. 전부!"

꾸와아아아아아아!

"맹렬한 연쇄 폭발!"

"사정거리가 긴 화살로 교체해서 쏴라. 성벽을 노리지 말고, 적진으로 무조건 퍼부어!"

전쟁터의 격렬한 소음.

위드가 보기에 전투는 팽팽하게 진행되고 있었다.

'부자가 망해도 3년은 간다더니… 블랙소드 용병단의 저력이 굉장하군. 이만큼이나 모아 올 줄은 정말로 몰랐어.'

그러나 공성전인 만큼 아침까지 버티기만 한다면 하벤 제국의 승리로 굳어지게 될 것이다.

네스트와 그라디안 지역에서 일제히 일어난 반란을 제압하기 위해 떠난 그리폰 군단이 돌아온다면 전황은 블랙소드 용병단에 매우 불리하게 바뀐다.

블랙소드 용병단도 그 사실을 잘 알고 있는 만큼 총력을 기울여 노드 그라페를 향해 온갖 마법들을 집중시키고 있었다.

폭발형의 마법에서부터 성벽의 내구도를 떨어뜨리는 대지계의 마법, 독 구름을 일으키고, 저주를 퍼붓기도 했다.

물론 하벤 제국군에서도 마법사들이 나와서 방어 마법을 펼치거나 신성 마법으로 저주를 해소했다.

양측 모두 전력이 보통은 아니기 때문에 성채를 중심으로 하여 화려하고 무시무시한 공방전이 펼쳐졌다.

원거리 공격을 하는 부대와, 성문을 돌파하거나 성벽을 오르는 전사 부대들도 자신들의 역할을 다했다.

'이게 진짜 전쟁이로군. 강자들이 싸우는… 세계의 패권을 다투는 전쟁.'

문득 아쉬움도 적지 않게 느껴졌다.

세력을 일구어야 한다는 생각은 지금까지 그다지 해 본 적이 없었다. 부하들이 있어 봐야 이래저래 챙겨 줘야 하고, 같은 목표를 가지고 달려 나가는 일도 쉬운 건 아니다. 뜻이 바뀌어서 이탈한다거나 혹은 배반하는 경우가 〈로열 로드〉에서 드문 건 아니었으니까.

그럼에도 가슴이 뜨거워지는 이런 전투를 보면 〈로열 로드〉의 초창기부터 중앙 대륙에서 시작했으면 어떨까 하는 생각이 들었다.

뮬은 선더 스피어를 휘두르며 그리폰 부대를 지휘했다.

"그리폰 군단은 적들을 교란시켜라. 성채로는 한 발자국도

들이지 마라."

이 전투 역시 방송국들의 중계를 통해 전 세계에서 최소 수천만 명의 시청자들이 보게 될 것이다.

어쩌면 전투의 규모나 내용에 따라 시청자 수가 1억이나 2억 명을 가뿐히 넘어가게 될 수도 있다.

전쟁의 총지휘관으로서 갖는 영웅심이란 대단한 것이었다.

블랙소드 용병단의 맹렬한 공격에도 불구하고 노드 그라페가 건재하다면 어마어마한 전공을 기록하게 된다.

〈로열 로드〉에서는 단순히 여가를 즐길 수도 있지만 왕이나 기사가 되어서 대륙의 역사를 직접 쓰는 것도 가능했다. 그 매력이야말로 소위 야망에 빠진 남자들을 미치게 만든다.

뮬은 헤르메스 길드에서도 수뇌부 24인 중의 1명에 속했으며 그라디안 왕국과 네스트 왕국 지역의 군사령관!

그는 블랙소드 용병단을 격파하고 아울러 모두가 우러러볼 수 있는 멋진 모습들을 보여 주기를 원했다.

이심전심.

위드도 그 마음을 느꼈다.

'하지만 내 등에 탄 이상 네 팔자도 여기까지다. 죽을 곳을 제 발로 걸어 들어와서 탔으니까.'

위드는 전황을 냉정하게 주시하면서 뮬과 함께 전투를 치렀다. 수십 기의 그리폰이 추락하고, 블랙소드 용병단에 그 이상의 피해를 입혔다.

'팁이나 보너스를 받은 것도 아닌데 너무 신나게 해 줄 필요도 없어.'

위드는 뮬의 조종에 응하면서도 스리슬쩍 블랙소드 용병단의 마법사들이 밀집해 있는 위치로 향했다.

위드와 뮬이 앞장서니 100마리 이상의 그리폰 군단이 뒤를 따랐다. 그리고 지상으로부터 헤아릴 수 없을 정도로 수많은 마법 줄기들이 솟구쳤다.

"산개해서 피해라!"

뮬의 명령이 떨어지자마자 흩어지는 그리폰들.

지상과의 거리가 있기 때문에 마법이 발현되더라도 일찍 피해서 피해를 최소화할 수 있었다. 심한 부상을 입거나 추락하지만 않으면 노드 그라페의 그리폰의 둥지로 돌아가면 된다.

그러나 위드는 마법이 솟구치고 있는 와중에 정면으로 돌진했다.

"이게 무슨 짓이냐!"

뮬이 고삐를 강하게 움켜잡고 아무리 틀어도 방향을 바꾸지 않았다.

크오오오오오오오오오!

공격성을 자극받은 듯이 포효하며 정면을 향해서 비행하는 위드.

"멍청하게! 어서 피하란 말이다!"

뮬이 기를 쓰고 고삐를 당겼지만 이미 늦었다.

무시무시한 공격 마법이 다가오고 있었다.

'아직은 내가 말을 안 듣는다고 여기지 다른 의심은 못 하겠지. 문제는 지금이다.'

위드는 자신을 표적으로 날아오는 마법들을 관찰하고 분석했다.

블랙소드 용병단의 마법사들도 바보는 아니었기 때문에 피하기 쉬운 일직선의 공격만 가하지는 않는다.

곡선으로 휘어지거나, 근처의 적을 추격하거나, 심지어는 목표물 근처에서 폭발하는 종류도 있었다.

지상에서부터 실현된 마법의 공중 화망 구성!

블랙소드 용병단에서 그리폰 부대를 상대하기 위해 마법사들끼리 준비한 일제 공격이었다.

'빠져나갈 구멍이 보이지 않는군. 하지만 하늘은 넓고 돌파할 길은 있다. 나 자신을 믿자. 이건 칭얼거리는 여동생을 데리고 영화관 매표소 아저씨를 피해서 몰래 들어가던 어릴 때보다도 훨씬 쉽다.'

위드는 비행 속도를 더욱 빠르게 했다.

마법에 돌진하여 맞아 죽으려는 듯이 미련한 행위인 것 같았다. 그러나 간신히 몸이 지나갈 수 있을 정도의 틈이 보였다.

꽈과과과광!

위드가 아슬아슬하게 스쳐 지나가자 하늘에서 마법들이 폭발했다.

위기는 그것으로 끝나지 않았다.

여전히 몇백 개의 공격 마법들이 지상에서부터 그를 목표로 날아오고 있었다.

마법사들은 그리폰 부대를 노리고 있었기에 준비했던 마법들을 한꺼번에 쏟아부었던 것이다.

위드는 공중에 잠깐 멈춰서 독수리처럼 몸을 세우고 두 날개로 균형을 잡았다.

'기다린다. 아직 기다린다. 지금!'

거대한 그리폰의 몸체가 산들바람처럼 흔들리며 거짓말처럼 가뿐하게 움직였다.

공격 마법들은 바로 옆을 스쳐 지나가거나 하늘에서 그냥 폭발했다.

말이 장애물과 웅덩이를 피해 가는 것과는 달랐다.

기마술은 앞과 뒤, 좌우만 계산하는 것으로 충분했다.

위드는 진행 방향뿐만 아니라 높낮이를 치밀하게 계산하고, 때때로 기다리기도 하면서 마법 사이의 실낱같은 틈새를 비집고 들어갔다.

'이 세상은 그렇게 암울하지 않아. 월세가 밀려도 솟아날 구멍은 반드시 있다.'

냉철한 집중력!

위험할수록 긴장이 되지만 몸과 머리는 더욱 빨리 움직인다.

'뮬을 잡기 위한 최대의 난관! 이것만 넘기면……'

그리폰의 몸은 상당히 커서 모든 마법을 완벽하게 피할 수는 없었다.

맞아도 큰 부상을 입지 않는 공격들은 그대로 맞아 주었다.

> 회전하는 불덩어리가 회피술에 의해 최소한의 피해만 입히고 지나갔습니다.

> 봉쇄하는 아이스 오브에 적중되었습니다.
> 빠른 움직임으로 돌파합니다.

치명적인 마법 공격을 당했습니다!
마스터 방어 스킬 심장울림이 적용되었습니다. 몸속에서 솟구치는 강한 울림으로 공격의 충격을 해소합니다.

때때로 어떤 마법 공격들은 진행 방향이 겹치는 바람에 서로 부딪쳐 하늘에서 먼저 폭발했다.

매의 눈처럼 그 지점들을 잘 주시했다.

그 직후에 정면의 화염 속을 돌파하는 위드!

폭발을 뚫고 나오자마자 다가온 마법들까지도 미리 위치를 알기라도 한 듯이 몸을 옆으로 눕히면서 회전했다.

날쌘 물고기가 급류 속에서 헤엄치듯이 마법 공격들 사이를 헤집고 다녔다.

"크어억!"

뮬은 위드의 몸에서 떨어지지 않도록 고삐를 잡고 있는 것만으로도 힘겨웠다.

'어떻게 이렇게 피해 갈 수가… 믿기지 않을 정도로 놀랍고 대단하다.'

정면을 가득 메운 마법 공격임에도 어떻게든 비집고 들어가서 구멍을 찾아내고 말았다.

짧은 순간 위드는 마법으로 구성된 화망을 끝내 완전 돌파하고 말았다.

"저게 뭐야."

"무슨 개사기 그리폰이냐!"

지상의 마법사들은 망연자실했다.

하늘을 나는 그리폰을 맞히기가 어렵다고는 하지만, 이건 사기에 가까운 움직임!

위드도 조각 파괴술로 민첩을 극대화시켜 놓지 않았다면 감히 시도할 수 없었을 것이다.

비정상적으로 높은 민첩은 하늘에서의 속도나 방향 전환 등의 움직임을 놀랍도록 빠르게 만들어 주었다.

"대, 대단하구나!"

뮬은 놀란 가슴을 진정시켰다.

자신이 직접 조종한 것도 아닌데 그리폰 스스로 모든 마법 공격을 피해 버렸다.

중간에 몇 번의 중대한 위기가 있었고, 끝내는 마법을 피하지 못하고 추락하리라 예상한 순간까지도 있었다. 일부러 방어 스킬까지 사용했는데, 마법들의 궤적이 스쳐 지나갔다.

그 모든 공격들을 피한 그리폰의 판단력과 운동 능력에 대해서는 감탄밖에 나오지 않았다.

'모두 똑똑히 보고 놀랐겠지. 이런 게 내가 원했던 장면이다.'

사람들을 열광시킬 수 있는 움직임!

스스로에게도 평생 기억에 남을 만한 역사적인 명장면이 될 것이다.

"이것이 바로 그리폰 부대다!"

뮬이 선더 스피어를 높이 들어 올렸다.

"으와아아아아아아!"

저 멀리서 하벤 제국군이 호응하는 거친 함성들이 들렸다.

마법 공격들을 피하느라 산개한 그리폰들과도 어느 정도 거리가 떨어져 있었다.

뮬은 완벽하게 만족했다.

'아마 놀라고, 나를 더욱 우러러보게 되었을 것이다.'

위드는 계속 앞을 향해서 날았다.

뮬은 벌써부터 오늘 일정에 대해 고민하기 시작했다.

'방송국의 인터뷰를 준비해야겠군. 내가 의도한 건 아니었지만… 어떤 식으로 멋지게 포장해야 할까? 마법 공격이 날아올 때의 기분을 물어본다면… 틀림없이 피할 수 있다는, 나 자신에 대한 확신 덕분이라고 답해야겠지?'

함성이 점점 멀어지고 있었다.

'블랙소드 용병단 따위야… 이젠 중요하지 않다. 반란군을 퇴치하고 그리폰 부대가 귀환하기만 하면 사냥 분위기로 바뀌겠지.'

날이 밝아 올 때까지 성채가 함락당하지만 않으면 목적은 완벽히 달성한 것이다.

반란군이 전국에서 대대적으로 발생한 이상 그리폰 부대는 성채에 머무르지 않고 반드시 출동해야 했다. 그러지 않으면 반란군이 마을과 도시 시설들을 약탈하고 파괴하는 것은 물론이고, 상당히 많은 영토의 지배권을 빼앗길 수도 있는 것이다.

노드 그라페의 군사력은 그리폰 부대의 차출로 부득이하게 감소하였다.

극약 처방을 내려서 반란군의 준동을 내버려둘 수 있었지만 그렇게 하지 않고서도 막아 냈기에 더 대단한 업적을 세운 셈이었다.

아침까지만 버티고 나면 그라디안과 네스트의 반란군도 몰아내고, 블랙소드 용병단을 괴멸시킬 수 있을 것이다.

'승리다. 완벽한 승리.'

위드는 더욱 속도를 높였다.

"응? 어딜 가는 것이냐?"

문득 뮬이 정신을 차리고 의아해했다. 목소리에는 이 멋진 그리폰에 대한 애정이 가득했다.

위드는 낮게 울었다.

크아아아아.

그리고 더 빠르게 날았다.

숲과 들을 저공비행으로 스쳐 지나가듯이 날다가 하늘 높이 솟구치기까지 했다.

그리폰이 자유를 만끽하는 것처럼!

와삼이도 가끔 하늘 저 높은 곳을 향해 끊임없이 올라가려다가 위드에게 잔소리와 욕을 먹고 나서야 내려오곤 했다.

빠르고, 더 높게!

비행 몬스터들은 비슷한 낭만을 가지고 있었다.

크아아아아아아!

또한 비슷하게, 기분이 좋으면 커다란 포효를 터트린다.

마치 하늘에서 자신이 가장 강력하며, 이곳은 자신의 영역이라는 듯이.

위드의 입가는 썩은 이가 드러날 정도로 쭉 찢어져 있었지만 뮬의 시선에는 안 보였다.

"으음, 그렇군."

뮬도 비행 생명체를 다룰 줄 아는 용기사인 만큼 그리폰의 기분을 헤아릴 수 있었다. 하지만 지금은 중요한 전투 중. 때가 좋지 않았다.

"뭐, 잠깐 정도는 놔두는 것도 괜찮겠지. 이 그리폰이야말로 앞으로 내 손과 발이 되어야 할 테니."

지금 타고 있는 그리폰이 너무나도 마음에 들었던 것이다.

다른 그리폰 부대는 아까부터 뒤를 돌아봐도 보이지 않을 정도로 거리가 멀어졌지만 상관없었다. 이 그리폰만 타고 있다면 블랙소드 용병단이 감히 자신을 위협할 일 따위는 없을 테니.

위드는 몇 번이나 방향을 바꾸었다.

1~2분 만에 강과 호수를 지나고, 마을도 2개나 지나쳤다.

뮬이 위드의 머리를 쓰다듬었다.

"네 기분은 잘 알겠다. 하지만 이제 슬슬 돌아가자꾸나. 멋진 사냥을 마무리해야 할 때다."

위드는 당연히 그 말을 듣지 않았다.

이번에는 하늘을 향해서 수직 상승했다.

맹렬한 속도로 지상이 멀어지고, 하늘의 구름을 꿰뚫고, 계속해서 치고 올라간다.

어지간하면 속도가 줄어들 만도 했지만 구름을 통과하고 나서도 뮬이 고개를 들지 못할 정도로 엄청난 빠르기.

지상은 이미 까마득할 정도로 멀어졌다.

머리 위에 있는 것은 오로지 태양뿐이었다.

그리폰과 뮬.

단둘만이 있는 공간처럼 느껴진다.

위드가 포효했다.

크아아아아아아!

하늘을 지배하며 느끼는 자유, 바람을 뚫고 달리는 우월감.

비행 생명체들이 유독 울음소리를 내기를 좋아하는 이유를 이해할 수도 있을 것 같았다.

이것이야말로 살아 있다는 함성.

존재감을 과시하는 생명체의 본질.

뮬도 역시 자유로움을 느꼈지만 노드 그라페가 자꾸만 떠올랐다.

"이제 됐으니 그만 가자! 다음에 다시 오도록 하고. 아주 질리도록 함께 놀아 줄 테니까."

그때 그리폰이 말했다.

"다음은 없어."

"응? 말도 할 수 있었느냐?"

뮬은 멍청하게도 기뻐했다.

이 순간만큼은 자신의 그리폰이 지성까지 뛰어나다고 고마워했다. 그렇다면 길들이는 시간이 훨씬 단축될 것이니까.

착각은 자유라지만, 이내 곧 이상함을 깨달았다.

그리폰의 말투가 전혀 자신을 존중해 주는 것이 아니었다.

"네 말대로 그만 갈 시간이야."

그리폰이 지상을 향해 무섭게 급강하를 시작했다.

땅으로 내리꽂히는 듯이 전속력을 다한 움직임.

비행에 익숙한 뮬이라고 할지라도 처음 느껴 보는 속도였다.

구름을 다시 뚫고 내려왔으며, 지상의 모든 형체들이 순식간에 커졌다.

'조금 전처럼 대단한 기동력이구나. 근데 이건 정말 위험…어서 멈춰야…….'

아무리 고삐를 잡아당겨도 그리폰은 아까처럼 조금도 반응하지 않았다.

짧은 시간이었지만 뮬은 그리폰을 박차고 벗어날 것까지도 생각했다. 하지만 조금 전처럼 아슬아슬하게 대지와의 충돌만큼은 피할 수 있을 것이란 기대감을 버리기가 어려웠다.

무시무시할 정도로 빠르게 땅이 가까워졌다.

'이젠 피할 수 없다. 그대로 충돌한다.'

그때 안장이 훌렁 벗겨지는 것이 느껴졌다.

위드가 부리로 쪼아서 안장의 가죽끈을 잘라 버린 것이다.

"으아아아악!"

뮬은 추락하는 속도를 그대로 유지한 채, 그리폰의 몸에서 이탈했다.

땅과의 충돌 직전에 마지막으로 보인 것은, 재빨리 활강으로 바꾸어서 유유히 벗어나는 얄미운 그리폰.

"저 미친 그리폰 놈이……!"

꽈아아아아아아아아아아앙!

유성이 떨어지는 것처럼 주변의 땅이 흔들렸다.

> 용기사의 갑옷이 추락으로 인한 피해를 감소시킵니다.
> 신체에 큰 부상을 입었습니다. 오른팔이 부러졌습니다. 생명력이 49,191만큼 줄어들었습니다. 혼란 상태에 빠져서 일시적으로 스킬과 마법을 쓰지 못합니다.

엄청난 충격이었지만 용기사의 갑옷은 땅과의 충돌로 생기는 피해를 78%까지 줄여 준다. 그러므로 뮬은 간신히 살아남을 수 있었다.

"무슨… 어째서 이런 일이…….."

잠시 후에 간신히 몸을 일으킨 그에게 5명의 사람이 다가오는 것이 보였다.

그 짧은 사이에 조각 변신술을 해제한 위드와 바하모르그, 엘틴, 게르니카, 은숙이었다.

제국의 추락

　용기사 뮬의 충격적인 사망!

　그라디안 왕국과 네스트 왕국의 군사령관으로서 헤르메스 길드에서도 중요한 위치에 있던 그가 죽임을 당했다.

　헤르메스 길드는 물론이고 일반 유저들조차 경악을 금치 못할 대사건이었다.

　동시에 블랙소드 용병단에서는 전력을 기울여서 노드 그라페를 정복하고 말았다.

　맹활약을 벌이던 뮬이 어느 순간 나타나지 않자 그의 지배에 있던 제국군 병사들과 그리폰들이 심하게 동요했다.

　총지휘관의 사망으로 군대의 사기가 꺾이고 말았다.

　그리폰 라이더들의 활약이 주춤했던 사이에 성문과 성벽이 차례로 뚫리고, 블랙소드 용병단의 정예가 성채 내부로 대거 들어가게 되었다.

　하벤 제국군은 어쩔 수 없이 노드 그라페를 포기하고 퇴각,

왕성인 버겐 성에서 수비에 나섰으나 채 전열이 갖춰지지도 않은 상태였다.

버겐 성에서도 다시 막대한 피해를 입고 다시 퇴각하여 국경 부근까지 물러서게 되었다.

블랙소드 용병단은 그라디안 왕국의 왕성을 회복했지만 국토 전역에서 반란군과 옛 그라디안 왕국 부흥군, 하벤 제국군의 전투가 벌어지고 있었다.

미헬은 판단을 내렸다.

"큰 것을 얻었지만 아쉽게도 우리가 지키진 못한다. 그러나 하벤 제국 놈들도 못 먹게 하자."

세금도 제대로 걷지 못하고, 군대를 조직하더라도 제국과 맞설 힘을 기를 시간이 없다.

용병단은 군대 시설을 파괴하고 창고에 쌓여 있는 재물을 사람들에게 마구 나눠 주었다. 그 이후에 수도를 포기하고 흩어져서 반란군과 같이 제국군과 싸우기로 했다.

그라디안 지역이 극심한 혼란에 빠지면서, 네스트에서도 반란군의 봉기가 잇따랐다.

"세상에 내게도 이런 일이……."

위드는 감격했다.

뮬을 해치우고 나서 획득한 전리품. 번쩍거리는 물품들을 보며 감동하고 있었다.

"이건 정말로… 이 세상은 나쁘게 살아야 성공할 수 있다는 원칙이 진짜란 뜻이야!"

뮬은 목숨을 잃으면서 무려 세 가지나 되는 아이템을 떨어뜨렸다.

허리띠, 장갑, 창.

함정에 빠진 뮬은 선더 스피어를 휘두르며 끝까지 버텼지만 아쉽게도 몸이 정상적인 상태가 아니었다.

그리폰 수색대가 도착하기 전에 속전속결로 해치우기 위해 위드와 바하모르그가 동시에 전투에 나서고, 다른 이들이 도망치지 못하도록 지키고 섰다.

뮬은 2개의 광대한 지역을 아우르는 제국군 총사령관이었다. 위대한 용기사로서 사람들의 추앙도 대단했다.

하지만 현실은 함정에 빠져서 두들겨 맞다가 아무것도 못 해 보고 사망!

당시 상황만 놓고 보면 비겁하다는 비판을 받을 수 있지만, 전쟁이라는 게 상대에 대한 예의를 갖춰 가며 일대일로 싸워야만 하는 건 아니었다.

그런 기준에서라면 전투에 나선 군대도 매복이나 기습 같은 건 사용하지 말아야 한다. 무조건 비슷한 병력을 동원해서 싸워야 하고, 정면 돌격만 가르쳐야 하리라.

헤르메스 길드와는 전쟁 상태에 있는 만큼 비겁하거나 치졸한 수단에 의해 죽었다는 건 변명거리도 되지 않았다.

헤르메스 길드도 위드를 방해하기 위해 지골라스까지 공격대를 보내오고 전쟁에서는 암살단을 활용했던 만큼 뮬의 죽음에 있어서는 비겁하다고 항의하는 일은 벌어지지 않았다.

어쩌면 뮬까지도 위드에 의해 죽었다는 점을 널리 홍보하고 싶지 않았을 수도 있으리라.

다만 위드는 뮬에 대해서는 개인적으로 동정했다.

강도 중에서도 지독한 강도를 만나서 목숨을 잃은 꼴이었으니까.

위드는 일단 가장 간단한 허리띠부터 살펴보기로 했다.

"가, 감정!"

위대한 승리자의 벨트

스물한 가지 보석이 박힌 백금 허리띠. 칼라모르 제국의 영웅 할라드가 착용하던 역사적인 보물이다. 한 시대에 이름을 날렸던 위대한 전사들이 대를 이어서 사용했다.

내구력: 110/110.

방어력: 156.

제한: 레벨 495. 명예 300. 기품 300.

옵션: 모든 스탯 25 증가. 생명력과 마나의 최대치 21,890 상승. 기품, 명예, 인
      내, 카리스마, 예술 +50. 전투 스킬 +1. 명성 +9,850. 지휘력 +2. 정령술
      의 위력 11% 증가. 모든 마법의 피해를 최소 21%에서 최대 89%까지
      감소시킨다. 독, 저주 마법으로부터 빠르게 벗어난다.

"캬아!"

소주를 통째로 한 병 마셨을 때에나 나오는 감탄성!

"옵션이나 방어력이 미쳤군. 이건 뭐, 팔더라도 가격조차 결정하기 어렵겠구나."

판매 가격을 적지 않고 그냥 경매에 올리면 될 것이다.

경쟁이 붙을수록 어마어마한 가격이 책정될 가능성이 큰 아

이템이었다.

"이런 장비를 차고 사냥을 했다니, 완전히 사기잖아?"

모든 장비를 직접 구해야 하는 위드에 비해서, 헤르메스 길드에서는 중앙 대륙이라는 노른자위를 차지하고 온갖 수단을 다 썼으니 이런 차이가 벌어질 수밖에 없다.

위드는 그나마 특별한 퀘스트와 직접 제작까지 했기에 망정이지 일반 유저들에게는 따라올 수 없는 벽과도 같으리라.

"으음, 허리띠는 당분간 팔지 말고 내가 사용해야겠군. 웬만해선 더 좋은 것을 구하기도 힘들 테니까."

허리띠만 쓰더라도 전투력이 훨씬 향상되리라.

본래 장비발이란 무시할 수 없는 노릇이었으니까.

위드의 눈길이 이번에는 장갑으로 향했다.

가슴이 두근거리고 있었다.

"이것도 보자. 감정!"

탁월한 지휘력의 전설 기사 장갑

제작 연대는 대략 250년 전에서 370년 전까지로 추측. 대륙 최고의 재봉사, 대장장이 비밀 조합 블랙스미스에서 만든 작품. 고매한 기사 라르크에게 선물한 장갑으로, 그의 사후에는 칼라모르 제국 황실 보물로 보관되어 왔다.

내구력: 90/90.

방어력: 54.

제한: 레벨 490. 검술 고급 7레벨.

옵션: 전투 중 힘 +170. 모든 스킬의 효과 15% 추가. 치명적인 공격을 가했을 때 다섯 가지의 특수 피해를 가산한다. 일시적으로 상대 검술 스킬 약화. 명예, 기품 더 빨리 증가. 기사도 스킬 +2. 높은 내구도로 인해 쉽게 손상되지 않는다. 왕국을 위한 업적 달성 시 80%의 공적치가 추가된다.

"실로 명품이군, 명품이야."

위드는 감탄을 금치 못했다.

이런 장갑 같은 건 구경해 보기도 어려웠다.

헤르메스 길드에서도 뛰어나게 잘나가는 유저를 처리하지 않았다면 언제 가질 수 있었겠는가.

"말로만 듣던 백화점 명품관이 따로 없구나."

위드는 장갑도 본인이 쓰기로 했다.

"뭔가 강해지는 느낌이 드는군. 기분 탓일지도 모르지만 외모가 좀 멋있어진 것 같기도 해."

장갑이나 부츠, 망토와 같은 장비들은 대장장이와 재봉 스킬을 이용해서 만들어서도 많이 썼다. 여신의 기사 갑옷이나 레드 스타에 비한다면 아무래도 전체적인 균형이 많지 않았는데, 헤르메스 길드 유저들을 해치우고 최고의 물품을 얻었다.

"내가 장비발까지 갖추게 될 줄은 몰랐는데."

스킬과 스탯으로 먹고살던 위드에게 날개가 달린 셈!

위드의 눈길이 마지막 남은 창으로 향했다.

눈에 익숙한 검은 창.

창의 손잡이 부분에는 번개 모양의 문장까지 새겨져 있었다.

"에이, 아니겠지. 아닐 거야."

절대 그럴 리가 없다고 믿겼다.

"설마하니, 모습이 비슷한 다른 창이겠지. 이건 그냥 팬을 만나면 선물로 나눠 주는 기념품 같은 것일 거야."

그럼에도 가슴이 마치 택배 상자를 열어 볼 때처럼 떨렸다.

"감정!"

봉인된 선더 스피어

지고의 드워프 대장장이 론드핸드가 만든 최고의 역작! 론드핸드는 말년에 단순한 마법 무구를 넘어서 자연의 파괴력을 무기에 담으려고 하였다. 이 창은 수십 번의 담금질을 마치고 수베인 왕국의 벼락이 그치지 않는 산에 버려졌다. 수억 번의 벼락을 견뎌 낸 창이 마침내 그 힘을 간직한 채로 다시 태어났다.

내구력: 136/150.

공격력: 146~223.

제한: 기사 전용. 레벨 570. 창술 고급 6레벨.

옵션: 벼락을 일으키는 창. 마나를 소모할 때마다 일정 거리를 휩쓰는 광역 벼락을 내려친다. 전격 계열 마법으로부터 97% 이상의 면역, 그 힘을 흡수할 수 있다. 전격 계열 마법과 전격 공격 스킬의 효과 228% 상승. 공격 속도 21% 향상. 적과 무기를 부딪치면 일정 확률로 감전시킨다. 자신보다 약한 적에게 치명적인 일격을 가했을 시, 33%로 기절시킨다. 7회의 연속 공격이 성공하면 주변으로 연쇄 번개 분산, 번개 방패가 무작위로 형성된다. 전격 계열 스킬 뇌격의 비상, 파동, 번개 폭풍, 번개 흔들기, 뇌전 중심 진격, 휘몰아치는 전역 천둥 사용 가능.

*현재는 선더 스피어의 힘이 봉인되어 있다. 창이 가지고 있는 공격력의 60%만 발휘 가능. 충분한 능력을 가진 이가 창을 사용하면 봉인은 해제될 것이다.

"이, 이, 이것은… 진짜다!"

봉인된 선더 스피어.

뮬은 일찍이 헤르메스 길드의 중역이었고 군대를 거느린 군단장의 신분이었던 만큼, 악명이나 살인자 상태에 구애받지 않았다. 〈로열 로드〉의 초기 이후로 목숨을 잃었던 적도 없으니 죽고 나서 푸짐하게 장비를 떨어뜨리게 된 것이다.

"기가 막힐 정도로구나. 지금까지 이렇게 좋은 무기의 위력이 완전히 발휘되지 못했다니 너무 아쉽군."

위드는 선더 스피어를 손에 잡아 보았다.

찌릿한 전기가 온몸을 타고 흘렀다.

다룰 수 있는 역량이 부족하여 봉인된 선더 스피어를 착용할 수 없습니다.
고급 대장장이 2레벨의 스킬로 인해 무기의 사용 제한이 감소하여 창술이
중급 3레벨이 되면 사용할 수 있습니다.

"당장 내게 창술이 없기는 하지만… 손재주와 통찰력이 있으
니 중급까진 금방 올릴 수 있지."

상상을 초월하는 아이템.

창은 일반적으로 다루기가 쉽고 공격 거리가 길다. 공격력도
매우 강했다. 다만 무거워서 연속 공격과 방어에 검만큼 편하
진 않았다.

이 창도 자신이 사용하다가 검치나 수련생들의 실력이 창을
사용할 정도가 되면 검과 바꾸기로 했다.

그들은 무기술을 익히고 있으니 창술에도 연연하지 않는다.

"대충 멋진 영상 1~2개 보여 주면 되겠지. 뮬이 여자들에게
인기 있는 것들을 구경시켜 주면 될 거야."

검에 미쳐 있지만 또 한없이 가벼운 성격이기도 했다.

위드는 드래곤을 찾아가기 전 사흘의 시간 동안에는 대륙의
북부를 떠돌며 사냥에 푹 빠졌다.

레벨도 440에서 뮬을 처치할 때의 전투로 1개, 사흘간의 사
냥에서 또 1개를 올렸다.

대장장이 스킬로 창을 하나 만들어서 써서 창술도 초급 6레
벨까지 쉽게 달성했다.

위드는 사막의 대제왕 시절에 필요에 따라 창을 써 본 적도

있었으며 무기를 가리지 않을 정도로 전투에 능숙했다.

검술이 고급 5레벨에 있는 만큼 그 연장선이라고 할 수 있는 창술도 숙련도가 쌓이는 속도가 조금 더 빨랐다.

> 창술을 이해함으로써 통찰력 스탯이 2만큼 증가합니다.

"조금만 더 성장하면 되겠군!"

헤르메스 길드 유저들을 끊임없이 습격할 수도 있었지만 일부러 뜸을 들였다.

사람들은 누구나 생각하게 될 것이다.

용기사 뮬마저 목숨을 잃었다. 과연 헤르메스 길드에서 무사할 사람은 몇이나 되겠는가!

헤르메스 길드에서는 심하게 위축되는 한편, 만반의 준비를 하고 있을 것이다.

그럴 때면 오히려 여유를 보여 준다.

충분히 공포심이 조성되고 나면 이후의 습격은 훨씬 쉬워질 테니까!

"원래 이 바닥이 다 그런 거 아니겠어?"

대륙 최고의 암살자.

타인에게 이름을 밝히기를 싫어하는 그는 하벤 제국의 수도로 은밀하게 잠입해 있었다.

"위드, 그가 큰 사고를 쳤군."

암살자는 조금 더 분발해야겠다고 생각했다.

"사냥에는 졌지만… 암살에서는 내가 최고다."

용기사 뮬은 중앙 대륙에서는 모르는 사람이 거의 없을 정도의 유명인이었다.

그가 멋진 그리폰을 타고 도시의 분수대 위를 날아가거나 전투를 치르는 영상은 〈로열 로드〉 명예의 전당에서 엄청난 인기를 끌었다.

용기사라는 직업은 비행 생명체들을 길들이고 다룰 수 있기에 기사 중에서 최고라고 할 수 있었다.

뮬 개인의 뛰어난 전투 능력은 물론이고, 멋진 그리폰 군단 때문에라도 사람들은 그를 부러워했다.

"그런 뮬까지 죽였으니… 누구든 죽음이 두렵겠지."

암살자가 볼 때에 헤르메스 길드 유저들은 이미 하벤 제국의 수도에서조차도 조심하고 있었다.

진작 사냥터로 웃으면서 떠났을 이들이, 최소한 몇 명 이상 모이지 않으면 술집에서 시간을 보냈다.

위드가 언제 조각 변신술 같은 것으로 습격할지 모르기 때문에 몬스터 사냥을 하면서도 심각할 정도로 주의를 기울였다.

심지어는 위드가 켄타우로스로 변신해서 무차별로 화살을 쏜다는 이야기가 널리 퍼지면서 조금도 방심을 할 수 없게 되었다.

위드에 대한 강박관념!

헤르메스 길드에서 위드를 두려워하지 않는 유저는 거의 없었다.

성을 몇 개씩이나 소유한 대영주라고 할지라도 몸을 사리고 있는 모습이었다.

"앞으로 발등에 불이 떨어지게 되겠군."

암살자는 로브 속에서 여자들을 매혹시킬 만한 멋진 미소를 지었다.

혼란스럽고 어두운 밤은 자신이 지배할 수 있는 세상이다.

영혼을 파괴하며, 피하지 못하는 죽음을 내리는 잔혹한 살육 지배자가 바로 자신이었기 때문이다.

"위드가 뮬을 죽였다면, 내 목표는 보에몽이다. 뮬에게도 그다지 뒤처지지 않는 목표지."

거인 기사 보에몽.

바드레이의 친위대 소속으로, 하벤 제국의 정복 전쟁들을 지휘했다. 그가 정복한 영토만 해도 한 국가의 규모를 넘어설 정도였다.

헤르메스 길드를 대표하는 이름 중의 하나인 보에몽!

그러나 그는 의외로 부하들을 많이 거느리고 다니지 않는 허술함이 있었다.

스스로의 전투 능력을 바드레이 외에는 당할 자가 없다고 과시하고 있었기 때문인데, 암살자에게는 딱 좋은 먹잇감의 태도였다.

헤르메스 길드에 비상이 걸렸음에도 불구하고 수도 아렌 성만큼은 아직 잠잠하다. 길거리에서도 헤르메스 길드원들을 흔하게 마주칠 수 있었기 때문에 일어나는 방심.

암살자는 기회가 오기만을 기다렸다.

"위험하지 않으면 암살이 아냐. 진정한 기회는 위기 속에서 나온다."

보에몽과 일정한 거리를 유지한 채로 뒤를 따랐다.

그가 시내의 상점에 있는 최고급 무기점에 들어갔다. 마침 무기점에는 헤르메스 길드원이 아닌 일반 유저들만 있었다.

암살자는 천장에서 뚝 떨어져 내리면서 보에몽을 단검으로 찔렀다.

"죽음의 습격!"

치명적인 일격이 성공했습니다.
대상의 생명력과 마나, 체력의 최대치가 45%로 감소합니다. 뿌리 단검의 독성이 대상의 움직임을 봉쇄합니다.

"쾌액! 웬 놈이냐!"

보에몽이 자랑하는 양손도끼를 꺼내기도 전에 무려 일곱 번의 연속 공격이 성공을 거뒀다.

암살자는 장기간의 전투보다는 표적의 빈틈을 노린 단기간의 집중력으로 승부를 본다.

"이노옴!"

간신히 양손도끼를 꺼내서 휘둘렀지만 암살자는 이어서 그의 가슴에 단검을 5개나 꽂았다.

폄살의 다섯 단검!

독을 바른 단검을 적에게 꽂을 때마다 효과가 누적되었다.

독의 가짓수가 늘어나면 서로 섞여서 그 어떤 대상이라도 죽이는 극독이 된다.

마스터하면 최대 12개까지의 단검을 쓸 수 있는 암살자만의 비기.

보에몽이 바바리안 기사가 아니었더라면 사용할 필요도 없었을 기술이었다.

적색 기사단의 단장 보에몽이 사망했습니다.
하벤 제국의 5대 기사단장 중 1명의 목숨을 거두었습니다. 보에몽은 많은 도시를 정복하며 악명을 드높인 기사입니다. 그의 죽음을 기뻐하는 주민들이 많을 것입니다. 명성이 7,921 올랐습니다. 암살 성공으로 민첩이 2만큼 증가합니다. 암살 스킬의 숙련도가 증가하였습니다. 단검술의 숙련도가 증가하였습니다.

보에몽의 커다란 몸이 회색빛으로 변해서 사라졌다.

암살자는 살짝 웃었다.

"간단하군."

정말 강한 자들이 순식간에 버티지 못하고 목숨을 잃는다.

삶과 죽음을 나누는 그 순간이야말로, 죽음을 몰고 오는 그림자라는 자신의 호칭에 가장 잘 맞았으니까.

이미 암살자 그에게도 헤르메스 길드가 이를 갈고 있었지만 개의치 않았다.

"그럼 가 볼까."

헤르메스 길드가 이 소식을 아는 것은 시간문제.

서둘러 하벤 제국의 수도에서 빠져나가지 않으면 고립될 수 있었다.

무기점을 나온 암살자는 간단한 여행자 복장을 하고 미리 봐 둔 도주로를 향해 몸을 날렸다.

위장술은 기본이라서, 이 지역 주민의 얼굴을 하고 있었기 때문에 쉽게 알아차릴 수도 없다.

그가 빠져나가고 난 이후 하벤 제국의 주민들은 이야기했다.

"들었는가. 수도에서 기사 보에몽이 아무것도 못 해 보고 목숨을 잃었다지?"

"무서운 일이야. 자신의 집에서도 편안히 지낼 수가 없게 되었어."

"그에 대해서는 들어 본 바가 있네. 몬토냐의 양념게……."

"쉬잇! 그의 이름을 함부로 꺼내지 말게. 그를 부르면 정말 나타나서 목숨을 가져간다는 이야기가 있어."

"허억, 그렇군!"

위드가 떠나 있는 동안에도 아르펜 왕국의 거센 활력은 멈춰지지가 않았다.

어려운 전쟁에서 승리를 거두었을 뿐만 아니라, 새로운 대지의 궁전도 무섭게 재건설에 돌입하여 어느새 형태를 갖춰 가고 있었다.

왕궁 건설은 북부에 자리를 잡은 건축가들에 의해 진행되었고, 수많은 북부 유저들의 노동력이 동원되었다.

마무리 작업은 대륙의 조각사들과 화가들이 참여하여 총집결했다고 해도 좋을 정도였다.

하지만 건설 사업에서는 예산 초과가 빈번하게 이루어지는 법이었다!

"여러분, 왕궁 건설 자금이 모자랍니다. 더 이상 자재를 구입할 돈이 없어서 작업을 중단하고 완공 일정을 미루어야 하게 되었습니다."

"납부! 납부! 납부!"

딱 1시간 후!

"왕궁 건설 자금의 마련이 종료되었습니다. 이제부터는 새벽의 도시 수로 건설 자금을 모금하겠습니다."

"납부! 납부! 납부!"

단숨에 모이는 건설 자금!

돈을 내면 명성과 국가 공적치가 쌓이고, 또 광장에 깔린 벽돌 한 장에라도 자신의 이름이 새겨졌다.

북부 유저들은 레벨은 낮더라도 돈은 충분히 가지고 있었다.

상인들의 활약과 낮은 세금으로 인해서 기본 생활 물가가 대단히 저렴했다.

오랫동안 버려진 비옥한 땅을 적극적으로 개간한 농부들, 숲에서 자란 나무 열매를 따서 팔아 치우는 엘프들, 바다의 해산물을 싹쓸이하는 어부들로 인해 식료품의 가격이 부담 없다.

무기와 방어구도 대장장이들의 노력에 의해 저렴하게 생산되었고, 퀘스트로도 많이 입수되었다.

심지어 하벤 제국과의 전쟁에서 적들을 전멸시키면서 얻은 무기류도 산더미처럼 쌓였다.

원래 퀘스트 등으로 물품을 얻었다고 해도 중앙 대륙에서는 함부로 도시의 상점에 팔지 않았다.

상점에서 매각하면 물품 가격의 30%에서 최대 65%까지를 세금으로 납부해야 하기 때문이다.

자칫하면 배보다 배꼽이 더 커지는 상황!

상인 유저들에게 팔더라도 최소 세율은 20% 이상이었다.

그나마 레벨이 낮은 장비나 잡템 같은 것은 처리하기도 곤란했다.

소속 국가에 납부해야 하는 세금이 많으니만큼 물품을 원하는 유저들끼리 물물교환하는 경우가 다수 발생했다.

이에 반해 북부에서는 세금이 저렴한 만큼 상점을 이용한 공식적인 교역과 거래가 활발하게 진행되었다.

유저들은 무엇이든 쉽게 돈으로 바꿀 수 있었고, 낭비되는 시간도 절약할 수 있었다.

하루 중에 조금만 일하거나 사냥을 하더라도 편안한 생활을 하기에 넉넉한 돈을 벌 수 있었다.

특히 아르펜 왕국에는 전설처럼 회자되는 잡템에 대한 일화가 있었다.

"내가 모라타에서 살고 있긴 하지만, 그건 예쁜 여자들이 많거나 도시가 아름답기 때문은 아니야. 퀘스트가 재미있거나 세금이 저렴해서는 더더욱 아니지!"

까칠한 초보 유저 키르!

그는 사냥 중에 얻은 4쿠퍼, 13쿠퍼짜리 잡템은 모두 버렸다. 상점에서 팔거나 상인 유저에게 거래해 달라고 하기 창피했던 것이다.

"이런 거 아니더라도 먹고살 수 있으니까. 돈 벌기도 쉬운데 배낭만 무겁잖아."

초보 유저라면 비슷한 고민을 누구나 한 번쯤은 했다.

처음에는 전리품이라면 닥치는 대로 무조건 줍다가 나중에는 1실버라도 돈이 안 되면 버린다.

그러나 위드가 지골라스에 다녀와서 전리품을 처분하는 과정을 많은 유저들이 보았다.

아이템이 그야말로 산더미처럼 쌓여 있었다.

"엄청난 모험을 하고 오셨나 봐. 진짜 끝내준다."

"우리도 위드 님처럼 환상적인 모험을 할 수 있겠지?"

그리고 산더미처럼 쌓여 있던 그 아이템들이 상인 마판에 의해 처분이 되기 시작했다.

달걀 껍데기, 뾰족한 돌 조각, 버려진 붕대, 발톱 조각, 철광석 부스러기, 시들어 버린 꽃, 말린 과일 조각, 정체를 알 수 없는 오래된 뿔, 썩은 동물 뼈 등등.

아득하게 먼 북쪽의 바다의 끝 지골라스에서 배로 운반해 온 아이템들치고는 정말 보잘것없었다.

심지어 위드는 그 잡템을 포기하지 않기 위해서 유령선들을 소환하여 하벤 제국 함대까지 격파했다지 않은가!

아르펜 왕국의 위드와 북부의 대상인 마판은 잡템의 가격을 일일이 평가하며 진지하게 이야기했다.

"위드 님, 이 낡은 지도는 거래할 수 없는 상태인데요."

"홋, 그거 항구 바르나에서 숙련된 뱃사공에게 팔 수 있습니다. 37실버짜리지요. 항해 성공에 대한 추가 보수도 지급받을 수 있고요."

"오, 과연 그렇군요. 한 수 배웠습니다. 아시다시피 저는 바다 쪽은 잘 몰라서요."

"바르나에서 무역 선단을 운영하는 마판 님이 모르실 리가 없을 텐데."

"흠흠, 최근 관심을 조금 두고 있는 정도지요."

알뜰하게 모은 잡템들로 자잘한 퀘스트들을 해결하고 흥정을 통해서 몇 푼이라도 더 올려 받는 광경!

유저들은 입안 가득 짭짤함을 느꼈다.

'자, 자린고비다.'

'으악, 저렇게 살고 싶진 않아!'

국왕이며 북부의 절대자라고 할 수 있는 위드의 근검절약을 보며, 북부 대륙에서 잡템 판매는 하나의 당연한 문화처럼 되었다.

사냥터에서 잡템을 함부로 버리는 사람을 보면 큰 낭비라도 하는 것처럼 생각하게 된 것이다.

알뜰한 잡템 거래 문화는 키르와 같은 유저들까지도 사냥터에서 빠뜨리지 않고 전리품을 주워 오게 만들었다.

그렇게 모인 잡템들도 국가적으로 보면 큰 재산이 되었다.

경제 규모가 커질 뿐 아니라, 필요로 하는 잡템들을 원활하게 구할 수 있게 되어 간단한 퀘스트들이 빠르게 완수되었다.

유저들과 주민들의 성장 속도에 미미하더라도 긍정적인 요인이 틀림없이 작용되었다.

대지의 궁전, 새벽의 도시가 새로운 중심이 되었지만, 모라타의 끝없는 확장, 모드레드, 오크 성채 등의 도시들의 건설도 한창이었다.

비옥하고 넓은 땅을 가진 아르펜 왕국은 생산과 모험, 교역으로 경제력을 키워 나가고 영향력을 넓혔다.

과거 니플하임 제국 시절의 교통망을 중심으로 말과 마차가 돌아다니고, 유저들과 주민들이 모이며 옛 도시와 마을이 재건되고 있었다.

왕국 전체가 개발의 붐을 타고 발전하고, 유저들은 끊임없이 유입된다.

모라타와 인근 위성도시, 옛 니플하임 제국 도시들의 개발로 인해 아르펜 왕국은 더 이상 불편하다고 말할 수 없는 단계였다.

유저들이 북부 대륙을 떠돌며 퀘스트와 사냥, 교역을 왕성하게 수행했다.

왕국의 한 달간의 경제성장률 38%!

〈로열 로드〉 초창기 중앙 대륙의 경제성장률을 완전히 압도하는 쾌거였다.

모라타의 기적이 아르펜 왕국 전역으로 옮겨붙어 활활 타올랐다.

상인들은 북부를 누비면서 자유롭게 활동했고, 부족한 교통망이나 생산 시설을 부지런한 노력으로 극복해 나갔다.

아르펜 왕국에서 상인은 촉망받는 직업이었다. 막중한 세금에 허덕이는 중앙 대륙에 비해서, 상인을 선택하는 유저들이 훨씬 많았다.

아르펜 왕국의 유저들은 점차 부유해지고 있었다.

벨로트는 하벤 제국의 북부 정복 지역의 영주가 되었다.

그녀가 처음 본 건은 1,000여 명의 이주민들과 간이식으로 지어진 주택들.

하벤 제국군이 근처에 주둔하고 있어서 몬스터의 침략은 없다지만 난감한 상황이었다.

"마을 성장을 어떻게 해야 한담?"

화령이 헤르메스 길드 쪽으로 넘어오니 친분 때문에 충동적으로 같이하기로 결정한 그녀였지만 욕심은 있었다.

"상당히 멋지고 고급스러운 도시를 지어 봐야지."

교통의 중심지에 위치하여 관광을 기반으로 매일 축제가 벌어지는 환상적으로 아름다운 도시.

그렇지만 현실은 쟁기를 들고 있는 농부가 그녀에게 일할 밭을 달라고 요구하는 수준이었다.

하벤 제국에서는 지원금으로 300만 골드를 주었다. 물론 필요하다면 추가 대출도 가능하다고는 했다.

이주민도 미올이 거지면 제공하겠다고 약속했나.

중앙 대륙에서도 반란군이 날뛰고 있는 만큼, 도시의 기반 시설이 파괴된 지역들이 상당수였고 많은 유랑민들이 발생하고 있었다. 그들을 모아서 북부의 정복 지역을 개발하겠다는 게 하벤 제국의 방침이었다.

"군대는 필요 없을 거야. 기본적으로 마을의 규모를 키워 놔
야 하니까… 광산 개발과 농지 개간 그리고 마을 주택 건설 사
업을… 에휴."

벨로트는 견적을 뽑아 보다가 이미 250만 골드 정도가 필요
하다는 것을 알고 자포자기했다.

마을을 시작부터 성장시키자니 정말 어려운 일이었다.

"영주님께서 우리의 목숨을 원하시면 드려야지. 고향을 떠나
서 이 먼 곳에 묻히게 될 줄은 몰랐는데……."

"엄마가 보고 싶어요. 죽기 전에 봤으면 좋겠어요."

대부분 중앙 대륙의 강제 이주민이라서 주민들의 의욕이 떨
어져 있다는 점도 불리한 부분이었다.

벨로트는 도움을 얻기 위해 마판과 접촉했다.

위드에게는 어떤 일이든 불가능이 없다면, 마판은 돈에 대한
감각이 매우 뛰어났다.

마판은 하벤 제국 몰래 평범한 방문객으로 벨로트의 마을을
둘러보고 나서 충고했다.

"도시 발전요? 그런 걸 뭐 하러 합니까?"

"예?"

"헤르메스 길드가 이주민들을 계속 제공한다고 했죠?"

"분명히 약속했어요."

"중앙 대륙의 혼란이 잦아들지 않으니 이주민을 많이 보내
달라고 해서 전부 노예로 삼으세요."

"노예라니요, 왜요?"

"그야 강제 노동을 시키면서 막대한 착취… 대충 재우고, 굶어 죽지 않을 만큼만 먹이면 되니……. 노예들을 투입할 만한 사업은 제가 따로 몇 가지 챙겨 드리죠. 노예들에게는 세금을 거둘 필요가 없습니다. 노예 자체가 그냥 다 영주의 재산이니까요. 자, 그렇게 충분한 돈을 모으면 부유층을 대상으로 한 관광 시설들만 짓는 겁니다. 주택 건설을 위해 낭비할 돈이 아까워요."

"허걱!"

"여긴 좋은 위치예요. 나중에는 일반 유저들을 위한 건물도 많이 지어 놓고 세금을 낮게 유지하세요. 그러면 마을이 커지고 도시로 발전할 겁니다. 계속 도시에 노예를 받아들이시고요. 재정 수입의 상당수는 노예를 통해 조성하는 것입니다!"

명쾌한 결론!

마판의 눈에는 벨로트의 리마르 마을이 엄청난 잠재력을 가진 노예 천국으로 보였다.

벨로트는 인간적인 고뇌 끝에 그 조언을 버리기로 했다.

주민들을 위한 최소한의 주택과 농지 개간 그리고 남는 개발비로는 지나다니는 유저들을 위한 필수 건물들을 건설했다.

그녀가 마을에 자리를 잡고 약 한 달의 시간이 흘렀다.

주민들은 1,000명에서 4,000명까지 증가했고, 중앙 대륙의 헤르메스 길드 유지들도 사냥과 개척을 위해 조금씩 찾아왔다.

그들이 가끔씩 쓰는 돈을 알뜰하게 모아서 도시 개발에 재투자했다.

관광객을 유치하기 위한 호화 호텔, 위대한 건축물 같은 건

꿈도 꾸기 어려웠다.

주민들은 불평했다.

"이렇게 살다가 늙으면 죽어야지. 의료 시설도 없으니 깔끔하게 죽을 수 있겠군."

"하루하루 아무 희망도 없다는 걸 영주님은 알고 있을까?"

"아이들을 위한 교육 시설은? 능숙한 사냥꾼이 모자라서 고기도 배부르게 먹을 수가 없어!"

아무리 잘해 줘도 주민들은 더 많은 것을 바랄 뿐이었다.

벨로트의 명성이나 도시에 대한 공적치가 낮기 때문에 통치가 정말 쉬운 게 아니었다.

무엇보다도 북부 대륙에서 넘치는 활기가 느껴지지 않아서 재미가 없었다.

"이럴 줄 알았으면 아르펜 왕국에서 영주가 될걸. 주민들 수만 명은 금방이었는데. 친한 유저들과 놀거나, 가몽 님이나 마판 님이 교역을 해 줄 수도 있고."

벨로트는 비로소 후회했다.

하지만 과정이야 어떻든 상관없었다.

위드는 중앙 대륙에서 신나게 깽판을 치고 있으며, 아르펜 왕국의 주민들도 가만히 팔짱을 끼고 지켜보진 않았다.

검치와 수련생들을 중심으로 그들을 따르는 상당한 북부 유저들이 조인족들과 함께 하벤 제국의 정복지에서 전투를 수행하고 있었다.

이미 몇 개의 마을을 박살 냈으며 제국군에도 심각한 피해를 입히고 있다는 소문이 돌았다.

전쟁은 끝나지 않았다. 하벤 제국과 아르펜 왕국은 반드시 다시 붙는다.

마판은 떠나기 전에 의미심장한 이야기를 해 주었다.

"상인은 물건을 팔면서 미래를 준비하는 직업입니다. 시류를 올바르게 읽지 않으면 돈을 못 벌어요. 하벤 제국은 비교가 안 되는 강대국이었지만 지금은 상황이 어려워졌죠."

"저도 소식은 듣고 있어요. 반란군이나 과거의 잔당과의 전투가 계속 이어지고 있다고……. 하지만 반란군은 계속 패배하고 있지 않아요?"

"그렇기는 하지만, 일은 벌이기는 쉬워도 수습은 힘들죠. 그쪽은 앞으로 계속 어려워질 겁니다."

"설마 지금까지의 모든 일들을 위드 님이 의도하신 건……?"

벨로트는 최근에 벌어진 상황들을 정리해 보며 전율을 금치 못했다.

헤르메스 길드와 아르펜 왕국의 전력 차는 너무 심해서, 같은 반열에 올려놓기가 어려웠다.

중앙 대륙을 통일한 하벤 제국의 경제력이나 군사력은, 가만히 놔두었다면 따라가기가 불가능했을 정도다.

대제국을 이룩했지만 역설적이게도 가장 빈틈이 클 때가 중앙 대륙을 성복한 직후나.

'위드 님이 일부러 빈틈을 드러내서 하벤 제국군의 무리한 공격을 유도해서 전멸시키며 그들을 상대로 싸울 수 있는 것을 증명했다. 이어서 준비된 계획에 의해 황궁까지도 무너뜨렸다

면? 하벤 제국에 혼란을 일으킨 후에 더 많은 저항 세력을 모으려는 게 아닐까.'

헤르메스 길드를 제외한 모든 사람들이 위드를 싫어하진 않았다. 어쩔 수 없이 헤르메스 길드에 굴복하거나, 혹은 반발하고 있다.

그들의 뜻을 하나로 모을 수만 있다면 놀라운 힘을 발휘할 수 있을 것이다.

이미 풀죽신교라는 활발한 분위기를 가지고 있으면서도 맹목적인 충성 단체까지 거느리고 있지 않은가.

마판 상회도 실제로는 위드의 지분이 상당하다.

북부 대륙의 상권에 상당한 지분을 가졌을 뿐만 아니라 중앙 대륙의 암시장에도 진출했다.

'대륙을 자신의 것으로 만들려는 상상을 실현시키고 있어.'

벨로트는 여러 영화를 하며 배역을 맡아 봤지만 위드처럼 치밀하고 큰 그림을 그리는 사람은 처음이었다.

'겉으로 보기에는 치사하고 야비하고 쪼잔한 노가다의 화신일 뿐이지만… 그런 식으로 얕보게 만든 거야. 대륙의 모든 움직임이 그의 손 아래에 있어. 적의 행동까지도 이끌어 내는 야망의 화신이었다니!'

벨로트의 생각이 어떻거나, 마판은 이야기를 계속했다.

"우리 아르펜 왕국은 엄청난 속도로 성장하고 있어요. 위드 님이 중앙 대륙에서 활약하는 것도 큰 의미가 있습니다."

"어떤 숨은 의미가 있나요?"

"예전에는 보복이 두려워서 못 했지만 이젠 참을 필요도 없어졌거든요. 때린 놈은 잊어버리고 살지만 맞은 놈은 늙어서도 마음고생을 하다가 화병으로 죽는다고… 복수나 보복처럼 시원한 단어가 없다고 하셨죠."

"……."

"흠흠, 하벤 제국과 아르펜 왕국의 관계도 나중엔 분명히 바뀌게 되리라고 생각합니다. 그때를 기다려 보세요."

벨로트는 이대로라면 그녀가 다스리는 땅도 언젠가 아르펜 왕국에 포함이 될 것이라 믿었다.

그날이 오면…….

"위드 님을 국왕으로 모셔야 하는데, 설마 나마저 착취하진 않겠지?"

벨로트는 온몸에 소름이 돋는 기분이었다.

위드가 훌륭한 선정을 펼치는 국왕으로 평가받고 있다곤 해도, 그의 본성만큼은 더욱 의심스러워졌다.

자신에게 아직도 미련을 갖고 가끔 귓속말로 속닥거리는 베키닌의 3마리 미친 상어들이 해적단으로 거센 바다를 평정하고 있는 것들을 보라.

그들은 위드에 대한 배신은 꿈도 꾸지 않고, 그야말로 진정한 스승으로 우러러 모시고 있었다.

고귀한 조각품

위드는 드래곤 라투아스를 만나러 가기 전에 흐르는 강물로 가서 깨끗하게 목욕을 했다.

"더럽다고 죽일지 몰라. 드래곤이라는 족속은 성격이 보통 고약한 게 아니니 트집 잡힐 만한 일은 만들어선 안 돼."

시원한 강물에 몸을 씻고 나와서는 드래곤에게 배달해야 하는 퀘스트 아이템 유스켈란타의 거울에다 자신의 얼굴을 비춰 봤다.

레벨 제한이 자그마치 1,000에 달하는 아이템이었다.

몬스터 봉인 등 가능한 특성을 사용할 순 없더라도 모습을 비춰 주는 일반적인 거울로 활용할 수는 있었다.

"음, 내 입으로 할 말은 아니지만 잘생겼군. 평소에 관리를 안 해서 그렇지 씻으면 확실히 광이 난단 말이야."

누렁이와 금인이가 지켜보고 있었다.

"음머어어어어, 아까랑 똑같다."

"골골골. 달라졌다. 물이 묻었다."

본인만 아는 미세한 차이!

위드는 깨끗하게 씻고 나서 초보용 복장으로 갈아입었다.

목숨을 잃더라도 후회가 덜하도록 다른 장비들은 일절 착용하지 않았다.

이제 퀘스트의 기한까지는 고작 하루밖에 남지 않았지만 그림 이동술이라면 곧바로 갈 수 있었다.

라투아스의 레어.

그는 로자임 왕국의 남쪽 지역에 있다.

때가 되자 빛의 알갱이들과 함께 유린이 마법처럼 나타났다.

"오빠."

"그림 이동술을 쓸 준비는 됐지?"

"레어 부근의 지역에 대한 그림은 그려 놓았어. 바로 출발 가능해. 그리고……."

"응?"

"관은 오동나무가 좋겠지? 음, 박달나무로 할까?"

"……."

위드는 길게 한숨을 쉬었다.

역시 여동생과 친하다 보니 이런 농담도 주고받을 수 있는 것이란 생각이 들었다.

'이런 재미없는 농담도 가족이니끼 나누는 행복이라고 할 수 있지.'

그러면서 다정한 눈으로 여동생을 봤다.

'어느새 이렇게 자랐구나.'

할머니와 여동생.

가족이라고 해 봐야 많지도 않으니 늘 신경 쓰면서 아껴 주고 보살펴 줘야 마땅하다.

때때로 사건을 일으키거나 사고가 생기기도 했지만, 그렇더라도 결국 가족이 주는 따뜻함은 무엇으로도 바꾸기 어려웠다.

여동생이 큰 사고나 탈 없이 예쁘게 자라 준 것만으로도 고마웠다.

'어떤 도둑놈이 데려갈지 몰라도 정말 복 받은 녀석이지. 아니야, 아까워서 못 보내겠어. 평생 끼고 살아야 해.'

유린은 계속 재잘거리고 있었다.

"확 타서 죽으면 관도 필요가 없을 텐데. 아님 그냥 녹아 버리려나. 오빠, 죽어 본 지 오래됐잖아. 슬슬 한번 죽을 때도 되지 않았어?"

"……."

"죽기 딱 좋은 기회잖아?"

위드는 유린이 어릴 때를 떠올렸다.

엄마 아빠 없이 자신의 등에 업혀 다니던 꼬마 아이.

몇 살 차이 나지도 않지만 딸처럼 키웠다고 해도 과언이 아니었다.

'콧물을 참 오래 흘렸지. 식탐이 심해서 먹을 것만 보면 침을 질질 흘리며 참질 못했고, 중고등학교 때는 잠깐 나쁜 친구들도 사귀었어.'

그래도 대학을 다니면서 장학금까지 받을 정도로 바뀌었다.

부모님이 계셨다면 참 뿌듯하고 기뻐하셨을 텐데.

여동생과 보낸 시간이 정말 길었다.

'이제는 좋은 남자가 나타나면 빨리 시집보내 버리는 일만 남았어.'

유린의 그림 이동술을 통해 라투아스가 있는 그레고달 산맥의 아래에 바로 도착했다.

강물이 도도하게 흐르고, 숲에서는 새들의 울음소리가 들려왔다.

"오빠, 그럼 난 갈게."

"그래. 나중에 필요하면 연락할 테니까……."

위드는 그림 이동술로 와 달라고 부탁하려고 했다.

"관 짜 놓고 기다릴게!"

혀를 쏙 내밀더니 빛의 알갱이를 일으키며 사라지는 유린!

"역시 여동생이란… 아침저녁으로 패 둬야 하는데."

오빠이고, 아빠처럼 느끼기도 하니까 어리광을 피우는 거란 생각이 들었다.

특히 밝고 활발한 모습을 보니 기분이 좋았다.

유린이 우울하고 칙칙하게 집에만 있던 때를 떠올리니 지금은 훨씬 보기가 좋다.

"앞으로 언제 한번 다리몽둥이를 분질러 놓으면 시집가기에 충분히 철이 들겠지."

다 큰 처녀에게 위험한 생각도 잠깐.

위드는 그레고달 산맥을 오르기 시작했다.

시간 조각술이 있는 만큼 웬만한 몬스터들은 두렵지 않다.

다만, 다크 게이머 연합 게시판에서 그레고달 산맥의 드래곤 레어 영역에 대해 평가한 자료를 보았다.

> 탐험자 레인입니다.
> 지금은 오래된 과거가 되겠군요.
> 막 레벨 180을 달성했을 때 드래곤의 레어를 전문적으로 찾아다녔습니다.
> 죽어도 잃을 게 없다 보니 혹시라도 대박을 노려 봤던 거죠.
> 모험이란 위험이 클수록 보상 역시 대박이 아니겠습니까.
> 당시는 〈로열 로드〉 초창기에 가까웠기 때문에 혹시라도 보물을 얻거나 전설급의 무기라도 얻는다면 남들보다 빨리 성장할 수 있어서 가치가 대단했습니다.
> 물론 팔더라도 비싼 값을 받을 수 있을 테고요.
> 아무튼 각설하고, 그레고달 산맥에는 현재까지 밝혀지기로 2마리의 드래곤이 살고 있다고 합니다.
> 블루 드래곤 라투아스와 블랙 드래곤 커미나드.
> 저는 커미나드의 레어로 들어가려고 하다가 입구에도 닿지 못하고 몬스터에 의해 죽었습니다.
> 엄청난 몬스터들이 개미 소굴처럼 바글바글하더군요. 그 사실로 미루어 보아 드래곤의 레어 부근에는 몬스터가 많다는 사실을 알 수 있었죠.

위드도 과거 토르 왕국에 서식하고 있는 블랙 드래곤 케이베른의 레어에 간 적이 있었다.

드워프에게 삥을 뜯는 악룡 케이베른!

단지 실력이 훌륭한 조각사라는 이유만으로 벨소스 왕의 무덤에서 얻은 진귀한 아가테의 수정으로 만든 보석 조각품을 상납해야 했다.

수천 개의 수정을 은실로 엮어 드래곤의 형상을 만들어서,

바람이 살랑이기만 해도 우아하고 찬란하게 빛나던 조각품!

떠올리기만 해도 아랫배가 살살 아파 왔다.

"어떻게 해서든 드래곤과 엮이면 안 되는데. 이 퀘스트는 여기서 끝내야 해."

위드는 정신을 바짝 차리기로 했다.

그가 걸어가는 길목에 서 있는 리치 1마리!

해골 지팡이를 들고 붉은색 로브를 입고 있는 리치였다.

위드는 버릇처럼 바로 견적을 뽑았다.

'왕관을 쓰고 있진 않군. 일반적인 리치보다 더 대단한 아크 리치는 아니야. 시커멓게 변한 해골 지팡이를 봤을 때 익히고 있는 마법은 아마도 흑마법 계열로 추측되고. 까다로운 적수군. 거리를 좁히더라도 블링크 마법을 써서 피하겠지.'

리치의 주특기를 파악하는 것도 전투에 많은 도움이 된다.

위드는 무기도 가지고 오지 않은 이상 정면으로 싸우지 않고 멀리 돌아가려고 했다.

"인간이여."

그런데 리치가 위드에게 말을 걸었다.

"라투아스 님께서 기다리고 계신다."

위드는 상황을 이해했다.

'드래곤의 집사가 마중을 나왔군.'

드래곤들은 자신들의 고상한 취미와 지적 욕구를 만족시키기 위해 인간을 부하로 부려 먹다가 수명이 다해서 죽으면 리치로 만든다고 한다.

실로 끔찍한 노예 생활일 수도 있지만 실제로는 상당히 높은 대우를 받았다.

영역 안에 있는 드워프들을 착취하는 업무에서부터 레어의 많은 노예들을 다스리기까지 했다.

'즉, 일종의 관리직 노예란 이야기지.'

위드는 마판 상회 직원들을 통해서 드래곤 라투아스와 관련된 정보들을 수집했다.

신뢰도가 확실한 것은 아니었지만 지역 전설과 귀족 가문, 왕실 기록 등을 통해 드래곤에 대한 방대한 자료를 찾아볼 수 있었다.

드래곤 라투아스는 악룡 케이베른과는 달리 대외적인 활동을 거의 하지 않았고, 그렇기 때문에 활동에 대해 남겨진 특별한 기록은 없었다.

'아주 심하게 나쁜 놈은 아니란 뜻이지. 역사서에 보면 악룡 케이베른은 심심하면 다른 왕국에 금은보화를 요구했다는데, 라투아스에 대한 기록은 거의 없어. 케이베른의 레어에 있는 보물만 훔칠 수 있다면 아마 한몫 단단히 챙길 수 있을 텐데.'

위드는 리치의 눈치를 보며 품에서 새끼 거북이를 꺼냈다.

끝없는 생명을 가진 리치가 좋아하는 애완동물로 알려진 거북이!

물론 당연하게도 뇌물로 주려고 챙겨 온 것이었다.

오고 가는 뇌물과 챙겨 주기 속에서 싹트는 신뢰와 상호 우호 관계!

"이게 무엇이냐."

"저의 소소한 정성입니다."

상대가 정색을 하고 거부한다면 난감한 상황이 벌어질 수도 있었다.

근면 성실하고 청렴결백한 기사에게 뇌물을 주어서는 오히려 친밀도가 하락하게 된다.

위드는 만약 그런 일이 벌어진다면 뇌물을 주는 쪽에서 정성이 모자랐기 때문이라고 생각했다. 진정한 뇌물이란 상대방이 받고 있다는 것도 모르게 주는 것!

누군가를 떠올리면 어설픈 인간관계보다는 바로 어떤 뇌물을 바쳤는지부터 떠오를 정도가 되어야 진짜 잘 줬다고 할 수 있다.

그래도 리치에게는 그냥 대놓고 꺼냈는데, 어차피 드래곤의 하수인인 만큼 도덕적일 리가 없기 때문이었다.

"작고 흰 거북이로군."

"귀한 것입니다. 어쩌다 우연히 얻게 되었는데, 험한 바다에서 무사히 성장할 가능성은 작습니다. 인간의 손에서 괴롭힘을 당하기보다는 이곳에 머무르면서 살면 거북이도 훨씬 좋을 것입니다."

"나도 그렇게 생각한다. 라투아스 님의 레어야말로 천국과 같으니까."

"그리고 이건 소소하지만 거북이가 살 집입니다."

위드는 황금으로 된 거북이 집을 꺼냈다.

순도 100%의 금.

피를 토하는 기분으로 만든, 작은 연못과 집을 함께 담은 조각품!

걸작과 같은 작품은 아니어도 예술적 가치가 무려 374에 달했으며, 들어간 재료비만 하더라도 4,000골드나 되었다.

"필요할 것 같아서 미리 준비해 봤습니다. 거북이가 아주 마음에 들어 하더군요."

"그렇다면 거북이를 위해서 쓸모가 있겠군."

거북이와 황금 집을 받은 라투아스의 리치의 턱뼈가 조금 벌어졌다.

인간이었다면 입이 찢어지는 상황!

"무엇을 꾸물거리는 것이냐. 라투아스 님께서 분노하시기 전에 어서 가자."

리치는 짐짓 사납게 말했지만, 어느새 목소리가 많이 누그러져 있었다.

위드는 적지에서 작은 도움을 줄 수 있는 관계를 형성했다. 물론 드래곤이 자신을 죽이려고 하면 도와주지 않겠지만, 평소에 약간이라도 우호도를 높여 놓는 게 중요했다.

뇌물을 바를 때는 충분히, 그리고 위에서부터 아래까지 마구 살포해야 했다.

위드는 드래곤 라투아스를 만나기 전에 많은 상상을 했다.

케이베른과 비교하여 과연 얼마나 위협적이고 강할 것인가. 혼돈의 드래곤 아우솔레토와 달리 온전한 드래곤의 전투 능력은 어느 정도나 될 것인가.

'전투력을 확실히 알거나, 약간의 빈틈이라도 발견해 낸다면 엄청난 자산이 될 수 있다.'

악룡 케이베른의 레어에 갔을 때에도 모든 것들을 유심히 봐 두었다.

위드가 끊임없이 강해진다면 언젠가는 드래곤도 목표로 삼을 수 있기에!

사막의 대제왕 퀘스트를 할 때에는 아우솔레토라는, 드래곤 종족 중에서도 역사에 각인될 만큼 특별히 강력한 녀석을 해치웠다.

위드의 레벨이나 전반적인 전투력이 그에 훨씬 미치지 못한다고 하더라도, 다르게 가지고 있는 것들도 아주 많았다.

잡다한 스킬과 조각술의 비기들을 활용할 수 있고, 조각 생명체에, 결정적인 순간에는 궁극의 스킬인 시간 조각술까지도 사용이 가능하다.

검치와 수련생, 페일 일행 등 조력자도 많을 뿐만 아니라, 풀죽신교라는 절대적인 지지 세력까지 있다.

위드가 드래곤죽을 만들자고 외치고, 가능성이 조금이라도 있으면 뛰어들 고레벨 유저도 상당한 것!

지금까지 퀘스트와 사냥에서 불패의 신화를 쌓았기에 충분히 가능한 미래였다.

―인간이여, 그대는 알지 못하겠지만 나는 오랜 시산 이날을 기다렸다.

블루 드래곤 라투아스는 거대한 몸을 눕힌 채 레어에서 기다리고 있었다.

그는 지혜롭고 현명한 눈으로 한참이나 작은 위드를 내려다보았다.

베르사 대륙에서 어린 드래곤들은 몇백 년 안 되는 시간을 살았지만, 성장을 마친 큰 드래곤의 나이는 최소 1,000살 이상이라고 한다.

그야말로 까마득한 시간을 살아온 드래곤이었다.

'드워프와 엘프들에게 생일상만 받아 챙겨 먹어도 엄청난 부자가 되었겠다.'

위드는 공손히 고개를 숙였다.

"위대하신 분을 뵙습니다. 약속된 기한을 넘기지는 않았지만 너무 늦어서 죄송합니다."

―지나간 일이긴 하나, 내가 페어리의 여왕에게 내린 벌은 자유를 빼앗아 버린 너무 가혹한 것. 훗날 후회했지만 돌이킬 수는 없었다.

"이해합니다, 위대한 분이시여."

위드는 곁눈질로 레어를 살폈다.

악룡 케이베른의 거처에는 보물이 산처럼 쌓여서 번쩍였다. 라투아스는 그에 비하면 레어가 광장처럼 넓기만 하고 텅 비어 있었다.

'드물지만 보물에는 관심이 없는 검소한 드래곤이거나, 혹은 다른 창고에라도 넣어 둔 모양이야. 창고일 가능성이 크겠지.'

훗날 라투아스를 사냥할 수도 있으니 가능하면 드래곤이 많은 보물을 모아 놓기를 원했다.

'어쩌면 딴 집 살림까지 의심해 볼 만하지.'

위드의 머리는 아주 빠르게 돌아갔다.

드래곤과의 대화를 조금도 놓쳐서는 안 되고, 눈동자를 굴리면서 최대한 많은 것을 봐 둬야 했다.

—너무나도 기다렸다. 그대가 가져온 것을 보도록 하자.

"예. 바로 드리도록 하겠습니다."

위드는 조심스럽게 실버 드래곤 유스켈란타의 서울을 꺼냈다. 그러자 거울은 두둥실 떠서 라투아스에게로 향했다.

라투아스의 얼굴이 조금 더 가까이 내려왔다.

—그녀의 거울…이 맞구나.

드래곤의 눈동자가 떨렸다.

마치 눈물이라도 쏟아 낼 것 같은 표정!

'드래곤 색깔이 다른 걸 보니 가족은 아니고, 역시 좋아하는 사이였군.'

대학교의 같은 학과에도 연인들이 있는데, 드래곤이라고 커플이 되지 말란 법은 없었다.

따링!

라투아스의 레어 퀘스트 완료

블루 드래곤 라투아스는 실버 드래곤 유스켈란타의 유품을 가져온 인간을 반갑게 맞이했다. 그는 옛 추억을 되새길 수 있을 것이다.

옛 추억이 담긴 물건을 무사히 건네주었으니 배송 업무는 성공적으로 마쳤다.

'보상은… 없군. 하지만 욕심부릴 일이 아니야. 더 이상 드래곤과 엮이지 않는 것만으로도 다행이지.'

위드는 이렇게 퀘스트를 끝낸 것으로도 만족스러웠다.

'당장은 아니지만 나중에 다시 올 때는 라투아스의 목숨을 빼앗는 날이 될 것이다.'

직접 수만 명의 대병력을 이끌고 드래곤 사냥에 나서게 될 것이다.

샤먼이나 성직자의 고위 직업에는 특수 기술 봉인, 마법 봉인 등이 있었다. 일정한 제한 등이 따르고 상대의 능력에 따라 지속 시간이 달라지기도 해도, 어쨌든 드래곤 사냥이 앞으로도 영원히 불가능하진 않으리라.

중앙 대륙에 명문 길드들이 그대로 유지되었다면 더욱 체계적인 공략이나 도전에 나섰을 수 있었다.

물론 위드는 아우솔레토를 상대해 본 만큼 지금 유저들의 수준으로 승산을 분석해 보면 후하게 쳐줘도 1%가 되지 않을 것이다.

드래곤이 어지간히 멍청하게 싸우면서 함정에 연속해서 빠지지 않는다면 아무리 많은 노력을 기울인다고 해도 어렵다.

하늘로 날아가는 것을 막거나, 숨통을 끊을 만한 결정적인 공격을 가할 능력조차 부족했다.

하지만 모든 직업들의 최정점에 달한 인간들과 다른 종족들이 모여서 스킬들을 활용한다면 기적을 기대해 볼 만했다.

현재는 헤르메스 길드나 위드 정도만이 드래곤 사냥을 준비할 수 있다.

하지만 북부의 영주들도 세력을 키운다면 언젠가는 꿈이 이루어지리라.

달빛 조각사

드래곤이야말로 최종 보스 중의 하나.

혼돈의 드래곤 아우솔레토에게도 수천수만의 엠비뉴 교단 사제와 광신도들이 거침없이 휩쓸려 가고 말았다.

병력이 많다고 해서 꼭 이길 수 있는 것도 아니겠지만 또 꼼수란 쓰라고 있는 게 아니겠는가.

"위대하신 분을 뵙게 되어 무한한 영광이었습니다. 앞으로도 만수무강하시기를."

위드가 물러가려고 뒷걸음질을 치는데, 라투아스가 거울에서부터 고개를 들었다.

블루 드래곤의 커다란 사파이어처럼 번뜩이는 눈동자가 위드를 바라보았다.

—인간이여, 나에게 중요한 일을 해 준 그대를 이대로 보낼 수는 없다.

위드는 0.1초 만에 대답했다.

"그렇다면 제가 쓸 만한 명품 검이나 한 자루… 허억, 아닙니다. 저는 어떤 보답을 바랐던 것도 아니고, 테네이돈 님의 부탁에 의해 온 것일 뿐입니다. 이 일에 대한 어떤 공이 있다면, 보상은 페어리의 여왕 테네이돈 님께 주소서."

원하는 요구를 하려다가 발 빼기로 급전환했다.

아무리 좋은 물건을 가져다주었다고 해도 공적치나 친밀도가 모자라다는 판단에 의해서였다.

드래곤의 레어로 들어오기 전에 했던 다짐대로 뒷일은 테네이돈에게 전부 미루고 무사히 빠져나가기만 해도 성공이었다.

—그대에게서는 좋은 향기가 나는구나.

'허억.'

위드의 안색이 하얗게 질렸다.

'설마 이놈… 식인 드래곤이었던 것인가!'

그래서 역사서 등에도 별 자료가 없었는지 모른다는 생각이 들었다.

―나는 특별히 인간을 좋아하진 않는다. 인간들은 파괴적이고 다른 생명을 존중하지 않기 때문이지. 그러나 그대에게서는 맑은 정령의 향기가 풍기고, 대자연의 기운이 그대를 감싸고 있다. 인간으로서 또한 불가능의 영역이라고 일컬어지는 예술을 추구하고 있으니 존중받아야 할 가치가 충분하구나.

> 블루 드래곤 라투아스의 인정을 받았습니다.
> 명성이 4,390 증가했습니다.

> 호칭 '드래곤의 예술가'를 획득하였습니다.
> 예술에 대한 대단한 열정과 작품, 명성을 가지고 있으면서 최소 2마리 이상의 드래곤으로부터 인정받아야 얻을 수 있는 호칭입니다. 예술 스탯의 증가 속도가 4% 증가합니다. 조각사가 완수하는 조각 퀘스트의 경험치와 명성 획득을 11% 증가시켜 줍니다.

위드의 입가에 만족스러운 미소가 맺혔다.

예술 스탯이 많으면 여러모로 도움이 되었다. 하지만 그럼에도 불구하고 드래곤에게서 발을 빼고 싶은 마음은 여전했다.

"인정해 주셔서 감사합니다. 그러나 세상에는 저보다도 뛰어난 예술가들이 있습니다. 예를 들어서 페트라는 화가의 실력이 훌륭합니다."

동료도 팔아먹을 판에 잠재적인 경쟁자라고 할 수 있는 떠돌이 화가 페트 정도야 얼마든지 도매로 떠넘길 수 있었다.

—그대의 압도적인 명성을 의심하지 말라. 수많은 예술가들이 자신이 살아 있는 동안 빛을 발했지만, 인간의 역사에서도 그대는 손에 꼽을 만한 정도이며, 현시대에는 가장 뛰어난 예술가임에 틀림이 없다.

'커헉.'

칭찬이 부담이 되는 상황!

'정말 무슨 보물이라도 하나 주려고 하나. 그렇다면 받아 두는 것도…….'

—예술가여, 그대에게 부탁하고 싶은 일이 있다. 이 대륙에서 오직 그대만이 가능한 일! 모든 지원을 아끼지 않을 테니 내 친구 유스켈란타의 조각을 만들어 다오.

띠링!

실버 드래곤 유스켈란타

드래곤 라투아스의 부탁에 따라 유스켈란타의 조각을 만들라! 지고한 조각사에게만 주어지는 기회. 드래곤 레어에 있는 재료들을 마음껏 이용하여 조각품을 제작할 수 있다. 라투아스는 대륙 최고의 예술가로 명성을 날리는 당신의 실력을 믿는다. 그렇기에 더더욱 드래곤의 까다로운 눈높이를 맞춰야 한다. 만약 그러지 못한다면…….

조각품을 만들 기회는 최대 2회 주어지며, 완성까지의 기한은 1개월 이하이기를 바라고 있다.

난이도: 최고의 작품.

보상: 라투아스의 신임.

제한: 최고의 예술가 한정.

“으음.”

　뜬금없이 드래곤의 조각이라니, 상당히 까다롭고 어렵다는 생각이 들었다.

　‘퀘스트 내용조차도 거의 협박이나 다름이 없구만. 포기해 버릴까. 조금 아쉬울 것도 같은데… 이건 불가능한 모험도 아니고.’

　조각품을 만드는 일은 대단히 익숙했다.

　〈로열 로드〉를 하면서 끊임없이 사냥, 혹은 조각품을 깎아 왔다고 해도 과언이 아니다.

　어떤 퀘스트를 하면서도 쉬지 않고 조각품을 깎았기에 그 노력만큼은 누구도 뒤따라 잡기 힘들 정도다.

　온갖 경험과, 조각품에 대한 새로운 시도 역시 많았다.

　최상의 재료들을 쓸 수 있다는 점에서도 좋은 기회였다.

　‘곧 조각술도 마스터에 오를 텐데… 평범한 작품들만 해서는 가야 할 길이 멀어.’

　각오만 단단히 한다면 드래곤의 의뢰에 따라서 조각품을 만들지 말란 법도 없는 것!

　‘거절한다고 해도 어떻게든 결국은 하게 만들 거야. 쓸데없이 거절해서 친밀도를 낮출 필요는 없을 테지.’

　드래곤의 말처럼 거장 조각사라면 바로 자신이 아니겠는가.

　위드는 길고 긴 고민 끝에 담담하게 말했다.

　“최선을 다해 보겠습니다.”

> 퀘스트를 수락하였습니다.

위드는 그날부터 라투아스의 레어에 자유롭게 드나들 수 있었다. 드래곤의 레어를 마음껏 구경할 수 있는 최초의 인간으로 허락된 것이다.

물론 이 장면들은 차후에 방송을 통해서 많은 유서들이 볼 수 있게 될 것이다.

드래곤 사냥에 도움이 될지도 모르지만, 그건 아무나 시도할 수 있는 일은 아니니까.

레어에는 약 100미터에 달하는 높이의 엄청난 서재가 있고, 내부에는 마법 실험 창고, 보물 창고, 일꾼들의 숙소 등으로 연결되는 통로가 있었다.

구조는 50평형대 아파트와 비슷하다고 할 수 있지만 넓이만큼은 그레고달 산맥 안의 하나의 왕궁처럼 엄청난 규모였다.

당연하게도 리치를 비롯해 키메라, 바다 생명체 등으로 구성된 살벌한 가디언들이 통로와 입구들을 지키고 있었다.

위드에게 허용된 것은 마법 실험실과 보물 창고까지!

마법 재료와 보물 창고에 있는 조각품들의 재료를 꺼내어 사용할 수 있었다.

드래곤의 연금술로 제작된 각종 희귀한 재료들, 대륙에서 보기 어려운 새로운 마법 재료가 있었다. 보물 창고에는 등신을 해야 마땅할 정도로 황금과 보석이 쌓여 있었다.

"여기가 한국은행이구나. 이걸 다 팔아 치우면… 못 살 게 없겠다."

위드는 극심한 정신적인 스트레스를 받았다.

'눈으로 보면서도 아무것도 가져가지 못한다니!'

금괴와 현찰이 가득 쌓여 있는 한국은행 금고에서 그냥 자장면만 먹고 나오라는 것과 같은 상황!

마법 실험실의 책장에서는 드래곤이 모은 서적들을 대충 훑어볼 수 있었다.

《물 회오리 마법의 확대 연구》, 《육체의 기능 강화》, 《생명체의 202가지 실험》······.

마법 주문, 강화, 교양과 관련된 수백 종의 책이 있었다.

위드는 당연히 읽어 보려고 했다.

드래곤 라투아스의 마법 기록 #54

물의 특성을 최대한 활용하기 위한 방법으로······.

띠링!

> 지혜가 부족해서 읽을 수 없습니다.

독서 불가능!

평소에 다양한 스탯들을 쌓으면서도 지식이나 지혜는 방치해 둔 결과였다.

'마법사라면 이익이 크겠군. 나야 별로 관계가 없지만.'

위드는 집중해서 조각품이나 만들기로 했다.

대륙으로 나가서 해야 할 일도 정말 많다. 드래곤의 퀘스트나 깔끔하게 끝내고 떠나면 되는 것이다.

"조각은 어디에 만들까요?"

—그대가 원하는 곳에. 내 생각에는 레어의 입구가 넓으니 그곳이 좋을 것 같다.

"빛이 잘 들어오는 곳이니 좋겠군요. 제 생각에도 이곳이 가장 좋은 위치입니다."

위드는 주변 공간을 잘 살폈다.

조각품은 일종의 설치 미술이라고 할 수 있으니 주변과 세심하게 어울려야 한다. 특히 빛이나 주변 색과의 조화는 필수적이었다.

그레고달 산맥에서 느껴지는 웅장하고 수려한 산의 형태와 기운.

드래곤의 조각품을 만들기에 잘 어울렸다.

'유스켈란타. 뭐, 조각할 대상은 이미 확정되었고… 드래곤의 모습도 원래와 비교해 크게 다르게 할 수 없겠지.'

우스꽝스럽거나 혐오스러운 조각품이 되어선 안 된다.

'그렇다면 내가 할 수 있는 시도는 제한적이라는 건데… 상당히 어려울 수도 있겠다.'

유스켈란타의 그림은 리치가 가져다주었다.

순수하고 고결한 실버 드래곤. 찬탄이 나올 정도로 품위 있고 우아하게 생긴 드래곤이었다.

"과연 멋지고 아름답군요."

"라투아스 님의 친구분이었다. 너는 마땅히 최선을 다해야 할 것이다."

"제 예술혼을 아낌없이 불태워 보겠습니다."

뇌물의 힘 때문인지 조금은 호의적인 리치.

위드는 유스켈란타의 그림을 몇 번이나 확인했다.

'아름다운 드래곤이군. 다행히 모델이 좋으니 뭐라도 잘 나올 수 있겠지.'

사람도 마찬가지지만 드래곤이라고 해서 다를 게 없다. 다 같은 강아지라도 체형에 따라서 드러나는 느낌이 달라진다.

유스켈란타는 날씬하면서도 암컷 드래곤 특유의 부드러운 분위기를 가지고 있었다.

혼돈의 드래곤 아우솔레토가 적당히 살집이 있고 눈매도 매섭기 짝이 없는 폭력 전과자라면, 이쪽은 인간들의 친구이며 인도자 같은 느낌.

드래곤은 압도적인 강함과 지혜로움 때문에 베르사 대륙을 대표하는 생명체였다. 위드야 드래곤과 악연으로 많이 엮였지만 지혜로운 드래곤은 퀘스트에 도움이 된다고도 한다.

'드래곤의 조각품이라면 시도해 볼 가치가 있지. 더더군다나 상당한 지원을 받을 수 있다.'

썩은 나무토막, 굴러다니는 돌 조각으로 죽기 살기로 조각술을 올렸다. 최상의 재료를 바탕으로 조각품을 만들 수 있는 기회란 흔치 않았다.

위드는 라투아스에게 요청했다.

"조각을 하기 위해서 은이 많이 필요합니다."

─원하는 만큼을 말하라. 얼마나 필요한가?

위드가 머리를 굴렸다.

'최대한 많이 요구해야지. 그래야 조각품이 썩 마음에 들지 않더라도 재료 탓을 할 수 있지 않겠어?'

잠깐 계산 후에 넉넉하게 말했다.

"순도 99.99% 이상의 순수한 은으로 3만 킬로그램이면……."

실버 드래곤 유스켈란타의 크기에 맞춰서 일단 말해 봤다.

'너무 무리한 건 아닐까. 친밀도라도 떨어지면…….'

―그 정도면 되겠는가?

"네. 조금 더 있으면 넉넉하긴 할 겁니다."

―4만 킬로를 주겠다. 더 필요하면 언제든 이야기하라.

"허억!"

레어에서 일하는 드워프들이 보물 창고에서 은괴를 옮겨 오기 시작했다.

레어 입구에 수레째로 쌓이는 은괴!

〈로열 로드〉에서 은의 가격은 그때그때 조금씩 변한다. 대략이지만, 금보다 70분의 1 정도로 싼 가격이었다.

그렇지만 이렇게 많은 은괴의 산이 쌓이다니!

'이 드래곤이 검소하다고 생각했던 건 완전 착각이었어. 월세를 사는 서민이 강남 빌딩 부자를 걱정해 주는 거나 마찬가지였군.'

순수한 은이었지만 원하는 형태를 만들기 위해 녹여서 정련할 필요는 있었다.

위드에게는 드워프들에 대한 지휘권도 주어졌다.

"이 은을 녹여 주십시오."

"알겠네."

드워프들은 구시렁거리지도 않고 바로 일을 했다.

인근 드워프 마을에서 매년 100여 명씩의 드워프 대장장이들이 일하기 위해서 레어로 불려 온다.

드워프 마을에서 공인된 대장장이들인 만큼 실력은 의심할 여지가 없었다.

아울러 드래곤이 지켜보는 이상 술을 마시거나 농땡이를 친다는 건 엄두도 낼 수 없었다.

뛰어난 대장장이 기술을 가진 드워프들에 의해 순수한 은으로 정련이 진행되고 있었다.

위드는 라투아스에게 또 요구했다.

"장식을 위해 백진주가 있었으면 합니다만."

―어느 정도의 양을 원하는가?

"많으면 많을수록 좋습니다. 최소 100킬로그램 정도는 있어야죠. 그리고 진주는 등급이 아주 중요한데… 2등급 이상이어야 합니다."

―창고에서 가져다주어라.

1등급 백진주도 즉석에서 조달되었다.

이물질도 없이 깨끗한 최상의 진주.

초급 조각술에 머물러 있던 초보 때 이런 걸 보았다면 침부터 질질 흘렸으리라.

"그리고 이건 무리라는 건 알지만……."

―말하라.

"헬리움도 있을까요?"

지골라스까지 가서 채굴을 시도했던 살아 있는 금속.

조각사의 꿈이며, 평생의 염원이었다.

"뭐, 없더라도 부족한 재료들을 모아서 최선은 다해 보겠습니다만, 아무래도 최고의 재료를 사용해야 하는지라…… 없으시면 그냥 없다고 말씀하셔도 됩니다."

―가져오너라.

헬리움까지 띡하니 등장!

여신의 기사 갑옷을 만들 때 쓴 것보다 그 양도 무려 3배나 되었다.

"백금도 1,000킬로 정도만……."

―가져와라.

"요정의 눈물도 좀 발라야 하는데요. 대략 1만 리터 이상으로요."

―가져올 것이다.

대륙의 희귀한 재료들이 드래곤의 레어에는 그냥 아무렇지도 않게 쌓여 있었다.

이것이야말로 진정한 빈부 격차가 느껴지는 상황.

원하는 것은 무엇이든 라투아스가 들어주는 가운데, 지상 최대의 호화로운 작품을 준비하기만 하면 되었다.

"이러고도 실패한다면 이건 또 나름대로 문제가 있어. 삼겹살에 된장찌개까지 먹고 배가 고프다고 할 수는 없는 노릇이지. 조각사의 최대 역작을 한번 탄생시켜 보지."

무대는 완벽하다.

드래곤의 퀘스트라는 부담감은 있었지만 오히려 마스터를 앞둔 조각사라면 이 정도의 무대 규모는 되어야 한다.

신문도 열심히 배달하다 보면 1,000부, 2,000부 정도야 우습게 느껴질 때가 있는데, 바로 지금이 그 상태!

"내 실력을 마음껏 발휘해 주지!"

틀림없이 그렇게 해야 했다.

그러지 않으면 이 정도의 지원을 해 준 라투아스가 위드를 살려 둘 이유가 전혀 없으므로!

"또 부탁드릴 게 있습니다만, 조각품을 만들어 가는 과정을 지켜봐 주실 수 있을까요?"

─나 역시 바라는 바이다.

위대한 마스터

위드는 조각품의 성격부터 확실하게 결정하기로 했다.

'어렵더라도 단순하게 가야 해. 라투아스와 유스켈란타…
뭐, 그렇고 그런 사이겠지.'

세상의 법칙이란 당연한 측면이 있다.

암탉과 수탉을 그냥 마당에 풀어놓더라도 무언가가 이루어
진 이후 달걀을 낳게 된다.

하물며 지금까지도 그리워하고 있다면 라투아스와 유스켈란
타는 연인 사이가 확실하다.

그립고도 보고 싶은 드래곤 유스켈란타.

이상한 주제로 특정 모습을 표현하기보다는 유스켈란타의
모습을 있있던 그대로, 드래곤의 매력이나 성격 등을 담아서
표현하면 될 것 같았다.

'억지스럽게 그리운 눈빛을 만들지도 말자. 이렇게 귀한 재
료를 써서 과장되게 연기하는 조각품은 어색할 수 있어.'

있는 그대로의 조각품!

쉬운 것 같지만 대단히 어려웠다.

똑같이 만들면서도 최상의 작품을 제작해 내야 한다.

게다가 한 사람을 표현할 때에는, 그 사람의 사진을 찍더라도 모든 것을 알 수는 없는 노릇이다.

하물며 라투아스처럼 특별한 관계에 있었던 드래곤에게, 자신의 옛 연인의 드래곤을 조각해 주면서 어디서든 다른 느낌이 나면 곤란하다.

그거야말로 의뢰자가 원하지 않은 엉뚱한 조각품이 되어 버릴 것이다.

조각품은 최대한 유스켈란타를 닮은 게 아니라 그 자체여야 했다.

풍기는 느낌이나 눈빛, 태도 등을 포함하여 모든 것이 유스켈란타 그 자체처럼 느껴질 정도의 조각품을 만든다!

이것은 창의적이거나 새로운 시도는 아니지만 지극히 어려웠다. 조각품을 진심으로 이해하지 못한다면 불가능한 작품!

'단 한 번도 직접 만나거나 본 적은 없다. 그 점을 극복할 수 있을까?'

조각술 스킬이 약간 보조를 해 줄 수 있었다.

현재 고급 9레벨 96.6%의 엄청난 숙련도. 마스터를 코앞에 놔두고 있는 단계였다.

그럼에도 불구하고 완벽할 수는 없지 않겠는가.

'대충 성격이나 느낌을 맞춰서 조각한다는 건 눈먼 조각품에 가까워. 그렇다면… 과연 어느 정도나 내가 최선을 다해야 하

느냐는 점인데.'

위드는 딱 5분만 고민했다.

'결론을 내렸다. 어떤 대가가 따르더라도 할 수 있는 한 뭐든 해 본다.'

이유가 드래곤의 퀘스트이기 때문만은 아니다.

귀한 재료들을 바탕으로 최고의 소삭품을 만들 기회가 주어졌다. 언젠가 인생에 있어서 필생의 역작을 만들려면 그만큼의 노력은 필수적으로 해야 했다.

모든 것은 마음가짐에 달려 있다는 말처럼, 지금까지와 똑같은 노력과 마음으로 성공하기란 어려웠다.

'정말 해 보자.'

초대형 조각품이지만, 한 달 정도라면 기간은 넉넉하다고 생각했다.

종일 밤낮을 가리지 않고 노가다를 할 수 있는 의지가 있으니까!

'퀘스트에서 두 번의 기회가… 꼭 이렇게 하라는 건 아니겠지만 어쨌든 확실하게 써먹을 수 있겠군.'

위드는 흔치 않은 기회를 유리하게 활용하기 위해 〈로열 로드〉에서 접속을 해제했다.

이현이 먼저 알아본 것은 〈로열 로드〉의 홈페이지와 관련 인터넷 사이트들!

"인터넷에 공개된 동영상들을 확인해 봐야 해. 인간의 역사에서는 이미 고대의 드래곤으로 분류되어 기록에도 별로 남지 않은 유스켈란타의 동영상이야 없겠지만 실버 드래곤의 일반적인 특징들은 잘 봐 두어야지. 그래야 비슷한 외모에도 차이점을 확실히 표현할 수 있으니까."

　드래곤에 대한 자료는 구체적이지 않더라도 동영상만큼은 사방에 널려 있었다.

　〈로열 로드〉의 유저들이 우연히 하늘을 날아가는 드래곤을 보면 동영상으로 저장해서 인터넷에 올리는 경우가 꽤 많았던 것이다.

　엘프들은 그린 드래곤을 비교적 쉽게 만날 수 있었으며 심지어 위험하지도 않다.

　많은 드래곤에 대한 동영상을 보면서 참고했다.

　날개를 펼치고 날아가는 드래곤, 산의 정상에 앉아서 포효하는 드래곤 등!

　웅장하고 멋진 영상들이 많이 있었다.

　관절과 골격계에서부터 신체 비율, 이목구비 등을 집중적으로 관찰했다.

　비슷하게 생긴 고슴도치나 토끼라고 해도 자세히 보면 많이 다르다. 자주 보지 않고서는 잘 모르는 부분들을 확실히 이해해 놓을 필요가 있었다.

　"빙룡은 대충 만들었는데… 그때도 이런 조사를 했다면 더 멋있게 만들 수 있었겠어. 뭐, 그래도 어딘가 약간 불량 식품 같은 게 빙룡의 매력이긴 하지."

여러 정보 게시판들을 섭렵하면서 드래곤에 대하여 파악!

이현이 현실에서 시간을 보내는 동안에도 〈로열 로드〉의 날짜는 흐르고 있었다.

그렇기 때문에 한 달이란 시간은 아껴 쓰지 않으면 매우 촉박하게 된다.

이현은 전화기를 들고 어딘가로 걸었나.

―네, KMC미디어입니다.

"저 이현이라고 합니다. 강 부장님과 만나 뵙고 이야기를 좀 하고 싶은데요."

KMC미디어를 시작으로 해서 여러 방송국들과 따로따로 약속을 잡았다.

드래곤의 조각 퀘스트!

모험이나 전투는 아니지만, 어쨌든 조각사로서는 대단한 무대이니만큼 방송을 하기 적합했다.

방송국마다 쉽게 접하기 힘든 특별한 소스를 원하고 있고, 조각사는 특히 여러모로 관심의 대상이 된다.

조각술 최후의 비기까지 터득한 위드의 자잘한 모험까지도 전부 방송으로 보고 싶다는 시청자들의 의견도 상당하다.

KMC미디어는 언제든 방송을 할 만한 건수가 나타나면 먼저 연락을 해 달라고 강력히 요청해 둔 바가 있었다.

CTS미디어를 비롯하여 LK게임 등에도 집으로 찾아와 달라고 줄줄이 연락했다.

외국의 신생 방송국 버추어폭스와 CRR에도 전화했다. 한국계 직원들이 곧바로 찾아오겠다고 약속했다.

하벤 제국과 아르펜 왕국의 전쟁은 명장면들이 뉴스에도 나올 정도로 큰 사회적인 반향을 일으켰다.

그 전부터 이미 이현의 캐릭터가 무슨 사고만 치거나 하면 전 세계의 인터넷 포털 사이트들에 뉴스와 검색 순위를 싹 쓸어버릴 정도였다.

〈로열 로드〉에서 위드의 인기는 국내뿐만 아니라, 중국과 일본을 넘어서 미국과 유럽에 훨씬 크게 퍼져 있었다.

해외의 팬들이 〈로열 로드〉의 초보자용 복장을 입고 학교에 가고 자동차에 누렁이 스티커를 붙이는 일 따위는 너무나도 흔했다.

미국 10대들이 부모님이 출근한 사이에 집을 모라타의 판잣집으로 개조한다며 난장판을 만든 일도 그다지 큰 사건이 아닐 정도였다.

러시아의 초등학생들은 20미터짜리 초대형 눈사람을 빙룡이라고 만들기까지 하는 위엄도 선보였다.

와이번, 빙룡, 누렁이 등의 캐릭터 상품들도 활발하게 수출에 나서고 있다고 한다.

"전 세계 초딩들의 코 묻은 돈을 지배한다면 노후 따위는 문제없지."

이현은 전화로 해외 방송국 담당자들에게 한국식 예의를 알려 주었다.

"다른 사람의 집에 갈 때는 빈손으로 가서는 안 됩니다. 민폐라고 이야기할 수 있을 정도로 심하게 예의에 어긋나는 행동이에요. 그 사람의 성의는 손이 얼마나 묵직한가를 보면 알 수 있죠. 그렇다고 해서 상품권 같은 게 나쁘다는 건 아니에요. 선물은 쓸모가 많아야 하니까요. 백화점과 마트를 동시에 이용할 수 있다면 특히 좋겠죠."

뇌물에 관대한 동방예의지국!

기대를 가득 품고 이현의 집에 찾아온 방송국 관계자들은, 드래곤의 조각 퀘스트라는 이야기를 듣고 기대보다는 흥미가 좀 떨어진다고 실망하는 눈치였다. 사실 그들은 시원하게 헤르메스 길드를 습격하는 대규모 계획 같은 것을 원하고 있었던 것이다.

그래도 조각품 퀘스트도 신선하다는 반응을 보였다.

버추어폭스의 김 부장이 물었다.

"근데 퀘스트가 실패했을 경우에는 어떻게 되시는 겁니까?"

"드래곤에 의해 목숨을 장담하기 어렵겠죠."

"그렇다면 정말 좋은 조건입니다. 시청률에 유리하겠군요."

이현 캐릭터의 목숨이 걸렸다고 하니 방송국 관계자들은 더 좋아했다.

KMC미디어와 CTS미디어, 버추어폭스 등이 높은 가격에 덥석 전체 방송 계약을 맺었다.

다른 방송국들은 정규 프로그램들을 진행하는 한편, 방송 시간을 2시간 이하로 하는 조건으로 계약을 했다.

강 부장이 걱정스럽다는 듯이 물었다.

"근데 어떻게 하실 겁니까?"

"조각품요?"

"예. 실패하면 그냥 죽어 버리는 건데. 조각술 숙련도도 엄청나게 떨어질 테고, 아르펜 왕국 주민들의 사기도 안 좋아지겠죠. 단지 재료만 좋다고 잘 만들 수 있는 겁니까?"

조각품의 결과에 대해서는 누구도 추측할 수 없다.

기껏 전투에서 이기고 헤르메스 길드를 박살 내고 있었는데 퀘스트에서 혼자 사망하지 말란 보장이 전혀 없다.

실로 허망하기 짝이 없는 일이었다.

방송 계약까지 맺었으니 그 무대도 더욱 커졌는데 실패한다면 이만저만 타격이 아니었다.

"뭐, 최선을 다해 보기로 했으니까요. 그리고 조각 재료가 아까워서라도 실패할 수 없습니다."

이현의 성격에 대해서는 너무나도 잘 알고 있는 강 부장이 말했다.

"부디 조각 재료를 빼돌리다가 드래곤에게 들켜서 죽지만은 마십시오."

"……."

"진심으로 그렇게 하시면 안 됩니다."

"철저하고 꼼꼼하게 계획을 짜 놓고 있습니다."

"위험할 텐데요."

"당연히 목숨 걸고 해야지요."

농담으로 듣고 있던 방송국 관계자들은 입을 쩍 벌렸다.

위드는 드워프들의 도움을 받아서 간단하고 커다란 형틀을 만든 후에 녹인 은을 부었다.

부글부글 끓던 은이 식어서 덩어리가 되고 난 이후부터는 조각칼로 깎아서 실버 드래곤의 형태를 만들었다.

불과 6시간 만에 다리를 완성했고, 이틀 밤을 꼬박 새우면서 두꺼운 몸통 부분을 채워 넣었다.

드워프들이 함께 참여하지 않는다면 이루어질 수 없는 엄청난 속도.

드워프들이 여기저기 줄에 매달려서 드래곤의 형태에 따라 은을 다듬으면, 정교한 세공은 위드의 몫이었다.

한 시간에 10미터, 20미터씩 작업이 휙휙 이루어졌다.

위드는 드워프들에게 명령했다.

"정확도는 신경 쓰지 마세요. 무조건 빨리빨리입니다."

"허어, 정말 이렇게 해도 되는가? 그대가 인간 세상에 다시 없는 위대한 조각사라는 건 알고 있네. 그러나 이 드래곤의 조각품을 설렁설렁 만든다는 것은 목숨이 위험할 짓이네."

"상관없습니다. 여러분이 하실 일은 제가 조각을 할 수 있도록 최소한의 형태를 갖추는 것이니까요."

"드래곤의 상체로 갈수록 높이 때문에 우리 드워프들이 작업하기가 힘드네."

"그렇다면 드래곤이 엎드려 있는 걸로 하세요. 꼿꼿하게 서 있을 필요는 없으니까요."

"진심인가? 감히 드래곤의 형태를 그런 식으로 하다니……."

"물론입니다. 다만 잠든 것처럼 고개는 비스듬히 처리해 주세요."

"알겠네. 협조하도록 하지."

드워프들은 반신반의를 넘어서서 점차 위드를 불신하게 되었다.

위드의 명성이 너무 높아 함부로 얕보거나 할 수는 없었지만, 실제 작업하는 모습을 보니 그냥 대충 빨리 만드는 것에 불과했다.

"지금 저 조각품… 아니, 덩어리는 우리 드워프들도 얼마든지 만들 수 있을 것 같습니다."

"나도 저 인간이 무슨 생각을 하는지 모르겠군. 어떻게든 우리가 기초를 세우면 뒷마무리는 확실히 하겠지. 그러지 않는다면 기필코 대가를 치르게 될 테니까 말이야."

"이미 포기한 것 아니겠습니까. 저건 예술가의 작품이라고 할 수도 없어요."

"인간이 다 저렇지, 뭘."

순수한 은으로 실버 드래곤의 형태를 만들고 있었다.

드래곤의 엄청난 위압감이 드러나는 조각품도 아니었고, 엎드려 고개를 숙인 볼품없는 모습이었다.

어떤 주제를 담고 있는지는 모르지만, 예술성으로 보나 감성적으로 보나 특별함은 없다.

수많은 비늘들도 완벽하게 손질되지 않고 대충 뭉개 놓은 것처럼 어설프게 처리되어 있었다.

유스켈란타의 얼굴 형태는 거의 비슷했지만 자세히 뜯어보면 정교하지 못한 눈, 코, 입에서부터 전반적으로 허술한 점이 한두 가지가 아니었다.

대단한 변화나 시도 없이 이대로 조각품을 완성해 버린다면 어마어마하게 값비싼, 돈만 처바른 게 아까운 흉물이 될 수도 있었다.

최종적으로는 고작 닷새 만에 조각품이 완성되었다.

헬리움과 진주 등은 아예 숨겨 놓고 쓰지도 않은 채!

만든 조각품의 이름을 정해 주십시오.

"크흠, 유스켈란타로 하자."

〈유스켈란타〉가 맞습니까?

"맞아."

〈유스켈란타〉상을 완성하였습니다.
과거에 존재했던 실버 드래곤 유스켈란타를 표현한 작품. 엄청난 양의 은이 사용되었다. 100년에 1명 나올까 말까 한 대륙 최고의 예술가 위드의 작품이라고 하기에는 믿을 수 없이 허술한 조각품이다.
예술적 가치: 590.
옵션: 〈유스켈란타〉상을 본 이들은 생명력과 마나 회복 속도가 하루 동안 7% 증가한다. 이 일대 몬스터들의 전투 능력이 14%까지 감소한다.

최소한의 예술적 가치는 있었으니 평작치고는 그럭저럭 괜찮은 작품이 나왔다.

그때 라투아스가 레어의 입구로 걸어왔다.

거대한 드래곤이 움직일 때마다 산이 지진이라도 난 것처럼 흔들렸다.

ㅡ고작 이것이 너의 완성품이더냐! 이것을 만들기 위해 나에

게 그렇게 많은 요구를 했다고? 인간 중에서 가장 뛰어난 실력을 가졌다더니, 조금도 쓸모없구나!

라투아스가 포효했다.

구경하던 드워프들은 놀라서 주저앉았다.

드래곤 피어!

위드도 땅과 하늘이 동시에 흔들리는 것 같은 느낌이 들며 몸까지 떨려 왔다.

> 정신력과 투지로 강력한 공포에 저항합니다.
> 투지로 인해 생성된 위엄 스킬 드래곤 피어에 맞서는 자가 발동되었습니다.
> 드래곤 피어에 의한 육체의 경직 현상이 63% 감소합니다. 집중력이 발휘되어서 13초 후부터 정상적으로 전투 스킬을 사용할 수 있습니다. 커다란 경험을 얻었습니다. 통찰력이 2만큼 증가합니다.

위드가 지금까지 진행했던 모험 때문에 드래곤의 피어에 대해서도 어느 정도 맞설 수가 있었다.

지금은 드래곤에게 공손히 고개를 숙여야 하는 입장이지만, 왕년에는 혼돈의 드래곤 아우솔레토의 뒤통수를 강타했던 몸!

띠링!

> 실버 드래곤 유스켈란타 퀘스트에서 조각품이 의뢰자의 마음에 들지 않았습니다.
> 첫 번째의 기회가 사라집니다. 드래곤 라투아스와의 적대도가 59%가 되었습니다.

위드는 이러한 상황을 미리 짐작하고 있었던 만큼 놀라지 않았다.

"아닙니다. 이건 드래곤의 기초적인 형태 등을 연구하기 위해서 만들어 본 시제품이지요. 제대로 된 작품은 이것을 참고하여 다음번에 나올 것입니다."

ㅡ너의 마지막 기회일 것이다.

"알고 있습니다. 절대로 후회하지 않으실 겁니다."

위드는 자신의 조각품에 대해 여전히 자신만만했다.

'절대 실패할 리가 없어.'

숱한 조각품들을 구상하고 만들어 왔다. 그 경험들을 바탕으로 무언가를 만드는 일에는 이력이 났다.

하물며 최선을 다하기로 결심했는데 고작 이 정도의 작품이란 건 있을 수 없는 일.

그럼에도 불구하고 독창적이고 새로운 시도들이 항상 높은 평가를 받거나 성공하란 법은 없었다.

그렇기에 기본적으로 의뢰인에게 아부는 필요하다.

"오직 저이기 때문에 라투아스 님에게 바칠 최고의 조각품을 만들 수 있을 것입니다."

위드는 속으로 믿는 바가 있었다.

'인생이란 적절한 꼼수를 써야 편안해지지. 정직하고 올바르게만 살려고 한다면 얼마나 괴롭단 말인가.'

예술로 순진하게 세기의 대작을 만든다고 덤벼들 생각은 애초부터 없었다.

조각술의 비기.

직접 탄생시킨 스킬 조각 부활술을 활용할 수 있다.

마음만 같아서는 유스켈란타를 조각한 이후에 부활시켜서 제대로 대박을 터트리고 싶었지만, 갓 초급 4레벨이 된 이 스킬에는 중대한 몇 가지 한계가 있었다.

레벨과 예술 스탯, 신앙심 등에서 막대한 희생을 치러야 할 뿐만 아니라 인간과 유사 인종만을 부활시킬 수가 있다.

'조각술은 좋은 것 같으면서도 꼭 애매하게 쓸모가 부족한 경우가 많단 말이야.'

실버 드래곤 유스켈란타까지 부활시켜 버린다면 정말로 금상첨화였으리라.

유스켈란타가 되살아나고 움직이는 모습들을 잘 기억해 두었다가 조각을 하면 완벽하겠지만, 쓸 수는 없는 방법이었다.

그렇지만 진정한 꼼수의 유용함이란 끝이 없는 법!

"조각 소환술!"

위드는 스킬을 사용해서 모라타의 예술 회관에 있는 자신의 조각품을 소환해 왔다.

평소에 나무토막으로 만들어 놓은, 조각술 마스터 다론을 표현한 조각품!

다론은 조각 변신술을 가르쳐 준 스승이기도 하고, 한 여자를 한없이 사랑하며 그녀의 조각품을 깎았던 인물이다.

평작에 불과했지만 부려 먹기에는 중요하지 않았다.

"조각 부활술!"

조각 부활술 스킬을 사용하였습니다.
조각술 마스터 다론, 예술의 부름을 받아 이 땅에서 다시 움직이게 될 것입니다.
예술 스탯 45가 영구적으로 사라집니다. 신앙 스탯 100이 영구적으로 줄어듭니다. 레벨이 3 하락합니다. 생명력과 마나가 18,000씩 소모됩니다.
조각 부활술에 의하여 되살아나는 인물은 생전의 지식과 능력을 가지고 있

"크흐흑!"

조각 부활술이 성공하더라도 레벨이 떨어지는 아픔은 차마 형용하기 어려웠다.

나무토막으로 만들어져 있던 다론.

그의 피부에 혈색이 돌더니 곧 움직이기 시작했다.

"내, 내가 되살아나다니…….."

다론은 자신의 손과 발을 보면서 신기해했다.

위드에게 이런 반응은 익숙해서 새삼스럽지도 않았다.

"스승님."

"자네는 누구지? 으으음… 아! 위드가 아닌가."

위드의 평범하기 짝이 없는 얼굴은 친한 사이에도 알아보기 어려웠다.

"이럴 시간이 없습니다. 바로 작업을 하십시다."

"작업이라니 무슨?"

위드는 그에게 라투아스가 내놓은 조각 재료들과 실패한 조각품을 보여 주었다.

"우리가 함께 이 재료들을 가지고 실버 드래곤을 조각하는 것입니다."

위드가 계획했던 꿍꿍이는 역대 최고의 조각품을 만들기 위한 협력 작업!

　간단한 사정 설명과 설득 후에, 다론은 당연히 동참하기로 결심했다.

　라투아스와 유스켈란타.

　그들의 이루어지지 못한 사랑을 위해 조각품을 만든다는 이유는 다론에게 충분히 공감을 살 수 있었다.

　조각사로서도 일찍이 만져 보기 힘든 최상의 재료들을 가지고 작품을 탄생시킬 수 있기에 의욕이 대단했다.

　위드는 유스켈란타의 그림과 대충 만들었던 자신의 조각품도 보여 주었다.

　"제가 기초 작업은 해 두었습니다. 나머지는 함께 만드시죠."

　다론은 대충 훑어보고 나서 고개를 끄덕였다.

　"실력이 많이 늘었군. 기본 형상대로 정확히 만들어져 있으니 다듬으면서 번거로울 일은 없겠어."

　"시작하시죠. 제가 꼬리부터 시작하겠습니다."

　"그럼 난 날개부터 작업하지."

　위드와 다론은 유스켈란타의 조각품에 달라붙어서 정교한 조각을 시작했다.

　드래곤의 조각품은 부피가 상당하고 비늘 하나하나까지 섬세한 작업을 필요로 한다.

　혼자라면 전체적인 구상이 머릿속에 있기 때문에 어디서부터 작업을 하든 크게 상관이 없다. 그러나 두 사람의 협력 작업이라면 세밀한 부분의 표현에 따라 전체적인 느낌이 어색할 수도 있었다.

위드는 다론의 실력을 믿었다.

'여자만 평생을 조각한 인간이야. 감성적인 측면에서는 완벽하지.'

과거에 다론으로부터 조각술을 배우면서 그의 솜씨를 여러 번 확인했다.

무엇이든 손만 대면 완벽했으며, 심지어는 사과나 배도 잘 깎았다.

다양한 형태의 조각품을 표현하는 면에서는 게이하르 폰 아르펜 황제가 훨씬 뛰어날 것으로 판단되었다. 수많은 생명체들을 창조해 낸 그의 실력이라면 드래곤이라도 믿고 맡길 수 있었다.

그렇지만 아르펜 황제의 독창적인 느낌은 자칫 라투아스에게 생소함을 줄 수 있었다.

풍부한 감성에, 섬세하고 정확한 조각술을 가진 다론이야말로 위드와 함께 작업하기에 최적의 파트너.

'느낌 확실히 아니까!'

게다가 다론의 협력에는 또 하나의 장점이 있었다.

이것이야말로 진정한 꼼수를 위해 다론이 필요한 이유였다.

"조각 변신술!"

조각 변신술은 다론이 창조해 낸 기술.

그를 틈틈이 실버 드래곤의 형태로 변신시켰다.

위드는 실버 드래곤의 모습을 보면서 어색한 느낌이나 부족한 부분들을 찾아냈다.

"다리의 비율을 조금 더 길게 해야겠군요. 빙룡을 생각해서 좀 짧게 했는데…….”

실버 드래곤의 모습을 힘겹게 유지하며 다론이 말했다.

“역시 내 생각도 그렇다.”

완벽한 비율이나 생김새를 파악하기 위해서 쓰이는 조각 변신술!

항상 전투를 위해 썼던 조각 변신술이 처음으로 예술을 위한 목적으로 활용되고 있었다.

위드는 필요에 따라 라투아스에게 더 많은 은을 요청했다.

“죄송합니다만 은을 1만 킬로그램 정도만 더 주실 수 있겠습니까? 조각을 하다 보면 처음 견적보다 좀 더 나오는 일은 비일비재합니다. 물론 지금 상태로도 충분히 완성할 수는 있겠습니다만…….”

―창고에서 2만 킬로그램을 가져오도록 하겠다. 필요하다면 더 이야기하라. 내 영토에 있는 드워프 마을에서 구해 오겠다.

첫 번째 조각품을 보고 분노했던 라투아스가 대단히 호의적으로 변해 있었다.

위드와 다론이 환상적인 속도와 솜씨로 유스켈란타의 조각품을 다시 완성해 가는 모습을 묵묵히 지켜본 덕분이었다.

얼마나 꼼꼼하게 작업하는지, 트집 잡을 구석이 없다.

투박하고 어색하던 부분들이 바뀌어 갔다. 아름다움과 기품 그리고 예술성이 드래곤의 비늘 하나에도 묻어 나올 정도였다.

백금도 녹여서 비늘 사이와 날개, 발톱 등에 두껍게 씌워 주었다.

작은 부분과 부분이 모여서 무에서 유를 창조해 낸다고 해도 될 정도로, 경이롭고 빛나는 실버 드래곤의 거대한 자태가 만들어져 가고 있었다.

'꼼수란 한 가지만 써서는 인생 편하게 살기 힘들지.'

인테리어 공사를 할 때에도 집주인이 있으면 반응에 따라서 설계를 변경할 수 있다.

실버 드래곤 유스켈란타의 조각품을 만드는 과정을 의뢰인이 지켜보도록 하니 확실한 반응이 뒤따랐다.

—유스…켈란타. 너의 얼굴을 다시 보게 되었구나.

라투아스가 조각품을 보면서 멍하니 있으면 제대로 가고 있다는 뜻.

'얼굴은 더 손볼 곳이 없겠군. 이제 다른 부분에 집중할 수 있겠어.'

때때로 조각 변신술까지 펼쳐서 실제로 움직이는 만큼 의뢰인의 혼을 쏙 빼 놓았다.

'이걸 보고 땅 짚고 헤엄치기라고 하지.'

숭고한 예술 작업조차도 온갖 꼼수를 부려서 성공 확률을 높이는 일은 당연히 필요했다.

대한민국에서 교육에 열을 올리는 이유가 무엇이겠는가.

'공부로 성공하라고? 틀렸어. 그래 봐야 평생 남 밑에서 월급쟁이를 벗어나지 못해. 훌륭한 교육이란 일찍부터 지능지수를 높여서 잔머리를 굴리면서 살라는 뜻이야. 인생에는 최소한 세 번의 한탕 기회가 찾아온다는 거지.'

다론은 실버 드래곤의 조각품 전체를 정교하게 다듬었다.

보통 조각사들은 전체적인 형상 정도를 표현한다. 조각품이 클수록 다 손을 보기가 힘드니 그게 일반적인 행동이었다.

그렇지만 한 여자의 조각상을 평생에 거쳐서 만들었던 다론은 위드 이상으로 노가다의 화신이었다.

조각품에는 조금의 흠집이라도 있어서는 안 된다는 과도한 집착!

발톱의 길이와 다리의 힘줄, 배의 주름도 완벽하게 표현해 냈다. 심지어 그림으로는 알기 힘든 속눈꺼풀의 숫자와 혓바닥의 두께까지 고민하는 모습이었다.

다만, 다론이 못하는 부분도 있었다.

"헬리움은 내가 다룰 수 없네."

"제가 하겠습니다. 대장장이 기술을 가지고 있으니까요."

"훌륭해졌군. 대장장이 스킬은 조각사에게 필요하지. 자네가 대륙의 조각술을 이끌고 있겠어."

"그냥 먼저 떨어진 돈을 줍는 정도죠."

위드는 고급 대장장이 스킬을 가지고 있는 만큼 드워프들의 화로를 이용하여 헬리움을 녹일 수 있었다.

'조금의 실수도 있어서는 안 된다. 특히… 의심을 받으면 곤란해.'

이미 두 번이나 해 봤던 작업이지만, 위드의 이마는 식은땀으로 가득했다.

샤샤샤샥.

무언가 은밀한 작업도 마쳤다.

"흠흠, 헬리움의 양이 처음보다 모자라는걸."

"착각이시겠죠."

"뭔가 이물질이 섞인 것 같기도 하고……."

"순도를 최대한 높인 은을 섞었습니다. 넉넉하게 쓸 수 있도록요."

"은을 섞었다고 해도 원래의 헬리움 양에 비해서……."

"다 조각술을 위한 게 아니겠습니까?"

녹인 헬리움은 실버 드래곤의 얼굴과 목, 등에 얇게 씌워 주었다.

은의 광채로는 실버 드래곤의 미묘한 색채의 아름다움을 표현하는 데 부족함이 있다.

조각품에 색을 칠하는 방식도 있지만, 그보다는 조각사답게 재질 자체를 바꾸는 방법을 사용했다.

실버 드래곤의 빛나는 고귀한 자태가 서서히 모습을 드러내고 있었다.

정교하지 못한 은 덩어리에서, 예술가 둘에 의해 진정한 드래곤의 모습을 갖춰 갔다.

예술이 만들어 내는 놀라운 기적!

위드는 다론에게 가끔 의견을 물어봤다.

"웅장한 드래곤보다는 역시 이쪽이 낫겠죠?"

"좋은 판단을 했군. 마음속의 부담감이 컸을 텐데도 훌륭한 발상과 결단력이야."

"뭐, 예술은 감성이니까요."

유스켈란타는 두 다리로 서서 날개를 활짝 펼치고 있는 웅장한 모습이 아니었다.

드워프들이 너무 높아서 곤란하다고 해서 엎드린 상태로 1

차 조각품을 마쳤다.

위드와 다론 역시 사다리를 이용한다고 해도 너무 높으면 작업의 효율이 떨어진다.

그렇기 때문에 1차 조각품에서 조금의 수정을 가했다.

따뜻한 햇볕을 받으며 곱게 잠들어 있는 드래곤.

한없이 사랑스럽고 애틋하지만 다시는 눈을 뜨지 못한다.

적수를 찾아보기 힘들 정도로 강대한 드래곤이 아니라, 라투아스의 추억 속에 남아 있는 아련하고 사랑스러운 모습 그대로였다.

드래곤에 대해 겁만 집어먹는 드워프들은 절대 이런 모습으로는 조각할 수 없었을 것이다.

위드는 슬슬 다론을 보내야 할 때라고 생각했다.

'완성이 얼마 남지 않았어. 나머지 마무리 작업은 나 혼자 해도 충분하지.'

단물이 다 빠지면 가차 없이 버리는 동료애!

"세상에 더 머무를 수 있는 시간이 얼마나 되십니까?"

"음, 나흘 정도네. 조각품의 마무리까지는 아마도 할 수 있을 것 같아."

다론이 이 세상에 머무를 수 있는 시간은 예상 밖으로 대단히 길었다.

위드의 조각 부활술 스킬은 하루 정도를 생존할 수 있게 만든다.

그러나 조각술 마스터 다론의 경우에는 높은 예술 스탯을 가지고 있어서 스스로의 결심에 따라 생존 시간이 비약적으로 늘어나고 말았다.

'설거지나 좀 시키려고 불렀더니 영락없이 주인 행세를 하려고 하는 거 아냐.'

조각 부활술의 생각지 못한 부작용이었다.

"굳이 무리하실 필요는 없을 것 같습니다. 이 세상에 있을 시간이 길지도 않은데 남은 시간 동안에는 휴양이나 관광이라도 편히 다녀오시죠. 맛집을 추천해 드리겠습니다. 넉넉하게 쓰실 수 있도록 도, 돈도 드리죠."

"아니네. 이미 죽은 내가 머리를 식힐 일도 없고, 맛있는 것을 먹고 싶지도 않아. 자네가 주는 보리빵만 먹어도 충분하네. 생애의 마지막 순간까지 이 조각품을 만들며 보내는 것도 뜻깊고 좋을 것 같아. 나에게는 자네가 주는 큰 선물이네."

위드의 주먹이 부르르 떨렸다.

"크으윽… 여기서 일만 하시겠다니요."

"그렇게 슬퍼하지 말게. 나를 그리워하고 불러 주는 사람이 있었다는 걸로 충분히 행복하군. 자, 이제 이 조각품을 끝까지 함께 완성해 보세!"

다른은 정말로 마지막 나흘의 시간 내내 조각품을 만들며 행복해했다.

'이걸 확 으슥한 곳에서 죽여?'

위드는 호시탐탐 기회를 노렸지만 드래곤이 계속 지켜보고 있었다.

'밤에 처리를 해?'

밤에도 기회가 안 생겼다.

다론은 이미 죽어서 건강과 상관없는 몸이라면서 잠도 안 자면서 밤샘 작업을 계속했다.

위드 역시 자칫하면 죽 쒀서 죽은 사람 줄 판이라 계속 붙어 있었다.

대륙 최고의 조각사 2명의 전력을 다한 노가다와 감성이 합쳐진 작품.

실버 드래곤 유스켈란타의 조각상이 마침내 완성되었다.

은조각품의 특징으로 차갑고 추운 느낌이 들기 때문에 옆에는 커다란 황금 난로까지 만들어 놓았다.

황금은 당연히 드래곤 라투아스로부터 얻었다.

실버 드래곤이 추운 느낌을 주는 것도 사실이었지만 실상은 황금 역시 몰래 빼돌리기 위해 추가로 제작했다.

> 만든 조각품의 이름을 정해 주십시오.

위드는 잠시 고민하다가 돈 안 드는 일이니만큼 선심을 크게 쓰기로 했다.

"다론 님의 마지막 작품인데 이름을 남겨 주시죠."

"조각품의 이름은 자네가 짓도록 하게. 옆에서 조금 도왔다고 해서 후배 조각사의 작품을 빼앗을 수는 없지 않겠는가."

"혹시나 했는데 쥐똥만 한 양심은… 아니, 배려가 있으시군요. 역시 이 조각품은 '잠든 실버 드래곤 유스켈란타'가 어울릴 것 같습니다."

> 〈잠든 실버 드래곤 유스켈란타〉가 맞습니까?

"맞는다."

띠링!

대작 〈잠든 실버 드래곤 유스켈란타〉상을 완성하였습니다.
조각술의 한계를 초월한 조각사 위드, 무한한 애정을 조각품에 담는 조각사 다
론이 함께 만든 작품. 실버 드래곤의 완벽한 자태는 세상의 진귀한 재료들로 표
현되었나. 사용된 재료와 아름다움에서 이보다 더 귀한 보물은 일찍이 단 한 번
도 없었으며, 앞으로도 존재하기 쉽지 않으리라. 베르사 대륙의 예술의 정점! 조
각술의 신화로 기록될 만한 작품이다.
예술적 가치: 조각사 위드와 다론의 공동 작품. 49,212.
옵션: 〈잠든 실버 드래곤 유스켈란타〉상을 본 이들은 생명력과 마나 회복 속도
　　가 하루 동안 64% 증가한다. 모든 저항력 55% 상승. 사냥 시, 금은의 획
　　득 확률 450% 증가. 스킬과 마법의 발동 속도를 15% 빠르게 한다. 이동
　　속도 22% 상승. 모든 스탯이 31 증가한다. 영구적으로 용기와 위엄, 카
　　리스마, 지혜가 12씩 증가. 하루에 한 번씩 이 조각상을 보면 모든 상태
　　이상이 해소되며, 체력과 생명력, 마나가 최대치로 회복된다. 조각상이
　　위치한 도시와 지역이 이후 2년간 몬스터로부터 침략당하지 않는다. 공
　　동 작업에 의해 다론 53%, 위드 47%로 공적이 분배된다. 이 조각품을
　　완성한 사람에게 특별한 호칭이 부여된다. 다른 조각품과 중복으로 적용
　　되지 않는다.
지금까지 완성한 대작의 숫자: 18.

조각술 스킬의 숙련도가 향상되었습니다.

대업적 달성!
고급 손재주 스킬의 숙련도 100%를 달성했습니다. 손재주의 마스터! 손으
로 하는 일에 궁극의 경지에 올랐습니다! 상상을 초월하는 이 업적을 달성하
고 현재 살아 있는 사람은 인간과 드워프 종족을 떠나서 유일합니다.

손을 이용하는 모든 스킬들의 습득 속도를 12% 증가시킵니다. 주먹이나 무기와 관련된 스킬들이 고급 1단계까지 매우 빠른 시간에 숙련될 것입니다. 무기를 보다 정확하게 다룰 수 있습니다. 타격점을 한곳에 모아서 16%의 피해를 더하며, 방어 시에도 이를 무시하고 약간의 피해를 입힙니다.

상대방이 사용한 기술들을 따라 함으로써 일정한 경험이 쌓이면 습득할 수 있습니다. 고급 기술일수록 많은 횟수를 정확하게 따라 해야 합니다.

대장일, 재봉의 생산품에 특별한 혜택이 세 가지 부여됩니다. 10분의 1 확률로 절대 파괴되지 않거나 찢어지지 않는 물품을 만들 수 있습니다. 35분의 1 확률로 뛰어난 공격력을 가지거나 혹은 놀라운 방어력을 가진 물품을 만들 수 있습니다.

요리에 특별한 혜택이 부여됩니다. 전매특허 손맛! 요리마다 최소한의 조미료로도 정갈한 맛을 낼 수 있게 됩니다.

낚시의 실패 확률이 크게 줄어듭니다. 물고기와의 미묘한 신경전에서 손재주를 통해 탁월한 힘 조절이 가능해질 것입니다.

조선 스킬로 만든 선박에 높은 내구성을 부여합니다. 바다에서 항해하며 직접 돛을 조종한다면 순풍의 영향력을 높입니다.

광산에서 곡괭이질을 통해 더 많은 면적을 적은 힘으로 파낼 수 있습니다. 붕대를 매우 빨리 감게 됩니다.

조각품에 특별한 혜택이 한 가지 부여됩니다. 모든 조각품에 꼼꼼함이 더해졌습니다. 조각품의 가치가 15% 증가하며, 관련 스킬에도 영향을 줍니다.

명성이 23,490 올랐습니다.

예술 스탯이 98 상승하였습니다.

인내가 7 상승하였습니다.

매력이 10 상승하였습니다.

달빛 조각사

대작 조각품을 만든 대가로 전 스탯이 3씩 추가로 상승합니다.

호칭! '희귀 금속의 장인'을 획득하였습니다.
신의 눈물이라고 불리는 헬리움을 가공한 대장장이에게만 붙는 특별한 호칭! 대장장이가 완수하는 제작 퀘스트의 경험치와 명성 획득을 2배로 증가시켜 줍니다. 희귀 금속을 다룰 때의 숙련도 증가를 빠르게 합니다.

"으아아악."

조각상의 엄청난 옵션!

위드는 조각품을 만들자마자 안타까움의 비명부터 질렀다.

"이 조각품이 내 것이었어야 하는데!"

라투아스의 조각품이니 옵션이 뛰어나다고 해도 그림의 떡조차도 안 됐다.

조각품을 보기 위해 드래곤의 레어까지 올 수는 없는 노릇이니까.

잘 만들어 놓고 배가 아픈 현상!

"이래서 남의 걸 만들어 주면 안 돼. 고생은 내가 했는데 다 헛짓이라니."

그리고 위드는 고개를 갸웃했다.

"근데 뭔가 있었던 것 같은데… 손재주 스킬과 관련되어서 뭔가 말이 많았어."

한 번에 읽기도 벅찬 엄청난 양의 메시지 창!

위드는 메시지 창을 읽어 보다가 경악했다.

"잠깐… 설마 내가 손재주를 마스터한 거야?"

고급 손재주 스킬은 조금 전까지 고급 9레벨 98.4%의 숙련도를 가지고 있었다.

조각술에는 손재주를 빨리 성장시키는 혜택이 있지만, 검술이나 대장일, 재봉 스킬 등 손으로 하는 모든 스킬들과 연관이 있다.

손재주는 한두 가지만 열심히 한다고 해서 쌓이는 흔한 스킬이 아니었다.

노가다의 상징과도 같은 스킬!

다크 게이머 연합, 〈로열 로드〉의 각종 정보 게시판에서도 앞으로 3년 안에 마스터가 나타나기는 불가능하리라고 분석했던 스킬이 바로 손재주였다.

손재주의 마스터!

모든 스킬들을 통틀어서 가장 큰 보상이 주어질 가능성이 있다고 사람들이 조심스럽게 전망했던 스킬이다.

메시지 창을 읽어 보니 그야말로 종합 선물 세트라고 할 정도로 탁월한 효과를 가졌다.

"그런데 내가 마스터를 하다니… 그것도 조각술보다 먼저 말이야."

기쁘면서도 기가 막힌 일이었다.

대장일, 재봉, 조선, 항해, 채광, 낚시, 요리 등 여러 가지 스킬들을 다양하게 익힌 덕분이었다.

조각품을 깎을 때에도 유별나게 크거나 무거운 노가다 작품이 많았던 게 이유가 되었으리라.

조각술의 숙련도 역시 고급 9레벨 98.9%였다.

지독하게도 늘어나지 않던 숙련도지만 이젠 정말 대작 1~2

개면 마스터의 경지에 도달하리라.

시간 조각술이 중급에 올라서 영원히 시간이 흐르지 않는 박물관을 세울 수도 있었으니 마스터가 눈앞에 아른거렸다.

"조각술까지 마스터한다면 직업 최초의 마스터 역시 내가 되겠군."

노가다로 세운, 역사에 길이 남을 업적이었다.

"역시 내 인생의 비결은 노가다였어."

위드는 자신이 어릴 때부터 했던 노가다들을 돌이켜 보려고 했다.

인형 눈 붙이기, 단추 꿰기, 우유 배달, 신문 배달, 흙 퍼 나르기, 벽돌쌓기… 등등 종류가 너무 많아서 한참을 떠올리다가 포기했다.

라투아스의 보상

어쩔 수 없는 반란 퀘스트 완료

하벤 제국 주민들의 집단 봉기는 뜻밖에도 식량을 구하지 못해서 일어난 것이었다. 과중한 세금과 텅 빈 곡물 창고, 낮아진 치안으로 들끓는 도적단으로 인하여 식량 수송 마차가 제때 도착할 수 없었기 때문이다.

도시 반델룬은 주민들이 반란을 일으켜서 10,392명이 사망하였다. 생산 시설은 큰 피해를 입고 가동률이 49% 감소했으며, 치안은 옆집 이웃조차 믿을 수 없을 정도로 하락했다.

보상: 스탯이 늘어난다 힘 4 증가. 지혜 3 상승. 생명력의 최대치가 200만큼 증가한다.

"이번에는 제국에 피해를 입히는 퀘스트였나."

바드레이는 흑기사의 퀘스트를 조심해서 진행해 왔다.

넓은 제국 내에서 때때로 반란군을 소탕하기도 하며, 어떤 때에는 무고한 이들을 부추겨서 희생시킨다.

반델룬으로 가는 식량을 끊은 것은 다른 누구도 아닌 바드레이였다.

황제 직속의 도적 떼를 만들어서 그들을 조종하여 도시 내에 식량 부족 사태를 일으켰다.

'이건 함정일까? 아니면 직업에 따른 페널티가 드러나고 있는 것일지도.'

바드레이는 흑기사의 직업이 매력적이라고 생각했다.

뛰어난 전투 재능과 큰 야망을 가지고 있어서 빨리 황제의 자리에 오를 수 있는 최고의 직업.

황제가 되고 난 이후에는 미심쩍은 퀘스트가 생겨났다.

제국의 치안이 불안정해지면, 불안과 불신에 의한 통치 퀘스트가 발생했던 것이다.

충성도가 낮은 부하들을 은밀하게 처형하거나 도시의 불안을 부추기는 일.

흑기사 직업의 최대 폐해로, 페널티라고도 볼 수 있다. 퀘스트를 실행하면 하벤 제국의 상황을 조금씩 악화시킨다.

심상치 않은 퀘스트 내용들이 이어져서 중단하려고 하면 의외로 하벤 제국에 긍정적인 결과를 나타내기도 했다.

반란군이 들끓는 지역에 아주 작은 퀘스트를 완수한다고 해서 전체적인 대국에서 바뀌는 것은 별로 없었으며, 오히려 그 지역을 안정화할 때도 있었던 것이다.

"함정으로 보기에는 너무 미묘한 퀘스트로군. 그러나 내 직업이 흑기사라는 점이 설려."

흑기사 퀘스트의 대가로 사냥으로 얻기 힘든 스탯이나 추가 보상을 받을 수가 있었다.

퀘스트의 난이도가 높지도 않은 데다 빠르게 완수할 수 있다는 점은 훌륭했다.

"그럼에도 이건 몰락으로 이어지는 잘못된 유혹 같기도 해."

바드레이가 의심할 정도로 퀘스트의 대가는 어쨌든 컸다.

평화 시라면 처음부터 시작도 하지 않았겠지만, 심각한 반란이 일어나고 있는 지금은 별로 손해가 없었다.

하벤 제국의 말을 듣지 않는 주민들과 병사들은 없어지는 편이 나을 수도 있다. 주민들이 피해를 입더라도 제국의 근간은 헤르메스 길드이기 때문이다.

작은 도시의 내정이 나빠지더라도 황제의 직할지가 아닌 다른 영주의 영토는 바드레이의 이익과 관련이 없었다.

'나는 황제다. 그리고 동시에 헤르메스 길드를 이끄는 수장이기도 하다.'

바드레이는 흑기사 직업 퀘스트에 대한 의심을 계속 갖고는 있었지만 아직까지는 진행해 왔다. 그러나 언제든 그만둘 준비는 하고 있었다.

'헤르메스 길드 체제가 완벽하진 않다. 그리고 1년, 혹은 2년 안에 어쩌면 누군가가 물밑에서 큰 세력을 형성해서 내게 도전하게 될지도 모르지.'

헤르메스 길드를 다스리고, 하벤 제국에 황제로서 정통성을 드러내려면 강력한 무력은 필수.

흑기사란 직업이 배반과 모략으로 황제의 지위를 얻는다고는 해도, 끝없는 강함에도 유리한 측면이 있었다.

바드레이는 흑기사의 직업이 가진 장점을 충분히 누리기로 했다. 그리고 발생한 새로운 퀘스트.

띠링!

황제의 성스러운 선택

제국을 통치하기 위한 존엄한 황제의 노력은 값진 결실을 이루어 냈다. 불순분자들을 일찌감치 제거하여 제국의 암운을 걷어 냈고, 새로운 도약을 위한 피의 밑거름을 뿌렸다. 흑기사 출신의 황제는 두 가지의 길 중 하나를 선택하여야 하리라.

첫 번째의 길. 야심만만한 흑기사라면, 목표로 했던 황제가 되었다고 하여 나약함 따위는 갖지 마라. 이 영광된 자리를 그 누구도 넘볼 수 없도록 공포를 바탕으로 한 피와 죽음의 통치를 하라. 의심스러운 자들을 모두 죽인다면 황제의 자리는 영원히 그대의 것이다.

두 번째의 길. 제국의 혼란을 빠르게 수습하기 위해서는 넓은 포용력을 보여 줄 필요가 있다. 현명한 황제는 적을 설득하고 받아들여서 아군으로 삼는다. 모든 백성들을 위한 통치를 하여 제국이 더욱 빛날 수 있도록 하라.

난이도: 황제 한정 퀘스트.

제한: 흑기사 출신의 황제. 불안정한 제국의 치안과 반란군 출몰. 흑기사 연계
　　　퀘스트의 완료.

퀘스트 보상

두 가지의 길을 선택함에 따라 하벤 제국의 통치력에 영향을 미친다.

첫 번째의 길을 선택하였을 때에는 보상으로 반란군들이 선명하게 드러난다. 황제인 당신에게 특별한 눈이 주어진다. 마음을 꿰뚫어 보는 눈은 조금이라도 반란의 음모를 꾸미는 자들을 보면 붉게 표시할 것이다. 눈에 보이는 반란자들을 죽일 때마다 치안과 공포가 상승한다. 개인의 무력과 통치력이 증가한다. 하지만 때때로 그 눈은 지나친 의심에 의해 선하고 순수한 이들까지도 나쁘게 볼 수 있다. 만약 반란의 음모를 꾸미는 자들을 보고도 내버려두고 처리하지 않는다면 불안감에 의해 전투 능력이 저하될 것이다. 불안감이 많이 쌓이면 신체적으로 중병에 걸릴 수 있다.

두 번째의 길을 선택하였을 때에는 보상으로 화술과 위엄과 관련된 스킬을 마

스터의 수준으로 발휘하게 된다. 황제의 존엄에 의하여 반란군들의 불만이 빠르게 잦아들 것이다. 전투 중에 투항하는 자들이 늘어나고, 패배한 자들은 원하지 않더라도 제국의 통치를 수긍하게 된다. 제국 내 모든 생산 시설의 효과를 영구적으로 4% 증가시킨다. 제국 내 주거지의 효과가 증가하여 주민들이 더욱 편안히 쉴 수 있다. 상업의 발달이 촉진되며 실전된 기술의 복원이 빨라진다. 제국민들을 위한 치안과 경제력 회복이 이루어지면 맹목적으로 황제를 추앙하는 무리가 나타나게 된다.

주의: 한번 선택하면 되돌릴 수 없기 때문에 신중하게 결정해야 한다. 열흘 안에 결정할 수 있다.

바드레이의 눈이 날카로워졌다.

"이번 퀘스트야말로 정말 엄청나다."

내내 조마조마해서는 퀘스트를 수행했던 것이 우스워질 정도였다.

"제국의 황제에게 주어지는 혜택이었구나. 그렇다면 어느 쪽이든 좋지 않은가?"

첫 번째의 길은 다분히 전투 쪽에 치우쳐 있었다.

무신 바드레이의 입장에서는 반가울 수도 있는 방법이다. 다른 유저들과의 격차를 현저하게 늘려서 강함을 지금보다 더욱 과시할 수 있으니까.

하벤 제국에 피해가 생기더라도 당장 반란군을 제압하기에는 좋을 것이다.

제국의 피해를 개인의 이득으로 바꾸는 길.

두 번째의 길은 하벤 제국을 위한 선택이었다.

어려운 제국의 상황을 개선시키며 내정을 수습하고 발전의 길로 나아갈 수 있다.

황제에게 특별히 주어지는 혜택은 없지만 하벤 제국이 안정된다면 전체적으로 보면 큰 이득이다.

"어느 쪽이 좋을 것인가."

바드레이는 사냥도 잊고 두 가지의 길에만 골몰했다.

욕심은 단연 첫 번째의 길이다.

위드는 사막의 대제왕으로 활약하여 팔로스 제국을 세웠다. 무신이라고 불리는 자신이 그보다 더 낮은 업적을 가지란 법은 없다.

황제로서 넓고 크게 보기보다는 압도적인 무력을 갖는 것이야말로 오랫동안 강자의 자리를 지킬 수 있을 것이란 생각도 들었다.

끝없는 강함의 추구와 그로부터 비롯되는 무한한 명예.

바드레이에게는 달콤할 수 있는 유혹이었다.

현명한 황제가 되는 길 역시 끌린다.

제국이 발전한다면 헤르메스 길드의 수장인 자신에게 좋은 일이었으니까.

오직 한 번밖에 선택할 수 없으며, 그 판단이 앞으로 수년간 영향을 미칠 수도 있기에 신중해졌다.

하루, 이틀, 고민의 시간이 흘렀다.

사냥을 하면서도 퀘스트의 결정 때문에 집중할 수가 없었다.

바드레이는 자기 자신을 놀아보았다.

"나 스스로의 노력으로 이 자리에 올랐다. 내 힘으로도 모든 것을 가질 수 있지 않은가."

황제의 자리를 지키는 일도 스스로 해내면 된다.

강함에 대한 유혹은 틀림없이 매력적이지만 첫 번째의 길은 그에 대한 부작용도 있었다.

바드레이는 욕망으로 흔들리는 마음을 다잡았다.

"열흘간 고민하면 결국은 첫 번째의 길을 선택할 수밖에 없을 것이다. 모든 것이 좋아지려면 두 번째의 길을 선택하는 편이 옳겠지."

욕심과 이성.

마음은 순간순간 바뀌었다.

바드레이는 사흘째 되는 날 결정했다.

"두 번째의 길을 선택하겠다."

> 황제의 성스러운 선택 퀘스트에서 두 번째의 길을 택하겠습니까?
> 결정되면 되돌릴 수 없습니다.

"두 번째의 길을 선택한다."

띠링!

> 제국을 위하여 두 번째의 길을 선택하였습니다.
> 넓은 포용력으로 제국민들을 위하는 현명한 황제의 길입니다. 황제를 우러르고 칭송하는 사람들로 도시가 가득 차게 될 것입니다.
> 흑기사의 야망이 이를 거부합니다. 현명한 황제의 길을 선택할 수 없습니다.
> 선택에 실패하였습니다.

"이게 뭐야."

바드레이는 몇 번이나 다시 두 번째의 길을 선택했다.

누가 잘못 뀐 단추는 다시 뀔 수 없다고 했던가. 흑기사이기 때문에 퀘스트의 선택 권한이 주어지지 않았다.

달빛 조각사

위드는 당당하게 드래곤 라투아스를 올려다보았다.

"이것이 저의 조각품입니다."

─실로 인간의 의지와 능력이란… 불가사의할 정도로구나. 내가 주었던 은과 금, 그런 하찮것없는 것들이 이렇게 아름답게 변할 수 있다니.

라투아스는 유스켈란타의 조각품을 하염없이 쳐다만 보고 있었다.

"그렇다면 의뢰는 성공적으로 완수된 것입니까?"

─나는 사실을 부정하지 않는다. 이 조각품은 내가 본 것 중 최고이며, 앞으로도 나에게 이 이상은 있을 수 없다.

띠링!

실버 드래곤 유스켈란타 조각 퀘스트 완료
드래곤 라투아스가 조각사의 능력에 감탄했다. 그는 당신을 최고의 예술가로서 인정하고 존중할 것이다.

라투아스가 당신을 최고의 예술가라고 선언했습니다.
명성이 38,398만큼 늘어났습니다.

라투아스가 인간의 도움을 받았기에 공적치 4,462만큼을 인정합니다.

'뭐, 이 정도야……'

위드는 입가에 흐뭇한 미소를 지었다.

다론 역시 드래곤 앞임에도 불구하고 허리와 어깨를 쫙 펴고 있었다.

"성공했습니다. 이게 다 제가 잘난 덕…은 얼마 안 되고, 다론 님 덕분입니다."

"후후후, 자네와 함께한 덕분에 일생일대의 작품을 만들게 되었군."

다론이 떠나야 할 시간이 되었다.

위드는 악착같이 버텨 오던 그가 조각품이 완성되고 난 이후에나 간다고 하니 시원섭섭했다. 그래도 어려운 조각품을 함께 만든 동료로서 아쉬운 마음이 적지 않았다.

"다론 님이 저보다 더 많이 해내셨습니다. 다론 님이 없었다면 저 혼자는 해내지 못했습니다."

"자네는 앞으로 더 좋은 작품들을 만들어 내겠지. 대륙의 조각술을 잘 이끌어 가 주길 바라겠네."

다론이 서서히 사라져 갔다.

조각 부활술은 또다시 큰 역할을 해 주었다.

나름 인맥이 상당한 편이었으니 부활시킬 만한 영웅은 여전히 많이 남아 있었다.

'시의적절하게 써먹어 주지. 인생은 잔머리로 사는 거야.'

위드는 드래곤 라투아스에게 고개를 숙인 채로 뒷걸음질을 쳤다.

"많은 실례를 했습니다. 그럼 이만……."

쥐꼬리처럼 작은 목소리로 작별 인사도 했다.

마침 입구에 조각품을 만들었기 때문에 슬며시 산을 내려가려는 작전이었다.

레어를 떠나려는 찰나!

라투아스의 머리가 낮춰져서 위드에게 다가왔다.

—인간이여.

"네, 넷?"

절로 식은땀이 흘렀다.

'걸렸구나. 역시… 조금만 챙기는 건데!'

조각품을 만들면서 헬리움과 금을 제법 빼돌렸다.

이성은 그러지 말아야 한다고 외쳤지만, 탐욕스러운 본능을 이길 수가 없었다.

물론 변명거리를 만들기 위해서 그냥 재료를 챙긴 게 아니라 작은 조각품으로 만들었다.

라투아스에게는 기념품이라고 둘러댈 작정이었고, 심지어는 유스켈란타의 조각품 밑바닥에 붙일 수도 있었다.

'퀘스트는 충분히 잘해 주었다. 나도 나름 조각사로서 사 자 붙은 전문직이잖아. 그렇다면 정당한 인건비는 받아야지.'

갑옷은 아니더라도 장갑이나 부츠를 만들 수 있을 정도로 헬리움을 빼돌리고, 금괴도 100킬로를 챙겼다.

막대한 양이었지만 드래곤이 내놓은 것에 비하면 적었다.

—너에게 할 말이 있다.

"무슨 말씀이신지요. 저는 선약이 있어서……. 보상을 주실 거라면 마음만 받아도 좋습니다. 좋은 뜻에서 한 일인데 그걸 꼭 따져 가면서 챙겨 주지는 않으셔도 됩니다."

—너에게는 쓰다 남은 조각 재료들이 있지 않은가.

위드는 가슴이 뜨끔했다.

정확한 양을 파악하기 어렵게 만들기 위해 일부러 조각품에 얇게 펼쳐서 발랐음에도 불구하고 걸리다니!

자신의 직업이 조각사지만 도둑이나 암살자 같은 직업은 공식적으로 사기나 소매치기 스킬 등이 있었다. 대상이 알아차리지만 않는다면 적대도도 쌓이지 않고 재물을 취할 수가 있다.

물론 그렇다고 해도 웬만한 도둑이나 암살자도 통 크게 드래곤을 상대로 해 먹는다는 생각은 못 했으리라.

"조금 있긴 합니다만… 미처 깜박하고 반납하지 못했네요."

위드는 배낭에서 금덩어리를 꺼냈다.

서너 개를 꺼냈는데도 드래곤의 얼굴은 변함이 없었다.

'다 알고 있었구나! 지능이 높을수록 속이기 어렵다더니.'

가지고 있는 금덩어리들을 눈치를 보며 슬금슬금 하나씩 계속 꺼냈다.

'이 정도면 되겠지. …아직도 더? …얼마나 알고 있는 거야. …이런 날강도 같은 드래곤!'

배낭에서 나온 금덩어리가 수북하게 쌓였다.

조각 부활술까지 쓰느라 희생이 만만찮았는데도 불구하고 어떤 수고비도 안 주겠다는 태도가 아닌가.

위드가 몰래 챙긴 금덩어리가 전부 나왔는데도 드래곤은 엄숙하게 말했다.

―헬리움은 인간 세상에 함부로 돌아다녀서는 안 되는 것이다. 인간들에게 대단한 가치가 있는 재료를 허락 없이 가져가서는 안 된다.

헬리움!

위드로서는 최후까지도 걸리고 싶지 않은 재료였다.

'확 시간 조각술을 쓰고 튀어 버려? 시간 조각술을 쓰면 못 잡을 텐데… 문제는 아주 먼 곳까지는 도망치기 힘들다는 점이지만.'

그런데 대단한 반전이 있었다.

—그러나 인간이여, 그대가 나에게 준 기쁨은 이루 말할 수 없다. 그대가 원한다면 나에게 유스켈란타의 조각품을 만들어 준 대가로 그것을 주겠노라.

띠링!

드래곤 라투아스가 제안을 하였습니다.
현재 조각 퀘스트를 달성하며 총공적치 4,462를 보유하고 있습니다. 헬리움을 가져가기 위하여 공적치 4,192를 사용하겠습니까? 제안을 받아들이면 헬리움을 당당하게 소유할 수 있습니다. 제안을 거부한다면 헬리움을 반납하고, 도둑질로 인해 상당한 양의 명성이 하락하며 적대도가 생성될 것입니다.

위드는 지금처럼 빨리 설명 창을 읽은 적도 드물었다.

"유스켈란타 님을 조각한 것은 저로서도 큰 영광이었습니다. 그 대가로 이 조각 재료를 저에게 주신다면 앞으로도 예술을 위해 요긴하게 쓰겠습니다."

드래곤 라투아스의 제안을 받아들였습니다.
헬리움을 정식으로 소유하게 되었습니다. 270의 공적치가 남았습니다.

두말할 것도 없이 제안 수락!

과거에 얻었던 헬리움으로는 여신의 기사 갑옷을 만들었다. 유스켈란타의 조각품을 만들고 나서 남긴 헬리움으로도 갑옷 하나 정도는 더 제작할 수 있었다.

'부츠나 방패, 헬멧 같은 걸 만들어서 착용한다면 대박이다.'

레벨이 낮은 초보자 시절에도 장비발은 큰 영향을 주었다.

위드의 레벨 정도가 되면 뒤떨어지는 장비를 바꾸는 것만으로도 전투 능력이 상당히 향상될 수 있다.

단순히 강해지는 것도 중요하지만 몬스터의 사냥 속도에도 차이를 주었기에 더할 나위 없는 보물이었다.

정식으로 헬리움을 얻은 위드는 당당하게 라투아스를 쳐다보았다.

"저기… 금도 좀 갖고 싶습니다만."

공적치를 이용한 금 교환!

드래곤의 공적치라고 한다면 대단하기는 하지만 생각을 달리할 필요도 있었다.

'우리가 또 언제 볼 사이라고…….'

만수무강을 위해서는 드래곤 사냥을 하기 전까지 마주칠 필요가 없는 사이.

—원한다면 가져가도록 하라.

띠링!

드래곤 라투아스의 공적치 1에 금 50킬로그램을 가져갈 수 있습니다.

"오오오."

50킬로그램이라면 골드로 따지더라도 엄청난 양이다.

위드의 머리가 계산을 위해서 빠르게 회전했다.

'현재 시세가……'

보통 황금 약 3그램의 양이 1골드로 환산되기 때문에, 1킬로
그램만 되더라도 333골드에 달한다.

그렇다면 1에 해당하는 공적치를 금으로 바꾸면 16,666골드
를 얻을 수 있다.

전부 다 바꾸면 450만 골드 정도가 된다.

'음. 적지 않은 액수군.'

고작 270의 공적치가 이 정도이니, 획득한 헬리움의 총가치
는 역시 쉽게 계산되지 않을 정도였다.

'돈보다는 구할 수도 힘든 재료이니 여러모로 이익이라고 할
수 있지.'

위드는 말했다.

"거래하겠습니다."

모든 공적치를 금으로 바꾸어서 남은 것은 0으로 만들었다.
다시 안 볼 사이라는 점을 확실히 한 것이다.

모든 거래를 끝내고 나서 위드는 홀가분하게 말했다.

"감사합니다. 드래곤 전하. 그러면 저는 이만 물러가 보겠습
니다."

그러나 드래곤의 용무는 아직 끝나지 않았다.

라투아스의 머리가 위드의 바로 앞까지 다가왔다.

번뜩이는 살벌한 눈동자는 공포를 자아냈다.

─인간이여, 유스켈란타의 죽음에 대해서 어디까지 알고 있
는가.

두둥!

위드의 심장이 덜컥 내려앉았다.

'이건 또 드래곤의 퀘스트? 그것도 조각품이 아니라 모험과 관련된 퀘스트가 발생할 징조다.'

간단한 퀘스트를 내주더라도 솜털이 솟구칠 정도로 긴장하는 것이 당연하다.

드래곤의 죽음과 연관된 퀘스트를 밟아 가야 하다니. 그건 정말 끔찍한 악몽이었다.

위드는 고개를 절레절레 흔들었다.

"저는 미약한 조각사에 불과합니다. 아무것도 모르지요. 설혹… 알더라도 기억이 나지 않습니다."

텔레비전 뉴스를 보면서 배운 기억이 나지 않는다며 시치미 떼기!

'확 아픈 척을 하고 드러눕기까지 해야 되나?'

혼돈의 드래곤 아우솔레토에게서 받은 거울이 있기 때문에 대략의 상황이 짐작이 가지 않는 것은 아니었다.

드래곤 유스켈란타의 죽음에는 분명 이유가 있을 것이다.

지금은 사라진 엠비뉴 교단이 관련되었을 수도 있고, 혼돈의 드래곤 아우솔레토가 원흉이었더라도 놀랍지 않을 것이다.

혹은 어쩌면 그 배후의 누군가가 있었을지도……

퀘스트를 진행하다 보면 부족한 정보의 파편들을 모아서 전체적인 큰 그림을 알게 되리라.

'그렇다고 대륙의 평화를 혼자 지킬 수는 없잖아. 헤르메스 길드 놈들은 그사이 발 씻고 잠이나 잘 텐데.'

원래대로라면 중앙 대륙은 엠비뉴 교단을 물리쳐야 했고, 내정에도 전력을 다해서 힘을 쏟아야 했다.

북부는 사정이 좋았다지만 엠비뉴 교단이 한창때 대륙에 끼친 피해는 그만큼 막심했다.

그렇지만 조각술 최후의 비기 퀘스트를 하면서 자신이 엠비뉴 교단을 대신 처리해 주머 문제들이 말끔하게 해결되었다.

중앙 대륙의 발전도가 높아졌고, 역사가 뒤바뀌면서 부서진 도시들도 회복되었다. 하벤 제국은 그 여유를 모아 북부로 침략도 할 수 있었다.

평생 할 착한 일은 이미 다 한 느낌이었다.

드래곤 라투아스가 냉정한 눈으로 위드를 살폈다.

띠링!

> 퀘스트 '드래곤 라투아스의 조사관'을 진행하기에 자격이 모자랍니다.
> 최소 480의 레벨이 필요합니다. 기품과 용기는 400 이상으로 필요조건을 달성했습니다. 주요 전투 스킬이 고급 7레벨에 도달하지 못했습니다. 퀘스트를 받지 못합니다.

—아직 시기가 이르긴 하군. 그대의 능력도 앞으로 벌어질 일을 대비하기에는 모자라다. 언제든 이야기가 듣고 싶다면 날 찾아오라. 그대가 나서든 나서지 않든, 때가 되면 일은 벌어질 것이다. 유스켈란타가 끝까지 지키려고 했던 인간들이니…….

"감시합니다."

위드는 역시 배운 드래곤이라 다르다며 레어를 서둘러 빠져나왔다.

앞으로 무슨 일이 벌어지거나 말거나 그게 무슨 상관인가.

한시가 급한 노가다 현장에서도 농땡이 칠 구석은 있는 법.
절대로 끼고 싶지 않았다.

꽈아아아아앙!
"동쪽으로 피해요!"
"수풀 속으로 들어갑시다."
"안 돼요. 그냥 다 짓밟혀 죽을 거예요!"
진홍의날개 길드는 퀘스트를 전전하다가 거인들이 사는 땅에 도착했다.
테로스와 그의 동료들, 그리고 방송을 보고 참여한 탐험대 수백 명과 함께였다.

"베르사 대륙이 아닌 다른 세계? 호기심이 생기는군."
"신대륙 아닙니까? 뭐가 있든 먼저 가서 말뚝을 박는 사람이 임자라고 할 수 있죠."

유저들 중에는 진홍의날개 길드 소속원도 상당수 있었는데, 그들은 모험을 통해 재기를 꿈꿨다.
세력은 일구지 못하더라도 명예만큼은 되찾기를 바랐다.
테로스는 사람들로부터 더 이상 욕과 악플을 당하지 않게 된다면, 북부에서 새로운 터전을 일구어서 영주가 되겠다는 꿈을 밝혔다.

여기저기서 푸대접이나 받던 진홍의날개 길드원들은 그래서 재결합할 수 있었다.

정상적으로는 죽은 자의 손톱으로 만든 배를 타고 와야 했으나, 퀘스트를 통해서 지하 가시덤불 숲을 지나 거대한 지렁이를 통해 거인족의 세상으로 들어왔다.

그러나 거인들은 개개인의 레벨이 700을 넘어서는 엄청난 강자들.

신들이 인간계와 거인계를 분리해 놓은 까닭이 이해될 정도로 터무니없이 강했다.

"조그…만… 벌레… 맛…있게 생겼…다."

거인들은 유저들을 잡아먹었다.

다행인 점은, 1~2명을 먹고 나면 맛이 없다면서 나머지는 도망치더라도 내버려두었다.

거인들이라고는 단 하나도 처치하지 못하고 도망 다니는 탐험대!

방송국에서는 모험을 중계하면서 평균 10%가 넘는 높은 시청률을 안정적으로 기록했다.

거인족의 세상을 헤매고 다니면서 원정대에서 사냥할 수 있었던 건 큰 쥐와 잠자리 등에 불과했다.

거인들이 1~2명씩 돌아다녔으며, 또한 인간들의 덩치가 작아서 숨기가 편하다는 점이 최적의 장점이었다.

끈질긴 약 한 달간의 탐험.

7할이 넘는 유저들이 1회 이상 목숨을 잃어버렸을 정도로 피해가 막심했다.
   인간계로 돌아가고 싶어도 쉬이 다시 길을 찾아 떠날 수가 없었다. 그나마 찾아낸 몇 가지의 엄청난 단서가 있었다.

   모험가 로드시커가 이곳을 먼저 다녀갔다. 그가 찾아온 이유는 대지의 여신 미네의 교단의 부탁을 받았기 때문이었다.
   베르사 대륙 서쪽 바다의 건너편 어딘가에는 거인들이 만들어 놓고 잊어버린 신대륙이 있다.
   새로운 대륙은 몬스터와 마법의 장벽으로 인해서 막혀 있다.
   거인들은 베르사 대륙에서 엄청난 양의 황금을 캐서 신대륙으로 가져갔다.

   신대륙!
   베르사 대륙의 주민들 사이에서는 이런 이야기가 돌았다.

   "대지의 여신 미네 님은 무척 부지런한 분이신데… 세상에 오로지 이 대륙 하나밖에 없을까?"
   "옛날 우리 아버지도 모험가였지. 바다를 통해서, 혹은 어떤 마법의 문을 통과하면 새로운 세상으로 갈 수 있다는 말을 입버릇처럼 하셨어. 그리고는 다시 돌아오지 않았지."

   구체적인 퀘스트로 이어지지는 않지만, 그럼에도 모든 유저들이 신대륙에 대한 희망을 갖게 되었다.

베르사 대륙만으로도 이미 하나의 거대한 세상이다.

북부 탐험도 한창 이루어지고 있으며, 남부나 서부의 개척도 덜 되었다.

그렇지만 꿈을 좇는 모험가들에게는 새로운 대륙에 대한 부푼 기대감이 있었다.

신대륙의 개척자!

위드가 아르펜 왕국을 건국한 것처럼 그곳의 주민들이 있다면 자신만의 왕국을 만들어 보겠다는 큰 포부.

거인들의 땅에서도, 비록 단서에 불과하지만 신대륙이 확실하게 존재한다는 사실을 밝혀낸 것으로도 테로스와 진홍의날개 길드는 대박을 터트린 것이었다.

신대륙에 대한 정보를 찾기 위한 그들의 모험은 날로 유저들의 큰 관심을 받았다.

남부 사막지대.

"몬스터 지대를 우회하면 지름길이 있어서 이곳까지 더 빨리 도착할 수 있습니다."

벤이 사막 전사들에게 조언했다.

열흘 안에 몬스터의 습격으로부터 사막 도시 부하레스를 구원해야 했다.

대지의그림자 파티는 사막 전사들의 길잡이가 되어 장애물들을 해소하며 그들에게 도움을 줬다.

사막 부족들을 포섭하고, 사막의 대제왕 퀘스트 14단계의 마지막까지 달려왔다.

흩어져 싸우던 수많은 사막 부족들이 사막 전사들의 용맹으로 뭉치는 퀘스트!

그리고 그들은 혼자가 아니었다.

먼 북부에서 온 유저들이 사막의 대제왕 퀘스트를 뒤늦게 진행하며 대지의그림자 파티와 힘을 합치기로 했다.

검오치와 수련생들!

사막의 대제왕 퀘스트에서 두각을 드러냈던 거친 사막 전사 바에브치, 캄초, 헤우스.

비겁하고 거친 사막 전사들을 때려서 굴복시키고 퀘스트 중간에 끼어들었다.

태양에 피부가 검게 탄 검오치가 말했다.

"그냥 갑시다."

"예?"

"몸도 뻑뻑한데 다 때려잡으면서 가지요."

검오치를 따르는 수련생들!

그들은 저마다 쌍봉낙타를 끌고 휘어진 칼을 차고 있었다.

오직 전투밖에 없는 대제왕 퀘스트에 참여해서 레벨도 제법 올리고 스킬도 여러 개 습득했다.

강한 몬스터가 보이면 낙타를 타고 돌격해서 몽땅 처리해 버리고 나서야 원래 가야 할 길을 갔다.

검십구치가 말했다.

"우린 꼭 현대에 태어나지 않았어도 괜찮았을 것 같아."

검이백팔치도 동감이었다.

"그렇죠, 뭐. 사막 생활도 해 볼 만한데요. 햇볕이 좀 뜨겁긴 해도 경치가 막힌 곳 없이 탁 트여서 편안하고."

"어릴 때 공부도 안 시킨다더라."

인간이 쌓아 올린 문명이나 환경에 구애받지 않는 검오치와 수련생들!

그들은 사막의 대제왕 퀘스트를 하면서 거친 야성을 폭발시켰다.

상체에는 전사들을 상징하는 문신과 흉터 자국이 가득했다.

검오치가 죽기 직전까지 당하다가 치료도 하지 않고 간신히 살았더니 커다란 흉터가 생겼다. 그걸 보고 나서 다들 부럽다며 일부러라도 벗고 다니면서 멋진 흉터들을 만든 것이다.

어딘가 갈수록 여자들과는 멀어지는 모습이었다.

"우리 대제왕 퀘스트를 끝내면 뭘 하지?"

"그땐 중앙 대륙이라도 털어 보죠. 헬멧 길드 놈들을 쓰러뜨리는 맛이 있지 않겠습니까!"

대지의그림자 파티와 사막 전사들이 지나가고 나자 엄청난 모래 폭풍이 다가왔다.

사막이 자랑하는 낙타 기병!

전쟁의 시대를 강타했던 팔로스 제국의 재건이 막바지에 이르고 있었다.

헤르메스 길드의 대습격

"제국의 혼란이 잦아들지 않습니다."

헤르메스 길드는 또다시 비상 상황임을 인식했다.

용기사 뮬의 사망.

반란군의 출몰.

내정의 거듭되는 실패.

북부 정복 지역의 불안정.

정보대를 통해서 대륙의 각지에서 올라오는 보고들을 종합적으로 분석해 본바, 하벤 제국이 이대로라면 위태로울 수 있다는 결론에 이르게 되었다.

중앙 대륙에서는 위드가 용기사 뮬을 습격한 이후로 그를 따라 하는 유저들만 수백 명이나 등장했다.

과거처럼 헤르메스 길드를 무서워하지 않는다.

공포를 바탕으로 지배해 왔지만 현재는 빈틈이 드러나면 유저들이 역으로 습격을 했다.

대부분의 습격은 역으로 쉽게 퇴치해 버렸지만 훤한 대낮에도 자신들을 상대로 습격이 이루어졌다는 점이 충격적이었다.

북부 대륙에서는, 식민지의 전초기지로 생각했던 정복 지역의 발전이 예상 밖으로 더디게 진행되었다.

풍부한 물자와 많은 돈으로 도시 시설과 건물은 세웠다. 그렇지만 하벤 제국의 노예들 외에 북부 유저들을 찾아보기가 힘들었다.

하벤 제국 식민지의 기술이 아무리 높고 편의 시설이 다양해도, 북부 유저들은 관심이 없었다.

아르펜 왕국의 자유분방한 분위기와 유저들끼리의 즐거운 생활을 만끽하고 있으니 건물이 깨끗하고 개발이 더 되었다고 해서 식민 지역으로 찾아올 일은 없는 것이다.

북부에는 미개척 지역이 많다고 해도 대도시 모라타에 가면 뭐든 해결할 수 있다는 점도 장점이었다.

하벤 제국이 분명히 발달하였지만, 북부에서 발전도가 가장 높은 모라타에서도 못 하는 건 찾기 힘들 정도였다.

"돈을 차곡차곡 모아서 아르펜 왕국에다가 집을 사야지! 가족들을 위해서라도 야반도주밖에는 없다."

"훗… 내게 지원금을 줘? 모조리 빼돌리다가 나중에 갖고 튀어야지!"

노예가 되어 북부로 끌려간 주민들이 도망쳐서 아르펜 왕국의 주민이 되는 경우가 역으로 흔하게 벌어졌다.

가끔 식민 지역에서 시작하는 초보자들의 뜻도 한결같았다.

"여기가 알바 자리가 많다며?"
"초반 기술들만 습득하고 바로 가야지. 정말 최악이다. 건물만 새것 같지 완전 지루하고 활력도 없는 도시네."

식민 지역을 통한 베르사 대륙 통치 계획에 심각한 차질이 생기고 말았다.

북부의 정복 지역은 조롱거리가 되면서 막대한 돈과 물자만 잡아먹는 하마처럼 되어 가고 있었다.

게다가 정복 지역에 마을과 도시가 생겨나면서 훌륭한 표적이 되었다.

검치와 수련생들.

시작은 고작 200명에서 300명가량으로 추정되는 유저들이었다. 그들은 황소를 타고 하벤 제국의 북부 지역에서 마을을 약탈하고, 제국군과의 전투를 즐겼다.

헤르메스 길드의 기사들도 바보가 아닌 이상 수비 병력을 데리고 힘껏 싸워 봤지만 싸움도 되지 않았다.

"근접 공격에서는 손발이 어지러워서 속수무책이고, 뭔가 큰 스킬을 발휘하려고 하면 황소를 타고 미리 벗어나거나 먼저 들어옵니다."

제집처럼 하벤 제국의 땅을 헤집고 다녔다.

북부 정벌군의 총사령관 알카트라는 병력을 배치해서 포위 섬멸 계획도 몇 번이나 세웠다.

그러나 그들의 전투 감각은 무서울 정도였다. 싸울 자리를 잘 파악하고, 군대를 정면으로 공격하여 단숨에 찢어 놓는다.

병력과 병력끼리의 전투에서 기사들이 전혀 버텨 주지 못했으니 상대하기란 어림도 없었다.

포위망을 비웃기라도 하듯이 매번 군대에 상당한 피해를 입히고 빠져나갔다.

그렇다고 해서 고급 인력인 마법사들을 모든 병력에 배치하기도 무리다.

마법사들은 잘도 피해 다니면서 싸우더니, 나중에는 조인족의 등에서 화살을 쏴서 원거리에서 저격했다.

조인족들이 그들의 눈이 되어 주고 있는 이상 하벤 제국의 병력 이동은 훤히 들여다보였다.

헤르메스 길드의 초기 생각과는 다르게 북부 대륙의 개척 지역은 돈과 자원을 집어삼키는 하마가 되고 있었다.

중앙 대륙의 경제 재건도 여의치 않다.

황궁에서 많은 지원금을 베풀었으며 영주들도 이제는 그 뜻에 공감하여 지역개발에 앞장을 섰다.

전쟁으로 파괴된 도시 건축물 복구, 생산 시설 정비와 재투자, 안전한 교역로 확보, 악화된 지안을 회복하고 주민들의 충성도를 올리기 위해서는 돈으로만은 되지 않았다.

투자를 통해 경제력이 조금 올라가는가 싶다가도 반란이 일어나면 말짱 도루묵!

한두 달의 시행착오를 겪으면서 내정이 밑바닥이라고 해도 될 정도로 심한 악화 상태이기에 장기간에 걸쳐 꾸준하게 투자를 해야 효과를 볼 수 있을 것으로 결론이 났다.

헤르메스 길드의 입장에서는 억울할 수도 있었다.

중앙 대륙의 각 왕국들은 이미 거듭되는 전쟁을 통해 경제적으로 위축되어 있었다.

난세가 어디 헤르메스 길드만의 책임이던가. 경쟁자들을 물리치고 최종 패권을 잡은 것일 뿐이다.

영광스러운 앞날이 있을 줄로만 알았는데 전쟁으로 파괴된 시설과 여차하면 칼을 드는 주민들을 거두게 되었다.

군대를 통해 세금만 거두자면 상관없었지만 장기간의 통치를 위해서는 모든 책임을 지고 재건을 해야 하는 일을 맡았다.

하벤 제국에 넘치는 자금으로도 중앙 대륙의 경제를 되살리려니 역부족이었다.

몇천만 골드의 거액이 가뭄으로 갈라진 논에 물을 한 바가지 뿌린 것처럼 순식간에 사라져 버리는 것이다.

"임시 증세를 합시다. 주민들을 상대로 경제력을 복원하기 위해 세금을 거둔다면 효과가 있을 겁니다. 제국 전체로 보면 몇억 골드도 얻을 수 있겠죠."

"정신 나갔습니까? 그랬다가는 겨우 진압한 반란군이 불붙듯이 일어날 겁니다!"

"다시 진압하면 됩니다. 반란군에게 빼앗긴 곳은 없지요."

"전투로 파괴되는 생산 시설이나 주민들의 감소는요?"

"몇몇 지역은 아예 포기하는 건 어떻습니까. 영영 못 써먹을 곳들은 공백 지역으로 남겨 둡시다. 주민들은 강제 이주시켜서 다른 곳에서 활용하면 되겠죠."

"유저들의 비판이 안 그래도 뜨거운 수준인데… 버림받은 땅이 등장한다면 유저들 사이에서는 제국의 통치를 더욱 비난하는 여론이 들끓게 될 겁니다."

하벤 제국 수뇌부의 분위기도 뒤숭숭했다.

반란군과의 전투는 하면 이긴다. 그렇지만 추락하는 내정은 도대체 무슨 수로 붙들어야 하는가.

중앙 대륙 정복 이후에 일찍 개입하여 제국의 기틀을 세웠어야 옳았다고 뒤늦게 후회를 했다.

밤샘 회의를 열어서 하벤 제국의 실상에 대해 파악을 했다.

현재의 세금 수입은 47억 골드. 그러나 이후 몇 달간 세금 수입은 계속 하락하게 될 것이다.

최종적으로 30억 골드 정도가 되면 하벤 지역과 칼라모르 지역, 그 외의 안정화된 지역들로부터 거두어들이는 세금을 통해 그 수준은 유지되리라 예상이 되었다.

여전히 막대한 자금이지만 현재 상태보다 나빠지는 것이기 때문에 기뻐하는 사람은 아무도 없었다.

라페이는 고심 끝에 말했다.

"우리의 군사력은 반란군과의 전투 등으로 지속적으로 강해지고 있습니다. 문제는 이것이 우리가 원하는 비는 아니라는 점입니다. 이대로라면 우리의 의사와는 달리 많은 땅이 주민들이 떠나고 불모지가 되어 버릴 것입니다. 지킬 가치도 없어지겠죠."

몇몇 지역을 아예 포기하자는 의견을 냈던 유저가 발언했다.

"그러면 지금보다 통치하기 편해지는 것이 아닙니까?"

"불모지가 생겨나고 교역이 지금보다 위축된다면 사람들이 모를 수가 없지요. 즉각적인 하벤 제국의 쇠퇴를 뜻할 것입니다. 중앙 대륙을 통일한 대제국이 바로 쇠퇴한다면 최악입니다. 당장은 버티겠지만 그 유지 기간이 오래가지는 못합니다."

"무슨 방법이 남아 있을까요?"

라페이는 지금까지 길을 제시해 왔다.

북부 개발 등이 실패로 드러나고 있었지만 헤르메스 길드의 수뇌부도 그 당시에는 적극 찬성했던 계획이다.

난관을 극복해 주리라고 여전히 기대감을 갖고 있지만 이 상황만큼은 그라고 해도 딱히 해답을 찾기가 어려웠다.

'통치가 이런 것인가.'

하나씩 이룰 때와는 달리 무엇도 제대로 되지 않는다.

하벤 제국에 반감을 가진 유저들과 주민들을 간과했다는 점은 실책이었다.

정복하여 쌓는 것과 넓은 땅을 단단히 지키면서 무언가를 이루어 낸다는 점은 다른 것이었으니.

'아니, 비단 우리 헤르메스 길드만의 문제는 아니다. 우리 길드가 아니라 다른 길드에서 전쟁으로 대륙을 정복했다 해도 마찬가지의 결론에 이르게 되었겠지.'

가장 큰 실책은 〈로열 로드〉를 얕보았다는 것이리라.

라페이나 헤르메스 길드원들은 다른 몇 개의 게임에서 지배자에 올랐던 경험이 있었다.

세계적인 인기를 가졌던 온라인 게임들, 특히 최근 20년간 최고의 인기를 유지했던 〈마법의 대륙〉에서 경험을 쌓았다.

길드 내부의 단단한 결속력과 뚜렷한 목표 설정, 치밀한 준비를 결과로 바꿔 가면서 지배 세력으로 군림하였다.

그 이후부터는 군사력을 통한 강제적 지배였다.

누구도 항거할 수 없도록, 도전하는 세력들을 일찍부터 찍어 누르는 방식으로 군림했다.

유저들의 자유를 빼앗고 착취하며 어떤 불평불만이 있든 무력으로 덤비지 못하게 했다.

〈마법의 대륙〉만 하더라도 그들이 있을 무렵에는 그것으로 충분했다.

하지만 〈로열 로드〉가 무엇이던가.

게임에는 전혀 문외한이던 사람들이 매일 수십만 명씩 새로 가입하고 있다.

〈로열 로드〉는 일상생활에서 벗어나 휴식을 즐기는 휴양지였으며, 새로운 것을 볼 수 있는 관광지였다. 모험을 즐기는 공간이었으며, 또 다른 하나의 삶을 살아가는 가상현실이다.

많은 게임들이 새로운 현실을 주장하며 등장하였지만 〈로열 로드〉만큼은 아니었다.

완벽하게 새로운 가상현실.

수억 명 이상의 유지들이 즐기고 있는 이 〈로열 로드〉에서 군사적인 독재를 유지할 수 있을 거라고 생각했던 것 자체가 너무나 큰 오산이었다.

명문 길드들끼리 대립할 당시에는 가능했을지 모르지만, 하나의 국가보다도 더 많은 유저들이 생긴 지금은 불가능하다.

한마디로 〈로열 로드〉는 감당하기 힘들 정도로 거대한 사회가 되었다.

유저들이 게을러지거나 다른 지역으로 떠나려고 하면 국가의 근간이 허물어진다.

자유가 없는 독재국가의 경제력은 발전하기 어렵다는 현실의 이유가 그대로 〈로열 로드〉 속에도 적용이 되고 있었다.

'어디서부터 손을 대고 바꿔야 할지……. 우리 하벤 제국이 당장 무너지는 것은 아니다. 군사력이 지속되고 있으니까. 세금 수입도 어느 정도가 유지된다면 여전히 천문학적인 액수다. 그렇지만 제국의 국력이 쇠퇴해 가기만 할 텐데 그것을 되돌릴 방법이란… 정말 어렵구나.'

라페이는 하벤 제국의 쇠퇴기까지도 염두에 두었다.

상업과 유저들의 활기가 살아나야만 했다.

이대로 모든 게 최악까지 이르게 되면 국력이 위축되는 것을 떠나서 제국의 운명과도 관계가 있었다.

중앙 대륙이 대대적인 쇠퇴를 거듭한다면 일정한 수준에 이른 순간 참다못한 유저들이 집단으로 봉기하게 될 것이다.

중앙 대륙에서 패권을 다투었던 명문 길드들이 되살아나는 정도가 아니라, 끝없이 새로운 유저들을 상대로 싸워야 한다.

하벤 제국의 군사력도 지루하게 이어지는 전투로 좀먹게 될 테고, 내정은 더욱 나빠지게 된다.

그때가 되면 헤르메스 길드의 영주들도 딴마음을 먹고 자기들끼리 단합을 하게 되리라.

거대한 제국이 그렇게 분열하여 산산조각 나는 전개.

물론 그 기간이라면 헤르메스 길드의 대처에 따라 달라질 것이다.

'대륙 통일의 업적은 정말 어려운 것이군.'

라페이는 원인을 알고 있는 만큼 방법도 제시할 수 있었다.

'이 모든 게 아르펜 왕국 때문이다. 적어도 아르펜 왕국이 없었다면 하벤 제국은 지금 쇠퇴하진 않았으리라. 공포를 바탕으로 군림하고 누구도 대들지 못하는 시기에 내정에 힘을 쏟았다면… 그랬다면 하벤 제국은 앞으로 5년, 10년을 갈 수 있는 밑거름을 마련하기에 충분했다.'

아르펜 왕국이 있어서 중앙 대륙 유저들의 반발이 더욱더 심하다.

위드는 지금까지 계속 헤르메스 길드에 물을 먹여 왔다.

심지어 최근 입수한 첩보에 의하면, 과거의 명문 길드들을 부추긴 것도 바로 위드였다.

'아르펜 왕국의 세율을 터무니없이 낮춘 걸 보며 지금껏 무시해 왔다. 그건 국가를 운영하는 입장에서 보면 별 이익이 없는 것과 마찬가지였다. 물론 군사력에 투자할 필요가 거의 없었다고는 하나… 그 낮은 세율을 바탕으로 우리 하벤 제국을 노리고 있었구나!'

계속 돌이켜 볼수록 이 모든 나쁜 싱황들은 진부 위드 때문인 것 같았다.

중앙 대륙을 장악할 완벽한 계획을 가지고 있었지만, 중간에 북부 대륙에 갑자기 왕국이 세워지고 골칫덩이가 나타날 줄이야 누가 알았겠는가.

'아직 끝난 게 아니다. 하벤 제국이 내부에서 약해지고 있다고는 해도 여전히 드러난 적수가 없도록 강력하다. 제국 내부의 혼란을 다잡는 한편으로 아르펜 왕국을 지도에서 지워 버리면 된다. 그것으로 시간을 벌어서 하벤 제국을 키워야 한다.'

라페이는 과거와는 달리 조금은 다급한 마음으로 새로운 계획을 세웠다.

온건하고, 적들을 약화시키는 장기간의 계획을 좋아하는 그였지만 지금부터는 정말로 다급한 처지에 놓이게 되었다.

"헤르메스 길드를 지휘하는 대표로서 모든 소속 길드원들에게 명령을 내립니다."

라페이는 원래부터 길드의 수장이었다. 지금도 바드레이가 사냥 등으로 회의에 참여하지 않으면 모든 결정권을 가진다.

"하벤 제국에 더 이상의 낭비는 없습니다. 북부의 식민지에 대한 통상적인 지원을 2할로 줄입니다. 현재를 유지할 수 있는 최소한의 지원만을 합니다. 그리고 모든 파티나 사치 행위를 중단하며, 세율은 현재의 절반으로 낮춥니다."

"절반은 불가능합니다!"

"군사력도 유지하기 어렵습니다. 다른 투자도 못 할 테고요."

바로 반발부터 튀어나왔다.

라페이는 고개를 흔들었다.

"지금 낮추지 않으면 그나마 남은 기회도 없어질 겁니다. 세율이 절반으로 낮아지더라도 세금 수입이 그만큼 떨어지는 건 아닙니다. 즉각적으로 교역이 확대되고 생산량이 늘어서 상당한 금액이 보완되리라 생각합니다. 반란군의 활동 역시 잦아들게 되겠지요."

하벤 제국에는 숨어 있는 여력이 상당하다.

라페이는 상인들의 활동만 촉진되더라도 지금껏 떨어진 많은 세금이 어느 정도 회복될 수 있으리라고 보았다. 반란군까지 덤으로 많이 사라져 준다면 하벤 제국의 군사력을 통해 중앙 대륙의 혼란은 다시 잡을 수 있다.

"그리고 눈에는 눈. 우리 역시 위드와 같은 방식으로 아르펜 왕국을 해결합니다."

"예? 무슨 뜻입니까?"

"위드나 북부의 유저들이 기습 공격으로 나온다면 우리 역시 대군을 모아 아르펜 왕국을 짓밟는 종전의 계획을 지속할 이유가 없습니다. 3만 명 정도의 살인귀로 구성된 병력을 북부에 침투시키겠습니다. 그들은 북부의 땅을 돌면서 유격전을 펼칠 것입니다. 마을을 불태우고 개간한 땅을 못 쓰게 만들어야겠죠."

3만 명의 정예 병력을 100개 이상의 부대로 나눠서 아르펜 왕국을 휘젓게 만든다.

그들이 언젠가 토벌이야 될 테지만 아르펜 왕국 역시 감당하기 힘든 피해를 입은 후가 되리라.

'과연… 똑같은 방법으로 되갚아 주면 되는군.'

좌중의 유지들은 감탄했다.

라페이의 계획은 끝난 게 아니었다.

"헤르메스 길드의 유저들 중에서도 지원자를 2만 명까지 받겠습니다. 그들은 북부로 파견되어 사냥터나 던전에서 무차별 학살을 하면서 아르펜 왕국에 보복을 가합니다. 물론 위드처럼 최대한 숨어서 학살하는 것입니다."

하벤 제국에서 위드와 똑같은 일을 벌인다면 그 위력이 다를 것이다.

위드가 소용돌이를 일으켰다면 하벤 제국은 초대폭풍을 만들 수 있다.

'놀라운 계획이다.'

'성공 가능성은 확실하다.'

헤르메스 길드 수뇌부 유저들의 눈이 날카롭게 빛났다.

제국의 내정을 재건하기란 어려운 일이지만 이쪽은 자신들이 잘할 수 있는 분야다.

아르펜 왕국이 완전히 패망한다면 하벤 제국의 수명도 더욱 길어질 게 아닌가.

일석이조 이상의 전략이었다.

명분상으로도 위드나 아르펜 왕국이 먼저 시작했기 때문에 그에 대한 보복 공격을 내세울 수 있다.

정도가 훨씬 과하기는 하지만, 그쯤이야 힘의 논리에 의해서 오히려 함부로 움직이지 말라는 경고도 되리라.

'정식 전쟁만 고집하지 않겠다. 그냥 모조리 쓸어버리겠다.'

하벤 제국의 공격대가 북부 대륙으로 출동했다.

다음 날에는 헤르메스 길드의 유저들도 북쪽을 향해서 출발했다.

보통의 행군과는 다르게 도시 사이의 텔레포트 게이트나 마법사들을 이용했기에 신속했다.

북부 식민 지역으로는 몇 시간 후에 선발대 2,000여 명이 도착할 수 있었다.

"제1대는 모드레드에서 벤트까지 담당한다. 그 영역 내에서는 마음껏 날뛰도록."

"옛!"

속속 본진도 도착했다.

"제2대는 항구도시 바르나까지 가면서 살육을 해라."

"누구든 죽여도 됩니까? 상인이나 비전투 계열의 직업 같은 경우도요?"

"제한 따위는 없다. 레벨이든 남녀노소든 가리지 말고 전부 죽여라."

북부 대륙에서 은밀하게 활동하면서 무차별 살상을 일삼을 자들.

약 5만 명에 달하는 사냥개들을 아르펜 왕국에 풀어놓은 것이다.

"크아악!"

"적이다! 적이 나타났다!"

그중에서 3만의 공격대는 아르펜 왕국의 지방 마을을 습격했다.

막 사람들이 모이고 발전하는 마을에서 얼마 안 되는 자경단을 해치우고 주민들의 목숨을 빼앗았다.

"크헤헤헤, 여기에는 약탈할 것도 없다. 전부 불태우자!"

"옛, 대장! 불장난을 시원하게 해 봅시다."

중앙 대륙의 전쟁에서 NPC로 구성된 기사들과 병사들은 미치는 경우가 있었다.

각 교단에 맡겨서 신성 치료를 받으면 원상태로 회복이 되었지만, 하벤 제국에서는 언젠가 쓸모가 있을지도 모른다며 그렇게 하지 않았다.

이 살인귀들은 언젠가 제국의 숨겨진 힘이 될 것이다.

비밀리에 지하 공간에서 계속 훈련을 시킨 3만의 살인귀들은 아르펜 왕국의 마을들을 파괴했다.

평화로운 강과 호수, 산속의 작은 마을이 그 대상이 되었다.

아르펜 왕국의 주민을 상대로 무차별 학살을 벌였고, 우연히 마주치는 상인이나 모험가 유저들도 공격의 대상이 되었다.

20명, 30명, 50명, 100명 단위로 나뉜 살인귀들의 부대는 계획된 이동로에 따라 전투와 파괴 공작을 한다.

가끔 고레벨 유저들로 구성된 사냥 파티에 의해 전멸하기도 했지만, 단 하루 만에 수십 개의 마을들이 파괴되었다.

아르펜 왕국의 수많은 주민들이 학살되고 시설들이 파괴당했다.

2만 명의 헤르메스 길드 유저들은 그다음 날부터 활동을 개시했다.

미리 점찍어 놓은 던전이나 사냥터로 가서 활동하는 유저들을 지켜보았다.

"여긴 순 초보들뿐이군. 이빨에 기별도 안 가겠는데…… 그래도 내 임무는 학살이니까 머릿수만 채우면 되겠지."

"우습지도 않구나. 무슨 달걀 껍질까지 주우면서 사냥하는 애들이 다 있냐."

아르펜 왕국에는 초보자의 비율이 90%를 넘었기에 어쩔 수 없는 현상이었다.

헤르메스 길드 유저들은 북부로 침투한 이후에 위드처럼 긴장감 넘치는 전투와 도주를 염두에 두고 있었지만 막상 뚜껑을 열어 보니 전혀 아니었다.

"모두 죽어라!"

3인 1조 정도로 움직이면서 던전 입구를 막고 내부의 유저들을 학살했다.

그 소식이 근처 마을이나 도시로 알려지더라도, 여긴 중앙 대륙과는 달랐다.

중앙 대륙에서 위드가 등장하면 인근의 헤르메스 길드 유저들이나 현상금 사냥꾼들이 개떼처럼 몰려든다.

비록 번번이 위드의 함정에 빠지거나 한발 늦어서 효과는 못 봤지만.

최소 그 지역에서라도 명성을 떨쳤던 숱한 헤르메스 길드 유저들이 위드에게 떼죽음을 당했다.

아르펜 왕국에서는 헤르메스 길드 유저들이 습격히면 일 검이라도 받아 내는 경우가 드물었다.

도시에서도 사냥터의 소식이 전해지면서 난리가 났지만 추격대가 쉽게 결성되지는 못하였다.

모라타가 아닌 이상에야 그들을 상대할 수 있는 수준이 되는 레벨 400대 이상의 유저들이 한가롭게 쉬고 있는 경우가 드문 것이다.

　조금 큰 도시에서는 북부 유저들이 토벌을 위해 나섰지만 역으로 함정에 빠졌다.

　이를 미리 예상하고 헤르메스 길드 유저 수십 명이 길목에서 기다리고 있다가 쉽게 소탕해 버렸다.

　역시 베르사 대륙의 시간으로 하루가 지나니, 북부 대륙에서 꽤나 레벨이 높은 유저들이 수천 명 넘게 목숨을 잃었다.

　막 성문 밖으로 나선 초보들까지 포함하면 10만 명이 훨씬 넘는 유저들이 떼죽음을 당했다.

　"진작 이렇게 할 걸 그랬군."

　"위드라고 해 봐야 고작 1명이잖아. 이렇게 쉬운 길을 놔두고 너무 멀리 돌아왔다."

　"이게 베르사 대륙이지. 이런 게 〈로열 로드〉의 재미이지 않겠냐."

　살인자로 이름이 붉게 드러난 헤르메스 길드 유저들은 은신처에서 웃었다.

　아르펜 왕국이라는 적지에 있었지만 즐기고 있었다.

　3만 명의 살인귀들이 한창 설쳐 대는 동안 북부 유저들은 상황 파악도 제대로 하지 못할 것이다.

　헤르메스 길드의 2만 명이나 되는 유저들이 잠입하여 실컷 살육을 벌일 수 있는 것이다.

　"불쌍하게도 이놈들은 우리가 몇 명인지도 모를 거잖아."

"암. 거기다 우리가 며칠 쉬는 사이에 주변에서 또 학살을 벌여서 난리가 나겠지."

"그쪽에 관심이 쏠리게 되면 우리가 나서는 것이고 말이야."

"크크크크. 너무 쉽잖아."

"인생 쉽게 사는 거지, 뭐. 헤르메스 길드 쪽에 줄을 서길 잘했어."

살인귀 부대들이 모조리 퇴치되면 하벤 제국에서는 병력을 준비하여 재차 보내기로 약속을 했다.

혼자서 활동했던 위드와는 달리 자신들에게는 제국의 든든한 지원이 있었다.

침투한 헤르메스 길드 유저들이 날뛰면 아르펜 왕국은 공포에 빠져야 하리라.

북부의 초보 유저들을 숨도 제대로 쉬지 못할 악몽에 빠뜨리는 계획.

아르펜 왕국을 패망시킬 수 있는 잔인한 전략이 실행에 옮겨졌다.

중앙 대륙의 사람들은 하벤 제국의 고난을 비웃고 있었다.

"꼴좋다. 거들먹거리더니 이런 날이 금방 오네."

"천적은 있는 거지. 싸우기만 하면 이기는 제국이라도 약점이 많으니까."

"우리도 칼을 차고 습격하면 이득을 볼 수 있을까? 헤르메스 길드의 한 놈만 잡아도…….”

“아서라. 그랬다가 우리한테 척살령 떨어져서 다시는 도시 밖으로 못 나가. 끝까지 보복한다는 이야기 못 들었어?”

위드와 반란군에 의해 골치를 앓으며 드높은 명성이 추락하는 헤르메스 길드를 안줏감으로 삼았다.

중앙 대륙에서 헤르메스 길드를 좋아하는 자들은 그들과 관계된 사람들뿐이다.

“도시의 활력이 죽었어.”

“반란군 때문인가. 뭐, 사람들도 예전처럼 많지 않은 것 같고…….”

“광장이나 시장에도 빈자리가 많더라.”

“북부로 옮겨 간 사람들이 꽤 되는 거지.”

사람들은 침체된 경기에 대해 불평하기도 했다.

대도시들은 예전과는 다르게 조용해졌다.

소문난 관광도시 같은 곳들은 여전하다지만 사냥을 위해 파티 동료를 구하기도 어려워졌다.

북적이던 던전도 한가했다.

많은 입장 요금을 내고서라도 스스로의 성장을 위해 날밤을 꼬박 새우던 유저들, 지금은 하벤 제국의 통치에 질려서 휴식을 즐기고 있었다.

도시 인근의 언덕에도 큰 나무 아래에는 사람들이 모여서 낮잠을 자곤 했다.

편안한 모습이었지만 과거의 바빴던 생활을 기억하는 유저들에게는 힘 빠지는 일이었다.

유일하게 장사가 잘되는 곳이라면 식당과 술집뿐이다.

술집에서는 사람들이 최근의 헤르메스 길드의 북부 습격에 대해 이야기했다.

"북부도 이번에는 끝장이겠지?"

"몰라. 확실한 게 있다면, 위드라고 해도 이런 공격에는 대책이 없을 수밖에 없지."

"몸이 수백 개 있는 것도 아니니까."

"과연 그렇군."

중앙 대륙의 유저들은 비슷한 생각들을 했다.

'아무리 생각해 보더라도 도저히 막을 방법이 없다.'

하벤 제국군의 살인귀들, 헤르메스 길드의 고레벨 유저들.

여간해서는 포위망도 쉽게 뚫어 버릴 수 있는 자들이다.

초보 유저들이 주축인 아르펜 왕국으로서는 그야말로 속수무책.

도시 근처에서 불과 100여 명만 활약하더라도 그 지역은 누구도 활약하지 못할 죽음의 지대가 되어 버릴 것이다.

다른 지역으로 옮겨 가려고 해도 죽을 확률이 절반을 넘는다면 움직이지 못한다.

아르펜 왕국의 주요 길목들이 차단되고 고립되어서 경제력은 반 토막 나게 되리라.

만약 어설프기 짝이 없는 군대가 동원된다면 불과 며칠 만에 전멸할 수도 있으리라.

"뭘 해 볼 수도 없을 거야. 헤르메스 길드와 싸우려고 해도 그렇게 하기가 힘들잖아?"

"사람이 많을수록 이런 혼란 속에서는 의견을 통일시키기도 어려워. 자기들끼리 싸우지나 않으면 다행일걸."

"의견을 일치시킨들 뭘 하겠나. 대지의 궁전 전투처럼 분명한 적이 있고 지켜야 할 장소가 있다면 모르지만, 사람들이 많이 모이면 헤르메스 길드 놈들은 나타나지 않을걸. 다른 빈 마을을 침략해도 되고, 따로 행동하는 유저들을 없애도 되니까."

"싸움의 조건이 너무 유리한 거지. 괜히 놈들이 이 중앙 대륙을 통일한 게 아냐."

"수단과 방법을 가리지 않는 놈들이니까."

술자리의 분위기는 무거웠다.

자신들이 북부 유저라고 해도 막막하기 짝이 없을 것 같았다. 북부의 척박한 땅에 뿌리를 내리고 잡초처럼 자라 온 아르펜 왕국이었지만 허무하게 망하고 말 것만 같았다.

중앙 대륙의 사람들은 안타까워하면서도 나서서 구하지는 못했다.

모라타 어딘가의 넓은 지하 공간이었다.

수천 명의 사람이 모여 있음에도 쥐 죽은 듯이 조용했다.

지하 공간의 정중앙에는 흙으로 뒤덮인 넓은 공터가 있고, 맑은 냇물이 흘렀다.

그 주변으로 솟아나 있는 파릇파릇한 풀잎들!

새하얀 옷을 입고 있는 여성 유저가 외쳤다.

"드디어 기다렸던 날이 왔습니다!"

그러자 사방에 서 있는 사람들이 일제히 호응했다.

"풀, 풀, 풀, 풀!"

"죽, 죽, 죽, 죽!"

정확히 박자까지 맞춰서 외치는 이름.

풀죽신교는 이미 북부 대륙 전역을 평정하였으며, 중앙 대륙에도 그 씨앗을 뿌려 놓았다.

이들은 풀죽신교에서도 핵심이라고 할 수 있는 원리주의자들이었다.

오로지 풀죽만을 먹으며, 아무리 배가 고파도 풀죽이 없으면 그냥 굶어 죽었다.

남자들은 술안주로도 풀죽만 마셨으며, 아침에는 풀죽 해장국을 끓였다.

여자들은 더욱 지독한 면이 있어서, 풀잎을 약간의 쌀과 같이 먹었다.

풀죽신교 원리주의자들의 활동은 단지 풀죽을 먹는 것으로 그치지 않는다.

북부의 대형 공사 현장에 빠짐없이 참여해야 하며, 헌금도 납부해야 했다.

어려운 이웃이 있으면 돕고, 헤매고 있는 초보자들에게는 방법을 알려 준다. 도시와 던전을 가리지 않고 사람을 도우며, 주민들을 보살펴 준다.

그 유저의 레벨을 떠나서 북부에서는 최고의 명예로운 호칭이 풀죽신교 원리주의자!

이들의 활동이 있기 때문에 풀죽신교는 변함없이 정의로울 수 있었다.

　사람들의 중심에 서 있던 레몬이라는 이름의 여성 유저가 말했다.

　"베르사 대륙에 풀죽이 없었던 때를 아십니까. 그 시기에는 혼란과 파괴, 고통으로 가득했습니다. 사람들은 남을 짓밟아야 자신이 산다는 착각 속에서 살았습니다. 그러나 저는 풀죽을 마시면서 깨달았습니다. 이렇게 묽지만 맑고 순수한 죽이 또 있으랴! 사람들과 이 세상을 위해서 살아야겠구나!"

　"오오, 풀죽!"

　"저는 그때부터 진실로 풀죽신의 은총을 받았습니다. 더 이상 들고 있는 짐이 무겁지 않았습니다. 자비로운 기적은 그것으로 그치지 않았습니다. 비염으로 막혀 있던 코까지도 뻥 뚫렸습니다!"

　"오오, 자비로우신 풀죽이여."

　"아르펜 왕국은 풀죽신교의 고향이며 천국입니다. 대륙이 어지러우니 우리 풀죽신교는 또다시 일어날 것입니다."

　다른 누구보다도 풀죽신교를 좋아하며, 북부의 모든 노가다를 섭렵한 성녀 레몬이 외쳤다.

　"이 한 몸 다 바쳐서 따르겠나이다!"

　"풀죽의 자유와 명예를 위하여 검을 들겠나이다."

　이 엉뚱한 행사는 아르펜 왕국의 10만이 넘는 선술집에 중계되었다.

　방송국들도 실황중계를 했는데, 황당하게도 시청률이 무려

30%를 넘어섰다.

게시판도 마비 사태가 일어났다.

제목: 풀죽신교에서 여러분을 부르고 있습니다.

모두 일어나라!

ㄴ 벌떡!
ㄴ 독버섯죽에 영광을!!
ㄴ 크하하하, 오늘을 기다렸다. 닭죽 27기 올림.
ㄴ 직장인입니다. 휴가 신청 완료.
ㄴ 인삼죽. 크크크크.
ㄴ 게살죽이 선배님들을 뵙습니다.
ㄴ 위에 닭죽 27기님, 저 닭죽 3기입니다. 지금 어디 계신지… 출정 전에 닭
   죽에 모라타산 브랜디나 한잔할까요?
ㄴ 닭죽 선배님, 영광입니다. 푹 삶은 닭죽에 브랜디라니 완벽한데요. 저 마
   침 모라타이니 제가 모시겠습니다.
ㄴ 닭죽 5기입니다. 충성! 저도 가도 될까요?
ㄴ 죽순죽 부대원들은 다른 분들에게 민폐가 될 수 있으니 이 글에 댓글 남
   기지 마세요.

제목: 죽순죽입니다. 드디어 모이는 건가요? 그리고 궁금증이…….

안녕하십니까. 〈로열 로드〉 1개월 차인 죽순죽입니다.
모라타에서 시작하고 나서 벌써 이런 영광이… 선배님들로부터 성전에 대
한 이야기를 듣기만 했는데요.
근데 제가 궁금한 게 있습니다. 우리 죽순죽 회원이 도대체 몇 명입니까?

ㄴ 1,000만은 넘겠죠.
ㄴ 1,000만이 뭡니까. 2,000만은 쓰세요.
ㄴ 여러분, 요즘 모라타 안 와 보셨어요? 3,000만은 될걸요.

각종 인터넷 게시판에는 사람들이 풀죽신교의 노래를 계속 올렸다.

동영상으로 100명의 유치원생들이 일제히 풀죽신교의 곡들을 부르는 모습이 대단한 인기를 끌었다.

한국만이 아니라 해외 각국의 동영상들을 풀죽신교에서 접수했다.

그리고 최근 뜸해진 중앙 대륙과는 다르게, 베르사 대륙 북쪽 유저들의 접속률은 무섭게 치고 올라가기 시작했다.

영광의 착취자

아르펜 왕국의 도시와 마을은 사람으로 가득 찼다.

"1시간 동안 죽은 사람만 300명이 넘어."

"동쪽 이동로는?"

"막혔어. 밤나무 숲 인근 마을은 전부 폐허로 변했고."

성문을 빠져나가서 마을이 보이지 않을 정도로 걸어가다 보면 하벤 제국의 살인귀 부대나 헤르메스 길드 유저들이 습격을 했다.

어느 곳이든 안전한 장소가 없었다.

지키는 병사들이 없으면 성문 앞까지도 와서 아르펜 왕국의 유저들을 공격했다.

"이런 나쁜 놈들."

"레벨 15짜리도 죽였대. 아예 사람을 안 가려."

레벨이 100에도 이르지 못하는 초보 유저들이 떼죽음을 당했다.

"여러분들, 걱정하지 마십시오. 악당 데드론이 적들을 쫓아낼 것입니다."

"행운의 검사 카론도 같이 갈 겁니다. 1시간 내로 물리치고 돌아올 테니까요."

도시에서 제법 강하다고 인정을 받는 유저들이 길을 뚫겠다고 성문 밖으로 나섰지만 역시 목숨을 빼앗겼다.

암살자, 레인저, 기사, 마법사 등.

베르사 대륙에서 최강의 유저들이 모여 있는 헤르메스 길드에서 지원자를 받아 무려 2만 명이나 침투시켰다.

넓은 영토를 다스리는 아르펜 왕국에서는 마을과 마을 사이의 공백이 넓었고, 높고 튼튼한 성벽이 세워져 있지도 않았다.

하벤 제국의 군대와 헤르메스 길드의 유저들이 침투해서 날뛰더라도 속수무책이었던 것이다.

수천 개의 무리로 나뉘어서 게릴라전을 펼쳤기에 그 위험함은 끝도 없이 커졌다.

북부 유저들은 이동과 사냥의 자유를 빼앗겼으며, 마을과 도시의 방어가 허술하다고 판단되면 어김없이 침략을 받았다.

헤르메스 길드의 적극적인 습격과 파괴 공작에 의하여 베르사 대륙의 북부 전체가 마비되었다.

딱 사흘!

아르펜 왕국의 국력 3%가 날아가는 데 들어간 시간이었다.

대도시와 성, 그리고 산속의 아주 작은 마을들을 제외한 수많은 지역이 표적이 되었다.

번듯한 마을이 적고, 주민이 부족한 아르펜 왕국으로서는 중대한 피해였다.

처음으로 중앙 대륙처럼 주민의 인구가 감소하고 있었던 것이다.

"우리 이제 어떻게 하냐? 앉아서 죽을 수는 없잖아."

"모라타로 가면 괜찮을 텐데……."

"거기까지 가려면 열 번은 습격당할걸."

"다수가 모여서 단체로 이동한다면?"

"우리 목숨이야 건지겠지만 남겨진 사람들은 죽을 거야. 그리고 이 마을도 우리가 떠나고 나면 부서져 버릴 테고."

"이러든 저러든 절망적이구나."

이틀이 지나고부터 작은 마을마다 유저들이 모여서 웅성거렸지만 해결책은 찾지 못했다.

레벨 400대 이상의 강자들이 모여서 침략자들을 찾으려고 하면 나타나지 않고 숨어 버렸으며, 다른 약자들의 무리를 공격했다.

몇몇 헤르메스 길드의 유저들이 습격 도중에 격퇴되어 죽었다는 이야기는 들려오지만, 그런 경우란 드물었다.

마을마다 유저들이 머리를 맞대고 토론해 봐도 이 사태를 수습할 해결책이 나오지 않았다.

하벤 제국의 살인귀 병력 3만, 헤르메스 길드의 유저 2만 명이 게릴라전을 펼치고 있었으니 도시 밖은 온통 위험히게만 느껴졌다.

아르펜 왕국의 전면 마비 사태였다.

한편으로 모라타, 바르고 성채, 항구 바르나, 벤트 성, 새벽의 도시 등에는 북부 유저들이 엄청나게 모여들었다.

하벤 제국의 북부 습격!

미친 병사들과 헤르메스 길드의 유저들이 무차별 학살 중!

위드는 드래곤 라투아스를 위한 조각품 퀘스트를 마치고 나서 침략에 대한 소식을 들었다.

모든 방송국들이 이 사실을 속보로 전달하고 있었으며, 아는 사람들의 귓속말을 통해서도 전해졌다.

> 페일: 큰일 났습니다. 헤르메스 길드가 쳐들어왔습니다.
> 이리엔: 어떻게 해요… 아흑.
> 마판: 돈벌이에 지장이 생겼습니다.
> 제피: 음… 최근에 많은 일들로 인하여 심려가 많은 줄은 알고 있습니다만 유린이 언제쯤 시간이 날까요?
> 서윤: 먼저 가서 죽이고 있을게요.
> 유린: 오빠, 큰일 났다.
> 로뮤나: 위드 님, 제 실력 아시죠? 화염 마법으로 몇 명이나 한꺼번에 태울 수 있을 거 같아요?
> 수르카: 뼈마디를 부숴 놓을게요.

정말 나쁜 놈들이라든가, 빌어먹고 썩을 놈들이라고 헤르메스 길드를 비난해야 마땅한 상황. 그렇지만 헤르메스 길드의 움직임을 전달받고 나서도 위드는 당연하다는 듯 고개를 끄덕였다.

"올 것이 왔구나!"

중앙 대륙에서 활약하면서 그들도 보복한다며 비슷한 방법을 쓸 수 있을 거라는 염려는 했었다.

그러나 자신은 혼자서 활동했던 반면에 규모 면에서 차이가 심하게 났다. 대규모 군대의 동원은 하벤 제국이 아니고서야 불가능했다.

"이게 영세 자영업자와 대기업의 차이지."

달걀을 하나 까먹었더니 토종닭 수천 마리가 우르르 쫓아오는 스케일!

그러나 이런 방법이 아니더라도 어떻게든 아르펜 왕국을 죽이려고 하는 자들이었다.

"빚쟁이가 쫓아와도 도망갈 구멍은 있지. 너무 걱정할 필요는 없어."

위드는 긍정적으로 생각하기로 했다.

현실이 각박하다 보니 하벤 제국의 위협 따위는 오히려 간단하게 느껴지기도 했다.

인생을 밝히는 꼼수란 어디에나 있는 법.

위드는 라투아스의 레어에서 내려와, 기다리고 있던 마판을 만났다.

"현재 중앙 대륙의 정확한 상황은 어떻습니까?"

"그럭저럭입니다. 반란군은 제국에 자잘한 피해를 많이 입히고 있죠. 실속은 별로 없지만 끈질기게 붙고 늘어지니끼 헤르메스 길드에서 원하는 만큼 수습은 안 될 겁니다."

"마판 상회는요?"

"암거래를 기반으로 해서 자리를 잡고 있습니다. 중앙 대륙의 상권이 위축된 상태이기는 하지만 식량은 이럴 때일수록 더 많이 필요로 하는 것이니까요."

마판 상회는 이 와중에도 밀무역으로 천문학적인 돈을 벌어들이고 있었다.

주민들은 치안이 불안정해지고 전쟁이 일어날 조짐이 보이면 식량을 마구 사들인다.

어쩌면 상식적이고 당연한 판단이라고 할 수 있었다.

중앙 대륙의 곡물 생산량은 매년 꾸준히 감소했다. 반란군이 들끓으면서 농민들이 제대로 농사를 짓지 못했으니 대륙적인 식량난까지도 일어날 수가 있었다.

마판 상회에서는 이 기회를 노려서 북부의 넘쳐 나는 농작물들을 해상 운송으로 동 대륙을 거쳐 중앙 대륙으로 수출했다.

위드의 사전 허락이 없었다면 절대로 불가능한 일!

'식량난으로 중앙 대륙의 경제가 위축되면 그것도 좋은 일이지. 하지만 먹고살자고 하는 짓인데 장기적인 효과가 낮은 일에 매달릴 수는 없어.'

전 대륙적인 식량난이 일어나더라도 하벤 제국은 무너지지 않는다.

위드는 〈로열 로드〉에서 군사 제국의 성질에 대해서 잘 알고 있었다.

전쟁의 시대에 퀘스트를 하며 사막의 낙타 기병을 이끌고 중앙 대륙을 침략해 본 경험을 통해 깨달았다.

'군사력이 강하다는 건 어쩔 수 없이 큰 장점이다. 주민들의 반란이 집단으로 일어나더라도 쉽게 진압할 수 있지. 비정상적

으로 강한 군사력은 어떤 도전도 힘으로 꺾을 수 있으니까.'

주민들이 굶더라도 최소한의 사냥을 할 수 있는 이상 유저들까지 굶주리는 경우는 벌어지지 않는다.

중앙 대륙의 주민들이 고통스러워할 테지만 정작 굶어 죽는 이들은 거의 없을 테고, 하벤 제국은 그런 시련을 버텨 낼 수 있다.

단지 주민들의 충성심이 낮아지고 경제력이 꾸준히 약화될 뿐이다.

위드가 세웠던 팔로스 제국이 그런 식으로 역사에 발자취를 남겨 놓고 무너지지 않았던가!

역사적으로 보면 짧은 83년의 지배였지만 현실에서 보자면 대단히 긴 기간이다.

위드는 그 틈을 이용해 마판과 손잡고 북부의 식량을 수출하며 막대한 부를 축적하고 있었다.

"다음으로 할 작업은 적극적인 매수입니다."

"매수요?"

"최근 하벤 제국에서는 기술자들과 생산 시설 건물들 가격이 많이 하락했더군요."

"그야 정상적으로 운영되질 못하니까요."

"후후후. 지금이 기회입니다. 주민들을 노예로 삼아서 착취… 아니, 감언이설로 꾀어내 마구 부려 먹… 흠흠, 싼값에 고용하는 것이지요."

"그런 훌륭한 사업이라면 가진 자금을 쏟아붓겠습니다."

위드와 마판은 죽이 척척 맞았다.

평생을 두고 꿈꾸어 오던 땅 투기와 인재에 대한 투자!

하벤 제국의 바닥 경제를 장악한다면 이후로 얻을 수 있는 이점은 매우 많으리라.

위드를 훌륭한 정치인으로 보기에는 의구심이 들지만, 이런 디테일만큼은 누구에게도 뒤지지 않았다.

어디에서든 크고 작은 이권을 파악하여 호주머니를 채우는 능력!

그래도 마판 상회의 재력에는 한계가 있었다.

제국의 수도 부근은 위험도가 높아서 자유도시들과 다른 왕국 지역의 두 번째, 세 번째 도시들을 위주로 투자하기로 합의했다.

그때 마판이 물었다.

"아르펜 왕국으로 침투한 자들은 어떻게 하실 겁니까? 매일 손해가 엄청납니다만… 상회 차원에서 마땅히 막을 수 있는 방법도 없고요."

마판 상회도 헤르메스 길드의 기습으로 무수한 피해를 입고 있었다.

목장이 박살 나고, 농장은 불태워졌다.

대도시에 자리 잡은 생산 시설들이야 무사했지만 북부를 번영하게 만들었던 상인들이 위험에 빠져 교역을 다닐 처지가 아니었다.

왕국 내부의 교역이 전면 중단되면 경제적인 손해도 손해지만 이런 상황이 지속되면 더 큰 문제다.

변방의 작은 마을들은 니플하임 제국의 몰락 이후로 다시 돌아가는 셈이었다.

아르펜 왕국에 대한 영향력이 축소되면 변방 마을들은 독립할 여지마저도 있었다.

'어떤 방법으로 저 많은 놈들을 해치우는 게 가능하지?'

마판도 정말로 궁금했다.

과연 위드에게는 하벤 제국의 습격을 막을 숨겨진 전력이나 기발한 방법이 있을까?

'위드 님이라면 회심의 계책 같은 게 있을 만도 한데.'

마판은 물론이고 아르펜 왕국의 유저들 전부가 궁금해하고 있었다.

'위드 님은 머리가 뛰어난 분은 아니야. 그러나 남을 믿지 않고 절대 손해 보는 일은 하지 않지. 밟혀도 그냥 안 죽는 게 능력이라고 할까. 지금의 상황도 극복할 수 있을 거야.'

상식선에서는 아무리 생각을 굴려 보더라도 영토 내에 침투한 5만 명이나 되는 병력을 해치우고 왕국을 보호할 수단은 떠오르지 않았다.

라페이가 전략가로 이름이 높다면 위드는 잔머리 하나로 험한 대륙에서 살아왔다.

위드는 라페이처럼 큰 그림은 그리지 못해도, 시시때때로 생겨나는 상대의 빈틈을 잘 노렸다. 특히 본인의 이득에 관련된 사안이라면 놀라울 정도로 민감했다.

하벤 제국의 혼란을 틈타서 밀무역으로 한탕을 하자는 최초의 제안을 했던 것 역시 위드였다.

밀무역에 필요한 자금도 헤르메스 길드의 유저들을 처치해서 현지에서 조달하기까지 했다.

상인 마판으로서는 끝없이 존경하고 따를 수밖에 없는 대상이었다.

위드가 당연하다는 듯이 말했다.

"저 역시 당장 아무런 피해도 없이 그들을 막을 방법은 없습니다."

"옛? 정말이요?"

"애초에 허점을 정확하게 노린 것이니까요. 군사력이나 인구 밀도가 낮은 아르펜 왕국으로서는 피해 없이 막을 방법이란 없습니다."

마판이 목청을 드높였다.

"그러면 장기적으로 국가 멸망인데요. 아르펜 왕국에서 멀쩡할 건 모라타나 벤트 성, 바르고 성채뿐일 겁니다. 새벽의 도시도 제대로 지어지지 않을 것이고요."

아르펜 왕국의 이름까지 지워질 수 있는 대위기!

북부 대륙에 막대한 투자를 해 놓았던 마판은 두툼한 볼살을 부르르 떨었다.

'그러나…….'

마판은 방심하지 않았다.

위드가 어떤 인간이던가!

누가 3골드만 뺏어 가도 잠을 못 이룰 사람이다.

아르펜 왕국에 위기가 닥쳤는데 이렇게 태연한 걸 보면 그냥 당하고 있을 리가 없었다.

"완벽한 대책은 아니더라도 놈들을 물리칠 방법을 찾아내셨군요?"

"물론입니다."

"어떤… 제게 말해 주실 수 있나요?"

"후후후."

위드는 낮게 웃은 후에 이야기했다.

"복잡할수록 간단히 생각해 보면 돼요. 산속에서 곰을 만나면 무섭죠. 근데 집에 들어온 곰은 곧 돈 덩어리입니다."

"예?"

"버릴 게 하나도 없다고 할까요. 좀 피해야 보겠지만… 뭐, 아르펜 왕국은 원래 그렇게 많이 부술 게 있지도 않았지 않습니까."

마판이 머리를 긁적였다.

자신이나 가몽을 비롯한 상인들이 전면적인 교역을 바탕으로 북부 대륙을 융성하게 만들고 있었다.

그럼에도 아직 시작 단계에 불과하다.

마을의 생산력이 대대적으로 늘어나기보다는 주민들이 정착해서 살기 시작하는 정도의 시기였다.

아르펜 왕국의 영토가 북부 대륙의 전역으로 퍼져 나갔다고 해도 마을 사이마다 비어 있는 땅 역시 너무나도 넓다.

북부 대륙 전체가 아르펜 왕국이지만, 또 막상 영토라고 할 만한 도시는 적은 것이다.

상인들이기에 산간벽지까지 가서 간신히 교역로를 뚫기도 했다.

모라타나 도시들에 들어갈 수 없는 처지인 헤르메스 길드 유저들이 그런 곳까지 찾아다니기란 상당히 어려울 것이다.

광산이나 곡창 지역을 파괴해도 뭐, 큰 타격까진 아니다.

광산은 인력 부족이나 교통망이 연결이 안 되어서 개발 못한 곳이 넘쳐 나는 실정이었고, 곡창 지역도 씨만 뿌려 놓은 곳들이 대다수였다.

베르사 대륙의 북부는 그동안 방치되어 있던 비옥한 평야를 이용하여 농사를 짓고 있었다.

몰락한 니플하임 제국으로 인한 이득이었는데, 수확량이 다소 줄어든다고 하더라도 식량은 여전히 넉넉했다.

"곰이 집에 피해를 주긴 하겠지만, 결국은 잡아먹히게 되죠."

"그 말뜻은……."

"놈들은 저에게 착취당하고 말 겁니다."

확고한 착취 신언!

북부 대륙의 짧은 역사를 떠올리면서 위드의 눈가가 촉촉해졌다.

"모라타가 커지면서 제 투자 액수가 많아지고 문화적인 영역이 전면 확대되면서 말입니다. 아르펜 왕국의 국왕으로 주민들을 착취할 수 있는 방법을 연구하느라 거의 한 달간은 제대로 잠을 못 이뤘습니다."

"……!"

진정한 착취자는 미리부터 계획을 세우고 고민하는 것이 마땅했다.

위드는 국왕으로서 진지한 고민에 빠졌었다.

길거리를 걸어가다가 넘어질 수는 있지만 착취의 기회가 찾아왔을 때 이를 놓치는 일은 절대 일어나서는 안 된다고 생각했다.

"세금을 높인다? 그러면 사람들이 싫어하겠죠. 바로 여기저기서 불만이 터져 나올 겁니다. 중앙 대륙이나 아르펜 왕국이나 차이가 줄어들면 얼마나 북부 대륙에 올까요?"

아르펜 왕국의 차별화된 경쟁력은 역시 세금을 빼놓고 이야기하기란 불가능하다.

위드가 계속 담담하게 말을 이었다.

"한동안 세금을 높일 수는 없고, 이주민을 받아들이고 신규 유저들을 바탕으로 왕국을 성장시키려면… 에휴. 모두가 최선의 노력을 하더라도 앞으로 몇 년은 걸리게 되겠죠."

베르사 대륙의 북부에는 몇 가지 호재가 있었다.

프레야 교단의 축복이나 비옥한 땅, 니플하임 제국 이후로 흩어졌던 주민들.

그럼에도 처음부터 다시 시작하는 왕국이 다른 지역을 능가하는 번영을 하기란 긴 시간을 필요로 했다.

마판과 같은 상인들은 왕국의 초기부터 투자해서 이익을 거두고 있었으니 그들의 역할이 아주 중요하고 컸다.

"그렇다고 헤르메스 길드를 착취한다고요?"

"중앙 대륙에서야 사방이 적들이었으니 헤르메스 길드 유저들을 사냥하기가 위험하고 조심스러웠어요. 뭐, 거우 얻은 큰 소득이 용기사 물 정도? 그만한 강자를 해치울 기회는 자주 생기기 어렵습니다. 하지만 북부 대륙에서 그들의 편이 되어 줄 사람은 드물어요. 지금 저지르고 있는 짓 때문에 더더욱이나요. 제 입장에서는 베르사 대륙의 북부에 흩어져 있는 녀석들을 추적해서 사냥하기가 좋죠. 얼마간은 왕국에 피해를 입더라도요."

세상에 그 누가 헤르메스 길드를 착취의 대상으로 볼 수 있었겠는가.

위드는 자신의 낮은 레벨을 빨리 올리고, 전투 스킬들을 성장시키기 위한 먹잇감으로 그들을 보고 있었다.

사람들은 조각 생명체들의 진면모를 아직 잘 모른다.

헤르메스 길드원들이 인적이 뜸한 산과 들판에 숨어 있더라도 조각 생명체들은 금방 찾아낼 능력이 있었다.

지옥의 개 켈베로스의 후각이나, 황금새, 은새 등의 기동력과 넓은 시야를 이용해서 발견하면 해치우는 것은 금방이다.

조각 변신술을 써서 동료의 모습을 하고 다가갈 수도 있었으며 시간 조각술이 있는 이상 웬만한 싸움쯤은 식은 죽 먹기나 마찬가지였다.

더구나 그들은 모두 붉은색의 살인자 신분이기에 잡았을 때의 경험치나 전리품도 상당하다.

당분간 적극적으로 헤르메스 길드 사냥만 나설 작정이었다.

"그래도 아르펜 왕국의 유저들이 피해를 보고 있는데요?"

"자고로 애들은 싸우면서 크는 법입니다."

"……."

"그래도 우린 별거 없으니까 좀 죽더라도 복구하면 되죠. 머릿수로만 피해를 계산하면 안 돼요. 초보자들 1,000명이 죽어 봐야 피해는 얼마 안 되잖습니까. 그리고 이건 제가 믿고 있는 마판 님에게만 말씀드리는 겁니다만……."

"네?"

"후후후. 북부 유저들이 죽으면서 장비를 잃어버리거나 손상이 가해지면 다시 구입을 하겠죠. 다른 친한 사람들에게 뒤처지지 않게 사냥도 열심히 하게 될 거고요. 그건 또 왕국의 입장에서는 세금을 납부받을 수 있는 기회죠."

"허억!"

마판은 진심으로 경악과 함께 감탄할 수밖에 없었다.

유저들이 입는 피해까지도 냉정히 계산하여 착취할 수 있다는 국왕 위드의 생각을 누가 헤아릴 수 있단 말인가.

"왕국의 경제력 감소는요?"

"당장은 경제력이 줄었다고 해도 상인들이 교역을 재개하면 다시 메꿔질 것이고요. 애초에 우린 생산 시설이 그리 많지 않으니까요."

어쩌면 서글픈 현실!

아르펜 왕국은 한 지방이 침탈을 당하더라도 파괴될 시설물이 별로 없었다.

헤르메스 길드 유저들이 떼로 몰려가서 광산을 점거한다거나 해도 어차피 다 관리도 못 하는 판국이니 내버려두면 된다.

대도시까지는 덤벼들지 못할 테니, 모라타와 곡창지대 등을 바탕으로 해서 몇몇 곳의 교역이나 생산에만 집중하더라도 현재는 충분했다.

아르펜 왕국의 경제력 중의 대략 70%는 불과 서너 곳에 모여 있었던 것이다.

"욕은 헤르메스 길드 놈들이 먹고, 피해는 북부 유저들이 보겠죠. 뒷감당도 북부 유저들이 알아서 할 겁니다."

마판이 고개를 갸웃했다.

"뭐, 이미 피해를 감수할 수밖에 없는 상황이니 말씀하신 대로 되긴 할 것 같습니다만… 근데 원래 국왕이 군대를 이끌고 주민들이 피해를 입지 않도록 국경 밖에서 적을 막아야 정상 아닌가요?"

"주민들이 알아서 막는 거죠."

"……?"

"국가란 원래 다 그런 겁니다."

고도의 착취 방법.

위드가 악덕 국왕으로서 점점 눈을 뜨고 있었다.

위드는 조각 생명체들을 모아 놓고 바로 행동으로 옮겼다.

쌀밥은 김이 모락모락 날 때 먹어야 가장 맛있다!

"전부 나가서 하벤 제국 녀석들을 찾아라."

"쿠카카캇. 알았다."

크오오오오!

빙룡과 와이번들이 세찬 돌풍을 일으키며 출동했다.

"사냥이다. 다 태워 죽이리라."

"독으로 녹여야지. 드래곤이 무엇인지를 미개한 인간들에게 보여 주마."

달빛 조각사

위험한 불장난을 원하는 불사조.

짝퉁 드래곤이지만 제법 센 이무기.

초대형 생명체인 불사조와 이무기가 구름보다도 더 높이 날면서 광범위한 지역을 넓게 살폈고, 황금새와 은새도 그들을 따르는 새 떼를 데리고 참여했다.

작은 새들이 은신하기 좋은 숲과 산을 수색 영역으로 삼아서 날아다녔다.

켈베로스는 코를 킁킁대며 도시 근처를 전담하기로 했으며, 악어 나일이는 강가를 지키면서 지나가는 유저들을 감시하기로 했다.

조각 생명체들을 기반으로 한 전방위 감시체계!

북부 대륙 전역을 감당하진 못하겠지만 유저들이 많은 지역들만 신경 쓰더라도 충분했다.

헤르메스 길드의 침입자들도 인적이 뜸한 산악지대에 멍하니 앉아서 며칠씩 사람이 지나가는 것만 기다리고 있지는 않을 것이다.

북부 유저들이 많은 지역이나 이동 경로에 집중적으로 숨어 있다고 보는 게 당연했다.

"놈들을 찾으면 바로 사냥이다! 전부 나가라!"

바하모르그, 기사 세빌, 여전사 게르니카, 하이엘프 엘틴 등도 바쁘게 위치를 향해 뛰었다.

주요 길목들을 차단하고 하벤 제국의 살인귀나 헤르메스 길드의 유저들을 발견하면 공격할 것이다.

'은밀한 기동력을 확보하기 위해 병력을 작은 부대로 나눴겠

지. 그렇다면 탐색도 필요 없지. 보이는 족족 죽여 주면 된다.'

위드에게는 아르펜 왕국 전역이 최상의 사냥터가 되었다.

"오늘 몇 명이나 죽일까?"

"50명 정도?"

"길드에서는 20명 이상만 죽이면 된다고 했는데… 너무 많은 거 아냐?"

"쓸 만한 놈이 1명도 없으면 죽여 봐야 실속이 없어. 북부 대륙에는 레벨 300을 넘는 놈들도 흔하진 않으니 기다리느라 시간을 다 보내네."

"그래도 학살하는 재미가 있긴 하지. 크흐흐."

4명의 헤르메스 길드 유저들이 산속에 숨어 있었다.

마을들을 오가는 길목이었으니 사람들이 지나가는 걸 보면 해치우면 된다.

째재잭.

시원한 바람이 불고, 산새들이 맑게 우는 야트막한 산이었다. 감탄이 나올 정도로 아름다운 자연환경이었지만 그들에게는 관심 밖에 속했다.

"중앙 대륙에서 활동할 때가 참 좋았는데… 그땐 약탈하는 맛이 제대로였잖아."

"대여섯 건만 해도 그날은 대박이었지."

"적당히 치고 빠지려고 했는데 통 쓸 만한 놈들이 없네. 여기서는 지나가는 상단이나 털어야 실속이 있을 것 같다."

헤르메스 길드 유저들은 벌써 200여 명이나 죽였지만 그럭저럭 상대할 만한 강자들은 만나 보질 못했다.

북부 유저들끼리는 긴밀한 협력 관계가 유지되고 있었다.

그들이 습격을 가한다는 소식이 퍼지고 나서 겁 없는 초보유저들은 활동을 계속했지만, 고레벨 유저들은 감쪽같이 숨어 버렸다.

"길목에서 기다릴 게 아니라 사냥터로 쫓아가 볼까?"

"그것도 귀찮은데… 사냥터에서는 한꺼번에 덤비니까 위험할 수도 있고. 여기 있으면 많이 죽일 수는 있잖아. 대량 학살이야말로 싸움의 묘미지. 무방비의 북부 놈들을 실컷 죽일 수있으니까."

한가롭게 대화를 나누던 헤르메스 길드 유저들.

두두두두두두!

땅을 울리는 진동에 그들은 말을 멈췄다.

"온다."

"1명인가?"

"말이 아니라 소 같은데……."

헤르메스 길드 유저들은 수풀 사이에 바싹 엎드렸다.

갑자기 뛰어 나가서 놀라게 만들며 공격을 하는 재미!

누린 황소를 탄 사람이 급한 일이라도 있는지 질풍처럼 달려오고 있었다.

유저들은 이때부터는 낮게 속삭였다.

"장비는?"

"허접하진 않아. 레벨 400대 정도로 보인다."

"대박이구나. 기다렸던 보람이……."

"동시에 튀어 나가는 거다."

헤르메스 길드의 살인자들답게 장비부터 먼저 주의 깊게 살폈다.

그다음으로 황소에도 시선이 갔다.

넓고 탄탄한 가슴과 허벅지에는 터질 듯한 근육이 팽창했고, 곧고 길게 뻗은 뿔은 위압감까지 느껴질 정도였다.

말보다도 2배는 빠를 듯한 속력을 내고 있었다.

남자와 황소는 순식간에 가까이 다가왔다.

"놓치면 안 되니까 확실히 하자."

"모두 준비해."

헤르메스 길드 유저들이 튀어 나가려고 했다.

그런데 남자가 그들이 있는 곳을 향해 검을 휘둘렀다.

"달빛 조각 검술!"

검이 휘둘러지며 푸르른 검광이 그들을 향해 날아왔다.

전혀 예상치 못한 공격에 헤르메스 길드 유저들은 잠깐 몸이 굳었다.

"원거리 공격?"

"잠깐만! 우리가 여기 있는 줄 어떻게 알고……."

"그런 말 할 시간이 어디 있어. 빨리 피해!"

콰과광!

검에서 뿌려진 빛이 그들이 있는 장소를 박살 냈다.

암살자, 레인저, 기사 2명의 팀으로 구성된 헤르메스 길드 유저들은 제각기 다른 방향으로 몸을 날렸다.

살인을 밥 먹듯이 기회만 있으면 저질렀던 자들이라서 피하는 데에도 미리 짜 맞추어 놓은 듯이 효과적인 움직임이었다.

그러나 이는 진정한 사냥꾼을 만나 보지 못했다는 증거이기도 했다.

적이 단 1명이라면 흩어지는 깃보다는 다 함께 정면으로 덤벼드는 게 나았을 테니까!

위드는 누렁이를 탄 채로 귀찮을 수 있는 레인저를 향해 돌진했다.

"하필 나야. 빌어먹을!"

레인저는 땅을 박차고 옆으로 몸을 날렸지만 달려오는 누렁이의 속도가 너무 빨랐다.

다른 곳으로 피하지는 못하고 누렁이에게 화살을 겨누었다.

짧은 순간이었지만 황소를 쓰러뜨린 후에 동료들과 힘을 합쳐서 적을 쓰러뜨리려는 계산이었다.

푸슉!

화살이 쏘아졌지만 누렁이는 앞다리와 뒷다리에 순간적으로 힘을 주더니 마치 호랑이라도 되는 것처럼 날쌔게 뛰어넘었다.

누렁이의 돌진은 전혀 늦춰지지 않았다.

위드의 검의 간격에 가까이 다가오고 말았다.

"헤리임 검술."

푹! 컥! 쫙!

말이나 황소를 타고 있으면 속도에 따라서 공격력이 확실히 높아졌다.

레인저의 떨어지는 방어력을 감안하더라도 헤라임 검술의 3연속 공격에 의해 사망하고 말았다.

"나 폴크스가 이렇게 허무하게……."

레인저가 회색빛으로 변하기도 전에 위드의 왼손이 그 자리를 휩쓸고 지나갔다.

전리품이 세상에 모습을 드러낸 지 0.1초도 지나지 않아서 수거가 되었다.

가히 전문가다운 아이템 회수의 속도.

공격 이후에 물이 흐르는 것처럼 자연스럽게 전리품까지 획득했다.

위드는 손에 묵직함을 느끼며 만족스러워했다.

'헬멧에 가죽 갑옷. 개시치고는 좋았어!'

누렁이는 멈추지 않고 이어서 바로 암살자에게로 달려가고 있었다.

암살자는 단거리 이동은 어느 직업을 막론하고 가장 빠르다. 그러나 먼 거리를 연속으로 움직일 수 없다는 한계도 가졌다.

"제기랄."

암살자는 레인저가 목숨을 잃는 그 순간 은신술을 펼치려고 했다.

암살자의 특권이 무엇인가.

숨어서 공격한다는 점에 있다.

자신의 모습이 사라지면 기사들과 싸움이 벌어질 테고, 언제든 유리할 때 기습을 할 수 있다.

설혹 정 불리하다면 아예 모습을 드러내지 않는 선택도 가능했다.

목숨을 잃으면 받게 되는 페널티가 다른 직업보다도 훨씬 높은 만큼 몸을 숨기거나 피해야 하는데……

위드와 누렁이가 어느새 정면에 있었다.

"치잇! 맹독 쌍검!"

독을 바른 단검을 양손에 나눠 쥐고 휘두르고 찔렀다.

헤르메스 길드의 유저다운 반응 속도였으며 재빨리 외치기까지 했다.

"이 독은 마비의 효과가 있을 뿐만 아니라, 생명력을 절반 이하로 떨어뜨릴 것이다!"

그 말을 들은 상대방이 위축되는 것까지 노린 것이었다.

본능적으로 독이라고 하면 꺼려지고 무섭기 마련이기 때문이었다.

위드가 가볍게 상체를 움직이면서 그것을 미리 알고 있기라도 하듯이 다 피해 버렸다.

"어어?"

푸슉슈슉!

헤라임 검술이 그의 몸을 가볍게 연속으로 베고 지나갔다.

강력하게 쳐 낼 수도 있었으나 암살자란 원래 생명력이 높거나 방어력이 강하지 않다.

사냥 속도를 올리기 위해 조각 파괴술을 써서 모든 예술 스탯을 힘으로 바꿔 놓았다.

레드 스타는 들고 있지 않았지만 다른 검으로도 싸움에는 충분했다.

"쾌액!"

정확하게 암살자의 목숨이 끊어지면서 그가 남긴 전리품은 땅에 떨어지기도 전에 수거가 됐다.

간결한 전투가 더하거나 뺄 것도 없다면 이어지는 전리품 수거 동작은 예술 그 자체.

남은 건 기사 둘뿐이었다.

그들은 어깨를 맞대고 섰다.

"저 황소는 누렁이야."

"그렇다면 전쟁의 신 위드다."

바드레이의 유일한 호적수, 중앙 대륙에서 숱한 헤르메스 길드 유저들이 그에게 목숨을 잃었다.

최근에는 용기사 뮬까지 살해를 당했으니 자신이 둘이라고 해도 승산이 없음을 직감했다.

"빌어먹게도 오늘은 일진이 안 좋군."

"그래도 방송에 나올 수도 있겠어. 상대가 유명하니 개죽음은 아니야."

기사 둘은 누렁이 때문에라도 도망가기는 포기했다.

"차핫. 전쟁의 신 위드여, 당당하게 겨뤄 보자!"

기사들이 동시에 덤벼들었지만 위드는 압도적인 힘으로 그들의 검을 쳐 냈다.

음머어어어어.

누렁이는 네다리로 땅을 박차며 힘을 실어 주었으며, 때때로 게걸음이나 뒷걸음질까지도 마다하지 않고 기사들의 혼을 쏙 빼 놓았다.

짧은 거리에서 민첩하게 움직이는 누렁이.

위드에게는 익숙하지만 기사들의 경우에는 전장을 경험했더라도 흔치 않은 일이었다.

기사들은 한 번의 공격을 할 때마다 몸의 무게를 완전히 싣는다.

그들의 공격을 누렁이가 무용지물로 만들면서 위드가 사정없이 헤라임 검술을 작렬시켰다.

1차 연속 공격이 성공하였습니다.
민첩이 27% 늘어납니다.

2차 연속 공격이 성공하였습니다.
힘이 48% 늘어납니다.

3차 연속 공격이 성공하였습니다.
민첩이 추가로 51% 늘어납니다.

4차 연속 공격이 성공하였습니다.
파괴력이 44% 늘어납니다. 적을 무력화시켰습니다.

5차 연속 공격이 성공하였습니다.
적이 비명횡사했습니다.

2명의 적이지만 헤라임 검술 앞에서는 몇 번 버티지도 못하고 한꺼번에 목숨을 잃었다.

위드가 등장하고 나서 넷을 전부 사냥하는 데 걸린 시간이 1

분도 안 되었다.

"쏠쏠하군. 누렁아, 다음 장소로 어서 가자!"

인근에 또 숨어 있는 헤르메스 길드 유저들이 있었다.

그들이 은밀하게 숨어 봐야 땅 밑으로 기어 다니는 벌레까지 찾아내는 새들의 시야를 벗어나지는 못했다.

헤르메스 길드에서 자원해 북부까지 나온 살인자들이기 때문에 레벨이 470에 달하는 유저들로 구성된 정예 팀도 있었다.

중앙 대륙에서도 그 지역에서는 악명을 떨친 무리들.

"위드다!"

"놈이 나타났다."

그들은 위드와 누렁이라고 해도 감당하기가 만만치 않은 자들이었다.

"견적이 좀 나오는군. 누렁아, 튀자."

음머어어어어어!

탐색도 없이 곧바로 돌입했지만, 상대가 강하거나 위험하다고 판단이 되면 그대로 후퇴했다.

몰래 맨몸으로 침투한 자들이 누렁이의 기동력을 따라잡을 수는 없었다.

"전쟁의 신이 도망쳤다."

"크하하하하! 꼴도 좋구나."

그러나 주변의 조각 생명체들을 소환하여 2분도 되지 않아서 재대결을 펼쳤다.

방어력이 좋은 기사와 전사인 세빌과 게르니카가 선봉에 서고, 위드는 누렁이를 탄 채로 좌우로 휘젓고 다닌다.

달빛 조각사

와이번들은 간간이 공중에서 수직으로 낙하하면서 적들을 괴롭혔다.

　헤르메스 길드 유저들이 목숨을 잃는 것은 당연한 결과라고 할 수 있었다.

　"부하들을 잔뜩 끌고 오다니 비겁하다! 이것이 전쟁의 신 위드의 방식이냐!"

　"싸움에 비겁이 어디에 있어. 이기는 쪽이 정의지."

　위드는 그들의 자자한 원성을 칭찬으로 들었다.

　위험한 집중 공격을 당할 때는 조각술 최후의 비기 스킬을 사용했다.

　"찰나의 조각술!"

　잠깐이지만, 적들도 이 세상도 멈춰 버리는 궁극의 기술.

　이것이 있기 때문에 헤르메스 길드 유저들이 분산되어 있다면 말 그대로 학살할 수가 있다.

　찰나의 조각술을 익히기 전까지는 그래도 어느 정도 신중하게 싸움을 결정해야 했다.

　다른 이들이 보면 터무니없을 만큼 무모한 전투도 위드는 냉정하게 승산을 따져 보고 기회를 만들었다.

　하지만 도저히 들이대더라도 해결이 나오지 않는 몬스터나, 헤르메스 길드에서 상위권 유저들로 구성된 팀은 건드릴 수가 없었다.

　가끔이지만 높은 레벨뿐만 아니라 스킬과, 스탯, 무기와 방어구까지도 제대로 갖춘 알짜배기 유저들도 있었던 것이다.

　위드가 덤빈다고 하더라도 제대로 싸울 줄 아는 이들은 동료들을 이용해서 효과적으로 역공을 가하며 위협할 수 있다.

위드는 생명력이 낮은 만큼 저주나 마법 공격, 행운으로 터지는 치명타 등을 항상 경계해야 하는 신세였다.

혹은 그들이 미리 대비하여 함정을 파 놓고 있는 건 아닌지 의심도 해 봐야 한다.

찰나의 조각술을 익힌 후에는 최소한 도망을 칠 수 있었으므로 싸움을 시작하는 데 있어서 약간의 망설임도 사라졌다.

'아직은 그래도 적극적으로 써먹을 때는 아니야. 헤르메스 길드에서 분석하거나 대비하지 못하도록 감춰 두어야지.'

세상의 시간을 짧게 멈춰 놓고, 공격을 피하거나 마법사, 사제들의 뒤로 돌아가는 정도로만 활용했다.

헤르메스 길드의 유저들로 구성된 팀들은 마법사와 사제들이 먼저 제거가 되면 오래 버티지 못하고 목숨을 잃었다.

손재주의 마스터로서 상대방과 싸우며 방패 올려치기를 익혔습니다.

로마냑 지방의 기사 검술을 습득했습니다.
힘을 위주로 하여 복잡하지 않은 간단한 검술입니다. 중급 2레벨까지의 스킬 숙련도를 곧바로 터득합니다.
기사 검술에서 세 가지 공격 스킬을 익혔습니다.
* 멀리 가르기: 검에 마나를 모아서 크게 가르는 기술. 가까이 있는 적을 밀어서 치는 효과가 있으며, 20미터 내의 적을 한꺼번에 공격할 수 있습니다. 마나 소모 3,500.
* 땅 내려치기: 6미터 범위에 있는 모든 적들의 균형을 일시적으로 잃게 만듭니다. 마나 소모 1,470.
* 힘겨루기: 로마냑 지방에서 기사들은 힘을 자랑하기를 즐겼습니다. 검끼리 맞부딪치며 밀쳐 낼 때 24%의 힘을 더하게 됩니다. 마나 소모 410.

상대방의 전투 기술을 그대로 습득하는 능력.

위드에게는 각종 무기를 기반으로 하는 기술들이 상당히 많이 쌓이게 되었다.

"손재주를 마스터하니 여러모로 좋군. 무예인만큼은 아니겠지만 확실히 강해지고 스킬 습득이 빨라졌어."

조각사임에도 실제 직업은 검사나 전투 계열 직업이 아니냐는 의심을 끝없이 받았다.

타고난 투사에 가깝던 위드에게 손재주의 마스터는 확실한 날개를 달아 주었다.

만만한 적들에게는 처음부터 창술을 활용하여 중급 3레벨까지도 달성했다.

용기사 뮬을 상징하던 무기인 선더 스피어를 착용하고 난 이후부터는 다수를 상대로 하는 전투가 한결 쉬워졌다.

적들이 몇 명이든 창을 휘두르면 된다.

창은 공격 범위가 넓고, 강한 힘을 가지고 있었다.

마나가 가득 찼을 때는 광역 스킬을 연거푸 사용하여 사냥 속도를 높였다.

적이 막더라도 무기나 방어구를 통하여 전기 충격이 고스란히 전해졌다.

누렁이를 탄 상태에서 마음껏 공격할 수 있었으니 전투력이 최소 30% 정도는 더 강해진 것처럼 느껴졌다.

"창술도 본격적으로 올려 봐야겠어. 손재주를 마스터했으니까 앞으로는 뭐든 해 볼 만한 가치가 있지.”

검술도 마스터를 할 것이다.

사막의 대제왕 퀘스트에서 이미 끝을 봤던 스킬이기에 앞으로 시간문제였다.

가장 많은 시간을 들여야 하며 고생을 필요로 하는 조각술이야말로 거의 마스터에 도달해 있었으니 그 이후부터는 성장에만 모든 여력을 쏟아부을 수 있다.

위드는 그날 하루에만 1개의 레벨을 올렸다. 레벨이 442에서 단숨에 443이 되었다.

헤르메스 길드 유저들이 보이기만 하면 바로 쳐들어가서 끝장을 내 버렸기 때문이다.

부지런히 하루 동안 없앤 적들도 150여 명에 달했다.

“수입이 정말 짭짤하군. 중앙 대륙보다도 먹잇감이 널려 있으니까.”

철야 작업까지도 마다하지 않으며 경험치를 쌓고, 전투 스킬을 올렸다.

레벨이 높아지는 것도 강점이었지만 각종 스킬들이 손재주 마스터로 인해 향상되면서 전체적으로 전투력이 향상되었다.

최고의 성장법은 역시 몬스터보다는 사람에 있었다.

아르펜 왕국이 휘청거리는 이때, 위드는 자기 자신의 실속을 챙기고 있었다.

“앞일을 누가 알겠어. 세상에 확실한 건 내가 강해지는 것과 돈밖에 없지.”

이미 먹고살 돈은 충분히 모았다.

그러나 돈은 모을수록 더 많은 욕심이 생겼다.

돈을 쓸 때의 기쁨도 알아 가고 있었다.

"나도 나중에는 가족들과 사치를 하고 살 거야."

잔뜩 돈이 모이면서 위드에게는 새로운 목표가 생겼다.

부동산 투기에 이은 부의 대물림!

노후에는 요플레를 먹으면서 뚜껑도 핥지 않을 정도의 사치가 목표였다.

"어서 짐을 싸!"

"오늘 내로 모라타로 돌아간다. 서둘러!"

서윤은 상인들의 행렬을 묵묵히 따라갔다.

초보 여행자들이 안전을 위해 상인의 뒤를 따라다니는 사람들 틈에 뒤섞인 상태였다.

"모라타에서 오랜만에 맛있는 거 먹을까?"

"응. 요즘에 문 연 식당들 많아. 맛집 검색도 해 놨어."

유저들은 즐거워하면서 바쁘게 걸었다.

상인들의 빈 마차나 수레에 약간의 돈을 내고 탄 유저들도 많았다.

북부 대륙을 마차로 여행하는 일이 최근에 대단한 유행을 일으켜서, 레벨이 70을 넘으면 누구나 돌아다니기를 바랐다.

거친 바람과 몬스터로부터도 위험하며, 웅장한 자연과 낭만이 함께하는 두 달간의 마차 여행.

여행자들끼리 눈이 맞거나 친해지는 경우도 흔하게 생겼다.

과거에 유럽 여행이 유행이었다면, 최근에는 북부 대륙 여행이었다.

대부분의 도시들이 발전도가 낮지만 의외로 배울 점들이 많다면서 대학교에서 휴학하고 대륙을 돌아다니기도 했다.

물론 그러다가 어떤 퀘스트 물품이라도 줍게 되면 정신없이 빠져들었지만.

아르펜 왕국이 아직 개발되지 않고 발전하는 중이라서 더욱 신을 내는 사람들이 많았다.

상인들과 여행자들이 부지런히 모라타로 돌아가기 위해서 발걸음을 옮기고 있는데, 그들의 앞을 가로막는 600기의 기병들이 나타났다.

"흐흐흐. 살이 여린 인간들이군."

"죽여! 죽여! 죽여!"

하벤 제국의 살인귀들!

북부 대륙에 침투시킨 살인귀 부대가 커다란 이동 행렬들을 보고 약탈하고 전멸시키기 위해 나타난 것이었다.

"하필 여기에… 어서 방어 진형을. 용병들은 적을 막아라!"

정보에 빠른 상인들은 그냥 당해 줄 수는 없었기에 마차를 모아서 전투준비를 갖췄다.

"저거 뭐야?"

"좀 이상한데. 아르펜 왕국군 아니야?"

초보 유저들은 백주에 무슨 일이냐는 반응을 보였다. 그리고 곧 하벤 제국의 살인귀 부대라는 사실이 알려졌다.

"으어어어."

"제, 젠장! 조금만 더 가면 모라타인데."

절망이 퍼져 나가고 있는 사이, 서윤은 묵묵히 앞으로 걸어나갔다.

스르릉!

등에 둘러메고 있던 대검이 뽑혔다.

그 순간, 서윤의 눈이 붉게 빛났다.

살육의 기운에 반응하여 광전사의 눈을 뜹니다.
힘이 73% 증가합니다. 공격 속도가 41% 빨라지며, 연속 공격을 가할 때 약간의 체력을 소모하는 대신에 머뭇거림이 최소화됩니다. 전투가 끝날 때까지 투지가 최대치가 됩니다. 더 많은 적들을 학살할수록, 싸우는 시간이 더 길어질수록, 전투 능력은 강해지게 될 것입니다.

띠링!

검을 뽑은 광전사
불의한 적들이 나타났습니다. 이들을 상대로 인정을 베풀 필요는 없습니다. 모든 적을 남김없이 처단해야 합니다.
난이도: 광전사 퀘스트.
보상: 힘 1.
제한: 고급 6레벨 이상의 검술. 투지 스탯 600.

서윤은 앞으로 달려가며 강하게 대검을 휘둘렀다.

꿈꿈꿈

페일, 메이런, 로뮤나, 이리엔, 수르카, 제피 등은 각자가 모라타 주변이나 마을에서 전투를 치렀다.

살인귀와 헤르메스 길드의 강자들을 막기 위해 주변의 유저들과 함께 싸웠다.

그들은 이미 위드의 동료로 알려지면서 북부에서는 대단히 유명했다.

"존경합니다, 신궁 페일 님."

"흠흠. 별말씀을요."

대지의 궁전 전투 등의 활동으로 큰 인기를 끌고 있는 페일에게는 궁수들이 너 나 할 것 없이 달려와서 인사를 했다.

로무나에게는 화염 계열의 마법사들이 가르침을 얻기 위해 찾아왔고, 이리엔이 있다는 소식에 그녀를 지키기 위해 은혜를 입은 유저들로 북적였다.

수르카는 외딴 마을의 방책을 지켰다.

살인귀 부대는 밤이 되고 나서 더욱 활개를 치기에 작은 마을들은 병사들을 배치했다. 그리고 하룻밤이 지났다.

아르펜 왕국의 마을은 17개나 사라지게 되었다.

유저들도 4,000명이 사망하고 주민들도 몰살을 당했다.

수르카와 로무나, 이리엔의 죽음!

끝까지 유저들과 함께 마을을 지키려고 했지만 하벤 제국의 살인귀들을 막진 못하였다.

헤르메스 길드의 유저들도 그들에 일부 섞여서 공격했던 것이다.

아르펜 왕국의 마을들이 불타서 검은 연기를 뿜는 동영상이 인터넷 게시판들을 휩쓸었다.

—아! 아르펜 왕국은 안 되나요?
—하벤 제국과 힘의 격차가 너무 심하네요. 그냥 요리되는 정도인 듯.
—망했네요. 하벤 제국이 대륙 통일한 거나 마찬가지예요.

　하벤 제국의 습격으로부터 일주일이라는 시간이 지났다.
　방송국들은 현재까지 입은 아르펜 왕국의 피해가 막대하다는 점을 강조했다.
　—전 국토에 걸쳐서 심각한 피해를 입었습니다. 비옥한 곡창지대는 절반이나 불타 버렸으며, 도로와 다리, 교통망도 끊어지고 교역이 정상적으로 이루어지지 않습니다. 변방의 마을들은 계속 침략의 위협을 겪고 있으며… 현재까지 벌어진 피해에 대한 통계를 잡기 어렵습니다만 주민들도 10만 명 이상이 사망했습니다. 유저들의 죽음은 그보다도 훨씬 많을 것입니다.
　하벤 제국의 살인귀 부대도 전투를 치르면서 소모되었지만 중앙 대륙에서 얼마든지 추가로 넘어올 수 있었다.
　방송국들이 아르펜 왕국의 위기를 열심히 보도하는 한편으로는 위드의 전투 영상을 오후의 메인 시간대에 특집으로 편성해서 내보냈다.
　조각 생명체들과 함께 끊임없이 빠르게 움직이며 헤르메스 길드 유저와 살인귀 부대를 척살하는 영상.
　잠깐의 쉴 틈도 없이 움직이는 그의 모습, 대적할 상대가 없던 헤르메스 길드 유저들도 버티지 못하고 허무하게 목숨을 잃었다.
　위드의 전투 영상을 거의 실시간으로 내보내면서 잔잔하고

도 서글픈 음악을 배경으로 깔았다.

진행자들은 목에 핏대를 세우며 열을 올렸다.

시청률이 사상 최고를 경신하고 있었던 것이다.

―7명 격파! 격파에 걸린 시간은 불과 31초입니다. 헤라임 검술이라는 공격 스킬을 24번이나 작렬시키는 신기에 가까운 모습을 보여 줬습니다. 매번 놀랐지만, 이번 역시 가히 묘기라고 할 수 있겠네요.

―신혜민 씨, 방금 광역 공격 스킬을 피하는 모습을 보셨어요?

오주완과 신혜민 역시 〈베르사 대륙 이야기〉를 진행하며, 2부에서는 위드를 생중계했다.

―네, 물론입니다. 도저히 피할 수 없는 것으로 알려진 참화의 땅이라는 창술 스킬인데요. 3명 이상의 창술가가 동시에 사용해야 시전이 되는 기술이죠.

―조금 더 보충 설명을 드리자면, 공격에 휘말리게 되면 연속으로 타격을 입게 되면서 빠져나오지도 못하게 됩니다. 아직까지 깨진 적이 없는 스킬이었습니다만 위드는 마찬가지로 창을 꺼내서 이를 막아 내고 반격했습니다. 벌써 게시판이 달아오르고 있네요. 신혜민 씨도 위드와 사냥을 같이 다녔던 것으로 아는데, 이런 모습을 자주 보셨나요?

―보기는 많이 봤죠. 말도 안 되는 모습들을요.

신혜민은 끔찍하다는 듯이 한숨을 쉬었다. 잠깐이었지만 방송 진행자로서 표정 관리가 안 되었다.

―에… 가장 놀라웠던 건 어떤 게 있나요?

―그때 맷집을 올린다면서 아슬아슬하게 초주검이 되어서 전투를 끝냈죠. 생명력을 0.3% 정도로만 남기고요.

―대단한 전투 감각이네요. 그런 수준이라면 타고난 것도 있겠지만 고

도의 단련이 필요할 것 같습니다.

　─네. 근데 그 전투가 끝나고 나서 몸에 붕대를 감으면서 요리를 하다가 칼을 갈고, 방어구를 닦으면서 조각품까지 만드는 광경이 가장 놀라웠어요. 잡캐가 보여 줄 수 있는 최대의 경이로운 장면은 이런 것이구나, 하고 느꼈다고 할까요.

　─…….

　─위드 님과 사냥을 할 때 1초를 딴생각하면 그만큼 움직임에서 뒤처지게 돼요. 너무나도 빠른 진행 속도를 따라가지 못하게 되는 것이죠. 2초 동안 가만히 있으면 위드 님의 잔소리가 어김없이 날아와요.

　─보통 힘든 게 아니었겠군요.

　─대부분의 인간들은 참 편하게 살고 있으며, 저는 평소에 행복했구나, 라고 느꼈어요. 앗. 잠시 대화를 나누는 사이에 벌써 전리품을 수습하고 이동하고 있습니다. 와이번에 타고 이번에는 어디로 가게 될까요?

　방송국들은 위드의 전투 영상을 보도하면서 영웅 만들기에 돌입했다.

　이번에도 위드가 메인 주인공이 될 수밖에 없었다.

　중과부적이라는 말이 나올 정도로 많은 적들을 상대로 누렁이를 탄 채로, 혹은 바하모르그나 다른 조각 생명체들을 끌고 돌진한다.

　나름대로 혁혁한 명성을 가진 헤르메스 길드 유저들이었는데 막상 싸움이 벌어지면 허무하게 목숨을 잃었다.

　실낱같은 구멍을 만들어 내서 비집고 들어가서 끝장을 보는 능력.

　고군분투를 펼치는 위드의 모습에 사람들이 다시금 열광하고 있었다.

바드레이나 헤르메스 길드의 주요 간부들이 안전한 사냥터에 머무르면서 강해지는 것과 비교되었다.

북부의 여론도 달아올랐다.

"막아 냅시다. 우리가 살아가는 도시는 지켜야 하지 않겠습니까!"

"우리의 힘으로 승리를 거둘 수 있습니다."

북부 유저들이 도시마다 머무르면서 수비군의 역할을 했다.

공성전이 펼쳐졌지만 때때로 적을 격퇴하고, 어떤 때는 마을이 잿더미로 변했다.

이때부터는 천공의 성에 있는 조인족들의 활약이 큰 역할을 했다.

조인족 중에서 가장 성장이 빠른 밤부엉이 모그가 있었다.

그는 원래 모라타에서 시작했던 초보자였지만 인간보다는 조인족이 좋아서 특수한 퀘스트를 통해 종족을 바꿨다.

인간으로서의 능력을 전부 버리고 알로 다시 태어났다.

그 후에 빠르게 성장했지만 동료들도 챙길 줄 알아서 조인족 사이에서 인기가 높았다.

"북부의 모든 하늘을 장악하고 병력 이동을 파악합시다. 우리 조인족만이 할 수 있습니다. 조인족이 할 수 있는 일을 해 봅시다!"

천공의 성 조인족들이 움직였다.

산의 정상과 숲의 나무 꼭대기, 강과 평원 위를 날아다니며 지상의 정해진 구역들을 감시했다.

짙은 먹구름에서 떨어지는 천둥과 비 속에서 대지를 주시하는 조인족들.

　하벤 제국의 살인귀 부대 이동을 발견하면 풀죽신교의 전투 병력이 출동했다.

　그들이 도망갈 길을 완전히 차단하는 인해전술로 침략자들을 격퇴했다.

　헤르메스 길드 유저들은 그에 비하면 몸을 잘 숨길 수가 있었다. 그들은 주로 밤에 활동하면서 아르펜 왕국의 유저들의 목숨을 빼앗았다.

　검치와 검둘치, 검삼치, 검사치!

　하벤 제국의 북부 정복 지역에서 마적단을 만들어서 활약하고 있는 그들!

　여간 골칫거리가 아니던 그들에게 바르고 산맥에서 온 오크 투사들이 합류했다.

　위드처럼 특별한 퀘스트를 부여받았거나, 높은 명예와 스탯으로 이끌 자격을 얻은 것도 아니다.

　오크들을 감언이설로 구슬린 것이 아니었다.

　"취익. 인상 더럽다. 취칫!"

　"네가 더 더럽게 생겼다."

　검치와 오크들이 성질을 내며 한판 붙더니 부하가 되겠다고 나선 것이다.

"따른다. 취췻. 밥만 먹여 줘라."

묵사발 군대의 총지휘관이 되었습니다.
휘하 병력은 총 13만 4,982마리입니다. 오크 투사들을 받아들이는 방식이
과격하여 카리스마가 영구적으로 13만큼 증가합니다. 명예와 지력이 2씩
하락합니다.

"드디어 군단장이로군."

검치는 감개무량했다.

검을 닦으며 살아가던 그에게 드디어 군대가 생겼다.

"난세에 남자라면 마땅히 가야 할 길! 어쩌면 내 손으로 대륙
정복을 이루게 될지도 모르겠구나."

검치는 최근에 드물게 텔레비전을 시청했다.

사막의 대제왕 위드를 방송한 내용이었다.

그 모습이 어찌나 멋있던지 한 무리의 늑대 같은 군대를 이
끌고 대륙을 평정하고 싶었다. 아마 그 영상을 본 남자라면 누
구나 비슷한 생각을 했을 것이다.

검둘치가 걱정스럽다는 듯이 말했다.

"스승님, 그렇다면 막내가 세운 아르펜 왕국도 정복하시겠습
니까?"

"으음."

검치는 진심으로 고민했다.

난세를 살아가는 사람이라면 인정에민 휘말려서는 안 된다.

친족까지 베는 무정함이 있어야 대업적을 세울 수 있을 게
아닌가.

"결국 그렇게 되는 것이더냐."

검치가 천천히 검을 뽑아 들었다.

헤르메스 길드 유저를 없애고 빼앗은 명검이 뜨거운 햇빛에 번뜩였다.

"막내에게는 미안하지만……."

그때 검삼치가 웃으며 초를 쳤다.

"에이, 사형. 스승님은 그럴 분이 아닙니다. 제가 스승님을 따르기로 한 이유가 의로움에 있지 않습니까."

"흐험."

검치가 슬그머니 검으로 시선을 돌렸다.

날카로운 검광.

모든 것을 베어 버리는 검의 마력.

'막내에게는 미안해도… 사나이 인생은 한 번뿐이다. 내 바로 아래 자리를 주도록 하면 되지. 황제는 내가 되겠지만 실질적으로 제국을 다스리는 역할을 주면 서운해하지 않을 거야.'

당당하게 가슴을 펴고 저 넓은 하늘과 땅을 품기로 했다.

뜨거운 야망이 들끓었다.

'전부가 헛된 꿈이라고 해도 칼춤 한 번에 불과할지니… 무릇 큰 꿈을 가지고 살아가야 남자가 아니던가.'

검치에게 일어난 호연지기!

그때 검사치가 결정적인 한마디로 초를 쳤다.

"근데 저 오크들은 어떻게 먹여 살리실 겁니까, 스승님?"

"으응?"

"배고프다고 밥 달라는데요."

"…저게 몇 마리라고?"

“10만 마리가 넘습니다.”

하늘과 땅을 품을 듯했던 검치의 가슴이 조금 쪼그라들었다.

검둘치가 뭔가를 알고 있다는 듯이 말했다.

“스승님, 10만 마리가 아닙니다.”

“그러면?”

“무슨 구르취라는 녀석에게 들었는데, 오늘 내로 저만한 무리가 열 덩어리 더 온답니다.”

“그러면 100만씩이나?”

“오는 동안에 더 늘었을지도 모른다는데요.”

100만 대군의 총지휘관.

검치의 얼굴이 순간 환하게 펴졌다.

이 정도 규모라면 실로 일군을 이끄는 총사령관이라고 할 수 있지 않겠는가 말이다.

“그렇다면 어서 보급을 준비하자. 식량과 병장기들을 갖춰 주고 술과 고기를 풀어라!”

“스승님, 우리 먹을 것도 없지 않습니까?”

“상인에게 사라.”

“전 재산을 털어도 무리입니다. 우린 돈 생길 때마다 무기부터 바꿨으니까요.”

검삼치도 우물쭈물하다가 이야기했다.

“스승님… 오크들을 데리고 전술은 어떻게 세우실 겁니까?”

“전술이라면 당연히 복잡하게 생각할 것 없이…….”

“그냥 돌격하면 되겠죠? 첫 번째 전투에 절반은 죽겠네요.”

다들 이야기를 하니 검사치도 다시 끼어들었다.

"근데 오크들이 앞으로도 계속 우릴 따를까요?"

"왜?"

"저것들은 맨날 배부르면 자기들끼리 싸우고 누가 대장인지를 가르는 녀석들이라서요. 멍청해서 스승님이 대장인 것도 내일이면 다 잊어버릴 텐데요."

"아아……."

검치의 입에서 허탈한 신음 소리가 나왔다.

하늘과 땅을 품을 만한 기개는 다 사라지고 각박한 현실로 돌아왔다.

"이 넓은 세상… 전부를 가지려고 하면 끝없이 머리를 쓰면서 괴롭게 살아야 하지. 그저 검 한 자루면 기쁘게 살아가기에는 충분한 것을."

의기소침해진 검치는 군단장의 역할에만 충실하기로 했다.

그 분위기를 느낀 검둘치, 검삼치, 검사치는 서로 눈빛을 교환하며 미소를 지었다.

'성공이다.'

'후후후. 해냈군.'

'아. 다행이다.'

검둘치는 검치가 큰 야망을 갖는 것에 대해 반대였다.

'스승님께서는 분명 무언가를 이루시면서 뒷일까지 생각하실 분이 아니다. 모든 잡일은 내가 맡아서 해야겠지.'

검삼치는 투신이 인정한 투쟁의 파괴자로서, 전투력만 놓고 보면 그들 중에서 가장 우월했다.

'그냥 싸우는 게 좋다. 관리직 같은 건 몸은 편한데 머리가 고

생한단 말이야. 그런 골치 아픈 일을 뭐 하러 힘들게 해? 생각할 시간에 몸을 조금만 더 놀리면 되는데.'

검사치는 위드로부터 미리 접대를 받았다.

"앞으로 스승님이 어떤 큰 꿈을 꾸실 수 있습니다. 그럴 때가 되면 말려 주세요. 그 대가로는 모라타에 검술 훈련장을 내 드리겠습니다."

"막내야, 네 걱정을 모르는 바는 아니지만 스승님의 꿈을 꺾자는 뜻인데 어떻게 제자로서 그럴 수가 있겠느냐."

"검술 훈련장의 입지가 아주 좋을 겁니다. 광장과 강가를 끼고 있는 곳으로 해 드리죠."

"막내야, 내 말을 똑바로 들어라. 검술 훈련장 따위의 문제가 아니라……."

"요즘 광장과 강가에는 눈이 번쩍 뜨일 만한 미녀들이 자주 나오는데요."

"후엇."

"〈로열 로드〉에서는 누구나 강해지기를 원하지 않습니까. 그 미녀들이 훈련장에서 제자가 되면……."

"미녀가 제자……."

"땀을 흘리면서 검술을 가르치는 모습을 지나가는 미녀들이 보다 보면 없던 인연도 생기죠. 인연이 어니 그냥 만들어지는 거겠습니까. 낚싯대에도 튼실한 밑밥이 있어야죠."

검사치는 언제쯤 검치가 큰 야망을 갖게 되나 기다려 왔다.

워낙 싸우는 거만 좋아하는 스승이기 때문에 지금까지 무난하게 살아왔지만, 드디어 큰 야망을 가졌고, 제자들은 다양한 의견을 들어서 전부 반대했다.

그 후에 검치는 제자들과 함께 오크들을 이끌고 유격대를 이끌며 점령 지역을 공략했다.

헤르메스 길드의 영주들이 맨땅에 일구어 놓은 터전을 그대로 휩쓸어 버린다.

북부 점령지에서는 그들을 격퇴하기 위해 기사단을 내보냈지만 허무하게 무너지고 말았다.

기사단끼리의 승부에서 기본이라 할 수 있는 승마술과 창술, 검술, 도끼 투척 등에 밀렸던 것이다.

레벨 차이가 어느 정도 나더라도 말이나 황소를 전력 질주하며 벌이는 근접전에서는 검치나 다른 사범들의 전투 감각을 따라가질 못했다.

그들을 섬멸하기 위해서는 두뇌를 쓴 고도의 함정을 필요로 했다.

그렇지만 검치나 사범들 역시 온갖 싸움을 다 겪어 보았다.

"냄새가 나는군."

"돌아갈까요?"

"걸려들어 주는 것도 나쁘지 않을 것이다. 대신 전속력으로 돌파한다. 낙오자들은 그냥 버린다."

"옛!"

전투가 벌어질 때마다 승승장구하는 그들이었다.

본인들은 무작정 돌격이라고 부르지만 실제로는 경험에 의

한 감각에 의존하는 것이었다.

어떤 복잡한 전술도 필요 없이 머릿속으로 떠오르는 대로 움직이는데, 그게 대부분 적중한다.

속도전이 필요한 유격단 활동에서는 필수적인 요소로 작용했다.

특이한 점이 있다면, 군대와 병사들과만 싸울 뿐 주민은 건드리지 않는다.

약자들에 대한 배려!

나름 협객을 숭상하는 검치와 제자들이었기 때문에 사막의 대제왕 위드처럼 마을을 불태우는 일도 없었다.

"스승님, 다들 많이 배고파 보이는데요."

어떤 마을에서는 영주의 관심 부족과 흉작으로 인해서 식량이 모자랐다.

주민들도 굶주렸고, 병사들도 전투 도중에 배가 고파서 픽픽 쓰러져 버렸다.

"그래? 식량 좀 남은 거 있냐?"

"지난번 마을을 약탈하고 오크들이 거의 다 먹어 버렸는데… 한 끼 정도는 남아 있습니다."

"나눠 줘라."

"그러면 우리, 저녁에 먹을 게 없는데요."

"우린 또 다른 곳 약탈하러 가면 되지. 밥은 먹여 가면서 해야 할 것 아니냐."

"옛, 스승님!"

북부 정복 지역의 총사령관 알카트라는 그들과의 전쟁을 매일 겪었다.

"오, 오크들이 떼로 몰려옵니다."

"마법사들을 출동시키고, 기사단을 대기시켜라."

마법사들의 공격에 검치와 오크들로 이루어진 군대가 절반쯤 박살이 나기도 했다.

이어진 기사단과 병사들과의 전투에서는 상당한 세력을 깎아 먹으면서 분투를 펼쳤지만 결국 퇴각하고 말았다.

"크윽… 분하다. 패배하다니……."

"스승님."

"이 정도는 해 줘야 비통한 거 같지 않냐."

"감쪽같은데요."

"재밌군."

북부 대륙의 오크들이 계속 충원되고 있었다.

오크 로드로 성장한 유저들도 부족민들을 데리고 합류했다.

"여기 오면 새끼 오크들 먹일 수 있다고 해서 왔다, 췻!"

"군대로 넣어서 죽이든 살리든 알아서 해라. 취이익!"

오크들이 걷잡을 수 없이 많아지고 있었으니 지더라도 아쉬울 게 없다.

생존한 오크들은 전투 경험을 쌓으며 밥을 더 많이 먹었다.

이들을 상대해야 하는 북부 식민지의 총독인 알카트라도 골머리를 앓았다.

"놈들은 기동력이 빠르고, 판단력이 좋다. 약탈 지역에는 식량 하나를 안 남겨 놓다니… 주민들을 안 건드리는 게 오히려 더 곤란해."

주민들에게 먹을 것을 베풀면 뭐 하겠는가. 고작 한두 끼의 분량을 베풀면서, 주민들의 충성심을 온전히 가져갔다.

식량 창고가 있는 지역에서는 오크들이 모조리 먹어 치워 버렸다.

그들이 떠나고 난 뒤에 주민을 먹여 살려야 하는 책임은 하벤 제국에 있었다.

"고도의 정복 술책 아닌가?"

검치와 제자들, 오크들의 부대를 하벤 제국의 대군으로 에워싸서 섬멸시키려고 해도 그들은 귀신같이 알아냈다.

검치와 제자들이 각자 1,000여 마리씩의 오크들을 데리고 사방으로 탈출하는데, 이 과정에서 입게 되는 피해가 엄청났다.

북부 정복 지역이라고 병사들이 넘쳐 나는 것도 아니었다.

오크들과의 교전으로 사망한 병사들은 중앙 대륙에서 충원이 어려웠다.

아르펜 왕국과의 경계 지역에도 90만 명 이상의 막대한 병력이 배치되었다.

북부 식민지의 치안은 항상 불안하기 짝이 없어 하벤 제국에 지원군을 요청했지만 돌아오는 답은 매번 같았다.

반란군부터 종식시키고 난 이후에 황제 바드레이가 직접 모든 군대를 통솔하여 북부를 평정할 것임. 그때까지 치안 확보에만 주력할 것.

"우린 그때까지 쓰다가 버릴 병력에 불과하겠군."

알카트라는 분노를 곱씹었다.

　—용사들의 후예여, 그대들은 기꺼이 피를 흘릴 각오가 되어 있는가.

　"그렇습니다."

　—이 하늘 아래 감당 못할 적이 있는가?

　"그건 스승님과 예쁜 여자… 허억, 아닙니다."

　—팔로스 제국의 후예로서 사막의 대제왕의 길을 걷는 자여, 마지막 시험을 하겠다.

　"어떤 시험입니까?"

　—그대를 따르는 자들을 이롭게 하라. 끝없이 황폐한 모래에 더 이상 피를 뿌리지 말고, 새로운 터전을 얻어 내라. 누구도 주지 않는다면 칼이 제 역할을 할 것이다. 사막의 전통대로!

　띠링!

> **팔로스 제국의 건국**
>
> 위대한 사막은 하나로 통합되었다. 용맹한 전사들이여, 뜨거운 열사의 모래를 벗어날 때가 돌아왔다. 팔로스 제국의 영광이 있던 그곳으로, 강물이 흐르고 수풀이 있는 땅으로 돌아가자. 가장 많은 영토를 얻은 이가 팔로스 제국의 황제가 되리라. 최대 1년의 시간이 주어질 것이다.
>
> 난이도: 지역 제패.
>
> 보상: 팔로스 제국의 황제.
>
> 제한: 사막 전사 한정.

"우오오오!"

"전쟁!"

검오치와 수련생들.

그리고 연계 퀘스트를 최후까지 진행한 사막 전사들에게 부여된 최후의 퀘스트.

통합된 사막 부족의 진사들을 이끌고 중앙 대륙을 침략하는 것이었다.

사막에도 몇몇 대도시들이 있었으며 유랑민들은 대규모로 목축업을 성공시켰다.

3년이라는 긴 시간 동안 내정에 힘을 쏟을 만도 했지만 사막 전사들은 기다림을 몰랐다.

"낙타! 낙타를 가져와라!"

"출격이다!"

흉맹한 사막 전사들로 구성된 병력.

사막 부족들의 남자들 35만 명이 모여서 하벤 제국의 영토이며 옛 아이데른 왕국의 지역을 침공했다.

위드의 이익

위드는 헤르메스 길드 유저들을 상대로 싸우며 스스로 강함을 증명했다.

"놈이 나타났다!"

누렁이와 단둘이 헤르메스 길드 유저들을 습격했을 때였다.

6명이 모여 있었던 자리에 빠르게 2개의 파티가 합류했다.

총 21명의 헤르메스 길드 유저들.

암살자와 레인저, 마법사, 기사, 전사, 워리어, 샤먼, 사제의 최대의 전투력을 발휘할 수 있는 조합.

"속전속결!"

"놈이 도망치지 못하도록 막아!"

"이 자리를 무덤으로!"

위드에게 계속 습격당한 헤르메스 길드 유저들은 오히려 그가 찾아오기를 기다렸다.

다른 2개의 파티가 땅속과 수풀 사이에 숨어 있다가 튀어나오며 퇴로를 막았다.

"화염의 일그러진 소용돌이!"

합동 대인 공격 마법까지 발동됐다.

전후좌우에서 일어나는 화염의 기둥!

음머어어어어!

유난히 불을 두려워하는 누렁이였다.

웅장한 화염 소용돌이에 의해서 생고기가 되어 버릴 위기!

위드는 헤르메스 길드 유저들에게는 이미 공포의 대명사처럼 불렸다.

전쟁터와 중앙 대륙에서 헤르메스 길드를 좌절시키고 그렇게 많이 사냥해 왔는데, 무서워하지 않는다면 더 이상한 일일 것이다.

적들이 만반의 준비를 다 해 놓고 기다리고 있었지만 위드의 눈은 화염을 넘어 상대가 착용한 장비들을 보고 있었다.

'펠리컨의 팔찌. 저건 희귀 아이템이다. 시작 경매가가 최소 1,000만 원이 넘어가는… 견적은 확실하게 뽑혔다.'

위드는 과거 본 드래곤과의 하늘에서의 승부나, 바르칸을 해치우고, 혼돈의 대전사 쿠비챠를 사냥했을 때의 쾌감을 헤르메스 길드를 통해서는 느끼지 못했다.

"콜 데스 나이트 반 호크, 콜 뱀파이어 로드 토리도!"

반 호크와 토리도기 소환됐다.

언제나 버거운 적과 함께 싸우는 충직한 부하들.

"불렀는가, 주인."

"밥값 해라."

"알겠다."

반 호크와 토리도가 화염의 소용돌이 사이를 뚫고 지나갔다.

"마법사를 지켜라! 장기전으로 이끌면 우리가 이긴다."

기사와 전사들이 반 호크와 토리도에게 덤벼들었다.

암살자들은 움직이지 않고 맹독을 바른 단검을 쥐고 기다리고 있었다.

그들의 목표는 오직 위드뿐.

"누렁아, 정면으로 가자."

위드가 명령했지만 누렁이는 아무 움직임이 없었다.

누렁이는 살갗을 익히는 뜨거운 불길이 싫었던 것이다.

"음머어어어. 몸이 뜨겁다."

"빨리 싸우러 가자. 여기 있다가는 통구이가 돼 버릴 거야."

"주인. 무섭다. 싸우고 싶지 않다."

"원래 소는 하고 싶은 대로만 하면서 살 수는 없는 거야."

"그래도 싫다. 목숨을 잃을 것 같아서 두렵다."

"어서 움직여. 내가 약속하지. 절대 여기서 널 죽지 않게 하겠다."

"주인……."

"똑똑히 들어. 이렇게 센 불에 죽으면 육즙이 금방 말라 버리고 말 거야. 어쩌면 겉은 타고 속은 안 익을지도 모르지. 소고기는 그러면 맛이 하나도 없어."

"……."

"알아들었으면 갈 거지?"

스트레스와 협박!

누렁이가 평소답지 않게 명령을 듣지 않고 뒷다리로 땅을 마구 긁었다.

음머어어어어어어어어어.

누렁이가 광란의 폭동을 일으켰습니다.
맷집이 230%, 힘이 최대 410%까지 증가합니다. 고통을 느끼지 않습니다.
마법 저항력이 3배 늘어나게 됩니다. 돌격으로 적을 들이받았을 때, 소형 생명체들을 그 자리에서 밀쳐 내셔서 47%의 확률로 즉사, 31%가 기절시키게 됩니다. 적과 아군의 구분이 희미해집니다. 조금이라도 거슬리는 존재는 적으로 인식하게 될 가능성이 큽니다.

"이건 폭동이야."

충직한 누렁이지만 종족의 특성에 따라 드물게 미쳐 날뛸 때가 있었다.

연속된 사냥과 과도한 위험으로 인해서 스트레스가 잔뜩 쌓인 것.

이럴 때의 누렁이는 친한 금인이나 와이번들도 함부로 대하지 못한다.

'조금만 차분히 생각하면 내가 너무 부려 먹었다는 사실을 알아차릴 수도 있다.'

누렁이의 등에 타고 있는 위드가 최대의 위협을 느꼈다.

헤르메스 길드 유저들과 대판 싸워야 하는 입장에 누렁이의 광란이라니!

화염의 소용돌이가 더욱 가까이 다가오고 있었다.

눈을 뜨기 힘들 정도의 열기와 땅을 파 헤집는 바람이 느껴졌다.

소용돌이가 교차되면 압력과 열기에 의해 갈기갈기 찢어 버리게 되는 위험한 대인 마법.

"누렁아, 내 말이 들리니?"

누렁이는 깊은 땅속에서 사는 괴물처럼 괴성을 터트렸다.

으우어어어어어!

틀림없이, 자신의 등 뒤에 타고 있는 위드를 점점 안 좋게 보고 있는 것이리라.

누렁이의 눈이 붉게 변해 갔다.

"누렁아, 진정해. 나는 같은 편이야."

으쿠라롸라라라라라라!

"그러면 나 여기서 내릴 테니까, 내일 다시 만나자."

크큐카카카카카캇!

설득해 보려고 해도 효과 없는 상태.

광란의 폭동으로 누렁이의 근육이 꿈틀거리며 두껍게 팽창했다.

잠잠하기 짝이 없는 폭풍 전야를 지나서 이제 막 시작되려고 한다. 걷잡을 수 없는 분노와 증오가 피어올랐다.

불쾌와 적대감.

사나운 맹수처럼 근육이 부풀어 올랐다.

"저들이다! 저놈들이 적이다!"

위드는 손가락으로 헤르메스 길드 유저들을 가리켰다.

"누렁아, 저들이 네 꽃등심을 탐내고 있다. 특히 저 암살자들은 네 엉덩이 살까지 단검으로 잘라 내서 먹으려고 한다."

끄으으우우우.

누렁이의 붉은 눈동자가 헤르메스 길드의 유저들에게로 향했다.

그들이 무기를 들고 있는 것이 보였다.

그 순간 분노가 마침내 최고치에 달했다.

누렁이가 땅을 긁어 대던 뒷다리를 박차며 총알처럼 튀어 나갔다.

보통의 황소처럼 네발로 걷는 의젓한 걸음걸이가 아니라, 사납기 짝이 없는 맹수처럼 뒷다리를 튕기며 뛰어올랐다.

화염의 소용돌이 사이를 단숨에 돌파하여 암살자에게 다가가는 누렁이!

위드와 누렁이 모두 상당한 부상을 입었지만, 그쯤으로 목숨이 날아가진 않았다.

"빠르다. 제길!"

방패를 들지 않은 암살자는 독을 바른 단검을 휘두르려고 했지만 늦었다.

누렁이가 앞발로 먼저 후려갈겨 버린 것이다.

콰직!

몸통 공격에 갑옷까지 부서지면서 암살자가 땅에 쓰러졌다.

꽤액!"

바로 뒤에 있던 워리어는 누렁이의 뿔에 받혀서 수십 미터 뒤로 날아가 버리고 말았다.

적의 공격을 버티기 위해 두꺼운 갑옷까지 입고 있는 워리어가 감당할 수 없는 힘과 충격에 의해 하늘로 날아오를 때의 황당함!

레인저가 화살을 쏘기도 전에 누렁이가 머리로 들이받더니, 반 바퀴를 돌고는 힘껏 뒷다리를 뻗어 올려 걷어차 버리기까지 했다.

위드는 그 틈을 타서 누렁이에게서 뛰어내렸다.

날뛰는 누렁이를 뒤로한 채 헤르메스 길드 유저들에게 덤벼들었다.

"분검술!"

위드의 환영이 30개로 늘어났다.

분검술은 공격력보다도 다수의 적을 목표로 했을 때 적을 당황시키기 좋다.

"마, 막아!"

"어느 게 진짜인지 모르는데 뭘?"

"전부 다 막아!"

반 호크와 토리도가 기사와 전사들을 막고, 누렁이가 활개를 치고 있는 사이에 환영들은 대부분 뒤로 돌아갔다.

마법사, 사제 등을 노리기 위한 전술.

약한 고리부터 끊어 내는 당연한 방식이었지만 가장 효과적이었다.

"크으윽!"

위드의 손에 의해 마법사와 사제들이 허무하게 목숨을 잃고 나서부터는 정리 작업에 들어갔다.

누렁이가 먼저 걷어찼던 암살자와 레인저, 워리어의 목숨을 끊어 주었다.

반 호크와 토리도와 싸우고 있는 기사와 전사들을 견제해서 하나씩 해치웠다.

조각사로서 아등바등 본 드래곤을 해치우고, 목숨을 걸고 간신히 바르칸을 없앴을 때와는 다르게 세련되게 싸웠다.

유저들이 착용하고 있는 아이템들을 기준으로 해서 레벨을 파악한다.

정확한 아이템의 명칭은 물론이고, 옵션과 방어력, 최근의 시세까지 줄줄 외우고 있었기에 적을 빨리 파악했다.

검사라고 해도 힘을 위주로 키우느냐, 민첩성을 위주로 하느냐에 따라서 싸우는 방법이 다르다.

생명력과 방어력을 파악하고 딱 필요한 만큼만 취약 부위를 공격했다.

대략의 눈썰미!

아슬아슬한 상황에서 과감한 결단과 행동력이 전투력을 최대로 발휘하게 해 주었다. 조각술 최후의 비기가 생명보험 역할을 든든하게 해 줬기 때문이다.

"조금씩 정리가 되고 있군."

위드는 착실히 1명씩 해치웠고, 그사이에 누렁이는 목숨이 간당간당한 상황까지 놓이게 되었다.

광란의 폭주로 거세게 날뛰면서 헤르메스 길드 유저들의 공격이 집중되었기 때문이다.

누렁이는 비틀거리면서 적과 싸웠다. 그의 몸에는 창과 화살까지도 몇 개씩 꽂혀 있었다.

무기만 봐도 겁내고 도망치던 평소와는 달리, 정면 돌격을 계속했다.

"이렇게 된 이상, 이 소라도 죽인다!"

부상이 심한 누렁이에게 헤르메스 길드 유저들이 최후의 공격을 가했다.

붉은 섬광을 일으키는 도끼와 창이 누렁이를 향해 날아가고 있었다.

위드도 그 모습을 봤다.

체력과 생명력이 다해서 네다리로 땅에 주저앉은 누렁이는 피하지도 못하고 꼼짝없이 목숨을 잃게 생겼다.

'누렁이가 죽겠군. 그동안 많이 부려 먹었는데… 참 쓸 만한 소였지. 목숨은 스스로 지켜야 할 텐데, 안됐군. 뭐, 인생이 그런 것이지. 갈비와 등심은 무사해야 할 텐데.'

옆집 아이가 놀이터에서 놀다가 넘어진 것처럼 무관심한 태도였다!

'누렁이가 언젠가 죽을 줄은 알았어. 그날이 오늘이 될지는 몰랐지만……. 다음 생에는 전투 소로 태어나지 말고 논과 밭을 갈도록 하렴.'

명복을 빌어 주는 잠깐에도 무기들이 날아가고 있었다.

'근데 요즘에 솟값이 떨어졌다든가, 사룟값도 건지기 힘들다는 말이 있던데. 지금까지 누렁이가 먹어 치운 밥값이 얼마나 됐지?'

막 누렁이의 몸에 적중되기 직전이었다.

"이대로 죽으면 고깃값밖에 안 나오니 아직은 더 부려 먹어야 해. 찰나의 조각술!"

세상의 시간이 멈추었다.

달빛 조각사

위드는 도끼와 창을 쫓아가서 쳐 낸 후에 성기사를 향해 검을 휘둘렀다.

시간이 멈춘 상태에서 오로지 혼자만이 활동하기에 아쉬운 순간이란 있을 수 없다.

그리고 다시 흘러가는 시간.

"쿠엑!"

> 통렬한 일격!
> 적의 육체를 소멸시켜 버릴 정도의 충격을 주었습니다. 성기사 파에르토의 얇은 갑옷이 부서졌습니다. 생명력 164,390이 줄어들었습니다. 파문자 파에르토가 사망했습니다.

> 데몬 소드의 내구력이 11만큼 감소하였습니다.
> 최대 공격력이 줄어듭니다.

"끄윽. 이런 공격이라니……."

"블링크를 조심해."

"블링크라니… 분석과는 다르잖아! 혼돈의 대전사도 아닌데 언제 익혔지?"

"정신 똑바로 차려라!"

상대하는 유저들은 블링크로 착각했다.

블링크는 공격을 당한 직후나, 저주나 마법에 의해 마나가 불안정해지면 사용이 불가능하나.

시야 내에서만 움직이며 워낙 빠르게 순간적으로 나타나기 때문에 그곳에 장애물이나 마법이 지나가고 있다면 그 자체로 엄청난 타격을 입었다.

찰나의 조각술은 세상 자체를 멈춰 버리는 궁극의 스킬.

어떠한 제약도 없이 멈춰진 세상에서 혼자 움직이기 때문에 그사이에 불가능은 없다.

이윽고 모든 헤르메스 길드 유저들이 목숨을 잃었다.

북부로 온 유저들 중에서도 나름 고르고 고른 최정예 유저들까지도 전멸당하고 만 것이다.

"역시 시간 조각술은 전투를 위한 것밖에는 쓸모가 없었어!"

위드는 다친 누렁이의 몸에 붕대를 감아 줬다.

광폭했던 누렁이의 눈도 어느새 순박하고 겁에 질린 빛으로 바뀌었다.

"많이 다쳤구나. 나도 네가 걱정되어서 편하게 싸우지 못했다. 때론 어렵고 힘들더라도, 네 옆에는 항상 내가 있으니까 걱정하지 마."

음머어어어.

누렁이를 진정시키고 나서는 위험을 최소화하기 위해 조각 생명체들을 더 많이 데리고 다녔다.

바하모르그, 금인이, 게르니카, 세빌, 빈덱스, 엘틴, 켈베로스. 그리고 하늘에는 와이번들이 떠 있으면 헤르메스 길드 유저들이 40명쯤 모이지 않는다면 상대가 안 됐다.

살인귀 부대를 발견하면 와삼이를 타고 하늘에서 화살을 쏘며 추적했다.

넓게 날개를 펼치고 바람처럼 계곡을 활강하며 지상을 향하여 화살 세례를 퍼붓는 즐거움!

"내려와라, 이 더러운 놈아!"

하벤 제국의 살인귀들이 욕을 할수록 위드는 만족했다.

"역시 비겁한 방법이 가장 잘 통하는군. 세상의 이치지."

일주일 사이에 레벨이 442에서 무려 4나 올릴 수 있었다.

수많은 호칭들과 전투 업적들도 남겼다.

매일 전투로 하루를 보냈다지만 단기간에 그야말로 엄청난 성장이었다.

헤르메스 길드 유저들이 더 많이 눈에 띄었다면 성장 속도가 더 빨라질 수도 있었지만, 그들도 정보망이 있었다.

황소를 타고 다니는 사람, 혹은 하늘에 와이번들이 출현하면 엄폐물에 몸을 숨긴 채로 나타나지 않았던 것이다.

"이렇게 레벨을 올리기가 쉽다니! 거의 거저먹는 느낌이야."

위드는 북부 대륙에 헤르메스 길드 유저들이 많아진 걸 기뻐해야 할지, 혹은 슬퍼해야 할지 모를 지경이었다.

아르펜 왕국은 현재 환산하기 힘들 정도로 심각한 피해를 입고 있다.

교역이 차단되어 마을과 도시들의 생산량이 감소하고 치안이 악화되고 있다는 보고가 들어왔다.

주민들이 굶주리게 되면 도둑 떼로 변할 가능성도 컸다.

중앙 대륙에서처럼 아르펜 왕국에도 도둑들이 들끓게 되는 최악의 사태!

"뭐 훔쳐 먹을 것도 없는 곳인데 말이야."

헤르메스 길드에서 도둑들이나 몬스터들을 방치해 놓고 있다는 소식도 있었다.

식량 창고를 약탈하여 몬스터들을 번식시킨다는 흉흉한 소문까지 들렸다.

어디까지가 사실일지는 몰랐고, 알 수도 없었다.

확실한 것은 아르펜 왕국의 전역이 전쟁터로 변하고 있었으며, 피해를 입는 사람들이 부지기수로 늘어나고 있다는 점!

영토 곳곳에서 헤르메스 길드 유저들과 북부 유저들이 싸움을 벌이게 되었다.

헤르메스 길드는 개개인이 대단히 강해서 학살극을 펼쳤지만 정체가 발각되면 소용없었다.

"저기다! 저쪽에 헤르메스다!"

"우와아아아아!"

그들이 어디로 가든 수백, 수천 명의 북부 유저들이 쫓아갔으며, 그들마저 물리치면 더욱 많은 사람들이 몰려왔다.

도처에서 격렬한 전투가 벌어지면서 아르펜 왕국의 기간 시설과 도로망의 파괴, 어렵게 다져 놓은 기둥뿌리가 흔들렸다.

"일이 이렇게 된 거, 물 들어올 때 노 저으라는 명언이나 따라야지."

위드는 북부를 사냥터로 여기고 충실하게 헤르메스 길드 유저들을 해치웠다.

그러자 북부 유저들 중에서도 몇몇 강자들이 협력했다.

"저기, 레벨이 410의 궁수입니다. 이름은 공깃밥추가라고 하는데요. 마판 님의 소개를 받고 왔습니다. 저도 한자리 끼워 주실 수 있겠습니까?"

"흠. 미리 다 알고 왔을 테니 짧게 이야기하죠. 기부금은?"

"가진 돈을 다 털어서 어렵게 준비해 왔습니다. 14만 골드입니다.”

“엣헴. 이게 다 아르펜 왕국이 어렵기 때문이죠. 모두를 위한 것입니다.”

“저 역시 잘 알고 있습니다. 위드 님이 모라타를 어떻게 키우고 아르펜 왕국을 위하여 얼마나 큰 희생을 했는지를 귀에 못이 박이도록 들었거든요.”

“뭘 그렇게 쑥스럽게요.”

“아닙니다. 위드 님이야말로 제 인생의 멘토이시고 영웅이십니다.”

“……”

모라타의 성장과 아르펜 왕국 건국은 얼마 되지 않은 과거였지만 신화에 가깝게 미화가 되어 있었다.

모라타에서 주민들과 음식을 조금 나눠 먹었던 밤 축제는 벽화와 조각품들을 통해서 태초의 희망제로 불리면서 매년 그날까지 기념했다.

위드가 뱀파이어로부터 주민 1명을 구하기 위해서 목숨을 걸었고, 빛의 탑이나 여신상을 탄생시키기 위하여 엄청난 예술혼을 불태웠다는 식으로 과장되기까지 했다.

풀죽신교가 부추긴 것도 있을 테지만, 대부분은 누구나 자신이 사는 고향에 대해 어느 정도는 좋게 생각하거나 미화를 하고 싶어 한다.

아르펜 왕국은 특히 신생 국가였으며 유저들이 초반의 역경을 다 함께 극복했기 때문에 그 감정이 남달랐다.

“으와! 이게 진짜 와삼이구나.”

꾸아아악.

북부의 고레벨 유저들은 조각 생명체를 보며 감동받았다.

빙룡, 불사조, 이무기 역시도 신화 속의 신수들과 같은 대접을 받았다.

다들 막 태어났던 시기보다는 더 성장했기 때문인지 외모도 멋있어졌다.

빙룡은 머리에서 꼬리까지 길이가 무려 450미터에 달했다.

그야말로 엄청난 크기의 초대형 몬스터였다.

덩치에 비해 힘은 좀 모자라지만 일단 몸이 크니까 위압감이 이만저만이 아니다.

가끔 모라타 주변에서 화가들의 그림 모델이 되어 주면서 용돈 벌이도 가능할 정도!

충직하고 말이 적은 불사조는 그간 사냥을 하며 매력 스탯을 얼마나 올려놓은 것인지 때깔이 훨씬 좋아졌다.

석양 아래에서 불의 깃털을 휘날리면서 날아갈 때의 광채와 아름다움은 북부의 유저들이 장관으로 꼽으면서 한 번씩 보고 싶어 했다.

태생이 짝퉁에 불과했던 이무기는 성장하면서 단단하고 우아한 비늘이 온몸을 뒤덮게 되었다.

괴상한 뱀의 형태에서 조금 더 드래곤에 가까워졌다고 할까.

근본이 예술과 관련된 조각 생명체들인 만큼 매력이나 외모에 대해 많은 관심을 가졌다.

그렇기에 성장에 따라서 꽤나 예쁘게 자란 것이다.

때때로 조각 생명체들끼리는 자신들끼리 만나서 외모를 자랑하기도 한다.

대충 양산형으로 찍어 냈던 와이번들은 다른 조각 생명체들과는 매력을 논하지 못했어도 자기들끼리는 1, 2위를 가리는 말다툼을 자주 벌였다.

"이런 무능한 놈들. 아무튼 쓸모없는 짓이라면 골라서 다 하고 있어."

위드의 구박을 항상 받았지만, 사정을 모르는 유저들은 다르게 생각했다.

"위드 님께서 진짜 아름다운 조각품들을 만드셨구나."

"예술가잖아. 그 혼을 화려하게 불태웠을 거야. 그럼에도 완전하지 못함을 탓하는 거지. 영원히 완전해질 수는 없겠지만, 그런 걸 추구하는 게 예술가니 말이야."

"베르사 대륙에서 일부러 조각사를 선택한 이유가 다 있지 않겠냐. 저런 조각품들이 그 결실일 테고."

크면 좋다는 정신으로 막 작업했던 빙룡이 창조적이고 세련된 아름다움의 상징으로 자리를 잡았다.

와이번들은 그 투박함까지도 찬사를 받았다.

직접 만든 위드도 와일이와 와삼이를 빼면 가끔 와이번들을 구분하지 못했다.

매년 미세하게 달라져서 출시되는 에어컨과도 같은 외모라고 할까.

풀죽신교 유저들 사이에서는 와이번 구분 정도는 최소한의 상식에 속했다.

북부 유저들은 위드 그리고 절대적 인기를 누리는 조각 생명 체들과 동료가 되어 함께 싸울 수 있는 것만 해도 영광으로 여 겼다.

"저도 왔습니다. 레벨 430의 마법사입니다. 제 이름은 로아 인데요……."

"이런 말을 하고 싶진 않았지만 최근 물가가 급등하고 있어 서요. 상황이 좀 달라지고 있어요."

"사정은 충분히 알고 있습니다. 여기 17만 골드입니다."

"크흐흐흐. 돈을 만들기가 어려웠을 텐데 말입니다."

"마법서 몇 권을 팔았지만 이 영광과 바꿀 수는 없었습니다."

같이 싸우는 대가로 받는 바가지요금으로 거두는 수익도 계 속 커져 갔다.

"대흑자로군. 아르펜 왕국을 팔아먹는 방법이란 정말이지 끝 이 없구나."

헤르메스 길드와 위험한 전투를 펼치면서도 부지런히 챙기 는 뒷주머니!

돈도 받고, 헤르메스 길드도 더 빠르게 많이 퇴치할 수 있어 서 일석이조의 효과였다.

위드는 부자 고객들에게 푸짐하게 친절을 베풀었다.

"그쪽으로 3명 갑니다. 잘 처리해 주세요!"

"넵!"

"검 갈아야 하거나, 방어구 닦을 필요가 있으신 분? 이건 무 료로 봉사해 드립니다."

"오오! 위드 님이 직접 해 주시는 겁니까? 이렇게 고마울 데가……."

북부의 고레벨 유저들이 위드에 의해서 말 잘 듣는 아이가 되었다. 물론 그들도 어린아이가 아닌 만큼 순수한 선의만 가지고 온 것은 아니다.

참가요금이 물론 비싸긴 하지만 위드와 함께한다면 전투를 펼치면서도 안전할 것이다.

북부에서는 국왕이며 풀죽신교의 창조주나 다름없는 위드와의 인맥을 만들 수 있었다.

헤르메스 길드 유저를 처리하면 전리품을 획득하게 될 테니 운만 좋다면 수십 배의 이익을 볼 가능성도 생긴다.

게다가 높은 시청률을 보이는 텔레비전 방송을 통해서 전 세계에 이름을 알리게 되었으니 이거야말로 북부의 고레벨 유저들이 참여하지 않을 수 없는 노릇.

새 떼들을 통해서 헤르메스 길드 유저들을 발견하는 즉시 위드 자신이나 다른 동료들이 처리했다.

사실 참여 인원이 700명을 넘어가면서 군대라고 부를 수도 있는 병력이 되었다.

북부의 최정예 유저 집단.

"위드 님!"

"저도 사냥에 끼워 주세요."

북부의 고레벨 유저들로 구성된 지원자들은 걷잡을 수 없이 늘어났다.

1,000명을 초과했을 때부터는 조각 생명체들을 포함하여 몇

개의 타격대로 나누어서 활동했다.

모라타 부근 같은 장소에는 순찰 지역을 정해 놓고 활동하도록 했다.

위드는 여러 장소들을 와삼이나 유린의 그림 이동술을 통해 방문했다.

2만 명에 달하는 헤르메스 길드 유저들.

그들은 흩어져 있었으며 한곳에 뭉치지 못한 채로 사냥당하고 있었다.

헤르메스 길드 유저들의 생각도 처음과는 바뀌었다.

'초보들 따위 모조리 죽여 주지.'

'길드에서 내 공적을 기억할 정도로 싹 쓸어버릴 거야.'

'마을을 위주로 부순다. 북부 놈들아, 다시 잿더미로 돌아갈 생각을 해라.'

그러다가 위드와 북부 유저들에 의해 목숨을 잃는 경우가 자주 생겼다.

직접 당하지 않았더라도 다른 소문들을 듣게 되었다.

'몸을 사려야겠다.'

'확실한 기회가… 습격을 해 봐야 정체만 발각되면 본전도 못 찾아.'

'젠장! 마음 놓고 돌아다닐 수도 없잖아. 이동하기가 겁나.'

2만 명의 헤르메스 길드의 습격을 완전히 방지할 수는 없었지만, 그들이 위축되게 만들었다.

초보자들 몇 명 죽이려고 습격해서, 오히려 쫓기다가 자신이 목숨을 잃어버린다면 이만저만한 손해가 아니었으니까.

아르펜 왕국의 피해는 그에 따라 급감했다.

위드가 중앙 대륙에서 날뛰었을 때는 혼자라는 결정적인 장점이 있었다.

추적자들이 찾으려고 해도 위드 1명을 찾으려고 넓은 대륙 전체를 수색하기란 물리적으로 불가능하다.

기동력을 이용하여 어디든 자유롭게 다닐 수 있었으며 조각 변신술까지 썼으니 은닉의 수준이 높았다.

헤르메스 길드 유저들은 개개인이 강하지만 숫자가 많고, 이름이 붉게 드러난다. 자신들의 목숨도 아까워했기에 갈수록 나타나는 일이 감소했다.

아르펜 왕국의 변방 마을에 대한 습격도 어느 정도 잦아들었다. 하지만 실제 피해를 입을 만한 곳들은 모두 폐허가 되어 버린 후였다.

드넓은 폐허와 방랑하는 유민들이 발생했다.

이제 헤르메스 길드 유저들은 심한 딜레마에 빠지고 말았다.

"이건 좀 아니잖아? 괜히 북부까지 와서 생고생을 하고 있는 것 같아."

아르펜 왕국을 잿더미로 만들려고 왔는데 나름의 목적은 달성했다.

너무 쉽게 국력에 중대한 피해를 입혀서 오히려 시간이 조금 지나고 나니까 할 게 없었다.

자신들이 추적을 당하는 입장이 되었고, 설혹 수십 명을 해치우더라도 이익과 손해를 따져 보면 적자였다.

"랄랄라."

레벨 30의 초보자들이 걸어 다니는 걸 보면서도 몸을 숨겨야 했다.

괜히 영양가도 없는 초보자들을 건드려서, 헤르메스 길드 유저들을 사냥하는 무리가 나타나면 곤란하기 때문이다.

"저것들 쓸어버릴까?"

"이빨에 기별도 안 갈 애들 건드렸다가 하루 종일 추적당하고 싶냐."

"잘 숨어. 들키면 곤란하니까."

"이게 뭐야. 도대체!"

심지어는 자신들이 부숴 놓은 마을이 며칠 뒤면 복구되어 있는 황당한 모습도 보게 되었다.

초보 건축가들이 연장을 들고 몇 명 모여들더니 뚝딱뚝딱 해치워 버렸다.

"이 마을은 순전 판자촌이었는데… 도로 기획도 엉망이었고 말이야."

"좀 제대로 만들어 볼까?"

"아니, 그럴 필요는 없겠지. 그럴 돈이 어디 있어. 누가 와서 살 수는 있도록 대충 지어 버리자."

목조 주택을 몇십 개 만들고 울타리를 두르는 것으로 그냥 끝이다.

"자! 쌉니다, 싸요! 내 집 마련의 꿈이 단돈 4실버. 웬만한 소나기에는 비가 새지 않는 집입니다. 바람도 거뜬합니다. 썩은 나무는 건축가의 양심을 걸고 쓰지 않았습니다!"

지나가던 유저들은 마을이 생긴 것을 보고 들어와서 집 구경을 했다.

그냥 벽이나 기둥이나 나무 기둥에 판자 몇 개 연결해서 세워 놓은 게 전부였다.

"공간 괜찮네요?"

"이번에 파괴돼서 새로 지은 집입니다. 일종의 재건축이죠. 거실도 넓게 확장을 했고, 주방 공간도 넓혔습니다."

"아, 그래서 더 좋아졌구나!"

띠링!

주택을 구입하였습니다.

300호 이상의 주택이 분양되었습니다.
마을이 복원되었습니다.

중앙 대륙에서 수백 년 이상의 역사와 문화를 간직한 도시에서 살아왔던 헤르메스 길드 유저들은 당혹스러웠다.

'도시가 이렇게 그냥 만들어지는 거였나.'

중앙 대륙의 잘 지어진 고급 주택과 상가들은 약탈할 물건들을 잔뜩 가지고 있었다.

아르펜 왕국의 판자촌은 약탈해 봐야 나무 식기나, 흙으로 빚은 싸구려 도자기 몇 점이 전부였다.

그런데 그게 전 재산인 유저들노 있었기에, 돈도 안 되는 물건들을 부숴서 게시판에서 욕만 어마어마하게 먹었다.

"분명히 우리가 강하긴 한데······."

"약탈자들이잖아. 하벤 제국에서는 다들 우릴 무서워했고.

근데 여긴 분위기가 좀 그렇다."

헤르메스 길드 유저들을 노리는 사냥꾼들도 위드를 따라서 대거 등장했다.

어째서인지 헤르메스 길드에 대한 위엄이나 공포심 같은 게 북부 대륙에는 조금도 없었다.

"놈들을 없애면 엄청난 아이템을 얻을 수 있다고? 흠, 일리가 있어. 중앙 대륙의 좋은 퀘스트와 사냥터를 독점하고 최고급으로 장비들을 갖고 있겠지."

"뭐라고? 최소 통닭 수십 마리 값이라고?"

한밑천 잡을 수 있는 기회!

높은 악명을 가진 그들을 해치우면 좋은 전리품을 얻을 수 있다는 소문이 북부에 파다하게 퍼졌다.

걸어 다니는 보물처럼 되어서 사람들의 시선을 피해 다녀야 했다.

중앙 대륙에서 활동하며 엄청난 피해를 입혔던 위드와는 정말 상황이 완전히 달랐다.

위드는 대지의 궁전이 지어지고 있는 자리에 섰다.

산과 함께 무너진 왕궁의 잔해들은 깔끔하게 치워지고 새로운 건물들이 올라갔다.

예전과는 다르게 넓은 구역에 지어지는 커다란 궁전들.

그 너머에는 저 끝이 보이지 않는 평원이 새벽의 도시로 이어지고 있었다.

큰 도로와 수로, 상업지구와 주택지구들.

강줄기를 따라서 수십만 채가 한꺼번에 지어지고 있었으며, 그마저도 모자라서 더욱 넓게 뻗어 나가고 있다.

베르사 대륙에 지어지는 대규모 신도시라고 할 수 있었다.

눈에 보이는 시야 전체가 공사 현장!

아름다운 강과 자연 경치에 어우러지는 돌과 나무로 지어지는 도시.

'역시 주택 분양이야말로 황금 알을 낳는 거위지.'

아르펜 왕국의 새로운 수도를 이곳으로 정하기 전에 이 주변 지역은 모두 위드의 땅이었다.

개발 전에 미리 사 둔 땅을 통해서 시세 차익으로 막대한 부를 축적할 수 있었고, 상가와 주택 분양을 통해서도 한밑천을 챙긴다.

'역시 사람은 신문이나 방송을 봐야 해. 욕만 할 게 아니라 열심히 배워야 한다니까.'

아르펜 왕국이 위태로워진다고 해서 절대 위드의 호주머니가 메마르는 일은 없었다.

크게 본다면 협소하던 대지의 궁전이 무너져서 아래로 내려온 것이 장기적으로 좋을지도 모른다.

신도시의 입지가 보다 탄탄해졌기 때문이다.

땅 투자는 첫 번째도 두 번째도 입지!

"언덕이나 산으로 올라가기는 힘드니까. 막연히 고개를 올려다보다 보면 뭔가 왕궁이 있는 것보다는 가까이 있는 편이 땅

값에 유리하지."

실제로 대지의 궁전 부근의 집값은 상상을 초월했다.

북부에도 거상들이 등장하고 있었고, 중앙 대륙에서 옮겨 온 고레벨 유저들이 상당히 많았다.

마판 상회가 정치권력과 시장 선점으로 인해서 가장 큰 상단을 운영하고 있지만, 중소 상인들의 눈부신 활약은 매일 새로운 대박을 터트렸다.

부자들은 왕궁 주변에 호화 저택을 건축하기를 원했고 위드는 이를 기쁜 마음으로 받아들였다.

호화 저택으로 인해서 빈부 격차를 느끼며 문제가 될 여지는 거의 없었다.

〈로열 로드〉는 누구에게나 평등한 세상.

스스로 사냥이나 모험, 생산을 하더라도 좋은 집 정도는 벌어서 장만할 수 있었다.

판잣집도 있지만, 대저택도 자리를 잡고 있어야 북부 유저들이 더욱 열심히 생활할 것이 아닌가.

아르펜 왕국의 세율은 낮았고, 그에 비해서 지금까지 위대한 건축물을 비롯하여 수많은 개발 사업들이 진행되었다.

그럼에도 불구하고 마르지 않는 왕국의 재정.

기본적으로 위드의 땅 투기와 국가 차원의 주택 판매에서 비롯되었다.

국가 소유의 신규 부지를 건축가들과 결탁하여 유저들에게 팔면서 세금으로 충당했던 것이다.

건축가들도 마음껏 재주를 발휘하며 위대한 건축물에 열을 올릴 수 있었으니 기쁜 마음으로 받아들인 거래.

아르펜 왕국도 현실과 마찬가지로 사연 없는 땅과 건물은 없는 것이다.

"그렇다고 해도 이제는 슬슬 왕국의 성장에 한계점이 보이는데……."

위드는 아직 공터가 많이 남아 있는 새벽의 도시를 보았다.

도시는 사람들이 계속 몰려들면서 북적거릴 것이다.

아르펜 왕국은 자유로웠으며 낮은 세금과 풍부한 자원, 초보 유저들로 발전 잠재력이 높았으니 말이다.

그러나 헤르메스 길드와 하벤 제국 군대의 습격은 왕국의 지속적인 발전을 앞으로는 불가능하게 만들었다.

지방의 마을들이 파괴되어서 교역로가 끊어졌고, 생산 시설들은 무너졌다.

모라타, 항구 바르나, 바르고 성채, 벤트 성 등 몇 곳에 생산 시설의 70%가 집중된 실정이라서 피해가 적은 것 같지만 그렇지 않다.

향후 성장해서 지역개발에 중요한 교두보가 될 만한 마을들, 자원과 교통, 상업의 중심지가 될 잠재력 높은 마을이 파괴당했다.

당장 왕국의 군사력과 행정력이 방대한 영토에 미치지 못하게 됐다.

아르펜 왕국은 수도와 몇 곳 외에는 발전하지 못하는 넓고 쓸모없는 땅을 갖게 되어 버린다.

몬스터와 도적 떼가 크게 창궐하는 것은 물론이고, 도시 하나를 개발하기 위해서도 몇 배의 노력이 필요하게 될 것이다.

"모라타 주변이나 새벽의 도시 부근에서만 습격자들이 노는 게 아니라… 장기적으로 북부 전역으로 흩어져 버리면 그때부터는 정말 어려워지겠지."

최악은 그것뿐만이 아니었다.

헤르메스 길드에서 대규모 습격단을 2차, 3차까지 보내게 된다면 아르펜 왕국의 성장 잠재력을 완전히 고갈시키는 결과가 올 것이다.

아르펜 왕국으로서는 가장 생각하고 싶지 않은 시나리오로 분명히 효과적인 전략이었다.

"세상에는 나보다 똑똑한 사람이 많아. 그러니까 충분히 계속 공격할 수 있겠지. 행운을 바랄 수는 없어."

위드는 결단을 내려야 할 시점임을 깨달았다.

"아르펜 왕국의 숨통을 조일 생각이라면 그에 대비할 방법은 없다. 그러나 하벤 제국도 정상은 아니야."

하벤 제국 역시 내정이 엉망진창이었으며, 지난 정복 전쟁으로 인해 파괴된 시설도 복구하지 못했다.

베르사 대륙에서 중앙 대륙을 차지한 하벤 제국과 북부 대륙에 자리 잡은 아르펜 왕국이 모두 정상이 아니다.

"앞으로는 누가 먼저 쓰러지느냐의 싸움이 되겠군."

위드는 전면 전쟁의 결정을 내렸다.

하벤 제국과 협상을 통해서 다시 한 번 원만한 관계를 만들기 위해 노력해 볼 수 있기도 했다.

서로 시간 벌기에 불과할 테지만 원하는 바가 맞는다면 타협

할 수 있었다.

그러나 훗날의 이익을 고려하여, 아르펜 왕국의 중요 요지들마다 사 놓은 부동산들이 폭락하고 있었다.

북부 대륙에 세워지고 있던 위대한 건축물들도 열악해진 치안으로 더 이상 공사를 지속하지 못했다.

하벤 제국을 무너뜨리는 것 외에 남은 방법이 없게 되었다.

북부 유저들 중에서 대지의 궁전 전쟁을 겪었던 이들은 아픔을 잊지 않았다.

"놈들은 분명히 또다시 우릴 침략할 것입니다. 미래를 대비합시다. 마땅히 다시는 오욕의 역사가 되풀이되지 않아야 할 것입니다."

헤르메스 길드가 쳐들어오리라는 것은 누구나 다 알고 있었다.

그때가 언제가 될지 모르지만 두 손을 놓고 가만히 기다리고 있을 수만은 없었다.

아르펜 왕국을 고향처럼 느끼고 있었고, 헤르메스 길드에 지배를 당하면서 살고 싶진 않았기 때문이다.

풀죽신교의 고위층은 매주 계속 회의를 열었디.

"국왕 위드 님이 대비하고 있겠지만 아무래도 혼자의 힘으로는 역부족입니다. 세력이 없기 때문이지요."

"우리들이 지지해 주고는 있습니다만."

"개개인이 흩어져 있습니다. 지난 전쟁에서도 그랬듯이 인해 전술은 한계가 너무나도 명백해요."

"으음. 엄청난 피해를 입으면서 간신히 막아 내는 것이 고작이었지요."

"하벤 제국의 군대가 계속 공격해 오면 반복되는 피해를 지금처럼 막아 내기란 실질적으로 어려울 수 있습니다. 계속 부서지고 파괴되고, 우리의 미래란 없지요."

"정예군을 양성해 봅시다. 조인족이나 여러 가지 자원을 최대한 활용한다면 할 수 있는 게 아주 많습니다."

풀죽군의 탄생!

그들은 아르펜 왕국만의 군대가 아니었다.

풀죽군 강령

1. 우리는 베르사 대륙의 평화를 위하여 창설되었다. 불의를 용납하지 않으며 모든 사람들을 위하여 싸운다.

2. 풀죽군을 위하여 풀죽신교의 유저들은 매달 일정액을 기부한다. 기부 액수는 각자의 양심에 맡긴다.

3. 풀죽군은 자발적으로 참여할 수 있다. 단, 소속된 유저는 능력에 따라 배치가 되며, 전쟁이 벌어질 시에는 소집에 응해야 한다. 명예로운 풀죽병들은 북부 유저들의 노력과 헌신에 대해 존중한다. 상점에서의 혜택과 사냥, 퀘스트에서의 최상의 복지를 지원한다.

4. 병사들은 현역병과 예비병으로 분류된다. 현역병은 매

달 1회에서 2회의 군사훈련을 반드시 받아야 한다. 소모품 등은 군대에 마련해 주지 못하므로 본인이 직접 구하여 지참하도록 한다. 형편이 나아지면 지급한다.

5. 풀죽군을 대표하는 총사령관은 전쟁의 신 위드가 맡는다. 전투 중에는 필요에 의해 중간 지휘관을 둔다. 총사령관은 전쟁의 선포와 휴전, 평화 협상 등의 권한을 갖는다.

풀죽신교라고 하여도 아르펜 왕국을 위한 충성 부대라고 한다면 미묘한 불편함을 느낄 수 있다.

그렇기에 풀죽군으로 별도의 편제를 갖지만 전쟁이 벌어지면 위드의 명령을 따르게 했다.

사실 풀죽군이 창설되어서 수백만 명 이상을 무리 없이 이끌수 있게 할 사람은 위드뿐이기도 했다.

위드의 입장에서는 이렇게 생각했다.

"계란이나 달걀이나… 부르기에 따라서 딱 그 정도 차이지."

다들 비슷하게 생각했지만 풀죽군이라면 북부를 지키는 의용병이라는 훨씬 산뜻한 이미지가 생긴다.

아르펜 왕국군이 아니기 때문에 누구나 자유롭게 가입할 수 있었다.

풀죽군은 이미 400만 명의 병력을 훨씬 넘게 보유했다.

어지간한 국가의 총병력 숫자를 가뿐하게 넘어가는 병력수!

현실에서의 군 고위 계급 출신 등을 통해 기본적인 편제들을 갖춰서 전투력을 발휘할 수 있는 부대가 되었다.

풀죽 육군, 풀죽 해군, 풀군 공군, 풀죽 사관학교, 풀죽 병무청까지도 설립했다.

초보 중의 초보인 죽순죽들은 레벨 40이 넘으면 자원하는 사람에 한해 전투 교습을 받도록 하여 그들을 예비군으로 편성하는 제도까지도 준비 중이었다.

그들은 아르펜 왕국을 지키기 위한 대비를 하였지만 헤르메스 길드가 너무 빨리 침략했기에 대비하지 못했다.

풀죽군의 고위 인사들이 회의를 열었다.

"군대를 동원하여 놈들을 몰아냅시다."

"놈들을 쫓아다니기에는 군대라는 조직은 효율적이지 않습니다."

"일종의 대테러 전쟁인데… 으음."

"한 30만 명 정도를 대테러 전담 풀죽군으로 창설할까요?"

"조직만 늘린다고 될 게 아닙니다. 제대로 된 실력을 갖춰야 합니다."

그들이 우왕좌왕하고 있을 때, 위드가 헤르메스 길드의 침입자들을 찾아내서 격퇴하고 있다는 내용이 방송으로 나왔다.

"과연… 국왕 폐하."

"으음. 저런 방법이 있었다니 놀랍군요. 북부 유저들이 알아서 막을 수도 있을 것 같습니다."

"그래도 왕국에 피해가……."

"지금부터는 적을 겁니다. 적들도 스스로 조심하게 될 테니까 말입니다."

풀죽군에서는 그럼에도 심사숙고했다.

침략을 받았음에도 불구하고 아무 조치도 취하지 않으면 군대가 아니다.

이미 아르펜 왕국은 영토의 삼분의 일가량을 하벤 제국에 빼앗긴 상태였다.

"어떤 방식으로 보복할지……."

"우리가 결정하더라도 풀죽 병사들은 물론이고 북부 유저들이 동참해 줘야 합니다."

그리고 그들에게 위드의 쪽지가 전해졌다.

봄이 다가왔습니다.

대륙 전체가 풀밭으로 변하게 될 것입니다.

"이것은 전쟁 선언 암호가 맞네요."

"해 봅시다. 위드 님이 칼을 뽑아 들기로 했다면 더 이상 참을 것도 없습니다."

"사람들에게 알려야겠습니다."

풀죽군은 정식으로 하벤 제국에 선전포고하기로 했다. 그 방법도 모두에게 확실히 알려지도록 방송국을 이용했다.

〈베르사 대륙 이야기〉.

생방송에 풀죽신교의 성녀 레몬이 직접 참여했다.

그녀는 교복을 입고 있는 여고생이었다.

오주완이 심각한 얼굴로 물었다.

"진심이십니까? 아르펜 왕국과 풀죽신교에서 합동으로 하벤 제국을 침공하겠다니요. 성격상 대륙 전체가 전쟁에 빠져들게 될 텐데요. 그 파장은 모든 사람들을 휩쓸 것입니다."

"네. 우리는 결정을 내렸어요. 헤르메스 길드는 이 대륙의 모든 사람들을 괴롭히고 있어요. 그들을 물리치기 위해서 선량한 사람들이 모여야 해요. 우리가 지금 나서지 않는다면 기회는 없을 거예요. 오직 그때 싸우지 않았음을 후회하고 말겠죠."

헤르메스 길드를 악으로 거침없이 표현하는 레몬.

아르펜 왕국의 유저들은 물론이고, 베르사 대륙에서 헤르메스 길드의 피해를 받지 않은 사람은 드물었다.

그들에게 함께 싸울 명분을 방송국을 통해서 전달했다.

헤르메스 길드와는 이미 적대적이었기 때문에 꺼릴 것 없이 이야기할 수 있었다.

"풀죽군에서는 의로운 사람들을 기다리고 있어요. 베르사 대륙의 시간으로 2일 후부터 새벽의 도시 남쪽 평원에서 모이게 될 거예요. 부디 이 방송을 보시는 여러분들도 참지 마시고 꼭 그곳으로 오시길 바라요."

산뜻한 예고 교복을 입고 있는 여고생의 외침.

하루의 해가 저물고, 이틀이란 시간이 금방 지나갔다.

그다음 날 새벽의 도시 남쪽 평원은 땅을 볼 수 없었다.

도시에서부터 남쪽으로 끝없이 사람들이 뒤덮었던 것이다.

"뭐야. 여기가 맞아?"

"왜 이렇게 많아. 지나가게 좀 비켜 주세요."

"사람들이 한가득이야."

"어디에 줄을 서면 돼?"

"야, 여기 뭐냐."

"저기 멀리까지 끝이 없어. 좌우로도 대체 어디까지 이어진 거야?"

풀죽신교의 자연스러운 세력 과시!

북부 유저들이 접속하여 일제히 몰려든 것이다.

"비가 오려나? 왜 이렇게 어두워."

"얼굴에 뭐가 떨어져서 묻었는데. 허억, 새똥이다!"

사람들이 하늘을 보니 시커먼 무언가가 뒤덮고 있었다.

조인족들!

최근 인기를 끌고 있는 조인족 유저들이 하늘을 장악했다.

째재재재잭!

꼬끼요옷!

키야아아아악!

"제자리에 있어요! 다른 사람 날개 치지 말고요. 기본적인 매너는 지킵시다."

"짹짹, 짹. 밤부엉이들은 눈부시다니까 아래쪽으로 내려가세요."

"발톱이나 부리 조심합시다!"

편안하게 날갯짓을 하기 힘들 정도로 빼곡한 하늘.

풀죽 유저들은 이미 전쟁에 대해 공감대를 형성하고 있있다.

'아르펜 왕국의 영토를 되찾는다.'

위드가 적극적으로 나선 이상 풀죽 유저들이 따를 이유는 충분하다.

헤르메스 길드와 하벤 제국이 무섭지도 않았다.

중앙 대륙에서야 어떤 세력도 힘과 인원수로 헤르메스 길드에 견줄 수가 없었지만, 북부 대륙에서는 다르다.

매번 싸우면 이겼으며 숫자상으로도 압도하고 있다.

결과는 일단 싸워 봐야 알겠지만, 머릿수의 위대함은 분명 있었다.

종합격투기 선수보다도 밤길에 마주친 중고등학생 10명이 더 무서운 세상이었다.

"엄마, 싸우는 거야? 왜? 우린 대장장이잖아."

"아, 몰라. 옆집 아줌마들 다 움직였어."

"여보, 이쪽이오?"

"빨리 와요. 우리 동네 계군 아줌마들 전부 다 왔는데 우리만 늦었잖아요."

100만 명쯤이 움직이면 뭣도 모르고 따라가 보는 게 사람의 마음.

1,000만 명이 훌쩍 넘어가는 인원이 동참하는 일인데 괜히 끼지 않으면 섭섭한 마음도 들었다.

상인들이 장터를 열어서 북부 유저들에게 물건을 팔았다.

"자! 쌉니다, 싸요. 행군용 신발이 단돈 2골드. 크기별로 다양하게 있으니까 신어 보고 고르세요."

"방한용 모포. 덮고 자도 따뜻한 모포. 중고 직거래입니다."

"딱 세 분에게만 파는 여행자용 지도. 여기서 남쪽까지 다 나와 있어요!"

전쟁을 앞둔 유저들은 씩씩하게 이야기했다.

"자주 헤르메스 애들이랑 싸우면 좋겠다."

"왜?"

"재밌잖아. 떠들썩하기도 하고."

"사냥터에서 쭉 지내다가 한 번씩 놀아 주고 말이지?"

"그렇지. 한꺼번에 몰려드는 맛이 아주 끝내준다니깐."

헤르메스 길드와의 전투도 일종의 연례행사처럼 인식되고 있었다.

자신들이 전투를 펼치면 방송국을 통해 전 세계에 그대로 전달된다.

헤르메스 길드와의 전쟁은 북부 유저들이 사냥에 전념하게 만드는 동기부여도 되었다.

특히 지난번 대지의 궁전 전투에서 새로운 풀죽 군단이 선을 보였다.

벌레죽!

시커먼 옷과 더듬이 모자를 쓰고 무기까지 검게 물들여서 적을 향해서 돌진한다.

하늘에서 보면 정말 멋진 광경이기 때문에 최근에는 벌레죽에 가입하는 유저들이 크게 늘었다.

다만 진짜 곱등이죽을 먹어야만 했기에 중도 탈퇴도 많이 이루어졌다.

"근데 위드 님은 언제 오려나?"

"출정식은 화려하게 하겠지?"

북부 유저들이 재잘재잘 떠들어 댔다.

새벽의 도시에서부터 갑자기 커다란 소란도 일어났다.

"우와앗. 전사 파이톤 님이다!"

"모험가 스펜슨 님도 직접 참여하셨어."

여간해서는 이 소란이 가라앉기 힘들 것처럼 여겨졌다.

위드나 성녀 레몬이라도 등장한다면 이 분위기는 더욱 과열되어 끝을 모르게 될 것이었다.

그러나 그때였다.

동쪽에서부터 유저들이 웅성웅성하더니 빠르게 남쪽으로 내달렸다.

"뭔데?"

"저쪽은… 출정식도 안 했는데 벌써 싸우러 가는 거야?"

"행사도 없이 가기에는 허전한데……."

위드가 등장해서 격려의 말을 들려주기 바라는 군중의 기대심이 점점 커지고 있었던 것이다 .

용기를 부추기면서 멋진 출정식을 펼치고 하벤 제국과 싸우고 싶었다. 그러나 유저들 사이에 동쪽에서부터 빠르게 소식이 전달되었다.

"야, 온대."

"누가 오는데?"

"오크 군단."

"뭐, 뭣이!"

저 멀리 동쪽, 산 하나가 있었다.

산 너머 뒤쪽으로 먼지구름이 자욱하게 치솟는 게 보였다.

사막의 모래 폭풍만큼이나 무시무시한 먼지구름이 다가오고 있는 광경.

맞은편에서도 먼지구름이 일어났다.

"저쪽은 어디야?"

"죽순죽."

"끝이 없나 보구나. 많다, 진짜…….."

유저들이 인산인해를 이룬다는 말이 실감이 났다.

산을 정면에서 뒤덮으면서 다가오고 있었으니 이것은 상상할 수 있는 이상의 충격이었다.

"급보야! 저 사람들이 죽순죽 유럽 부대야."

"뭐라고?"

"유럽 1차 부대가 오고 나면 아프리카, 아시아, 아메리카 쪽에서 온다는데. 조인족 1명은 그걸 구경하려다가 현기증이 나서 추락했대!"

새벽의 도시 남쪽에 모여 있던 유저들은 불안감에 휩싸였다.

다 함께 베르사 대륙을 자유로 이끌기 위해서 모인 동료들.

당연히 많으면 많을수록 좋지만, 먼저 와 있는 입장으로는 당장의 안전이 걱정됐다.

"가, 가자!"

"깔려 죽고 싶지 않다면 어서 하벤 제국 놈들한테 가야 돼!"

새벽의 도시 근처에서 모인 풀죽군이 그대로 남하하기 시작했다.

그리고 몇 시간 후에도 사람들이 계속 보여들면서 군중의 규모는 결코 줄어들지 않았다.

"조퇴하고 왔는데 안 늦어서 다행이네요. 독버섯죽 49차 부대는 어딨죠?"

"벌써 진작 남쪽으로 출발했어요."

"으어! 이런, 지각이다!"

사람들이 말을 타거나, 두 다리로 남쪽으로 뛰어갔다.

"후후후. 우리 신흥 햄버거죽은 결집 시간을 늦춘 보람이 있군요."

"믿으십시오. 건강을 위한 현미죽이야말로 이 세상을 구원할 수 있는 부대입니다."

"우린 감귤죽의 영혼을 성전에 바치기 위해 모였습니다!"

"열대과일의 꽃, 망고스틴 죽이여. 과일 그만 까먹고 모여서어서 이동합시다!"

새로운 풀죽신교의 지부들이 자리를 채우고 이동했다. 그리고 마침내 오크들이 등장했다.

"추이익!"

"췻."

얼굴이 붉게 달아오른 성난 오크들이 말했다.

"돼지죽 1819부대 도착했다. 취이이익!"

블랙소드 용병단의 미헬, 로암 길드의 로암, 사자성의 군트, 흑사자 길드의 칼리스, 클라우드 길드의 샤우드.

과거 중앙 대륙을 나눠서 지배했던 세력의 대표들이 다시 한자리에 모였다.

"축하드립니다, 미헬 님."

"이번 그라디안 왕국의 전투는 정말로 감명 깊었습니다. 헤르메스 길드 놈들도 가슴이 뜨끔했을 겁니다."

"후후. 뭘요."

그들은 훈훈한 이야기들을 먼저 나눴다.

헤르메스 길드에 의해 패배한 후에 도망자로 쫓겨 다니다가 일제히 반란을 일으켰다.

곳곳에서 저항하고 있었지만 얼마 남지 않은 세력이나마 전투가 벌어지면 피해를 계속 입었다.

소속 길드원들이 이탈하는 경우도 자주 발생해서 결코 행복하지만은 않은 시기였다.

그들에게 전해진 미헬의 승전보야말로 통쾌한 사건이었다.

로암이 오늘의 만남을 주선했다.

"그보다도 우리의 계획에 대해 이야기해야 할 것 같습니다."

"무슨… 아니, 하벤 제국을 공격하는 방침에 변경이 있는 것입니까?"

샤우드가 관심을 드러냈다.

클라우드 길드는 가장 많은 인원수를 자랑했던 만큼 세력 위축도 심각하다.

어서 빨리 과거의 성세를 되찾고 싶었다.

"우리가 하벤 제국에 막대한 피해와 경제력 손실을 입히고 있습니다만, 그보단 더 확고한 방법이 필요합니다."

"어떤……."

"저도 잘 모릅니다."

"예? 지금 장난하시는 겁니까!"

샤우드가 버럭 화를 내려고 하는데, 로암이 먼저 종이를 한 장 꺼냈다.

　"저에게 위드로부터 이런 메시지가 왔습니다."

　　잠시 쉬면서 전력을 가다듬고 있을 것.
　　때가 되면 나서라.

　"위드의 편지입니까? 그렇다면 또 한 번 하벤 제국에 엿을 먹일 만한 계획이 있단 뜻인데!"

　"오호라! 곧 사건이 일어나겠군요."

　미헬이나 칼리스가 좋아한 반면에 군트나 샤우드는 시큰둥한 기색이 역력했다.

　"경솔하군요. 예의도 없고."

　"이거야 무슨… 우리가 제 놈의 부하도 아니고. 건방지기 짝이 없군."

　헤르메스 길드를 상대하기 위해서는 자신들로는 역부족이다. 하지만 자존심 때문에라도 위드의 밑으로 들어가서 그의 명령을 따르고 싶지 않았다.

　샤우드는 고개까지 돌려 버렸다.

　'차라리 그냥 지켜보는 게 낫지. 헤르메스 길드나 위드가 실컷 싸우다 보면 어부지리를 노릴 수 있다. 그게 아니더라도, 클라우드 길드가 움직일 더 좋은 기회가 나타날 거야. 아니, 그렇다면 일단 여기서는 명령을 따르는 척이라도 해 줄까. 실제로 어떻게 움직이느냐는 내 이익에 따라서 결정을 하면 되니까.'

달빛 조각사

샤우드의 머릿속이 바쁘게 움직였다.

기뻐했던 미헬, 칼리스도 헤르메스 길드에 피해가 생길 수 있다니까 반겼지만, 곧 이해득실을 따지기 시작했다.

'뭔가가 벌어질 거야. 그건 확실하다. 내가 최선의 이득을 가질 수 있는 방법은?'

'위드와 헤르메스 길드가 싸우는 건 나쁘지 않아. 양쪽 다 힘이 빠지면 최선의 결과지만, 가능하면 위드가 오래 버티는 쪽이 낫지.'

편지를 보여 준 이후로 다들 침묵을 지켰다.

암묵적으로는 어쨌든 위드의 말을 듣기는 해 줄 것이다. 그들이 겪고 있는 상황이란 결코 녹록지 않았으니까.

또 위드의 편지라는 게 그들에게 구체적으로 어떤 손해를 끼치는 것도 아니었다.

로암은 여기서 한 발자국 더 나아갔다.

"위드가 무엇을 꾸미는지는 밝히지 않았습니다. 하지만 우리는 이 자리에서 약속합시다. 무슨 일이 벌어지든 위드를 지지해 주기로."

이번에 이익을 봤던 미헬은 가만히 있었다. 그러나 군트는 고개를 갸웃거렸다.

"그럴 필요까지 있습니까. 우리가 그와 어떤 협정을 맺은 것도 아니고."

다른 세력의 수장들 역시 시큰둥했다.

샤우드는 아예 미쳤냐는 눈빛을 보내고 있었다.

어떤 이득도 없이 위드를 도울 필요는 전혀 느끼지 못했던 것이다.

"제가 마음이 급했습니다. 제가 생각하고 있는 것들을 잘 설명드려야겠군요."

로암은 충분히 그들의 입장을 이해했다. 위드에 대해서 가장 잘 알고 있는 사람이 자신이다.

그는 지독하고 단순한 것 같지만 상대방을 제대로 괴롭힐 수도 있었다.

본능적으로 약점을 파악하고 집요하게 노리며, 적을 자신의 상황에 맞춰 가며 유리하게 이끌 줄 아는 것이다.

위드에 대해서 깊게 생각하다 보니 헤르메스 길드까지도 이어지게 되었고, 지금의 상황을 다시금 되짚어 보다가 깨닫게 된 중요한 측면이 있었다.

"현재의 상황을 일목요연하게 정리해 보자면 우리가 헤르메스 길드에 의해 패배를 겪을 때의 일부터 해야겠습니다."

로암은 긴 이야기를 했다.

이제는 누구나에게 알려진 대륙 제패를 위한 헤르메스 길드의 탄생 목적.

하벤 왕국에서부터의 차근차근 전개된 다양한 준비들.

각 세력들을 대표하는 수장들은 자신도 아는 내용이었지만 로암의 말을 경청했다.

"헤르메스 길드는 완벽했다고 할 수 있습니다. 스스의 힘을 기르고 쌓아 가는 것에서부터 우리들을 격파하는 것까지. 그야말로 중앙 대륙을 일통한 하벤 제국의 건설은 장대한 계획의 결정판이었습니다."

로암의 이야기를 듣다 보니 기분이 나쁘면서도 고개를 끄덕일 정도로 수긍이 됐다.

헤르메스 길드는 그 전력이 대단할 뿐만 아니라 철저하게 준비해서 일을 처리했다.

중앙 대륙이 그들에게 넘어간 것도 지금 와서 보면 당연한 일이었다.

"하지만 이제 와 다시 생각해 보니까 헤르메스 길드가 약화된 이유를 알게 되었습니다."

"약화된 이유요?"

"네. 헤르메스 길드는 모든 초점을 중앙 대륙의 장악에 맞춰서 계획을 진행했습니다. 아마도 동부나 북부, 그리고 최근에 남부에 사람들이 가게 된 것은 예상 밖이었을 것입니다."

미헬이 중얼거렸다.

"그것은 굳이 약점이라고 할 수는 없는데."

"물론 그렇습니다. 중앙 대륙을 장악하면 베르사 대륙을 통일한 것과 마찬가지라고 생각할 수도 있었으니까요."

중앙 대륙 사람들은 다들 그렇게 생각했다.

얼마 전까지 변경 지역은 경제력이나 기술력이 낙후되어서 경쟁할 정도로 부각되리라고는 생각을 못 했으니까.

"하지만 보시다시피 마지막 고비를 넘지 못하지 않습니까? 중앙 대륙만 있었다면 하벤 제국은 이미 전 대륙을 통일했을 것입니다. 그러나 현재는 완전한 대륙 통일의 길이 상당히 멀어진 것입니다."

"영토가 너무 넓어진 것인가……."

"그렇지만 이런 약점은 너무 뻔한 것인데."

군트, 샤우드도 선뜻 공감은 안 가는 이야기였다.

로암은 계속 말을 이었다.

"낮은 치안 수준이나 주민들의 충성심도 원인이라고 할 수 있습니다. 헤르메스 길드의, 소위 말하는 무적 군단의 연이은 패배도 마찬가지입니다. 그리고 황궁까지도 부서졌죠. 자, 여기서 중요한 게 나옵니다. 이 모든 약점이 드러난 건 누구 때문일까요?"

각 세력의 수장들은 잠시 생각해 보다가 누군가의 이름을 동시에 떠올렸다.

"위드!"

"맞습니다. 바로 그입니다. 그가 이 세상에 없었다면 헤르메스 길드는 진작에 베르사 대륙을 완전히 정복했을 것입니다. 그리고 그 누구도 헤르메스 길드에 대항할 여지를 갖지 못했겠지요."

위드가 없었더라면 북부 대륙은 여전히 미개발 지역이었을 가능성이 크다.

엠비뉴 교단에 의해 동부는 파괴되었을 것이고, 남부 역시 사막 대제왕의 후계자 같은 엄청난 퀘스트도 발생하지 않았을 것이다.

헤르메스 길드가 자랑하는 무적 군단이 북부까지 가서 전멸하는 수치도 생기지 않았을 테고.

지금쯤에는 하벤 제국의 온전한 모든 전력이 중앙 대륙의 통치에만 집중할 수 있었을 것이며 혼란도 최소화했을 것이다.

만약 일이 그렇게 진행되었다면 자신들과 같은 반란군 역시도 더욱 고전을 면치 못했으리라.

중앙 대륙의 유저들 역시 북부로 빠져나가면서 경제력 손실 같은 것도 최소로 벌어졌을 것이기 때문이다.

'이 모든 게 전부 위드 때문이라는 건가.'

'번번이 헤르메스 길드의 발목을 잡았다고 생각했는데… 라페이가 세운 장시간의 계획 너머에서 활약하며 이를 망쳐 놓고 있었던 것이다.'

위드가 중앙 대륙에서 시작했다면 심한 견제를 받아 이런 전개도 불가능했다. 그러나 그는 로자임 왕국에서 시작하여 북부로 세력을 키웠다.

'의도한 것일까? 계획적으로 헤르메스 길드의 허점을 노리는 게 가능한 건가?'

한 세력을 대표하는 자들이었지만 황당하기까지 한 활약과 영향력에 침묵을 지킬 수밖에 없었다.

베르사 대륙에 개인이 일으켜 놓은 변화가 너무나도 크다고 느껴졌으니까. 단순히 몇 번의 승리만이 아니라 그의 모든 움직임이 헤르메스 길드를 약화시키는 결과를 끌어냈다.

뒤늦게 깨닫고 나니 놀라운 일이었다.

"위드가 모든 사건을 일으켰습니다. 라페이와 헤르메스 길드가 그린 그림에 위드는 없었습니다. 그러므로 우리가 그를 적극 지원해야 하는 이유로 충분합니다."

로암의 당당한 선언과도 같은 말에 더 이상 틀렸다고 반대하는 사람은 없었다.

위드가 아니었다면 현재도 없었을 테니까.

　커다란 세력을 이끌고 있었지만 헤르메스 길드에는 너무나도 쉽게 약점을 공략당하며 격파되었기에 그들에 대한 공포심이 있었다.

　싸우고 괴롭힐 수는 있어도, 자신들의 실력으로 헤르메스 길드를 넘을 수 없다는 현실을 인정했다.

　로암이 자조적으로 말했다.

　"위드를 도와야 합니다. 그에게 당해 본 사람만이 알겠지만, 다른 선택권은 없습니다. 만에 하나라도 위드가 대륙을 제패한다면 우린 헤르메스 길드보다 더한 최악의 인물을 적으로 돌려야 할 테니까 말입니다."

푸홀 요새

유병준은 인공지능을 통해서 〈로열 로드〉에서 벌어지는 일을 계속 지켜보고 있었다.

"대륙 전체가 전쟁에 휩싸였군."

하벤 제국의 정예 병력들이 수비를 위해 북쪽과 남쪽으로 이동하고 있었으며, 아르펜 왕국 역시 시작과 끝을 알 수 없을 정도로 엄청난 규모의 유저들이 전투를 위해 이동하고 있다.

과거에는 몇 사람의 결단으로 전쟁을 일으키거나 멈출 수 있었지만 이젠 결판을 지어야 할 때가 다가오고 있었다.

유니콘 사에서도 이번 전쟁이야말로 간단하지 않다고 분석했다.

강대한 하벤 제국의 통치에는 넓고 큰 균열이 생겨났으며, 정체된 아르펜 왕국이 더 성장하기 위해서는 적을 물리치지 않을 수가 없게 되었다.

전쟁이 벌어지면 수많은 영웅들이 떠오르고, 그만큼의 별들이 사라지게 된다.

각 방송국에서는 이미 특집을 위한 스페셜 연출 팀들을 가동하고 있었다.

〈패자의 결전〉
〈베르사 대륙을 지배할 최후의 승자는 누구인가!〉
〈다시 피어오른 대제왕의 꿈〉

다양한 제목들을 달고 전쟁을 기다리고 있었다.

베르사 대륙에 일찍이 단 한 번도 존재하지 않았던 규모의 전투가 벌어질 것으로 예상되고 있었던 것이다.

그 영향은 대륙 전체에 휘몰아칠 것이 틀림없다.

전쟁의 최종 승리자가 베르사 대륙을 지배하게 되는 것은 너무나 당연했다.

"큰 이변이 없는 한 바드레이나 위드, 두 사람이 〈로열 로드〉를 통일한 최초의 황제가 되겠구나."

유병준은 지켜보는 와중에 아쉬움이 참 많이 들었다.

"조금 더 잘할 수 있는 방법들을 놓치다니."

위드의 존재는 〈로열 로드〉에서 한참 뒤늦게 부각되었다.

애초에 위드가 조금 더 일찍 〈로열 로드〉를 시작했더라면 그리고 전투 계열의 직업을 선택해서 오직 강해지는 것만을 바라보았더라면 어떠했을까.

사막의 대제왕 퀘스트를 보면서 충분히 그 과정이나 결말을 짐작할 수 있었다.

만약 검사나 무예인 최후의 비기를 얻어 냈더라면 바드레이라고 해도 단독 전투력으로는 전혀 상대가 안 되었을 것이다.

하늘 아래 적수가 없을 정도의 강자가 되어서 새로운 길을 앞장서서 열어 갔을 수 있다.

지금도 퀘스트를 통해서 북부를 개척하고 유저들을 이끌어 왔지만, 많이 다른 모습이었을 것이나.

힘으로 부하들을 이끈다면 그 전투부대의 능력은 무적, 그 이상이었을 테니까.

위드가 보여 준 끈기나 이룩한 성과들을 감안한다면 너무나 아까웠다.

"도대체 어떤 사연 때문에 〈로열 로드〉를 빨리 시작하지 못했지?"

유병준도 그 때문에 이미 인공지능을 통해서 상세한 뒷조사를 했다.

과거의 일이라고 해도 모든 기록 장치들을 조사한다면 밝혀 낸다는 게 불가능하진 않은 시대였다.

"교통사고나 뭐, 어쩔 수 없는 사정이 있었을까?"

인공지능은 미국과 한국의 군사용 인공위성을 비롯하여 동원 가능한 모든 자원을 활용해서 정확한 사실을 밝혀냈다.

—알아냈습니다, 박사님.

"그래, 무슨 이유였지?"

—〈로열 로드〉를 지켜보면서 장래성을 확인하기 위함이었습니다.

"장래성? 구체적으로 무엇을 뜻하는 것이지?"

—돈벌이가 안 될지도 모른다고…….

"……."

유병준이 회심의 미소를 지으며 개발한 첨단 과학 기술력의 결정판 〈로열 로드〉.

그러나 이현은 과연 정말 돈벌이가 될까 싶어서 이것저것 알아보느라 뒤늦게 뛰어들었다.

"벤처기업은 믿을 수가 없어. 한탕 해 먹고 그냥 해외로 튈 속셈일지도 모른다니깐."

이현이 은행에서 생활비를 출금하며 이런 말을 남긴 것이 그대로 녹음되어 있었다.

"정말로 황당한 녀석이야."

유병준은 혈압이 치솟는 기분이었다.

"어쨌거나 완벽하지는 못한 게 인간이니까. 고작 몇 달 전만 해도 위드가 하벤 제국을 혼란스럽게 만들고 습격까지 하리라고는 생각하지 못했지. 방송과 민심을 적절히 이용하는 것을 헤르메스 길드가 대비를 못 한 점도 있었지만."

아쉬운 것은 바드레이와 헤르메스 길드 쪽도 마찬가지였다.

중앙 대륙을 정복할 때까지는 치밀한 계획과 준비 아래에 일을 진행했지만 마무리가 철저하지 못하다.

그들에게도 중앙 대륙을 완벽하게 장악할 몇 번의 중요한 기회가 있었다.

군사적, 경제적인 패권을 바탕으로 지휘력을 보여 줘서 유저들로부터 지배권을 납득받을 수 있었다. 하지만 엠비뉴 교단을 피하며 전력을 아낌으로써 중앙 대륙의 유저들을 실망시켰다.

절대적인 힘을 과시하고 싶다면 망설이지 않고 써서 그 즉시 엠비뉴 교단과 싸워 이겼어야 했다.

전력을 아끼는 모습에 그들이 무적은 아니라는 사실을 드러냈다. 단순히 권력과 통치에만 집착하는 이기적인 집단이라는 느낌을 주어서 민심을 잡지 못했다.

지금도 대륙 정복 이후의 통치까지도 염두에 두면서 대륙을 통일하지도 않았는데, 벌써부터 생각이 많았다.

라페이는 머리가 좋은 모사답게 하벤 제국의 장기적인 미래와 추락하는 경제력까지도 고려하고 있다.

시작부터 많은 것을 가지려고 하면 이룰 수 없는 꿈이 되어 버리는 법.

거대한 단체는 강한 추진력을 잃어버리면 곳곳에서 허점을 드러내기 마련이다.

헤르메스 길드가 전 대륙의 무력 정복이 아니라 통치를 하려고 방향을 전환하니 영주들과 고레벨 유저들은 그 빈틈에 자신의 밥그릇을 채워 넣고 있었다.

군사 강국으로서 대륙 정복에만 열중하고, 그 이후에 어떤 사건들이 터지면 그때그때 맞춰서 대처하는 편이 더 나았을지도 몰랐다.

억지로 군림하려고 한다넌 그 제국은 오래가지 못할 테지만, 잠깐의 영광도 어디인가.

1년, 2년 동안 대륙을 다스리다 보면 그 이후의 미래는 누구도 모르는 것인데 너무 계획만 세우고 있다.

"위드에 대한 대처도 아쉽지. 승리만을 목표로 한다면 진작 수단과 방법을 가리지 않아도 되었을 것인데. 평판 같은 것을 신경 쓰느라 헤르메스 길드에서는 일찍부터 북부에 전력을 기울이지 못했어. 물론 불과 몇 달 전까지만 해도 세력에서 비교도 되지 않았지만."

위드와 바드레이.

위드에게 민심이 뒤따른다면, 바드레이에게는 최강의 세력이 뒷받침되어 주었다.

"이렇게 된 이상 알 수 없군. 뭐가 어떻게 될지."

연구실의 중앙에 있는 입체 모니터에서 인공지능 베르사가 말했다.

—위드와 바드레이의 대륙 정복 확률로 시뮬레이션을 해 볼까요?

"필요 없다."

유병준은 인공지능의 말을 거부했다.

확률이란 항상 그 가능성대로 이루어지는 건 아니었다.

"그보다, 〈로열 로드〉를 정복한 사람에게 내가 가진 모든 권리와 재산을 넘겨주는 승계 작업은 준비가 끝났겠지?"

—물론입니다.

세계적인 기업으로 떠오른 유니콘 사의 주식과 다른 계열 회사들의 지분.

전 세계 곳곳에 수많은 거대 회사들에 투자가 되어 있으며, 정치인들을 통해 국가권력에도 영향을 끼칠 수 있는 힘.

〈로열 로드〉를 정복하고 났더니 이 상상을 초월하는 부와 권력을 안겨 준다면 얼마나 황당해할까.

유병준은 돈과 권력을 내주면서 승리자의 쾌감을 누리고 싶었다.

―그런데 부작용이 있습니다.

"어떤 부작용?"

―박사님의 후계자에게 모든 권한과 절대적인 능력을 심어 주기 위해서 유전자 조작과 생명공학을 바탕으로 한 초인으로의 개조가 예정되어 있지 않습니까?

"그렇지. 빠뜨릴 수 없는 부분이지."

마땅히 후계자라면 모든 면에서 완벽해야 이 사회의 정점에 설 수 있지 않겠는가.

명석한 두뇌와 가장 뛰어난 육체.

후계자는 모든 인간이 부러워할 삶을 살게 될 것이다.

특히 끝없이 솟구치는 정력이야말로 필수다.

밤에 고개를 숙인 남자라면 아무리 당당하더라도 아쉬운 법이니까.

―동물 실험 결과, 인위적인 가수면 상태에서의 유전자 조작, 뇌 기능 활성화는 정신력을 과도하게 자극하는 것으로 나타났습니다.

"그렇다면 실패한다는 것인가?"

―육체 강화 과정에서 보호 본능에 의한 자기최면이 발생하는 것 같습니다. 의지가 약하다면 변화를 거부하고 자기만의 공간을 만들어서 영영 깨어나지 않는 것이지요.

"크음."

유병준은 조금의 찝찝함을 느꼈다.

평생의 목표로 삼았던 일이다.

〈로열 로드〉의 정복자가 최종 개조 과정에서 깨어나지 못한 다면 지금까지 세운 모든 결과물이 실패라고 할 수 있었다.

"성공 가능성을 올릴 수 있는 방법은?"

─현재까지로는 인간의 의지 자체에 간섭할 수 있는 방법은 없습니다.

〈로열 로드〉의 최초 정복 황제가 되면 후계자가 되기 위한 테스트를 진행하다가 식물인간이 되거나 죽을 가능성이 있었다.

유병준은 잠깐 자신의 인생을 돌아봤다.

'뭐가 어디서부터 잘못된 것일까.'

처음에 과학도로서 가상현실이나 새로운 기술에 대한 꿈을 꾸었을 때부터 순수한 의도는 아니었다.

외골수로 살아온 자신의 개인적인 목표를 완성하기 위해 개발한 〈로열 로드〉.

후계자가 되면 권력과 부를 물려주는 것이기에 누구에게나 나쁜 일은 아니라고 생각했다.

그러나 그 대가가 어쩌면 목숨을 잃어버리는 결과라니.

꿈과 희망, 가족들의 슬픔.

수많은 것들을 감당해야 할 것이다.

"그래도 여기서 멈추기에는 너무 멀리 오고 말았지. 내 모든 것을 물려주기 위해서는 예정대로 계획을 추진한다."

─알겠습니다.

하벤 제국 황제의 길.

바드레이는 고민 끝에 어렵게 결정했다. 사실 애초에 선택지는 하나밖에 남아 있지 않았다.

"첫 번째의 길을 걸어가겠다."

띠링!

제국을 이끄는 황제의 성스러운 선택!

─나약한 마음 따위는 잊어버리리라. 이 대륙에 발을 붙이고 살아가는 모든 생명들은 나의 지배를 받아야 한다. 나를 거부하는 자들은 피로써 다스리리라. 비록 세계가 피로 씻겨 내릴지라도…….

하벤 제국의 황제로서 강력한 통치를 결정하였습니다.

반란군을 꿰뚫어 볼 수 있게 됩니다. 때로는 지나친 의심에 따라 실수를 할 여지는 있겠지만 말입니다. 반란군을 처치하면서 얻는 경험치와 스킬 숙련도의 양이 증가합니다. 공포를 기반으로 한 통치력 스탯을 빠르게 얻을 수 있습니다.

황제를 따르는 기사들의 성장 속도를 45%만큼 빠르게 만듭니다. 제국에 속해 있는 기사들과 병사들이 황제가 내리는 어떤 명령도 거부하지 못합니다. 하지만 그들의 진정한 충성을 얻는 어려울 것입니다. 막다른 길까지 몰린 이들은 반기를 들게 됩니다.

목숨을 잃기 전까지 존엄한 황제의 모든 스탯이 20씩 증가합니다.

"이도 나쁘지 않다."

바드레이는 흑기사 황제의 연계 퀘스트에 따라 대량의 경험치와 스킬 숙련도를 얻을 수 있게 됐다.

베르사 대륙이 혼란스럽고 하벤 제국이 중대한 기로에 서 있지만, 궁극적으로는 개인의 상함만이 이를 극복할 수 있을 것이다.

헤르메스 길드가 그에게 뒷받침이 되어 주고 있었기 때문에 보통의 흑기사 황제와는 다른 결과를 만들 자신이 있었다.

위드는 사냥터에서 아르펜 왕국의 유저들이 대규모로 남하
했다는 소식을 들었다.

"전쟁이 시작됐군."

사기를 드높이기 위한 멋진 연설을 기다렸던 사람들에게는
미안하지만, 사냥할 시간도 모자랐다.

북부의 고레벨 유저들을 지휘하면서 헤르메스 길드 유저들
을 척살하고 그들이 잘 나타나지 않으면 사냥터로 간다.

리치로서 활약하며 생긴 죽은 자의 힘도 제거해야 했기에 항
상 바빴다. 전투 중에 바르칸의 풀 세트까지 착용한 탓으로 죽
은 자의 힘이 무려 2,218씩이나 생성되었다.

네크로맨서들은 남들보다 월등하게 빠르게 강해지는 게 장
점이지만, 어느 순간부터 부작용도 두려워해야 했다.

신앙, 인내력, 투지, 정신력, 용기 등으로 억제하지 않았다면
위드도 몸 상태가 더 이상 인간으로 활약하기 힘들어졌으리라.

위드가 만드는 조각품에는 이미 부작용이 생겼다.

간단한 여우 조각품을 만들어도 저절로 사악한 생명이 부여
됐다.

눈 밑이 검게 물든 여우

생동감 있게 조각된 새끼 여우. 착하고 귀엽게 생겼지만 만약 어린아이들에게
선물한다면 이상한 일이 생길 수도 있을 것이다.
예술적 가치: 3.

여우 조각품이 조금씩 움직이면서 저절로 말하고 움직이는 것이었다.

그것도 사람이 없을 때 몰래!

킬킬킬. 끄헤헤헤헤!

뭔가 악독한 일을 저지르려는 것처럼 음침하게 웃는 여우 조각품.

어두운 곳에서 본다면 제법 공포스러울 수도 있는 광경이지만 위드는 본래 마음이 여리거나 약한 성격이 아니었다.

"너, 말할 수 있지?"

"……."

"솔직하게 말하면 네 입장을 이해해 줄게."

"……."

여우 조각품은 아무 말도 하지 않았다.

"네가 이렇게 태어난 게 네 잘못은 아니야. 내가 죽은 자의 힘이 과해져서… 아니, 이런 복잡한 내용은 설명할 필요도 없고. 너 역시 내가 만든 내 새끼인데 어려운 일이 있으면 도와주고 싶어서 그래."

자식을 보는 부모의 심정!

여우 조각품도 충분히 공감하며 마음이 약해졌는지 슬그머니 눈동자가 움직였다. 그리고 말까지 했다.

"그러면 나를 어린 여자아이에게 신물해 다오."

"역시 말할 수 있군. 내가 그럴 줄 알았다니깐."

위드는 여우의 꼬리를 잡아서 따로 포대기에 넣고 밀봉했다.

이른바, 사악한 조각품 모음집!

따로 포대기에 글귀도 써 놓았다.

시끄럽고 말썽 많은 어린이에게 선물용으로 추천

"인형으로도 좋고, 몇 종류 모아서 세트로 팔면 수집가들에게 비싼 가격에 처분할 수 있겠지."

위드는 과거에 아르바이트로 동네 인형 가게에서도 잠깐 일했던 적이 있다.

인형을 애지중지하며 다루는 어린아이들의 동심이 파괴된다는 건 다분히 어른들의 섣부른 생각이었다.

일부의 아이들은 던지고 발로 차면서 갖고 논다.

인형을 괴롭히면서 스트레스를 해소하는 방식을 알고 있는 것이다.

조각술의 숙련도 역시 고급 9레벨 98.9%로 마스터가 눈썹 앞으로 다가온 상황!

죽은 자의 힘 때문에 발생한 조각품에 대한 부작용도 빠르게 해소되고 있었다.

여신의 기사 갑옷이 상태 이상을 억제합니다.
상태 이상을 억제하였습니다. 헤스티아의 축복이 어둠을 뚫고 절반만 작용됩니다. 죽은 자의 힘이 발생하는 악영향을 절반으로 줄입니다.

조각품과 헤르메스 길드 유저들을 처리하면서 죽은 자의 힘을 1,338까지 줄였다.

어서 깨끗하게 없애 놓아야만 다음번에도 리치로 변신해서 큰 활약을 기대할 수 있었다.

자잘한 전투야 강행하더라도 불과 죽은 자의 힘이 10, 20 정도가 오를 뿐이지만 그러면 재미가 없었으니까.

자고로 리치라면 대규모 전투가 어울렸다.

"썩은 냄새를 풀풀 풍기는 스켈레톤과 좀비야말로 네크로맨서의 상징이야."

손재주 스킬을 마스터하고 난 이후로 스킬 숙련도도 빠르게 늘어났다.

검술 외에도 잡다한 스킬들의 성장이 빨라지다 보니 다양하게 익히는 재미가 있었다.

조각 변신술로 다른 종족으로 몸을 바꾸더라도 관련 스킬들이 상당히 높게 나타났다.

"잡캐와 노가다야말로 〈로열 로드〉의 진리지."

위드는 시간만 충분하다면 더 강해질 수 있음에 아쉬웠다.

현재의 레벨은 447.

북부에 먹잇감이 널려 있었다.

헤르메스 길드 유저들도 전투와 관련되어서는 산전수전 다 겪었다.

남들보다 강해지기 위한 집착도 있었고, 사냥터에서 보낸 시간도 적진 않았다.

동료들과 손발도 잘 맞췄으며, 전투에 대한 나름 감각도 있었다.

그럼에도 불구하고 위드만 만나면 죽을 못 쓰고 실력 발휘도 못 한 채로 허무하게 목숨을 잃는다.

"도저히 이해가 안 되네. 내가 왜 진 거지? 정보부의 판단으로는 위드의 레벨이 400대 초반 아닌가."

"대장장이 스킬로 장비들은 더 좋은 것을 입는다지만, 우리들 장비가 그보다 못하지도 않을 텐데 말이야."

"스킬도 말할 것도 없어. 검사에게 최고의 조합을 가진 스킬들은 다 배워 놨는데. 검술의 비기도 2개나 익혔다고."

정상적으로 검사들끼리 붙는 전투야 아주 익숙했지만 조각사와 싸울 일은 안 생겼었다.

그런데 위드가 평범한 조각사던가. 온갖 생산과 예술 스킬을 전투에 동원한다.

생산 스킬들로 검과 갑옷의 능력을 끌어올렸으며, 조각 파괴술로 무지막지한 힘을 발휘했으니 평범한 공방은 이뤄지질 않았다.

가까운 거리에서는 신기에 가까운 검술로 정신없이 몰아치면서 싸우기 때문에 공격 스킬에 의존해야 하는 일반 유저들로서는 곤혹스러울 수밖에 없었다.

조각 소환술로 바하모르그나 엘틴, 게르니카, 금인이를 데려오기도 한다.

그들이야 나름 정상적이라고 할 수 있지만 불사조, 불의 거인, 빙룡, 이무기, 킹 히드라 정도의 대형 몬스터의 소환은 헤르메스 길드 유저들에게도 끔찍한 악몽이 되었다.

무한에 가까운 맷집을 가진 킹 히드라와 불사조, 불의 거인이 나타나서 전장을 뒤집어 놓으면 준비된 계획은 엉망진창이 된다.

때론 조각 변신술을 써서 그들에게 최악의 종족을 상대로 싸움을 걸어오기도 한다.

오크 카리췩!

단순무식 카리췩이 거대한 도끼를 휘두르며 덤벼 오면 답도 없다.

방어 따위는 와삼이나 주라는 듯이 무조건 치고 들어오는데 고레벨로 갈수록 나약하단 평을 받는 오크가 전투 종족이라는 사실을 확실히 느끼게 해 줬다.

혼돈의 대전사는 아예 소름이 끼칠 정도였다.

리치로 변신했다는 소문이 돌면 근처의 헤르메스 길드 유저들 전체가 공포에 떨었다.

대재앙의 자연 조각술!

정확하게는 몰라도, 대재앙을 일으킨다는 광역 스킬도 가지고 있다.

헤르메스 길드에서는 1,000명 정도가 도시를 습격할 계획도 세웠지만 아르펜 왕국에서는 불가능하단 판단을 내렸다.

대재앙을 맞고 나서 반쯤 빈사 상태에 빠지면 조각 생명체들이 소환되어서 수화을 거둘 테니까.

위드가 사냥터로 들어가서 잠깐 뜸해지자 헤르메스 길드 유저들이 도처에서 고개를 들었다.

"오늘은 위드가 안 보여."

"아마 전쟁을 한다고 이동했겠지. 길드에서도 실컷 활약하라고 했으니……."

"기회가 찾아왔다."

그들은 마을을 향해 진격했다.

다시 세워진 마을을 초토화시키고, 북부 유저들이 보이면 무차별 공격을 하기로 했다.

"오늘은 제대로 초토화시킨다. 생존자 1명도 안 남길 거니까 게르 강 하역 부근에서 모이자고 해."

그러나 고작해야 진군하고 1시간도 되지 않아서 위드와 조각 생명체들을 맞이해야 했다.

빙룡을 비롯해서 40마리나 되는 조각 생명체 종합 선물 세트였다!

위풍당당한 그 모습은 조각 생명체들 마니아라면 좋아하는 게 당연하게 느껴질 정도였다.

"역시 슬금슬금 나타날 때가 됐다고 생각했어!"

위드에 의해서 헤르메스 길드 유저들은 몰살.

그날 하루 동안에만 무려 300여 명에 달하는 유저들이 목숨을 잃었다.

북부의 고레벨 유저들도 별동대로 활약하면서 각 지역에서 전공을 세웠다.

"이제는 갔겠지?"

"더럽게 당했다. 어디 실컷 복수를 해 주마."

"난 위드한테 직접 죽기도 했어. 내가 다 부수고 죽여 주마."

헤르메스 길드 유저들은 다음 날 저녁에 다시 모였다.

목적은 아르펜 왕국의 빈집 털이!

어중간한 신생 성이나, 모라타 인근의 큰 마을을 공략하는 것이 목표였다.

하지만 목적지에 도착하기도 전에 위드를 만났다.

"여길 어떻게……."

"또 나올 줄 알았어."

위드에 의하여 전멸.

그다음 날도 마찬가지였다.

헤르메스 길드 유저는 죽기 전에 물어봤다.

"솔직하게 말해라. 우리 사이에 첩자를 심어 놓았지?"

"아니."

"거짓말이다. 이렇게 잘 알고 나타날 수는 없다."

"익숙하고, 비슷해."

"뭐가?"

"집에 먹을 거 놔두면 밤낮을 가리지 않고 나오는 애들이 있는데, 아무튼 그런 게 있어."

"……."

바퀴벌레 퇴치 작업을 하듯이 헤르메스 길드를 쓸어 넘기는 위드!

조각 생명체들을 총동원하여 전쟁을 치르듯이 하면 대부분이 허망하게 목숨을 잃었다.

헤르메스 길드 유저들도 보스급 몬스터 사냥을 많이 겪어 봤지만 조각 생명체들은 달랐다.

여간 비겁한 게 아니고, 협력 전투가 탁월하다.

서로의 약점을 보완하면서 무리하지 않고 야금야금 싸운다.

헤르메스 길드 유저들이 너무 많다 싶으면 대재앙을 뻥뻥 터트리고 시작했으니 상대가 될 처지가 아니었다.

위드는 물과 지진 계열의 대재앙을 위주로 사용했다.

"훗날 여긴 농경지가 될 수 있겠지. 지도에 표시해 놓고… 음, 주변 땅을 조금 사 놔야겠군."

협력하는 조인족들을 통해 헤르메스 길드 유저들의 움직임을 꿰뚫어 봤다.

지형지물에 대해서도 탁월한 지식을 갖고 있었다.

위드는 북부 대륙에서 안전한 장소나 위험한 장소를 어지간하면 모두 돌아다녔다.

직접 사냥을 하지 않더라도 와삼이를 타고라도 그 근방을 지나가며 지도를 작성했다.

모험가에게는 지역에 대한 정보와 자신만의 노하우를 담는다는 보물과도 같은 지도!

"여긴 별로야. 강물이 너무 세고 비가 많이 오면 범람하는 경우도 있다니 최악이군."

위드는 땅 투기를 위한 지도를 작성했던 것이다.

자연 조각술을 통해서 지형을 조금씩이라도 변화시킬 수 있기 때문에 왕국 발전을 위해서 지도는 매우 소중했다.

숲이나 산, 몬스터들의 서식지를, 땅 투기를 위해서 면적이나 특성들을 표시해 놨다.

그 지도를 통해서 헤르메스 길드 유저들이 숨어 있거나 이동하는 경로를 대략 꿰뚫고 있었으니 조인족들의 발견 보고만 있으면 바로 나타날 수 있었다.

　북부의 고레벨 유저들은 헤르메스 길드 유저들을 손쉽게 해치울 수 있어서 좋았지만 한편으로는 불안감도 들었다.

　"저기… 전쟁하러 안 가세요? 우리도 가야 할 것 같은데요."

　풀죽신교의 대군이 하벤 제국의 북부 식민지 지역을 향해 몰려가고 있었다.

　지금쯤 도착할 때가 되었는데도 위드는 사냥에만 열중하고 있었으니 상당히 의아했다.

　"전쟁이요? 음… 곧 갈 겁니다."

　"아침에도 가신다고 했는데요."

　"기다리고 있습니다."

　"이미 전투가 벌어졌다는 소식이 있는데요."

　"방송국에서 입금이 아직 안 돼서……."

　"……."

　하벤 제국의 북부 식민지를 다스리는 알카트라의 병력은 190만까지 늘어나 있었다.

　북부의 상황이 급박해지자 일부의 제국군 병력이 다급하게 보충되었다.

　"계획대로 요새전을 준비하라!"

　알카트라의 주특기는 요새를 중심으로 한 방어전이었고, 일찌감치 북부 유저들이 대거 몰려오리라고 짐작도 했다.

하벤 제국에서 지원해 준 자금으로 국경에 두꺼운 성벽과 요새를 5개나 축성해 놓았으니 마음이 든든했다.

국경 부근에 개설된 요새는 교통의 요지였다.

이곳을 통과하지 않고 우회하여 남쪽으로 내려가려면 험준한 산맥을 통과해야 한다.

대규모 병력이 빠르게 이동하기에는 무리가 있었으며 배후로부터의 위험도 따른다.

푸홀 요새의 인근에는 큰 강이 흘러서 이 물줄기를 이용해서 북부 유저들을 괴롭힐 수 있는 것이다.

다른 요새에도 10만에서 20만씩의 병력을 배치해 놓고, 나머지 100만의 병력을 데리고 푸홀 요새에 주둔했다.

"하나의 요새도 쉽게 넘겨주지 않을 것이다. 만약 이곳을 공략하려면 시체를 산처럼 쌓아야만 가능하겠지."

헤르메스 길드도 두 번의 큰 실패를 북부에서 겪고 배운 점이 있었다.

인해전술을 꺾기 위해서는 시작부터 심리전이 중요하다는 것이었다.

침략을 허용하지 않는 확고한 난공불락의 요새, 그리고 동료들의 머릿수를 무의미하게 만들어 버리는 전술.

북부의 제국군에는 네크로맨서 그로비둔이 제자들을 데리고 도착했다.

총사령관 알카트라가 텔레포트 게이트까지 그를 직접 마중 나왔다.

"바쁘실 텐데 일부러 와 주셔서 감사합니다."

"크크크. 네크로맨서에게 이런 장소야 고마울 뿐이지요."

그로비둔은 흡족하게 웃으며 주위를 둘러봤다.

30미터의 높고 두꺼운 성벽이 좌우로 끝없이 이어져 있었다. 성벽 아래에는 식인 식물이 자랐으며, 대낮과 밤에는 독 안개까지 피어나도록 되어 있다.

만리장성이 머릿속에 떠오르게 만들 정도의 엄청난 규모, 중앙 대륙에서 말썽을 부리는 주민들을 노예로 삼아서 축성하지 않았다면 단기간에 지을 수 없었을 것이다.

이런 성벽과 요새를 중앙 대륙에서 무적으로 군림하는 하벤 제국군이 지키고 있었으니 믿음직스러웠다.

'이 뒤에 이만한 요새가 4개나 더 있단 말이지.'

수비 전쟁에서는 요새가 대단한 위력을 가졌다.

어지간한 병력으로는 함락할 수 없으며, 수비 측에 몇 배의 군사적인 이익을 가져다준다.

요새란 전투 중에서도 활용도가 높지만 한두 번의 승리를 거두고 나면 심리적인 부담감 때문에라도 침공하기 두려워진다.

"정말 대단한 요새야. 이렇게 빨리 짓다니 총사령관님의 능력이 대단하십니다."

"북부의 풋내기들을 위해서는 과분하다는 생각도 하고 있습니다만 적을 만만하게 보진 않습니다."

"놈늘은 언제쯤 올 것 같습니까?"

"오늘 점심 무렵부터 모습을 보일 겁니다."

"그렇다면 제물을 바치는 마법진이라도 몇 개 설치하며 기다려 봐야겠군요."

네크로맨서들은 신바람이 나서 전투를 준비했다.

대규모 전쟁.

북부 유저들을 상대로 한다면 네크로맨서만 한 전력이 없다.

그로비듄의 레벨은 성장이 빠른 네크로맨서의 특성상 500을 넘어섰다.

레벨로만 놓고 보면 무신 바드레이에도 근접하고 있었는데 그는 굳이 공개적으로 이것을 밝히지 않았다.

바드레이의 권력에 빌붙어 사는 추종자들에 의해 불이익을 받을까 봐 겁이 났기 때문이다.

'장기간으로 보면… 내가 더 유리한 점도 있지. 네크로맨서 란 그런 존재니까.'

그로비듄은 네크로맨서로 전직한 것을 기쁘게 여기면서 스스로의 수련에만 열중하고 있는 단계였다.

북부까지 기꺼이 온 것도 이곳에서 최소 몇 개의 레벨을 올리며 스킬 숙련도를 쌓을 수 있는 기회라고 보았기 때문.

알카트라나 제국군이 열심히 싸우면 자신은 뒤에서 언데드 들을 일으켜 주기만 하면 된다.

이보다 더 쉽고 좋을 수는 없었다.

"크게 활약해 주실 것을 기대하겠습니다."

"물론이지요. 밥값은 충분히 하겠습니다."

그날 점심 무렵이 되자 남쪽 하늘에서부터 무수히 많은 무언 가가 다가왔다.

뎅뎅뎅!

"적이다!"

전쟁을 준비하고 있던 푸홀 요새에 비상이 걸렸다.

무려 수천 개의 비행 생명체들이 접근하고 있었던 것이다.

북부에는 와이번들을 비롯하여 조인족들이 설쳐 대고 있었기 때문에 항상 경계하고 있었다.

궁병들이 하늘을 향해 커다란 활을 겨누었다.

조인족을 감안하여 사정거리를 개량한 특제 활.

마법사들은 공격 마법을 준비했다.

이윽고 비행 생명체들은 제대로 모습이 보일 만한 거리까지 다가왔다.

"쏘지 마라, 아군이다!"

그리폰 군단!

그라디안 지역에서 주로 활동하던 용기사 뮬은 위드에게 목숨을 잃었다.

동시에 그가 가장 애지중지하던 선더 스피어라는 창까지 빼앗기고 말았다.

"패배는 용납할 수 있다. 그러나 비겁한 수단을 써서 이겼기 때문에 놈을 인정할 수 없다."

결국 복수를 위하여 이를 갈다가 그리폰 군단을 모두 데리고 북부까지 날아온 것이다.

방비를 철저히 한 푸홀 요새는 차분히 기다렸다.

총사령관 알카트라가 이끄는 제국군의 사기는 드높았다.

"북부 놈들. 한번 제대로 밟아 줄 때도 되었지!"

"알카트라 님의 지휘가 있으니 무조건 우리가 이길 거야. 이런 요새가 있는데도 질 수는 없지."

"가족이 보고 싶군. 그러나 가족들도 제국의 영광을 위해 싸우는 날 이해해 줄 것이야."

알카트라의 총사령관으로서의 능력은 아주 탁월해서 그의 높은 지휘력 때문에라도 병사들의 사기가 높게 유지되었다.

무모한 행군, 낮은 체력, 패배 등등이 병사들의 사기를 낮추는 요인이지만, 이런 요새가 있으면 병사들은 물러서지 않고 싸운다.

헤르메스 길드 유저들도 2만 명 정도가 함께 대기하고 있었다. 북부의 식민지에서 활동하던 유저들이 절반 정도 되었고, 나머지는 전투가 벌어지면서 텔레포트 게이트를 타고 도착하였다.

생방송을 위해서 방송국의 특파원들 역시 일찍부터 나와 있었다.

"여긴 푸홀 요새입니다. 바람이 잔잔하고 하늘은 맑은데요. 오늘 벌어질 격전은 그 유례가 없을 정도라서 사람들의 얼굴에는 흥분되는 기색이 역력합니다."

"지금 현장에 나와 있습니다. 전투는 앞으로 2시간에서 3시간 정도 후면 벌어질 것으로 추측이 되는데요. 하벤 제국 측에서는 마지막까지 성벽을 강화하고 방어 시설들을 점검하기 위해 분주합니다. 이상 CTS미디어의 장범진 기자였습니다."

특파원들의 복장도 휘황찬란했다.

〈로열 로드〉를 하면서 기자들도 깊게 빠져들었다. 그리고 어떤 지역이나 모험을 중계하다 보면 그 지역에 파견을 나가야 할 때가 있다.

때때로 취재가 힘든 상황도 생기는 만큼, 기자들은 쉬는 날에도 사냥터에서 충실하게 레벨을 올려야 했다.

기자들도 고레벨이 되거나 특별한 장비를 착용하고 있으면 때때로 시청자들 사이에서 이슈가 되었으니 사냥 경쟁이 치열했다.

1시간 정도가 지나자 북쪽 평원에서 사람들이 나타나기 시작했다.

"풀죽신교다!"

헤르메스 길드의 유저들은 바싹 긴장을 했다.

북부 유저들과 싸워 본 유저들이라면 인해전술의 위력을 똑똑히 알고 있었다.

평원에는 말과 황소를 타고 달려온 북부 유저들이 자리를 잡기 시작했다.

수백 명 정도 되던 무리는 계속 늘어나서 금방 1,000명을 넘어갔다.

헤르메스 길드에서는 일단은 지켜보고만 있었다.

성문을 넘어가서 그들을 없애 봐야 별 소득은 없었고 함정이란 의심도 강했으므로.

북부 유저들은 무슨 이유에서인지 솥을 꺼내고 불을 피웠다.

일부는 부근을 돌아다니면서 무언가를 채취했다.

"저건……."

"풀죽을 끓여 먹는 거다."

먼저 도착한 유저들은 다양한 취향에 맞춰서 풀죽을 끓였다.

맑은 물에, 취향에 따라서 소고기나 베이컨 등을 살짝 데쳐서 먹는 샤브샤브 풀죽도 있었다.

대중화된 음식인 삼계죽 같은 경우는 든든하게 배를 채우기 위해서 많이 먹는다.

항구 바르나에서 온 뱃사람들이 끓여 주는 해물죽 역시 인기였다.

"크아! 역시 해물죽이지 말입니다. 이 깊은 국물 맛 때문에 제가 해물죽을 떠날 수가 없습니다."

"그런 말 하지 말게. 풀죽신교의 모든 죽 부대는 평등하니까. 오늘부터는 나도 독버섯죽에 속할 것이야."

"선배님, 대단하시지 말입니다."

평원에는 계속 사람들이 모여들면서 각자 음식을 해 먹는다.

"갓 잡은 대형 지렁이 팔아요. 2골드!"

"신선한 쑥! 풀죽에 넣어 먹으면 맛있어요. 3실버에 한 바가지씩 드릴 테니 믿고 드셔 보세요."

"꽃게! 앞다리 없는 꽃게 팝니다. 먼저 제시요!"

"무기 수리 가능하신 분. 3쿠퍼에 좀 해 주시면 안 될까요?"

성벽 앞은 금방 시장처럼 변해 버리고 말았다.

수천 명의 사람들이 장사를 하거나 음식을 차려 먹는다.

어느 순간부터인가 북부의 상인들이 노점을 하면서 본격적으로 물품을 판매했다.

"헤르메스 길드를 때려잡을 수 있는 대형 망치! 내구도는 신경 쓰지 마시고 콱콱 휘두르세요."

"언제든, 어디서든 스스로 몸을 지켜 주는 가죽 갑옷! 화살 막기 특수 옵션이 걸려 있는 가죽 갑옷입니다. 성벽은 넘어서 죽어야죠!"

"사다리! 6명이서 들면 딱인 공성용 사다리 판매. 수량이 한 정되어 있으니까 서두르세요. 오늘 요새를 함락시킬 영웅은 바로 여러분들입니다!"

북부의 상인들은 기본적으로 목숨 정도는 여행용 물티슈처럼 취급하고 있었다.

목숨을 아끼려다가 새로 교역로를 개척하지 못하면 그게 더 한심한 일.

아르펜 왕국의 대들보와 같은 역할을 하는 상인들은 다양한 전쟁 용품들을 제작, 구매해서 이곳으로 가져왔다.

풀죽신교나 왕국 차원에서 공성 병기들을 충분히 나눠 줄 수가 없었는데 상인들이 자발적으로 보급로 역할을 했다.

이들이 또 돈을 벌면 모라타의 대장간 등을 이용하여 다시금 보급에 나설 수 있다.

전쟁터에 현지 시장을 개설하며 무시무시한 보급 부대의 역할이 가능했다.

북부 대륙에서 헤르메스 길드의 타격대가 활동하고 난 이후로는 왕국 내 상인들의 교역이 절반 이하로 줄어들었는데, 단순히 목숨이 아깝기 때문만은 아니었다.

전쟁의 밑거름이 되기 위해 전장에 나서기 시작한 것이다.

물론 헤르메스 길드 유저들이 목숨을 잃는다면 그들이 전리품을 취급할 수도 있기 때문에 대박을 노릴 기회도 되었다.

전쟁상인이야말로 승리한 쪽에 붙으면 천문학적 이익도 날 수 있는 직업이었다.

"이게 뭐야."

"전쟁을 치르기도 전에 이 무슨 기운 빠진 분위기가… 나도 힘이 빠지네."

바짝 긴장한 채 성벽을 지키고 있던 헤르메스 길드 유저들은 허탈했다.

북부 유저들의 내실이 어떻든 간에 허술하고 우스워 보이는 건 어쩔 수 없었다.

몇몇은 북부 유저들이 구축하는 전투 시스템을 보며 얼굴이 굳었다.

'장난이 아니다. 저런 식으로 모든 걸 현지에서 해결한다면 원정군 조직은 식은 죽 먹기야.'

'놈들이 그럴 리야 없겠지만 이 요새만 점령한다면 후방에서는 제대로 싸워 보지도 못하겠는데. 북부 식민지 전체를 잃어 버릴 거야. 어쩌면 중앙 대륙의 일부도…….'

머리가 빨리 돌아가는 헤르메스 길드 유저들도 입을 다물고 말았다.

전투가 벌어지기 전에 적을 높여 주는 불길한 말들은 하나 마나였으니까.

싸워 보기 전에는 그 어떤 결과도 짐작하기 어렵다.

잠시 뒤에 점심 무렵이 되니 저 멀리서부터 북부 유저들이 다가오면서 거대한 먼지구름이 일어났다.

"풀죽! 풀죽! 풀죽!"

개미 떼처럼 시커멓게 다가오는 북부 유저들.

성벽을 지키고 있던 제국군 병사들의 무기를 들고 있는 손에 힘이 갔다.

"저, 전투다!"

헤르메스 길드 유저들도 일부는 싸울 준비를 하자면서 호들갑을 떨었다. 그러나 한 번 이상 싸워 본 경험자들은 덤덤했다.

"벌써 놀라지 마. 아직 아니니까."

"예?"

"지금은 시작에 불과해. 계속 올 거야."

땅을 온통 뒤덮으며 전진하는 북부 유저들.

인간이 아닌 다른 존재로 보일 정도의 위용이었다.

그들이 도착해서 평원에 사람이 가득 찼는데도 계속 밀려오고 있다.

좌우로도 사람들의 끝없이 늘어서 있었다.

사정거리가 긴 활을 가진 장궁병들이 대충 화살을 쏘더라도 틀림없이 누군가는 맞을 정도로 밀집해 있었다.

"풀죽! 풀죽! 풀죽!"

발을 구르며 외치는 소리에 땅이 흔들린다.

조금 전까지만 해도 어떤 적이 몰려오더라도 막을 수 있을 것 같은 든든하던 성벽이었지만 그 울림이 선날되었다.

불안감이 싹틀 무렵, 알카트라와 헤르메스 길드의 고위 랭커들은 묵묵히 기다렸다.

'곧 위드가 나타날 것이다.'

위드가 이 병력을 지휘하리라고 보았다.

그와의 한판 승부!

베르사 대륙 전체를 건 것은 아니지만, 북부 대륙의 지배권을 다투는 전투다.

'어떤 식으로 등장을 할 것이냐. 또 괴상한 노래를 하며 갑자기 나타날 것인가. 그러나 평원의 대회전과 요새전은 완전히 입장이 다르단 말이지.'

전투에 동원되는 병력이 많을수록 지휘관의 역량이 빛을 발한다. 지휘관에 따라서 몇 배의 전력을 발휘할 수도 있고, 또 군대가 스스로 무너져 버릴 수도 있기 때문이다.

'오합지졸들을 데리고 어떤 기발한 수단을 만들어 낼지는 모르겠지만 이겨 내지 못할 것이다.'

높고 두꺼운 성벽을 가진 푸홀 요새!

이 방대한 방어 건축물은 후방으로 이어지면서 대략 6킬로미터 정도에 걸쳐 있었다.

북부 식민지 전체를 수비하는 최전선이므로 규모가 가장 큰 요새를 축성했다.

알카트라의 곁에는 복수심에 불타오르는 용기사 뮬과 기회를 노리는 그로비둔까지 있었다.

"오늘은 제국군이 어떤 존재인지를 보여 줍시다."

"동의합니다. 다만 위드는 제 몫이며 누구에게도 넘겨주지 않을 겁니다."

"클클클. 어찌 되었든 전쟁이니만큼 대량 학살을… 죽일 놈들이 많으니 실력 발휘나 실컷 할 수 있어서 좋습니다. 네크로맨서는 이런 전장에 어울리니까요."

헤르메스 길드의 고레벨 유저들은 모두 스스로가 이번 전투의 주인공이 되리라 다짐했다.

아르펜 왕국의 패권을 다투는 대규모 전쟁에 방송국의 생중계까지 이루어지고 있으니 영웅으로 떠오를 만한 무대로는 충분하다.

위드가 차지하고 있는 영웅의 자리를 자신의 것으로 만들고 말리라.

헤르메스 길드에서는 위드의 등장만을 기다리고 있었다. 그러나 그때, 북부 유저들 사이에서 커다란 소란이 일어났다.

"뭐, 뭐라고? 놈들이 온다고?"

"여기까지 오다니……."

"으악! 최악이다. 밟혀 죽기 전에 뛰어!"

제국군의 원군이 오더라도 이보다 놀랍진 않을 것이다.

새벽의 도시에서부터 모여들었던 오크 떼와 다양한 풀죽신교의 부대들.

그들이 전방의 사정도 모르는 채로 계속 다가오고 있었다.

"빨리빨리 좀 갑시다!"

"거 뒷사람들도 좀 생각해서 자리 열어 주세요!"

사람들이 밀려오면서 북부 유저들은 그 자리에서 버틸 수 없을 지경이 되었다.

"밟혀 죽기 전에 싸웁시다."

"옳소!"

"에라, 모르겠다. 이래 죽으나 저래 죽으나……."

어떤 선전포고나 사전 행사도 없이 풀죽신교의 대군이 그대로 푸홀 요새를 향해서 일제히 진격해 왔다.

그리고 그 너머, 저 멀리에 오크들의 부대까지도 모습이 보였다.

위대한 오크 카리취, 그와 잠깐 사냥을 했던 오크 투사 갈취!

카리취가 극찬을 했던 이름을 가진 갈취는 오크 로드의 자리에 올랐다.

그가 200만 오크 부대를 이끌고 왔으며, 유저 출신으로 구성된 오크 로드들 역시 자신들의 새끼를 잔뜩 몰고 왔다.

"용감하게 싸워라! 후퇴 같은 거 하지 마라. 취익!"

"엄마, 무섭다. 췻! 집에 가서 밥 먹고 싶다."

"안 된다. 취췻. 쌀 떨어졌다."

아들딸 구별하지 않고 100마리씩 낳은 오크들이 자식들을 전쟁터로 내몰았다.

북부의 유저들이 요새를 향해 밀려들었다.

베르사 대륙의 북부 패권을 좌우하는 전쟁의 막이 올랐다.

노출된 작전 계획

하벤 제국군에 속해 있는 모든 유저들의 눈앞에 메시지 창이 떴다.

띠링!

> 전쟁이 선언되었습니다.
> 푸홀 요새의 방어력에 따라 모든 병사들의 사기가 310% 증가합니다. 병사들은 승리에 대한 절대적인 믿음으로 본인이 가진 전투 능력을 마음껏 발휘할 것입니다. 강인한 마음은 전투력에 큰 영향을 주었습니다. 방어 측에 속한 모든 병력의 전투 스킬이 +1만큼 높게 적용됩니다.
> 성벽의 높이에 따라 화살 공격력이 161% 증가합니다. 적으로부터 받는 화살 피해를 44%로 감소시킵니다. 요새에 부여된 보호 마법으로 인해 적들의 마법 공격 피해를 47%로 줄입니다. 요새의 내구도와 중요 시설이 파괴되면 효과는 감소하거나 사라질 수 있습니다.
> 모든 병사들의 행운이 54만큼 높아집니다. 푸홀 요새의 시설물에 따라 부상병의 회복 속도가 63% 증가합니다. 체력이 평소보다 67% 빠르게 회복됩니다.

알카트라는 모든 면에서 완벽에 가까운 전쟁 준비를 벌여 놓고 있었다.

"사격 준비!"

제국군의 장궁병들이 성벽 위에서 화살을 겨눴다.

"발사!"

화살이 하늘로 날아가더니 긴 포물선을 그리며 북부 유저들 사이로 떨어졌다.

"끄엑!"

"으아아아악!"

신나게 돌격하다가 회색빛으로 사라지는 유저들.

알카트라의 부대에는 요새 방어전에 적합한 검병과 장궁병 들이 많이 배치되었다.

"싸워라. 오는 족족 죽여라!"

요새를 향해 북부 유저들이 덤벼들면서 전면전이 벌어졌다.

상대방의 전술이나 대비 태세 같은 것을 알기 위한 탐색전은 서로 간에 제쳐 두었다.

북부 유저들은 최대한의 전력으로 요새를 점령하기 위해서 달렸다.

방패를 높이 든 채 강철 화살 비를 뚫고 상인에게 구입한 사 다리를 걸쳐 요새를 올라가려고 했다.

뚜둑!

"으악! 사다리가 끊어졌어."

"불량품이다!"

사다리 100개 중에서 31개 정도는 부러져 버리는 불량품이 나오는 사태!

사실 사다리의 품질은 정상적이었다.

사다리가 성벽에 걸쳐지면 수백 명씩 달라붙어서 올라가려고 매달렸으니 과한 무게를 견디지 못하고 무너지고 말았다.

헤르메스 길드의 고레벨 유저들은 긴장이 풀렸다.

"우스운 놈들이군. 놈들이 성벽에 발도 들이지 못하게 하라!"

제국군은 성벽을 지키면서 넘어오는 병력을 장으로 썰렀다.

공성전에서는 이보다 더 쉬운 전투 환경은 또 없으리라고 모두 생각하고 있었다.

알카트라가 그로비둔을 향해 시선을 돌렸다.

"벌써 시체가 제법 생긴 것 같은데… 시작하시겠습니까?"

"아직은… 시체의 양은 그럭저럭 되지만 질이 부족하군요. 언데드를 일으켜도 놈들에게 밟혀 버릴 것 같으니 조금 두고 봅시다."

"뮬 님께서는요?"

"위드가 나타날 때까지는 움직이지 않을 것이오. 쓴맛을 단단히 되갚아 주어야 할 테니까."

그로비둔과 뮬이 나서지 않기로 했기에 알카트라는 당분간 자신의 독무대라고 생각했다.

북부 유저들이 파도처럼 밀려오더라도 푸홀 요새는 이런 상황에 대비하여 높고 두껍게 지어졌다.

'평원에서는 사방에서 둘러싸이게 되지만 요새에서는 진면의 적만 처리하면 되지. 공성전은 수비 측에 최소한 3배, 충분한 전력을 가졌다면 10배는 더 유리하다. 지면 바보지.'

천만다행으로 이곳의 헤르메스 길드 유저들에 대한 통솔권까지도 그에게 부여되었다.

전쟁터에서 일국의 지휘관이라는 자리는 힘과 권력, 명성을 함께 가져다준다.

알카트라는 본인의 무대를 모든 준비를 끝내 놓은 채로 자신이 유리한 환경에서 완성하기를 원했다.

헤르메스 길드 유저들도 북부에서 몰살을 당한 경험이 있었기에 대학살극을 벌이고 있다고 해서 성벽 너머로 뛰쳐나가지는 않았다.

길드의 규율이 철저하기에 중앙 대륙에서 전쟁을 위해 방문한 유저들도 통솔을 따랐다.

북부 유저들은 성난 해일과 같았다.

거세게 밀려와서 부딪치고 있지만 사다리를 걸치고 성벽을 넘으려다가 목숨을 잃어 사라지고 있었다.

알카트라는 자신만만했다.

풀죽신교의 비상 전략 상황실.

전직 고위 군인들과 소설가, 전쟁 영화 시나리오 작가들로 구성된 팀이 작전을 기획했다.

〈로열 로드〉에서의 전쟁은 군인들로는 부족한 면이 있어 상상력을 극대화시키기 위해서였다.

물론 온갖 아이디어들이 튀어나왔다.

"조인족들을 동원해서 공중에서 새똥부터 싸도록 하죠. 썩은 과일들을 먹고 제대로 뿌리는 겁니다."

"그보다 오크들을 유격대로 이용하는 겁니다. 국경을 넘어서 진격하고 반경 100킬로 부근의 식량을 다 먹어 치워 버리면 필승이에요."

"뭘 고민합니까. 검만 들려서 1,000만이든 2,000만이든 밀어 버리면 돼요. 우리에겐 무적의 초보자 부대가 있으니까요."

허황된 이야기들이 많지만 새똥 작전처럼 아군에는 피해가 없이 깨알처럼 타격을 줄 수 있는 전술들이 하나둘 준비가 되고 있었다.

"바르나 강의 해상 물품 운송 전문 상인 뱃멀미입니다. 전직 건설 현장 노가다를 좀 했는데 제가 한마디 해도 될까요?"

"물론이오."

"좋은 생각이 있으면 어서 말씀해 보세요."

"강을 통해서 대형 배를 이곳까지 끌어오도록 하죠. 그 배를 가라앉혀서 물을 완선히 막아 버리면 안 되겠습니까. 푸홀 요새의 병력이 마실 물도 없게 만들고, 강을 통한 상륙작전도 불가능하게 하면 되죠."

바다의 물을 막아서 간척 사업을 하듯이 둑을 쌓아서 강줄기의 흐름을 바꿔 버리려는 장대한 계획!

　농부들은 대찬성을 했다.

　"물이 부족한 지역이 많은데 물길을 바꾸면 풍년에 도움이 되겠습니다."

　아이디어를 위해 모집한 건축가와 조선 장인들도 들뜬 기색이 역력했다.

　"기술적인 난관을 좀 극복하면… 아, 안 되는 게 어디 있겠습니까. 그냥 하면 되지."

　"역시 전쟁에는 배 아닙니까. 여차하면 현장에서 배 몇 척 정도는 거뜬하게 만들어 드리죠."

　터무니없이 장대한 계획.

　눈앞의 전쟁 이야기를 하자고 모인 자리에 별의별 이야기들이 다 나온다.

　이 보고는 마판을 통해 위드에게까지 올라갔다고 한다.

　"괜찮은데."

　"정말이십니까?"

　"마판 님, 강물의 흐름을 바꿀 수 있다면… 동쪽으로 하도록 해 주세요."

　"그건 또 왜요? 동쪽 지역은 절벽이 많고 굵은 모래와 자갈로 농사도 지을 수 없는데요."

　"호화 별장요."

　"……."

　"절벽 위에 여러 가지 색을 입힌 고급 주택들을 짓는 겁니다.

정말 아슬아슬하게요. 땅에는 홍수를 일으켜서 모래를 좀 가져온 후에 해수욕장을 만드는 겁니다."

마판과 위드의 눈이 끈끈하게 마주쳤다.

슬슬 풍겨 오는 돈 냄새!

하벤 제국과의 밀수를 통해서도 부를 축적하고 있었지만 언제 걸릴지 모를 위험도가 높았다.

모름지기 땅 투기야말로 가장 확실한 사업이다.

"주택 분양이 대박이겠군요."

"떼돈을 벌 수 있는 기회죠."

"그래도 장기적으로 보면 시설물 건축 비용과 관리비가 꽤 들어갈 것 같은데요. 뜬금없는 장소에 해수욕장이라니, 사람들이 안 올 수도 있고요."

"입장료는 무료로 하고 음료와 음식 값으로 보충하면 됩니다. 관광 기념품이나 호텔, 나이트클럽, 카지노까지도 개설할 수 있지요. 새벽의 도시에서 멀지도 않으니 이곳이야말로 잠재적인 황금 알을 낳는 거위가 될 수 있습니다."

북부 전역에 땅 투기를 하고 싶은 위드!

그러나 이 제안은 전쟁이 며칠 남지 않았기 때문에 실행이 안 되었다.

남쪽으로 진격하는 북부 유저들을 부동산 개발을 위해 하염없이 기다리게 하진 못했으니까.

위드가 땅을 치며 아쉬워했음은 물론이었다.

이번 전투의 전술은 전쟁 영화 시나리오 작가가 주도하여 기본 개념을 잡고 군인들이 세밀하게 가다듬기로 했다.

"전반적인 전투의 밑그림을 만들어 내야 합니다. 그리고 앞으로 중앙 대륙까지 우리 아르펜 왕국에서 해방하기 위해서는 압도적인 승리가 필요하죠."

　"직업이 영화 시나리오 작가라고 하셨소? 중앙 대륙 해빙까지도 감안하다니, 과연 장기적인 안목이 뛰어나시군. 그렇다면 작전은 무엇이오?"

　"집단전. 우리에게 남는 건 사람 숫자와 보급이 필요하지 않다는 점 그리고 시간입니다. 적들의 피로를 누적시키면서 아예 쓸어버려야 됩니다."

　전 세계 육군, 공군, 해군 출신의 고위 장성들.

　나이 지긋한 군인 출신 유저들은 고개를 갸웃했다.

　"그러니까 작가 양반, 우리 군인들도 이해할 수 있도록 구체적으로 설명해 주시겠소?"

　"메뚜기 떼나 개미 떼가 새까맣게 평원을 지나가는 장면을 연상해 보시면 될 것 같네요. 그 뒤로는 아무것도 남지 않아요."

　"그러니까 그 구체적인 방법이 무엇이냐는 말이오."

　"그건 여러분들이 생각해 내셔야죠."

　"……."

　세부적인 방법을 만들어야 한다는 생각에 군인 출신 유저들은 밤을 새워 가면서 계획을 만들었다.

작전 계획 9891

작전 목표: 아르펜 대륙 북부의 완전한 해방과 중앙 대륙
　　　　　의 정복을 목적으로 함.
가용 자산: 병력 숫자 측정 불가능. 시시때때로 접속률이
　　　　　달라지기 때문에 최소 수천만의 단위. 1억이
　　　　　넘을 가능성도 있음. 오크들의 특성을 감안하
　　　　　면 원활한 식량 공급을 통한 예비군은 무한대
　　　　　에 가까움. 전투물자는 개인이 스스로 구매.
　　　　　공성무기 없음.
＊지형에 대한 파악 100%.
＊적군의 특성에 대한 파악 76% 정도로 추정. 하벤 제국의
　군사력과 경제력을 바탕으로 하였을 때, 숨겨진 전력이
　있을 것으로 예상.

작전을 수립하는 데 참여한 군인들만 360명.

풀죽신교의 병력을 그 특성에 맞게 세밀하게 나누고, 지형에
따라서 전투를 펼칠 계획을 수립했다.

푸홀 요새의 전투가 벌어지기 며칠 전부터 그들은 쉬지 않고
회의를 벌여서 중앙 대륙 정복을 위한 모든 계획을 세웠다.

"이 작전은 우리가 할 수 있는 최선입니다. 석에게 심대한 타
격을 입히고, 중앙 대륙 해방을 위한 교두보 역할을 해낼 것입
니다."

"푸홀 요새에서의 피해 예상 인원이 6,000만이라니… 실제

로 보면 한 국가 정도의 인구가 목숨을 잃겠군요.”

“작전이 이제 우리 손을 떠났으니 잘 이루어지기만을 기대해 봅시다.”

풀죽신교의 고위직에서부터 북부의 영주들에게까지 작전 계획이 담긴 책을 나눠 줬다.

무려 490장 분량의 두툼한 책이 북부의 주요 인물들에게 배포되었다.

“작전 계획 9891이라… 멋지군. 뭔가 큰일을 해낼 수 있을 것 같습니다.”

“이것만 있으면… 기다려라, 하벤 제국 놈들!”

“완벽한 계획이군요. 철두철미한 제 성격에 맞습니다.”

“후후. 스무 번이나 검증을 마쳤다니 놀랍군요. 승리가 이렇게 가까이 있습니다.”

북부의 주요 인물들은 남들이 모르는 새벽에 혼자 작전 계획이 담긴 책을 펼쳤다.

“오… 이렇게 훌륭한! 음, 그렇군. 쿠우우울!”

“음냐. 왜 이리 졸리지.”

“뭐, 뭔가 좋은 이야기 같아! 그러니까 오늘은 됐고 내일 봐야지.”

“복잡해. 그러니까 내가 알파 부대야. 브라보 부대야. 암호 문구는 뭐가 이렇게 많고… 드르렁!”

문제는 배포한 작전 계획이 수면제보다도 큰 효과를 발휘했다는 점이다.

결과적으로 작전 계획을 제대로 이해하고 따르기로 한 유저는 없었다.

전쟁이 벌어지고 난 이후에도 유저들은 눈치를 보았다.

"기동지역 점유계획. 이걸 뭐라고 설명하지… 나도 이해를 못 했는데."

"그러니까 싸우라는 거야, 아니면 후방 잠입을 하라는 거야? 무슨 49가지 상황에 맞춰서 전술을 복잡하게 짜냐. 아무튼 똑똑한 놈들은……."

"음, 바로 옆 부대에 맞춰서 하면 될 테지."

풀죽신교의 선봉을 맡은 독버섯죽 무리는 더했다.

"풀죽, 풀죽, 풀죽!"

"우리 대장, 뭐 받지 않았소?"

"아, 이거… 좋은 거니까 너도 읽어 봐."

작전 계획서를 잘 읽지도 않고 대충 돌려 보면서 감탄했다.

"캬하! 이런 것이었군요. 이렇게 하라는 거였구나. 이제야 이해가 되네. 근데 그냥 앞으로만 달려야지."

"우리나라 국방 계획보다도 꼼꼼한 것 같은데… 아무튼 꼰대들이란."

"덕후들은 어디든 널려 있지 않겠습니까."

"이놈들. 나중에 세계대전이라도 일으킬 것 같은데 미리 처형합시다."

작전 계획서는 이후에 그냥 버려졌고, 호시탐탐 노리고 있던 하벤 제국의 첩보원이 그것을 가져가게 되었다.

알카트라와 라페이를 비롯한 헤르메스 길드의 고위층들은 그 작전 계획서를 보며 감탄과 두려움에 떨었다.

"아르펜 왕국에 이렇게 머리 좋은 놈들이 있었다니 기가 막힐 노릇이군요. 이대로 전쟁이 수행된다면 우리에게 불리한 점이 많습니다. 우리가 걱정하고 감췄던 빈틈들이 전부 노출되었어요."

"잡다한 찌꺼기 같은 인원들을 효율적으로 특성별로 분류하여 활용하도록 되어 있습니다. 몇 번의 전투를 치르며 군사 편제를 확립하여 정복 전쟁을 수행할 수 있는 원정군으로 자연스러운 전환을 일으키고, 군단별 연계 작전도 진행될 계획이라니, 장차 중앙 대륙까지 넘볼 수 있습니다. 이런 터무니없는!"

"장차 국방력 강화를 위한 계획 부분을 주목하여 보십시오."

"신무기 도입 사업과 중앙 대륙의 해방촌 건설, 영토 분리를 위한 해안 상륙작전까지 총망라되어 있네요."

"특공부대와 공수부대, 해군특수부대들이 수행할 임무들은 또 어떻습니까. 앞으로 한 달 뒤에 이러한 계획들이 제국 내에서 벌어지면 감당하기 어려울 겁니다."

"상업용 대형 선박을 이용하여 조인족들의 해상 출격 기지로 삼는다. 항공모함을 통한 해안 도시 봉쇄 작전은 당장이라도 놈들이 수행할 수 있습니다."

"급해요! 대비책 마련이 너무 시급합니다. 당하기 시작하면 그땐 늦어요."

헤르메스 길드의 고위층에서는 작전 계획서를 보며 대응 전술을 마련하기 위해 심사숙고했다.

밤을 꼬박 새우고, 아침과 낮에도 회의가 이어졌다.

무엇을 하든 돈과 인력이 필요했다.

헤르메스 길드의 주요 전력들이 재배치되고, 엄청난 전력의 자금을 들여서 장비를 갖추고 대응 타격 부대도 양성했다.

<hr />

"으아아아아! 도대체 어디서부터 어디까지냐."

"정신 똑바로 차리자. 어쨌든 오는 족족 죽이기만 하면 돼."

"슬쩍 건드리기만 해도 죽는데, 뭐."

"나 방금 늘어진 천 허리띠 주웠어. 방어력 2짜리야. 버리기도 귀찮다."

헤르메스 길드 유저들은 제국군과 함께 성벽을 지켰다.

성벽을 새까맣게 기어오르는 북부 유저들.

요새 정복을 위한 교두보도 확보하지 못하고 목숨을 잃거나, 사다리가 뒤집혀서 우수수 한꺼번에 쓰러졌다.

수백의 도끼 부대가 성문을 두들기고는 있었지만 무려 13겹의 강철로 무식하게 덮어씌웠으니 파괴될 염려는 하지 않아도 좋았다.

알카트라는 요새의 가장 높은 장소에서 수비군을 지휘했다.

"놈들이 아예 발을 붙이지 못하도록 해라. 언제든 지원 병력이 출동할 준비를 갖추고 대기해!"

그때 성문 위에서 바윗덩이리들을 준비하는 것이 보였다.

"투석 공격은 나중에. 지금은 현재 상태만 유지하라!"

제국군의 전투 자원을 최대한 아끼면서 싸우도록 했다.

북부 유저들의 작전 계획서를 봤으니 다음 단계의 전투를 염두에 두고 있는 것이었다.

'아마 돌격난입 부대가 있었지. 그들이 언제쯤 나타날 것인가. 전투는 그때부터가 진짜다.'

헤르메스 길드의 마법사들은 간간이 마법을 날려서 북부 유저들을 대량으로 살상했는데 빈자리는 금방 메꿔졌다.

바닷물에서 한 바가지를 퍼낸 것과 마찬가지다. 전투를 위해 사람들이 워낙 많이 줄을 서서 기다리고 있기 때문이었다.

"풀죽, 풀죽, 풀죽, 풀죽!"

풀죽의 외침이 전장을 하나로 만든다.

제국군과 헤르메스 길드 유저들은 그 소리에 기가 질렸어도 자리를 빼앗기거나 하진 않았다.

"공격이다!"

"마구 날려요!"

북부 유저들의 화살과 마법 공격도 요새를 향하여 날아왔다.

제국군 마법사와 정령사들이 이를 요격하는 한편, 공격 지점을 타격했다.

북쪽에서 시작한 전투는 요새의 동서로 확장되었다.

알카트라도 전체적인 전술을 결정하긴 했지만 중간 지휘관들이 자신의 부대를 통제해서 싸워야 한다.

'돌격난입 부대는 조인족들을 타고 와서 성벽을 점거한다고 했지.'

중간 지휘관들은 그 점을 고려하여 최정예 군단으로 대응 부대를 편성해 놓았다.

장궁병에서 일부, 레인저에서 일부, 긴급하게 출동할 수 있는 헤르메스 길드의 고레벨 유저들이 대기했다.

'근데 조인족은 왜 코빼기도 안 보이는 거야?'

참새 1마리도 보이지 않고 깨끗한 하늘.

'설마 변동 계획이 7차로 바뀌었을까?'

너무 많이 아는 게 죄라고, 일어나지도 않을 일을 공연히 걱정하고 있었다.

중간 지휘관들은 날밤을 꼬박 새우면서 작전 계획서를 달달 외웠던 것이다.

'지금 무작정 돌격하는 것을 보면 11차 계획 같기도 하다.'

알카트라는 상황 변동에 따라 기사단 병력을 남쪽으로 보내서 침투조가 있는 건 아닌지 확인까지 했다.

"자! 한 지점을 썰어요."

이윽고 목초죽 부대의 도끼 유저들이 성벽에 도끼질을 가하기 시작했다.

몇 번 오르고 나면 쓰러지고 마는 사다리가 아니라 요새의 벽을 깎아서 발을 딛고 올라갈 수 있는 계단을 만들려는 계획이었다.

"저놈들을 해치워라!"

궁수들에 의해 도끼 부대의 전멸.

북부 유저들의 눈에 띄는 행동은 너무 쉽게 표적이 되었다.

몇십만, 몇백만인지 모르는 인원이 푸홀 요새를 공석하기 위하여 평원을 가득 채워서 밀려오고 있다.

누구의 것인지 모를 고함 소리가 북부 유저들 사이에서 터져 나왔다.

"그냥 돌을 쌓아서 넘어갑시다."

"좋습니다, 좋아요. 우리들은 경험이 있으니까요."

로자임 왕국에서부터 착취를 당했던 피라미드 세대!

북부에서는 프레야 여신상을 비롯하여 각종 위대한 건축물 사업에 의해 단련된 유저들이 돌을 운반했다.

푸홀 요새 근처에서는 구할 수 없어서 발 빠른 유저들이 멀리까지 가서 돌을 캐왔다.

"헉헉, 여기요! 성벽 앞까지 보내 주세요."

"석재 갑니다. 길 비켜 주세요!"

주먹보다 큰 돌이 군중 사이로 오면 사람들의 손에 의해 앞으로 계속 운반됐다.

하나둘씩 시작된 돌은 곧 성벽 아래에 무지막지한 개수로 불어나며 쌓였다.

황소를 타고 있는 북부 유저들은 큰 돌까지도 근처에서 끌어왔다.

어떻게든 사람들의 손에 닿기만 하면 돌의 크기에 따라서 5~6명, 혹은 20명까지도 달라붙어서 앞으로 날랐다.

제국군에서 마법과 화살로 사람을 죽이더라도 돌은 그대로 없어지지 않고 남아 있다.

계속 사람들에 의해 성벽 앞에 돌들이 놓였다.

풀죽신교의 유저 중 누군가 즉석에서 만들어 낸 계획이었지만 효과는 제법 있었다.

"성벽을 점령하자. 우아아아아!"

쏟아져서 들어오는 북부 유저들.

곧 몇 곳의 거대한 돌무더기가 더 완성되어서 성벽을 무용지물로 만들며 북부 유저들이 넘어왔다.

알카트라의 뒤통수를 치는 듯한 계획!

"달라질 것은 없다. 각자의 자리를 지키고 넘어오는 놈들을 죽여라!"

워낙 헤르메스 길드 유저들과 제국군의 실력이 뛰어나다 보니 성벽 일부가 무력화되었다고 해도 수비는 가능했다.

방대한 면적의 푸홀 요새는 9할 이상의 지역에서 성벽의 이점을 톡톡히 누렸다.

그로비듄이 두 팔을 걷어붙였다.

"슬슬 제가 나서도 되겠습니까?"

전투가 벌어진 지도 2시간 정도를 지나고 있었다.

시체가 제법 쌓였으니 욕심이 나는 상황!

대부분은 좀비와 스켈레톤밖에 안 되는 초보들이지만 그래도 대규모로 일으키는 재미는 있으리라.

알카트라는 조금 고민해 보다가 조심스럽게 말했다.

"기왕 참으시는 거, 약간만 더 기다려 주시지요. 전장에 변화가 생기면 그때가 시기가 좋을 듯합니다. 확실한 등장 기회가 있지 않겠습니까?"

그로비듄이 지금 나서면 병사들의 피로도는 줄일 수가 있으리라. 하지만 제국군은 최고의 전력을 발휘하고 있으며 어떤 성벽도 점거당하지 않았다.

아예 전투가 벌어지기 전이라면 몰라도, 지금은 지휘관의 능력을 제대로 발휘하고 싶었다. 동시에 유용한 한 장의 카드를 일찍 써 버리고 싶지 않은 마음도 있었다.

"그러시오."

그로비듄도 전장에 참여한 이상 총지휘관의 말을 따라야 했으니 선선히 물러났다.

'시체야 지금도 많고, 앞으로 더 많아질 테니까.'

북부 유저들이 물러가지 않는 이상 싸움의 기회는 있으리라.

뮬은 애초에 위드의 출현만을 기다리고 있기에 그리폰 부대와 같이 내성에서 머무르며 나오지도 않았다.

<center>~~~~~~⚜~~~~~~</center>

위드는 헤르메스 길드 유저 사냥 때문에 푸홀 요새 인근에 뒤늦게 도착했다.

"흠. 벌써 싸우고 있군."

최소한 3개의 산 정도는 떨어져 있는 거리.

푸홀 요새가 손가락보다 작게 보일 정도였다. 북부 유저들은 기대했던 대로 인해전술을 펼치며 계속 밀어붙이고 있었다.

구체적인 모습은 알 수 없어도 전체적인 국면을 보는 것으로 충분했다.

그가 와일이를 타고 하늘을 날아오는 동안에 봤던 건 충격적인 모습이다.

몇 킬로미터를 북부 유저들이 뒤덮고 계속 남쪽으로 내려오고 있었으니 그 인원들이 터무니없을 정도였다.

최근 아르펜 왕국의 국력은 역시 인구가 떠받치고 있다는 말이 실감이 났다.

"리치로 활약하면 위력은 강하겠지만 죽은 자의 힘이 주는 부작용이 문제고, 뮬도 날 노리고 있을 테지."

뮬의 등장은 방송국의 속보를 통해서도 이미 알고 있었다.

위드가 정체를 드러내고 전장에 나타나면 뮬이 그리폰 부대와 함께 집중 공격을 하게 되리라.

아무래도 원주인이 있다 보니 선더 스피어를 꺼내서 쓰기에도 눈치가 보였다.

하벤 제국의 최강 전력 중의 하나인 그리폰 부대가 위드에게만 덤벼들 테니까 말이다.

"그렇다고 해도 방법은 많지. 세상에는 선택권이라는 게 있어. 이번엔 하늘이 아니라면 땅이야."

위드는 근처에 있는 바위 절벽 아래에서 조각칼을 꺼냈다.

"전쟁의 규모가 크니까 이번엔 대형 조각품이다."

체력과 힘에도 부작용이 생기지만 대형 조각품이 주는 위용은 압도적. 물론 그만큼 적들의 표적이 되기도 쉬웠지만 꼼수는 어디에든 있었다.

"두더지와 애벌레, 지네의 장점을 두루 모아 봐야지."

흉측하게 긴 몸통과 얼굴, 더듬이처럼 돋아난 수염 몇 가닥.

두 팔은 특별히 강하고 날카롭게 만들었다.

이번에 만드는 조각품은 지하 괴물!

기본적으로 땅을 파고 이동하는 형태이며 좁은 공간에서 자유롭게 움직이도록 머리와 상, 하체의 구분이 마디 몇 개로 이루어졌다.

"효율적이고 간결한 아름다움이 있군. 요즘 디자인의 추세에 딱 맞는 것 같아."

얼굴과 몸은 영락없이 통통한 지네였다. 두 팔과 두 다리까지 있어서 보기에 더 끔찍하다.

여자아이들이 혐오감에 휩싸여서 눈물을 흘릴 만한 비주얼!

위드는 조각 변신술을 쓰면 캐릭터 산업이나 인형으로 제작될 수 있다는 점이 뒤늦게 떠올랐다.

"인형으로도 많이 팔리면 좋겠어. 눈이 인상을 좌우하니까. 순진무구한 눈동자로 만들자. 너무 크게 하면 이상하니까 옆으로 쭉 찢어지는 형태지만 눈동자는 맑은 걸로 해야지."

몸매 자체가 극악의 디자인에, 지옥에서나 튀어나올 법한 눈매가 더해졌다.

"입은 사냥 기회가 있을 때 놓쳐서는 안 돼. 엄청나게 크게 벌어질 수 있어야지."

입을 벌리면 인간 5~6명을 한꺼번에 먹어 치울 수 있도록 크게 했다.

"도망치는 놈들을 잡기도 해야지. 내가 도망칠 수도 있고. 다기능이 필요해."

옆구리에 그물과 같은 날개도 달았다.

하늘을 날 수는 없지만 옆으로 확 펼쳐져서 살아 있는 생명체들을 그물처럼 붙잡을 수 있는 기능을 가졌다.

"그 외에 쓸 만한 건 꼬리가 되겠군."

두껍고 날카로운 꼬리는 채찍처럼 휘둘러지리라.

웬만하면 이 정도로 조각사에게 만족이 될 만도 하지만 위드에게는 약해 보였다.

"결정타가 없어. 단순해."

정말 강한 조각 변신술을 펼쳐 보이고 싶었다.

보통 전쟁터가 아닌 만큼 어중간해 봐야 캐릭터로 팔아먹기 어렵지 않겠는가.

쭉 벌어진 입이 위드의 눈에 띄었다.

거대하긴 하지만 왠지 모르게 밋밋하게 느껴졌기에 독특한 미적 감각이 동원되었다.

"눈에 띄지 않고 지나칠 뻔했는데 역시 부족한 점이 있었군. 혓바닥은 뱀처럼 길게 뻗어 나오게 하자. 이빨은 톱니처럼 날카롭게 해 주고."

하지만 아직 성에 안 찼다.

대형 생명체의 위엄이란 외모만으로는 부족한 측면이 있다.

"역시 범위 공격 기술이 있어야지."

이번에는 중요한 생식기의 뒤쪽 개량에 들어갔다.

이른바 엉덩이 개조 사업!

"참기 힘든 냄새를 심하게 뿜어내는 거야."

길쭉한 지네에 온갖 안 좋은 곤충들을 더해 놓은 것만 같은 형상. 1초 이상 눈을 마주치기 불가능할 정도의 생김새를 완벽하게 구현해 냈다.

"오랜만에 만족스러운 작품이 나온 것 같아."

숙련도가 조금 남아 있어서 조각술 마스터는 힘들겠지만 제법 성공적인 작품이 될 것 같았다.

이번에야말로 자신의 마음에 딱 드는 작품이 나왔다.

> 만든 조각품의 이름을 정해 주십시오.

"물컹꿈틀이로 하자."

> 〈물컹꿈틀이〉가 맞습니까?

"그렇다."

> **걸작! 〈물컹꿈틀이〉를 완성하였습니다!**
> 세계를 구하는 영웅이었으며, 드넓은 땅을 자유롭게 돌아다닌 모험가, 시간과 예술의 탐구자인 위드가 만든 작품. 조각사 위드의 능력은 이미 그 끝을 알 수 없는 경지에 다다랐다는 소문이 돈다. 그가 만든 충격적인 작품 물컹꿈틀이! 어긋나고 절제되지 못한 균형미, 불쾌한 외모, 알 수 없는 냄새는 사람들이 가까이 다가가치 못하게 만든다.
> 예술적 가치: 30.
> 옵션: 〈물컹꿈틀이〉를 본 이들은 생명력과 마나 회복 속도가 하루 동안 41% 증가한다. 동료의 사기가 저하된다. 주민들이 이 조각상 부근에서 살고 싶어 하지 않을 것이다. 행운 35% 감소. 다른 조각품과 중복으로 적용되지 않는다.
> 지금까지 완성한 걸작의 숫자: 144.

생명력과 마나 회복 속도는 빨라지지만 나머지 옵션은 영락없이 쓰레기였다.

특히 냄새로 인해 땅값을 떨어뜨릴 수 있는 옵션은 최악이라고 할 수 있다.

"어차피 달리 쓸모도 없으니 잘됐군. 조각 변신술!"

> 조각 변신술을 사용합니다.

위드의 목과 몸이 하염없이 길고 두꺼워지면서 구분할 수 없도록 서로 딱 달라붙었다.

오동통하게 살찐 지네.

팔다리는 두껍게 돋아났으며 날카로운 발톱과 갈퀴도 생겨났다.

옆구리에는 괴상하게 달라붙은 얇은 날개와 공격용 꼬리까지 가졌다.

차라리 거울이 없는 것이 다행일 정도의 외모로 변신!

몸의 형태가 바뀌면서 현재 착용하고 있는 장비들을 모두 쓸 수 없게 되었습니다. 종족이나 형태에 따라 필요한 장비를 새로 구하십시오.

조각 변신술의 영향으로 힘과 인내, 체력이 크게 증가합니다. 지력과 지혜가 최저 수준으로 하락합니다. 예술 스탯이 사라졌습니다. 행운이 마이너스 350으로 변하여 불행한 일이 자주 생겨납니다. 이 불행은 주변으로도 퍼지게 될 것입니다. 대지와의 친화력이 최대치가 되었습니다. 특별히 긴 생존력을 가진 종족의 특징으로 생명력과 체력이 600%까지 증가합니다. 독에 의한 내성이 생깁니다. 약간의 단단한 피부를 가집니다.
조각 변신술이 풀릴 때까지 유효합니다.

조각 변신술을 통해 종족 스킬을 다섯 가지 획득했습니다.
* 땅 파기: 고급 8레벨 36%. 땅을 파고 지하에서 이동할 수 있습니다. 단, 연약한 지반에서는 무너지는 위험을 감수해야 할 것입니다.
* 땅 흔들기: 고급 3레벨 48%. 땅속 깊은 곳에서 일어나는 일은 지상의 생명체들에게는 공포스러운 일입니다. 때로로 체력을 소모하며 지진을 일으켜서 지상의 생명체들을 놀라게 만들 수 있습니다. 단, 누군가를 공격하기 위해서는 아주 엄청난 힘이 있어야만 할 것입니다.

* 습지 형성: 고급 6레벨 11%. 물을 끌어들여서 일대의 지형을 바꿀 수 있습니다. 촉촉한 땅은 대지의 기운을 끌어올려 농사를 짓기에도 최고이지만, 지하 종족들이 땅을 파는 속도를 늘려 주며 체력을 빨리 회복시켜 줍니다.
* 집요한 생명력: 고급 9레벨 88% 생명력의 최대치를 6.58배 증가시켜 줍니다. 신체의 일부가 잘려도 생명을 이어 나갈 수 있습니다. 생명력이 하락하겠지만 어느 정도가 지나면 피해가 지속되지 않습니다. 85%의 높은 확률로 잘린 신체에도 일부의 생명력이 부여되어 끝까지 활동합니다.
* 먹기 마스터: 음식을 먹을 수 있습니다. 음식의 영양분을 흡수하여 신체 능력을 상승시키거나 빠르게 상처를 회복합니다. 물론 살아 있는 것은 그 무엇이라도 먹을 수 있습니다. 그 대상이 설혹 인간이라도…….

전반적으로 크기만 큰 생명체이다 보니 종족에 필요한 기본적인 스킬 외에는 없는 것과 마찬가지였다.

변변한 공격 스킬이나 방어 스킬도 없다.

다만 보유하고 있는 생명력만큼은 무지막지할 정도였다.

위드가 조각사가 아닌 전사로만 모습을 바꾸더라도 생명력은 최소 20만 이상은 된다.

〈로열 로드〉에서는 생존을 중요하게 생각하기 때문에 20만이상의 생명력을 가지는 유저도 찾기 힘든 건 아니었다.

조각사의 모습을 버리면서 최하 20만의 생명력, 그리고 종족특유의 긴 생존력으로 6배의 생명력.

집요한 생명력 스킬까지 있으면서 다시 생명력이 6.58배 더해졌다.

최종적인 생명력은 무려 700만을 넘어섰다.

단순무식하게 방어 스킬, 맷집 강화 스킬 따위는 없이 그냥생명력 하나로 버텨야 하는 몸이었다.

"멋진 몸이군. 뭐, 특별한 능력은 없고 꿈틀거리는 게 전부지만 말이야."

말 그대로 광역 공격 스킬이나 대학살 스킬이라도 있었다면 더할 나위 없었을 것이란 생각에 아쉬움이 드는 건 어쩔 수 없었다.

위드의 입이 벌어지면서 톱날처럼 뾰족하고 날카로운 이빨들이 드러났다.

"급하게 만들어서 조금 모자란 부분이 있었던 것 같아. 다음에 비슷한 종족을 만들 일이 있으면 더 참고해 봐야지."

더욱 끔찍한 종족에 대한 연구가 계속되어야 하리라.

위드는 땅을 향해 앞발을 움직였다.

푸파바바바밧!

순식간에 땅이 파헤쳐지면서 몸이 지하로 파고들었다.

조인족의 무서움

   전투가 벌어지고 4시간.

   성벽 공략에 북부 유저들은 수없이 실패를 거듭했다.

   푸홀 요새에서는 제국군을 중심으로 방어하며, 위험한 지역에는 헤르메스 길드 유저들이 나서서 평정했다.

   대학살의 장면은 수없이 벌어졌지만 계속 같은 일의 반복이었다.

   불을 향해 덤벼드는 나방처럼 달려와서 죽는 북부 유저들.

   막강한 전투력과 화력을 뽐내며 이들을 제압하는 하벤 제국.

   '작전 계획대로 적이 움직이지 않는다. 이건 너무 일반적인 싸움이 아닌가. 전술도 뭣도 없이 그냥 덤벼들기만 해.'

   헤르메스 길드 유저들은 곤혹스러웠다.

   사망자 숫자를 비교하면 100배 가까이 차이가 날 정도의 일방적인 도살이었다. 그런데 아무리 죽여도 계속 덤벼 온다.

   "풀죽, 풀죽, 풀죽!"

헤르메스 길드 유저들은 정신적인 피로를 느껴야 했다.

끝없는 자연재해와 싸우는 것만 같았다.

평원에서 군단의 진형을 무너뜨려서 승리를 거두는 방식도 아니고. 적을 해치우면 또 그 자리를 다른 적이 메운다.

'적들도 크게 보면 줄어든다. 우린 이기고 있다.'

머릿속으로는 알고 있지만 무려 4시간이나 같은 일이 반복되었으니 정신적으로나 체력적으로 피곤해졌다.

알카트라는 예비대를 동원하여 전투부대에 휴식을 취하도록 했다.

'위드는 도대체 언제 나타나는 것이지?'

헤르메스 길드 유저들에게 생기는 동일한 의문.

사실 벼르고 찾아온 뮬이 아니더라도 그를 척살하기 위한 부대가 몇 개나 대기하고 있었다.

이번 전투 역시 북부 유저들을 아무리 죽이더라도 해결되지 않는다는 점을 누구나 안다.

아르펜 왕국의 국왕인 위드를 없애야만 이 지긋지긋한 풀죽신교의 광신도 무리를 멈추게 할 수 있으리라. 하지만 전투가 길어지면서 긴장감도 조금씩 풀렸다.

병사들의 체력이 저하되었으며, 더 이상 장궁병들이 쏠 화살이 존재하지 않았다.

마법사늘도 휴식으로 마나를 보충해야 공석이 가능했는데, 어느 정도의 여유를 남겨 둬야 하니 쉬는 시간이 길어졌다.

북부 유저들 중에는 가끔 고레벨들이 섞여 있어서 헤르메스 길드 유저도 조금이지만 감소했다.

알카트라는 상황을 더 유리하게 바꿔 놓아야 할 때라고 느끼고 그로비듄에게 요청했다.

   "이제 나서 주시겠습니까?"

   "나쁘지 않구려. 네크로맨서에게 이런 큰 전장은 새로운 경험이지."

   그로비듄은 제자로 삼은 네크로맨서들과 같이 요새의 탑에 올랐다.

   "다들 준비되었나!"

   "네."

   "그럼 주문을 시작하지."

   "너희가 살아서 움직이던 땅으로 돌아오라. 이곳은 어두운 곳. 검고 부패한 땅. 영영 사라지지 않을 암흑의 율법을, 모든 이들에게 새길 수 있도록 하라. 언데드 라이즈!"

   죽음을 거스르는 네크로맨서 마법!

   집단으로 일으키는 언데드 마법이 거대한 파장을 일으키며 퍼져 나갔다.

   그 직후 푸홀 요새의 성벽 너머에서 언데드들이 일어났다.

   최소 6,000기 이상의 구울, 좀비, 스켈레톤 부대들이 소환되어 주변의 살아 있는 사람들을 공격했다.

   스켈레톤 워리어, 검사들이 주축이었다.

   그로비듄과 제자들은 성벽에도 언데드 소환 마법을 펼쳤다.

   그곳에서는 스켈레톤 메이지들이 되살아나서 북부의 유저들을 향해 마법을 쏘았다.

   뼈들이 모이고 자라나서 대형 괴물 언데드도 소환됐다.

"으아악!"

"언데드다. 언데드들을 조심하세요!"

그동안 북부 유저들의 수준도 많이 향상됐다.

레벨 200이 넘는 유저들을 그리 심심치 않게 찾아볼 수 있는 지금이었다.

하지만 레벨 100 이하의 초보들이 너무 많았고, 그들은 스켈레톤에 의하여 쉽게 목숨을 잃었다.

> 오염된 공기로 인하여 급성 패혈증이 발병하였습니다.
> 체력과 병에 대한 저항력이 낮은 자들 사이에 전염병이 돌게 될 것입니다.

네크로맨서들은 이어서 시체를 숙성시켜 북부 유저들이 몰려 있는 평원 일대에 전염병을 만들어 냈다.

"크크크. 이것이야말로 네크로맨서다."

그로비둔은 북부 유저들의 혼란을 보며 뿌듯함을 느꼈다.

지금 눈에 보이는 것만 해도 수십만 이상의 대군이다. 후방에서 밀려오는 병력은 그 수십 배에 달한다.

저 많은 이들을 혼란에 빠지게 만들고 큰 피해를 입히는 직업은 오로지 네크로맨서뿐이지 않겠는가.

"네크로맨서라는 직업은 위드가 공개한 것이었지만 가장 최대의 이익을 얻는 것은 나다."

그로비둔에게 남아 있는 목표는 두 가지 정도였다.

네크로맨서로 궁극의 길을 걸어서 베르사 대륙에서 바드레이도 따라오지 못할 최강자가 되는 것.

나머지 하나는 위드로부터 바르칸의 풀 세트를 확보하는 것이다.

그로비듄은 성벽으로 가서 시체들로부터 마나를 흡수했다.

네크로맨서의 2차 전직을 하며 얻는 생기 흡수!

시체에 남아 있는 마나를 흡수하여 자신의 마나 최대치를 일시적으로 3.5배까지 증가시킬 수 있었다.

리치로의 전직.

죽은 자의 힘을 모으고, 고급 시체들의 생기를 흡수하면 모인 생명력을 영구 봉인하여 리치가 될 수 있다.

그때부터는 평범한 인간이라고 부를 수 없는 단계가 된다.

외모가 완전히 뼈다귀로 바뀌고, 으스스한 한기가 주위에 흐른다.

다른 유저들과의 신체 접촉도 어려워지고, 일반적으로 도시를 방문하는 것도 불가능해졌으며 목숨을 잃을 때의 페널티도 굉장히 커진다.

리치는 불사의 생명력을 얻지만 봉인구가 깨어지거나 신성력 등으로 강제 소멸 되었을 경우, 레벨이 꽤 하락하는 것은 물론이고 몇 가지 스킬도 잃게 된다.

다시 스킬을 익히고 원래대로 회복하려면 긴 시간을 필요로 한다.

그로비듄은 개의치 않았다.

네크로맨서는 네크로맨서다워야 하니까.

“생기를 잃은 시체들아, 모이고 뭉쳐라. 죽음에서 일으키는 마력이 너희에게 모든 율법의 족쇄를 해방하노니, 블러드 골렘 소환!”

시체 수백 구씩이 뭉쳐서 키가 20미터나 되는 뼈 골렘까지 소환되었다.

"모두 쓸어버려라!"

골렘은 두 주먹을 닥치는 대로 휘둘렀다.

뼈 골렘이 지날 때마다 시체들이 모이면서 점점 더 덩치가 커졌다.

'아직은 약한 시체들이 많으니 상급 뼈 골렘이 쓸 만하지.'

네크로맨서에게 자원이며 생명줄이고, 전투 물자라고 할 수 있는 시체는 넘쳐 날 정도로 많았다.

'마나를 다시 채우고 언데드를 소환하는 식으로 한다면 최소 몇만 구를 지휘할 수 있겠지. 방송국들이 실시간으로 중계하는 이 전장은, 나 그로비듄이 영웅이 될 거야.'

레벨이 507에 달하는 그로비듄이 희망에 부풀었다.

네크로맨서는 인해전술을 역으로 발휘할 수 있는 직업!

가장 많은 이들을 살상하며 새로운 전설을 쓰게 되리라.

'전장의 최강자는 바로 나다.'

조인족 사이에서 전투 직전, 작은 내분이 일어났다.

"지상의 전쟁? 그게 우리와 무슨 상관입니까? 애초에 조인족은 영토의 구분을 넘어서는 존재입니다."

"풀죽신교라. 좋습니다, 좋아요. 어쨌든 자유를 신봉하는 연합체인 것 같으니까요. 그러나 우리 조인족의 정신에는 맞지 않습니다."

〈로열 로드〉에 끊임없이 유입되는 신규 유저들.

다양한 국가의 사람들이 있었고, 연령대나 직업도 판이하게 다르다.

그들은 아르펜 왕국이 건국되고도 한참 이후에나 〈로열 로드〉에 빠져들었다.

알에서 깨어나서 둥지 생활을 하다가 날갯짓을 배워서 하늘로 날아오른다.

그들이 경험한 조인족은 일찍이 인간으로서 경험하지 못할 자유로움을 안겨 주었다.

처음에는 조인족이라는 종족도 위드에 의하여 선택의 문이 열리게 되었다.

위드에게 어느 정도 감사한 마음은 가지고 있지만 자꾸만 전쟁에 동원되는 것은 원치 않았다.

천공의 섬 라비아스의 광장과 나무들에 수도 없이 많은 조인족들이 앉아서 의견을 경청했다.

"앞으로의 일을 진지하게 생각해 볼 때도 된 것 같습니다. 달이 차면 기울듯이, 하벤 제국이 대륙을 제패하더라도 스스로 무너지게 될 것입니다. 큰 그림에서 보면 북부 대륙이 장악되더라도 순리라고 할 수 있죠."

"조인족들도 북부의 주민입니다."

"우리가 언제부터 북부의 주민이었습니까! 아르펜 왕국은 아르펜 왕국일 뿐이에요. 땅을 딛고 살아가지 않는 우리는 어느 왕국에도 소속되어 있지 않아요."

"전쟁에 참여하지 않으면 사람들이 우릴 비웃을 텐데, 각오는 되어 있나요?"

"각오요? 전쟁에 나서는 건 자유 아니었습니까? 그런 걸로 비웃음당한다면 인간들과 함께할 필요도 없어요."

격렬한 논쟁이 천공의 섬에서 벌어지고 있었다.

전쟁에 참여하지 말자는 주장은 전체의 불과 2할 정도였지만 그들의 의견도 일리가 있다.

조인족 자체의 습성 때문이었다.

북부 유저들은 도시와 마을에서 다 함께 생활하며 도움을 주고받는다.

풀죽신교는 〈로열 로드〉를 즐겁게 만드는 가장 큰 요소였다.

판잣집의 도시 생활에서도 풀죽신교가 벌이는 각종 행사들을 빼놓고는 이야기할 수 없다.

아르펜 왕국은 이미 풀죽신교와 하나처럼 이어졌다.

하지만 날개를 펼치면 구름 위까지 솟구치며 자유로워지는 조인족들에게는 그런 문화가 절박하게 느껴지지 않았다.

자유를 꿈꾸며 살아가는 조인족들!

그들 중에서 전쟁의 피로감을 표현하는 이들이 등장했다.

조인족들의 결정만을 기다리며 용감한 풀죽 공수부대 유저들도 조용히 침묵을 지켰다.

그들은 아르펜 왕국을 구하길 원하지만, 조인속늘의 선택노 존중받아야 했다.

그것이야말로 억지로 강요하지 않는 풀죽신교의 고귀한 정신이었으니까.

까아악!

그때 와삼이를 타고 온 서윤이 있었다.

위드가 부탁해서 조인족들을 설득하기 위해서 온 그녀.

"와삼이다."

"위드 님의 동료잖아."

그녀의 등장에 조인족들의 시선이 일제히 쏠렸다.

서윤은 와삼이가 땅에 내려앉은 이후에도 무엇을 어떻게 말해야 할지 몰랐다.

'뭐라고 설득하지? 우리를 위해서 싸워 달라는 말은 너무 뻔뻔한데…….'

양심이 있는 그녀는 머뭇거리면서 아무 말도 하지 못했다.

대충의 상황을 알고 왔다. 그녀는 조인족들에게 희생해 달라고 말할 수 없었던 것이다.

방금까지 전쟁 불가론을 외치던 까마귀 조인족이 날개로 그녀를 가리켰다.

"저것 보십시오. 위드의 동료조차 아무 말도 하지 못하잖습니까. 우릴 끌어들일 명분이 없기 때문입니다."

조인족들의 시선이 조금 차가워졌다.

이곳에는 200만 이상의 조인족들이 있다.

새의 형상을 하고 있을 때는 덩치가 작기도 하고 또 눈이 밝기 때문에 멀리까지도 펼쳐질 수가 있었다.

까마귀 조인족이 이젠 조롱 조로 이야기했다.

"왔으면 무슨 말이든 해 보십시오. 어떤 말로 우리의 희생을 강요할 것입니까! 위드 님이 북부를 일으킨 것은 인정합니다.

네. 대단한 모험가죠. 하지만 그가 아직 국왕의 자리에 있는 것도 우리 유저들의 희생 때문 아닙니까. 또다시 그런 희생을 원합니까? 언제까지요!"

서윤은 작게 한숨을 쉬었다.

'설득은 무리야.'

이 조인족은 너무 공격적이다. 그리고 하는 말마다 정곡을 찔렀다.

서윤은 위드와 마판이 진행하는 여러 가지 사업들을 알고 있었다.

땅 투기와 밀수!

어떻게 뻔뻔하게 위드를 돕기 위해 희생해 달라고 말할 수 있겠는가.

양심의 가책을 느끼는 그녀가 아무 말도 하지 못하는 것을 본 까마귀 조인족은 신이 났다.

"위드의 동료는 심지어 예의도 없습니다. 우리를 설득하러 온 자리에 가면을 쓰고 있는 것을 보세요."

기본적인 예의까지 지적당하는 상황!

서윤은 설득은 포기했지만 최소한의 인간적인 예의를 지키고 싶었다.

그녀가 천천히 가면을 벗었다.

푸켁! 꽥! 째재잭! 꼬끼오! 푸다닥!

서윤의 미모가 드러나자 조인족들 사이에서 깃털이 날리면서 다양한 괴성들이 터져 나왔다.

남자나 여자를 가리지 않고 살아생전 이렇게 눈을 의심하며 집중력을 발휘한 적은 없었다.

그녀의 깨끗한 피부와 눈, 코, 입, 이마, 볼, 턱 그리고 머리카락.

사람이라면 누구나 갖고 있는 그것들이 상상할 수 없는 최적의 조합으로 어우러져서 저항이 불가능한, 눈부신 아름다움을 발산했다.

서윤의 주변으로는 무지개보다도 더한 후광이 나타나는 것만 같았다.

갑자기 어떤 기상이변이 일어나더라도 그녀의 외모만큼 놀랍진 않을 정도였다.

풀죽신교의 여신!

그녀의 모습을 짐작하고 있던 사람들조차도 놀랐다.

"조각상이랑 다르다. 그건 만분의 일도 안 된다. 꼬끼옷!"

"위드 나쁜 놈! 이유야 어쨌든 일단 나쁜 놈!"

"역시 딸… 진심으로 딸을 낳아야 돼!"

"태어나길 잘했고, 〈로열 로드〉는 최고의 선택이었어. 인생에 후회가 없어졌다."

아직까지 서윤의 얼굴을 가까이에서 실제로 본 인간 유저들도 적었지만, 조인족들에게는 처음이다.

방송이나 인터넷을 통해서 퍼져 나간 그녀의 영상들이 있긴 했지만, 한정된 화면에는 도저히 그녀의 매력이 다 담기지 못했다.

서윤이 있는 것만으로도 그 부근이 다 아름다워 보였다.

"크아아! 감당할 수 없는 아름다움에 내 머리가 어지러워. 실로 황홀하구나."

"저, 전염병인가. 나 역시 마찬가지야."

"짧은 인생. 여기서 마치더라도 후회는 없으리!"

서윤의 얼굴이 붉게 달아올랐다.

조인족 유저들이 과분한 칭찬을 해 주고 있다고 생각했기 때문이다.

'사람들은 친절하고 예쁘다는 칭찬을 많이 해 주는 것 같아. 모두들 다 착해.'

이 세계에는 착한 사람들만 사는 것 같았다.

그녀가 마주쳤던 사람들.

횡단보도 앞에 서 있으면 신호와 관계없이 자동차들이 쭉 멈춰서 그녀가 지나가기만을 기다려 준다.

과거에는 비서가 모는 고급 승용차를 탔지만 최근에는 버스를 자주 이용했다.

그녀가 정거장에 서 있으면 버스 기사들도 차를 세워 놓고 어디를 가는지 물어본다.

가끔 방향이 안 맞거나 하면 친절하게 다른 위치에서 타라고 위치를 알려 줬다.

"아, 거기로 가긴 하는데요. 이 차는 쭉 돌아가야 해서… 잠시만요. 손님들, 우리 이 아가씨부터 먼저 보셔나드려도 되겠습니까?"

"물론이죠. 하나 마나 한 질문을 왜 합니까."

"기사 양반, 거 생각 잘하셨네. 진짜 똑똑해!"

"아가씨, 어서 타세요!"

열화와 같은 기사와 손님들의 환영을 받으며 버스를 이용할 수 있었다.

그녀가 앉기 전까지는 출발도 하지 않았으며, 고급 승용차 못지않게 쾌적하게 운전한다.

경찰들이 순찰을 돌다가 동네에서 걸어가는 그녀를 발견하면 먼저 다가왔다.

"이렇게 혼자 다니시면 위험하니까. 저희가 가시는 곳까지 모셔 드리겠습니다. 오후 2시라서 괜찮다고요? 경찰이 이런 말하긴 곤란하지만 요즘 범죄는 낮과 밤이 따로 없어요. 아니, 시민들 안전을 지키는 것 이상 급한 일이 뭐가 있겠습니까."

"임 경장, 앞으로 이쪽 동네 순찰 2배로 늘려!"

"초소라도 하나 지어야 되는 거 아닙니까?"

"밖에 다니실 때는 112로 언제든 전화만 주세요."

시장에서 물건을 살 때도 마찬가지였다.

"살치살 500그램? 허… 하필이면 요즘 살치살이 비싼데. 그래도 살 거요?"

"네."

"배가 부르려면 1킬로는 먹어야지. 남아도 냉장고에 넣어 두고 나중에 먹으면 되니까요. 등갈비도 괜찮은데 한 3킬로 정도

포장해 드릴까요?"

"죄송한데, 돈을 많이 안 가지고 나왔어요. 1시간 후에 와서 사 가도 될까요?"

"아, 무슨 소리를. 단골 되시라고 서비스입니다. 서비스! 고기 팔면서 이깟 정도도 손님한테 못 해 주겠습니까? 살치살 500그램 가격만 주세요. 아니, 그것도 그냥 반값만 줘도 돼요. 할인하죠, 할인. 이게 다 시장 인심이니까요."

넉넉한 사람들의 인심!

서윤은 미래에 직장 생활을 할 것도 고민해 봤다.

가정을 꾸려 나가기는 정말 어려운 일이다.

위드가 열심히 돈을 벌려고 하는 모습을 보더라도 충분히 느껴졌다.

그의 부담감을 덜어 주기 위해서라도 취직을 해 보리라.

방학에는 인턴도 경험해 볼 생각으로 대기업 몇 곳에 원서를 넣었는데 그날로 부장급 인사 담당자들이 찾아왔다.

그들은 서윤을 보며 한동안 넋을 놓았다.

"외모가 사진보다도 훨씬 더… 취직이요? 아니, 학력도 이렇게 좋으시고 성적도 뛰어나신 분이 우리 회사 따위를 오시려고 하시죠? 서류 심사나 면접이요? 그걸 뭐라고 봅니까. 오신다면 오늘이라도 바로 자리 만들어 드리겠습니다."

"원서를 넣어 주셔서 고맙습니다. 취직이야 우리 회사에서 부탁을 드려야 마땅합니다. 그리고 혹시 광고 모델 생각 없으십니까? 회사에서 출시하는 이번 신제품 광고에 광고 모델이 필요한데 계약금만 10억 정도는 드릴 수 있을 것 같은데요. 업계 최고 대우를 계약서에 약속드립니다."

"우리 회사는 세계적인 기업입니다. 휴대폰에서부터 자동차, 패션, 첨단 의료 기기까지, 원하시는 분야의 광고 모델이 되어 주시겠습니까. 돈이야 원하시는 액수만 말씀하시면 입금해 드릴 테니까요."

유명한 연예인 소속사에서도 어떻게 안 것인지 찾아왔다.

"제작비 200억 이상의 영화, 드라마를 위주로 해서 대본을 좀 가져와 봤습니다. 미국 쪽에서도 관심이 많은데… 아, 영어가 되신다고요? 그럼 여주인공 자리를 바로 드릴 수 있습니다. 대학도 다니고 있으니 미국으로 가긴 곤란하시다. 그러면 그쪽에서 관계자들이 한국에 와서 제작할 수도 있을 겁니다. 영화기술이 괜히 있는 게 아니니 말이지요. 시나리오요? 그거 다맞춰서 수정하면 돼요. 사정 없는 사람이 대체 어디 있습니까. 서로 맞춰 가면서 사는 거죠."

더없이 친절하고, 뭐든 도와주려고 애쓰는 사람들.

서윤은 조인족들을 보며 미안함에 눈시울을 붉혔다. 숨을 몇번 가다듬은 후에 더없이 영롱한 목소리로 이야기했다.

"여러분의 판단이 옳아요. 지금까지 도와주셔서 감사해요. 평생 잊지 못할 거예요. 꼭 보답하겠습니다. 고마웠습니다."

그녀가 허리까지 숙여서 공손히 인사했다.

설득하려고 왔지만 조인족들을 배려하려는 착한 마음씨.

어떤 변명이나 합리적인 이유를 들어서 설득하지 않았지만 조인족의 마음을 움직였다.

꼬끼옷! 푸케켁! 까악! 후히힉! 포폭!

조인족들 사이에서는 난리가 났다.

"거 누구야! 어떤 버르장머리 없는 병아리들이 은혜도 모르고 배반을 했어!"

"깃털에 아직 노른자도 안 마른 놈들이 있었단 말이야?"

"아니, 여신님! 오해가 있으십니다. 우린 그저 보다 더 열심히 싸우고 하벤 제국을 완전히 정복하기 위한 토론을 하고 있었던 것이에요."

"불구대천의 원수, 하벤 제국! 너희들을 용서할 수 없다!"

2할에 가까운 불평분자들은 태도를 달리했다.

'뭔가 지금까지 살아온 내 인생에 문제가 있었던 것 같아.'

'어째서 내가 잠깐이라도 의심을 했을까. 아르펜 왕국 때문에 〈로열 로드〉를 시작했는데. 그 마음이 간사해졌던 거야.'

'조인족들이 희생을 했다고? 조금 전에 나도 같은 생각을 했었지. 같은 편이었지만 진짜 추잡스럽다. 이제라도 개과천선하자. 나도 인간답게 살아야지.'

파벌로 나뉘어 싸우거나, 팽팽한 의견 대립 같은 건 어떤 이유도 없이 사라졌다.

이것이야말로 여신 강림!

사람들은 판단력은 물론이고 영혼까지 빼앗겼다.

군대에 걸 그룹이 방문하는 것과도 차원이 다른 영향력.

남자들 사이에서는 진짜 신이나 마찬가지였다.

분위기가 완전히 바뀌었다. 더 이상 그녀에게 함부로 말을 했다가는 조인족들 사이에서는 물론이고, 사회생활에서도 매장될 상황.

까마귀 조인족이 큰 소리로 외쳤다.

"자! 결정합시다. 풀죽신교와 함께 싸울 분은 하늘로 솟구치세요!"

조인족들이 크게 울며 일제히 날개를 펼쳤다.

꾸아!

모든 조인족들이 하늘을 덮었다.

풀죽신교가 기다리고, 하벤 제국에서도 예상했던 공격이 벌어졌다.

북쪽에서부터 하늘을 가리고 시커먼 구름 떼가 몰려오듯이 조인족이 날아온 것이다.

"놈들의 등장이다! 대공 화살 부대 준비!"

"방패병들은 습격에 대비하고, 놈들의 공격력은 약하다. 땅에 내려온 조인족들은 다시 날아오르지 못하도록 제압해."

"마법사님들은 공중을 맡아 주십시오. 저희들이 엄호하겠습니다."

제국군의 중간 지휘관들이 병력을 지휘하여 대응 준비를 갖췄다.

푸홀 요새는 구조적으로 조인족의 습격에도 대비가 되어 있었다.

수많은 탑들이 있었고 작은 창을 통해 마법 공격을 하늘로 할 수 있게 건축됐다.

"우아아아!"

"풀죽 공군이 등장했다!"

북부 유저들 사이에 지상에서의 함성이 크게 일어났다.

하늘을 날아오는 조인족이 아군이라면 든든하기 짝이 없는 것이었으므로.

리치처럼 온몸이 뼈로 변한 그로비듄은 입가를 실룩였다.

"하늘이라… 기다렸던 상황이지만 하늘까지 제압하지 못하는 건 네크로맨서로서 좀 아쉽긴 하군."

그의 네크로맨서 스킬 정도면 본 드래곤을 소환하는 게 가능했다.

물론 주문에 필요한 충분한 스킬 숙련도를 가지고 있진 않아서 평소보다 더 많은 제물과 마나를 소모해야 했다.

지상에 언데드를 대거 일으킨 지금으로써는 주문 지배력이 부족하여 본 드래곤은 무리였다.

알카트라는 내성에서 쉬고 있는 용기사 뮬을 찾아갔다.

"뮬 님, 조인족들이 오고 있습니다."

"그래서요?"

"나서 주시는 것이……."

"아직 아닙니다."

"뮬 님이 나서 주시면 확실히 우리의 우세를 굳힐 수 있을 겁니다."

"북부군 총사령관 알카트라 님."

뮬은 차분히 말하면서 날카로운 눈으로 알카트라를 봤다.

"저 역시 2개의 지방, 과거에는 두 왕국이었던 넓은 영토를 지배하고 있습니다. 무적의 그리폰 군단을 데리고 말이에요. 그러나 위드에게 비열한 방법에 의해 저 개인이 목숨을 잃음으로써 명예가 크게 떨어졌죠."

"그 점은 저 역시 심심한 위로를 드립니다."

"어찌 되었건 결과가 중요하다 보니, 제 명예는 과거와 같지 않습니다. 사람들이 우습게 보고 있는데, 설욕전을 해야 해요. 두 지방을 다스리고 있는 제가 출전해서 고작해야 조인족들이나 학살하는 건 어려운 일입니다. 위드만 기다리고 있는 제 입장도 이해해 주시길 바랍니다."

"알겠습니다."

알카트라는 더 이상 어쩔 수 없다고 생각했다.

자신보다도 헤르메스 길드에서 높은 지위에 있고, 개인적인 무력도 뛰어난 뮬.

그와 같은 입지를 가진 사람이 치욕적인 방법으로 목숨을 잃었다.

일대일의 승부라면 담담히 결과를 받아들여야 하겠지만, 방심하다 뒤통수를 얻어맞은 것이기에 더욱 분노에 타오를 수밖에 없다.

뮬과 그리폰 군단에 조인족 따위를 해치우기 위해 출전해 주길 바라는 건 지나친 욕심이었으리라.

'어쨌든 위드가 나타나면 막아 주겠지. 그것만으로도 충분히 부담은 줄어든다.'

알카트라는 성벽으로 올라가서 제국군의 병력을 단단히 뭉치도록 했다.

"우왕좌왕하지 마라! 조인족들은 혼란을 일으킬 수 있지만 근본적으로 약하다. 우리 상대가 될 수 없는 놈들이야. 각자 목숨을 지키면서 마법사들을 보호하라. 승리는 우리 것이다!"

"우하!"

제국군이 일으키는 함성도 북부 유저들에 못지않다.

알카트라의 지휘력과 푸홀 요새의 방어적인 효과가 더해졌기 때문이었다.

무려 100만의 병력.

성벽에 투입된 것은 25만 정도이지만 요새 안에는 예비대가 휴식을 취하고 있었고, 중앙 연무장에는 기사단과 기병대까지도 출격 대기 중이었다.

방대한 면적의 요새 내에는 정예군으로 가득했다.

전장의 지휘관으로서 치솟는 카타르시스!

'위드, 이번은 안 된다. 참패를 겪게 해 주마.'

그사이에 조인족들이 전장의 하늘을 뒤덮었다.

새의 종류도 알아보기 힘들 정도로 가득 찬 모습은 또 하나의 경이로운 장관이었다.

새들이 지나다니는데 가끔 빈 곳으로 햇빛이 지상까지 내려오는 빛 내림 현상이 생겨났다.

조인족들은 습격을 조율하기 위해 하늘에서 천천히 세 바퀴 정도를 돌았다.

조인족들의 소용돌이는 마치 자연현상처럼 느껴질 정도로 거대했다.

산전수전 다 겪은 헤르메스 길드 유저들조차 침을 꿀꺽 삼킬 정도의 긴장감.

후두두두둑.

그리고 하늘에서 무언가가 내렸다.

"갑자기 웬 비가… 아니, 이 맛은… 똥오줌이다!"

"으악! 머리에 떡이 졌어."

푸홀 요새로 무차별 쏟아지는 조인족의 똥오줌 공격!

단순히 불쾌감을 주기만 한 것은 아니었다.

성벽 위가 질척거릴 뿐만 아니라, 병사들의 사기마저 떨어뜨린다.

"방패를 들어!"

"엄폐물, 엄폐물!"

칼날 앞에서도 눈 하나 깜짝하지 않는 용맹한 헤르메스 길드 유저와 알카트라의 도끼병 부대도 똥오줌을 피하느라 아우성을 쳤다.

한동안 길게 떨어지는 똥오줌들.

새 차를 산 사람이라면 정말 지옥으로 느껴질 법한 일이 푸홀 요새에서 벌어지고 있었다.

멀리 있던 북부 유저들의 눈에는 조인족들의 무차별 똥오줌 공격이 푸홀 요새로 비처럼 떨어지는 것이 보였다.

달빛 조각사

"조인족들과 친하게 지내야겠군."

"으… 벌써부터 더러운 기분이다. 저기 꼭 점령해야 되는 거겠지?"

"그냥 며칠 쟤들끼리 놀라고 놔두는 게 더 나을 수도…….."

똥오줌 공격이 잦아든다고 느껴질 때쯤이었다.

꼬끼오오!

어디선가 닭 울음소리 같은 게 터져 나왔다.

다음 순간, 하늘이 일제히 내려오는 것처럼 느껴지는 조인족의 세찬 강습!

하늘 높은 곳까지 솟구쳤던 조인족들이 최대한의 속도를 내며 지상으로 내리꽂혔다.

"습격이다! 모든 병사들은 방패를 들고 대비하라!"

조인족들은 약하다.

그랬으니 알카트라와 헤르메스 길드 유저들은 귀찮아도 심각하게 여기지 않았다.

"갑옷을 입은 병사들이 서서 막아라! 궁수들은 그 자리에 누워서 하늘을 향해 화살을 날리도록!"

그들이 생각해도 완벽한 대응 태세!

'조인족들만 처리하면 요새를 수비하기가 훨씬 쉬워지겠군.'

조인족들이 막무가내로 덤벼 온다면 숫자를 쉽게 많이 줄여 놓을 수 있다.

조인족은 엄청난 전술적인 활용도가 있는 병력인데, 너무 무차별로 쏟아져 내려오는 게 이해가 안 될 정도였다.

'조인족의 작전 계획은 대체 뭐였지? 왜 하나도 맞는 게 없는

거야?'

조인족은 빨라도 너무 빨랐다.

중력에 비행 능력까지 더해서 전력을 다해 지상을 향해서 떨어졌다.

다시 날아오를 생각 따위는 하지 않고 오로지 하벤 제국의 병사들을 하나씩 목표로 삼아서 온몸으로 부딪쳤다.

꽈광!

조인족들도 전투력이 약하다는 걸 알고 있기에 벌이는 육탄 돌격.

제국군의 최정예 병사들이 조인족 2~3마리와 충돌하면 어김없이 회색으로 변해서 목숨을 잃었다.

물론 부딪친 조인족들 역시 그 순간 죽음을 맞이했다.

"보잘것없는… 아니, 어떻게 이럴 수가!"

꽈과과과과광!

알카트라는 탑에서 믿기 어려운 광경을 목격하고는 사방을 둘러봤다.

폭격이라도 맞는 것처럼 사방의 병사들이 죽어 나가고 있다.

하벤 제국군 병사들은 개개인이 정예병이었다. 물론 훈련과 전투를 통해서 성장시킨 그들의 레벨도 낮지 않지만, 착용하고 있는 장비도 고급이다.

생명력과 맷집을 높여 주는 갑옷과 방패, 지휘관들은 전체 병력의 능력치를 증가시켜 주기 위한 특수 장비들까지도 소유하고 있다.

그럼에도 병사들이 맥없이 죽고 있었다.

무시했던 조인족들의 낙하 공격으로 성벽도 움푹 파이고, 탑의 벽에도 균열이 생겼다.

"이건 납득이 안 가는… 커억!"

학살을 생각하며 멍하니 보고 있던 헤르메스 길드 유저들도 조인족의 육탄 공세에 맞았다.

> 치명적인 일격!
> 둔중한 일격을 당하였습니다. 샤일록의 투구가 피해를 감소시킵니다. 생명력 4,280이 줄어들었습니다.

레벨이 400대 중반에 달하는 헤르메스 길드 유저들도 피해를 입었다.

위드나 북부의 고레벨 유저들, 혹은 정말 인해전술이 아니고서야 자신들이 위험하리라고는 꿈에도 생각지 않았다.

고레벨 유저들조차도 목숨의 위협을 받아야 했다.

조인족 30~40마리가 일제히 들이받으면 자신도 위험해지거나 심지어는 죽을 수 있는 것이다.

"절대로 믿을 수 없어."

이해는 안 갔지만 각자 생존이 우선이었다.

헤르메스 길드 유저들은 위기를 느끼자마자 지키고 있던 성벽을 벗어나서 서둘러 탈출했다.

조인속들의 융단폭격에 잠시 머뭇거리는 사이에 목숨을 잃은 헤르메스 길드 유저들만 수백 명이나 되었다.

조인족들이 하늘에서 궤적을 그으며 쏜살처럼 날아와서 부딪치면 검으로 베는 것도 소용이 없었다.

"사격하라, 사격! 모두 지상에 오기 전에 떨어뜨려!"

궁수들도 화살을 쐈지만 큰 효과는 못 봤다.

처음 한두 번의 화살을 쏘아서 조인족들을 맞히더라도, 그다음에는 장전하기 전에 충돌이 이루어졌다.

전력을 다한 추락 비행!

이것은 알카트라나 궁수 지휘관들도 짐작하거나 대비할 수 없는 속도였던 것이다.

생명력이 낮은 마법사들도 느닷없는 공격에 대거 목숨을 잃고, 알카트라가 자랑하던 장궁병 부대의 진형 역시 무너졌다.

헤르메스 길드 유저들이 몸을 피하고, 원거리 공격 부대들이 활약을 못 하게 되면서 조인족으로 인한 피해는 더욱 커졌다.

최대의 방어력을 자랑하는 중장보병들도 땅바닥에 쓰러져서 목숨을 잃었다.

"이건 도대체가… 조인족이 저렇게나 셌나?"

진군하던 북부 유저들도 이해할 수 없는 상황이었다.

저 높은 하늘에서 지상으로 내려오는데 그 속도가 너무나도 빠르다.

푸홀 요새가 있는 곳까지 날아올 때는 그리 빠르다는 느낌이 없었는데 말이다.

게다가 이 위력은 절대로 조인족이 내기란 불가능한 것.

조인족이 성장에 유리한 직업이라고는 해도 〈로열 로드〉에 등장한 지 오래되지 않아서 아직은 이럴 시기가 아니다.

"저놈들… 무언가를 가지고 있습니다."

헤르메스 길드 유저들은 날아오는 조인족의 가슴에서 커다란 바윗덩어리를 발견했다.

조인족들이 바위를 안고 지상을 향해 전력을 다해 비행하고 있었던 것이다.

목숨을 던지는 융단폭격!

공성용 대형 발석기에 위력을 비교할 정도는 아니지만 속도와 정확성은 그것을 오히려 훨씬 능가했다.

목표를 정하면 그대로 보고 하늘에서 떨어져 내리는 것이다.

"저들이 어떻게 저럴 수가 있지?"

"아르펜 왕국에 대한 북부 유저들의 충성심이 보통이 아닌 것 같습니다."

조인족들도 이렇게까지 할 마음은 갖지 않았다.

전투가 벌어지면 조인족의 특성을 이용하여 실컷 괴롭히는 것이 애초의 목적.

멋진 전투를 경험하다가 목숨을 잃으면 그것으로 족했다. 하지만 서윤의 등장은 젊은 남성 조인족 유저들의 가슴에 큰불을 붙였다.

"여신님께서 슬퍼하는 모습을 보고 싶지 않다. 꼬꼬댁!"

"아, 그분께서 우리에게 미안해하고 있어. 아니, 어떻게 이럴 수가… 나는 도대체 얼마나 큰 죄를 지은 거지?"

서윤의 외모는 영혼까지 깊게 각인되었다.

그녀들 위해서라면 목숨까지 바치는 것이 뭐가 그리 어려운 일이겠는가.

"의미 없이 죽지 않겠다. 반드시 피해를 줄 거야. 내 목숨을 아끼지 않고 요새에 내려앉아서 최선을 다해 싸울 거야."

"기꺼이 나는 바위를 들겠어. 적을 향해 들이받으면 효과가 있겠지."

"훗. 고작 그 정도로 견적이 나오나? 나는 적들의 마법사에 정확하게 들이받는다."

"벌써 조인족으로 레벨 170. 망망대해에서 새로운 섬을 발견할 때보다도 떨리는 기분이다. 이 설렘 앞에 죽음 따위가 무슨 대수랴."

"헤르메스 길드. 우리 여신님을 괴롭히다니! 그토록 무거운 죄를 짓고 있는 줄 내가 몰랐구나. 지금부터는 전쟁이다. 끝까지 간다!"

그녀가 이렇게까지 바라지 않더라도 조인족은 그냥 하기로 했다.

어떤 이유나 논리 따위는 없어도 좋다.

이 세상을 살면서 한 번쯤은 마음이 내키는 대로 해도 좋지 않겠는가.

"흠흠. 그 아가씨 참 예쁘지 않습니까, 어르신?"

"평생에 처음 보는 얼굴이었지. 건강 관리 잘하시게. 인생은 오래 살 만한 가치가 있어."

그리고 그 분위기를 타서 유부남 조인족들과 노인 조인족들도 폭격에 참여했다.

역시 사내들은 나이가 많건 적건 간에 철들기는 무리!

불타는 마음을 가진 조인족들이 푸홀 요새에 무차별 공격을 가했다.

물론 모든 조인족들이 육탄 공세로 나선 것은 아니고, 일부는 돌덩어리만 낙하시키고 옆으로 빠져나오기도 했다.

그 광경은 북부 유저들 전체의 가슴에 불을 강하게 댕겼다.

"진격! 진격합시다."

"머뭇거리지 말고, 달려서 뛰어넘어요!"

"2배, 3배로 빨리 싸우죠."

북부 유저들의 투입 속도가 확 늘어났다.

조인족 유저들의 투지와 사기가 북부 유저들의 전투력을 몇 배로 끌어 올렸다.

이것은 계획으로도 꾸며 낼 수 없는 전장의 흐름!

알카트라: 상황 보고하라.
펜슬: 현재 파악 불가입니다. 지휘체계가 확보되지 않습니다. 부관이 몇 명이나 살아남았는지도 모릅니다.
알카트라: 우선은 병력을 보존해. 조금 참다 보면 다시 우리에게 기회가 온다. 조인족들이 언제까지 부딪쳐 오진 못한다.
라커: 북쪽에서 조인족 무리가 또 다가오고 있습니다. 2차 공습입니다.

푸홀 요새가 대대적인 공격을 받을 때, 탑에서 그 광경을 지켜보던 용기사 뮬의 안색도 좋지 못했다.

"이럴 줄 알았다면 그냥 출격할 걸 그랬군."

그리폰 부대가 하늘에 가서 싸웠다면 약한 조인족들은 파리처럼 해치웠을 것이다.

공중전에는 기동력이 중요한데 바윗덩어리늘을 안고 있는 조인족들은 이동이 느리고 저항도 못 했을 테니까.

목숨을 잃거나 전투 불능이 된 조인족들이 북부 유저들 사이로 떨어졌다면 역으로 대단한 전공을 세울 수 있었으리라.

이미 지금은 시기를 놓친 후라서 뮬은 그리폰 부대를 대기시키며 기다렸다.

　"내가 참여한 전장에 공중 지배권을 잃어서 큰 피해를 입다니, 길드로부터 비난을 받을 수도 있겠다. 이렇게 된 이상 위드만큼은 반드시……."

　헤르메스 길드 유저들은 위드의 등장을 간절히 기다리고 있었다.

　고레벨 유저들은 풀죽신교의 초보들을 해치워 봐야 번거롭기만 하다.

　전쟁을 확실하게 끝내려면 위드를 잡아야 한다는 것을 알고 있기 때문에 요새에서 매복한 채 기다렸다.

　'놈이 나오기만 한다면, 이번 전쟁의 영웅은 바로 내가 될 것이다.'

　2만 명의 헤르메스 길드 유저들 대부분이 그런 생각을 머릿속 한구석에 지니고 있었다.

　그 무렵 위드는 깊은 땅속에 있었다.

　"이제야 좀 살 것 같네."

　파바바바바박!

　맹렬하게 흙을 파헤치면서 전진하는 중이었다.

　물컹꿈틀이는 실패작!

　지하 공간에서 장시간 땅을 파다 보니 네발로는 크게 부족하다는 걸 깨달았다.

"세상이 발전할수록 성능이 개선되기 마련이지. 마치 크기는 조금 늘리고 가격은 2배로 비싸게 파는 텔레비전처럼 말이야."

그리하여 다시 조각 변신술을 펼쳤다.

다리만 40개를 만들고 머리에는 송곳처럼 날카로운 기둥을 만들어 놓았다.

드디어 흉하던 외모가 눈 뜨고 마주 보기 어려운 수준으로 변했다.

물컹꿈틀이 앞에서 오크 카리취 정도는 귀엽다고 머리를 쓰다듬어 줄 정도.

그러면서 상당한 개량을 거친 물컹꿈틀이 조각품은 놀랍게도 명작이 됐다.

조각술 숙련도와 스탯의 획득!

예술적 가치는 더 떨어진 7에 불과했지만 극단적인 시도가 성과를 냈다.

조각품이란 그 외적인 아름다움 외에도 최적의 효율성을 갖춰야 한다는 이유에서 명작에 등극할 수 있었다.

물컹꿈틀이 개량형으로 변신한 이후에는 무서운 속도로 땅을 파며 이동했다.

"역시 지하 괴물은 이 정도는 되어야 효율적이란 말이지."

대충 푸홀 요새 부근에 왔을 때였다.

땅이 마구 울리는 진동이 지하까지도 전해졌다.

"지상에서 대체 무슨 일이 벌어지고 있는 건지… 모르지만 상관없지."

푸홀 요새에 있는 헤르메스 길드 유저들이 위드만 나타나기를 기다리고 있을 것이다.

그들은 베르사 대륙 전체를 통틀어서도 강자들만 모였다고 할 수 있다.

"인생은 비겁하게 살면 될 테니까 말이야."

위드는 앞발을 움직여서 조각품을 꺼냈다.

이번 조각품은 〈독 안개의 늪〉.

말 그대로 독 안개가 피어오르는 늪을 만들어 버리는 대재앙의 자연 조각술을 위한 걸작이다.

'사람들이 많을수록 효과도 끝내주겠지. 대재앙이라고 다 나쁜 것만은 아니야. 종족만 잘 맞춰 주면 실컷 움직일 수 있단 말이야.'

재앙 속에서도 살아가는 생명력을 가진 동물들은 물론 있다.

독으로 된 늪이라면 물컹꿈틀이에게는 안방 침대처럼 편안한 장소.

위드는 제대로 화끈하게 사고를 치기 전에 마판에게 귓속말을 보냈다.

—마판 님, 지금 대화 가능하세요?
—예. 장사 중이긴 한데, 마지막 떨이만 처리하면 끝납니다.
—수익금은?
—오전 장사만 80만 골드가 넘었어요.
—잘됐군요. 저녁 장사는요?
—100만 골드가 목표입니다.

마판 상회에서도 이번 전쟁에 장사의 사활을 걸고 있었다.

워낙 많은 사람들이 모이다 보니 어떤 물건이든 잘 팔린다. 다만 다른 상인들처럼 물건값은 싸게 정했다.

더 많은 유저들에게 마판 상회를 홍보하기 위해서라도 눈물을 머금고 저렴하게 팔아야만 했지만 평소의 투자가 결실을 보았다.

방대한 생산 기지를 확보하고 있어서 높은 마진을 남겨 먹을 수 있었던 것이다.

위드는 마판 상회가 대륙 북부를 기반으로 쑥쑥 커나가더라도 조금의 시기도 없었다.

'주변 사람이 돈을 번다고 질투하면 안 되지. 사람이 속 좁게 그러면 못 써.'

부자라면 생각을 달리해야 한다.

'숟가락을 올려 주는 거지.'

실제로 마판 상회에는 위드의 지분도 투자가 되었으며 여러 협력 관계를 통해 같이 돈을 벌었다.

하지만 궁극적으로 위드는 마판을 믿진 않았다.

'언젠가는 먼저 뒤통수를 쳐야 돼.'

마판도 경계심을 늦추지 않았다.

'분명히 내 뒤통수를 칠 거야. 물론 내가 먼저 칠 수 있지만.'

영원한 아군도, 적도 없는 비즈니스 세계!

설혹 적으로 갈라서더라도 위드는 언제는 마판과 기꺼이 맥주 한 잔을 기울일 수는 있는 사이라고 생각했다.

서로가 서로를 잘 이해하고 있었으니까.

'마판 님이 맥주를 산다면 마셔는 주지.'

'그때는 돈도 잘 버는 위드 님이 사겠지. 양심이 있다면 말이야. 아… 그냥 나한테 사라고 하겠구나.'

함께 돈을 버는 동안에는 최적의 조합이었다.

> ―현재 요새 부근입니다. 상황은?
> ―지상 병력이 푸흘 요새를 넘진 못했습니다. 언데드들이 길을 가로막고 있는데 조인족들이 목숨을 아끼지 않고 피해를 주고 있습니다.
> ―어떤 식인데요?
> ―돌덩어리 끌어안고 그냥 떨어지는 겁니다. 제국군 병사들은 그냥 다 죽고 있어요. 이해가 안 갈 정도로…… 북부 유저들도 격앙되어서 덤벼들어서 전투가 엄청나게 격렬합니다.

'그녀가 조인족을 끌어들였구나.'

서윤에게 설득해 달라고 요청하면서 결과에 대해서는 의심하지 않았다.

위드만이 알고 있는 사실이지만 서윤은 기적 속에서 살아가고 있었다.

"집 사면서 부동산에 얼마 줬어?"

"돈을 내요?"

"중개 수수료 받잖아."

"정말요? 그건 예전 집주인에게만 받으면 된다고 안 줘도 된다고 했어요."

"……."

위드는 깊은 한숨을 내쉬었다.

수수료는 사는 쪽이나 파는 쪽이나 양쪽 다 지불한다.

비싼 부동산중개수수료 좀 깎아 달라고 이틀 밤낮을 다퉜던 그 지난한 과정들이 떠올랐다.

"집은 별문제 없고?"

"네."

"새로 지은 집은 비가 샌다거나 불량이 꽤 있다던데."

서윤의 집은 넓기노 했지만 매우 고급스럽고 구석구석 잘 지어졌다. 그만큼 건축이 잘못된 부분도 많으리라고 생각했다.

"건축사무소에서 직원들이 직접 점검해 줬어요. 아직까진 없는 것 같아요."

"지금은 멀쩡해도 조심해야 돼. 집이란 건 정말 구석구석 까다롭거든."

"그곳 소장님이 앞으로 15년간 하자보수 해 준다고 하던데요? 벽지나 장판도 원하면 계절별로 바꿔 준다고 했어요."

"……."

서윤의 외모는 불가사의한 마력을 가지고 있다.

최소한 남자라면 누구도 그녀가 슬퍼하거나 싫어할 만한 일을 하고 싶지 않게 만든다.

장담할 수 없지만, 서윤이 지하철 입구에서 헌혈을 좀 부탁하면 1킬로 정도는 남자들이 일렬로 가지런히 서게 되리라.

그너기 화장품 굉고라도 찍는나면 석어도 아시아권에서만 매달 수억 개 이상씩 팔려 나갈 게 틀림없었다.

휴대폰이나 자동차, 하다못해 생수라도 광고를 촬영한다면 완판은 확실하다.

역시 세상은 예쁘고 볼 일이었다.

'서윤을 닮은 딸만 낳으면 완벽하지.'

그러나 자칫 위드의 외모와 성격을 고스란히 닮으면 매우 위험한 일!

위드는 대재앙의 자연 조각술을 펼쳐도 상관없다는 것을 알고 난 이후 망설일 게 없었다.

"대재앙의 자연 조각술!"

> 대재앙의 자연 조각술 스킬을 사용하였습니다.
> 예술 스탯 20이 영구적으로 사라집니다. 생명력과 마나가 20,000씩 소모됩니다. 모든 스탯이 사흘간 일시적으로 15% 감소합니다. 자연과의 친화력이 떨어집니다.
> 대재앙의 자연 조각술은 하루에 한 번밖에 사용하지 못합니다. 위험한 재앙을 불러오게 되면, 그 피해에 따라 명성이나 악명이 오를 수 있습니다. 재앙을 겪는 와중에 죽을 수도 있으니 주의하십시오.

이제 푸홀 요새의 입장에서는 엎친 데 덮친 격이었다.

진정한 영웅

조인족들의 융단폭격이 점차로 줄어들었다.

제국군과 헤르메스 길드 유저들이 엄폐물들 뒤로 숨어 버린 후였기 때문이다.

조인족들은 상당한 희생을 입었지만 그 대신 공중을 완벽하게 장악했다.

"가자, 요새로!"

"오늘 저녁은 요새에서 삼겹살 파티입니다!"

풀죽신교의 무리들이 성벽을 향해 달려왔다.

높게 쌓인 뼈 무더기 속에 몸을 숨기고 있던 그로비둔은 언데드들을 지휘했다.

"막아라, 나의 종들아!"

스켈레톤, 구울 들이 곳곳에서 일어나 북부 유저들을 공격하기 시작했다.

"꺼져, 이 뼈다귀야!"

"그냥 밀어붙여요!"

장궁병들의 도움도 없고, 마법사들도 목숨을 많이 잃은 만큼 북부 유저들은 언데드들을 그대로 힘으로 밀고 들어왔다.

언데드들의 공격력으로는 북부 유저들을 이기더라도 빨리 해치울 수가 없었던 것.

조인족들의 희생으로 만들어 낸 기회를 놓치지 않기 위해서 모두 혼신의 노력을 다했다.

사제들도 전사들의 등에 업혀 움직인 채로 신성 마법으로 언데드를 소멸시키기까지 했다.

그로비듄은 미소를 지었다.

"어리석군. 네크로맨서가 전장에 있으니 너희들은 평생 유리해질 수 없다."

네크로맨서는 상황을 보는 눈이 일반인들과는 달랐다.

조인족들의 희생을 통해 제국군 병사가 많이 피해를 입었고, 헤르메스 길드 유저들마저도 제법 죽었다.

병력 손실이 있었지만 그렇다고 전장이 불리해진 건 전혀 아니다. 왜냐하면 고급 시체들이 생겨났기 때문이다.

"일어나라. 눈 감지 못한, 잠들지 않은 원혼들이여. 여기 살아 있는 그리고 너희를 죽인 자들에게 복수하라! 데드 라이즈."

다시금 언데드 소환 마법이 사용되었다.

푸홀 요새의 성벽에서부터 일어나는 언데드들은 데스 나이트급 이상으로 둠 나이트, 스펙터들이 다수 출몰했다.

"모두 죽여라!"

"크핫하!"

언데드들이 몰려가면서 북부 유저들을 학살했다.

피와 영혼의 구속!

그로비둔이 소모한 마나는 언데드들이 살육에 성공함으로써 금방 보충됐다.

"죽음마저도 거부한 강인한 전사들이여. 맺어진 계약에 의해 이곳에 너희들이 원하는 전장이 펼쳐졌다. 나의 부름에 응하여 나타나라. 애니메이트 데드!"

4단계 언데드 소환 마법이 펼쳐졌다.

강한 전사들의 영혼을 언데드에 부여하는 것인데, 좋은 시체만 있다면 생전의 능력을 발휘할 수도 있다.

100여 구가 넘는 시체들이 슬금슬금 일어났다.

그들이 뿜어내는 강렬하고 시커먼 광채는 그로비둔이 부여한 것이 아니었다.

타고난 언데드 전사들이 그 힘의 여력을 발산하는 것이다.

그로비둔은 언데드 군단을 이끌고 혼자서도 던전 사냥을 자주 했다.

이런 언데드 전사들을 데리고 다닌다면 보스급 몬스터라고 해도 능히 제압할 수 있었다.

"모두 가라! 적들은 널려 있다."

언데드 전사들이 그로비둔을 향해 가볍게 고개를 숙이더니 전장으로 나아갔다.

커다란 칼과 부서진 갑옷을 입고 있는 언데드들은 유령마를 소환하여 타고 북부 유저들을 꿰뚫었다.

그로비둔은 자신의 주변에 500기가 넘는 해골 궁수까지 소환하여 하늘로 화살을 쏘도록 했다.

그를 향한 조인족들의 육탄 공세가 껄끄러웠으니 견제하기 위함이었다.

물론 도저히 막지 못한다면 든든한 뼈의 장벽을 쳐 놓고 숨어도 된다.

네크로맨서는 직접 싸울 필요 없이 언데드를 소환하는 것으로도 제 몫을 다했으므로.

드르르르르르.

그때 갑자기 푸홀 요새는 물론이고 지역 전체가 미미하게 떨렸다.

'지진인가? 그렇게 보기에는 약한데…….'

'위드?'

대재앙을 일으키는 위드에 대해 알고 있었으므로 알카트라는 다시금 전 병력에 비상을 걸었다.

> 알카트라: 전 병력 재앙에 대비한다. 정보부에서 확인한 바로는 단 한 번만 견디면 된다.

준비된 대처 방법에 따라 마법사들은 보호 마법을 펼치고, 제국군과 헤르메스 병력은 엄폐물 뒤로 확실히 숨었다.

사제들은 요새 내부의 공간에 마련된 안전지역으로 들어가기까지 했다.

지역 전체를 뒤흔들었던 진동은 이내 깨끗하게 사라졌다.

"별것 아니었군."

"누가 큰 마법이라도 쓴 건가……."

조금 마음을 놓으려고 할 무렵 땅이 허물어지기 시작했다.

"어엇! 발이 빠진다."

단단하던 암반이 흐물흐물해지더니 고운 진흙처럼 변하여 몸을 끌어당겼다.

늪처럼 변해 버린 땅.

요새 내부의 건물들이 부너지고 성벽도 옆으로 허물어졌다.

"으아악!"

요새에 있는 병사들과 유저는 땅에서 벗어나기 위해 안간힘을 다했다.

발목이 땅에 잠기고 나면 순식간에 무릎과 허리까지 깊게 빠져든다.

그때도 잠깐 머뭇거리고 나면 머리까지도 땅속으로 들어가 버리고 말았다.

"사, 살려 줘!"

헤르메스 길드 유저들도 이 순간을 벗어나기 위한 것 외에는 떠오르는 게 없었다. .

본능적인 공포심!

레벨이 높기 때문에 살아날 수는 있을지 몰라도 인간인 이상 땅속에 빨려 들어가는 것에는 무한한 두려움이 있다.

그리고 피어나는 짙은 독 안개.

중독! 중독! 중독되었습니다.
생명력이 줄어듭니다. 체력이 저하됩니다. 스킬과 마법의 실패 확률이 76%가 되었습니다.

"독이라니… 위드가 독으로 된 늪을 재앙으로 일으켰다!"

지형을 통째로 바꿔 놓는 대재앙이라니 기겁하지 않을 수 없었다.

마법사와 사제들은 자신을 비롯하여 가까이 있는 이들에게 해독 마법을 걸어 주었다.

하지만 요새에 모여 있는 수많은 제국군 병사들을 전부 해독하기는 무리.

"크어어억!"

독 안개를 들이마신 제국군 병사들은 고통에 괴로워했다. 죽지 않더라도 전투력이 상당히 줄어들게 될 것은 틀림없었다.

두려움이 밀려든 헤르메스 길드 유저들도 일부는 급하게 사제나 해독제를 찾으러 돌아다녔다. 그리고 땅이 다시 울렸다.

그르르르릉.

무언가 다가오는 듯이 진동이 심해지더니 자욱한 독 안개에서 땅을 가르며 솟구친 1마리의 흉악한 지하 괴물!

"으아아아악!"

푸홀 요새의 중심부에서 솟구친 그것은 가까이 있던 마법사를 다섯이나 먹어 치웠다.

"이게 뭐야!"

"엄청난 크기잖아. 초대형 몬스터?"

눈 깜짝할 사이에 땅속으로 사라진 그것은 잠시 후 부근에서 또 튀어나와 마법사들만 먹어 치웠다.

"뭐, 뭐야!"

독 안개 때문에 시야가 제대로 보이지 않는다.

커다란 소리가 나더라도 가까이에서도 제대로 알아보기 힘들었다.

캬캬캬캬캇!

위드도 지상으로 한 번 뛰어오르고 나서야 그 사실을 알아차렸다.

〈독 안개의 늪〉은 병사들의 집단 중독 증상을 일으키기는 해도 병력 전체를 몰살시킬 만한 위력은 갖지 못했다.

그럼에도 질척거리면서 몸이 빨려드는 늪, 갑작스러운 중독 상태는 푸홀 요새의 병사들이나 유저들을 공포에 잠기게 했다.

"이건 거저먹기로군."

땅속으로 다시 파고들지 않고 주변에 숨어 있는 적들을 닥치는 대로 해치웠다.

40개의 다리를 동시에 움직여 전진하면서 뿔로 들이받고, 꼬리를 휘둘러서 건물과 함께 부쉈다.

늪에서도 땅속에 빠지지 않고 활동하는 대형 지네의 활약.

조각 파괴술로 힘까지 잔뜩 높여 놓은 상태였기 때문에 제국군 병사들은 한 방에 목숨을 잃었고, 헤르메스 길드 유저조차도 몇 초 버티지 못했다.

비슷한 전투력을 가졌더라도 잘 싸우는 쪽이 승리할 가능성이 크다.

위드에게는 전투에 돌입하기 전부터 공간을 가득 채우는 크기와 살벌한 외모가 심리적인 장점이었다.

"위, 위드? 놈이 나타났다. 도와줘!"

위드는 강하다.

거의 바드레이와 단독으로 싸우거나, 과정이야 어쨌든 용기사 뮬을 제압했을 정도.

흩어져 있는 헤르메스 길드 유저들은 2~3명으로 싸워 봐야 죽는다는 생각에 아군을 부르며 도망을 선택했다.

괴수 영화에서 흔히 보이는 살기 위한 도망자들!

무릎까지 빠지는 늪에서 첨벙거리면서 도주를 했는데 속도를 내지 못했다.

위드는 무려 40개나 되는 다리와 얇은 피막 같은 날개를 펼치면서 날듯이 뛰어가 헤르메스 길드 유저를 밟고 지나갔다.

콰과과과곽!

마지막은 꼬리로 후려쳐서 헤르메스 길드 유저들을 한꺼번에 가뿐히 제압했다.

레벨이 올랐습니다.

전투 공적으로 명성이 491만큼 증가했습니다.

루나스의 팔찌를 습득하였습니다.

나크란의 머리 장식을 얻었습니다.

전리품으로 〈칼라모르의 모험 지도 #72〉를 주웠습니다.

푸짐한 아이템들!

"저쪽에 괴물이 있다. 당황하지 말고 공격 진형을… 크악!"

끈적거리는 늪과 독 연기!

위드도 눈이 잘 보이지 않는 건 마찬가지였기에 소리가 들리는 곳을 공격했다.

어둠 속에서도 더듬이를 이용하여 살아 있는 생명체를 감지하여 냉큼 잡아먹었다.

> 인간 라듀스를 먹었습니다!
> 끔찍한 식성으로 인하여 악명이 36 증가합니다. 생명력이 497만큼 회복됩니다. 힘과 체력의 최대치가 일시적으로 높아집니다.

기사들은 혓바닥에도 끌려 들어오지 않고 벽이나 기둥을 잡고 버티는 경우가 있어서 가급적이면 마법사나 사제들 위주로 골라서 먹었다.

전사를 먹으면 생명력이 회복되고, 마법사나 사제는 마나를 회복시켜 주었다.

끔찍한 전투 방식을 선보이는 조각 생명체 물컹꿈틀이!

그러다가 가끔씩 소화불량으로 속이 답답해지면 그대로 뒤쪽으로 분출했다.

뿌우우우웅!

대형 독지네 물컹꿈틀이가 뿜어내는 강력한 독가스.

"코가 썩는다!"

"가, 갑옷이 녹아내리고 있어요."

돌덩어리까지도 녹이는 가히 최강의 스킬.

늪에서 대형 지네의 활약은 최고조가 된다.

대재앙의 자연 조각술을 통해서 지형을 바꿔 놓는 방식은 조각 변신술을 통한 효과를 최대로 만들었다.

　그사이에 하늘을 날고 있는 조인족들은 헤르메스 길드 유저들을 학살하고 다니는 위드를 발견했다.

　"위드 님이 참여하셨다. 꼬꼬댁!"

　"정말? 노래도 안 불렀는데……."

　"밑에 보인다. 까울!"

　조인족들의 시야에는 푸홀 요새의 참상이 고스란히 보였다.

　갑자기 땅이 늪으로 변하면서 건물들이 기울어지고 성벽에서 몇 곳이 허물어졌다.

　제국군이 모여 있던 요새에는 시커먼 독 안개가 자욱하게 피어올랐다.

　독 안개 속에서 활동하는 대형 지네의 몸 일부가 그들의 눈에 보였다.

　"저, 저게 정말 위드 님?"

　"돕자! 도와주자."

　"나도 마음은 그렇지만 왠지 가까이 가고 싶진 않아."

　하벤 제국 측이 보이기만 하면 자살 공격을 하려던 조인족들이었다.

　그들이 기꺼이 죽으려고 하는데 풀죽 공수부대의 요청이 들어왔다.

　"우리를 요새에 떨어뜨려 주세요. 위드 님과 같이 싸우고 싶습니다."

　"저곳은 독 때문에 정상적인 전투가 불가능합니다. 제국군 병사들도 녹아내리고 있어요."

"상관없습니다. 풀죽 공수부대는 전쟁을 이기기 위해 조직되었고, 위드 님과 아르펜 왕국, 그리고 자유를 위하여 목숨을 바칠 각오가 되어 있습니다. 조인족 여러분들의 분투를 보았는데 우리가 몸을 사리고 있을 수만은 없지 않겠습니까."

"정 그러시다면 모셔다드리죠. 부디 살아남기를."

조인족들은 수만 마리씩의 군무를 일으키며 풀죽 공수부대를 푸홀 요새의 주요 거점마다 떨어뜨렸다.

무게를 줄여 주는 깃털을 사용하며 하늘에서 나풀거리며 하강하는 공수부대 유저들.

그들은 전쟁을 위해 직업을 막론하고 기본적으로 궁술을 익혔다.

푸슈슈슉!

지상으로 떨어져 내리면서, 푸홀 요새를 향해 마구 화살을 쐈다.

독 안개 사이에서 잠깐씩 시야가 보일 때가 있었다.

늪에 빠졌거나, 아직도 성벽 위에 남아 있는 제국군 병사들을 향한 무차별 화살 공격.

"하늘이다."

그들을 발견한 헤르메스 길드에서 하늘로 마법이 날아가면, 수십 명씩이 휘말려서 목숨을 잃었다.

대신 풀죽 공수부대의 화살 공격도 그 지역으로 향했다.

땅에 내려선 풀죽 공수부대 요원들은 그때부턴 흩어져서 활동했다.

"모두 최대의 전적을!"

"아르펜 왕국을 위하여!"

직업도 다르고 레벨도 다르다.

하지만 용기와 충성심을 가지고 모인 풀죽신교 최정예 공수부대 요원들.

그들은 제국군 사이로 다가갔다.

"어… 어서 날 꺼내 주게!"

늪에서 발견한 제국군들을 향해 거침없이 검을 휘둘렀다.

"커억! 왜 나를……?"

마법사와 사제들에게도 다가가서 도끼를 던지거나 검으로 찔렀다.

"배, 배신?"

풀죽 공수부대 요원들은 하벤 제국군의 일반적인 복장을 하고 있었다.

일부의 지휘관 유저들은 헤르메스 길드 유저들이 많이 착용하는 대표적인 복장과 아이템들을 착용했다.

헤르메스 길드에서는 최적의 전투 효율을 위해 특정 레벨마다 추천하는 검이나 갑옷이 있었다.

그것을 동일하게 구한 것도 몇 개 있었지만 공수부대에 넉넉하게 나눠 주기란 불가능했다.

재봉사 마스터를 꿈꾸다가 120미터 뜨개질 양탄자에서 좌절한 드라고어와 그의 제자들이 공수부대의 의복을 제작했다.

"짝퉁을 만들어 달라는 말씀이시죠?"

"예. 재봉사님에게는 무척이나 죄송한 부탁인 것은 알고 있습니다만, 염치 불고하고 부탁드립니다.”

“훗. 별거 아니네요. 그대로 만들어 드릴게요. 그리고 특별히 좋은 단추로 달아 드리겠습니다.”

의복의 생명은 단추!

수만 명의 공수부대 요원들은 제국군이나 헤르메스 길드 유저들의 복장을 하고 요새로 뛰어내렸다.

애초에 전쟁이 차분하게 벌어졌다면 공수부대 요원들 중에서 8할 이상이 공중에서 땅을 밟지도 못한 채 목숨을 잃었어야 했다.

조인족의 공격에 생명력이 낮은 마법사와 궁수들이 숨어 버리고 대재앙이 벌어지고 난 이후라서 공수부대를 일찍 격파하지 못했다.

독 안개로 인해 지금은 요새 내에 극심한 혼란까지 벌어지다 보니 공수부대 요원들은 더욱 구분이 안 되어서 대활약을 할 수 있었다.

“동쪽 성벽에 세 곳 확보 완료.”

“무기창 장악. 즉시 건물을 무너뜨려서 파괴하겠음.”

“저희들은 병사들 숙소에 화재를 일으키러 갑니다.”

만만한 제국군 병사들이야 눈에 보이는 족족 없앨 수 있었으며, 생명력이 많이 떨어진 헤르메스 길드 유저들도 합공을 통해서 가끔씩 처치했다.

어떤 지역에는 심지어 공수부대가 더 많이 모여서 다른 지역을 집단으로 공격하기도 했다.

그들을 구분할 수 있는 것은 오직 옷깃에 달린 단추 하나뿐이었다.

　"비, 빌어먹을!"
　알카트라는 지금까지 쥐고 있던 풀죽신교의 작전 계획서를 땅에 집어 던졌다.
　"내가 속은 것인가! 도대체 그대로 진행되는 게 하나도 없지 않은가!"
　제국군 병사들이 중독되어서 약해지거나 죽어 갔다.
　이들을 치유해 줄 능력이 있는 병력들은 안전한 장소에서 꼼짝달싹도 하지 못한다.
　대재앙이 일어나고 위드도 활약을 한다는 소식이 전해졌다.
　그렇지만 지금은 총사령관으로서도 두 손을 놓고 대처할 수 있는 방법이란 없다.
　겉보기에는 아군 병력에 의해서 같은 편이 죽어 가는 상황이었기 때문에 명령이 아래까지 내려가지 않았다.
　특히 이곳에 모인 헤르메스 길드 유저들은 자신의 목숨부터 챙기려다 보니 제국군이 다가오면 의심부터 하고 먼저 공격까지 하는 실정이었다.
　풀죽 공수부대의 정예 요원들은 공격을 당하면 억울한 척 그냥 맞기만 하다가 방심하면 뒤에서 독 단검으로 찔렀다.
　든든했던 그로비둔과 뮬도 쓸모가 없다.

리치화가 진행되는 그로비듄, 그는 요새 밖에서 풀죽신교의 유저들을 막는 역할을 맡았다.

그가 계속 언데드를 일으켰는데 무리를 함에 따라 부작용도 벌어졌다.

지휘에서 벗어난 일부의 언데드들이 제국군이나 헤르메스 길드 유저들도 공격을 가하는 것이었다.

그로비듄이 이를 서둘러 다스려야 했지만 그는 한계에 가까울 정도로 많은 언데드들을 일으켰다.

시체가 도처에 쌓여 있다 보니 욕망을 참지 못하고 고급 언데드들을 소환하였고, 그것들의 일부가 아군을 공격한다는 보고가 들어왔다.

"그로비듄. 그 정신 나간 작자는 도대체 무슨 짓을 하고 있단 말인가?"

실은 늪 속에서 데스 나이트 반 호크도 소환되었다.

암흑 군대의 총사령관 반 호크.

그는 시체에서 막 일어난 언데드 중의 일부의 지배권을 빼앗아서 부하로 삼았다.

네크로맨서가 이를 알았다면 제지할 수 있었을 테지만 그로비듄의 관심은 온통 한꺼번에 몰려오는 적들에게 쏠려 있다.

네크로맨서는 대단위 병력을 다스려야 했기에 요새 내의 시야가 제한된 이상 소소한 부분까지는 관심을 갖지 못했다.

뱀파이어 로드 토리도 역시 소환되어서 구석에서 신나게 피를 빨아 먹고 있었는데 이는 전장 전체에는 큰 영향을 미치지 못하는 정도였다.

뮬은 그로비듄에 비해서 더욱 한심스러웠다.

그로비듄은 일부 전력상 피해는 주었지만 그래도 제 몫은 다 했다.

뮬은 처음에 거드름을 피우면서 조인족을 격퇴하지 않은 이후로 출격할 기회를 못 잡았다.

그의 막강한 그리폰 부대는 아무것도 하지 못한 채 탑 안에 숨어 있거나 지상에서 도망 다니고 있었다.

그리폰 1마리, 1마리가 귀한 고급 전력이기 때문에 그들을 보호하기 위해서도 많은 병력이 차출되었다.

뒤뚱거리면서 안전지역을 찾아서 도망 다니는 그리폰 부대는 꼴불견 그 자체였다.

창공을 꿰뚫는 그리폰 기사단.

지상을 조롱하는 하늘의 지배자.

그들이 하늘에 뜨기만 했더라도 묵직한 돌을 품에 안고 있는 조인족들은 공중전에서 상대가 안 됐다.

빠른 속도와 돌파력으로 그리폰 1마리가 100마리씩의 조인족을 간단히 없앴을 것이다.

지상에서의 싸움과는 다르게 날개에만 스치듯이 상처를 입어도 그냥 추락하고 말았을 테니까.

그들이 일찍부터 하늘만 장악했더라도 조인족들도 꼼짝 못 했을 것이고 절대적인 유리함을 하벤 제국군이 가지고 있었을 것이다.

켈룩! 켈룩!

그 용맹을 떨치던 그리폰들은 독 안개를 마시고 괴로워했다.

그리폰 부대가 지금 하늘로 날아오르기는 무리였다.

이미 높은 위치를 차지한 조인족들이 자살 공격을 해 오면 모습을 드러낸 채로 솟구치던 그리폰들은 속수무책일 것이기 때문이다.

비행 생명체인 만큼 레벨과 생명력, 모든 면에서 훨씬 뛰어나더라도 공격을 당하면 취약하다.

알카트라는 깊이 탄식했다.

"차라리 아무것도 믿지 말 것을. 작전 계획이고 뭐고 그냥 정공법으로 막고 버티기만 하면 됐는데. 불리하다고 생각하면 더 잘 막을 수 있었을 텐데, 우리가 유리하다고 방심하고 말았다."

풀죽신교의 지상군은 언데드를 넘어서 달려오고 있다.

"조인족들이 희생하고 공수부대가 싸우고 있습니다. 위드 님도 내부에서 분투를 펼치고 있다는데… 무엇을 망설입니까, 여러분!"

유저들이 독 안개 속으로 망설임 없이 뛰어들었다.

그에 비해 제국군 병사들은 늪 때문에 이동이 안 되고, 어둠이 깊게 내렸다.

요새로 접근하는 적을 그대로 놔둘 수밖에는 없었고, 심지어는 공수부대 유저들과 조인족들이 성문까지 도착했다.

"여깁니다. 여기를 제압합시다!"

대재앙이 피해를 입히는 것은 북부 유저들에게도 마찬가지였다.

성문 부근에는 헤르메스 길드에서도 고레벨 유저들이 자리 잡고 있었고, 기사단과 중장갑 보병들까지도 배치가 됐다.

공수부대 유저들은 시체를 쌓아 가며 침투했고, 억지로 성문의 잠금장치를 열었다.

"막아!"

헤르메스 길드 유저들이 그 직후에 다시 성문을 걸어 잠그려고 했지만 조인족들이 이를 보고 몸으로 부딪쳤다.

수백 마리 이상의 조인족들이 한꺼번에 충격을 가하니 거대한 성문이 활짝 열리고 만 것이다.

"갑시다."

"풀죽, 풀죽, 풀죽!"

풀죽신교의 유저들은 미친 듯이 달려왔다.

때로는 독 안개를 마시고 그대로 회색빛으로 변해서 사라졌지만 망설이지 않았다.

"보이는 모든 이들을 공격하세요!"

"저들 중에는 공수부대 요원들도 있습니다."

"상관없어요. 그들도 자신들을 구분하기 위해 머뭇거리지 말고 공격해 달라고 했어요!"

독 안개 속으로 풀죽신교의 무리들이 가득 들어와서 요새 내부로 흩어졌다.

허리까지 늪에 빠져든 제국군 병사들을 손쉽게 제압하고 성벽과 요새의 거점들을 향하여 내달렸다.

하늘에서 조인족들의 공격도 재개됐다.

헤르메스 길드 유저들을 향한 공중 투창과 화살 공격!

조인족들 중에서 가장 많은 숫자를 차지하는 오리류 종족들은 공수부대를 요새의 방어 탑까지 직접 데리고 왔다.

방어탑을 점거하고 나면 풀죽 궁수대가 거점을 장악한 채로 제국군을 향해 화살을 쐈다.

풀죽신교의 파상공세가 펼쳐지면서 푸홀 요새에서는 난전이 벌어지게 됐다.

온통 하늘을 날아다니는 조인족과 성문과 성벽을 넘어오는 풀죽신교의 유저들로 인하여 정신을 차리지 못했다.

"막아라! 모두 죽이고 성문을 수복한다!"

지휘관들의 외침도 소란에 의하여 금방 묻혀 버렸다.

"풀죽, 풀죽, 풀죽!"

검을 한 번 맞대면 죽어 버릴 정도로 약한 자들이지만 계단과 복도, 온 사방에서 북부의 유저들이 달려왔다.

푸홀 요새는 이미 걷잡을 수 없는 혼란으로 빠져들었다.

꽈르릉!

위드도 요새 내에 가득 찬 제국군 병사들 사이에서 거칠게 몸을 뒤틀었다. 건물 기둥처럼 굵은 꼬리가 그대로 제국군 병사들을 강타했다.

그 여파 때문에 수십 명의 병사들이 사망한 것은 물론이고, 막사로 지어진 건물까지도 무너졌다.

매캐한 연기와 질퍽질퍽한 늪 속에서 40개의 다리와 점막처럼 얇은 날개는 빠른 기동성을 안겨 줬다.

푸홀 요새의 내부를 헤엄치듯이 다니면서 제국군이 보이면 닥치는 대로 공격했다.

"놈을 죽여라!"

헤르메스 길드의 유저, 하벤 제국군의 기사들은 엄폐물에 숨어 있다가 몸을 일으켰다.

위드의 눈에 언뜻 보이는 정도만 100여 명!

헤르메스 길드의 유저들은 전부가 고레벨이니 그들 중 10명 이상만 모여서 공격을 퍼붓는다면 금방 위험에 빠지고 만다.

그러나 위드는 흉측한 이빨을 드러내며 싱긋 웃었다.

'대재앙이 아직, 효과가 미약하긴 해도 남아 있다. 그리고 내 몸 상태가 최고이니 상황이 불리해지면 도망은 칠 수 있지. 특히 생명력이 높은 게 지금의 몸이 가진 최고의 장점이니까.'

위드는 투지를 북돋기 위하여 크게 포효했다.

크콰아아아아아아!

그러자 헤르메스 길드 유저들 중에서 여성 유저들이 단체로 비명을 질렀다.

"꺄아아악!"

"꺅꺅!"

마치 정신 공격이라도 한 것 같은 분위기!

헤르메스 길드 남성 유저들조차도 순간 위드와 시선을 마주치지 못했다.

"너무 모, 못생겼어."

"혐오······."

물컹꿈틀이의 외모는 정면에서 보기 힘들 정도였다.

어쨌든 긴장감이 풀리는 순간은 곧 기회.

위드의 40개나 되는 다리가 땅을 박차며 전진했다.

"놈이 움직인다. 공격!"

헤르메스의 기사들이 엄폐물에서 사방으로 뛰어내리고, 높은 곳을 차지한 궁수들은 화살을 쐈다. 위드의 커다란 몸통을 보스급 몬스터를 사냥하듯이 잡으려고 하는 것이었다.

늪지의 안개를 헤치고 꿈틀거리며 다가오는 몸은 흡사 기차처럼 보일 정도였다. 커다란 몸은 활동하는 데 많은 체력과 힘을 필요로 하며 공격당할 구석도 크다.

약점이 노출되어 있었던 만큼 헤르메스 길드의 유저들은 자신 있게 스킬을 사용했다.

"난도질의 검!"

"화염 강림!"

"영혼 탈취!"

"억센 굴레의 도끼질!"

다양한 공격 스킬을 시전한 유저들.

그들의 무기가 환하게 빛나며 위드를 공격하려고 접근했다.

후우아아아!

위드는 그들을 향해 입을 크게 벌렸다.

순간 가슴이 철렁 내려앉으며 몸이 얼어붙는 유저들!

그들이 떠올린 것은 독을 가득 뿜어내는 것이었다.

'브, 브레스나!'

초대형 몬스터, 혹은 드래곤의 전매특허와 같은 기술!

전쟁의 신 위드가 상대라면 얼마나 엄청난 브레스 공격이 튀어나올 것인가.

100여 명이나 모였기에 자신 있게 덤벼든 것인데 등줄기에 식은땀이 흐를 정도로 긴장했다.

　그리고 별다른 일은 벌어지지 않았다.

　끄어억!

　위드의 입에서 나온 것은 엉뚱한 트림!

　워낙 인간들을 많이 잡아먹다 보니 중요한 순간에 트림이 나오고 만 것이다.

　"뭐, 뭣이지?"

　"독이다! 독일 거야! 독을 조심……."

　유저들이 덤벼들다가 주춤거렸지만 어떤 피해도 없었다.

　위드는 민망함에 더 빨리 움직였다. 헤르메스 길드의 유저들 그리고 제국의 기사들을 향해 몸을 내던졌다.

　크어엑!

　스킬도 아니고 힘과 몸무게로 들이받으면서 돌파했다.

　"어서 제압해!"

　유저들도 정신을 차리고 공격했다.

　위드의 거대한 몸을 각종 스킬들이 그대로 강타!

> 절단의 칼날이 옆구리를 강하게 베었습니다.
> 생명력 12,930 감소.

> 86발의 화살이 몸에 박혔습니다.
> 총 피해 생명력 48,102. 화살을 제거하고 치료하기 전까지 지속적인 피해를 줄 것입니다.

> 회전하는 도끼질에 연속으로 8번의 공격을 적중당했습니다.
> 치명적인 공격으로 생명력이 48,239만큼 감소하였습니다. 특정 부위의 방
> 어력이 일시적으로 줄어듭니다.

　물컹꿈틀이의 최대 장점으로, 공격하는 쪽에서는 끝을 알 수 없을 만큼 든든한 생명력.

　헤르메스 길드 유저들에게도 포위당해서 계속 공격당하지 않는 한 죽음을 염려 따위는 없다.

　위드는 적이 활동할 수 있는 공간을 몸으로 막고 20개나 되는 발로 붙잡아서 마구 먹어 치웠다.

　냠냠냠와구와구와구!

　식성을 가리지 않고 먹어 치우는 물컹꿈틀이의 최종 공격.

　그러나 명색이 헤르메스 길드 유저이기 때문에 한 번 먹는 정도로는 안 죽었다.

> 인간 칼로제를 먹었습니다!
> 칼로제를 씹고 있습니다. 딱딱한 어금니가 29,384의 피해를 주었습니다.
> 강한 산성의 침이 상대를 녹이는 데 실패했습니다. 상대가 착용하고 있는 장비의 내구도를 29%만큼 낮춥니다. 생명력을 9,283만큼 감소시켰습니다.
> 칼로제를 삼켰습니다. 소화기관에서 독한 위산이 분비되었지만 적을 분해하는 데 실패했습니다. 생명력을 54,299를 낮췄습니다.
> 강한 적을 먹음으로써 일시적으로 생명력의 최대치가 997만큼 증가합니다.
> 생명력이 3.5% 회복됩니다. 허기가 사라졌습니다.

　위드에게 먹힌 상대는 끔찍한 경험을 당해야 했다.

　이빨에 씹히고 침으로 엉망진창이 된 후에는 삼켜져서 구불구불한 위장을 따라서 이동했다.

그리고 마침내 엉덩이로 배출!

　구역질이 날 정도로 이상한 냄새가 나는 끈끈한 액체와 같이 빠져나왔다.

　"으어……."

　칼로제라는 유저와 5명의 동료는 어지러움에 몸을 가누지 못하였다.

　"우리가 산 거야, 죽은 거야?"

　"전투를 계속해야 하니 어서 일어나야 해. 근데 몸이 말을 안 듣는……."

　궁수 유저들도 깜짝 놀랐다.

　"이런 지독한 스킬이라니!"

　지네에 동료가 당하는 모습은 가히 살이 떨려 올 정도로 무서웠다.

　위드가 먹어 치운 사람들이 이상한 모습으로 배출되는 것까지 보니 절대 다가가고 싶지 않았다. 하지만 여기까지는 약과였다.

　더 끔찍한 일이 있었다.

　"살아 있었네? 역시 음식물은 꼭꼭 씹어 먹어야 하는 건데."

　위드가 몸을 한 바퀴 뒤로 꺾더니 엉덩이로 배출된 그들을 다시 집어삼킨 것이다.

　"끄아악!"

　긴 혓바닥에 휘감겨서 먹히는 유저들.

　"으아아아아악!"

　위드의 입안에 들어간 유저는 이번에는 다시 나오지 못했다.

"……."

동료들조차도 복수심이 떠오르지 않을 정도로 극악한 전투 방법!

위드는 단지 물컹꿈틀이의 성향대로 싸우고 있을 뿐이었는데도 적들에게는 악마 같은 느낌을 듬뿍 줬다.

어설픈 악당이 아니라, 진정한 최종 보스.

잔혹하고 비열한 방식으로 살아가는 흉악한 생명체.

40개의 다리를 동시에 움직이니 몸이 꿈틀꿈틀했으며, 큰 주둥이로는 끝없이 인간을 잡아먹는다.

다른 배경 없이 현재의 모습 그대로만 보면 헤르메스 길드 유저들이 오히려 악을 척결하는 영웅들처럼 보일 지경이었다.

"어, 어쨌든 놈은 혼자다! 우리는 다수이니 쳐라!"

"위드를 없애자!"

헤르메스 길드 유저들이 다시금 용기를 갖고 덤벼들기 시작했다.

위드는 거대한 몸을 세우고 10개의 다리를 휘두르며 싸웠다. 나머지 30개의 다리로는 앞으로 움직이거나 뒤로 움직이고, 옆으로도 회피했다.

공격 기술이 없기 때문에 어쩔 수 없는 상황.

긴 몸은 쉽게 표적이 되기도 하지만 반대로 위험한 무기가 된다.

마치 고무줄 같은 탄력으로 몸을 꿈틀거리며 유저들을 쓰러뜨렸다.

무너진 건물이나, 성벽의 측면을 이용하여 적들을 공격하는 방법까지 사용했다.

하지만 곧 주요 거점들을 장악한 헤르메스 길드의 레인저와 궁수, 마법사들의 공격이 위드의 몸에 작렬했다.

화염이 치솟고, 몸은 화살에 꿰뚫렸다.

크오오오.

위드의 생명력이 빠르게 오분의 일이나 감소했다.

원래의 상태였다면 열 번도 넘게 목숨이 날아갔을 정도의 공격이었다.

물론 물컹꿈틀이의 몸으로는 버틸 만했지만 굳이 위험을 감수할 필요는 없다는 판단이 섰다.

"놈을 잡아라!"

벌떼처럼 더 많이 몰려오는 헤르메스 길드 유저들.

길드의 통신망을 사용해서 벼르고 있던 강한 유저들이 만사를 제쳐 놓고 달려왔다.

"여기까지군."

위드는 땅속을 파고들었다.

40개의 다리가 움직이면서 정면이 아니라 꼬리에서부터 거꾸로 땅을 파고 들어가서 사라져 버리는 기괴하고 경악스러운 모습.

"이게 뭐야……."

모여든 유저들을 허탈하게 만드는 장면이었다.

위드는 한참이나 떨어진 장소에서 다시 솟구쳤다.

"저쪽에 있다. 쫓아가자!"

"위드를 잡아라!"

어디서든 나타나서 방심하고 있는 헤르메스 길드 유저를 잡아먹고 땅속으로 숨어들어 갔다.

정식으로 전투만 한 것도 아니었다.

땅속에 숨은 채로 더듬이만 살짝 내밀어서 주변을 탐색하다가 누군가 걸리면 혓바닥을 길게 뽑아서 날름 낚아챘다.

"사, 살려 줘!"

위드의 입속으로 그대로 끌려 들어가는 유저들.

활약은 그쯤에서 그치지 않았다.

그리폰 몇 마리가 탑에 갇혀 있는 것이 보였다.

조인족의 공격이나 대재앙으로 인하여 탑으로 숨어서 나오지 못하는 상태.

"내 밥이구나!"

위드는 땅을 박차고 솟구쳤다.

물컹꿈틀이의 무겁고 긴 몸은 땅을 벗어나서는 활약하지 못한다.

고작 5미터 정도를 뛰어오른 후에 몸으로 탑을 감았다.

그 후에는 40개나 되는 다리를 이용하여 탑의 벽면을 비스듬히 올라가는 기행을 벌였다.

마침내 10층 정도에 뚫린 창문에서 그리폰들을 마주 볼 수가 있었다.

위드는 그리폰을 죽이기 위해 공격도 안 했다.

쭈우우우웁!

혓바닥을 길게 뽑아서 다리를 붙잡아 억지로 끌어당기는 것으로 충분!

크캬캬캬캿!

거대한 입을 통째로 벌려서 저항하는 그리폰을 삼켰다.

"맛있군. 통닭의 느낌이야. 소금이 조금만 있었더라면 좋을 텐데."

사냥으로 산전수전 다 겪은 헤르메스 길드 유저들조차도 위드를 보면 치를 떨며 기겁했다.

"으아아⋯ 괴물이야, 괴물!"

밝은 대낮에 보더라도 흉한 외모인데 늪과 안개 사이를 헤치며 종횡무진 다니는 모양새는 영락없는 최악의 악당 괴물.

하지만 그런 만큼 질기고 강했다. 끝을 모르는 듯한 막강한 생명력을 이용해 지하로 들어간 후에 상대적으로 해치우기 쉬운 하벤 제국군의 NPC들을 듬뿍 섭취했다.

영양분을 먹어서 생명력을 채우고 독가스를 보충한 후에는 헤르메스 길드 유저들이 모여 있는 곳에 분출했다.

뿌어어어어어어엉.

"코, 코가 썩어 들어간다."

"숨을⋯ 쉬지 못하겠⋯⋯."

위드의 활약은 독 안개로 인해 멀리서 볼 수가 없어서 북부 유저들의 전체적인 사기를 높이지는 못했지만 개인적인 실속은 챙겼다.

개개인이 강자들로만 구성된 헤르메스 길드 유저들은 잡아먹으면 스킬 숙련도, 경험치, 전리품에 이르기까지 최대로 얻는다.

이보다 더한 보약이 따로 없었기 때문.

전투 한 번으로 2~3개의 레벨을 쉽게 올릴 수가 있을 정도였다.

"다음번에는 함께 사냥할 조각 생명체를 하나 만드는 것도 괜찮을지도……. 아니면 동료들을 데려와도 좋겠지."

페일에게 머리 위에서 화살을 쏘라고 하거나, 이리엔에게 자기 자신의 치료를 전담시켜도 된다.

조각 변신술이 괴물로 변해서 혼자 싸우는 게 아니라, 대형 생명체의 몸을 한 채로 동료들과 함께할 수 있도록 한 단계 더 업그레이드되는 것이다.

촤촤촤촤촤촤.

위드는 질퍽질퍽한 땅에서 진흙과 물을 헤치며 고속으로 전진했다.

40개의 발을 동시에 이용하여 달리는 속도는 말보다도 훨씬 빨랐다.

요새의 벽을 뚫거나, 땅속을 통과하며 지나가면서 헤르메스 길드 유저들이 보이면 혓바닥을 쭉 내밀었다.

날름, 꿀꺽!

심지어는 높은 곳에서 떨어지는 헤르메스 길드 유저들까지도 긴 혀로 낚아채서 입안으로 받아먹었다.

개구리가 혀를 쭉 내밀어서 파리를 잡는 것처럼 찰나의 순간에 신기에 가까운 몸동작.

따로 훈련을 받아서 되는 것이 아니었다.

정확한 동체 시력과 순간 포착 그리고 정교한 혀의 움직임.

위드는 생명력이 떨어지면 땅을 파고 들어갔다가 적들이 방심하고 있을 때만 노려서 공격했다.

전투 중일 때 뒤를 치거나 골목 뒤에 숨어 있다가 낚아채는 정도는 기본이었다.

이윽고 60명 이상의 헤르메스 길드 유저를 잡아먹었을 즈음이었다.

물컹꿈틀이의 배가 불룩불룩 튀어나오더니 곧 엄청난 에너지로 변해 입으로 튀어나왔다.

꺼어억!

악취 분출!
살아 있는 생명들을 위협하는 냄새를 뿜어냈습니다. 7단계의 맹독입니다.
적의 생명력을 최대 18,700까지 낮추며, 기절과 마비, 둔화의 효과를 일으킵니다. 물컹꿈틀이의 새로운 공격 기술을 습득했습니다.

과식으로 얻은 종족 스킬.

이윽고 대재앙이 서서히 사라지기 시작했다.

질퍽대던 땅이 단단하게 굳어지고, 온통 피어올랐던 독 안개가 걷혀 갔다.

그리고 하벤 제국 측에서는 재빨리 정신을 차렸다.

"전군, 공격 진형으로! 요새에 침입한 자들을 몰아낸다."

알카트라는 요새에 숨어 있던 병력을 지휘하여 북부 유저들을 몰아내려고 했다.

푸홀 요새를 되찾으면 다시 장기전으로 이끌면서 버티면 되었으니까. 하지만 북부 유저들은 기회를 안 놓쳤다.

"빼세요, 어서!"

"이쪽 밑기둥을 부수면 쓰러뜨릴 수 있어요."

푸홀 요새 안에서 공성전이 벌어지다 보니 성벽은 병사들이 지키지 않았다.

북부 유저들 중에는 건축가와 대장장이 들로 구성된 팀이 있었다.

아르펜 왕국의 건국과 발전에 있어서 빼놓을 수 없는 직업군이 바로 건축가.

"건축가들끼리 뭔가를 좀 해 볼 수 있지 않을까요?"

"요새의 구조를 파악해서 공격 루트를 정리할 수 있겠네요. 별 도움은 안 되지만……."

"전장에 뛰어들면요?"

"적을 죽이진 못해도 요새를 파괴할 수는 있을 것 같습니다."

건물 붕괴술!

하벤 제국군이 요새 내부에서 적과 싸우고 있는 동안 성벽의 벽돌을 빼고 스킬을 펼쳤다.

대륙 최고의 건축가 미블로스와 북부를 대표하는 파보, 수많은 건축가들이 몰려들어서 성벽을 작업했다.

쿠르르르릉!

이윽고 푸홀 요새의 성벽에 큰 균열이 생기면서 사람들이 충분히 통과할 수 있는 구멍들이 수없이 많이 생겨났다.

"으와. 길이 났다!"

유저들이 통과하는 모습을 본 건축가들은 그들을 막으려고 했다.

"안 됩니다. 붕괴가 계속 진행되고 있어서 위험……."

"끼얏호!"

사람들은 두꺼운 성벽에 난 길을 따라서 냅다 달렸다. 떨어지는 돌 조각에 의해서 피해도 생겼지만 그냥 전진했다.

북부 유저들은 지난 전쟁을 경험하면서 깨달았다. 사람이 아무리 많더라도 빨리 움직이지 않으면 의미가 없다.

전투에 참여하지 않는 뒤쪽 병력은 현재의 전장에 당장 도움이 안 된다.

하벤 제국군은 너무나도 막강하기 때문에 그들을 잠시라도 쉽게 내버려두면 이기지 못한다.

물량을 기반으로 한 속도전!

죽어도 빨리 죽자.

느린 게 죄다.

전쟁을 경험한 유저들 사이에서 널리 퍼지게 된 말이었다.

무작정 밀려오는 공격은 북부 유저들의 레벨이나 전투력이 지난번과 크게 달라지지 않았음에도 3배 정도는 강하게 느껴졌다.

"미세요. 밀어!"

실제로 북부 유저들 중에는 인삼죽 부대 요원들이 특별 활동에 나섰다.

조금이라도 라인이 정체되면 힘껏 앞으로 밀어붙였다.

풀죽신교에서 세운 자체적인 작전은 푸홀 요새에 최대한 많은 북부 유저들을 투입하기였다.

복잡하지 않으면서도 효과는 뛰어난 전술이었다.

이제 푸홀 요새의 장점은 거의 사라지게 되었다. 지금부터는 북부 유저들이 마음껏 질주할 시간이었다.

검치는 숨을 깊게 들이마셨다.

"여긴 높구나."

와이번을 타고 구름을 뚫고 날아가는 기분.

그의 주변에도 와이번들과 조인족들이 사범들과 제자들을 데리고 같이 날았다.

검치와 수련생들은 이번 전쟁에서 공수부대의 역할을 맡기로 했다.

매번 막내 제자의 명령을 듣는 것 같아서 기분이 나쁠 때도 당연히 있었다.

"위험한 일인데 이건 아무나 못 하죠. 스승님과 사형들이니까 편하게 부탁드릴 수 있을 것 같습니다."

"그러니까 요새에서 같이 싸우자는 말이냐."

"네. 위험하니까 안 하셔도 됩니다. 같이 싸워 주시면 도움이 되겠지만… 참, 방송 중계도 되니까 수억 명의 사람들이 보는 거 알고 계시죠?"

"수억 명이나!"

"월드컵 시청률보다도 높게 나오는 국가가 많거든요. 그리고 스승님도 이미 유명 인사잖아요."

 막내 제자 위드의 말이 틀린 게 없다.
 검치와 검둘치를 비롯한 사범들, 방송에 얼굴을 자주 비친 수련생들은 요즘 들어 묘한 경험을 하고 있었다.
 거리에 나가거나 지하철을 타거나 하면 그들을 쳐다보는 사람들이 생겼다.
 '예전에는 눈빛을 마주치는 사람이 드물었는데.'
 여학생들끼리 '그 사람 맞지?', '맞아.' 이런 대화를 나누는 걸 들으면 뿌듯해졌다.
 '이래서 사람은 유명해지고 봐야 한다는 건가.'
 세계 검술 대회에서 우승하고도 얻지 못한 인기를 지금 누리고 있었다.
 '다 죽여 주지. 강한 놈들과 싸우는 건 나도 원하는 바다.'
 검치와 수련생들이 와이번과 조인족의 등을 빌려서 푸홀 요새의 하늘에 도착했다.
 "밑으로 내려 드리겠습니다."
 "여기까지 데려다준 것으로 충분하오."
 친절한 조인족의 말을 가볍게 무시하며 검치는 하늘에서 뛰어내렸다.
 입고 있던 가죽 망토를 펼쳐서 바람을 탔다.
 〈로열 로드〉에서는 다소 무모한 행동도 절묘한 감각으로 극복할 수 있었으니!
 "우리도 간다!"

사범들과 수련생들도 망토를 펼치며 하늘에서 뛰어내렸다.

푸홀 요새를 향하여 무섭게 활강하는 전사들!

바람을 타고 공중에서 몸을 뒤집어 가면서 적들을 향해 날아 갔다.

"우리도 하늘에 적응하기까지는 상당한 시간이 걸렸는데."

조인족들이 감탄하고 있을 때였다.

검사백칠십사치가 부끄러운 듯이 말했다.

"저기… 저는 땅까지 내려가 주실래요? 고소공포증이 좀 있 어서."

"……."

북부의 고레벨 유저들도 헤르메스 길드 유저 사냥 팀을 구성 했다.

아르펜 왕국의 건국 시기부터 이주한 유저들, 헤르메스 길드 에 의해 영토를 빼앗기고 온 다양한 길드들.

모르는 사람이 들으면 섬뜩한 소리를 하며 칼을 쥐었다.

"헤르메스 길드 유저가 그렇게 맛있다며?"

"어디 한 놈만 걸려 봐라. 내가 네놈들한테 갖다 바친 세금이 얼마냐."

북부의 자유라는 대의를 위하여 싸우지만 헤르메스 길드 유 저를 해치우면 복수심과 실속도 챙길 수 있다.

위드가 이미 중앙 대륙과 북부 대륙에서 활동하며 헤르메스 길드 유저 사냥이 무엇인지를 방송국의 중계를 통해서 수많은 사람들이 보게 했다.

초보에서부터 저레벨 유저들은 전쟁의 신 위드를 환영했고 고레벨 유저들은 의문이 생겼다.

"위드는 되는데 나는 안 될 이유가 뭐지?"

"적절한 기회만 잘 잡으면……."

고레벨 유저들은 물론이고 다크 게이머들까지 덤벼들었다.

이미 북부에서 헤르메스 길드 유저들을 몇 번이나 맛본 그들이었다.

"위험하기는 해도 고소득이 중요한 거 아니겠어? 통닭이 아니라 갈비찜을 사 먹을 수 있으니 말이야."

헤르메스 길드 사냥을 위해 나선 유저들까지 푸홀 요새 내부로 들어왔다.

"우리도 병력은 많다. 성벽의 유리함에 의존한다면 전부 물리칠 수 있으리라!"

알카트라는 공수부대와 조인족 공격을 막으면서 쓸 수 있는 제국군을 지휘했지만 요새가 오히려 장애물이었다.

하늘과 방어탑을 북부 유저의 궁수들이 장악했으니 위치에 따른 불이익을 받았고, 건물과 성벽으로 인해 병력 지휘도 원활하게 안 되었다.

위드가 물컹꿈틀이로 파 놓은 커다란 땅굴까지 북부 유저들이 이용하게 되면서, 사방에서 수백 명씩의 고레벨 유저들이 솟구쳐 올랐다.

그들은 건물 점거나 지역 확보, 제국군 몰살 같은 데에는 관심이 없었다.

"헤르메스 길드 유저를 잡아라!"

지나다니는 헤르메스 길드 유저들만을 골라서 무차별 공격!

평원의 대회전보다도 훨씬 불리하고 정신없는 상황에 놓이게 되었다.

도처에서 헤르메스 길드 유저들이 죽어 가고, 하늘에서는 조인족들이 설치고 있었다.

북부 유저들의 인해전술도 거듭되는 전쟁으로 크게 발전하게 되었다.

몇 배나 빠른 진격 속도와 땅과 하늘까지 동시에 이용하는 입체전!

전투가 계속되면서 2만 명에 달하던 헤르메스 길드 유저들이 1시간 정도 만에 5,000여 명이 사망하고 말았다.

북부 유저들의 맹공을 막으면서 내부적으로 사망자가 속출했다.

"카하하하핫. 내가 바로 검백일치다."

떠들썩하게 싸움을 하는 검치와 수련생들.

북부 유저들 사이에서도 셀 수도 없이 많은 고레벨 유저들이 요새의 곳곳을 장악해 가고 있었다.

위드는 조각 변신술로 모습을 바꾸지 않고 여전히 물컹꿈틀이의 몸을 유지했다.

늪이 걷히면서 종족의 특성에 따른 효과가 많이 약해졌지만 생명력이 높아서 안정적으로 싸울 수 있었다.

위드가 헤르메스 길드 유저들과 전투를 벌이는 장소로는 북부 유저들이 집중적으로 투입되었다.

"도우러 왔… 끄아아악!"

"위드 님, 영광입니다. 같이 싸울… 크헉!"

물컹꿈틀이의 외모에 놀라지 않는 유저는 없었다.

좀 어린 유저나 어른이나 할 것 없이 위드와 함께 싸운다는 흥분으로 찾아와서 흠칫 놀라고는 고개를 다른 곳으로 돌렸다.

스걱스걱! 콰직콰지직! 끄어어어억! 튀!

이상한 전투 소리까지 내는 위드와 함께 싸우기란 쉬운 일이 아니다.

하지만 불과 10분도 되지 않아서 북부 유저들 중에서 위드만 따라다니는 친위대까지 생겨났다.

그들은 위드의 앞과 옆을 호위했을 뿐만 아니라 일부는 머리와 몸통에까지 함께 올라탔다.

궁수 부대만 무려 400여 명을 태우고 전진하는 위드.

전쟁에 동원되는 거대한 전투 병기나 마찬가지였다.

북부 유저들은 이날을 회상하며 이렇게 말했다.

"이미… 이미 버린 몸이었어요."

"나 한 몸 희생해서. 어차피 누군가는 해야 할 일이었으니까."

"위드 님의 등에 서 있는 기분이 어땠냐고요? 등은 생각처럼 단단한 장소가 아니었어요. 발목까지 미끈거리고 물컹… 으허억! 생각나 버렸다. 아무튼 생김새뿐만 아니라 이상한 냄새까지 났답니다. 무척이나 묘한 냄새였지요."

"선택권이 없었어요. 그 앞에 있다가는 잡아먹힐 것 같았고, 먼저 올라간 사람들이 계속 부추겼어요. 틀림없이 자신들만 당할 수는 없다는 생각 아니었을까요?"

하지만 모든 유저들이 물컹꿈틀이를 싫어했던 건 아니다.

전투 중에 만난 몇몇 북부 유저들은 물컹꿈틀이를 향해서 절을 하거나 경례를 올리기까지 했다.

"아르펜 왕국 보병 27연대 소속 묻지마입니다. 국왕 폐하께… 충성!"

"저 순두부입니다. 이번에 레벨 220을 달성했어요. 꼭 기억해 주세요. 고등학교 중퇴하고 아르펜 왕국의 자유를 위해 싸울 작정입니다."

"저기 살 좀 만져 봐도 돼요? 겁나 멋있다."

북부 유저들 중에는 위드마저도 위축되는 취향을 가진 별별 희한한 사람들이 다 있었다.

뮬은 기다려 왔던 위드가 등장했다는 소식을 들었지만 대재앙으로 인하여 그 장소를 찾을 수 없었다.

늪의 안개가 걷히고 난 이후 푸홀 요새에 북부 유저들이 가득 차자 그리폰 군단과 같이 출격을 준비했다.

"여기서 이대로 있다가는 아무것도 안 된다. 그리폰을 대기시켜라."

그리폰의 덩치는 요새 내의 한곳에 모여 있기에는 너무 거대했다. 그래서 지하의 시설과 방어 탑마다 몇 마리씩 나눠 두고 관리해 왔다.

하늘에는 활과 창을 든 조인족이 장악했으니 피해가 예상되는 상황에서도 출격하기로 각오를 다졌다.

"우리를 본 조인족들이 몸으로 덤벼 오겠지만 높은 하늘에만 올라간다면 우리들의 세상이 될 것이다."

하벤 제국이 자랑하는 하늘의 창.

중앙 대륙에서 여타의 명문 길드들과 왕국들을 떨게 만들었던 그리폰 군단의 출격 준비.

공중전에서는 피해를 입으면 지상으로 추락해 목숨을 잃게 되기에 그리폰 부대를 아끼는 뮬로서는 쉬운 결정이 아니었다.

헤르메스 길드 유저들과 라이더들, NPC의 용기사들은 각자의 그리폰에게 말을 걸었다.

삐약삐약.

크키크키!

일종의 정해진 암구호.

위드에 의해 뮬이 뒤통수를 맞고 나서부터 정해진 절차였다.

뮬은 자신의 그리폰에게 말을 걸었다.

"우르르골라."

그리폰이 앞발을 턱 하니 들었다.

"맞군. 가자."

뮬이 그리폰을 타고 숨을 가볍게 골랐다.

땅에 있는 건 가장 큰 위기다. 하지만 하늘 높은 곳까지 날아올라서 자유로움을 만끽한다면 그때부터 그들은 무적이 될 것이다.

뿌우우우우.

뿔피리 소리가 길게 울리자마자 그리폰들이 푸홀 요새의 탑과 지하 시설들을 통해서 일제히 솟구치기 시작했다.

사방은 땅도 구름도 보이지 않을 만큼 조인족 천지.

"하늘로!"

그리폰 부대는 돌파 진형을 갖추고 수직으로 상승했다.

"끼야아악! 그리폰들이 나왔다."

"조인족 일제 공격!"

푸홀 요새를 공격하기 위해 흩어져 있던 조인족들이 벌떼처럼 모여들었다.

지상이 아닌 하늘에서의 포위 공격은 덤벼드는 물량이나 속도 때문에 10배는 더 무섭다.

뮬이 함성을 질렀다.

"길을 열어라!"

용기사들은 긴 창을 휘둘러서 근처의 조인족들을 하나둘 떨어뜨렸다.

일격필살!

창에 맞기만 하면 회색빛으로 변해서 떨어지는 나약한 조인족들.

그리폰 부대는 단숨에 푸홀 요새로부터 30미터 이상 솟아올랐다. 하지만 조인족들은 하늘을 온통 가득 채우고 있었다.

"덤벼! 싸워서 이기지 못하면 매달리기라도 하세요."

더 높은 곳에서, 주변에서 그리고 밑에서 따라오는 조인족들까지.

그리폰들은 쐐기형의 대형을 이루고 수직으로 상승했다.

그들의 위를 막는 조인족들은 창으로 거침없이 찌르고 베어 버리며 오로지 높은 곳을 향해 날아오른다.

이것이야말로 그리폰 라이더의 낭만!

뮬과 그리폰 부대가 하늘로 솟구치는 것을 조인족들은 집요하게 괴롭혔다.

부리로 물거나 발톱으로 할퀴는 정도로는 강력한 그리폰 부대에 별 피해를 못 준다. 또 그들이 붙잡기에 너무 빠르기까지 했다.

과거였다면, 불과 얼마 전까지였더라면 조인족들이 당황으로 잠깐 머뭇거리는 사이에 그대로 뚫려 버렸으리라.

하지만 조인족들은 용기를 갖고 있었다.

"부딪쳐요!"

사방에서 조인족들이 머리를 앞세우고 전력으로 날아왔다.

그리폰 라이더의 공격에 목숨을 잃는 조인족도 삼분의 일 정도는 되었지만 나머지는 그대로 충돌했다.

하늘에서의 충돌이라 그리 큰 위력은 없었지만 문제는 수십만 마리 이상이라는 점이다.

끝없이 밀려오는 조인족들의 충돌은 그리폰들을 밀어냈고, 어떤 이들은 다리와 날개를 붙잡고 매달리기까지 했다.

"잡아요, 모두들!"

그리폰 1마리에 100여 마리 이상의 조인족들이 들러붙었다.

"떨어져! 떨어지란 말이다!"

거머리처럼 달라붙는 조인족들.

그들의 발톱은 그리폰을 붙잡기 충분할 정도로 날카로웠다.

막중한 무게를 이기지 못하고 그리폰들은 점점 상승이 느려졌고, 날개에도 힘이 빠져 갔다.

그리고 어느 순간 날개가 아무 힘이 없을 정도로 비행 능력을 상실하고 말았다.

"으어어어!"

추락하는 그리폰들!

푸홀 요새로 다시 떨어지게 된다면, 그것은 곧 사망을 의미했다.

"이미 늦었다. 우린 하늘로 간다."

뮬과 다른 그리폰 라이더들은 아래쪽의 상황을 알면서도 상승을 그치지 않았다.

'하늘로 오른 이후에 충분한 활동 반경이 주어지기만 한다면 지금의 설욕은 할 수 있으리라!'

그러나 그들 위에 밀집한 조인족들은 뚫어도 뚫어도 끝을 알기 힘들 정도였다.

사방에서 밀려오는 조인족들에 의해서 그리폰들이 계속 줄어들었다.

뮬은 이를 악물었다.

전투를 통해서 생명력이 다 떨어져서 죽는 것이라면 누구나 이해를 할 수 있으리라.

그렇지만 하늘이라는 특성 때문에 부딪치고 무거워서 추하게 되다니!

'반드시 되갚아 준다, 이 원한은…….'

조인족들이 날갯짓을 멈추고 비처럼 하늘에서 떨어지고 있었다.

악착같이 조인족들을 돌파하고 그들이 쫓아오지 못할 정도로 높은 하늘까지 올랐다.

그때까지 뮬의 곁에 남아 있는 그리폰들은 고작해야 300여 마리. 나머지는 푸홀 요새와 조인족들 사이에서 전투를 벌이고 있었다.

"이제 복수의 시간이 찾아왔다."

뮬이 그렇게 말할 때 거대한 무엇인가가 다가왔다.

맑은 하늘과 빛나는 태양.

그 아래에서 형용할 수 없는 아름다움을 한껏 뽐내는 빙룡과 불사조. 황금새, 은새, 이무기, 와이번들도 그 뒤를 따르고, 불의 거인과 금인이처럼 조각 생명체들도 탑승하고 있었다.

북부를 되찾기 위한 전투, 조각 생명체들은 귀중하기 때문에 높은 하늘을 맴돌며 대기하고 있었는데 그리폰들이 올라온 것이다.

"놈들부터 끝장내자."

뮬이 창을 들었다.

그리폰 부대에 서둘러 돌격 명령을 내려서 조각 생명체들을 상대로 이기고, 다른 부하들을 구해야 했다.

빙룡은 거대한 입을 활짝 펼쳤다.

쿠와아아아아아아아아!

강렬한 드래곤 피어!

빙룡이 태어난 지도 상당한 시간이 흘러 레벨이 534나 됐다.

부지런히 사냥을 했다면 더 많은 레벨을 달성했겠지만 아쉽게도 드래곤 특유의 게으름도 갖고 있었다.

위드가 안 볼 때면 농땡이를 치거나, 차가운 설산의 꼭대기에서 며칠씩 잠을 잤다.

그럼에도 불구하고 빙룡의 성장은 다른 하위 종족들, 특히 그리폰과 같은 조류들을 강력하게 위축시킨다.

끼야아악!

그리폰들이 본능적인 공포심을 이기지 못하고 날갯짓을 느리게 하며 빙룡을 피하려 들었다.

일부는 지상이나 다른 쪽으로 방향을 바꿨지만 아예 추락하듯이 곤두박질치기도 했다.

"정신을 차려, 어서!"

그리폰 라이더들이 간신히 그들을 돌보는 사이에 불사조가 몸을 수십 배나 부풀리더니 활짝 펼쳤다.

깃털이 뿌려지면서 하늘에서부터 내리는 화염의 비!

그리폰들에게만 집중된 화염의 비는 비행 생명체에게는 아주 괴로운 것이었다.

깃털에 불이 붙기라도 한다면 그 대미지가 문제가 아니라, 그리폰이 고통에 발광하면서 라이더들이 조종 능력을 상실하게 되는 것이었다.

뮬과 헤르메스 길드 유저들은 그리폰 300여 기면 그 전투력을 합친 전력이 조각 생명체들을 가뿐히 능가하리라고 믿었다.

그러나 단 2개의 스킬만으로 무려 삼분의 일 가까이 그리폰들이 잠깐이지만 전투가 불가능하게 되었다.

나머지 그리폰들도 공포에 눌려서 활동력이 저하되었다.

"으리햐!"

그때 와일이의 등에서 뛰어오른 워리어 바하모르그!

"빛의 일격!"

선두에서 날아오는 그리폰의 등에 착지한 바하모르그는 양손도끼를 휘둘러 라이더를 해치웠다.

"위대한 베르사 대륙을 이끌었던 제국의 후예. 아르펜 왕국을 침략한 인간들이여. 고작 너희들의 투지가 이 정도인가!"

하늘에서 펄쩍펄쩍 뛰어다니며 바하모르그는 그리폰들을 연달아서 전투불능 상태로 만들었다.

뮬의 얼굴빛도 변했다.

"그때의 바하모르그다."

위드와 함께 그의 목숨을 빼앗아 간 장본인 중 하나.

바하모르그는 아무리 때려도 끄떡없을 정도의 맷집과 생명력 그리고 놀라운 힘을 가지고 있다.

뮬 역시 바하모르그와 같은 그리폰 위에서 전투를 벌인다면 솔직히 자신은 없었다.

"집중 공격! 하늘에 있는 지금이 놈을 쓰러뜨릴 기회다."

뮬의 지휘에 따라서 돌격하던 선두의 그리폰들은 바하모르그를 향해서 쇄도했다.

그들의 목표는 바하모르그를 꼭 죽일 필요까지는 없었다.

어쨌거나 발을 디딜 공간을 주지 않으면 된다.

바하모르그와 그가 타고 있는 그리폰을 향해서 아낌없이 창을 던졌다.

까우우우우!

바하모르그가 타고 있는 그리폰은 목숨을 잃었다. 더 이상 발을 디딜 공간이 없어서 땅으로 추락하려는 그때, 바하모르그의 등에서 천사처럼 빛으로 된 날개가 활짝 펼쳐졌다.

오랜만에 존재감을 과시하는 빛날이!

바하모르그는 빛의 날개의 영향으로 쏜살같이 날아다니며 그리폰들을 격파했다.

양손도끼를 들고 하늘을 누비는 철혈의 워리어 바하모르그.

"우리도 가자. 꾸까악!"

와이번들 역시 비행이 주특기였다.

그들의 등에는 당연하게도 조각 생명체들이 타고 있었다.

금인이와 하이엘프 엘틴은 화살을 쏘면서 그리폰들을 정확하게 맞혔고, 게르니카와 세빌도 바하모르그를 따라서 하늘을 뛰어다녔다.

백호의 날개가 활짝 펼쳐졌으며, 불사조와 그의 등에 타고 있는 불의 거인의 활약 역시 무시할 수 없었다.

불사조와 불의 거인은 서로의 힘을 드높여 주는 상성을 가진 존재들. 그리폰들은 근처에 가가기만 해도 몸이 뜨거워졌다.

뮬이나 헤르메스 길드 유저들의 판단대로 그리폰들의 전력이 조각 생명체들을 상대로 하기에 충분할 수는 있다.

그리폰 군단은 기동력을 바탕으로 하늘을 지배하면서 지상의 군대와 싸우면서 이점을 톡톡히 누려 왔다.

하지만 조각 생명체들의 다양한 특성이야말로 적당한 규모의 전투에서는 몇 배의 위력을 발휘했다.

지상의 헤르메스 길드 유저들이 끼어들 수도 없는 하늘에서는 심지어 안전하기까지 하다.

쿠콰카카카카카.

빙룡은 숨을 한껏 들이마시면서 몸을 크게 부풀리더니 입을
잔뜩 벌렸다.

과식으로 트림을 한 위드와 달리 진짜 아이스 브레스!

빙룡의 입에서부터 일직선으로 하늘을 꿰뚫으며 뮬에게로
아이스 브레스가 작렬했다.

하늘에서 격전이 펼쳐지면서 지상에 있던 유저들의 고개도
위로 향했다.

상황을 정확히는 몰라도 하늘에서의 공방전이 푸홀 요새의
전황에 큰 영향을 미치게 될 것 같았다.

지상의 상황도 온통 난전이었다.

"돌격!"

푸홀 요새의 성벽은 곳곳이 무너져서 큰 의미를 둘 수 없게
됐다. 그럼에도 잔해가 남아서 북부 유저들의 이동을 어렵게
만들었다.

하벤 제국군은 요새의 방어 시설을 기반으로 언데드들을 이
끌고 수비를 했다.

헤르메스 길드 유저들과 제국군은 목숨을 잃으면 줄어들지
만 언데드는 소멸되지 않는 한 건재하다.

우수한 시체들이 늘어나고 있는 이때, 그로비듄의 언데드 소

환 마법은 갈수록 위력을 발휘했다.

"오너라, 지옥의 기사들이여!"

둠 나이트들이 100명 단위로 소환되면서 북부 유저들을 학살했다.

죽음의 힘이 점점 짙어지고 있는 전장, 네크로맨서의 능력은 평소보다도 절반 이상 강해졌다.

"나 그로비듄이 전부 죽이고, 살려 주마."

네크로맨서 마법으로 인한 부작용을 감안해야 할 테지만 그로비듄은 흥분하고 있었다. 뒷일이야 어찌 되든 자신이 발휘할 수 있는 힘과 능력에 취한 것이었다.

수많은 방송국들을 통해 자신의 활약상이 널리 퍼지게 될 거라는 생각이 머릿속에 가득했다.

'이 전쟁은 나 그로비듄을 세상에 확실하게 알릴 것이다.'

하벤 제국군은 물론이고 아르펜 왕국까지 통틀어서 가장 큰 활약을 하고 있는 게 그로비듄 자신이었으니 그런 생각을 할 만도 하다.

위드가 요새 안에서 헤르메스 길드 유저들을 곶감 빼먹듯이 해치우고 있었으나 크게 눈에 띄지는 않았다.

그로비듄은 푸홀 요새의 성벽 근처에서 넓은 지역을 혼자 차지하고 언데드들의 질과 양을 늘리고 있었다.

'네크로맨서가 최강의 직업이란 걸 똑똑히 보여 주마. 위드도 리치로 활약했지만 곧 나에 의해서 잊히게 되리라.'

그의 지배력으로 감당 못할 정도의 언데드들은 통제에서 벗어나도록 내버려뒀다.

언데드들은 살아 있는 자들을 공격하기 마련.

북부 유저들이든 하벤 제국군이든 알아서 해치우거나 말거나 상관하지 않았다.

지상 최대의 언데드 군단, 불사의 군단을 일으켰던 바르칸처럼 되는 것이 그로비듄의 궁극적인 목표.

"저 네크로맨서부터 해치워야 합니다."

"무슨 수로……. 언데드들이 너무 많아요. 최소 1,500마리 이상의 최상급 언데드들인데."

북부 유저들도 요새로 덤벼들다가 목숨을 잃을 만큼 잃었다.

언데드 군단이 차지하고 있는 영역이 너무 넓기에 그들을 돌아가서는 도저히 병력 투입이 원활하지 못했다.

북부의 고레벨 유저들도 서로 모여서 그로비듄을 상대하기 위한 작전을 짰다.

"조인족 친구들에게 지원을 요청하겠습니다. 동시에 협공을 가합시다."

"언데드들의 장벽이 놈을 막고 있는데……."

"레인저들이 지형을 이용해서 뛰어넘읍시다. 마무리는 저 네차크가 하겠습니다."

네차크는 검을 들어서 보여 주었다.

"저 검은… 신검 가르고!"

"머리에 쓰고 있는 건 파고의 왕관이야."

"헤레인의 잔도 들고 있어."

네차크는 중앙 대륙에서 활동하던 유저였다.

현실에서도 가진 건 돈밖에 없을 정도로 타고난 자산가.

그는 중앙 대륙에서도 헤르메스 길드를 통해 도시를 구입해서 운영했다.

도시 아벤드.

성공적으로 운영되는 자유도시였지만 지루함을 느끼고 북부로 왔다.

"역시 난 모험가 체질이야. 경영은 지긋지긋해."

북부에서 모험을 즐기면서 그는 도시를 운영할 때보다도 더 많은 돈을 썼다.

모험을 하려다 보니 갖고 싶은 것이 너무 많았던 것이다.

해양 모험 퀘스트를 받고 나서 사각 돛이 24개 달린 초대형 범선을 7척이나 구입할 정도였으니 그의 씀씀이는 북부 최고라고 할 만하다.

"네차크 님이 있으면 우리 작전은 더 효과적입니다. 헤레인의 잔을 통해서 물을 성수로 바꿔서 뿌리면 언데드들에게는 치명타입니다."

"파고의 왕관. 그 지휘 능력이면 전투력이 상당히 높아질 건데요. 네차크 님이 우리를 지휘해 주세요."

"어서 군대를 조직해 주세요."

유저들의 열화와 같은 성원을 받으며 네차크는 군대를 만들었다.

아르펜 왕국에 지금까지 쌓은 공적치로 기사 작위를 가지고 있었고 3만 명에 달하는 병력을 통솔할 자격이 주어졌다.

띠링!

네차크의 군대가 조직되었습니다.
아르펜 왕국의 국왕 위드는 네차크를 143,817번째 기사로 임명했습니다.
네차크는 신성한 국왕의 위임을 받아서 아르펜 왕국을 위해 싸우기 위해 병력을 모집합니다.
인원 제한: 30,000.

그때 누군가가 외쳤다.

"레벨 350 이상만 가입합시다!"

"너무 높은데……."

"그래야만 효율이 높습니다. 숫자만 많이 가면 언데드의 먹잇감밖에는 안 돼요."

그 말이 울려 퍼지고 나서 네차크의 군대에는 불과 8초 정도만에 인원이 가득 찼다.

띠링!

네차크의 군대 정원 모집이 끝났습니다.
30,000명이 모두 모였습니다.

북부 유저들 역시 고레벨 유저들의 비율이 갈수록 높아지고 있었다.

움직임이 무거운 그들은 무작정 요새로 뛰어들지 않고 기회만 보고 있었는데, 조금 가능성이 보이자 군대에 함께 포함된 것이다.

"레벨 400 이상만 가입합시다. 이미 가입된 그 이하 분들은 죄송하지만 탈퇴해 주세요."

"정말요? 그건 좀……."

다시 정원을 모집했지만 역시나 6초 만에 정원 초과!

북부 유저들 중에서도 레벨이 높은 사람은 중앙 대륙의 이주민들로 구성이 되어 있었으니 애매한 300대가 아니라 400대가 많았다.

3만 명의 레벨 400이 넘는 고레벨 유저들.

수많은 북부 유저들 사이에 있었기에 오히려 흔적이 잘 남지 않았을 뿐이지, 충분한 실력자들이 흩어져 있었다.

"우린 아무것도 무섭지 않습니다. 갑시다!"

신검 가르고와 헤레인의 잔, 파고의 왕관까지 지니고 있는 네차크가 선두에 섰다.

> 파고의 왕관이 언데드의 기운과 접촉했습니다.
> 프레야 여신의 신성력으로 모든 병력의 흑마법 저항력을 46%만큼 높여 줍니다. 언데드에 피해를 31%까지 감소시킵니다. 신체 회복 속도가 증가합니다. 언데드들을 쓰러뜨렸을 때 62% 확률로 그들을 정화합니다. 정화에 성공하면 일시적으로 생명력과 체력이 회복됩니다.

두려울 것이 없는 북부 유저들.

네차크와 3만 명의 병력은 그대로 언데드 군단을 뚫고 들어갔다.

신검 가르고의 힘에 의하여 근처 언데드들이 강하게 위축되었지만 중요한 건 아니었다.

북부 유저들 중에서 실력자들이 3만 명이 넘게 네차크의 군대 뒤를 따랐다.

수많은 풀죽신교의 무리 중에서 뿔뿔이 흩어져 있던 강자들이 뭉쳐서 언데드들을 정면으로 격파한 것이었다.

막강한 사상 최대의 언데드들을 일으켜 놓고 있던 그로비듄은 끝까지 막아 보려고 했지만 역부족.

무한대로 솟구치던 마나도 신성력에 의해서 차단되었고, 언데드 군단은 유저들에 의해 하나씩 제압됐다.

네차크를 중심으로 한 일부의 유저들은 조인족들의 도움을 받아 언데드 군단의 한복판에 떨어져서 신검 가르고로 그로비듄을 베는 것에 성공했다.

프레야 여신의 신성력이 당신이 가지고 있는 위험한 힘을 억제합니다. 네크로맨서 마법의 위력이 24% 감소합니다. 부정적인 마나의 폭주가 발생, 생명력과 마나의 최대치가 11% 줄어들었습니다. 15초 동안 언데드 소환 마법과 흑마법을 사용할 수 없습니다.

"아, 안 돼!"

그로비듄은 신검의 공격에도 죽진 않았지만 그 여파로 인해 데리고 있던 언데드 군단 중의 30%가 소멸되고 말았다.

"나를 보호해라!"

막상 전투가 완전히 불리해지자 그로비듄은 뒤쪽으로 도망을 치려고 했다. 그러나 조인족들이 몸으로 그가 빠져나가는 것을 막았다.

밀집한 곳에서 네크로맨서는 빠르게 이동할 수가 없었고 언데드들이 격파되면서 마침내 그로비듄도 북부 유저들에 의해 포위되었다.

네차크와 20명가량의, 북부에서 뛰어난 실력을 가진 유저들이 다가왔다.

그로비듄의 몸은 죽은 자의 힘으로 인한 부작용으로 이미 절반쯤은 해골로 변해 있었다.

그가 턱뼈를 달그락거리며 웃었다.

"운이 좋구나. 내 언데드 군단의 강대함을 신성력을 가진 무구와 숫자로 밀어붙이다니 인상적이었다. 하지만 다음번에는 이렇게 방심하지 않을 것이다."

북부 유저들을 상대로 그로비듄은 충분히 실력을 과시했으니 마지막 최후를 맞이할 때도 당당하고 싶었다.

이 모습은 수많은 방송국들을 통해 전 세계로 퍼져 나갈 게 아닌가.

가족이나 친구들에게도 끝까지 멋진 모습을 보여 주고 싶었다. 영웅이 된다면 광고 촬영이나 후원이 들어올 수도 있는 문제니까.

네차크는 신검 가르고를 높이 들며 밝게 큰 소리로 웃었다.

"푸하하하! 그릇된 힘에 빠져든 네크로맨서 그로비듄이여, 지금까지 너의 악행은 익히 보고 들었다."

"……?"

어딘가 좀 어색한 목소리.

마치 수십 년 전의 영화에서나 나올 법한 연기 톤의 목소리를 네차크가 내고 있었다.

"베르사 대륙의 평화를 어지럽힌 너를, 프레야 교단의 명예 성기사이며 아르펜 왕국의 기사인 나 네차크가 처단하리라!"

네차크가 걷는데 어디선가 나타난 바드들이 악기를 연주하기 시작했다.

전형적인 영웅의 행진곡!

"이 북부 대륙에 네가 발붙일 곳은 없다. 잘 가라, 악당이여."

신검 가르고가 그로비듄의 가슴에 깊숙하게 꽂혔다. 그러자 몸속에서 시커먼 기운이 연기처럼 빠져나와 하늘로 솟구쳤다.

악령처럼 빠져나가는 기운. 그리고 해골의 행색을 하고 있던 그로비듄의 몸은 신검 가르고의 힘을 이기지 못하고 산산조각이 나기 시작했다.

그로비듄은 최후를 맞이하기 전에 마지막으로 생각했다.

'아, 안 돼! 이러면 내가 주인공이 아니라 저놈이 영웅이 되는 거…….'

TO BE CONTINUED